SANG IMPUR

DU MÊME AUTEUR
CHEZ POCKET

Apparition
Démences
Le démon des morts
Le djinn
Le jour J du jugement
La maison de chair
Le miroir de Satan
La nuit des salamandres
Le portrait du mal
Les puits de l'enfer
Rituel de chair
Tengu
Transe de mort
Le trône de Satan

Trilogie de Manitou

Manitou
L'ombre du Manitou
La vengeance du Manitou

Trilogie des Guerriers de la Nuit

Les guerriers de la nuit
Les rivages de la nuit
Le fléau de la nuit

COLLECTION TERREUR
dirigée par Patrice Duvic

GRAHAM MASTERTON

SANG IMPUR

PRESSES DE LA CITÉ

Titre original :
FLESH AND BLOOD

Traduit par François Truchaud

Si vous souhaitez recevoir régulièrement notre zine **« Rendez-vous ailleurs »**, écrivez-nous à :

« Rendez-vous ailleurs »
Service promo Pocket
12, avenue d'Italie
75627 PARIS Cedex 13

PRESSECO
PAPIER RECYCLÉ
NATURE PROTÉGÉE

ISBN 2-266-07587-X

1

Ils roulaient depuis moins d'une heure lorsque Terence dit :

— On est arrivés, les enfants.

Il gara le vieux break Mercury noir sur le bas-côté de la route, l'avant incliné vers le talus, et coupa le moteur.

Emily se pencha vers la vitre et regarda le champ de blé balayé par le vent. Des glumes voletaient dans l'air et le ciel d'orage était plus noir que les yeux de papa.

— Qu'est-ce qu'on fait là ? lui demanda-t-elle.

Emily, onze ans, portait une robe jaune à fleurs, trop petite d'une taille pour elle. La monture de ses lunettes était maintenue par un sparadrap. Ses cheveux cuivrés étaient coiffés en tresses et retenus par des rubans.

A côté d'elle, Lisa bougea, ouvrit les yeux et fronça les sourcils. Lisa, neuf ans, était blonde, avait des poignets osseux et des jambes maigres. Elle portait un appareil dentaire compliqué qui la faisait zézayer.

George dormait, la bouche ouverte, et bavait sur l'accoudoir. Âgé de trois ans, c'était le petit dernier. Il avait les oreilles décollées.

— C'est l'heure, les enfants, leur dit Terence avec un drôle de sourire. L'heure de faire ce qu'il faut.

Il descendit du break et ouvrit les portières arrière. Puis il fit le tour de la voiture. Il tapait de la main sur le toit, sur le capot. Il était impatient, nerveux. Il ne tenait pas en place.

— Dépêchez-vous, les enfants ! C'est l'heure.

Ils sortirent à leur tour et papa claqua les portières. Ils se tinrent sur le bas-côté de la route. Le vent sifflait et grésillait ; des mottes de terre sèche glissaient sur l'asphalte. Ils ne savaient pas quoi faire. Ils ne savaient pas pourquoi ils étaient ici. Mais papa n'avait pas arrêté de leur dire durant le trajet qu'ils devaient être sauvés.

— Je vous aime, tous les trois. Vous savez combien je vous aime, hein ? C'est pour cette raison que vous devez être sauvés.

Papa ouvrit le hayon et prit son vieux sac. Les enfants n'aimaient pas son vieux sac. C'était le sac qu'il avait utilisé pour noyer ce chiot Labrador qui était né difforme. Le sac dans lequel il rapportait à la maison les corps pesants et ensanglantés des lapins qu'il avait tirés. Le vieux sac était maculé de toutes sortes de taches affreuses, et il sentait toujours mauvais.

— En route, les enfants, suivez-moi, les pressa Terence.

Encore somnolents, ils gravirent après lui le talus de terre friable. Un brin de glume vola dans l'œil de George ; il s'arrêta, battit des paupières et le frotta vigoureusement. Papa revint vers lui, posa son sac par terre et examina son œil.

— Tu sens où c'est ? Regarde en l'air... regarde de côté. Je ne vois rien, George. Je crois que c'est parti.

Ensemble, ils s'avancèrent vers le vaste océan bruissant des blés qui mûrissaient. Emily et George se tenaient par la main, Lisa les suivait, quelques pas derrière eux. Et papa marchait devant eux ; il parlait, faisait de grands gestes et se retournait de temps à autre, jamais trop près, jamais trop loin.

— Qu'est-ce que vous en dites, les enfants ! cria joyeusement Terence. Une belle journée, non ?

Emily leva les yeux. Le ciel était d'un bordeaux sombre — bordeaux ! — et les nuages filaient à une vitesse vertigineuse, si vite que le monde entier semblait tourner autour d'eux, comme si tout l'Iowa tournait sur une gigantesque platine qui grondait et oscillait.

Terence se mit à chanter *Alouette, gentille alouette*[1], puis il siffla l'air, gambada et se retourna. Il fit tournoyer le vieux sac autour de sa tête.

— Vous vous souvenez de cette chanson ? Tu te souviens

---

1. En français dans le texte. *(N.d.T.)*

de cette chanson, Emily ? Tu l'adorais quand tu étais toute petite. Je te la chantais nuit et jour, vrai de vrai !

Les enfants trottinaient à sa suite et trébuchaient. Des gouttes de pluie commencèrent à leur picoter le visage.

— Sauve-nous ! cria Terence, s'avançant à grandes enjambées dans le champ de blé. Sauve-nous, Seigneur, je t'en prie, sauve-nous !

— Sauve-nous ! reprit George de sa petite voix flûtée.

De la poussière et des glumes tourbillonnaient autour d'eux.

— Sauve-nous ! chanta Terence. Sauve-nous-sauve-nous-sauve-nous !

— Sauve-nous ! criaient les enfants. Sauve-nous !

— Et nous sauver de *quoi* ? demanda Terence d'une voix sévère. (Il se tourna pour les regarder, les yeux grands ouverts, mais continua de marcher à reculons, à la même allure rapide.) Nous sauver de *quoi*, les enfants ? Nous sauver de *quoi* ?

— Nous sauver du croque-mitaine ! s'écria George.

— Oh non ! fit Terence en secouant la tête. Pas le croque-mitaine !

— Nous sauver du sang impur ? hasarda Lisa.

Terence fit trois longues enjambées, à reculons, sans quitter Emily des yeux. Puis il brandit le vieux sac et poussa un cri, un cri aigu et rauque qui ressemblait à un couinement de porc.

— Oh oui ! hurla-t-il. Nous sauver du sang impur ! Nous sauver de ce sang impur, tellement impur ! Nous sauver du mal, de la chair et du diable !

Sept cents mètres plus loin, ils arrivèrent à proximité d'un profond sillon dans le sol, sans doute une ancienne mare bourbeuse ou le lit d'un petit ruisseau, ou encore un coupe-feu creusé délibérément. Le sillon était envahi par des molènes à larges feuilles. Elles tremblaient continuellement dans le vent, tremblaient et s'agitaient telles des mains fébriles.

Terence fit halte et jeta un regard à la ronde. Il plissait les yeux à cause du vent et de la poussière. D'abord, il contempla le fond du sillon. Puis il rejeta sa tête en arrière et leva les yeux vers le ciel tourmenté. Les nuages défilaient si vite qu'il fut désorienté un instant et faillit perdre l'équilibre. Oh oui !

C'était un temps de tornade. Un temps de catastrophe. Une tornade approchait, il le sentait. Sûr et certain que ce n'était pas un temps pour danser dans un champ de blé !

— Ô Notre Père qui es aux cieux, sauve-nous de ce sang impur, tellement impur ! cria-t-il vers le ciel.

Et les enfants reprirent en chœur :

— Sauve-nous !

— Sauve-nous, ô Seigneur ! vociféra-t-il.

Et les enfants répétèrent avec empressement :

— Sauve-nous !

Il fit quelques pas dans le champ, tout en balançant le vieux sac. Les enfants restèrent groupés au bord du sillon. Ils se tenaient par la main et attendaient. Terence était très grand, efflanqué et dégingandé. L'une de ses épaules était voûtée et un côté de sa poitrine saillait de biais, comme si sa mère l'avait laissé tomber quand il était bébé. Il avait une tête massive, anguleuse comme un fer de hache. Ses cheveux roussâtres, coupés très court, rebiquaient sur sa nuque. Il portait un blouson en jean et des jeans délavés qui faisaient des poches aux genoux, des vêtements d'ouvrier agricole. Pourtant, il avait une peau d'une blancheur maladive et des cernes violacés sous les yeux, comme un employé de bureau, ou un comptable, ou un marionnettiste. Quelqu'un qui passe toutes ses journées enfermé chez lui, et fume trop, et parle rarement à des gens réels.

Il revint vers les enfants ; les épis de blé lui arrivaient à hauteur du genou. Il renifla, toussa et s'essuya le nez du dos de la main.

— Nous devons prier, leur dit-il d'une voix plus grave, beaucoup plus solennelle. C'est ce que nous allons faire maintenant. Nous devons prier.

Lisa leva sa main gauche pour abriter son visage du vent.

— Papa, il pleut à verse ! J'ai froid, je veux rentrer à la maison !

— Moi aussi, je veux rentrer à la maison, dit George.

Emily grelottait de froid, mais elle ne dit rien. Elle observait son père avec circonspection, ses yeux grossis par les verres de ses lunettes. Elle l'avait déjà vu se comporter de façon étrange. Elle l'avait entendu tenir de longs discours sur le sang impur depuis qu'elle était toute petite, sur la Bible et sur les « choses que les femmes ne devraient jamais faire ». Un autre sujet revenait souvent dans ses monologues, quelque chose qu'elle n'avait jamais très bien compris, mais cela l'avait toujours terrifiée, néanmoins. Le Voyageur Vert, quoi que ce fût.

Elle se souvint qu'il criait à maman :

— Tu l'entendras peut-être frapper, Iris, tu l'entendras certainement frapper ! Mais n'ouvre jamais ta porte au Voyageur Vert ! Ne *songe* même pas à ouvrir ta porte, même dans tes rêves les plus fous !

Un jour, elle lui avait demandé en toute innocence ce qu'était le Voyageur Vert. Son visage était devenu livide, avec une soudaineté terrifiante, et il s'était mis à trembler violemment, comme s'il faisait une crise d'épilepsie.

Elle ne lui avait plus jamais posé de questions sur le Voyageur Vert. Elle n'osait pas. Mais cela ne l'avait pas empêchée de faire des cauchemars sans fin : des heurtoirs retentissaient brusquement dans la nuit, ils frappaient et frappaient, tandis que quelque chose de vert et d'indicible tentait de pénétrer dans la maison. Un homme dont le corps tombait en putréfaction, mais qui pouvait marcher, avec de la mousse sur le dos des mains au lieu de poils, et un enchevêtrement d'herbes folles qui lui recouvrait le visage.

Le Voyageur Vert !

Parfois, très tôt le matin, Emily avait aperçu son père dans la cour... immobile, entièrement nu, aussi pâle qu'un veau. Il regardait fixement la clôture, la ruelle sombre derrière la maison, ou peut-être ne regardait-il rien du tout, tandis que sa mère dormait et murmurait dans son sommeil.

A la pharmacie Medicap, elle avait entendu Miss Van Dyke déclarer que son père était 2 % humain et 98 % Valium.

Terence n'avait jamais maltraité ses enfants. Il ne leur donnait jamais de fessées et les grondait rarement. Il les embrassait, les bordait dans leur lit le soir et leur racontait des histoires. Ils savaient qu'il les aimait. La plupart du temps, il était drôle. Mais Emily avait toujours l'impression que quelque chose n'allait pas. La gaieté de Terence était trop souvent une gaieté forcée, ses plaisanteries trop extravagantes, ses chatouillements trop brutaux. Et, pour une raison inexplicable, Emily savait ce qui n'allait pas : c'étaient *eux*.

Certains soirs, Terence rentrait de son travail d'une humeur exécrable. La mine sombre, il marchait de long en large, se cachait le visage dans les mains, invectivait Dieu. Il s'accablait de reproches, également, répétant maintes et maintes fois : « Pourquoi ai-je fait ça ? Pourquoi ai-je fait ça ? Pourquoi ai-je fait ça alors que je *savais* ? »

Et lorsqu'elle eut huit ans, Emily avait deviné ce qu'il voulait dire par « pourquoi ai-je fait ça ? ».

Il voulait dire : « Pourquoi donc ai-je eu des enfants ? »

Mais pourquoi se posait-il constamment cette question, et que savait-il au juste qui aurait pu changer les choses, elle ne le découvrit jamais.

La pluie mouchetait les verres de ses lunettes. Lisa serra sa main. La main de sa sœur était glacée et poisseuse, mais Emily n'y prêta aucune attention. Emily avait les yeux fixés sur son père et elle ne tourna pas la tête.

Terence posa le vieux sac par terre et s'approcha des enfants, une expression bienveillante, confuse et absente, sur son visage.

— Emily ? dit-il. Nous devons prier.

— Papa, je veux rentrer à la maison ! protesta Lisa. Il pleut et c'est horrible et je n'aime pas être mouillée !

George trépigna et chantonna d'une voix de fausset :

— *Le docteur Foster ! Est allé à Gloucester ! Sous une pluie battante !*

Terence prit Emily dans ses bras et la serra contre lui.

— Mon poussin, dit-il. Ma fille chérie. N'oublie jamais à quel point je t'aimais.

Il n'avait pas bu. Il sentait seulement le savon, les cigarettes, et cette curieuse odeur douceâtre qui semblait toujours imprégner ses vêtements, surtout quand il rentrait de son travail. Il travaillait dans « l'alimentation ». C'était tout ce qu'il lui avait jamais dit.

— Moi aussi, je t'aime, papa, dit Emily prudemment.

Terence l'étreignit à nouveau, puis il prit Lisa dans ses bras et la serra contre lui.

— Lisa, ma chérie, si tu savais toute l'affection que j'ai pour toi. Si seulement tu savais.

Lisa ne dit rien mais coula un regard vers Emily avec une expression qui était mi-possessive (c'est *mon* papa) et mi-interrogative (pourquoi nous a-t-il amenés ici ? Pourquoi toutes ces démonstrations de tendresse ?).

Enfin, Terence s'accroupit, ébouriffa les cheveux de George et le tint contre lui.

— Dis-moi, George... tu sais ce que cela représente pour un homme d'avoir un fils à lui ?

George hocha la tête.

— Je sais, répondit-il. On peut rentrer à la maison maintenant ?

Terence ébouriffa à nouveau les cheveux de George en un geste bref d'infinie tendresse, et George les lissa d'un air agacé. Terence sourit. Puis il se redressa. La pluie crépitait bruyamment sur les blés, le vent devenait de plus en plus violent. Sûr et certain que ce n'était pas un temps pour danser dans un champ de blé. Ce n'était pas un temps pour danser du tout.

— Nous devons prier, dit Terence. Allons, les enfants. C'est le moment de faire ce qu'il faut. Mettons-nous à genoux, remercions le Seigneur, et demandons-lui de nous sauver de notre sang impur.

— *Il est tombé dans une mûre, jusqu'à la ceinture, et on ne l'a plus jamais revu* ! hurla George.

— George, c'est « mare », pas « mûre », le reprit Emily.

— Non, c'est *mûre* ! glapit George.

La voix de Terence se fit pressante :

— Nous devons prier, les enfants. Vous avez compris ? Mettons-nous à genoux devant le Seigneur et *prions* !

Les enfants le regardèrent avec stupeur. La pluie tombait de plus en plus fort, et il leur demandait de s'agenouiller dans ce champ et de prier ?

— *Priez* ! leur cria-t-il. *Priez*, pour l'amour du ciel !

Lisa fut la première à s'agenouiller. George l'imita. Puis Emily. La pluie était si violente que Emily ne voyait presque plus rien. Elle fut obligée de retirer ses lunettes et d'essuyer les verres sur le bord de sa robe étriquée. Le sol était caillouteux et bosselé, il blessait ses genoux nus, mais elle songea que plus tôt elle ferait ce que papa demandait, plus vite tout cela serait terminé. Ensuite ils s'en iraient, remonteraient dans le break, et rentreraient à la maison pour le dîner. Maman avait mis du jambon au four. Maman préparait du jambon rôti tous les samedis après-midi. Et elle donnait toujours à Emily la première tranche, enduite de miel et parfumée aux clous de girofle. Et il y avait toujours du maïs, ou du potiron, pour accompagner le jambon rôti.

— Fermez les yeux, dit Terence.

Les enfants fermèrent les yeux. Emily entendait la pluie balayer le champ. Elle entendait le vent souffler en rafales, et les pas de son père, tandis qu'il allait et venait parmi les chaumes. Elle dit, aussi fort que possible :

— Notre Père qui es aux cieux, que Ton Nom soit sanctifié...

Lisa se joignit à elle, puis George. George ne connaissait pas très bien le Notre Père, et il sautait des mots.

— Sauve-nous de notre sang impur, ô Seigneur ! dit Terence.

Et les enfants répétèrent :

— Sauve-nous !

Emily entendit son père qui tournait en rond derrière eux. Elle ouvrit les yeux et tourna la tête pour voir où il était, mais il lui cria :

— Garde les yeux fermés, Emily, mon poussin ! Ferme bien les yeux ! Et prie ! Sinon, tu ne seras pas sauvée !

Elle obéit et ferma les yeux à nouveau. Mais ensuite elle entendit le son le plus irritant qu'elle ait jamais entendu de sa vie. Son père chantait, pas de sa voix normale, mais d'une étrange voix de fausset, comme s'il essayait de chanter comme une femme. Emily grelottait de froid, sa robe était trempée, et elle avait une envie atroce de faire pipi. Mais elle n'osait pas ouvrir les yeux avant que son père ne lui ordonne.

— *Guide-moi parmi les ténèbres qui m'environnent*, chantait-il. *Éclaire mon chemin de Ta lumière* !

Elle l'entendait décrire des cercles, encore et encore.

Mais elle ne le vit pas ouvrir le vieux sac, glisser prudemment sa main à l'intérieur et en sortir sa plus grande faucille, la faucille qu'il utilisait pour tailler les églantiers. Elle ne le vit pas passer son pouce sur le fil de la lame et s'ouvrir le pouce jusqu'à l'os, tellement le tranchant en était aiguisé. Et elle ne le vit pas sucer d'un air pensif le sang qui jaillissait de l'entaille.

— *La nuit est sombre*, chanta-t-il, *et je suis loin de ma demeure. Guide mes pas* !

Le sang coula rapidement en deux ruisselets sur son poignet gauche et dans sa manche. Il s'approcha de ses enfants, le visage très calme et compatissant. Il tenait dans sa main la faucille spécialement aiguisée. *Sauve-nous*, c'était sa seule pensée. *Sauve-nous de notre sang impur, tellement impur*. Le vent soufflait si violemment que des serpents de blé argentés se tordaient dans le champ, et des glumes lui piquaient les joues. La nuque exposée de George était si fine et si blanche, couverte d'un léger duvet, avec une minuscule verrue. Si George avait suffisamment grandi pour être un jour vaniteux et éprouver de la gêne, il aurait dû être opéré pour ses oreilles décollées. Mais c'était mieux ainsi... mieux pour George, plus que pour les autres, car George ne connaîtrait jamais la vanité, ni la gêne, et George resterait pur pour toujours.

Bienheureux ceux qui ont le cœur pur, car ils verront Dieu.

Terence se tint derrière George, légèrement sur sa droite. Et George chuchotait :

— *Père père aux cieux, ton nom est béni, ta volonté est faite, ton règne arrive.*

Terence brandit la faucille, qui scintilla d'une lueur argentée dans le ciel, puis il l'abattit puissamment et trancha la tête de George d'un seul coup. La tête roula vers la partie la plus touffue des molènes. Celles-ci cessèrent leur tremblement et eurent un brusque frisson convulsif. Une flèche de sang rouge vif jaillit du cou de George, puis son corps s'affaissa en avant et tomba dans la boue.

Terence fit aussitôt un pas rapide et nerveux vers la gauche et abattit sa faucille vers le cou de Lisa, tranchant tresses, peau, chair et colonne vertébrale. Mais pas la tête. Lisa cria « *Oh* ! » comme s'il l'avait simplement giflée. Terence ajusta sa prise et la frappa à nouveau. Cette fois, le coup fut porté vers le haut, au larynx. La tête de Lisa bascula de ses épaules et tomba sur le sol derrière elle. Son visage levé vers lui le regardait avec surprise. Ses yeux bleus étaient grands ouverts, son appareil dentaire étincelait. Du sang gicla de son cou en un jet violent en forme de S, éclaboussant le visage et les mains de Terence.

Emily entendit les coups sourds, les bruissements et toute l'agitation. Elle se risqua à ouvrir les yeux, se retourna, et vit son père, le bras levé, le visage tacheté d'écarlate. Elle ne vit même pas la faucille, mais elle vit que Lisa s'était écroulée dans la boue. Elle vit que le chemisier rose à carreaux de Lisa était décoré de sang. Elle vit que George était étendu sur le sol, lui aussi.

— Papa ? couina-t-elle d'une petite voix étranglée.

Papa lui sourit. Un sourire lent, assuré, bienveillant.

Ce fut à ce moment qu'elle comprit qu'il avait l'intention de la tuer.

Elle sentit une terreur absolue la saisir. Elle se remit debout, lentement, maladroitement, et commença à s'éloigner petit à petit. La pluie lui picotait le côté du visage, dégouttait de ses cils, dégoulinait sur son menton. Terence s'approcha d'elle, son bras toujours levé, et dit, d'une voix aussi douce qu'une berceuse :

— Emily... Emily ? Tu m'écoutes, mon poussin ? Je t'aime ! Tu dois être sauvée ! Tu ne peux pas laisser George et Lisa tout seuls ! Il *faut* que tu sois sauvée, ma fille chérie !

Il abaissa son bras, très vite, et elle sentit quelque chose lui effleurer l'épaule. Cela lui causa une douleur cuisante, comme une piqûre d'abeille, mais ce fut seulement lorsqu'elle pressa sa main sur son épaule et sentit un flot de chaleur poisseuse qu'elle comprit ce que son père lui avait fait. Il leva son bras à nouveau ; cette fois elle leva les yeux et vit la faucille.

Elle voulut lui parler, lui dire d'arrêter. Elle était Emily, Emily ! La fille aînée de papa, sa fille chérie ! Mais elle fut incapable de trouver les mots pour lui expliquer. Elle était incapable de trouver les mots pour lui dire. Sa poitrine était trop oppressée, sa gorge trop nouée, et son cerveau était paralysé par la panique.

Au lieu d'essayer de lui parler, elle se mit à courir.

Elle ne savait pas où elle allait. Elle savait seulement que, si elle voulait vivre, elle devait courir, courir jusqu'à ce que son père ne puisse plus la rattraper.

— *Emily* ! rugit-il. *Emily, reviens ici* !

Elle s'enfonça dans les blés. Les épis lui fouettaient les chevilles, la pluie lui cinglait le visage, elle entendait des animaux détaler dans toutes les directions, des souris, des rats, des mulots. D'habitude, ils lui faisaient peur, mais pas aujourd'hui. Aujourd'hui, elle devait courir. Courir, courir, même si elle ne s'arrêtait pas avant d'arriver à la maison.

Elle trébuchait en franchissant les sillons. Son visage était égratigné ; des petits cailloux et de la terre s'étaient glissés dans ses sandales. Elle savait que son père était tout près derrière elle. Elle entendait ses pas lourds et bruyants, comme quelque chose de terrifiant qui vous poursuit dans un rêve. Comme le Voyageur Vert, qui frappe et frappe et frappe à votre porte. Elle l'entendait haleter, l'appeler et l'attendrir.

— Tu ne peux pas laisser ton frère et ta sœur tout seuls, Emily, ils ont besoin de toi !

Emily était tellement saisie de terreur que c'était à peine si elle se rappelait comment on fait pour courir. Elle était presque tentée de s'arrêter, de tomber à genoux, et de laisser papa faire ce qu'il avait envie de faire. Mais elle avait vu tellement de sang, les doigts rougis et recroquevillés de Lisa, elle était certaine que Lisa était morte, ainsi que George, probablement. Elle était tout à fait convaincue que, si son père la rattrapait, elle allait mourir, et c'était pour cette raison qu'elle continuait de courir.

Derrière les verres de ses lunettes embués par la pluie, ses yeux s'écarquillaient comme ceux d'un lapin.

Terence n'était pas un athlète, mais il n'avait jamais été du genre à renoncer facilement à quoi que ce soit. Il n'aimait pas la souffrance, mais la souffrance était la seule façon d'obtenir ce que l'on désirait vraiment, son père le lui avait toujours dit. Son père lui tapait sur les doigts avec une règle en acier et décrétait, avec un certain plaisir :

— Rien n'a de la valeur si tu ne souffres pas pour l'obtenir.

Et le père de Terence s'y connaissait en souffrances. Le père de Terence avait été marié avec la mère de Terence.

Et la mère de Terence... cette nuit de 1962...

Il ne pouvait se permettre de penser à cela, pas maintenant. Cela le paralysait, quand il y pensait, cela bloquait son système nerveux central tel un étau glacé. Et il devait rattraper Emily. Il le devait ! Il devait expier pour avoir conçu ses enfants. Il devait expier pour tellement d'actes d'un égoïsme sordide. Il devait les délivrer, il devait les libérer. Il voulait leur liberté plus que toute autre chose. La pensée de les délivrer embrasait son cerveau, aussi brillante que du magnésium enflammé, aussi pure que du feu.

C'était pour cela qu'il continuait de courir après Emily avec une telle obstination. Elle était jeune, elle était terrifiée. Bientôt elle serait fatiguée et elle trébucherait. Alors il l'aurait. Alors il pourrait la sauver, comme Lisa et George avaient déjà été sauvés.

Il suffoquait. Gloire à Dieu au plus haut des cieux ! Gloire ! A Dieu ! Au plus haut ! Des cieux !

Emily approchait de la route, du talus où leur break était garé. Il faisait à présent tellement sombre qu'il était difficile de dire où se terminaient les champs de blé et où commençait le ciel. La pluie cinglait obliquement la route asphaltée et de la poussière d'eau s'en élevait, telle une procession sans fin de spectres errants. A quarante ou cinquante kilomètres de là, à l'ouest, des éclairs crépitaient, et d'épais rideaux noirs de terre se formaient, des centaines de tonnes de terre cultivée, emportées dans les airs et occultant le soleil.

Emily se retourna pour voir si son père avait gagné du terrain sur elle. Terence leva les bras et cria :

— Emily ! Emily ! Tu ne sais pas ce que tu fais, mon poussin ! Tu ne sais pas ce qui t'attend !

Terence se prit le pied dans une motte de terre, trébucha et tomba sur un genou. Alors qu'il se remettait debout, il aperçut une lumière clignotante à mi-distance, le bref éclat lumineux des phares d'une automobile. Emily l'avait certainement vue, elle aussi, car elle se mit à agiter frénétiquement les bras et, malgré la pluie et les rafales de vent mugissant, Terence l'entendit crier d'une voix aiguë.

A présent Terence courait à toute allure, les poings serrés, le visage crispé. Il entendait son cœur cogner violemment contre sa poitrine, comme si quelqu'un donnait des coups de bâton rageurs et inutiles à un épagneul mort.

Dieu du ciel ! s'il ne la rattrapait pas, elle ne serait pas sauvée. Elle ne serait pas sauvée !

Le véhicule se rapprochait de plus en plus. Ses phares faisaient scintiller la pluie. C'était une camionnette El Camino havane. Elle cahotait et rebondissait sur la route défoncée. Emily hurlait à présent. Elle agitait follement les bras et courait comme si Satan la poursuivait, comme si la Mort en personne la talonnait.

Terence cria, appela et fit tournoyer la faucille au-dessus de sa tête. La faucille sifflait et criait comme lui.

— Emily ! Attends, Emily ! Attends, mon poussin !

Mais Emily avait dévalé le talus boueux et atteint la route. Les gens dans la camionnette l'avaient certainement aperçue, car ils freinèrent brusquement et s'arrêtèrent. Les essuie-glace continuèrent de balayer furieusement le pare-brise. La portière côté conducteur s'ouvrit.

Terence franchit les derniers sillons, se laissa glisser au bas du talus et se tint au milieu de la route, serrant toujours dans sa main sa faucille couverte de sang, l'œil hagard, haletant et transpirant.

Le conducteur de la camionnette descendit et Emily faillit se cogner contre la portière. L'homme saisit Emily avec sa main gauche et la serra contre lui en un geste protecteur.

C'était un homme grand et mince, aux cheveux blancs. Il portait des lunettes et une veste de lin grise, comme en portent les horlogers ou les ébénistes français. Son ample pantalon gris claquait dans le vent. Ses cheveux voletaient follement. Il passa son bras autour des épaules d'Emily, et comme Terence s'avançait vers lui, il put voir que l'homme arborait une expression résolue, tel le docteur B.H. Keeby, le dentiste qui avait posé pour le tableau de Grant Wood, *American Gothic*. Un habitant typique de l'Iowa, « des gens simples et solides ». En s'approchant, Terence aperçut l'épouse de l'homme sur le siège du passager, maigre et les cheveux blancs. Elle attendait que son époux prenne une décision, comme savent attendre les femmes de son genre.

— N'approchez pas ! cria le vieil homme. Vous avez compris, monsieur ! N'approchez pas !

Terence regarda autour de lui, à gauche et à droite, et même derrière lui, feignant l'étonnement. Il plissait les yeux à cause de la pluie, mais continuait de brandir la faucille d'une main ferme, inébranlable, comme si l'outil était cloué magiquement entre ciel et terre et que sa main était collée à la poignée.

— Je ne sais pas qui vous êtes, monsieur, ni ce que vous

essayez de faire ! lui dit le vieil homme. Mais vous feriez mieux de filer !

— C'est ma fille, cria Terence en s'approchant prudemment, un pas à la fois. C'est ma petite fille.

Il écarta les bras pour prouver son innocence et sa bonne foi.

— Je ne veux pas savoir le pourquoi et le comment, ni ce qui se passe, répliqua le vieil homme. Le shérif réglera cette affaire.

— Ôtez votre main de ma fille ! l'avertit Terence.

— Pas question, monsieur ! Cette jeune demoiselle vient avec nous.

Terence secoua la tête, d'un mouvement lent et ample.

— Oh nooon ! dit-il doucement, si doucement que le vieil homme ne l'entendit pas tout d'abord. Oh nooon ! cette jeune demoiselle doit être sauvée.

— N'avancez pas ! aboya le vieil homme, et il fit monter Emily sur le siège avant de la camionnette. Je vous préviens, monsieur, restez où vous êtes !

Terence s'approcha du vieil homme, petit à petit, prudemment, jusqu'à ce qu'il se tienne à deux pas seulement de lui. La pluie coulait le long de ses joues et des gouttes pendaient de ses lobes telles des diamants en pendentifs. Il dévisagea le vieil homme comme s'il n'avait encore jamais vu quelqu'un de semblable. Le vieil homme s'agrippa à la portière de la camionnette et frissonna, mais il soutint le regard de Terence avec cet air de défi qu'ont les gens terrifiés.

Terence donna de petits coups sur la portière avec la lame de sa faucille, *tap*, *tap*, *tap*, *tap*, et dit d'une voix claire :

— Cette jeune demoiselle est *ma* jeune demoiselle, monsieur, et si vous essayez de me la prendre, vous vous rendrez coupable d'enlèvement. Pire que cela, par votre faute son âme ira en enfer, où elle brûlera pour l'éternité. Vous voulez vraiment avoir *cela* sur la conscience ?

— Abner, appela d'une voix inquiète l'épouse du vieil homme depuis l'habitacle. Abner, nous ne voulons pas mettre quelqu'un en colère, à propos de quelque chose qui ne nous regarde pas !

Terence leva la faucille et la tint devant le visage du vieil homme.

— C'est très juste, Abner, dit-il, le regard fixe. Nous ne voulons mettre personne en colère, pas vrai ?

Il avança lentement la pointe de la faucille et fit tomber une goutte d'eau qui pendait du bout du nez du vieil homme.

— Alors, Abner ? Ça te dirait un brin de chirurgie esthétique gratis ? Je peux t'ôter cet affreux appendice qui te sert de nez avant que tu aies le temps de dire ouf !

Le vent mugit soudainement et la camionnette oscilla sur sa suspension fatiguée. Le vieil homme dit :

— Je ne veux pas que vous me menaciez comme ça, monsieur. Je ne prétendrai pas que vous ne me faites pas peur, parce que ce serait un mensonge. Mais, que ce soit votre fille ou non, je ne vois pas comment je pourrais vous laisser l'emmener. Vous comprenez cela, n'est-ce pas ? Si jamais il lui arrivait quelque chose, je me le reprocherais jusqu'à la fin de mes jours.

Terence abaissa la faucille.

— Tu aurais des remords, hein ? demanda-t-il. C'est ce qu'on appelle un foutu dilemme, pas vrai ? Un foutu dilemme sacrément mastoc !

Il s'ensuivit un moment étrange, comme suspendu. Ni l'un ni l'autre ne parlait, mais la pluie continuait de tambouriner sur les flancs de la camionnette, et le vent continuait de souffler par rafales. Le monde entier était disloqué, depuis Hawkeye Downs jusqu'à Indian Creek. Là-bas, au nord-ouest, au-dessus de Marion, des éclairs scintillaient derrière les nuages, et il y avait une forte odeur d'ozone dans l'air, comme des tombes fraîchement ouvertes.

Terence s'apprêtait à dire quelque chose lorsqu'il fut interrompu par des cris perçants. Ses yeux s'agrandirent, et il regarda par-dessus l'épaule du vieil homme vers l'arrière de la camionnette.

— Hé, qu'est-ce que c'est ? voulut-il savoir.

— Rien. Rien du tout.

— Votre « rien » gueule comme le diable lui-même.

Le vieil homme haussa les épaules.

— Ce sont des porcs. Juste deux gorets Berkshire que j'ai été chercher chez mon cousin à Bertram. Croyez-moi, monsieur... croyez-moi, je ne veux pas d'ennuis. Je vous en prie.

Terence le regarda fixement, sans cligner des yeux, sans

bouger, malgré la pluie qui lui dégoulinait sur le visage. Puis, sans cesser de brandir sa faucille, il longea le côté de la camionnette et jeta un coup d'œil à l'arrière. Deux gros cochonnets étaient attachés près du hayon, sur une litière de paille humide. L'un d'eux était couvert de taches roses et noires, comme si quelqu'un avait secoué un stylo à encre sur lui ; l'autre était rose comme du bacon. Ils reniflèrent et poussèrent des grognements lorsqu'ils virent Terence s'approcher, et l'un d'eux se mit à couiner, à se démener et à ruer frénétiquement contre le flanc de la camionnette.

Terence s'avança et posa ses coudes sur le hayon ; il leva la faucille afin que les gorets puissent la voir nettement. A présent, les deux bêtes étaient dans un état proche de l'hystérie. Ils couinaient, criaient et tiraient violemment sur leur longe.

— Je leur flanque la frousse, hein ? fit Terence.

Il les regarda couiner un moment. Puis il retourna auprès du vieil homme en essuyant la pluie sur son front du dos de la main qui tenait la faucille.

— Des porcs ! dit le vieil homme, criant presque à cause du vent. Ils savent nous jauger, et comment ! Ce sont des êtres vivants, comme nous. Ils nous connaissent très bien.

— J'ai entendu dire ça, fit Terence. J'ai également entendu dire que si on regarde dans l'œil d'un porc, on voit dans combien de temps on va mourir.

— Monsieur... je vous en prie ! lança l'épouse du vieil homme depuis l'habitacle. Votre petite fille grelotte de froid. Je vous en prie, laissez-nous partir. Nous ne dirons à personne ce qui s'est passé ici, c'est promis.

Terence l'ignora.

— Regarde dans l'œil de ce porc, Abner, dit-il au vieil homme.

— Quoi ?

— Regarde dans son œil, Abner. Vois quand tu vas mourir.

Abner hésita. Le vent se mit à souffler encore plus fort, et ils furent soudain assourdis par un formidable coup de tonnerre, juste au-dessus d'eux : il fit trembler l'asphalte et crier les gorets de terreur. La pluie hésita un moment, puis elle recommença à tomber à torrents, encore plus qu'auparavant, et des fantômes encore plus nombreux s'élevèrent de la chaussée.

— Monsieur, je vais être trempé jusqu'aux os, et je suis arthritique.

— Allons, Abner, dit Terence, donnant de petits coups sur la poitrine du vieil homme avec la pointe de sa faucille. Regarde dans son œil, chiche ! Qui a besoin d'une boule de cristal ou de feuilles de thé, Abner ? Qui a besoin d'une aiguille ?

Le vieil homme tourna prudemment la tête vers l'arrière de la camionnette. Les gorets avaient cessé de crier et de lancer des ruades, mais ils tiraient toujours sur leur longe, complètement terrorisés. Ils dégageaient une odeur âcre d'urine et de peur.

D'une voix tendue, étranglée, le vieil homme dit :

— Ma Dorothy vous dit la vérité, monsieur. Nous ne raconterons rien à personne, je le jure.

— L'œil, Abner, répéta Terence.

Le vieil homme regarda le cochon qui se trouvait le plus près de lui. La bête cessa de se démener et se tint parfaitement immobile, même si son frère continuait de se frotter contre lui. Elle leva la tête et regarda le vieil homme avec... quoi ? Avec sympathie ? Avec chagrin ? Avec stupeur ? Après tout, comme le vieil homme l'avait dit, ils étaient des êtres vivants, nos semblables.

Les cils du goret étaient blancs et hérissés, mais son œil était d'un noir transparent. Il réfléchissait toute chose dans le moindre détail, de façon incurvée — le hayon, la pluie, le ciel tourmenté, la frêle silhouette voûtée du vieil homme qui cherchait dans son propre reflet un signe magique qu'on allait l'épargner.

L'œil réfléchit l'arc brillant de la faucille de Terence, telle une nouvelle lune se levant dans un film projeté en accéléré.

Le vieil homme tourna la tête vers Terence, une fraction de seconde avant que celui-ci le frappe. Il leva vivement son bras pour se protéger. La faucille fit sauter les quatre doigts de sa main gauche, dans un amas de débris d'articulations et de sang. Elle ricocha sur le côté gauche de son visage et lui découpa la partie supérieure de son oreille, la plupart de sa joue, et un lambeau charnu et écarlate de lèvre.

Le vieil homme cria et s'affaissa lourdement contre le flanc de la camionnette. Saisis de panique, les gorets se mirent à crier, à ruer et se débattre. Du sang aspergea la lunette arrière de la camionnette et se répandit sur le siège du conducteur. Emily criait, elle aussi.

A présent, Terence était fou de rage. Ce jour sacré devenait une farce. Ce jour du salut était gâché par des emmerdeurs, des blasphémateurs, des éleveurs de porcs stupides, et des femmes.

Un autre grondement de tonnerre à crever le tympan le submergea alors qu'il se penchait vers le vieil homme et commençait à le frapper et à le taillader sans relâche.

Le vieil homme hurla et tenta de se remettre debout. Mais sa main ensanglantée glissa le long de la portière mouillée de la camionnette et laissa un hiéroglyphe strié de pluie.

A l'intérieur de la camionnette, la vieille femme hurlait, elle aussi ; son visage était déformé derrière la vitre mouchetée de sang. Elle se glissa sur le siège du conducteur et ouvrit la portière, mais Terence la referma violemment. Il lui coinça certainement les doigts, parce qu'il l'entendit crier comme un animal pris au piège.

Terence s'acharnait sur le vieil homme ; ses coups furieux s'abattaient selon un dessin en chevrons, d'abord sur la gauche, puis sur la droite. Le vieil homme poussa un hurlement rauque et saccadé, tandis que la faucille de Terence lui tailladait le cuir chevelu, le visage et ses bras levés.

Du sang giclait partout. Terence n'avait jamais vu autant de sang, excepté à l'intérieur de l'abattoir. Il avait l'impression de prendre une douche de sang.

La faucille produisait un son vif, mat et satisfaisant, comme quelqu'un croquant dans une pomme. Elle sectionna la main droite du vieil homme, puis son avant-bras gauche. Elle découpa la plupart de son cuir chevelu, si bien que ses cheveux se mirent à pendre devant les yeux en des touffes poissées de sang. Des lambeaux de chair tombaient tout autour de lui.

Dans une tentative désespérée pour se protéger, le vieil homme se recroquevilla sur lui-même, le visage appuyé contre la chaussée balayée par la pluie. Alors Terence entreprit de lui hacher le dos et les épaules avec une épouvantable détermination. La veste du vieil homme devint noire, imbibée de sang.

A l'arrière de la camionnette, les gorets continuaient de pousser leurs cris horribles et de ruer contre les flancs de la camionnette, en proie à une panique absolue.

Terence brandit la faucille afin de donner le coup de grâce au vieil homme. Il percevait la saveur du sang, il percevait la saveur de l'eau de pluie. Il voulait détacher la tête de ce bouseux de ses épaules... même si cela voulait dire que ce vieil imbécile serait sauvé aussi sûrement que Lisa et George avaient été sauvés.

Mais, comme il s'apprêtait à abattre la faucille, il sentit deux serres décharnées saisir son poignet. Il se retourna, furieux, frustré, le visage ruisselant de sang. L'épouse du vieil homme, Dorothy, était descendue de la camionnette, s'était approchée derrière lui et s'agrippait violemment à son bras.

— Arrêtez ! hurla-t-elle. Arrêtez ! Arrêtez ! Vous êtes en train de le tuer ! C'est mon mari ! Il ne vous a rien fait !

Terence dégagea son bras d'un mouvement brusque et regarda la femme d'un air incrédule. Il était vraiment stupéfait qu'elle soit intervenue. Normal ! Allons, elle était toute petite, les cheveux blancs, maigre comme un clou. Le vent et la pluie auraient dû la soulever du sol et l'emporter comme un fétu de paille ! Elle portait un chemisier rouge à carreaux et un jean, et des boucles d'oreille en plastique rouge. C'était la femme d'un péquenot : l'épouse âgée d'un bouseux cacochyme !

— Vous êtes en train de le tuer ! répéta-t-elle, les yeux voilés de larmes. C'est mon mari, et le père de mes enfants, et vous êtes en train de le tuer !

Terence baissa les yeux. Près de lui, sur l'asphalte détrempé, le vieil homme était courbé en deux, les moignons de ses mains plaqués sur sa poitrine. Il gémissait comme une porte aux gonds rouillés, *eerrrggghhhh*, *errrggghhh*, et frissonnait. Du sang dégouttait de sa bouche : une large flaque de sang s'écoulait de dessous lui et se mélangeait à la pluie.

— Je ne l'ai pas encore tué, répliqua Terence, d'une voix calme et indifférente. Pourtant ce n'est pas faute d'avoir essayé... vous devez m'accorder au moins ça. J'ai tranché à peu près tout ce que je trouvais. Excepté sa tête, bien sûr, et j'allais justement le faire.

— Laissez-le tranquille, lui ordonna la vieille femme. (Elle ôta ses lunettes à cause de la pluie, mais ne quitta pas Terence des yeux un seul instant.) C'est mon mari. Laissez-le tranquille !

Terence se détourna à demi. Il se massa le coude droit, comme si tous ces coups assenés avec la faucille lui avaient froissé des muscles. Les gorets s'étaient un peu calmés depuis que Terence avait cessé de frapper, mais comme il les regardait à nouveau, ils recommencèrent à couiner de plus belle, complètement paniqués.

Il se retourna alors vers la vieille femme et, dans le même mouvement, ramena son bras droit derrière lui, très loin, avec toute l'aisance d'un bon joueur de tennis. La faucille tournoya, brilla, prit de la vitesse, et puis *tchac !*, la tête de la vieille femme vola de ses épaules, se vida de son sang comme un seau qu'on renverse, heurta l'arrière de la camionnette avec un bruit sourd, roula jusqu'au hayon et s'immobilisa. Les yeux demeurèrent fixés sur la paille, grands ouverts, comme s'ils n'avaient encore jamais vu de la paille.

Son corps resta debout ; du sang jaillissait de son cou béant en un jet saccadé, haut de quarante ou cinquante centimètres. Terence regardait d'un air hébété. C'était incroyable que son corps puisse rester debout aussi longtemps, comme s'il était convaincu qu'il pouvait continuer de vivre, même sans tête. Terence s'attendait presque à ce qu'elle fasse un pas vers lui, ou tente de l'empoigner. Puis une violente bourrasque la saisit, et ses genoux fléchirent brusquement. Elle pirouetta de côté et s'affaissa sur la chaussée ensanglantée près de son époux. L'un de ses pieds se contracta nerveusement dans sa chaussure de toile bon marché, une fois, deux fois, puis s'immobilisa.

Terence taillada alors l'épaule du vieil homme plus par dépit que poussé par une véritable envie de le blesser. Cette fois, le vieil homme reçut le coup sans se plaindre. Il souffrait trop pour faire quoi que ce soit, sinon mourir.

— Pourquoi ne me tuez-vous pas ? sanglota-t-il. Pourquoi ne me tuez-vous pas ?

— Parce que tu es déjà mort ! lui cria Terence afin que le vieil homme l'entende malgré l'orage. Nous sommes *tous* morts. Quelle différence cela fait-il ? Nous sommes tous des voyageurs, tous. Nous empruntons tous la route du non-retour.

— Allez vous faire foutre, dit le vieil homme.

Et il était tout à fait évident, d'après la façon dont il le dit, qu'il n'avait jamais injurié quelqu'un, jamais, de toute sa vie, homme ou enfant, depuis qu'il avait commencé à parler. Un homme posé, modeste, qui allait à l'église. Oui, tel était le genre d'homme que Terence venait de tailler en pièces.

Il finit par s'effondrer et Terence, fatigué et éperdu, *contrarié* même, se redressa.

— Tu ne pouvais pas mourir tout simplement, hein ? dit-il au corps du vieil homme. Tu ne pouvais pas mourir tout simplement ? Il a fallu que tu en fasses tout un plat. Et que tu jures. Tu étais à une minute et demie du ciel, et il a fallu que tu jures !

L'orage s'était déchaîné de façon presque risible. La pluie s'abattait en diagonale sur les champs et tambourinait sur les flancs de la camionnette. Le sang que Terence avait fait coûler se déversait dans le fossé, entraîné avec la boue.

Levant une main pour protéger son visage de la pluie, Terence alla jusqu'à la portière côté conducteur ouverte et jeta un coup d'œil à l'intérieur du véhicule. L'autre portière était également ouverte. Les sièges étaient mouchetés de sang et de pluie, et il aperçut un sac à main en cuir beige fatigué, un sac à provisions, et un tricot bleu pâle soigneusement plié : un chandail, peut-être, ou une veste en laine pour enfant. Quoi que ce fût, il ne serait jamais terminé maintenant. Mais Emily avait disparu. La portière côté passager grinçait au gré du vent et la pluie dégoulinait par saccades le long de la vitre.

Terence se redressa et regarda autour de lui ; il renifla, battit des paupières, se protégeant les yeux des mains. La pluie était si violente que les champs se voilaient d'une fine brume argentée. Il ne voyait rien au-delà de soixante ou soixante-dix mètres.

— Nom de Dieu, il faut que je la sauve, chuchota-t-il. C'est le jour, c'est le grand jour ! Il faut que je la sauve. Je ne peux pas l'abandonner maintenant.

Il contourna l'avant de la camionnette en chancelant, comme si quelqu'un lui avait donné un coup de poing. La pluie lui coulait sur la nuque et dégoulinait du bout de son nez. Il scruta le bas-côté de la route, à la recherche d'empreintes de pas, mais la pluie torrentielle avait changé le fossé et l'accotement en des mares écumantes de boue ocre. Dieu du ciel, il avait l'impression de se noyer ! Son jean trempé lui collait aux cuisses, le dos de sa chemise pendait lamentablement. Et le vent continuait de se déchaîner, à tel point que les gorets à l'arrière de la camionnette cessèrent leurs couinements et se mirent à pousser des gémissements de désespoir, comme des êtres humains convaincus qu'ils vont mourir.

— Emily ! hurla Terence. Où es-tu, Emily ?

Il plissa les yeux et chercha à percer la pluie. D'abord, il ne vit absolument rien. Et puis... qu'est-ce que c'était ? Une fleur, dodelinant dans l'obscurité ? Une fleur, un arbuste, ou bien une petite fille vêtue d'une robe à fleurs trop juste pour elle, une petite fille aux lunettes embuées par la pluie, qui courait à toutes jambes ?

Terence traversa la chaussée à petits bonds et s'élança vers le champ. Il ramena ses cheveux en arrière de la main qui tenait la faucille, et il se mit à courir. Ses chaussures et le bas de son jean étaient alourdis par la boue, mais il continua de courir, de plus en plus vite. Ses jambes lui faisaient mal, ses bras lui faisaient mal. Ses poumons étaient obstrués de glaires. Mais il rejeta sa tête en arrière, ferma les yeux, et il jura au Seigneur Tout-Puissant qu'il sauverait Emily de tout ça. Il la sauverait, il la sauverait ! Devant lui, il était certain d'apercevoir cette robe à fleurs qui apparaissait et disparaissait, et il savait ce que c'était, c'était Emily.

Il était bien trop essoufflé pour l'appeler, mais il ferma les yeux à nouveau et dit une prière pour elle ; il promit, il *promit* de la sauver, coûte que coûte, même s'il devait courir pendant des kilomètres et des kilomètres.

Il allait courir, courir jusqu'à ce que le soleil se lève, mais il la sauverait.

Devant lui, à une centaine de mètres seulement devant lui, Emily pleurait et courait en même temps. Elle savait que papa la poursuivait, même si elle ne s'était pas retournée une seule fois pour regarder. Elle ne l'aurait pas vu, même si elle l'avait fait. La pluie était si violente qu'elle avait retiré ses lunettes, et elle les tenait dans sa main. Elle était épuisée, trempée jusqu'aux os, mais elle savait qu'elle ne pouvait pas s'arrêter. Elle n'avait pas vu Abner mourir, elle n'avait pas vu Dorothy mourir, mais elle avait entendu les gorets crier et elle avait vu le sang gicler sur la lunette arrière de la camionnette, et elle savait qu'elle devait courir, courir.

Elle ne savait pas où elle allait. Elle ne savait même pas où elle était.

La pluie commença à s'atténuer un tout petit peu. Terence sentait qu'elle s'atténuait, et que le vent tombait. Maintenant il voyait Emily clairement, et il était sûr que c'était Emily. Il apercevait sa robe. Il apercevait ses jambes pâles et couvertes de boue.

Il poussa un grognement de triomphe humide et catarrhal. Ce serait bientôt fini, il allait servir Dieu. Il fit tournoyer sa faucille, encore et encore, elle vrombit sous la pluie, et il comprit que Dieu était avec lui. S'il n'avait pas été aussi essoufflé, si sa poitrine et ses poumons n'avaient pas été aussi congestionnés, il aurait crié « Alléluia » La fin du sang impur.

A présent, une trentaine de mètres seulement les séparait. Le champ était tellement détrempé et la boue tellement épaisse que Emily pouvait tout juste trottiner en trébuchant. Derrière elle, papa maintenait une allure régulière. Elle entendait ses pas lourds faire *splatch-splatch-splatch* dans les sillons. Elle tourna la tête : il était si près qu'elle distingua sa silhouette floue, même sans ses lunettes. Une haute silhouette déformée, telle une ombre à moitié fondue, avec à la main une lame incurvée et brillante.

Et il continuait à gagner du terrain, obstiné et déterminé. Il ne l'appelait pas, il ne disait rien, mais faisait lentement, continuellement tournoyer cette lame autour de sa tête, et maintenait ce trot régulier et lourd.

Elle réussit à parcourir une soixantaine de mètres encore, puis tout cela devint trop pour elle. Le choc de ce qui s'était passé, le sang, la pluie, les gorets qui criaient... Elle trébucha et tomba dans la boue ; elle resta étendue là, pleurant, hors d'haleine, épuisée. Et papa fut à même de cesser de courir et de marcher. Il vint lentement vers elle, abaissa sa faucille, essuya la pluie sur son visage. Il était trempé, à bout de souffle, mais toujours compatissant.

Elle ouvrit les yeux et vit ses chaussures et son jean crottés, mais elle n'eut pas le courage de regarder plus haut.

Il s'assit à côté d'elle, dans la boue, et enfouit sa tête entre ses genoux. Il avait l'impression que son cœur était un bloc de pierre ponce qui grattait sa cage thoracique à chaque battement. Il était trempé par la pluie et la sueur, il puait, était couvert de sang et à bout de forces. Mais il avait péché, et le Seigneur lui avait accordé la faveur d'expier ses péchés. Et sauver Emily était le tout dernier acte qu'il devait accomplir, avant que sa place au ciel soit assurée.

— Emily ? dit-il finalement, toujours hors d'haleine.

Emily le regarda fixement, trop essoufflée et trop terrifiée pour répondre. Elle sentait la boue et les barbes du jeune blé d'hiver contre sa joue.

— Je dois reconnaître, Emily, que tu m'as fait sacrément courir, ça oui !

Il se racla la gorge, toussa, et expédia un glaire dans la pluie.

— Tu sais quoi, Emily ? Tu as bien failli me tuer, à courir comme tu l'as fait. Tu as bien failli m'envoyer rejoindre mon Créateur avant toi.

Il demeura silencieux un moment, essaya de reprendre haleine, puis dit :

— Je t'aime, Emily, je veux que tu le saches. Je t'aime tout autant que j'aimais Lisa et George. Je t'aime de tout mon cœur, de tout mon cœur. Voilà pourquoi. Tu ne me reproches pas ce que j'ai été obligé de faire aujourd'hui, hein ? Tu ne me juges pas pour cela ? C'est dans la meilleure intention, crois-moi, mon poussin. C'est ce qu'on entend par expiation, par faire amende honorable. Tu sais, quand on dit : pardon, Seigneur, j'ai péché, j'ai beaucoup péché, et maintenant je te fais toutes mes excuses, de la seule façon que je connaisse.

Emily déglutit, et cela lui fit mal.

— Ne me tue pas, le supplia-t-elle.

Il renifla, fronça les sourcils et secoua la tête.

— Je t'en prie, ne me tue pas, répéta-t-elle.

Elle s'efforçait de parler d'une voix atone, comme le font la plupart des victimes, afin de ne pas irriter ceux qui ont l'intention de les tuer. La pluie continuait de leur cingler le visage. Ils étaient tellement trempés et crottés qu'on aurait pu les prendre pour des tas de chaume, ou des amas de boue dégagée au bulldozer. Ils se fondaient dans le paysage de l'Iowa.

Terence se remit debout péniblement. Il essuya sa faucille sur sa manche couverte de boue.

— Il faut que tu t'assieds, mon poussin. Sinon, je ne pourrai pas te couper la tête proprement.

Emily ne bougea pas et resta allongée sur le flanc, dans un sillon. Ses yeux restaient ouverts mais ne distinguaient plus rien. Elle respirait par la bouche.

Terence se pencha vers elle et lui tapota le bras avec la pointe de sa faucille.

— Emily... il faut que tu t'assieds, lui dit-il gentiment.

— Je serai un rayon de soleil pour le bon Dieu ? demanda Emily d'une petite voix.

Terence sourit et hocha la tête. Une fine traînée de morve pendait de son nez.

— Mais oui, Emily, bien sûr ! C'est tout à fait exact. Tu seras un rayon de soleil pour le bon Dieu !

Finalement, Emily se redressa et s'assit. Terence se mit à tourner autour d'elle. Il avait la démarche saccadée d'un pantin. Il rayonnait de vertu, ignorait la pluie, ignorait l'orage. Il pensait seulement à ce qu'il pouvait faire pour elle. Il pouvait la sauver ! Il pouvait l'envoyer au ciel ! Immédiatement, depuis ce champ détrempé et balayé par le vent, tout droit vers le ciel, où il faisait chaud, où tout était doré et baigné de soleil !

— Tu es prête ? lui demanda-t-il.

Emily semblait hébétée. Emily *se sentait* hébétée. Elle pouvait seulement penser à maman, à son lit, et au jambon rôti pour le dîner. Ses jambes étaient endolories... elle avait tellement couru... et elle détestait être trempée. Elle espérait que mourir ne faisait pas mal.

Terence se pencha vers elle ; son nez était à cinq ou six centimètres seulement du nez d'Emily.

— Je vais te sauver, Emily. Cela va être merveilleux ! Tu vas rejoindre Jésus, saint Jean-Baptiste, et tous les anges de Dieu ! Plus de sang impur, Emily. Plus de sang impur !

Emily plissa les yeux. Par-dessus l'épaule de papa, il lui semblait apercevoir à travers la brume une lumière bleue qui scintillait. Cela disparut un moment, et elle pensa que c'était probablement un effet de son imagination. Puis elle la vit à nouveau, distinctement... une lumière bleue... puis üne lumière rouge.

— Allez, mon poussin, finissons-en, dit Terence. Il y a un temps pour vivre et un temps pour mourir. Le moment de mourir est venu pour toi.

Emily détourna délibérément les yeux des lumières clignotantes. Elle était terrifiée à l'idée que papa puisse les voir, lui aussi, et la frappe avec la faucille avant qu'on ait le temps de venir à son secours.

— Est-ce que je peux essuyer les verres de mes lunettes ? lui demanda-t-elle. (Ce fut tout ce qui lui vint à l'esprit.) Je voudrais voir le monde distinctement, juste une dernière fois.

— Tu veux essuyer les verres de tes lunettes ? s'exclama-t-il, comme si elle avait demandé une chose parfaitement absurde... une petite culotte de dentelle, un Big Mac, ou un dernier tour de toboggan à la fête foraine.

Puis il pensa : pourquoi pas ? Ainsi elle verra le monde tel qu'il est... pitoyable, désolé et dévasté par les orages ! Et elle le quittera avec joie.

— Bien sûr, dit-il. Pas de problème. Mais fais vite.

Il se tint près d'elle. Il ferma les yeux et leva son visage afin de sentir la tempête de pluie lui cingler les joues. L'Apocalypse ! Ton règne arrive, Seigneur !

Emily s'assit dans la boue et essuya consciencieusement les verres de ses lunettes avec le bord de sa robe. Lorsqu'elle les mit, les verres étaient toujours sales, mais elle comprit qu'elle était sauvée. Elle sut que Dieu avait finalement veillé sur elle !

Elle voyait distinctement ce que papa ne pouvait pas voir : les gyrophares rouge et bleu de deux voitures de patrouille, voilées par la pluie, qui cahotaient à travers le champ et venaient lentement dans leur direction.

Les voitures s'arrêtèrent, toutes les deux, à moins de vingt mètres de distance. Des portières s'ouvrirent, des officiers de police descendirent et sortirent leur arme de leur étui. La pluie tombait entre eux en nappes épaisses.

— Papa ? fit Emily timidement.

Terence ne l'entendit pas.

— Papa ? répéta-t-elle, un peu plus fort.

Elle était prête à se lever d'un bond et à courir si jamais il essayait de la frapper avec la faucille.

Terence ouvrit les yeux, les bras écartés, comme le Christ sur la croix.

— *On ne bouge plus* ! lui hurla l'un des officiers de police.

Terence commença à se retourner, mais l'officier de police hurla : « *On ne bouge plus !* » une seconde fois, et Terence s'immobilisa.

— Lâchez cette faucille ! ordonna l'officier de police.

Durant une longue seconde, Emily pensa qu'il n'allait pas lâcher la faucille, qu'il allait tenter de la frapper. Puis, sans même baisser les yeux vers elle, il laissa la faucille tomber de ses doigts. Elle se planta dans la boue, à la verticale.

— Maintenant, à plat ventre ! cria l'officier de police.

Terence se laissa tomber à genoux, puis s'allongea sur le sol, jambes et bras écartés. Un jeune officier de police avec une moustache noire s'approcha en courant. Il aida Emily à se relever, la prit dans ses bras et revint au petit trot vers la voiture de patrouille. Sa veste était humide et rêche, et son insigne égratigna le bras d'Emily.

— Elle est grièvement blessée ? demanda l'un des officiers de police.

— Une entaille à l'épaule. Elle est probablement en état de choc. Je l'emmène tout de suite au Centre de Traumatologie de Mercy.

L'officier de police emmitoufla Emily dans une couverture et l'aida à s'asseoir sur le siège arrière de la voiture. Le véhicule empestait le désinfectant, le vinyle et les cigares rances. Elle jeta un dernier regard à papa : il était toujours allongé sur le sol, jambes et bras écartés, surveillé par deux officiers de police. Dans le lointain, elle apercevait le tire-bouchon sombre d'une tornade qui se formait, et elle se rappela ce que papa lui disait, chaque fois qu'ils voyaient une tornade :

— C'est le diable qui danse sur la terre du bon Dieu !

La voiture de patrouille rejoignit la route et fila vers Cedar Rapids, sa sirène en marche, en soulevant des gerbes d'eau.

Elle passa à la hauteur de la camionnette El Camino. Un homme colossal, portant un chapeau de shérif détrempé et un volumineux ciré en plastique gris, lui fit un petit salut désinvolte.

Un adjoint contourna l'avant de la camionnette, le col de son ciré relevé. Malgré l'obscurité, il portait des lunettes de soleil aux verres ambrés.

— J'arrive pas à trouver la tête de la femme ! cria-t-il.

Le shérif eut l'air exaspéré.

— Il ne l'avait pas avec lui, d'accord ?

L'adjoint secoua la tête.

— Merde, fit le shérif. Il ne manquait plus que ça. Et au beau milieu d'un putain d'orage, en plus !

L'adjoint se baissa et regarda sous les sièges de la camionnette. Puis il se dirigea vers l'arrière. Comme il s'approchait, les gorets poussèrent des couinements furieux, et il recula.

— Bordel, ces porcs sont vachement nerveux.

Le shérif le rejoignit et jeta un coup d'œil. L'un des gorets se mit aussitôt à crier après lui, mais il se campa devant lui et dit :

— Ferme-la, face de bacon !

Le premier goret continua de crier, mais le second était trop occupé à renifler et à fureter dans la paille. Sous la paille, deux des cannelures dans le plancher métallique étaient remplies d'une eau de pluie souillée de sang, que le goret lapait avidement.

Du sang ? Et merde, d'où venait ce sang ?

Le shérif scruta la plate-forme du véhicule, et il aperçut ce qu'il cherchait : la tête de la vieille femme. Elle le regardait timidement de dessous la paille, comme s'il l'avait surprise en train de jouer à cache-cache.

— Bon Dieu, frissonna-t-il.

La femme semblait presque lui sourire. Puis il lança :

— Henry ! Ce n'est plus la peine de chercher ! Ça y est, je l'ai trouvée !

2

Lorsque le shérif arriva chez les Pearson, Mrs Pearson était assise dans la cuisine ; elle portait toujours son tablier bleu à fleurs. C'était une femme de trente-six ou trente-sept ans, très jolie, svelte, et l'air fatigué. Elle avait un visage anguleux à la Katharine Hepburn, des cheveux blonds grisonnants et des yeux de la couleur de bleuets pressés entre les pages d'un livre, et qui ont fané.

La cuisine était bien équipée mais curieusement démodée, comme la cuisine dans *Ma sorcière bien-aimée*. Il y avait un énorme réfrigérateur Westinghouse des années soixante avec des portes bleu et rose, un percolateur électrique Robbiari en acier inoxydable, et une gazinière colossale couleur crème, encombrée de casseroles. Le four avait été éteint, mais il faisait encore chaud dans la cuisine emplie de vapeur qui sentait le jambon en train de cuire.

Le shérif-adjoint Edna Bulowski était assise auprès de Mrs Pearson. Edna Bulowski avait des cheveux châtains coiffés en tresse, des lunettes à monture en acier, et un grain de beauté orné d'un poil. Elle lança au shérif un regard qui signifiait « allez-y en douceur, d'accord ? ».

— Mrs Pearson... Iris..., dit-elle doucement.

Mrs Pearson leva les yeux, l'air éperdu, manifestement en état de choc. Elle ne pleurait pas, mais elle tordait et tordait un mouchoir dans ses mains, et donnait l'impression qu'elle pouvait craquer à tout moment.

— Iris, c'est le shérif Friend. Il aimerait vous poser une ou deux questions.

Le shérif ôta son chapeau humide et le posa sur la table.

— Bonjour, Iris. Appelez-moi donc Luke, vous voulez bien ?

Iris acquiesça d'un petit signe de la tête. Luke tira une chaise et demanda :

— Je peux m'asseoir ? Je vous promets que je ne casserai pas cette chaise. Il y a du café dans ce pot, Edna ? Je suis resté trois heures sur la 151, à me faire doucher copieusement !

Luke était énorme et mesurait plus d'un mètre quatre-vingt-dix. Il avait des épaules de taureau, des cheveux châtains coupés ras, et un large visage aux traits slaves. Ce matin, son pèse-personne lui avait dit qu'il pesait cent cinquante-deux kilos... et cela après avoir perdu six kilos grâce à un régime « pas de cookies-pas de pommes de terre-et surtout pas de Snickers ». Il avait toujours été gros, depuis son enfance. C'était peut-être un problème d'hormones, peut-être la cuisine de sa mère. Lorsqu'il était gosse, la famille Friend ne se levait jamais de table avant que tout le monde ait fait assiette nette... côtelettes de porc, farce, patates douces et gâteaux secs, suivis de crème glacée et de pâtisseries, le tout accompagné de litres de lait froid.

Luke était gros, mais il était remarquablement agile pour un homme de sa corpulence. Il suivait des cours de judo la plupart des week-ends, nageait chaque fois qu'il le pouvait, et ne s'entraînait pas assez au centre de remise en forme de la Troisième Avenue.

— Iris, dit-il en prenant les mains de Mrs Pearson. Tout d'abord, je tiens à vous dire que nous sommes désolés, moi et tous mes adjoints. C'est une horrible tragédie. Le genre de chose qui ne devrait jamais arriver à personne. Et le plus affreux, c'est que cela vous est arrivé.

— Merci, chuchota Iris. (Ses yeux allaient et venaient en tous sens sans rien voir véritablement.) Tout le monde a été si gentil.

— J'ai appelé le centre de traumatologie en venant ici. Emily va bien. Elle n'a même pas besoin de points de suture. Elle devrait pouvoir rentrer demain.

Iris hocha la tête.

— Merci.

Edna Bulowski tendit à Luke une tasse de café noir. Il sortit un tube de Sweetex de l'un des étuis à cartouche de son ceinturon, et fit tomber cinq édulcorants dans le café. Il hésita, puis fit tomber un sixième comprimé.

— Iris, dit-il, je sais que vous êtes bouleversée, après tout ce qui s'est passé aujourd'hui, mais plus vite je saurai pourquoi Terence a fait ce qu'il a fait, mieux ce sera.

Iris secoua la tête.

— Je n'ai jamais su pourquoi, répondit-elle.

Luke remuait vigoureusement son café.

— Vous n'avez *jamais* su pourquoi ?

— Non, chuchota-t-elle. Jamais.

Luke réfléchit un instant. Puis il dit :

— Lorsque vous dites que vous n'avez *jamais* su pourquoi, cela laisse supposer que cette situation durait depuis un certain temps. Il avait déjà menacé de faire ça ?

— Non, dit Iris.

— Donc il n'avait jamais menacé de faire une telle chose auparavant ? Vous avez été totalement prise au dépourvu lorsqu'il a fait ça ?

— Il n'avait jamais proféré la moindre menace auparavant et il n'a proféré aucune menace aujourd'hui. Il l'a fait, sans me le dire. Il a emmené mes enfants et il les a tués, sans même me le dire.

— Mais vous avez dit que vous n'aviez *jamais* su pourquoi.

Elle haussa les épaules. Ses yeux commençaient à se remplir de larmes.

— C'est parce que c'est la vérité. Tous ces propos sur la Bible et sur le sang impur. Il en parlait constamment, il n'arrêtait pas. Il ne se passait pas un seul jour sans qu'il parle du sang impur. Je n'ai jamais compris ce qu'il essayait de me dire. Je lui ai demandé de m'expliquer. Vous ne pouvez pas savoir combien de fois je lui ai demandé de m'expliquer. Mais il se contentait de répondre : « C'est un secret, c'est honteux, et personne ne doit savoir. »

Luke but une gorgée de café puis reposa doucement la tasse sur sa soucoupe.

— Ce genre de propos, cela durait depuis longtemps ?

— Depuis notre mariage, cela fait douze ans maintenant.

Les deux premiers mois, tout semblait parfait. Tout était merveilleux ! Et puis nous avons passé quelques jours chez son père à Des Moines, et après cela, il a changé, du tout au tout, brusquement. Il a commencé à être préoccupé, à faire des cauchemars, à tenir de longs discours sur la Bible. Il n'arrêtait pas de parler du sang impur.

— Est-ce que vous avez consulté quelqu'un ? demanda Luke. Vous savez, un psy, ou un prêtre ?

Iris secoua la tête à nouveau.

— Il disait qu'il allait très bien. Il disait que, aussi longtemps que nous n'aurions pas d'enfants, aussi longtemps que nous ne tenterions pas le sort, tout irait à merveille.

— Aussi longtemps que vous n'auriez pas d'enfants ?

— C'est exact.

— Mais vous avez eu des enfants, dit Luke. Vous avez eu trois enfants.

Iris baissa les yeux.

— Oui, chuchota-t-elle. Trois enfants.

— Mais pourquoi, s'il vous avait avertie que vous ne deviez pas en avoir ?

— Je ne sais pas. Je pense que c'est arrivé comme ça, c'est tout. D'abord il y a eu Emily. Emily était un accident. J'ai dit à Terry que je me ferais avorter, s'il le désirait, mais il s'y est opposé catégoriquement. Il a dit que cela devait arriver, que ce soit bien ou mal. J'ai cru qu'il était content, vraiment content. Mais lorsque Emily est née, il s'est enfermé dans sa chambre pendant presque quatre jours, et lorsqu'il est sorti, il était affreux à voir. On aurait dit un squelette. Décharné, hagard, je ne sais pas.

— Est-ce qu'il vous a dit pourquoi ?

— Non, répondit Iris d'un air réfléchi. Non... il ne m'a jamais dit pourquoi.

— Et vous n'étiez pas curieuse, à tout le moins, de savoir pourquoi ?

Elle baissa les yeux et parcourut du regard le carrelage de la cuisine, comme si elle cherchait quelque chose qu'elle avait fait tomber, une boucle d'oreille ou une vis du percolateur Robbiari.

— Oh, bien sûr, j'étais curieuse. Mais Terry n'est pas le genre d'homme à qui on peut poser trop de questions. Ne vous méprenez pas, c'est un bon père. (Elle hésita et tirebouchonna son mouchoir de plus en plus fort.) *C'était* un bon père... avant ceci, avant aujourd'hui. Les enfants l'adoraient et il semblait les adorer, lui aussi. Je pensais qu'il les adorait. Je le pensais sincèrement. Sinon, je ne l'aurais pas laissé les emmener. Je les aurais gardés à la maison et je lui aurais interdit de les toucher !

Luke l'observa un moment, les mains jointes sur son estomac. Il aimait observer les gens. Souvent, il en savait plus sur une personne après cinq minutes passées à l'observer qu'au bout de cinq heures d'interrogatoire. Leurs gestes, leurs sourires inattendus. La façon dont ils se tenaient tranquilles sur leur siège, ou la façon dont ils se tortillaient. Les gens qui disent la vérité ne se mordillent pas les ongles après chaque phrase. Les gens qui disent la vérité ne lèvent jamais les yeux pour contempler le plafond. Jamais.

Finalement, il demanda :

— Que se passait-il ici, Iris ? Il faut que je sache. Vous n'avez rien à craindre de la part de Terry, il ne peut pas vous faire du mal, si vous parlez. Nous l'avons pris sur le fait. Il passera le restant de ses jours à Fort Madison, sûr et certain. Vous n'avez absolument rien à craindre.

Iris le regarda de ses yeux fanés, pitoyables. Elle ouvrit la bouche comme si elle était sur le point de dire quelque chose, mais elle n'en fit rien.

Luke s'extirpa péniblement de sa chaise et contourna la table. Il alla jusqu'à l'évier et regarda par la fenêtre. La moitié inférieure de la fenêtre était masquée par un rideau de percale à carreaux rouge cerise, mais par la moitié supérieure il apercevait les nuages noirs au-dessus des immeubles du centre de Cedar Rapids, et la pluie qui formait comme un suaire grisâtre. Le plus fort de l'orage était passé maintenant, mais il pleuvait toujours, et les gouttières continuaient de gargouiller.

— Est-ce que je peux prendre l'un de ces cookies ? demanda-t-il à Iris, ôtant le couvercle d'un pot à biscuits en porcelaine qui avait la forme d'un petit tonneau rempli de fleurs et portait l'inscription « Village Tchèque, Cedar Rapids, Iowa ».

Iris ne répondit pas et Luke prit trois cookies à la noix de pecan qu'il commença à grignoter. Il se tenait juste derrière Iris et voyait son visage réfléchi dans la vitre du buffet de cuisine.

— Ils sont délicieux, dit-il. Je ne devrais pas en manger, mais je suis faible.

— Moi aussi, fit Iris d'une voix terne.

— Pourquoi dites-vous cela ?

Il y eut un silence, puis elle répondit :

— Je pense que j'ai toujours su qu'un jour, il ferait quelque chose d'horrible. Je sentais cela s'accumuler et s'accumuler.

— Iris, dit Luke, observant l'expression sur le reflet de son visage. Ce n'est pas de votre faute. Ce n'est la faute de personne, excepté Terry, et Terry est sous les verrous. Vous n'auriez rien pu faire. Absolument rien.

— J'aurais pu leur dire de ne pas sortir avec lui ! explosa Iris, les larmes aux yeux, se tournant sur sa chaise.

— Allons, allons, la calma Luke en lui caressant les cheveux. Vous auriez pu faire ça, bien sûr. Mais *pourquoi* l'auriez-vous fait ? Vous n'aviez aucune raison valable de le faire, n'est-ce pas ?

— Mais il y a toujours eu la chambre. J'aurais dû deviner que quelque chose tournerait mal, un jour. Les hommes normaux n'ont pas une chambre.

— De quoi parlez-vous ? demanda Luke. Quelle chambre ?

Iris s'essuya les yeux.

— Terry a une chambre. Au premier, au fond du couloir. Il la ferme toujours à clé, et il ne m'a jamais permis d'y entrer.

— Pas même une fois ?

— Jamais.

Luke avala son dernier cookie et ôta de la main les miettes sur sa chemise.

— Que pensez-vous qu'il garde dans cette pièce ?

— Je ne sais pas. J'ai souvent essayé de deviner. Au début, j'ai pensé... vous savez, des revues pornographiques, ou quelque chose comme ça. Et puis je me suis dit, non, nous avons une vie sexuelle normale, pourquoi s'enfermerait-il dans sa chambre avec des revues pornographiques ? Ensuite j'ai pensé qu'il méditait, qu'il s'isolait de la vie de tous les jours, qu'il essayait de recharger ses batteries, vous comprenez ? Et puis j'ai arrêté d'essayer de réfléchir, parce que je ne parvenais pas à concevoir ce qu'il gardait dans cette chambre, ni pourquoi il y passait tellement de temps. Petit à petit, j'ai accepté le fait qu'il agissait ainsi, et que je ne saurais jamais.

Luke souleva le couvercle de la plus grosse des casseroles.

— Du maïs, hein ? J'adore le maïs !

Iris leva les yeux vers lui.

— Vous en voulez ? Servez-vous. Je suis incapable de manger quoi que ce soit.

— Hon-hon... ne me tentez pas, dit-il.

Excepté les cookies d'Iris, il n'avait rien mangé depuis le petit déjeuner. Mais il aurait été tout autant incapable de toucher à ce dîner familial intact que de manger de la corneille morte ou du rat rôti. Cette famille avait été massacrée, par le destin, par la folie, et les deux plus petits n'auraient pas besoin de dîner là où ils allaient.

Il souleva un autre couvercle, puis un autre. Du potiron, des carottes et du chou rouge. Pauvre Lisa, pensa-t-il. Pauvre George.

Luke avait vu le médecin légiste emporter un sac plastique, argenté par l'humidité et taché de sang... un sac plastique contenant la tête de George. Luke avait vu pas mal de choses horribles au cours de ces quatorze dernières années, depuis qu'il était shérif du comté de Linn, mais il n'avait jamais vu quelque chose d'aussi horrible. En voyant ce sac, il avait compris que cela lui donnerait des cauchemars épouvantables, probablement pour le restant de ses jours.

— Vous aviez préparé du jambon rôti pour ce soir, hein ? dit Luke.

Il s'efforçait de tenir des propos anodins, mais en même temps il faisait face à la réalité de ce qui s'était passé.

Iris répondit, à regret :

— Oui, c'est exact. Nous mangeons toujours du jambon rôti le samedi soir. C'est le plat préféré d'Emily.

Luke hocha la tête et sourit.

— Vous pensez que je pourrais voir la chambre de Terry ? demanda-t-il, d'un ton aussi désinvolte que possible.

— Que voulez-vous dire ?

— Je veux parler de *sa* chambre. Celle qu'il ferme toujours à clé.

Iris le regarda et se mordilla la lèvre.

— Je n'ai pas la clé ! Et de toute façon, Terry n'aimerait pas du tout ça ! Il serait capable de...

— Il serait capable de *quoi*, Iris ? demanda Luke. Il serait capable de se mettre en colère ? Il serait capable de vous battre ?

— Il ne m'a jamais battue, dit Iris. Pas une seule fois.

— Non, bien sûr, convint Luke. Je ne pense pas que c'était nécessaire, hein ?

Il fit le tour de la table de cuisine et se campa devant elle. Un éclair scintilla au loin, et les tubes au néon de la cuisine clignotèrent et pâlirent.

— Terry est derrière les barreaux, Iris, lui rappela Luke. Terry est derrière les barreaux et il n'est pas près de sortir de prison. Vous n'avez plus à avoir peur de lui, je vous le promets.

Iris réfléchit pendant presque trente secondes ; elle continuait de balayer le carrelage du regard. Puis elle releva brusquement la tête et dit :

— Entendu. Vous pouvez aller voir. Vous *devriez* aller voir.

Elle se leva et lissa son tablier.

— Venez, dit-elle.

Edna Bulowski avait attendu sur le pas de la porte, et elle fut obligée de reculer précipitamment comme Iris et Luke sortaient de la cuisine.

— Nous allons juste jeter un coup d'œil au premier, dit Luke en lui faisant un large sourire.

— Iris, vous êtes sûre que ça va ? lui demanda Edna.

Iris fit une grimace qui était composée de neuf expressions différentes à la fois. Hébétude, indifférence, chagrin et désespoir, et bien d'autres choses.

— Je vais très bien, affirma-t-elle, même s'il était évident qu'il n'en était rien.

— Shérif, dit Edna. Est-ce que vous pouvez parler à Rick Clark de la *Gazette* ?

Luke secoua la tête.

— Dites-lui que je l'aime comme un frère et que je le verrai dans vingt minutes. Venez, Iris, allons jeter un coup d'œil à cette chambre.

Iris gravit l'escalier aux marches recouvertes d'une moquette à fleurs. La cage d'escalier était décorée d'un papier peint d'un beige anémique représentant des bambous, et il y avait six ou sept photographies de famille. Luke jeta un regard gêné sur une photographie de George dans sa poussette. Il pensa à la tête de George dans le sac plastique, et à son petit corps étendu sur le sol. Ce n'était pas souvent que Luke regrettait que la peine de mort ne fût pas appliquée dans l'État d'Iowa, mais il aurait été ravi de voir Terence Pearson payer de sa misérable vie pour ce qu'il avait fait. Guillotiné, de préférence.

Ils arrivèrent sur le palier et s'avancèrent dans le couloir. Ils passèrent devant les portes entrouvertes des chambres des enfants. Luke aperçut un cheval à bascule peint en blanc dans la chambre de George, et un grand dessin malhabile représentant une maison au milieu d'un jardin bleu clair, avec des massifs bleu clair et des arbres bleu clair. Dans la chambre de Lisa, une poupée Barbie gisait par terre, sur le dos, une jambe levée, exactement là où Lisa l'avait laissée tomber.

La chambre de Terence se trouvait tout au bout du couloir. Iris tendit le bras et prit la clé posée sur le linteau de la porte.

— Vous saviez où était la clé ? s'étonna Luke.

Elle se tourna vers lui.

— Bien sûr. Il ne la cachait pas.

— Vous saviez où était la clé et pourtant vous n'êtes pas entrée dans cette pièce ? *Jamais* ?

— Terence disait qu'il s'en rendrait compte tout de suite, si jamais je le faisais.

Luke voulut dire quelque chose, puis il se ravisa. Après tout, les gens vivaient comme ils voulaient. Il y avait seulement deux semaines de cela, il avait enfoncé la porte d'un appartement d'un immeuble situé sur la Deuxième Avenue parce que les voisins s'étaient plaints d'aboiements continuels... et il avait trouvé un homme entièrement nu qui allait et venait à quatre pattes, portant un collier de chien, tandis que sa femme, installée dans un fauteuil, regardait *Le Juste Prix* et lui jetait de temps à autre des biscuits pour chiens.

Iris déverrouilla la porte.

— Vous pensez que nous pouvons entrer ? demanda-t-elle craintivement.

— Vous voulez que je revienne avec un mandat de perquisition ? fit Luke.

— Non, dit Iris. Non, ce n'est pas nécessaire.

Ils entrèrent et Iris actionna l'interrupteur. La pièce était minuscule, environ trois mètres sur deux mètres soixante-dix. Son unique fenêtre était masquée par un épais rideau de tulle, gris de crasse. Le mur sur la gauche était entièrement occupé par des étagères en bois, qui s'affaissaient sous le poids de dizaines et de dizaines de livres ; certains étaient reliés de cuir noir craquelé, d'autres recouverts de jaquettes en papier déchirées. La pièce sentait les livres moisis — une odeur de renfermé et de poussière — et autre chose. Une odeur de fleurs séchées très vieilles.

Le mur de droite était tapissé d'une quantité de cartes, de diagrammes astrologiques et de coupures de journaux, certains ambrés du fait de leur ancienneté. Luke traversa la pièce et jeta un coup d'œil à certaines des coupures de journaux. La plupart provenaient de la *Gazette* de Cedar Rapids et de l'hebdomadaire *Marion Times*, mais quelques-unes venaient d'aussi loin que Wichita, Kansas, et Omaha, Nebraska.

Luke en examina une ou deux attentivement. Il s'attendait à découvrir des articles sur des meurtres, des sacrifices humains ou des choses de ce genre, mais ils étaient tous consacrés aux rendements du soja, à la production du maïs et à l'élevage de porcs. « Récolte de soja record pour un fermier d'Amana ». « La fièvre porcine décime un troupeau dans l'Iowa ». « Les cours du brocoli fléchissent ». Les graphiques représentaient pour la plupart des régions du MidWest ; des zones hachurées indiquaient les conditions atmosphériques — précipitations, activité orageuse et secteurs de sécheresse imprévue.

Deux des diagrammes astrologiques avaient été fortement marqués au feutre rouge. La Vierge était soulignée de trois gros traits, lesquels étaient reliés par une ligne épaisse au Bélier. Au bas de l'un des diagrammes, Terence avait écrit en majuscules JLV !!!

— Est-ce que vous savez ce que tout cela signifie ? demanda Luke à Iris.

Iris était restée sur le seuil, les bras craintivement serrés sur sa poitrine. Elle secoua la tête.

— Terence s'intéresse à l'agriculture ? aux récoltes ?

— Il travaille dans l'alimentation.

— Oui, il nous l'a dit, fit Luke. Les Aliments pour bétail Indian Creek. Et les étoiles ?

— Les étoiles ? demanda Iris, déconcertée.

— Les étoiles. Vous savez... l'astrologie.

— Il ne s'est jamais intéressé aux étoiles, autant que je sache. Enfin, il ne lisait jamais son horoscope, ce genre de chose.

Luke parcourut les coupures de journaux et les diagrammes. Il ne savait foutrement pas quoi en penser. Quel genre d'homme se tient informé du rendement des champs, des récoltes, des bulletins météorologiques, des mouvements astrologiques... et avec un tel luxe de détails ?

— Il ne parlait pas beaucoup de son travail, déclara Iris. Il disait que son travail n'était pas très intéressant.

— Alors de quoi parlait-il ?

— Oh, de pas grand-chose, excepté du sang impur. Lorsqu'il était très en colère, il n'arrêtait pas de parler du sang impur, pendant des heures d'affilée. Il disait que nous n'aurions pas dû avoir d'enfants parce que nous allions le leur transmettre. Il parlait aussi de la Bible et de Dieu. Nous allions à l'église tous les dimanches. Ensuite il faisait des commentaires sur le sermon. Presque toujours, il le trouvait exécrable.

Elle baissa les yeux à nouveau.

— Je pense qu'on pourrait dire qu'il n'était pas en paix avec lui-même. Je pense qu'on pourrait dire qu'il n'était en paix avec personne.

Au-dessous de la fenêtre, il y avait un bureau en bois de pin tout à fait ordinaire et délabré. Une chaise en bois courbé peinte en noir était placée à côté. Le bureau disparaissait sous des piles de livres ouverts, des carnets jaunis et des dizaines de crayons... littéralement des dizaines de crayons, une véritable forêt de crayons, de longueurs et de grosseurs variées. Un énorme *Bowie knife* [1] était posé près des crayons. La lame était rouillée et le manche entouré d'une lanière de cuir. Luke prit le couteau et le soupesa dans sa main, puis il testa le fil. La

---

1. Couteau de chasse pointu à deux tranchants, inventé par Rezin P. Bowie. *(N.d.T.)*

lame était peut-être rouillée, mais elle était affilée d'une façon presque incroyable.

Il était clair que Terence se servait de ce couteau pour tailler ses crayons. Une corbeille à papier placée sous le bureau était remplie, d'un bon quart, de rognures de bois de cèdre odoriférant.

Le couteau avait eu un autre usage. Le bord du bureau sur le côté gauche avait été tailladé et rogné, et le coin sculpté de manière à représenter le visage courroucé d'un homme.

— Il a dû mettre des heures pour sculpter ce visage, fit remarquer Luke.

— Il restait dans cette pièce pendant des heures, dit Iris.

Une gravure était punaisée au mur, près de la fenêtre. Une gravure en noir et blanc grand format, d'environ cinquante centimètres sur trente, imprimée sur du papier à cartouche épais. Elle avait été manifestement pliée et dépliée de nombreuses fois ; elle était mouchetée et décolorée par la lumière du soleil et l'humidité. Elle représentait un homme étrange qui souriait et marchait dans l'herbe ondoyante d'un champ stylisé. D'un côté du champ, le soleil brillait avec éclat. De l'autre côté, des nuées d'orage s'amoncelaient. L'homme était vêtu d'un manteau fait entièrement de feuilles de laurier et maintenu par des serpentins. Il était coiffé d'un chapeau conique, également fait de feuilles, et tenait dans sa main un bâton, taillé dans un arbre en fleur.

La gravure fourmillait de centaines de petits détails surréalistes. Dans un coin, un groupe de rats noirs jouait aux dés. Dans un autre, une jeune fille nue enfonçait son bras jusqu'au coude dans l'oreille d'un lapin. Luke releva le bas de la gravure afin de pouvoir lire la légende. Elle disait simplement *Mummer*[1], *K. Bulstrode fecit*.

— Vous savez quelque chose concernant cette gravure ? demanda Luke à Iris.

— C'est la première fois que je la vois.

1. Une personne qui porte un masque ou un déguisement pour s'amuser. Plus particulièrement en Angleterre, une personne masquée et costumée qui joue de petites pantomimes dans la rue, à l'occasion de Noël ou d'autres fêtes. *(N.d.T.)*

— Elle ne porte pas de date, mais elle semble plutôt ancienne, non ?

— C'est bizarre, car Terry a horreur des tableaux d'une manière générale. Il n'aime que les photographies de famille. Un jour, j'ai voulu accrocher un vieux tableau de ma mère, et il a quasiment piqué une crise.

— Oh vraiment ?

— Pourtant ce tableau n'avait rien de particulier. Il représentait juste des arbres.

Luke prit l'un des livres. *Les Extrêmes climatiques et leurs effets sur l'agriculture*, du Dr Nils Thorson, de l'université d'Iowa. Puis un autre : *Le 1er Mai, la signification culturelle de la Fête du Printemps*, de Janacek Hubry. Et un autre : *Rites païens de la fertilité et autres rituels populaires.*

Il reposa les livres et prit l'un des calepins de Terence. Il était écrit d'une écriture minuscule et régulière, des pages et des pages d'une écriture serrée. Mais il était entièrement rédigé dans une langue étrangère, truffée de signes diacritiques.

— Terry parle des langues étrangères ? demanda Luke.

— Pas avec moi, répondit Iris.

— On dirait du tchèque. Terry connaissait le tchèque ?

Iris secoua la tête.

Luke promena le bout de son index sur les livres entassés sur les étagères. A en juger par les titres, ils traitaient tous des mêmes sujets que les livres posés sur le bureau. Agriculture. Astrologie. Rites folkloriques. Et religion. Les trois étagères du bas étaient bourrées de Bibles. Il devait y en avoir quarante ou cinquante, plus ou moins récentes et d'origines diverses. Certaines étaient des éditions Gideon bon marché, comme on en trouve dans les chambres d'hôtel. D'autres avaient des reliures en cuir noir usé, surchargées de dorures. Il y avait des Bibles en français, des Bibles en allemand, des Bibles en polonais, des Bibles en espagnol.

— Il est très pieux, alors ? s'enquit Luke.

— Nous allons à l'église, si c'est ce que vous voulez dire. (Elle marqua un temps, puis ajouta :) Nous *allions* à l'église.

— Catholique ?

— Terry, oui. Pas moi. Mais nous allions à la même église.

— A savoir ?

— L'Immaculée Conception. Terry n'aime pas beaucoup le père Wozniak... il dit qu'il trahit la Bible, sans que je sache ce qu'il entend par là. Mais il aime le nom de l'église, l'Immaculée Conception. Il disait toujours aux gens que c'était là où nous allions, comme s'il en était très fier.

— Hum, il n'y a pas de mal à être fier de son église.

— Je ne sais pas. La fierté de Terry était très particulière. Cela ressemblait presque à de l'exultation *méchante*.

Luke montra le calepin de Terence.

— Je peux emporter ceci, Iris ? J'aimerais le faire traduire. Cela nous donnera peut-être une indication sur ce qui se passait dans la tête de Terry.

— Faites, je vous en prie. Moi, je n'en veux pas.

Luke jeta un dernier regard à la pièce. Il s'efforça de deviner ce que Terence Pearson faisait vraiment lorsqu'il s'enfermait ici et s'isolait de sa famille, taillait ses crayons et prenait toutes ces notes minuscules. Il entendit le grondement du tonnerre dans le lointain. La pluie aspergea la vitre, doucement et brièvement, comme si un prêtre terrifié se tenait dans la cour et l'aspergeait précipitamment d'eau bénite.

Son attention fut de nouveau attirée par l'homme étrange qui souriait sur la gravure. L'homme lui souriait de dessous son ridicule chapeau de feuilles, et son expression était tout à fait moqueuse. *Qui suis-je* ? semblait-il demander. *Et pourquoi suis-je déguisé en buisson ambulant* ? Pour quelque raison, Luke sentit qu'il passait à côté de quelque chose, quelque chose d'essentiel mais de tout à fait étrange, et cela le mit mal à l'aise.

— Bon, merci, dit-il finalement.

Ils sortirent de la pièce. Iris verrouilla la porte derrière eux et remit la clé sur le linteau.

Tandis qu'ils retournaient au rez-de-chaussée, Iris dit :

— Je ne serai pas obligée de revoir Terry, n'est-ce pas ?

— On vous demandera peut-être de venir témoigner, lors de son procès.

— Mais il ne sortira plus jamais, n'est-ce pas ?

Luke posa sa main sur l'épaule d'Iris.

— On l'enverra à Fort Madison, cela ne fait aucun doute. Et personne ne sort jamais de Fort Madison.

Ils arrivèrent dans le vestibule. Edna Bulowski les attendait ; elle semblait fatiguée et soucieuse.

— Comment vous sentez-vous, Iris ? voulut-elle savoir.

Elle ignora délibérément Luke, lui faisant ainsi comprendre qu'il n'aurait pas dû soumettre Iris à un interrogatoire alors qu'elle était toujours en état de choc.

— Oh, je vais très bien, répondit Iris. Je ferais mieux de mettre le dîner au réfrigérateur, puisque les enfants ne rentreront pas.

— Iris, vous n'avez absolument rien à faire, excepté vous reposer, dit Luke.

Edna passa son bras autour de la taille d'Iris et l'emmena vers la cuisine.

— Est-ce que ça ira ? lui demanda Luke.

— Le docteur Mayhew lui a administré un sédatif. Je lui en donnerai un autre dans une demi-heure environ, et une tasse de lait chaud. Sa sœur doit bientôt arriver de Dubuque.

— Merci, Edna, dit Luke. (Il récupéra son chapeau sur la table de cuisine, puis il prit la main d'Iris dans les siennes et la serra.) Et merci de m'avoir parlé, Iris. Je vous en suis très reconnaissant. Je sais que cela a été le jour le plus affreux de toute votre vie. Je pense que je puis vous dire seulement ceci : pleurez Lisa, et pleurez le petit George. Mais n'oubliez pas de prendre soin de vous.

Iris acquiesça, sans rien dire.

Luke se dirigea vers la porte d'entrée et Edna le suivit.

— J'ai parlé à Rick Clark. Il a dit que vous pouvez l'aimer comme une *sœur* si ça vous chante, mais qu'il ne peut pas attendre une minute de plus. Il doit boucler son article de toute urgence. Et il y a également Joyce Leibold de WMT 600 qui aimerait vous parler.

— Célèbre, enfin ! fit Luke.

Il ouvrit la porte sur Vernon Drive. La nuit humide était pailletée de lumières rouges et bleues scintillantes, et illuminée par les projecteurs des équipes de télévision locales. L'orage était passé en grande partie, il se dirigeait vers l'est, vers l'Illinois, et un vent chaud et desséchant soufflait. La tornade avait causé des dégâts à Amana : l'épicerie avait perdu une partie de son toit, et l'une des cheminées de l'usine textile s'était écroulée. Près de Kalona, six ou sept porcs avaient été tués et, durant le plus fort de l'orage, l'aéroport de Cedar Rapids avait été fermé pendant deux heures et demie. Mais c'était à peu près tout. Juste une tornade de fin d'été, une de plus.

Le shérif-adjoint Norman Gorman était resté de faction devant la porte d'entrée des Pearson. Il était petit, trapu et bâti comme une armoire à glace. Il faisait des haltères dans l'espoir vain mais tenace de grandir de quelques centimètres. Un jour, Luke l'avait trouvé suspendu par les mains à la porte de son bureau, des poids de vingt-cinq kilos attachés à chaque cheville. Norman Gorman avait un très grand sens de l'humour sur tout, excepté lorsqu'on lui parlait de sa petite taille. Malgré ce handicap, il avait des yeux marron expressifs et une grosse moustache noire qui semblaient plaire à toutes sortes de filles, aux saintes nitouches comme aux effrontées, et Norman était rarement à court de compagnie féminine.

— Comment va-t-elle ? demanda-t-il en montrant de la tête la porte d'entrée.

Luke ajusta son chapeau humide et informe.

— Elle tient le coup. Mais elle n'a pas encore vraiment réalisé. Le choc va être plutôt rude demain, lorsque l'effet des sédatifs se sera dissipé.

— Merde, comment peut-on faire une chose pareille ? demanda Norman. Tuer ses propres enfants !

— C'était un dingue, déclara Luke. J'espère seulement que les jurés ne l'écouteront pas s'il plaide la folie, c'est tout.

— Nous aurions dû l'abattre tout de suite, dit Norman. Nous aurions dû l'abattre séance tenante, comme un putain de chien enragé.

Rick Clark remonta l'allée en courant, les épaules de son imperméable blanc trempées et foncées par la pluie, le col relevé.

— Shérif ? demanda-t-il. Vous voulez bien me dire comment elle a pris ça ?

— Espèce d'abruti ! s'exclama Norman. Et *toi*, tu prendrais ça comment, si on tranchait la tête à *tes* gosses ?

— Norman, fit Rick. Pourquoi tes parents t'ont-ils appelé Norman, Norman ?

— Mes parents étaient des poètes, voilà pourquoi, répliqua Norman. Ils voulaient me donner un prénom qui rimait avec

Gorman, exactement comme tes parents voulaient te donner un prénom qui rimait avec trique.

Une fois qu'il eut regagné son bureau sur la Troisième Avenue, Luke téléphona chez lui. Ce fut sa fille Nancy, six ans, qui décrocha.

— Chérie, je peux parler à ta maman ?

— Maman prend sa douche. Tu rentreras tard ?

— C'est exact. Je rentrerai tard. Je ne sais pas *combien* tard. Que s'est-il passé aujourd'hui ?

— Rien, excepté qu'à l'école Randy Stahmer a fait pipi dans sa culotte.

— Pauvre Randy ! Quoi d'autre ?

— Maman a mis mes socquettes rouges dans la machine à laver avec ton polo bleu.

— Oh, formidable ! Comme ça, j'aurai un polo violet.

— Non, pas du tout. Maman l'a mis à tremper dans de l'eau de Javel, et maintenant tu as un polo imprimé.

— C'est encore mieux. Génial ! Dis-moi, tu as été une gentille fille aujourd'hui ?

— Mrs Heslop était furieuse après moi parce que j'ai recraché mes haricots verts.

— Tu sais que tu dois manger tes haricots verts. C'est très bon pour toi. Ils te rendent... je ne sais pas, charismatique, quelque chose comme ça.

— Je déteste les haricots verts. Je ne veux plus jamais voir de haricots verts de ma vie ! Je ne veux plus jamais voir la *couleur* verte !

Luke papota avec Nancy un moment encore, puis il lui souhaita une bonne nuit, lui envoya un baiser et raccrocha. Ensuite il resta de longues minutes devant sa fenêtre, le front appuyé contre la vitre froide du fait de la climatisation. Sa main était plaquée sur sa bouche, comme s'il s'interdisait de parler. Son regard était grave et las.

C'était un samedi soir comme tous les samedis soir. Sous sa fenêtre, la Cedar River bouillonnait sous les arches en béton du pont. Elle réfléchissait les lumières criardes du centre de Cedar Rapids et le flot dense de la circulation sur la Première Rue.

Cependant, pour une raison qui lui échappait, Luke avait

le sentiment qu'il faisait ce boulot depuis trop longtemps. Il sentait qu'il avait négocié le même virage tellement de fois qu'il n'était plus capable de l'aborder différemment. Le meurtre des enfants Pearson avait été si brutal et tellement horrible qu'il méritait une réflexion originale. Il méritait la *rage*. Mais Luke éprouvait seulement le sentiment accablant d'avoir vécu et travaillé dans cette ville durant la plus grande partie de sa vie, et que toutes ces années se réduisaient à peu de chose.

Des années inutiles ? Peut-être. Lisa et George étaient morts. Abner et Dorothy Loftus étaient morts. Des jeunes et des vieux, tous sans défense. Les gens précisément que Luke avait promis de protéger de tout son cœur et de toute son ingéniosité. Il avait l'impression d'avoir manqué à ses engagements envers eux. Il avait l'impression de leur avoir tranché la tête aussi sûrement que Terence Pearson l'avait fait.

Le meurtre des enfants Pearson était peut-être une atrocité de trop. Ces quatre ou cinq dernières années avaient vu la vie paisible de Cedar Rapids s'affaisser petit à petit et s'érailler sur les bords, comme un matelas usé, comme une maison de famille délaissée qui tombe en ruine. L'année dernière, par un après-midi pluvieux de mars, Luke avait arrêté un type qui sillonnait les routes et tirait sur d'autres automobilistes... pour s'amuser. C'était la première fois que cela se produisait à Cedar Rapids. Maintenant, des mères lui adressaient des plaintes toutes les semaines : elles trouvaient des seringues usagées dans leur arrière-cour et étaient obligées d'apprendre à leurs enfants que les balles ne font pas dans le détail. Dans les écoles primaires, on avertissait les enfants, avant même de leur apprendre les additions et les soustractions : si jamais ils entendaient un coup de feu, ils devaient se jeter à terre le plus vite possible.

C'était devenu un travail de routine. Luke et ses adjoints intervenaient régulièrement pour mettre fin à des émeutes de banlieue : voitures saccagées, bagarres, balles qui sifflaient dans tous les coins. Et ils essayaient d'alpaguer des écoliers de onze ou douze ans qui parcouraient la ville, munis de téléphones portables, et livraient des sacs remplis de crack.

L'année dernière, il avait pensé voir le pire, lorsque le médecin légiste avait ouvert un casier à la morgue contenant le corps de Destiny Wright, dix-sept ans, et lui avait montré les dix-sept coups de couteau qu'elle avait reçus, un pour chaque année de sa vie.

Mais il y avait cette affaire maintenant. La décapitation rituelle de Lisa et George Pearson. Le massacre d'Abner et Dorothy Loftus. Et Luke ne savait pas quoi faire. Il avait arrêté Terence Pearson, bien sûr, et Terence avait passé des aveux complets, de son plein gré. Mais Luke ne savait pas quoi faire.

Il était toujours appuyé contre la fenêtre lorsque Norman Gorman entra.

— Shérif ? Je vous ai trouvé un traducteur de tchèque.

Luke se retourna et s'efforça de sourire. Derrière Norman, il aperçut un homme âgé, maigre, le teint cadavérique. Il avait un nez bulbeux, des joues creuses et un réseau de veines sur le front. Son complet à chevrons marron clair était élimé, comme s'il l'avait porté tous les jours de sa vie adulte.

— Shérif, je vous présente Mr Leos Ponican. Il est professeur d'anglais seconde langue à Jefferson.

— Heureux que vous ayez pu venir, Mr Ponican, dit Luke. L'officier de police Gorman vous a dit ce que nous attendions de vous ?

Mr Ponican hocha la tête.

— Traduire du tchèque, c'est cela ?

Luke prit une liasse de feuillets — les photocopies du carnet de Terence — et les lui tendit. Mr Ponican sortit des lunettes à monture en acier de la poche de poitrine de sa veste, les chaussa et lut très lentement le premier feuillet.

— Alors ? demanda Luke au bout de plus d'une minute.

— C'est difficile, répondit Mr Ponican, d'un air plutôt triste.

— Que voulez-vous dire par « difficile » ?

— Pour commencer, c'est écrit très petit.

— En effet. C'est écrit très petit. J'irai même jusqu'à dire que c'est écrit très, très petit.

Mr Ponican gonfla sa lèvre inférieure et relut le premier feuillet.

— C'est également... pas très bien.

— Pas très bien ? Qu'est-ce que cela veut dire ? C'est bourré de fautes d'orthographe ?

Mr Ponican tapota le feuillet à plusieurs reprises.

— Cela ne ressemble pas à un texte habituel. C'est un texte... fou.

— Oh, je vois. Un texte fou. Dans quel sens est-ce un texte fou ?

— Est-ce que je peux m'asseoir ? demanda Mr Ponican.

Luke acquiesça, et Norman tira une chaise. Mr Ponican s'assit et posa les photocopies sur ses genoux. Il suivit du doigt le texte, mot après mot.

— « Il vient avec ses trois amis au moment de l'hiver. Ils tapent la porte. » Ah oui, ils frappent à la porte. « Il tape et il tape mais lorsque les gens dans la maison crient et demandent "Qui est là ? Qui tape notre porte ?" il ne répond pas. Il ne parle pas. Mais il continuera de taper la porte si les gens dans la maison ne lui ouvrent pas et ne le laissent pas entrer.

« Lorsqu'il entre dans la maison, il se tient avec ses trois amis et ne dit rien. Ils ne parlent pas. C'est pourquoi on les appelle... » Je ne connais pas ce mot en anglais. Mais cela veut dire des gens qui ne parlent pas.

— Des muets ? demanda Luke.

— Non, pas exactement des muets. La signification n'est pas physiologique. La signification est : ils ne parlent pas de propos délibéré. Ils demeurent silencieux à des fins d'amusement, si vous voulez.

— Vous voulez dire des mimes ? intervint Norman.

— Hum, encore une fois, pas exactement des mimes. Un mime essaie d'expliquer ce qu'il fait par des gestes et des mouvements. Ces gens-là entrent et demeurent silencieux. Ils ne donnent aucune explication.

— Des trappistes ? suggéra Norman.

— Et merde ! s'exclama Luke.

Puis il pensa brusquement à la gravure punaisée au mur de la chambre de Terence. L'homme vêtu de feuilles, au sourire moqueur. Quelle était la légende au bas de la gravure ? *Mummer.* Un homme qui porte un masque et ne parle jamais. Un homme qui demeure silencieux.

Il voulut dire quelque chose, mais se ravisa. Il laissa Mr Ponican poursuivre.

— « Il s'assied à la table. Il attend qu'on lui donne du vin et autre chose... » Je ne sais pas ce que c'est. Cela ressemble un peu à *hovesy maso*, un ragoût de bœuf. « Lui et ses amis apporteront des dés, et ils joueront jusqu'à ce que le feu baisse. Cela arrivera seulement à un moment particulier de l'année, et cette visite ne fait pas plaisir à tout le monde. Il parcourt de nombreux kilomètres mais personne ne le voit voyager. Dans certains villages où il n'est jamais venu, les gens prient pour qu'il vienne. Mais dans les villages où il est déjà venu, ils refusent de prononcer son nom, tout comme il n'a jamais prononcé le leur. »

Mr Ponican reposa le feuillet d'une main qui tremblait légèrement, et ôta ses lunettes.

— La suite dit exactement la même chose. Des gens se présentent et ne disent rien. Ils jouent aux dés, ils laissent des cadeaux. Ils laissent beaucoup de cadeaux différents. Chacun d'eux porte un costume différent. Je ne sais pas si c'est censé être une légende ou autre chose.

— Vous voulez bien emporter ceci chez vous et le traduire pour moi ? demanda Luke. J'aimerais connaître le texte intégral.

Mr Ponican feuilleta les photocopies, dix-neuf feuillets couverts d'une écriture minuscule.

— Cela va me demander un peu de temps.

— Je peux vous dédommager si vous faites ce travail très vite.

— Hum, dans ce cas, très bien. J'aurai sans doute terminé dans deux jours.

— Trente-six heures, d'accord ?

— Je vais faire tout mon possible, shérif Friend.

Il s'en alla, emportant les photocopies. Luke se laissa tomber dans son fauteuil style Western et posa ses pieds sur le bureau.

— C'est plutôt dingue, non ? dit Norman.

— Je ne sais pas. Attendons d'avoir la traduction.

— Je pense que votre première intuition était la bonne. Pearson a complètement disjoncté.

— Norman, peu importe qu'il soit fou à lier ou sain d'esprit. Quatre personnes totalement innocentes ont été tuées. Ici, à Cedar Rapids, bordel de merde ! Cela me donne l'impression... je ne sais pas... cela me donne l'impression que c'est la fin du monde. L'Apocalypse. (Il secoua la tête.) Mon père pensait que la bière, le rock'n'roll et le pelotage étaient les pires maux que Satan ait jamais inventés. Je suis presque content qu'il soit mort et enterré.

Norman consulta sa montre.

— Vous allez parler à Pearson maintenant ?

Luke acquiesça.

— Ensuite on arrêtera les frais pour aujourd'hui. La journée de demain sera longue, très longue.

Terence se tenait debout dans sa cellule ; il tournait le dos aux barreaux. Luke s'approcha dans le couloir et resta là à l'observer un moment. Terence s'était certainement rendu compte de la présence de Luke, mais il ne bougea pas, ne dit rien. Même son dos communiquait une tension énorme.

Les cellules se trouvaient au sous-sol. Les murs étaient peints en deux nuances de gris et les barreaux également peints en gris. Il régnait une chaleur étouffante et l'air empestait le désinfectant, le vomi et les pieds sales. Trois ivrognes et un revendeur de crack étaient enfermés dans les cellules voisines, mais la nuit ne faisait que commencer : dans quelques heures, l'endroit serait probablement bondé.

L'un des ivrognes chantait : « Me brise pas le cœur... mon pauvre cœur qui saigne... » Un autre sanglotait.

Un jeune officier de police noir était posté devant la cellule de Terence. Il était chargé de le surveiller de près. Trois ans auparavant, Luke n'aurait pas pris cette précaution. Mais un homme d'âge mûr, soupçonné d'homicide, avait réussi à se pendre avec une manche de sa chemise, une demi-heure seulement après que Luke l'eut arrêté. Et moins d'une semaine plus tard, un détenu de dix-sept ans s'était suicidé : il s'était enfoncé deux crayons dans les narines puis avait croisé ses doigts derrière sa tête et s'était cogné le visage contre la table rabattable, de toutes ses forces. Luke ne pouvait se permettre que Terence Pearson lui claque entre les doigts de la même façon.

— Pearson ? appela-t-il brusquement.

— En trois heures, il a à peine ouvert la bouche, déclara le jeune policier noir. Il a juste demandé un Coke sans sucre, et l'heure qu'il était.

— Pearson ? répéta Luke. C'est le shérif Friend.

— Je sais, fit Terence. Qu'est-ce que vous voulez ?

— Discuter un peu, d'accord ?

— Oh vraiment ? Je vois le genre de discussion que vous attendez. Une discussion à sens unique, et c'est moi qui parlerai tout le temps. Je vous dirai ce qui conduit un père à exécuter ses propres gosses, hein ?

Luke haussa les épaules, toussa.

— Disons que ce serait un début.

Terence continuait de lui tourner le dos.

— Il faut que vous compreniez une chose, shérif, sinon vous ne comprendrez absolument rien. Je ne les ai pas exécutés. Je les ai sauvés.

— Vous les avez sauvés ? Sauvés de quoi ?

Terence demeura silencieux un moment. Puis il dit :

— Vous ne comprendriez pas, shérif. Vous ne comprendriez rien du tout.

— Essayez toujours.

Terence secoua la tête.

Luke attendit pendant presque une minute mais Terence ne disait toujours rien.

— Il a jamais parlé autant depuis qu'il est ici, fit remarquer le jeune policier noir. Une fois, il a demandé l'heure, c'est tout, il était 6 h 47, et une autre fois il a demandé un Coke.

Luke reprit :

— Si vous pensiez les sauver, Terence, vous avez certainement pensé les sauver de *quelque chose* qui était pire que d'avoir la tête tranchée. Cela semble logique, non ?

Terence ne répondait toujours pas, mais son angoisse était si grande qu'il dégageait une odeur, comme l'odeur de chanvre roussi de cordes tendues à se rompre.

— Il ne me reste plus qu'à découvrir ceci : qu'est-ce qui pourrait être pire que d'avoir la tête tranchée ?

— Vous pensez que je suis fou, déclara Terence d'une voix morne.

— Je ne sais pas quoi penser, à moins que vous ne me disiez de quoi vous les avez sauvés.

— Vous ne commenceriez même pas à...

— Et le *mummer*, Terence ? Est-ce que le *mummer* a quelque chose à voir là-dedans ?

Terence trembla de façon perceptible. Il serra lentement les poings, mais il ne se retourna pas.

— Allons, Pearson, insista doucement Luke. Je suis un shérif plutôt compréhensif. Dites-moi ce que le *mummer* a à voir là-dedans. Et toutes ces Bibles. En grec, en japonais, vous en avez toute une tripotée, pas vrai ?

— Vous êtes entré dans ma chambre, dit Terence d'une voix semblable à un glissement de terrain très lent.

— C'est exact, je suis entré dans votre chambre. Et c'était la putain de chambre la plus bizarre que j'aie jamais vue.

Terence fit volte-face. Son visage cendreux était blême, ses yeux cernés d'écarlate.

— *Vous n'aviez pas le droit ! Putain, vous n'aviez pas le droit* !

— Calmez-vous, Pearson. Votre femme m'a engagé à y jeter un coup d'œil.

— *Elle n'avait pas le droit ! Je lui avais dit de ne jamais aller là-bas ! Et vous non plus, vous n'aviez pas le droit* !

— Oh, j'avais un tas de droits, lui dit Luke. J'avais le droit au regard de la loi, et j'avais également un droit moral. Un homme qui a fait ce que vous avez fait, il perd à peu près tout. Sa vie privée, sa dignité, tout. Le seul privilège qui vous reste, c'est celui d'avoir un procès équitable, et c'est sacrément plus que ce que vous méritez.

— Vous n'aviez pas le droit d'entrer dans ma chambre, répéta Terence. (De la salive vola de ses lèvres.) Je vous promets, *je vous promets* que vous paierez pour avoir fait ça !

Il s'ensuivit un long silence tendu. Terence continuait de regarder fixement Luke et de se crisper de fureur. Luke affrontait son regard sans ciller et se demandait quel genre d'homme il pouvait bien être. Finalement, Luke posa brièvement sa main sur l'épaule du gardien, et dit :

— Ayez l'œil sur lui, d'accord ? Il est dangereux.

Luke mettait sa veste lorsque Norman entra dans son bureau, une cigarette au bec, une chemise bleue à la main.

— Nous avons déjà eu des ennuis avec notre ami Terence Pearson, déclara-t-il. Le sergent Mullally vient de m'apporter ce dossier.

— Oh vraiment ?

— Vous vous rappelez cet incident, l'automne dernier, ce chien à qui on avait coupé la tête ?

— Oui, très bien.

— Le chien appartenait au voisin immédiat de Terence Pearson, et le voisin a accusé Pearson de l'avoir tué. C'était un chien qui coûtait un sacré paquet de fric, un Tervuren, avec pedigree et tout le bataclan.

— Que s'est-il passé ? demanda Luke.

— Rien, en fin de compte. On a interrogé Pearson mais personne n'a pu prouver que c'était lui, et l'affaire a été classée. Détail intéressant, Pearson et son voisin venaient d'avoir une mémorable querelle de voisinage.

— A quel sujet ?

— Vous n'allez jamais le croire. Le voisin repeignait sa clôture et Pearson a violemment protesté contre la couleur qu'il avait choisie. (Il consulta le dossier.) Les paroles exactes du voisin étaient : « Pearson est rentré de son travail. Il a vu ma clôture. Il a pris une profonde inspiration. Puis il est devenu fou furieux. Il s'est mis à crier après nous comme un dément. Il a dit que si je ne peignais pas ma clôture d'une autre couleur, à l'instant même, il me tuerait. »

— Et merde ! De quelle couleur le voisin avait-il peint sa clôture, en violet avec des pois roses ?

— Non, non. Il l'avait peinte en vert. Un vert tout à fait ordinaire.

Dehors, sur les marches, la presse et les caméras de télé attendaient Luke. Le vent du soir était chaud et vif, et il fut obligé de tenir le bord de son chapeau pour qu'il ne s'envole pas. Il se campa dans la lumière éblouissante des projecteurs et déclara :

— Je n'ai rien à ajouter à ce que j'ai dit précédemment. Terence James Pearson est détenu préventivement pour plusieurs homicides volontaires. Nous ne recherchons personne d'autre en liaison avec ces meurtres, mais nous aimerions entendre toute personne qui pourrait avoir vu Pearson et ses enfants au cours de l'après-midi, immédiatement avant les meurtres. J'ai eu un entretien préliminaire avec le procureur du comté, et Mr Dillard et moi-même aurons une nouvelle réunion demain matin. Pearson a été informé de ses droits, mais jusqu'à présent il a refusé de parler à un avocat. Nous poursuivons notre enquête, et je donnerai une conférence de presse demain. C'est tout, merci.

— Shérif, est-ce qu'il s'agissait de meurtres rituels ? demanda l'un des journalistes de la télé.

Luke secoua la tête.

— Honnêtement, je n'en sais rien. Terence Pearson s'intéresse à certains sujets peu courants et nous les examinons en ce moment. Ils ont peut-être, ou peut-être pas, un rapport avec les meurtres.

— Quels sujets peu courants ? le satanisme ? les sacrifices humains ? la magie noire ?

— Apparemment, il s'intéresse à l'agriculture, à la météorologie et aux écritures saintes. C'est tout ce que je peux vous dire.

Un journaliste se mit à glousser :

— Montrez-moi un seul homme dans la partie ouest de l'Iowa qui *ne s'intéresse pas* à l'agriculture, à la météorologie et à la Bible !

— Bien sûr. Mais peut-être pas de la façon dont Terence Pearson s'y intéressait.

— De quelle façon était-ce, shérif ?

Finalement, Luke parvint à se frayer un chemin et à monter dans sa grosse Buick blanche. Il mit le contact, mais Rick Clark tapota sur sa vitre et forma quelque chose avec ses lèvres. Luke baissa sa vitre et dit :

— Allons, Rick, je suis vanné.

— Soyez chic, shérif. Avez-vous une théorie expliquant pourquoi Pearson a tué ses gosses ?

— Pas jusqu'ici. Permettez-moi de vous poser une question : auriez-vous une théorie expliquant pourquoi quelqu'un devient fou furieux en voyant la couleur verte ?

— La couleur verte ? se renfrogna Rick. Je ne vous suis pas.

Luke passa la première.

— Moi non plus, je ne me suis pas. Mais lorsque nous connaîtrons la réponse à l'une de ces questions, nous connaîtrons peut-être la réponse à l'autre.

Vert, pensa Luke, comme il empruntait la 380 pour rentrer chez lui. Pour quelle raison Terence Pearson avait-il été rendu aussi furieux par la couleur verte ?

Il pensa à sa fille Nancy, lui disant à quel point elle détestait les haricots verts. *Je ne veux plus jamais voir la couleur verte.* Puis il se mit à penser à la maison des Pearson. Y avait-il quelque chose de vert dans la maison des Pearson ?

Il n'y avait pas de plantes vertes, Luke en était certain. Pas de papier peint vert. Pas de moquette verte. Pas de rideaux verts. Et Iris Pearson n'avait-elle pas dit que Terence lui avait interdit d'accrocher un tableau que lui avait donné sa mère... un tableau qui représentait des arbres ? Et ce dessin fait à la maternelle, dans la chambre du petit George... il y avait de l'herbe sur ce dessin, d'accord, mais l'herbe était *bleue*.

Il se souvint du dîner des Pearson. Potiron, maïs, chou rouge, mais pas de légumes verts. Quelle mère digne de ce nom en Iowa préparait du jambon rôti sans petits pois ou haricots verts ou tout autre plat de légumes verts ?

Puis il songea au *mummer*, l'homme au sourire sournois, au chapeau feuillu et au manteau feuillu. Et plus il songeait au *mummer*, et à l'apparente aversion de Terence Pearson pour la couleur verte, plus il devenait inquiet.

Il alluma la radio et écouta Tom Jones qui chantait *The Green Green Grass of Home*.

3

L'asphalte de la route à deux voies réfléchissait le soleil avec un tel éclat que Nathan dépassa l'étroite route secondaire et fut obligé de faire marche arrière sur une quinzaine de mètres. La transmission accusa le coup plaintivement.

— Hé, qu'est-ce qui se passe ? demanda David, scrutant la route de dessous le bord de sa casquette de base-ball Kernels rouge vif. Pourquoi tu recules ?

— J'ai loupé la sortie, c'est tout.

Il atteignit le croisement et consulta le plan sommaire que le docteur Matthews lui avait faxé.

— Regarde, il a dit une grande étable verte et une clôture peinte en blanc... et là-bas, un panneau indiquant RÉSERVE NATURELLE D'AMANA.

— Pas du tout. Le panneau indique ÉSERVE NATU D'AMAN.

Nathan lui lança un regard de désapprobation patiente à la Oliver Hardy.

— Cesse de te conduire comme un gamin de treize ans. Ça ne te va pas.

— Je *suis* un gamin de treize ans. Et ça me va très bien.

Nathan avait mis vingt minutes de plus que ce qu'il avait prévu pour arriver ici. D'abord il s'était retrouvé coincé dans un marathon pour une œuvre de bienfaisance sur Diagonal Drive, des milliers de gens en survêtement et baskets. Ensuite il avait été obligé de quitter Williams Boulevard à la hauteur d'Edgewood Road parce qu'un semi-remorque transportant des poules s'était renversé sur la chaussée, et la déviation mise en place l'avait emmené presque jusqu'à l'aéroport.

Mais maintenant ils roulaient à travers la campagne d'Amana, les vitres baissées. Le vent d'été chaud et l'odeur du fumier s'engouffraient dans la voiture. Ils passèrent devant des fermes, des champs et des silos. Des troupeaux de vaches frisonnes blanc et noir attendaient patiemment l'heure de la traite, semblables à des puzzles inachevés. Un homme sur une échelle cessa de donner des coups de marteau sur les bardeaux du toit de sa grange et s'abrita les yeux de la main afin de les regarder passer. C'était probablement la chose la plus passionnante qui lui était arrivée de toute la journée.

— Oh, regarde cette vache, elle est énorme ! s'exclama David. On dirait un dirigeable.

— Elle est probablement pleine.

— Berk ! Ça veut dire qu'elle l'a *fait* ! Même si j'étais un taureau, les vaches ne m'exciteraient pas.

— Oh vraiment ? Alors, qu'est-ce qui t'exciterait ?

— Sharon Stone et Miss Keppelmeyer, dans cet ordre.

— Qu'est-ce qui te fait croire que Sharon Stone aurait envie de sortir avec un taureau ? Qu'est-ce qui te fait croire que Miss Keppelmeyer aurait envie de sortir avec un taureau ? Bon sang, mais qu'est-ce que je raconte !

C'était la quatrième fois aujourd'hui que Nathan se retrouvait empêtré dans l'une des conversations d'écolier surréalistes de David. Il alluma la radio pour écouter les informations.

« ... le taux moyen de chômage en Iowa est tombé à 4,3 % cet été... mais le comté de Clarke, à 11 %, se ressent toujours de la fermeture des boucheries Jimmy Dean... »

Malgré leur habitude de se taquiner sans cesse, Nathan et David étaient très proches et unis par des liens affectifs sortant de l'ordinaire. Les gens s'en rendaient compte en voyant la façon dont ils se touchaient constamment, la façon dont ils se regardaient à chaque instant. Ils se ressemblaient en tous points. Nathan était brun et maigre, avec des cheveux frisés et un visage mince qui rappelaient toujours aux gens un Elliott Gould jeune. David était tout aussi brun et maigre comme un clou, avec des cheveux frisés et un visage mince qui rappelaient toujours aux gens un Elliott Gould très jeune.

Ils parlaient de la même façon. Ils avaient les mêmes gestes, en particulier cette manie de se frapper le front de la paume chaque fois qu'ils faisaient une erreur. Tous deux avaient une passion pour les Kernels de Cedar Rapids qui était sans commune mesure avec les résultats de l'équipe, et ils allaient voir tous leurs matches. Tous deux mangeaient des crèmes glacées comme si Häagen-Dazs était au bord de la faillite. Quoi d'autre ? Tous deux adoraient Arsenio[1], Nathan parce qu'il trouvait que l'émission était très spirituelle, David parce que cela voulait dire qu'il se coucherait plus tard que d'habitude.

Mais seuls leurs amis intimes étaient au courant de la tragédie qui avait amené Nathan et David à dépendre l'un de l'autre à ce point, et à se ressembler comme deux gouttes d'eau. David avait eu un frère jumeau : ils avaient été des enfants « adorables, un don du ciel »... « attendrissants comme deux chiots jouant au soleil » selon leur grand-mère. Mais six ans auparavant, par un après-midi orageux d'août, Aaron, le frère jumeau de David, avait eu des convulsions. Prise de panique, leur mère Susan avait confié David à leurs voisins et pris sa voiture pour emmener Aaron aux urgences de Saint Luke. En débouchant de la 380 sur la Huitième Avenue, les roues de son break s'étaient bloquées, et elle avait heurté l'arrière d'un camion transportant des échafaudages, à plus de 60 km à l'heure. A l'hôpital, on n'avait pas autorisé Nathan à voir les corps, mais au cours de l'enquête judiciaire, il avait appris qu'un mât d'échafaudage long de dix mètres avait traversé le pare-brise du break et s'était enfoncé dans le visage de Susan. Deux autres mâts d'échafaudage avaient empalé Aaron sur son siège d'enfant.

Nathan n'oublierait jamais cette jeune femme ravissante aux yeux marron qui savait si bien rire. David n'oublierait jamais ce frère qui avait été la moitié de son identité. C'était pour cette raison qu'ils se copiaient, se taquinaient, et étaient tellement attachés l'un à l'autre.

« ... les cours du porc se maintiennent, bien que Zapf-Cady ait été approuvé par le Congrès... voici quelques chiffres... »

Ils passèrent devant une série de lacs ; l'eau était sombre mais scintillait tellement dans la lumière du soleil qu'ils pou-

1. Présentateur noir d'une émission de variétés. *(N.d.T.)*

vaient à peine les regarder. Leur surface était ridée par la brise et par de nombreux canards à tête noire.

— Nous sommes bientôt arrivés, dit Nathan. Attends un peu de voir ce porc !

— Papa, nous habitons en Iowa. J'ai vu des millions de porcs. Je suis gavé de porcs depuis l'âge de trois ans.

— D'accord, mais attends d'avoir vu celui-là !

Quatre cents mètres plus loin, Nathan repéra le petit panneau peint au pochoir indiquant ISRG, tourna à gauche et s'engagea sur une petite route asphaltée à une voie. De hautes herbes bruissaient contre les flancs de la voiture ; la suspension grinçait et brinquebalait. Nathan fut obligé de rouler si lentement que cela lui rappela ce poème de Lawrence Ferlinghetti : « Le train orange... avançant si lentement... que des papillons... entraient et ressortaient des wagons. »

Ils passèrent sous les branches de chênes majestueux. Durant cinq ou dix minutes, ils eurent l'impression d'être entrés dans un monde privé, frais, embaumant, éclairé seulement par des paillettes émeraude, complètement isolé du reste de la planète. Puis ils débouchèrent sur une étendue de terrain desséchée et verdoyante, sous un soleil éclatant, et ce fut comme si le reste de la planète était arrivé ici en force.

Une haute clôture métallique traversait les prés en une diagonale prononcée. La route elle-même était barrée par une haute grille métallique. Devant la grille, des vans, des jeeps et des camionnettes étaient garés dans tous les sens, ainsi que six ou sept voitures de patrouille du Bureau du shérif du comté de Linn, gyrophares allumés.

David se redressa sur son siège, tout excité.

— Regarde, papa, une émeute !

— Remonte ta vitre, dit Nathan. Allons, David... remonte ta vitre en vitesse !

Ce n'était pas exactement une émeute. Une centaine de manifestants tournaient en rond devant la grille ; la plupart étaient jeunes et brandissaient des pancartes proclamant : ARRÊTEZ LES EXPÉRIENCES SUR LES ANIMAUX ! ASSASSINS ! LES PORCS SONT DES ÊTRES VIVANTS COMME NOUS ! Ils scandaient ces slogans et chantaient, tandis que vingt ou trente policiers en uniforme étaient massés devant l'entrée. Certains étaient armés de matraques et de fusils anti-émeutes, la plupart mastiquaient du chewing-gum, et tous portaient des lunettes de soleil aux verres ambrés et semblaient s'ennuyer à mourir. Ce déploiement de forces inhabituel s'expliquait probablement par la présence d'un car de reportage de Channel 7, garé à proximité, à l'ombre de marronniers à fleurs jaunes.

Nathan passa la première et donna de petits coups de klaxon pour inciter les manifestants à dégager la chaussée.

— Qu'est-ce qu'ils font, papa ? lui demanda David.

Il sourit et salua de la main un homme à la barbe grise qui avait sur son T-shirt la photographie d'un porc crucifié, avec le slogan : NE LEUR PARDONNEZ PAS, CAR CES SALAUDS SAVENT EXACTEMENT CE QU'ILS FONT.

— Ils n'aiment pas que les scientifiques utilisent des animaux vivants pour leurs expériences, répondit Nathan. Ils disent que c'est cruel, et que les animaux ont les mêmes droits que les êtres humains.

— Mais nous les mangeons au petit déjeuner.

— Ces gens-là, non. Et certains n'ont jamais mangé un seul œuf.

— Ça me serait égal de ne pas manger d'œuf. Je déteste les œufs.

— Tu adores le pain perdu.

— Le pain perdu, ce n'est pas pareil. Ce n'est pas vraiment des œufs. Ce sont des œufs battus.

— Le rutabaga est toujours du rutabaga, même si c'est du rutabaga battu. Les œufs sont toujours des œufs, même si ce sont des œufs battus. Bon sang, mais qu'est-ce que je raconte !

Il avait presque atteint la grille lorsqu'une jeune femme blonde et très grande s'approcha et tapota sur sa vitre. D'abord, il se montra peu disposé à baisser sa vitre, mais elle sourit, tapota sur sa vitre à nouveau, et forma des mots avec ses lèvres. Alors il risqua le coup.

La première chose qu'il remarqua chez cette fille, ce fut ses dents. De grandes dents carnivores, d'une blancheur surprenante. Puis il remarqua ses yeux. Des yeux immenses aux paupières lourdes, d'une couleur tout à fait extraordinaire, violet foncé, comme si elle était née dans une tornade, avait regardé en l'air, et que ses yeux avaient pris la couleur du ciel. Elle avait un front haut, une mâchoire énergique, et un petit nez droit délicatement ciselé. Ses cheveux blonds voletaient devant son visage, et elle était constamment obligée de les rejeter en arrière de la main.

Il remarqua également ses formes. Il ne pouvait pas faire autrement, car elle était penchée vers la voiture. Elle portait un T-shirt blanc qui ne faisait que mettre en valeur ses seins énormes et ronds. Un lourd crucifix en argent était niché au creux de ses seins hâlés, et ses mamelons étaient certainement hâlés, eux aussi, car Nathan les voyait nettement à travers le coton blanc. Elle portait un short bleu délavé aux bords élimés et des bottes de cow-boy au cuir jaune éraflé. Elle avait des jambes longues et fuselées, aussi maigres que les pattes d'une cigogne.

Il songea qu'il se laisserait volontiers convaincre d'adhérer à l'association de défense des animaux... du moins en tant que membre cotisant.

— Désolée de vous importuner, sourit la jeune femme. Vous travaillez ici, ou bien est-ce une simple visite ?

Elle avait un net accent du Missouri, et un zézaiement des plus légers, que Nathan trouva étonnamment séduisant.

— Simple visite, répondit Nathan. J'ai des amis ici.

— Alors vous savez ce qu'ils font ici ?

— Oui, bien sûr. Ils élèvent des porcs.

— Mais vous savez certainement pourquoi ils élèvent des porcs ?

— En effet, et il se trouve que je suis d'accord.

La jeune femme avait été rejointe par quatre ou cinq autres jeunes gens en jean et T-shirt. Appuyés sur la voiture, ils écoutaient la conversation dans une attitude que l'on pouvait seulement qualifier de « passivement menaçante ». Tous portaient des badges marqués des initiales DPA — Droits Pour les Animaux. L'un d'eux, un jeune homme au visage lunaire et aux lunettes à monture en acier, n'arrêtait pas de se frapper la paume de la main avec un manche de hache.

— Comment pouvez-vous être d'accord ? demanda vivement la jeune femme. Ils élèvent des animaux pour les découper vivants !

— Je vais vous dire pourquoi. Mon père a failli mourir d'une néphrite. Deux reins de porc lui ont permis de vivre en attendant un transplant humain.

— Alors vous trouvez que c'est juste de tuer l'animal afin de sauver l'homme ? Vous approuvez que l'on sacrifie brutalement un être vivant afin de préserver la vie d'un autre être vivant, parce que c'est, soi-disant, une espèce inférieure ? Vous ne pensez pas que nous avons été mis sur cette planète afin de prendre soin de nos semblables... et non pour les massacrer, les torturer et les exploiter ?

— C'était mon père.

— Et il est fier de vous appeler son fils ?

— Écoutez, dit Nathan. Je viens voir un ami, si cela ne vous fait rien.

— Comment pouvez-vous être l'ami d'un assassin ?

Nathan remonta sa vitre de quelques centimètres. La jeune femme fut obligée de retirer sa main.

— Si vous voulez bien m'excuser...

— Sadique ! cria le jeune homme au manche de hache, et il l'abattit sur le toit de la voiture de Nathan. Salopard de carnivore !

Immédiatement, les autres se mirent à marteler le toit de leurs poings et à donner des coups de pied dans les portières et la carrosserie. Malgré leur petit nombre, le bruit à l'intérieur du véhicule était assourdissant. David se boucha les oreilles avec ses mains et se recroquevilla sur son siège.

Nathan emballa le moteur de la Chevrolet, mais trois des manifestants se tenaient devant le capot et lui barraient la route. Il entreprit de les pousser doucement avec le pare-chocs avant. Ils cognèrent encore plus fort sur le capot. Il comprit qu'il risquait d'avoir des ennuis si jamais il blessait ou renversait l'un d'eux.

— Tortionnaire ! hurla une jeune fille.

Elle cracha sur le pare-brise et le crachat dégoulina lentement devant le visage de Nathan.

— Assassin ! vociféra un homme, et il tapa sur le flanc de la voiture avec un tuyau de fer.

C'étaient leurs visages qui effrayaient le plus Nathan. Il n'avait encore jamais vu des visages déformés par une telle expression de haine. Ils se pressaient contre les vitres de la voiture, semblables à de hideux masques mortuaires animés, comme les morts-vivants dans *Zombie*. Les manifestants entouraient la voiture, de plus en plus nombreux. Ils criaient, hurlaient, secouaient la voiture sur sa suspension. David se mit à sangloter. Nathan donna des coups de klaxon furieux et hurla :

— Laissez-moi passer ! Laissez-moi passer ! Foutez le camp, bande de salauds, vous faites peur à mon fils !

L'un des manifestants grimpa sur le pare-chocs avant. Durant un moment, Nathan crut qu'ils allaient être complètement submergés. Puis les manifestants commencèrent brusquement à se disperser, et le jeune homme sur le capot fut projeté de côté comme s'il avait été heurté par un camion survenant à toute allure. L'une des filles tapa du poing sur la vitre et cria : « On se reverra, sadique ! » Puis elle fut tirée en arrière et disparut du champ de vision de Nathan.

Vingt ou trente officiers de police se frayaient un passage à travers la foule à coups de matraques et de manches de pioche. Venant en tête de la formation en triangle, il y avait la silhouette massive du shérif Luke Friend ; ses yeux étaient cachés par de petites lunettes de soleil rondes, son ventre ondulait sous sa chemise kaki impeccablement repassée. Nathan ne l'avait jamais vu en personne mais il avait vu les affiches pour sa campagne électorale et il le reconnut tout de suite. Luke balançait avec entrain une matraque plombée, de gauche à droite, tel un chef d'orchestre agitant sa baguette.

Un manifestant aux cheveux longs essaya de l'éviter. Luke lui assena sur le genou droit un coup de matraque nonchalant mais d'une grande précision. Le manifestant poussa un couinement de lapin écrasé et s'écroula sur le sol, se tenant la jambe à deux mains. Il roula plusieurs fois sur lui-même.

Tandis que les manifestants refluaient bruyamment, Nathan entrevit la jeune femme blonde au T-shirt blanc et aux longues jambes. Elle s'éloignait, étroitement protégée par des manifestants à l'air plus menaçant, des hommes au teint cadavérique portant des queues de cheval et des boucles d'oreille. Elle surprit le regard de Nathan et lui adressa un rapide sourire suggestif qu'il fut incapable d'interpréter. Qu'essayait-elle de lui dire ? Ce n'est que partie remise ? Je pense que tu es une chiffe molle ? J'aime bien tes cheveux frisés ?

Luke s'approcha de la voiture et fit comprendre à Nathan d'un geste de la main qu'il devait baisser sa vitre.

— Désolé pour cette défaillance momentanée de nos services, monsieur, dit-il. Ces amis des bêtes ont le chic pour exploser sans prévenir. Un instant plus tôt, ils prêchent la paix et l'amour, ne faites pas de mal à ces pauvres animaux sans défense ! Et brusquement, ils se déchaînent et se conduisent comme des fous furieux.

— Merci, shérif, fit Nathan. (Il sortit son mouchoir de sa poche et le donna à David pour qu'il s'essuie les yeux.) J'ai bien cru qu'ils allaient retourner ma voiture.

— Oh, ils ont fait pire ! déclara Luke. (Il renifla et ôta ses lunettes de soleil.) Voilà deux mois, ils ont aveuglé une femme de Marion avec de l'eau de Javel, uniquement parce qu'elle travaillait pour les Cosmétiques Perrystone et testait des eye-liners sur des lapins. Et ils ont lancé un cocktail Molotov sur le rayon boucherie du supermarché de Cedar Rapids ; un pauvre bougre a été si grièvement brûlé qu'il ressemblera à du bifteck haché premier choix jusqu'à la fin de ses jours.

— Nous sommes un peu secoués, mais je pense que ça ira, dit Nathan.

Luke se redressa et examina rapidement la Chevrolet.

— Votre voiture n'est pas trop abîmée. Un peu cabossée, ici et là. J'espère que vous êtes assuré contre le vandalisme.

— Je peux entrer maintenant ? demanda Nathan.

— Bien sûr. Mais j'aimerais voir vos papiers d'identité et votre lettre d'invitation.

Nathan prit dans sa poche de chemise sa carte d'identité et la lettre que Garth lui avait envoyée. Luke les parcourut et fronça les sourcils.

— Dr Nathan H. Greene, du Centre Médical de Mercy ? Je suis surpris de ne vous avoir jamais rencontré.

— Je ne suis qu'un humble médecin légiste, expliqua Nathan. Je travaille au département des « pièces de rechange », un poste des plus subalternes. Un genre d'Igor, si vous voyez ce que je veux dire. Mon patron dit : « Apporte-moi le cerveau, Igor » et je dis : « Oui, maître », et je file chercher le cerveau. Un garçon de courses, pourrait-on dire.

Luke sourit et rendit à Nathan la lettre et sa carte d'identité.

— Tout cela me semble parfaitement en règle, Dr Greene. J'espère que vous passerez une bonne journée.

— Merci, dit Nathan. A propos, qui est la blonde au T-shirt blanc et aux bottes de cow-boy ?

Luke n'eut même pas besoin de se retourner et de regarder pour savoir de qui parlait Nathan.

— Vous ne la reconnaissez pas ? demanda-t-il. C'est Lily Monarch. Elle passe à la télé pratiquement toutes les semaines depuis que Zapf-Cady a été établi. C'est le bras droit du sénateur Bryan Cady, et quand je dis « bras »... Elle vaut le coup d'œil, non ? Présidente de l'association de défense des animaux, membre-fondatrice du mouvement Les Femmes Disent Non à la Fourrure, coordinatrice au niveau fédéral de NMPV — vous savez, Ne Mangez Plus de Viande — végétarienne, contestataire, ex-modèle pour maillots de bain, cocaïnomane à ses heures, et à temps complet une emmerdeuse de première !

Nathan l'aperçut qui partait précipitamment, entourée de ses gardes du corps.

— Il me semblait bien l'avoir déjà vue. Je trouve qu'elle est beaucoup plus jolie qu'à la télé.

— Ne rêvez pas, Dr Greene. Cette fille ne fréquente que les nantis. Et les nantis végétariens, de surcroît. Vous auriez peut-être une chance si vous étiez l'ami du Président, possédiez vingt millions de dollars sur votre compte en banque, et si vous ne mangiez que des brocolis. Autrement, n'y pensez plus.

Nathan se dirigea vers la grille d'entrée ; un adjoint du shérif l'ouvrit et lui fit signe de passer. Au-delà de la grille, il y avait une guérite d'où un Noir à l'air maussade, coiffé d'une casquette, demanda à voir sa carte d'identité et sa lettre d'invitation.

— Je les ai déjà montrées.

— Pas à moi !

L'excès d'adrénaline fit trembler la voix de Nathan.

— Un jour, Ice-T écrira un rap sur ce que nous devrions faire aux gardes de la sécurité.

L'homme le considéra avec un immense mépris.

— Un jour, tous les hommes seront frères, docteur. Continuez tout droit, après les arbres. Longez le lac sur votre gauche. Ensuite, c'est le troisième bâtiment sur votre droite. Le Dr Matthews viendra vous chercher.

Ils traversèrent une vaste étendue d'herbes folles, hautes et desséchées, couleur de miel. Puis ils furent plongés dans l'ombre fraîche de grands chênes. Ils retrouvèrent finalement la lumière du soleil, près d'un petit lac circulaire aux bords envahis par des roseaux. Ils le longèrent et arrivèrent devant les bâtiments verre-et-brique impeccables de l'Institut Spellman de Recherche Génétique, avec ses rangées impeccables d'automobiles garées sur le parking, et ses arbustes verts impeccables dans des pots en céramique impeccables. Nathan se gara près de l'écriteau VISITEURS et descendit de sa voiture.

La porte vitrée du bâtiment principal s'ouvrit presque aussitôt, et le Dr Garth Matthews descendit rapidement les marches, la main tendue pour les accueillir. Garth, la quarantaine, avait un visage aux traits fins, des cheveux châtains soigneusement coiffés et une petite moustache taillée en brosse. Sous une blouse de labo bleue, il portait une chemise bleue et un pantalon marron clair. Ses mocassins étaient soigneusement cirés.

— Nathan ! Le service de sécurité vient de me dire que tu avais eu des problèmes !

Ils se serrèrent la main, et Nathan déclara :

— Nous avons eu droit à une petite épreuve de force de la part des défenseurs des animaux, c'est tout.

— Ces foutus rongeurs de carottes sont totalement irresponsables ! S'ils savaient combien de vies humaines ils mettent en danger, chaque fois qu'ils nous empêchent d'expérimenter une nouvelle procédure génétique. (Garth saisit l'épaule de Nathan et la serra affectueusement.) Mais tout va bien, hein ? Ils n'ont pas fait trop de dégâts ?

— Ils ont fait peur à David. Ils m'ont fait peur à moi aussi, pour te dire la vérité. Ils ont craché sur les vitres, ils ont sauté sur le capot. J'estime les dégâts à deux ou trois cents dollars.

— Pas de problème ! Envoie-moi la facture et l'institut paiera. Vous n'avez rien, David et toi, c'est le principal !

David descendit de la voiture, tout intimidé.

— C'est David ? s'exclama joyeusement Garth. Bon sang, je n'en crois pas mes yeux ! Salut, jeune homme, ça va ? Tu as grandi... euh... d'au moins quinze centimètres depuis la dernière fois que je t'ai vu. Tu seras plus grand que ton père, beaucoup plus grand. Tu vas ressembler à un nabot, Nathan ! Pas trop inquiet ? Mais ce sont les joies de la génétique, d'accord ?

Il songea brusquement à quelque chose et se rembrunit. Il se tourna vers Nathan et demanda :

— Le prélèvement n'a pas été abîmé ?

— Non, non, pas de danger, le rassura Nathan. Il est dans le coffre, et soigneusement emballé.

— Ouf, je respire ! Écoute, nous allons l'emporter tout de suite. Je le donnerai à Raoul pour qu'il fasse l'analyse de l'ADN. Et je suis sûr que tu ne dirais pas non à un verre.

— Et comment !

Nathan ouvrit le coffre de la Chevrolet et en sortit une mallette en aluminium, à peu près de la taille d'une trousse pour caméra vidéo. Il la tendit précautionneusement à Garth. Celui-ci la prit à deux mains et arbora un large sourire de satisfaction.

— Enfin ! Tu ne sais pas à quel point cela va nous aider. Si ça marche, ce sera le prochain bond de géant pour l'espèce humaine. Je devrais plutôt dire pour l'espèce porcine.

— Je l'espère, moi aussi, dit Nathan. Après ce que tu as fait pour mon père...

— Oh, allons ! Nathan. Cesse d'être aussi solennel, tu me gênes ! C'était déjà une procédure chirurgicale éprouvée. Nous aurions donné la même priorité à n'importe qui d'autre, ami ou pas ami. Ton père n'a pas survécu uniquement parce que nous jouons tous les deux au golf à Elmcrest.

— Cela n'empêche pas que je te dois une faveur.

Garth tapota la mallette en aluminium.

— Si ça marche, nous serons quittes, et davantage, crois-moi.

Ils gravirent les marches et David ouvrit la porte vitrée afin que Garth puisse porter la mallette à l'intérieur. Ils pénétrèrent dans un hall d'accueil climatisé, au sol recouvert de dalles de marbre. Au centre il y avait une pièce d'eau, une sculpture abstraite, artistiquement tapissée de lierre design. Garth les conduisit jusqu'au bureau d'accueil, où une brune en tailleur beige, aux lèvres écarlates, aux immenses yeux bleus et au corps parfait, dit :

— Soyez les bienvenus à l'Institut Spellman !

Elle remit à Nathan et à David un badge de visiteur, puis donna à David un stylo-bille Institut Spellman et un porte-clés Institut Spellman.

— Passez une bonne journée, sourit-elle.

Garth lui fit un clin d'œil et dit :

— Merci, Meg.

Nathan se demanda fugitivement comment ça se passait quand on couchait avec une fille aussi soignée de sa personne. Avant toute chose, suspendait-elle sa jupe sur un cintre, et vérifiait-elle que sa petite culotte n'était pas tirebouchonnée ? Qu'est-ce qui venait en premier ? Les préliminaires, ou bien se mettait-elle du vernis à ongles ?

Garth avait probablement lu dans ses pensées.

— Une fille superbe, grrrr ! dit-il tandis qu'ils traversaient le hall. Rudement sexy. Mais à quoi bon ? Elle a le QI d'un barreau de chaise. Elle croyait que « inuit » était le contraire de « exit ».

Ils arrivèrent devant une porte lambrissée de chêne, munie d'un écriteau discret mais catégorique : ACCÈS STRICTEMENT RÉSERVÉ AU PERSONNEL AUTORISÉ.

— Allons-y, dit Garth.

Ils s'avancèrent dans un couloir sentant l'antiseptique, peint en gris champignon. David s'aperçut que ses baskets couinaient d'une façon très embarrassante sur le revêtement de vinyle.

— Comment va Deanna ? demanda Nathan.

Garth roula des yeux, l'air de dire « ne m'en parle pas ! ».

— Elle dit qu'elle n'a pas encore digéré le fait que je l'aie quittée. Financièrement, elle s'est adaptée. En fait, elle me saigne à blanc. Mais sur le plan affectif, c'est raté. Elle est encore tellement jalouse qu'elle me téléphone tous les matins avant que je parte travailler, tu t'imagines ! pour me dire de ne pas oublier mes sandwiches pour le déjeuner, parce que Kayley a *certainement* oublié de les préparer.

— Et Kayley oublie de te préparer tes sandwiches ? le taquina Nathan.

— Cela me serait égal si Kayley oubliait mon *nom*. En fait, ce n'est pas le cas. Et elle me confectionne des sandwiches au pastrami avec plein de moutarde, au lieu de cette laitue immonde que Deanna me donnait.

— Ma foi, tu sais ce qu'on dit : rien de tel que les bons petits plats pour gagner le cœur d'un homme.

— Ce qui m'intéresse, moi, c'est comment obtenir le foie et les reins d'un homme.

A bien des égards, Nathan et Garth étaient mal assortis pour être d'aussi bons amis. Nathan avait un esprit sérieux et introverti ; il passait une bonne partie de ses loisirs à lire Noam Chomsky et Saul Bellow, et à essayer de comprendre pourquoi les êtres humains étaient beaucoup plus que la somme de leurs « pièces détachées ». Ce qui ne l'empêchait pas d'avoir un sens de l'humour quelque peu surréaliste, comme la plupart des médecins légistes. On ne peut pas manipuler des rates toute la journée si l'on ne voit pas le côté comique de la chose. Il avait également un faible pour le *heavy rock*. Il trouvait que le Velvet Underground « était arrivé vingt ans trop tard, et était vingt fois trop gai ». Peut-être écoutait-il ce genre de musique pour s'isoler du monde.

Garth était loquace, sociable et amateur de femmes. Il ne s'arrêtait jamais de parler pendant qu'il travaillait, et il ne s'arrêtait jamais de parler après le travail. Il était incroyablement désordonné, malgré son extérieur distingué. Il lisait *Playboy*, *Practical Mechanics*, et des revues scientifiques. Le numéro de septembre de *Genetic Engineering News* l'avait appelé « l'un des généticiens les plus audacieux et les plus novateurs des États-Unis, et probablement du monde entier ».

Son ex-femme Deanna l'avait traité de « gosse de huit ans psychopathe dans le corps d'un homme de trente-huit ans ».

Nathan et Garth étaient devenus amis sept ans et demi auparavant, lorsqu'ils avaient commencé à bavarder au bar du Country Club d'Elmcrest. Nathan était là en tant qu'invité : son patron l'avait convié à une partie de golf, et Susan avait dit que ce serait un bon point pour sa carrière. Garth était membre du club. C'était un golfeur moyen-et-accidentellement-brillant, mais la plupart du temps il préférait s'installer au bar, boire des cocktails et flirter avec les épouses des autres membres. N'importe quoi plutôt que de rentrer à la maison pour retrouver Deanna et ses dîners infects.

Puis Susan était morte. Nathan se moquait de sa carrière

désormais. Garth et lui étaient restés amis, et tandis que Garth avait aidé Nathan à remonter la pente après la disparition de Susan et d'Aaron, Nathan avait aidé Garth à se dépêtrer de son mariage cauchemardesque.

Ensuite, bien sûr, il y avait eu l'histoire du père de Nathan. Ils en parlaient rarement, mais cela demeurait un sujet latent chaque fois qu'ils se voyaient. Cela restait en suspens, influait sur tout ce qu'ils faisaient et sur tout ce qu'ils se disaient.

Deux ans auparavant, Garth s'était débrouillé pour qu'un animal d'expérience de l'Institut Spellman soit abattu, moins d'une heure après que Nathan l'eut appelé, et pour que deux reins de porc « humanisés » soient envoyés de toute urgence au Centre Médical de Mercy afin de sauver le père de Nathan d'une insuffisance rénale imminente. Nathan n'avait jamais demandé à Garth le nombre de relations qu'il avait fait jouer, ni combien de centaines de milliers de dollars son geste avait coûtés, et qui les avait déboursés, et Garth ne le lui avait jamais dit. Cela avait peut-être porté un coup à leur amitié. Cela l'avait peut-être consolidée. Dans les deux cas, cela avait modifié l'équilibre entre eux, d'une façon imperceptible et durable.

Ils pénétrèrent dans le laboratoire principal, une salle immense et brillamment éclairée. Il y avait des rangées de microscopes le long d'un mur. Trois chercheurs en blouse bleue étaient penchés sur les microscopes, tels des horlogers, et examinaient des prélèvements génétiques. Au milieu de la salle, trois plans de travail étaient encombrés de lamelles de verre, d'éprouvettes et de carnets. Un sandwich à l'avocat était posé sur l'un des plans de travail, ainsi qu'un exemplaire fatigué d'*Histoires de pouvoir* de Carlos Castaneda. Neuf ordinateurs Sperry-Rand et des imprimantes étaient alignés contre le mur opposé, ainsi qu'un système de traitement spécial conçu pour l'analyse de l'ADN.

Ils furent accueillis par un Noir immense et dégingandé. Il avait un nez fin et busqué, un visage étroit aux traits d'Éthiopien. On aurait pu le prendre pour un coureur olympique ou pour une star du basket. Le badge sur sa blouse indiquait qu'il s'appelait Raoul Lacouture.

— Raoul, annonça Garth, voici mon vieil ami, le Dr Nathan Greene, du service des « pièces détachées » de Mercy. Tu as besoin de quelque chose... un bras, une jambe, la moitié d'un pancréas, un moteur à injection pour une Barracuda 64... pas de problème, cet homme peut te le procurer !

— Ravi de faire votre connaissance, sourit Raoul. Vous êtes vraiment *l'ami* de cet homme ?

— Vous trouvez ça bizarre ? demanda Nathan.

— Pas du tout, Dr Greene. Mais cela vous rend unique !

Garth poussa le sandwich de côté et posa précautionneusement la mallette en aluminium sur le plan de travail. Il prit le livre et regarda la couverture.

— J'espère que tu n'es pas en train de virer hippie, Raoul ?

— Ce livre est à Jenny. Elle dit qu'il est temps pour elle de cultiver son esprit.

— Comment le pourrait-elle, alors qu'elle n'a jamais cultivé son corps ?

— On peut toujours rêver !

Garth fit jouer les fermoirs sur le côté de la mallette.

— En dépit de ses joyeuses plaisanteries, Nathan, il se trouve que Raoul est le meilleur xénogénéticien que l'on puisse trouver en ce bas monde. Il a fait ses études à Amsterdam, Paris, et à l'Institut National de Recherche Médicale à Londres. Ses connaissances en génétique animale, le porc tout particulièrement, sont incommensurables !

Il releva le couvercle de la mallette et Raoul jeta un coup d'œil à l'intérieur. Son haleine forma un petit nuage de vapeur en raison du bloc réfrigérant qui avait maintenu la température du prélèvement à trente-sept degrés au-dessous de zéro. Le prélèvement avait un aspect plutôt banal : un réseau translucide, en forme de fleur, de tissus cramoisis et beiges, maintenus entre deux plaques gélatinées, tel un chrysanthème. Un mince fragment de cerveau.

— Qui était le donneur, avez-vous dit ? demanda Raoul.

— Je ne l'ai pas dit, répondit Nathan. Garth vous expliquera que l'une des conditions exigées par Mercy pour cet arrangement était que l'origine du fragment demeurerait inconnue, excepté son numéro de dossier.

— Mais ce fragment de cerveau provient bien d'un enfant, n'est-ce pas ? intervint Garth.

Nathan rougit.

— Oui, et je regrette d'avoir à le dire. Un petit garçon âgé de trois ans qui est mort il y a moins de trois jours.

— Pas de lésions cérébrales ?

— Non, non, aucune.

— Aucun signe de troubles cérébraux ou d'épilepsie ?

— Nous n'avons rien constaté. Il est mort sur le coup, d'une seule blessure massive.

— Bon, c'est exactement ce que nous voulions, dit Garth. Raoul, et si tu commençais l'analyse ? Ensuite nous préparerons Capitaine Black pour son intervention chirurgicale, d'accord ?

Raoul referma la mallette. Il regarda Nathan et Garth, puis David. Ses yeux étaient doux et tristes.

— Vous savez quoi ? Je fais ce genre de travail depuis la fac, et je n'arrive toujours pas à oublier que quelqu'un doit mourir pour rendre cela possible. Un petit garçon de trois ans ! Tous ces jours ensoleillés qu'il ne verra jamais.

— Amen, dit Garth, mal à l'aise.

Raoul emporta le prélèvement de l'autre côté du labo, où étaient installés des appareils à chromatographie gazeuse, des spectographes et deux analyseurs d'ADN.

— Et ce verre ? demanda Garth à Nathan. Raoul, montre donc à David comment fonctionne cet analyseur, ça l'intéressera.

Il emmena Nathan dans son bureau. La pièce avait été meublée et décorée de façon coûteuse dans un style high-tech minimaliste : une table de travail en perspex, un fauteuil acier-et-cuir, un canapé en cuir et une table basse en perspex, point final. Un tableau abstrait gris et blanc ornait l'un des murs et une sculpture longiligne à la Giacometti trônait dans un coin de la pièce.

Mais l'effet minimaliste avait été gravement compromis par le manque d'ordre spectaculaire de Garth. La table de travail en perspex disparaissait sous des monceaux de rapports, de revues, de chemises et de livres. Des graphiques et des diagrammes étaient éparpillés en éventail sur la moquette. Il y avait également des chaussures de golf, des emballages de pizza, des journaux et des sacs à provisions. Même le téléphone était posé par terre. La table basse était jonchée de feuilles de papier couvertes de notes et d'équations, ainsi que de boîtes vides de Coke sans caféine et de tasses où surnageait un café d'apparence huileuse.

La sculpture avait été coiffée d'une casquette de golf rouge vif et affublée d'une étiquette portant l'inscription « Le Caddie Anorexique ».

Nathan évita soigneusement de marcher sur les papiers et les graphiques et se déplaça par petits bonds jusqu'à l'immense baie vitrée qui donnait sur la cour centrale de l'institut. Une grande sculpture en bronze se dressait au milieu de la cour... un homme nu, debout entre un porc docile et une vache à l'air bienveillant. Garth ouvrit son réfrigérateur, prit deux canettes de Schlitz et déclara :

— Celle-là, je l'appelle *Onze Heures du matin.*

— Pourquoi ?

— Parce que l'homme est à mi-chemin entre le petit déjeuner et le déjeuner.

Nathan prit la canette de bière, but une longue gorgée, et s'essuya la bouche.

— Tu es un cynique, tu sais cela ?

— Non, je ne suis pas cynique, rétorqua Garth. Endurci, peut-être. Obstiné, certainement. Mais lorsque tu t'occupes de xénogénétique, tu es confronté à des dilemmes moraux et éthiques auxquels la plupart des gens n'ont jamais réfléchi. Enfin, est-ce *vraiment* justifiable d'élever des animaux avec de l'ADN humain, dans le seul but de créer des transplants plus acceptables ? Si un porc avait un portefeuille, est-ce qu'il y aurait une carte de donneur dans ce portefeuille ? Est-ce que ce serait un portefeuille en peau de porc ou en vinyle ? Je ne suis pas cynique, Nathan. Je fais quelque chose tout simplement parce que c'est possible et parce que c'est légal... jusqu'ici, en tout cas, à moins que Zapf-Cady soit adopté.

— Cela t'affecterait, toi aussi ?

— Bien sûr. La clause 23 interdit explicitement l'utilisation d'animaux vivants pour toute expérimentation à des fins scientifiques ou commerciales. Si Zapf-Cady est adopté, nous serons obligés de fermer définitivement notre département de xénogénétique.

— Mais il est peu probable que ce projet de loi soit adopté, non ? Allons, les éleveurs et les industriels de la viande sont bien trop puissants ! Et que fais-tu de l'opinion ? On ne peut pas contraindre tout un pays à devenir végétarien.

Garth haussa les épaules.

— Qui sait ? Nous avons bien contraint tout un pays à ne plus boire d'alcool, non ? A cette époque, les fanatiques qui ont institué la Prohibition étaient des bigots. Aujourd'hui, ils sont propres sur eux mais ce sont néanmoins des bigots. Rien n'a changé. Zapf-Cady n'est ni plus ni moins que la réincarnation de Volstead et de sa loi antialcoolique !

David entra en trombe dans la pièce.

— Vous savez quoi ? Raoul m'a fait voir l'un de mes cheveux dans son microscope. On aurait dit un arbre, avec des branches et tout !

— Pas de singes se balançant aux branches ? sourit Nathan.

— Tu veux un Coke, David ? demanda Garth. Ensuite je vous emmène visiter la porcherie. Vous devez absolument voir Capitaine Black avant que nous l'opérions.

Ils sortirent du bureau de Garth par une porte qui donnait sur la cour chaude et ensoleillée. Sur les quatre côtés de la cour, il y avait des bâtiments flambant neuf, des laboratoires aux grandes baies vitrées. Ils apercevaient des hommes et des femmes mener des expériences génétiques dans les domaines les plus divers.

— Spellman est entièrement financé par l'industrie privée, dit Garth. Nous avons un budget de recherche qui dépasse les cent soixante-dix millions de dollars par an. Mais c'est de l'argent bien employé. Les Laboratoires Kettner ont calculé qu'ils avaient déjà récupéré trois fois leur mise.

— Les Laboratoires Kettner ?

— Ils fabriquent notamment le Plasynth-10. La plupart des chirurgiens disent à leurs patients que c'est un plasma sanguin entièrement synthétique. En réalité, ce plasma sanguin provient de porcs traités génétiquement. C'est la même chose pour l'insuline et toute une série d'hormones... elles proviennent toutes de porcs. La plupart des gens ignorent que les utilisations médicales viennent au second rang dans la valeur commerciale du porc, tout de suite après la viande.

— Les bagages ?

— Tout au bas de la liste !

Ils quittèrent la cour et empruntèrent un passage couvert entre les bâtiments. Ils arrivèrent dans un pré en pente. Des marguerites dodelinaient et l'herbe desséchée était agitée par le vent en des vagues chuchotantes. En haut de la pente, il y avait deux bâtiments de brique bas. Le vent apportait de ces bâtiments l'odeur aigre, reconnaissable entre toutes, de porcs.

— Les gens n'aiment pas le reconnaître, déclara Garth, mais les porcs sont beaucoup plus proches des êtres humains que n'importe quel autre animal, physiquement et mentalement. Nous utilisons la peau de porc depuis des années pour des greffes de la peau chez l'homme, et des valvules de cœurs de porc pour des gens atteints de maladies cardiaques. Je vais t'apprendre autre chose : le porc est également le seul animal qui boit de l'alcool de son plein gré. Nous avons fait des tests sur l'alcoolisme pour le Centre de Traitement Sedlacek et nous avons donné du whisky et de la vodka à des porcs. Nous avions un Berkshire, Dino, qui buvait un litre de Smirnoff par jour. On ne pouvait pas l'approcher le matin. Il grognait après tout le monde.

Ils atteignirent la porcherie. Les bâtiments étaient neufs et peints de couleurs gaies ; le système de climatisation bourdonnait activement à l'extérieur. Garth déverrouilla la porte du bâtiment le plus proche, et ils entrèrent. L'endroit était faiblement éclairé, et l'odeur des porcs était beaucoup plus forte.

Nathan scruta la pénombre. Le bâtiment faisait au moins soixante-dix mètres de long, avec un plafond bas et un éclairage fluorescent. De chaque côté, il y avait des enclos aux cloisons en perspex, numérotés de 1 à 40, chacun comportant un nom peint au pochoir. Daisy. Charlie. Whitney. Big Bill. Zoot. Einstein.

— Qui leur donne leur nom ? demanda David.

Garth verrouilla la porte derrière eux.

— Il suffit de les regarder. Leur nom saute aux yeux. Tiens, celui-là, il s'appelle Lionel, comme Lionel Richie. S'il pouvait parler, il ne parlerait pas, il chanterait *Dancing on the Ceiling*.

Il leur montra les porcs les uns après les autres — Hampshires, Berkshires, Durocs, Chester Whites, Yorkshires, Landraces — la plupart des races porcines que l'on trouvait communément aux États-Unis.

— Nous avons même modifié leurs pulsions sexuelles. La plupart des éleveurs préfèrent que leurs truies mettent bas deux portées par an, de huit à dix cochonnets chacune, après une gestation de trois mois, trois semaines et trois jours. A l'état sauvage, bien sûr, les porcs sont comme les êtres humains. Ils ont envie de tirer leur coup d'un bout à l'autre de l'année. Ils ont un désir sexuel extrêmement puissant.

« Vous voyez cette coche là-bas ? Une coche est une truie qui n'a pas encore eu de portée. C'est presque la truie parfaite... robuste, merveilleusement proportionnée, large de poitrine et de croupe, avec des tétines très accessibles. Elle est presque 56 % moins grasse que les porcs que nous élevions dans les années soixante et elle transmettra cette caractéristique à ses petits. Elle devrait décrocher le titre de Miss Bacon Sans Cholestérol.

Ils arrivèrent au bout de l'allée. A cet endroit, il y avait un enclos spécial qui faisait toute la largeur du bâtiment. La cloison était également en perspex, mais le côté intérieur avait été profondément griffé et gratté, et il était maculé de bave, de telle sorte qu'il était impossible de dire s'il y avait quelque chose à l'intérieur ou non. Sur le côté gauche de l'enclos, il y avait une porte métallique sur laquelle étaient inscrits le numéro 20 et, au-dessous, « Cap. Black ».

Nathan s'approcha de la cloison et scruta l'enclos plongé dans la pénombre. Il pouvait tout juste distinguer la paille qui recouvrait le sol et la mare dans le coin droit. Tous les enclos comportaient un bassin rempli d'eau, parce que les porcs n'ont pas de glandes sudoripares et ont besoin de se vautrer dans l'eau de temps en temps pour se rafraîchir. Mais ce bassin était trois fois plus grand que les autres : son eau faisait des rides et clapotait comme si quelque chose d'énorme venait d'en sortir.

— Nous élevons Capitaine Black depuis cinq ans, expliqua Garth en prenant la clé de l'enclos. Il a été l'une de nos premières expériences sur l'humanisation et représente l'un de nos pas en avant les plus significatifs. Génétiquement parlant, Capitaine Black est tellement semblable à un être humain que l'on pourrait utiliser chaque organe de son corps pour une transplantation... cœur, poumons, foie, reins... à condition, bien sûr, que les tissus soient assortis.

— Où se cache-t-il ? demanda Nathan, mettant ses mains autour de son visage afin de voir plus distinctement l'intérieur de l'enclos.

— Oh, il est là, pas de problème. Il nous a probablement entendu venir. Il est tout à fait docile, ne t'inquiète pas. En fait, il est timide. Nous allons entrer et tu le verras.

— Entrer ? s'exclama Nathan avec une inquiétude soudaine qui le prit au dépourvu.

— Nathan, ce n'est qu'un porc. Un gros porc, je te l'accorde. Un très gros porc. Mais tu peux lui faire manger du maïs dans ta main. Tu peux t'asseoir sur son dos et faire le tour du pré. Il adore la compagnie humaine. Il passerait son temps dans les bars pour célibataires si nous le laissions faire.

Nathan regarda les éraflures et les entailles sur le perspex. Certaines se trouvaient à plus de trois mètres cinquante de haut, et certaines étaient si profondes qu'elles avaient presque entièrement traversé la cloison.

— Il se sent seul, c'est tout, dit Garth, lorsqu'il comprit ce que Nathan regardait. Il essaie de sortir de son enclos, pour nous rejoindre au labo.

— Il n'a jamais réussi, j'espère ?

— Si, une fois, il y a deux ans. A cette époque, nous avions mis un loquet ordinaire sur la porte. Mais Capitaine Black a découvert que, s'il se tenait tout près de la porte lorsque nous le ramenions dans son enclos, nous obligeant à appuyer sur la porte afin de la fermer, le loquet n'était pas entièrement engagé, et deux ou trois ruades suffisaient à l'ouvrir. Je revenais d'une réunion à l'université d'Iowa, et je l'ai trouvé en train de se vautrer dans le lac. Nous avons été obligés de lui administrer des tranquillisants pour le faire retourner dans son enclos, parce qu'il n'était pas du tout disposé à le faire de son plein gré. Tu penses que les mules sont têtues ? Attends d'avoir eu affaire à un porc.

Garth déverrouilla la porte métallique et l'ouvrit.

— Capitaine Black ? appela-t-il. Tu es là, Capitaine Black ? Je suis avec des amis qui aimeraient faire ta connaissance.

Il y eut un moment de silence... puis un lourd bruissement dans la paille, suivi d'un grognement rauque et agressif. En fait, cela ressemblait plus à un rugissement qu'à un grognement.

— Nom de Dieu ! jura Nathan en sourdine.

— Capitaine Black, tu te conduis en gentil garçon aujourd'hui, d'accord ? fit Garth. Tu ne piques pas une colère, c'est compris ?

Il y eut un autre piétinement sourd et un bruit de grattement. Puis quelque chose d'énorme heurta le battant de la porte, et Garth fut obligé de reculer précipitamment.

— Entrer avec ça là-dedans ? Tu plaisantes, j'espère ? fit Nathan d'une voix blanche.

— Tout va bien, tout va bien... il est probablement incommodé par la chaleur. Il n'y a pas de danger, je t'assure. Il ne ferait pas de mal à une mouche.

— Tant mieux pour les mouches, mais je n'ai pas envie qu'il s'en prenne à *moi* !

Garth exerça une poussée sur le battant.

— Bon, ça suffit maintenant, Capitaine Black ! Ôte ta couenne de là ! (Il poussa à nouveau.) Dépêche-toi, sacré entêté ! Sinon je vais souffler et souffler, et renverser ta putain de baraque !

Cela amusa énormément David, et il se mit à chantonner :

— Par notre barbe, tu n'entreras pas !

Garth poussa de toutes ses forces pour ouvrir la porte, et Nathan lui prêta main forte. Pendant presque une minute ils poussèrent et ahanèrent, mais Capitaine Black grognait et ne bougeait pas d'un pouce.

— Capitaine Black ! cria David d'une voix flûtée. Ouvre la porte, Capitaine Black, je voudrais te voir !

Le porc poussa un grognement rauque qui se termina en un cri aigu et strident. Puis... presque miraculeusement, il s'écarta de la porte.

— On dirait que tu as le chic ! dit Garth, se tournant vers David avec un large sourire. Vous avez gardé les cochons ensemble ?

Il ouvrit la porte toute grande. Puis il passa son bras autour des épaules de David et dit :

— Viens, je vais faire les présentations. N'aie pas peur. Il est gros, je te préviens. Il est également balourd et très arrêté dans ses opinions. En fait, il pense probablement qu'il est humain, exactement comme nous, alors qu'est-ce qu'*il* fiche ici alors que nous pouvons aller et venir où nous voulons ! Mais si tu es gentil avec lui, et si tu lui montres que tu n'as pas peur, alors il sera gentil avec toi.

Il guida David à l'intérieur de l'enclos, et Nathan les suivit prudemment.

La puanteur agressa les narines de Nathan. Ce n'était pas une odeur de porc ordinaire. C'était une odeur aigre, musquée, mâle... un mélange suffocant d'urine, de phérormones et de *bête*. Mais il y avait autre chose : l'odeur irritante des sécrétions glandulaires de quelque chose qui était bien plus qu'une bête.

L'enclos était tellement sombre et Capitaine Black caché si profondément au sein des ombres que Nathan ne comprit pas tout de suite à quel point il était énorme. Il voyait seulement deux yeux noirs et luisants, et l'humidité noire d'un groin animé de petites contractions. Puis Capitaine Black fit deux ou trois pas vers eux, et il apparut dans la lumière graisseuse qui émanait de la fenêtre.

— Grand Dieu ! s'exclama Nathan, et il fit deux ou trois pas en arrière.

Capitaine Black faisait plus d'un mètre cinquante de haut et près de trois mètres de long. Son corps était recouvert de soies noires et rudes, et il avait la grosseur et la forme d'un fût de pétrole de deux cents litres posé sur un tréteau. Il était tellement énorme que Nathan avait du mal à croire qu'il était réel. Mais ses énormes oreilles noires se contractaient de temps à autre, et il continuait de s'avancer, quelques centimètres à la fois. Ses pieds cliquetaient et frottaient sur le sol en ciment armé.

Son corps était impressionnant ; pourtant, ce fut sa tête qui fit déglutir Nathan de frayeur. On aurait dit la tête d'un loup-garou gigantesque : elle était entièrement recouverte de soies noires, épaisses et lustrées. Son groin était hideusement aplati, deux incisives incurvées dépassaient de sa mâchoire inférieure, et des filaments de bave oscillaient à chacun de ses pas.

Ses yeux étaient également noirs... un noir lumineux, un noir intelligent, un noir semblable à du goudron liquide, pas le noir terne des yeux d'un requin. Il regardait Nathan sans ciller, et il y avait quelque chose de très troublant dans ce regard fixe qui amena Nathan à penser qu'il était capable de pensée rationnelle, qu'il aurait pu parler, si ses cordes vocales avaient pu former des mots.

Nathan avait presque l'impression de regarder dans les yeux d'un homme qu'un enchantement terrifiant a enfermé dans le corps d'un animal.

— Ça, c'est un porc ! dit-il d'une voix respectueuse.

— Le plus gros porc vivant d'Amérique, déclara Garth, sans essayer de dissimuler sa fierté et sa satisfaction. C'est un porc Poland China, âgé de cinq ans et deux mois. La dernière fois que nous l'avons pesé, son poids était de mille quatre cent quatre-vingt-cinq kilos. Soit environ le poids d'une Coccinelle.

— Je suis impressionné, dit Nathan, sincère.

David regardait Capitaine Black depuis un long moment, sans rien dire. Puis, petit à petit, il s'approcha de lui, jusqu'à ce qu'il soit suffisamment près pour le toucher.

— David..., murmura Nathan.

Mais Garth dit :

— Hé, tout va bien. Il est parfaitement domestiqué. Montre-lui que tu l'aimes et il te le rendra, c'est tout.

David avança sa main et tapota Capitaine Black entre ses oreilles pendantes mouchetées de noir. Capitaine Black détourna la tête à demi et fit un petit pas de deux nerveux, mais il ne semblait pas trouver David menaçant.

— Il adore qu'on lui frictionne les oreilles, c'est ce qu'on m'a dit, fit Garth.

David releva l'une des oreilles de Capitaine Black et la pétrit doucement entre les paumes de ses mains, comme si c'était de la pâte.

— Comme elle est douce, dit-il. Ses soies sont raides, mais son oreille est vraiment douce.

Capitaine Black appréciait peut-être ce massage, mais à aucun moment il ne quitta Nathan des yeux. Bientôt, Nathan se cacha à moitié le visage de la main. Il trouvait le regard du porc trop inquiétant.

Un homme, victime d'un enchantement, dans le corps d'un porc.

— Il est phénoménal, dit-il.

— Phénoménal, c'est le terme qui convient, renchérit

Garth. Enfin, Capitaine Black n'est pas simplement le plus gros porc d'Amérique... il est également, génétiquement, le porc le plus proche d'un être humain.

— Alors, à quoi servira le prélèvement que je t'ai apporté ? demanda Nathan. Tu disais dans ta lettre que tu en avais besoin pour une analyse génétique. Comment comptes-tu l'utiliser pour Capitaine Black ?

— C'est tout à fait expérimental. Une fois que nous aurons analysé le code génétique contenu dans le fragment du cerveau, nous pensons pouvoir l'utiliser pour modifier biochimiquement le processus de pensée de Capitaine Black. La théorie est la suivante : si nous pouvons utiliser le code génétique pour lui donner un foie humanisé et un cœur humanisé... pourquoi ne pas employer une technique similaire pour lui donner une personnalité humanisée ?

Nathan le regarda avec stupeur.

— Garth... on ne peut pas changer un porc en être humain.

— Non, bien sûr. Ce n'est pas ce que nous essayons de faire. Nous essayons de démontrer que l'on peut modifier la personnalité de quelqu'un en recodant génétiquement son cerveau, exactement comme on reprogramme un ordinateur. Les possibilités médicales sont infinies. Songe à ce que nous pourrions faire pour aider les schizophrènes, les personnes dépressives, les épileptiques et les personnes âgées atteintes de la maladie d'Alzheimer. Plus de sénilité. Plus de fous. Dans dix ans, nous serons peut-être même en mesure de recoder des cerveaux pour réveiller des gens de leur coma profond.

Nathan baissa sa main et regarda prudemment Capitaine Black.

— C'est pour cette raison que tu voulais un fragment de cerveau jeune ? demanda Nathan. Afin qu'il ne soit pas trop instruit, ou trop sophistiqué ?

— En plein dans le mille, *mon ami*[1]. Nous avions besoin d'un cerveau ayant déjà acquis la technique du langage et des processus de visualisation cohérents, mais un cerveau qui soit raisonnablement exempt de préjugés et d'idées erronées. En d'autres termes, une matrice pas totalement vierge, mais pure.

---

1. En français dans le texte. *(N.d.T.)*

David entreprit de masser l'autre oreille de Capitaine Black. Il se tourna vers Nathan et eut un sourire triomphal.

— Regarde, papa, il m'aime vraiment !

Capitaine Black grogna et renifla ; son ventre énorme oscilla d'un côté et de l'autre.

— Alors, une fois que tu l'auras opéré, Capitaine Black aura la même personnalité que le petit garçon dont je t'ai apporté un fragment de cerveau ?

— En gros, c'est ça... mais il ne perdra pas sa *porcinité* intrinsèque, si tu vois ce que je veux dire. Il sera toujours un porc. La seule différence, c'est qu'il saura qu'il est un porc.

— Est-ce qu'il connaîtra la différence entre le bien et le mal ?

— Pourquoi pas ?

— Et il aura une imagination ?

— Peut-être, même si nous n'avons, pour le moment, aucun moyen de découvrir ce qu'il pourrait imaginer. A moins qu'il ne trouve un moyen de nous le dire.

— Et un sens de l'humour ? Et une conscience ?

— Qui sait ? Ce n'est qu'une expérience.

Nathan secoua lentement la tête.

— Je suis sceptique, Garth. J'espère seulement que tu sais à quoi tu t'engages.

Capitaine Black poussa brusquement un cri perçant, qui les fit tous reculer précipitamment, y compris David.

— Allons-nous-en, dit Garth. Je ne supporte plus cette puanteur. Parfois, je suis obligé de passer toute la matinée ici, et ensuite même mon déjeuner sent le porc.

David gratta une dernière fois Capitaine Black entre les oreilles.

— Salut, Capitaine Black ! Je reviendrai te voir bientôt.

Ils sortirent de l'enclos et Garth verrouilla la porte. Capitaine Black se contenta de renifler et de grogner. Mais, comme ils s'éloignaient dans le couloir, ils entendirent un coup sourd, suivi du crissement strident de pieds de porc sur du plastique qui leur fit mal aux dents.

Capitaine Black s'était dressé sur ses pattes de derrière, une ombre noire et massive derrière le perspex maculé de bave de son enclos. Il rejeta sa tête en arrière et poussa un rugissement qui les fit accélérer le pas, malgré eux.

— C'est un animal domestique que je n'aimerais pas rencontrer par une nuit noire, dit Nathan, tandis qu'ils sortaient du bâtiment et retrouvaient la lumière du soleil.

— Il est *super* ! s'exclama David. Il est vraiment super. Je l'adore. Il est mieux qu'un dinosaure. D'accord, on dirait un monstre, mais il existe vraiment, lui !

4

Emily était dans la cuisine et mangeait son consommé de poulet tout en regardant *Sauvés par le gong* à la télévision. De temps en temps, elle tournait la tête et jetait un regard vers sa mère qui était assise dans le séjour et faisait des travaux de couture. Iris s'était mise à la couture uniquement depuis que Emily était rentrée de l'hôpital. Emily croyait savoir pourquoi. Cette tâche prosaïque mais méticuleuse l'aidait certainement à surmonter son chagrin.

Emily n'avait pas encore de chagrin. Elle n'arrivait toujours pas à croire à ce qui s'était passé. Elle repensait sans cesse à ce samedi après-midi, et il lui était presque impossible de penser à autre chose. Le break garé contre le talus. Le vent qui sifflait, et l'orage qui menaçait. Les nuages aussi sombres que les yeux de papa.

Elle pensait surtout à sa fuite éperdue sous la pluie, aux épis de blé qui lui cinglaient les jambes. Elle pensait à son père, brandissant sa faucille... et au sang qui avait aspergé les vitres de la camionnette des Loftus.

Chose étrange, cependant, elle était tout à fait incapable de visualiser le visage de son père. Elle voyait distinctement ses vêtements. Elle voyait ses mains, ses cheveux, tout. Mais, à l'endroit où son visage aurait dû se trouver, elle se représentait seulement une tache blanche, maculée, comme si quelqu'un avait dessiné son visage avec un crayon puis l'avait effacé avec une gomme.

Elle mangeait sans appétit. C'était du consommé de poulet

Campbell's, qu'elle n'aimait pas beaucoup, et de toute façon elle préférait regarder *Sauvés par le gong.*

Finalement, sa mère posa son ouvrage, vint dans la cuisine et se tint près d'elle.

— Tu en veux encore ?

Emily posa sa cuillère.

— Je n'ai pas très faim.

Iris tourna la tête vers le téléviseur.

— Je me demande comment tu peux regarder la télévision après ce qui est arrivé.

— Oh, maman, n'éteins pas ! C'était l'émission préférée de Lisa.

Iris hésita un instant, puis dit :

— Très bien, je comprends.

Elle tira une chaise et s'assit.

— Le père Wozniak m'a téléphoné cet après-midi. Les obsèques auront lieu mardi matin.

Emily la regarda avec stupeur et déglutit.

— Pas avant mardi ?

Iris prit sa main.

— Plus tôt, cela ne lui était pas possible. En outre, nous avons tous les préparatifs à faire. Ton grand-père voudra venir, ainsi que tes cousins de Kansas City, Missouri, et tous les amis de Lisa.

— Mais, mardi...

— Qu'y a-t-il, ma chérie ? Pourquoi pas mardi ?

— Ils vont pourrir d'ici là !

Iris ferma les yeux un moment, pour contenir sa douleur. Puis elle les rouvrit et dit :

— Ne t'inquiète pas, Emily. Les gens des pompes funèbres vont s'occuper d'eux, ils seront très beaux.

La porte de la cuisine s'ouvrit et Mary, la sœur d'Iris, entra, les bras chargés de sacs d'épicerie. Emily se leva aussitôt pour l'aider, tandis qu'Iris débarrassait la table.

Mary avait deux ans de plus qu'Iris.

Elle ressemblait énormément à Iris, mais était plus petite et plus boulotte. Quand elles étaient petites filles, Iris avait toujours pensé que Mary était beaucoup plus jolie qu'elle. Mais les années n'avaient pas été très clémentes envers Mary. Enfant, son visage avait toujours été si rond, comme un chérubin ; maintenant, il semblait ovale, terne et lourd de façon disproportionnée. Le visage d'Iris, pour sa part, avait toujours semblé tellement hâve et malingre ; maintenant, il semblait joli et nettement dessiné, bien que tiré, bien sûr, et triste.

Les deux sœurs étaient vêtues de noir, mais Mary soufflait, haletait et s'activait tellement qu'elle aurait tout aussi bien pu être vêtue de violet avec des zigzags cramoisis.

— Je n'ai pas trouvé cette crème glacée Meadow Gold que tu voulais, tu sais, celle sans graisse. Mais j'ai trouvé cette mayonnaise sans cholestérol. Oh, Emily, j'ai acheté les barrettes que tu m'avais demandées.

— Merci, tante Mary.

— Demain, je fais la cuisine, déclara Mary. Et je ne veux pas entendre de si ou de mais. Cela fait deux jours que vous n'avez pas pris un repas digne de ce nom, et vous devez vous sustenter.

— Mary, c'est très gentil de ta part, dit Iris. Mais je ne pourrai pas, je t'assure.

— Qu'est-ce que tu me racontes ? Que tu ne mangeras plus jamais ? Écoute, Iris, je sais que tu n'as pas d'appétit, mais il faut que tu restes en bonne santé, pour Emily. Je voulais juste préparer une croustade de volaille... c'est délicieux, léger et facile à digérer.

Iris avait les larmes aux yeux. Elle n'en pouvait plus, la façon dont elle se mettait soudain à pleurer, tout à coup. Elle plaqua sa main sur sa bouche pour s'empêcher de sangloter, et fit oui de la tête.

— Bon, j'ai acheté les cuisses de poulet, dit Mary en les sortant du sac d'épicerie. J'ai acheté le bacon, les oignons, la crème fraîche... ainsi que des brocolis frais.

Elle posa les brocolis sur la table, de gros fleurons vert foncé, teintés de violet. Emily les regarda avec horreur. Elle ouvrit la bouche, la referma, puis se tourna vers Iris, les yeux écarquillés.

— Maman ? dit-elle, du plus crispé des chuchotements.

Iris ôta lentement sa main de sa bouche. Elle regarda fixement les brocolis à son tour et se mordilla nerveusement la lèvre.

Mary farfouillait dans ses sacs d'épicerie et n'avait rien

remarqué puis elle se rendit brusquement compte du silence, releva la tête, et dit :

— Quoi ?

— Ce n'est rien, je t'assure, dit Iris d'une voix chevrotante.

Le regard de Mary alla d'Iris à Emily, puis revint se poser sur Iris.

— Que veux-tu dire par « ce n'est rien » ? Mais regardez-vous, toutes les deux. On dirait que vous avez vu un fantôme.

— Mary, ce n'est rien, vraiment.

— Tu te fiches de moi ? Je suis ta sœur. Dis-moi ce qui cloche. J'ai acheté quelque chose qu'il ne fallait pas ? Je t'ai bouleversée ? Écoute, si j'ai acheté quelque chose qu'il ne fallait pas, les cookies préférés de George ou je ne sais quoi, il faudra que tu me pardonnes, c'est tout.

— N'en parlons plus, je t'en prie, insista Iris.

Mary posa ses poings sur ses hanches.

— Au contraire, parlons-en. Je suis venue ici pour te donner un coup de main, Iris. J'ai laissé à Dubuque un mari parfait qui est obligé de s'acheter des plats tout faits et de laver ses chaussettes. Alors tu pourrais au moins me dire ce qui ne va pas !

Iris prit une profonde inspiration. Puis elle dit :

— C'est... euh... les brocolis.

— Les *brocolis* ?

— Oui... eh bien, nous ne mangeons pas de brocolis.

Le visage de Mary passa par cinq expressions différentes d'incrédulité.

— Bon, d'accord, dit-elle. Tu ne manges pas de brocolis. Dans ce cas, tu les laisseras sur le bord de ton assiette. Je ne me vexerai pas. Seigneur ! Toi et moi, nous nous sommes brouillées à cause du collier de saphirs de maman, mais j'espère bien que nous n'allons pas nous brouiller à nouveau à cause des légumes que nous mangeons !

Elle prit les brocolis, ouvrit le réfrigérateur, et s'apprêtait à les mettre dans le bac à légumes, lorsque Emily dit d'une voix aiguë et terrifiée :

— Nous n'avons pas de brocolis à la maison.

Mary se redressa lentement.

— Hé, attends un peu ! Vous n'avez pas de brocolis à la

maison ? Tu veux dire, *jamais* ? Est-ce qu'il y a une superstition à propos des brocolis dont je n'ai jamais entendu parler ?

Emily secoua la tête avec véhémence.

— Et nous n'avons pas non plus de haricots verts, ni de petits pois, ni de poivrons verts.

Iris prit une profonde inspiration.

— Autant te dire la vérité, Mary. Terry interdisait quoi que ce soit de vert dans la maison. Tout ce qui était vert.

Mary parcourut la cuisine du regard. Iris avait raison. Il n'y avait pas de chromos verts, pas de plantes vertes, pas de torchons verts, pas de fines herbes.

Sans un mot, elle alla dans le séjour, emportant les brocolis, et regarda autour d'elle. Puis elle revint, une expression de totale perplexité sur son visage.

— Tu as raison, dit-elle. Je ne m'en étais jamais rendu compte. Il n'y a absolument rien de vert dans la maison.

— C'était juste une lubie de Terry.

— Juste une lubie ? répéta Mary. Il interdisait tout ce qui était vert dans la maison, il vous interdisait de manger des légumes verts, et c'était juste une *lubie* ? Oh, Iris, tu aurais dû faire soigner Terry il y a des années ! Tu aurais dû le quitter il y a des années ! Allen a toujours dit que Terry était fou à lier.

— Si cela ne te fait rien, dit Iris, est-ce que tu pourrais... ?

Elle fit un geste vers les brocolis.

— Est-ce que je pourrais quoi ? Tu veux dire, est-ce que je pourrais les jeter à la poubelle ?

— Eh bien, oui, s'il te plaît, dit Iris avec un sourire forcé qui n'était pas du tout un sourire. Je me sentirais plus rassurée.

— Iris, que penses-tu qui va t'arriver si tu as des brocolis chez toi ? Ou quelque chose de vert ?

— Je ne sais pas... je... Terence a toujours tellement insisté sur ce point. En fait, il faisait plus qu'insister. Il était dans une telle colère s'il y avait du vert dans la maison. Un jour, les voisins d'à côté ont peint leur clôture en vert et il était prêt à les tuer.

— Est-ce qu'il t'a jamais dit pourquoi ? demanda Mary, de plus en plus stupéfaite.

— Non, répondit Iris. Pas vraiment. Terry n'aimait pas

expliquer ce qu'il faisait. Il disait que les actes sont plus éloquents que les mots.

— C'était à cause du Voyageur Vert, intervint Emily.

— Ne dis pas de bêtises ! fit Iris d'un ton sec.

— Mais c'est vrai ! Papa disait toujours que maman ne devait jamais ouvrir la porte au Voyageur Vert, *jamais*, même s'il frappait très longtemps.

— Emily, ça suffit ! aboya Iris.

Mais Emily l'ignora :

— Si tu n'as rien de vert dans ta maison, alors le Voyageur Vert ne peut pas entrer. Il est obligé de frapper et de frapper jusqu'à ce que tu ouvres la porte.

Mary baissa les yeux vers les brocolis qu'elle tenait dans ses mains, puis regarda Iris.

— Voyons, tu ne crois tout de même pas à... ?

— Euh, non, non, bien sûr que non, c'est juste une histoire, balbutia Iris. Terry racontait toutes sortes de choses pour me faire peur. C'était sa façon d'être.

— Mais tu veux toujours que je jette les brocolis ?

Iris hocha la tête, embarrassée mais tout à fait catégorique.

— Je vais te dire ce que je vais faire, déclara Mary. Je ne vais pas les jeter ! Ils coûtaient 59 *cents* la livre et c'est très bon pour toi et je ne vais pas les jeter à cause d'une superstition ridicule. Terry est en prison maintenant, ma chérie, et il y restera jusqu'à la fin de ses jours, aussi tu n'as absolument rien à craindre.

Elle laissa tomber les brocolis dans le bac à légumes et referma la porte du réfrigérateur.

— Demain, j'achèterai des pommes vertes et des oignons verts et des torchons verts. Et tant pis pour ce Voyageur Vert !

Emily regardait fixement le réfrigérateur comme si elle voulait l'obliger à s'ouvrir, pour que les brocolis fautifs en sortent à toute vitesse. Mais Mary dit :

— Va prendre ton bain, ma petite Emily. Je monterai dans un moment pour te frotter le dos. Si tu es prête à neuf heures, tu pourras regarder la télévision.

Emily coula un regard vers sa mère, mais Iris se contenta de murmurer :

— Allez, Emily. Fais ce que te dit tante Mary.

Lorsqu'elle fut partie, Mary farfouilla dans l'un de ses sacs d'épicerie et en sortit une bouteille de tanqueray et un bocal d'olives farcies au piment rouge.

— Je nous prépare un martini très sec, d'accord ?

— Mary...

— Allons, Iris, ça te fera du bien d'être paf. Mariée avec Terry pendant toutes ces années, tu l'as mérité, crois-moi. Et tout ça pour quoi ? Tu as perdu Lisa, tu as perdu George. Je n'oublierai jamais ce qu'Allen m'a dit, la première fois que nous sommes venus vous voir : « Ce type est dingue. Ce type est dingue, et un jour il fera quelque chose de complètement dingue. »

Iris s'assit.

— Il l'a fait, non ? Il a fait quelque chose de complètement dingue.

Ses yeux semblaient vitreux, à cause de tous les sédatifs qu'elle avait pris.

Mary alla jusqu'au buffet et prit deux verres à martini dépareillés.

— Tu veux bien me parler de ce truc, de ce Voyageur Vert ?

— Il n'y a pas grand-chose à raconter. Parfois, lorsque Terry se mettait en colère, ou lorsqu'il était ivre, il faisait le tour de la maison, fermait les volets et verrouillait les portes, il disait que le Voyageur Vert nous trouverait un jour, à cause de ce que nous avions fait, et que, lorsque le Voyageur Vert nous aurait trouvés, la vie serait intolérable pour nous. Il disait que mourir d'un cancer de l'estomac n'était rien en comparaison de ce que le Voyageur Vert nous ferait. Il disait qu'il préférait qu'on lui coupe les bras et les jambes, sans anesthésie. Il préférait qu'on lui brûle tout le corps avec un chalumeau. Il me faisait tellement peur que je pouvais à peine respirer.

Mary prit un pichet à eau, ouvrit la porte du congélateur, et le remplit bruyamment de glaçons en forme de croissant.

— Terry avait le cerveau dérangé, Iris. Et je suis gentille en disant cela, crois-moi. Le Voyageur Vert n'existe pas, pas plus que le Yéti ou Dracula ou le monstre de Frankenstein.

Elle versa le tanqueray dans le pichet à eau, puis ajouta un soupçon de vermouth sec.

— Où est ta passoire ? Tu as une passoire ?

Elle remplit un verre pour Iris, puis fit tomber une olive dedans.

— Et voilà ! dit-elle, toute contente d'elle.

Iris fixait son martini d'un air consterné.

— Allez, fit Mary en levant son verre. Cul sec !

— Je ne sais pas, dit Iris.

— Oh, pour l'amour du ciel ! s'exclama Mary. Qu'est-ce qu'il y a encore ?

— Elle est *verte*, expliqua Iris d'une voix désespérée. L'olive... elle est *verte*.

Luke regagna son bureau quelques minutes après neuf heures. Son climatiseur était tombé en panne, pour la seconde fois ce mois-ci, et il faisait largement plus de 40 degrés. Il s'épongea le visage et le cou avec son mouchoir, puis parcourut rapidement les messages posés sur son bureau. Dehors, la rivière continuait de scintiller et la circulation de s'écouler.

Il n'y avait rien d'urgent, pour changer. Deux dossiers noirs contenaient les rapports d'autopsie de Lisa et George Pearson. Il les examina. Pas de traces d'alcool, de drogues ou d'autres substances toxiques dans le sang ; aucune trace de coups ou de sévices sexuels. Le seul acte de violence que Terence Pearson avait commis à l'encontre de ses enfants avait été de leur trancher la tête.

Il y avait un rapport de cinq centimètres d'épaisseur sur les ravages de la drogue dans les principales agglomérations du MidWest, ainsi qu'une étude comparée de plusieurs systèmes électroniques permettant de retrouver des véhicules volés. Il y avait deux messages de Sally-Ann, lui demandant de rapporter du lait à la maison et de ne pas oublier la réunion à la salle paroissiale de demain soir.

Il se moucha, remit son mouchoir dans sa poche, puis appela Norman par l'interphone.

— Norman ? Content que tu sois encore là. Où en est cette traduction ?

— Désolé, shérif. Je n'ai pas de nouvelles de Ponican.

— Tu lui as téléphoné ?

— Bien sûr. Mais il n'a pas répondu. Apparemment, il n'était pas chez lui.

— Et merde ! Norman, je voulais cette traduction aujourd'hui.

— Je sais, shérif. J'ai appelé plusieurs fois.

— Où habite-t-il ?

— La cité Pepperwood, sur la 34e Rue, appartement 603.

— C'est sur mon chemin, plus ou moins. Essaie de le joindre encore une fois. S'il ne répond pas, je passerai chez lui pour le voir personnellement.

— Entendu, shérif.

Luke finit d'examiner son courrier. Invitations, publicités, circulaires, c'était tout. Il éteignit sa lampe de bureau et s'étira dans le noir. Aujourd'hui, il s'était senti de meilleure humeur. Ses adjoints et lui avaient chargé plus de trois cents manifestants pour dégager l'Institut Spellman, il n'y avait pas eu de blessés graves, et Gina Ramirez de Channel 7 l'avait appelé « le Gentil Géant ». Elle ne l'avait sans doute pas vu alors qu'il jetait à terre un jeune étudiant et l'immobilisait en sautant à pieds joints sur son dos. Ou bien elle avait délibérément braqué les caméras dans la direction opposée. Les habitants du comté de Linn ne partageaient guère les idées des militants Pour les Droits des Animaux ; excepté ceux qui travaillaient pour des sociétés géantes comme Amana Refrigeration et Quaker Oats, presque un tiers de la population était lié d'une façon ou d'une autre à l'élevage de porcs, et ceux qui n'élevaient pas de porcs eux-mêmes dépendaient largement pour leurs dépenses courantes de ceux qui en élevaient.

Autre bonne nouvelle : deux des adjoints de Luke avaient enfin réussi à pincer deux ados qui terrorisaient Hiawatha depuis trois mois. Ceux-ci volaient des Mustang et des Camaro pour faire des gymkhanas sauvages sur l'échangeur de Northbrook Drive, en fonçant comme des dingues. La Firebird de l'un d'eux s'était retournée et avait fait plusieurs tonneaux : le conducteur s'était retrouvé à l'hôpital, les vertèbres cervicales brisées, tétraplégique à vie.

Mais surtout, Luke avait pris le petit déjeuner en compagnie du procureur du comté, et il était ressorti de leur discussion que Terence Pearson pourrait être jugé pour homicide volontaire. Tout ce que le procureur voulait maintenant, c'était la preuve irréfutable que l'acte de Pearson était prémédité. Luke devait être à même de prouver sans contredit possible que Pearson avait projeté de « sauver » Lisa et George d'un sort qui était pire que la mort. Et c'était pour cette raison qu'il comptait tellement sur la traduction des notes de Terence Pearson effectuée par Mr Ponican. Il lui suffisait de trouver dans ces griffonnages minuscules *une seule* mention que Pearson avait l'intention de « sauver » ses enfants — ou, encore mieux, qu'il allait les exécuter — et Pearson finirait ses jours en prison.

Lesquels étaient peut-être comptés. Luke avait une idée assez précise de ce que les co-détenus de Pearson lui feraient, lorsqu'il arriverait à Fort Madison. Le dernier tueur d'enfants qui avait été envoyé là-bas, un pasteur méthodiste de cinquante-cinq ans nommé Herbert Kent, avait été cloué sur une chaise en bois avec quatre clous de dix centimètres de long, un dans chaque testicule, et deux dans le pénis. Il avait été obligé de se traîner avec sa chaise et de remonter un couloir de deux cents mètres pour appeler à l'aide.

Dix jours plus tard, il s'était ouvert les veines avec une boîte de conserve vide.

L'interphone de Luke bourdonna.

— Shérif ? C'est Norman. Ponican ne répond toujours pas.

— Okay, je fais un saut chez lui. A demain.

La nuit était encore chaude lorsque Luke sortit et se dirigea vers le parking, même si des éclairs scintillaient dans le lointain. La météo n'avait pas annoncé de pluie, mais le temps à la fin de l'été était toujours instable. On sentait que les choses allaient changer, que quelque chose d'étrange et d'inexplicable était sur le point de se produire.

Luke déverrouilla la portière de sa Buick, mais il s'immobilisa un moment et huma le vent. Il n'avait pas ressenti cela depuis l'âge de quinze ans, alors qu'il était en colonie de vacances. Il avait gardé le souvenir d'une nuit où l'air avait eu exactement cette odeur et vibrait d'électricité statique, chargé de tension. Cette nuit-là, tout le monde avait mal dormi. Au petit matin, Luke avait poussé jusqu'au bord du lac. Il avait aperçu son meilleur ami, Michael, pendu à la hampe du drapeau, au bout de la jetée. Luke avait levé les yeux vers lui. Il s'attendait presque à ce que Michael lui parle, à ce qu'il lui fasse un pied de nez et lui crie : « Je t'ai bien eu, Luke ! » Mais les corneilles lui avaient déjà arraché les yeux, et sa langue pendait de sa bouche, semblable à un torchon gris que l'on a utilisé pour éponger du sang.

Luke monta dans sa voiture, claqua la portière et sortit du parking. Le lait, le lait, il devait penser au lait. Il y avait une épicerie au coin de la 34e Rue. Il en trouverait là-bas.

Il remonta la Troisième Avenue jusqu'à la 12e Rue, puis tourna dans Oakland Road. Bien qu'on fût un lundi soir, la circulation était infernale, et il avançait comme un escargot. Une Corvette noire s'arrêta à sa hauteur, au feu rouge de la 29e Rue. L'auto-radio martelait *Sunday Bloody Sunday* de U2. La conductrice, une jolie blonde coiffée d'une casquette rouge Iowa et portant un appareil dentaire, montra son majeur à Luke, puis elle fit hurler son moteur. D'un geste las, Luke sortit sa plaque de sa poche de chemise et l'appliqua contre sa vitre pour que la jeune fille puisse la voir. Lorsque le feu passa au vert, il démarra et fit tranquillement du 45. La Corvette le suivit, tout aussi tranquillement.

Certaines fois, c'était agréable d'être shérif, juste pour le plaisir de gâcher les petites joies d'autres personnes.

Il s'arrêta devant l'épicerie de la 34e Rue et acheta un carton de lait et (avec un sentiment de culpabilité) des beignets fourrés à la cerise. Il enfourna un beignet et mit les autres dans la boîte à gants. Il n'avait pas mangé de beignets fourrés à la cerise depuis plus de neuf semaines, et après ce qu'il avait accompli aujourd'hui, il estimait l'avoir mérité. Le Gentil Géant, hein ? Il s'en servirait probablement pour sa prochaine campagne électorale.

Cinq minutes plus tard, il arrivait devant la cité Pepperwood. C'était un immeuble en forme de E, en béton jaunâtre, terne, avec un petit parking et une rangée de sapins rabougris et poussiéreux de chaque côté (« un parc ravissant », selon le dépliant publicitaire de l'agence immobilière). Luke se gara dans la rue et traversa le parking jusqu'à l'entrée de l'immeuble. La porte vitrée était munie d'un puissant ressort et, après qu'il l'eut poussée et lâchée, elle continua de faire *boing-boing-boing* en un mouvement de va-et-vient.

Le hall était recouvert de carreaux en vinyle jaune et noir ; une table « contemporaine » des années soixante, pieds en métal contournés, était placée contre le mur. Il y avait certainement eu une peinture murale, des années auparavant, mais il ne restait plus qu'une marque rectangulaire crasseuse et six vis rouillées. Le hall n'avait même pas été balayé : le sol était jonché de feuilles de laurier.

Luke appuya sur le bouton de l'ascenseur et attendit. Finalement, l'ascenseur descendit en gémissant vers le rez-de-chaussée, hésita un instant et s'immobilisa à cinq centimètres du niveau du sol, puis acheva brusquement sa course avec un à-coup violent.

Sur le côté gauche de la porte de l'ascenseur, il y avait un petit panneau vitré en forme de hublot. Luke sursauta en apercevant un pâle visage ovale qui regardait depuis l'autre côté de la vitre. Le visage ressemblait étrangement à un masque, un visage androgyne, aux yeux luisants comme des blattes. La porte de l'ascenseur s'ouvrit, Luke se mit de côté ; un homme de grande taille portant un imperméable blanc sortit rapidement de la cabine et traversa le hall.

Luke fronça les sourcils et se retourna. Il y avait quelque chose de troublant chez ce type. Il paraissait inexplicablement *flou* et estompé, comme si Luke le regardait à travers une glace maculée de vaseline.

Alors que l'homme s'approchait de la porte, elle sembla s'ouvrir avant qu'il l'eût atteinte, *boing-boing-boing*, et commença à se refermer avant qu'il l'eût franchie. Pourtant il la franchit ; ensuite il ne fut plus qu'une forme blanche sur le parking, puis il disparut.

Luke regardait fixement dans sa direction. Peut-être était-il surmené. Peut-être avait-il besoin de porter des lunettes. Mais il était convaincu que l'homme avait ouvert la porte sans la toucher, et l'avait franchie alors qu'elle était à moitié fermée.

Pensif, il entra dans la cabine et appuya sur le bouton du sixième étage. La porte se referma en vibrant, et l'ascenseur entreprit sa lente ascension. Par le panneau vitré il voyait les paliers se succéder. Il sentit une odeur de chili con carne, entendit une femme passer à fond *Stand by your Man*, et chanter en même temps, faux. A l'étage suivant, il entendit un homme et une femme se disputer : « Tu es dingue ! Tu le sais ? Tu es complètement dingue ! » Encore au-dessus, il perçut des éclats de rire et des applaudissements, un jeu télévisé.

L'ascenseur ralentit et parcourut précautionneusement les

derniers centimètres qui le séparaient du sixième étage, comme s'il redoutait qu'il n'y eût pas de sixième étage. Luke attendit. Finalement, la porte s'ouvrit en coulissant. L'étage était totalement silencieux ; l'unique tube fluorescent qui éclairait le couloir clignotait et tremblotait, de telle sorte que Luke avait le plus grand mal à distinguer les noms et les numéros sur les portes.

Apt. 601 : E. Salzgaber. Luke continua d'avancer et ses chaussures couinèrent sur le vinyle. Apt. 602 : Sy W. Moline. Il tourna un coin, où le couloir était encore plus sombre, et il lut Apt. 603 : L.R. Ponican. Il appuya sur la sonnette et attendit.

Une longue, très longue minute s'écoula. Luke appuya sur la sonnette à nouveau, et appela :

— Mr Ponican ? Vous êtes là ?

Toujours pas de réponse. Luke devenait de plus en plus impatient. Où pouvait bien être Ponican ? Il avait promis d'apporter sa traduction dans les trente-six heures, bordel de merde, et s'il y avait la moindre preuve dans les notes de Terence Pearson que celui-ci avait projeté le « salut » de ses enfants *avant* samedi après-midi, Luke en avait besoin maintenant.

Il appuya sur la sonnette et laissa sa main plaquée dessus pendant presque trente secondes. Il entendait la sonnerie retentir dans l'appartement, et il savait que Ponican n'était pas chez lui, mais il continua de sonner juste pour évacuer son irritation.

Il sonnait toujours lorsque la porte de l'appartement voisin s'ouvrit brusquement. Une femme très grande et large d'épaules sortit dans le couloir. Ses cheveux noirs et volumineux évoquaient une ruche et ses lèvres étaient de la couleur de framboises écrasées. Elle était sur son trente et un, corsage en satin bleu électrique, mini-jupe noire et collant à résilles. Elle portait le même parfum que la mère de Sally-Ann lui avait offert à Noël, *Poison*, et elle s'en était généreusement inondée.

— Excusez-moi... est-ce que vous connaissez le type qui habite ici ? lui demanda Luke.

La femme battit des cils.

— Bien sûr que je le connais. Nous sommes voisins depuis

bientôt cinq ans. Plus que voisins : âmes sœurs. Deux cœurs solitaires dans la grande ville !

— Est-ce que vous l'avez vu ce soir ?

— Non, je ne l'ai pas vu. Mais il devrait être chez lui. Le lundi soir, il ne travaille pas. Je continuerais de sonner, si j'étais vous. Il doit probablement dormir.

— Il dort ?

— Il a trois boulots, vous savez. Pauvre Leos ! Il est professeur d'anglais seconde langue à Jefferson durant la journée, ensuite il est serveur au restaurant Flamingo tous les soirs de la semaine. Et le week-end, il est guide au Musée National Tchèque et Slovaque. (Elle tapota sa coiffure.) C'est un très beau musée, vous devriez y aller.

— J'ai l'impression que Leos est un homme très occupé, hein ? Pas étonnant qu'il dorme quand il ne travaille pas.

— Euh... pour dire la vérité, il ne crache pas sur l'alcool. Il a probablement arrosé l'anniversaire de la naissance de Dvorak ou de Dubcek. Il est toujours en train de fêter quelque chose. Avec de la Slivovicz. Il m'en a fait boire une fois et, bonté divine ! moi, j'appelle ça de l'amnésie en bouteille !

Le tube fluorescent scintilla brusquement avec plus d'éclat et éclaira la joue de la femme. Elle était recouverte d'une épaisse couche de fond de teint — pour dissimuler non seulement les boutons d'acné, mais aussi l'ombre incontestable d'une barbe naissante.

Luke s'écarta pour laisser passer la femme.

— Merci pour votre aide, mademoiselle, dit-il en portant la main au bord de son chapeau. Je vous suis très reconnaissant.

— A votre service. C'est agréable de rencontrer un homme, un vrai, pour changer. Et je parle sérieusement ! Si vous *réussissez* à réveiller Leos, vous pouvez lui dire que je donnerai à manger à Skoda ?

— Skoda ?

— Son chat. Il me l'avait demandé.

— Bien sûr, dit Luke.

Il la regarda s'éloigner dans le couloir en tortillant des hanches. Elle appuya sur le bouton pour appeler l'ascenseur, se tourna, et envoya à Luke un petit baiser. Bon Dieu, pensa Luke. Je me fais draguer par un travesti d'un mètre quatre-vingts. Heureusement que Norman n'est pas là, il en ferait des gorges chaudes.

Il appuya à nouveau sur la sonnette et appela :

— Leos ! Mr Ponican ! C'est le shérif Friend ! Ouvrez cette porte, je vous prie ! Allons, Mr Ponican, réveillez-vous ! C'est urgent !

Toujours pas de réponse. Ou bien Leos Ponican était tellement ivre qu'il ne se serait même pas réveillé pour la fin du monde, ou bien sa charmante « voisine » s'était trompée. Luke se fit une note mentalement — appeler le Flamingo lorsqu'il rentrerait chez lui, pour voir si Leos avait décidé d'aller travailler.

Il fit une dernière tentative. Il martela la porte du poing et cria :

— Leos ! Allons, Leos, réveillez-vous !

Il n'avait frappé que deux ou trois coups lorsque, de manière inattendue, la porte s'ouvrit toute seule en vibrant. Elle n'était pas verrouillée. Elle n'était même pas fermée correctement. Luke se retrouva en train de scruter un vestibule étroit et sombre, où un chapeau mou était accroché à un portemanteau, sur un long imperméable croisé marron. Une pendule autrichienne égrenait son tic-tac, un tic-tac lent et discret ; des dizaines d'aquarelles et de photographies aux couleurs passées tapissaient les murs.

Sur la droite, il y avait une porte fermée, mais de la lumière filtrait par les interstices du chambranle. Luke se dit que, si Leos Ponican était sorti, il n'était probablement pas sorti depuis très longtemps, le soleil ne s'étant pas couché avant 21 h 17, et il n'aurait pas allumé dans la pièce jusque-là. Peut-être était-il allé manger un morceau, ou acheter une autre bouteille de Slivovicz. Peut-être n'avait-il même pas quitté l'immeuble, mais était allé voir quelqu'un dans un autre appartement. Ce qui expliquerait pourquoi il n'avait pas fermé sa porte à clé.

— Mr Ponican ? appela Luke à nouveau, en s'avançant dans le vestibule.

Il jeta un coup d'œil à un ou deux tableaux : la Vltava en hiver, recouverte d'une couche de glace, et la forêt de Bohême. La plupart des photographies avaient un aspect solennel, des groupes d'hommes et de femmes guindés dans leurs vêtements noirs. La seule exception était le portrait d'une jeune fille d'une beauté exquise, coiffée du bonnet tchèque traditionnel, orné de plumes, de fleurs et de perles. Elle avait l'un de ces visages obsédants dont on peut tomber amoureux même si l'on découvre (comme Luke le découvrit, en regardant la date au bas de la photographie) que la personne est probablement morte et enterrée depuis plus de cinquante ans.

La légende disait simplement « Karolina, Prague, 1941 ». Elle avait des yeux si pâles et si attendrissants ! Durant la guerre, le père de Luke s'était battu en Tchécoslovaquie ; il servait dans les rangs de la 50e Division de Patton. Il avait raconté à Luke maintes et maintes fois comment ils avaient cessé d'avancer le 6 mai 1945, après avoir atteint Plzen, alors qu'ils se trouvaient à moins de quatre-vingts kilomètres de Prague, et qu'ils auraient pu prendre la ville facilement. Roosevelt, Churchill et Staline avaient déjà décidé quelles seraient les zones d'occupation, et Patton fut obligé de s'arrêter. Le résultat fut que la Tchécoslovaquie s'était retrouvée enfermée derrière le Rideau de Fer durant les quarante années qui avaient suivi — et Karolina avec elle, si elle était toujours vivante (ce qui n'était probablement pas le cas).

Le père de Luke disait souvent : « Ces salopards. Nous aurions pu foncer et entrer dans la ville pour l'heure du déjeuner ! »

Luke frappa doucement à la porte fermée.

— Mr Ponican ? Vous êtes là ? C'est le shérif Friend.

Il attendit, le temps de trois ou quatre battements de cœur, puis ouvrit la porte. C'était le séjour de Leos Ponican, marron et chichement meublé, un divan élimé et deux fauteuils dépareillés. Les rideaux étaient tirés, et une lampe de bureau était allumée. Dans le coin opposé, il y avait une vitrine contenant un service de verres à punch en cristal de Bohême, deux compotiers de porcelaine, un modèle réduit en métal de la cathédrale Saint-Vitus, et les statuettes en porcelaine de Jésus et de la Sainte Vierge. Un téléviseur portatif en plastique marron et crème trônait sur une pile d'encyclopédies en langue tchèque qui avaient été partiellement dissimulées par une nappe brodée. Luke posa sa main sur le téléviseur ; l'appareil était encore chaud.

La pièce sentait le renfermé, comme si elle avait besoin d'être époussetée et aérée. Elle sentait les repas solitaires, le dénuement et l'insecticide.

Une autre porte donnait probablement sur la cuisine. Elle était grande ouverte et une lumière brillait également dans la cuisine. Pour quelqu'un qui avait besoin de trois boulots afin de rester solvable, Leos Ponican était plutôt prodigue de son électricité.

Luke traversa le séjour et entra dans la cuisine. Ce fut alors qu'il poussa un « *Ah* ! » de saisissement et fit un pas en arrière, malgré lui. Il se cogna l'épaule contre le chambranle.

Leos Ponican était debout devant l'évier et lui tournait le dos. Il portait une chemise blanche aux manches retroussées et le même pantalon marron que lorsqu'il était venu voir Luke dans son bureau. Ce qui avait fait sursauter Luke de la sorte, c'était la *façon* dont Leos Ponican se tenait, la tête penchée et les hanches déjetées d'un côté. Il n'avait encore jamais vu quelqu'un se tenir de cette façon. En fait, cela semblait impossible que quelqu'un puisse se tenir dans cette position.

Il régnait dans la cuisine une odeur forte, âcre, douceâtre, comme un mélange de poires pourries et de poulet avarié.

— Mr Ponican ? appela doucement Luke. Mr Ponican... est-ce que ça va ?

Il parcourut rapidement la cuisine du regard. Elle avait été équipée au milieu des années soixante — placards verts en Formica et plans de travail en Formica, table crème au plateau en Formica placée au milieu de la pièce, quatre chaises. La table était encombrée des pages photocopiées du carnet de Terence Pearson. Certaines étaient froissées et roulées en boule ; d'autres donnaient l'impression d'avoir été chiffonnées puis défroissées. Certaines étaient couvertes de taches d'encre. Un stylo à encre Pelikan noir était posé sur les feuilles, son capuchon ôté. Un dictionnaire Tchèque-Anglais gisait sur le carrelage, là où on l'avait manifestement laissé tomber.

— Mr Ponican ? répéta Luke, puis il contourna la table tout doucement.

Comme il s'approchait, il comprit que quelque chose d'effroyable s'était produit. Maintenant, il voyait que les égouttoirs de chaque côté de l'évier étaient maculés de sang. L'évier lui-même était littéralement enduit de sang, un sang glutineux qui se figeait et ressemblait à du vernis à ongles cramoisi.

Luke continua de s'approcher. Il ouvrit la bouche pour dire « Mr Ponican ? » encore une fois, mais il la referma.

La chemise de Leos Ponican était déboutonnée jusqu'à la taille. Dans sa main droite, crispée par la *rigor mortis*, il tenait un grand couteau à découper à la lame triangulaire, la pointe dirigée vers lui. La lame était poissée de sang figé. Son estomac avait été ouvert en deux, depuis le côté gauche de son nombril jusqu'au sternum. La peau épaisse béait largement, comme une combinaison de plongeur en caoutchouc blanc dont la fermeture à glissière est tirée. Le plus horrible, c'étaient ses intestins et son foie qui pendaient au dehors, en des amas luisants aux couleurs crues, filandreux, sanguinolents et gluants de mucosités. Ils étaient entassés dans l'évier, et plus de la moitié du gros intestin avait été enfoncée dans le broyeur à ordures. Le broyeur était toujours branché, mais une trop grande quantité d'intestins avait été fourrée dedans, et il était complètement coincé. C'était uniquement les cordons d'intestins distendus qui s'étaient pris dans ses lames qui maintenaient Leos Ponican debout.

Luke s'approcha de l'évier, saisi d'une épouvante qui le glaça jusqu'aux os, le genre d'épouvante qui vous donne des picotements dans le cuir chevelu et parcourt votre échine. Les yeux de Leos étaient ouverts, de telle sorte qu'il semblait fixer d'un air dégoûté son estomac éviscéré. Durant un moment démentiel, Luke pensa avec terreur qu'il vivait encore, et qu'il allait tourner la tête et lui parler.

Puis un mince filet de sang glissa d'entre les lèvres de Leos et tomba goutte à goutte dans l'évier, et Luke eut la certitude qu'il était mort.

Il s'avança à pas feutrés. Les bras de Leos pendaient dans l'évier, et sa main gauche était profondément enfouie dans ses intestins. *Enfouie* en eux, comme s'il les avait lui-même sortis de son abdomen. *Enfouie* en eux, comme s'il les avait lui-même enfoncés dans le broyeur. Bon Dieu de merde !

Sur la tablette de la fenêtre au-dessus de l'évier, il y avait une feuille de papier arrachée d'un cahier. Un message avait été griffonné en grosses lettres cursives : *J'ai trop peur de la souffrance — L.P.*

L'odeur excrémentielle du corps fraîchement éventré était suffoquante. La gorge de Luke se noua et ses yeux se mirent à larmoyer. C'était une odeur infecte, mais elle ne lui donna pas de nausées : il l'avait sentie trop souvent. Au moins, Dieu merci ! celle-ci était récente. Mais la fois où ils avaient été obligés de forcer le coffre d'une voiture abandonnée et d'en retirer les restes vieux d'un mois, à demi liquéfiés, de la victime d'un homicide, *là* il avait eu des nausées. Et des putains de nausées, oui !

Néanmoins, il était plus que content d'une chose : ce n'était pas son boulot de démêler les intestins de Leos des lames du broyeur.

Il sortit son téléphone cellulaire de la poche de sa veste et composa le 398-3521.

— Norman ? Je suis chez Ponican. Oui, pour être là il est là. Je pense qu'il était là quand tu as appelé, mais il a avalé son bulletin de naissance. Non, je ne sais pas encore. C'est plutôt moche, dégueulasse même. Ouais, c'est peut-être un homicide, mais cela ressemble plutôt à un suicide. Si c'est un homicide, nous avons affaire à un psychopathe pire que Terence Pearson. Si c'est un suicide, j'ai encore jamais vu un suicide comme ça. Merde, il s'est ouvert l'estomac et a enfoncé ses boyaux dans le broyeur à ordures. Ses boyaux, tu as bien entendu ! C'est pas une blague, non, tu verras. Bon, je vais appeler John Husband au CRPD[1]. Toi, appelle le Dr Weitzman.

Il rempocha son téléphone et examina la cuisine plus attentivement. Il n'y avait pas de traces de lutte, aucun signe d'une présence autre que celle de Leos Ponican. Une tasse en porcelaine avait été lavée et soigneusement posée sur l'égouttoir, ainsi que sa soucoupe. Le rideau de tulle était tiré. Lorsque Luke l'écarta pour regarder derrière, il vit que la fenêtre au chambranle métallique était non seulement verrouillée, mais complètement bloquée par plusieurs couches de peinture. Il laissa la feuille de papier où elle était, au cas où il y aurait eu

1. Cedar Rapids Police Department. *(N.d.T.)*

d'autres empreintes que celles de Leos Ponican, mais c'était l'écriture de Leos, cela ne faisait guère de doute.

De la fenêtre, on avait vue sur l'ouest, vers les lumières scintillantes des banlieues du nord-est, jusqu'à la route 380. Luke apercevait même l'hôtel Plaza Collins, où il avait petit-déjeuné ce matin avec le procureur du comté.

Il revint vers la table et examina les pages photocopiées. Un gros cahier était presque entièrement dissimulé sous les feuilles de papier. Luke renifla, prit son stylo-bille et s'en servit pour déplacer les feuilles de papier et lire ce que Leos Ponican avait traduit.

« Les gens qui viennent en hiver sont au nombre de quatre ; parfois ils sont cinq, parfois sept. Leur chef est un homme entièrement vêtu de vert, parfois appelé Janek l'Impatient ou Janek-Qui-Voyage, ou simplement Janek l'Homme Vert. Il y a toujours un bretteur avec eux, et il y a toujours un docteur, et toujours un bouffon. Parfois, il y a également un lépreux, et les jumeaux appelés Lame et Nue.

« Janek parcourt de nombreux kilomètres et on le voit rarement. Dans le temps (autrefois ?) il voyageait à bord d'un carrosse noir tiré par quatre chevaux noirs, les vitres masquées par des rideaux en toile de linceul. Le mythe du carrosse noir du comte Dracula, que l'on voit dans les films de vampires, provient du carrosse de Janek ! En Russie, on disait qu'il traversait la toundra recouverte par la neige de nuit, dans sa locomotive noire sans lumières ni fenêtres. Aujourd'hui encore, les mères russes font un signe spécial lorsqu'elles entendent une locomotive gronder dans la nuit, et elles serrent leurs enfants contre elles.

« Dans les républiques tchèque et slovaque, on fait le même signe lorsqu'un attelage noir passe dans la rue.

« Janek et certains de ses amis ont été aperçus pendant l'hiver 1881 à Venise, alors qu'une épidémie de choléra ravageait l'Europe. Un docteur albanais visitait Venise, et il les a vus, par un matin brumeux peu avant l'aube, sur le Canale delle Giudecca. Ils se trouvaient à bord d'une gondole noire ; un drapeau noir pendait à la proue. Janek lui-même était assis à la proue. Le docteur a couru pour trouver des témoins, mais l'heure était trop matinale et il n'y avait personne dans les parages. Lorsqu'il est revenu, la gondole avait disparu. Peut-être dans l'un des nombreux canaux plus petits. Peut-être s'était-elle volatilisée.

« Janek vient avec ses trois amis au moment de l'hiver. Ils frappent à la porte. Janek frappe et frappe, mais lorsque les gens dans la maison demandent : "Qui est là ? Qui frappe à notre porte ?" il ne dit rien. Il ne parlera jamais. Mais il continuera de frapper et de frapper si les gens dans la maison ne lui ouvrent pas et ne le laissent pas entrer. »

La moitié inférieure de la page avait été arrachée. Luke regarda Leos Ponican à nouveau. Il aurait bien voulu lui demander ce que tout cela signifiait. Mais Leos resta où il était, dans cette étrange position déjetée, la tête penchée au-dessus de l'évier.

Luke souleva la page déchirée avec son stylo-bille et lut ce que Leos avait traduit ensuite.

« Ouvrez la porte, et Janek entrera dans la maison et demandera l'hospitalité. Après avoir mangé, il jouera aux dés avec ses amis jusqu'à ce que le feu baisse (c.-à-d. jusqu'à ce qu'il soit très tard). Il promettra des richesses. Il promettra des récoltes abondantes. Il ne demande qu'une faveur, coucher avec la maîtresse de maison. Il a un bâton (un pénis ?) semblable à de grosses tiges tressées. Il est très persuasif. Cela à cause des épées entrecroisées. Ceux qui refusent risquent fort de se retrouver en train de contempler leurs pieds. »

C'était tout, ou s'il y avait eu autre chose, Leos avait froissé la feuille de papier et l'avait jetée. Luke se redressa et resta dans la cuisine à regarder Leos et à se tapoter les dents avec son stylo-bille.

Chaque fois qu'il avait affaire à un suicide apparent, il se posait toujours trois questions. Pourquoi ont-ils fait ça ? (D'habitude, une lettre d'explications donnait la réponse à cette question.) Ensuite : pourquoi ont-ils choisi de se suicider de cette façon ? (Pendaison, noyade, ou absorption massive de barbituriques.) Et enfin : est-ce que la méthode correspond au mobile ?

Les gens qui s'immolaient par le feu avaient habituellement une motivation politique ou religieuse. Les gens qui prenaient une surdose de barbituriques désiraient quitter la vie aussi paisiblement que possible — s'endormir et ne jamais se réveiller — ou bien ils espéraient qu'on les découvrirait au dernier moment, qu'on les sauverait, et *ensuite* tout le monde les prendrait en pitié, non ?

Les gens qui s'enfermaient dans une automobile, un tuyau d'arrosage fixé au pot d'échappement, étaient d'ordinaire des personnes douées d'un sens pratique, qui en avaient assez, tout simplement. Des hommes d'affaires ruinés, pour la plupart, ou des gens atteints d'un cancer, ou des amants d'âge mûr pris dans des situations impossibles.

Les adolescents se pendaient — avec des ceintures, des cravates, des cordons de peignoir. Des étudiants recalés à leurs examens. Des délinquants juvéniles condamnés à une peine de prison.

Mais Leos Ponican ? Si Leos Ponican s'était suicidé, rien ne semblait coller, rien ne semblait se tenir. Il avait écrit *J'ai trop peur de la souffrance*, mais s'il avait peur de la souffrance, pourquoi avait-il choisi ce qui était probablement la façon la plus douloureuse de se suicider qu'il pouvait trouver ? Peut-être... en se suicidant d'une façon aussi douloureuse, avait-il voulu se punir. Peut-être... en enfonçant ses intestins dans le broyeur, avait-il tenté d'éliminer symboliquement toute trace de lui-même.

Il était possible que Leos en ait eu assez de mener une vie solitaire. Son docteur lui avait peut-être appris qu'il était atteint d'une maladie incurable. Norman devrait vérifier ça. Mais s'il souffrait de la solitude ou était malade, il ne se serait pas suicidé comme *ça*. S'ouvrir l'abdomen, bordel de merde ! Il n'avait donc pas crié ? Personne ne l'avait entendu ?

S'ouvrir l'abdomen était une forme de suicide tout à fait inhabituelle, excepté chez les Japonais ou les Occidentaux férus de culture nipponne. Le seul cas dont Luke avait eu à s'occuper dans le comté de Linn remontait à six ans : un étudiant en civilisation orientale du Collège Coe avait trop lu Yukio Mishima et avait tenté de s'ouvrir l'abdomen, selon la manière rituelle du *seppuku*[1], avec un sabre de samouraï

---

1. Terme correct (d'origine chinoise) pour désigner le *hara-kiri* par lequel les samouraïs ou les *daïmio* (seigneurs) pouvaient s'ouvrir l'abdomen, puis se faire trancher le cou par leur assistant, au lieu d'être exécutés comme des roturiers. *(N.d.T.)*

acheté par correspondance. Mais il s'était dégonflé au dernier moment et s'en était tiré avec une profonde entaille.

Luke contourna la table de cuisine et se tint aussi près de Leos qu'il put le supporter.

— Qu'est-ce que tu as essayé de te faire, connard ? demanda-t-il à Leos à voix basse.

La cuisine était silencieuse. Dans le lointain, Luke distingua la plainte de sirènes. Apparemment, Norman et John Husband, le chef de la police, rappliquaient. Dans quelques minutes, cet appartement deviendrait un chaos indescriptible. Projecteurs, appareils-photos, médecins légistes.

— Tu essayais d'échapper à quelque chose ? demanda Luke à Leos, profitant de leurs derniers instants d'intimité. Ou bien essayais-tu de te punir ? Qu'avais-tu donc fait, Leos, pour mériter une telle punition ?

Il marqua un temps, puis considéra le couteau.

— Peut-être que quelqu'un t'a assassiné. Quelqu'un qui ne t'aimait vraiment pas. Quelqu'un qui te haïssait tellement qu'il voulait te mettre les tripes à l'air et les jeter à l'égout.

Il réfléchit un moment, puis se tourna et regarda les papiers éparpillés sur la table.

— Ou bien tu as découvert quelque chose, quelque chose qui t'a terrifié. Quelque chose qui t'a tellement terrifié que tu as voulu disparaître — disparaître physiquement — plutôt que de l'affronter.

Il s'ensuivit un silence. Leos pivota brusquement sur un talon. Sa tête s'inclina en arrière, et il regarda Luke dans les yeux, avec l'expression de souffrance la plus intense que Luke ait jamais vue. Durant une fraction de seconde, Luke pensa : *il est encore vivant* ! Puis il se rendit compte que les intestins de Leos s'étiraient et se déchiraient, en lambeaux et filaments. Leos s'affaissait tout simplement, mort, sur le carrelage.

Luke essaya sans grande conviction de le retenir pour l'empêcher de tomber. Il le saisit par la manche de sa chemise, mais ne réussit qu'à le faire tourner sur lui-même. L'un de ses bras se leva en l'air comme s'il faisait un salut hitlérien. Leos tomba sur le flanc dans un bruit mat, son nez comprimé contre la plinthe du placard de rangement sous l'évier.

Luke fit un pas en arrière. Il baissa les yeux vers Leos, puis regarda le contenu de l'évier. Brusquement, son estomac fut saisi d'un spasme violent, et sa bouche fut emplie d'un flot de bile au goût amer et de petits morceaux de beignet à moitié mâchés.

Il se dirigea d'un pas lourd vers le cabinet de toilette et vomit dans la cuvette des W.-C. S'appuyant d'une main sur le réservoir de la chasse d'eau, il resta courbé en deux un très long moment, jusqu'à ce que son estomac se soit calmé.

Il se tenait toujours dans cette position lorsqu'il entendit un léger bruit, tout près derrière lui. Comme si quelqu'un essayait de respirer, la bouche emplie de sang.

Il se retourna et essaya de sortir son arme de son étui. Dans le vestibule, le fixant de ses yeux verts et maléfiques, se tenait le chat de Leos Ponican, Skoda.

— Et merde ! dit Luke. Tu reviens de loin, mon vieux.

Le chat vint vers lui et se frotta la tête contre sa jambe.

— Tu parles tchèque, Skoda ? demanda Luke. A part le chat, tu parles une autre langue ? Non, ça m'étonnerait. J'ai l'impression que je vais devoir trouver tout seul ce qui s'est passé ici.

Iris entendit la pendule dans le vestibule sonner les douze coups de minuit. Elle se tourna dans son lit puis se retourna. Malgré les sédatifs que le Dr Carter lui avait administrés, elle ne parvenait pas à trouver le sommeil. Elle n'avait pas l'habitude de dormir seule dans ce grand lit en chêne. Elle n'avait pas l'habitude d'avoir deux de ses chambres à coucher inoccupées. La maison semblait déséquilibrée, perturbée, comme si elle attendait que quelque chose se produise.

Elle pensa à ses enfants qui étaient morts, à ses enfants chéris. Elle essaya de se représenter le visage de Lisa, les cheveux de Lisa, sa voix, son odeur. Elle essaya de se souvenir de chaque jour de la vie de Lisa. Elle regrettait les fois où elle l'avait grondée, lui avait interdit d'aller jouer avec ses amies, ou l'avait envoyée au lit de bonne heure. Elle avait manqué tellement de choses dans la vie de Lisa, elle était passée à côté de tellement de moments précieux.

Elle pensa à George. Elle tendit les mains dans l'obscurité de sa chambre et essaya de se rappeler les sensations qu'elle éprouvait quand elle lui tenait la main. Elle caressa l'obscurité, elle essaya d'imaginer qu'elle caressait ses cheveux. Ses cheveux si doux au toucher. Elle essaya de l'entendre rire aux éclats. Elle essaya de le voir, marchant au pas dans la cour, un bâton en guise de fusil posé sur son épaule.

Et le plus terrible, c'est qu'elle n'y parvenait pas.

Elle ne parvenait pas à les voir, ni Lisa ni George. Elle ne parvenait pas à les toucher, elle ne parvenait pas à sentir leur odeur. Elle se souvenait de fragments épars, de moments radieux, comme le soleil embrasant la mer, mais c'était tout. Elle ne parvenait même pas à se rappeler comment ils étaient. Pas vraiment. Pas exactement.

Elle était allongée sur le dos, les larmes coulaient irrésistiblement sur ses joues, et elle n'arrivait pas à croire qu'un être humain puisse ressentir une telle détresse.

Elle pleura pendant presque vingt minutes. Puis, sans s'en rendre compte, elle s'endormit. Après le choc de samedi et un week-end d'affliction, elle était trop épuisée pour demeurer éveillée plus longtemps. Les larmes séchèrent sur son visage. Une de ses mains était posée sur sa poitrine, paume tournée vers le haut, comme si elle s'attendait à ce que quelque chose tombe dedans pendant qu'elle dormait... quelque chose de doux et d'imaginaire, comme une balle qu'aurait eue George enfant.

Elle rêva, mais pas des enfants. Dans son rêve, elle était toujours allongée dans son lit, bien éveillée. Elle ne pleurait plus et était parfaitement alerte. Au-dehors, elle entendait un chien aboyer, et le bruit spectral de voitures passant rapidement dans la rue. Elle se demandait où elle était, quelle était cette maison. Car ce n'était pas sa maison, oh non ! Elle ressemblait à sa maison, superficiellement, mais elle était en même temps tout à fait différente, presque inquiétante...

Il y avait quelque chose de vert dans cette maison.

Elle se mit sur son séant. C'était une nuit chaude et étouffante ; pourtant elle frissonna. « Quelqu'un est en train de tailler ta pierre tombale », c'est ce que sa grand-mère lui disait, chaque fois qu'elle frissonnait de cette façon.

Il lui sembla entendre des bruits dans la cour, sous la fenêtre de sa chambre. Des bruissements, et le faible murmure de voix inconnues. Elle se leva rapidement et alla jusqu'à la fenêtre. Elle entrouvrit les rideaux de percale à rayures bleu et blanc de deux ou trois centimètres, pas plus, et jeta un regard prudent dehors.

A sa grande surprise, elle aperçut Emily, vêtue seulement de sa longue chemise de nuit blanche. La chemise de nuit claquait de façon étrange, par à-coups, comme si Iris regardait un vieux film muet. Emily tournait le dos à la maison, et Iris ne pouvait pas voir son visage. Elle dit *Emily* à voix basse, tout en sachant qu'il était impossible à Emily de l'entendre. Elle voulut ouvrir les rideaux et cogner à la vitre. A cet instant, Emily fit un signe de la main à quelqu'un qui était en dehors du champ de vision d'Iris, derrière l'appentis. Et pour quelque raison, Iris se dit qu'il était plus prudent de laisser les rideaux bien fermés.

Elle regarda, en proie à une frayeur croissante, tandis que la porte à claire-voie s'ouvrait, et qu'un homme de haute taille, portant un imperméable blanc, apparaissait. Elle n'avait jamais vu cet homme et ignorait qui il pouvait bien être. Mais il vint vers Emily et commença à lui parler comme s'il la connaissait de longue date. Emily hochait la tête et répondait par gestes.

De temps à autre, elle levait sa main gauche et montrait la maison, et l'homme à l'imperméable blanc levait les yeux dans la direction d'Iris. Elle tira les rideaux aussi hermétiquement qu'elle le put ; néanmoins, elle eut la sensation déconcertante qu'il savait qu'elle était là.

Il se détourna... s'arrêta et dit autre chose à Emily... puis se détourna à nouveau et s'éloigna. Emily commença à revenir vers la maison.

Iris appela : « *Emily* ! *Emily* ! » Mais ce n'était qu'un rêve ; elle avait beau crier de toutes ses forces, aucun son ne sortait de sa bouche. Elle essaya d'ouvrir la fenêtre, mais elle était coincée, et la poignée semblait faite d'un alliage mou et friable, comme du massepain.

Elle s'apprêtait à marteler la vitre du poing lorsqu'elle vit la porte de la cour s'ouvrir à nouveau. Personne n'entra, mais une rafale de feuilles s'engouffra dans la cour. Le séchoir rotatif se mit à tourner lentement et fit voleter les torchons. Le vent se leva soudainement, comme si un orage d'été était imminent.

Quelque chose approchait.

Iris entendit la porte de la cuisine claquer, comme Emily entrait dans la maison. S'agissait-il vraiment d'un rêve ? Cela semblait beaucoup trop réel pour être un rêve. Elle était sur le point de se précipiter au rez-de-chaussée pour voir si Emily allait bien, mais, pour quelque raison, elle hésita. C'était à cause des feuilles : elles lui faisaient peur. Et d'Emily : Emily lui faisait peur.

Au début, ce ne fut guère plus qu'un éparpillement de feuilles ; elles virevoltaient et bruissaient sur l'allée en ciment. Puis, de plus en plus de feuilles tourbillonnèrent dans la cour ; elles se prenaient dans tout — les marches, les plates-bandes, les poubelles, les rayons des roues du vélo d'Emily.

C'était peut-être un rêve, mais Iris était certaine d'entendre très distinctement les feuilles. De plus en plus de feuilles, en couches de plus en plus épaisses.

Elle pensa : il s'agit peut-être d'un rêve, mais le rêve de qui, comment savoir ? Et s'il était plus réel que la réalité ? Il semble réel, c'est sûr, avec tout ce vent et ces bourrasques, et toutes ces feuilles qui se déversent continuellement dans ma cour et s'amoncellent partout, dans chaque recoin et chaque lézarde. Mais regardez-moi ça ! Cela va me prendre des heures pour balayer et ramasser toutes ces feuilles, même avec l'aide d'Emily !

Emily n'aurait jamais dû ouvrir la porte. *Elle n'aurait pas dû ouvrir la porte*. Il ne peut pas entrer... à moins que tu ne lui ouvres la porte. Terry avait répété cet avertissement, à maintes et maintes reprises, chaque fois que les enfants laissaient la porte de la cour entrouverte. Terry n'avait jamais dit : « Ne laissez pas la porte ouverte parce que votre petit frère pourrait courir vers la route et se faire écraser par un camion. » Non, il avait toujours dit : « Ne laissez pas la porte ouverte parce que, autrement, il entrera, retenez bien ce que je dis, et nous serons tous écorchés comme des lapins. »

Il n'avait jamais expliqué qui était ce « il »... ce « il » qui les dépouillerait de leur peau. Mais Iris se représentait toujours une scène saisissante : des peaux de lapins que l'on arrachait petit à petit de leurs corps nus et mauves, et cela la terrifiait. Elle était chrétienne et n'avait pas peur de mourir. Mais elle avait peur de la souffrance, et elle craignait, si jamais quelqu'un la torturait, de renier tout ce qui lui était cher, uniquement pour s'épargner d'autres souffrances.

Bien des fois elle avait demandé à Terry : « Qui est-il ? » Mais Terry s'était toujours mis en colère. Il avait claqué la porte si violemment que le loquet s'était détaché de ses vis, puis il était monté dans sa chambre et avait ruminé... ou fait ce qu'il faisait d'ordinaire dans sa chambre.

La peur, l'incertitude et l'étrangeté... c'étaient les seuls souvenirs que Iris gardait de son mariage. Terry les mettait toujours en garde, des recommandations absurdes et déraisonnables, sans cesse répétées, à tel point que même elle avait commencé à en tenir compte. « N'apportez jamais quelque chose de vert à la maison, tout ce qui est vert, jamais. La place du vert, c'est dehors. » « Ne priez jamais pour avoir une bonne récolte, jamais. Si le beau temps se maintient, vous aurez une bonne récolte. S'il fait mauvais temps, vous n'aurez rien. Ne tentez pas Dieu en lui demandant de vous donner la moisson que vous méritez : il risquerait d'exaucer votre prière. »

Elle entendit Emily monter l'escalier. Puis elle vit que les feuilles se répandaient dans la cour en un flot continu. Elles produisaient un bruit sourd, impétueux, aigu, qui était presque accablant, comme lorsqu'on se tient trop près d'une locomotive à vapeur, s'amoncelant en des tas verdâtre argenté. Cela ressemblait à l'automne, à tous les automnes qui avaient jamais existé, tous ensemble.

Quelque chose approche. Quelque chose de terrifiant. D'abord les feuilles, d'abord le vent. Ensuite la chose que personne n'a jamais eu le courage d'affronter.

La porte de sa chambre s'ouvrit brusquement. Elle se réveilla immédiatement, en sursaut, désorientée. Elle ne se tenait pas devant la fenêtre, elle était toujours allongée dans son lit. Mary traversa la pièce, l'attrapa par le bras et hurla :

— *Iris ! Iris ! Il y a quelqu'un dans la maison* !

Iris se mit sur son séant, frappée de stupeur.

— *Tu ne comprends donc pas* ? glapit Mary. *Il y a quelqu'un dans la maison* !

Iris tourna la tête vers la fenêtre. Des éclairs scintillaient quelque part au-dehors, et un vent violent soufflait. Elle entendait le bruissement de feuilles sèches... et un autre bruit, le bruit d'une porte. Elle battait, encore et encore, comme si on l'avait laissée ouverte, ou comme si quelqu'un la frappait du poing afin que Iris le laisse entrer.

— Oh, mon Dieu, je suis terrifiée ! dit Mary.

Iris se leva.

— Où est Emily ? demanda-t-elle.

— Dans son lit, bien sûr. Où veux-tu qu'elle soit ?

— Je ne sais pas. Je viens d'avoir un pressentiment. Tu veux bien aller voir si elle dort ?

— Moi ? s'exclama Mary, horrifiée. Et si jamais il y a... *quelque chose* ?

Iris alla jusqu'à la fenêtre et regarda dans la cour. Elle était exactement comme dans son rêve. La porte à claire-voie était grande ouverte, et une marée de feuilles se déversait dans la cour. Elle resta là à regarder : elle ne savait absolument pas ce qu'elle devait faire.

Elle ne savait plus ce qui était rêve et ce qui était réalité. Est-ce qu'elle continuait de rêver, ou bien était-elle éveillée quelques instants auparavant, et venait-elle seulement de commencer à rêver ?

— Qu'est-ce que c'est ? demanda Mary en la rejoignant. Qu'est-ce que cela veut dire ?

— Je ne sais pas, répondit Iris. C'est peut-être une tornade.

La porte battit, et battit à nouveau.

— Qu'allons-nous faire ? demanda Mary.

— Fermer cette porte, pour commencer.

— Tu ne crois pas que nous devrions appeler la police ?

— Je ne sais pas. Qu'est-ce que tu as entendu ?

— J'ai entendu la porte qui battait, et elle n'aurait pas battu si quelqu'un ne l'avait pas ouverte, et si quelqu'un l'a ouverte... cela veut dire que quelqu'un est...

Iris contourna le lit et saisit la batte de base-ball que Terry gardait toujours cachée au-dessous.

— Qu'est-ce que tu vas faire avec ça ? voulut savoir Mary, son visage blanc de crème de nuit et de peur. Et s'il a un revolver ? A quoi te servira cette batte de base-ball, hein ?

— Mary, tu vas jeter un coup d'œil dans la chambre d'Emily, d'accord ? C'est tout ce que je veux que tu fasses.

— Bon, j'y vais. Mais c'est parfaitement stupide. Tu devrais appeler la police.

Sans un mot de plus, Iris sortit de sa chambre et se dirigea vers le palier ; Mary lui emboîta le pas. Elle arriva en haut de l'escalier. Là, elle fit halte et écouta attentivement, guettant le moindre bruit suspect.

— Tu entends quelque chose ? dit Mary d'une voix sifflante.

Iris écouta encore un moment, puis secoua la tête.

— Seulement le vent, et cette satanée porte.

— Iris, écoute-moi. Je t'en prie : appelle la police !

Iris dégagea son bras de la prise anxieuse de Mary.

— C'est ma maison, Mary. Lisa est morte, George est mort. Je protège mon bien.

— Qu'essaies-tu de me faire comprendre ? Il ne te reste plus de raisons de vivre et tu veux te suicider, c'est ça ?

Iris ne répondit pas. Mary avait peut-être raison. Était-ce vraiment important, qu'elle vive ou qu'elle meure ? Mary élèverait Emily, elle l'élèverait comme si elle était sa fille chérie. Sans famille, quel genre de femme était-elle maintenant ? Autant mourir.

Au moins, lorsqu'elle serait morte, personne ne pourrait lui faire du mal.

Elle commença à descendre l'escalier et passa près des rangées de photographies de famille. Des visages blancs l'observaient de tous côtés... les visages blancs du passé. Lisa juchée sur sa première bicyclette à deux roues. George assis dans un pré de marguerites. La quatrième marche craqua. Iris se figea sur place et tendit l'oreille. Mais elle n'entendait que ces feuilles qui tombaient en cascade. Elles formaient des tas si épais qu'elles chuintaient, comme un car roulant dans la neige à moitié fondue en hiver. Elle n'entendait que le *bang*... silence... *bang* d'une porte au rez-de-chaussée.

Elle atteignit le demi-palier et descendit furtivement les marches qui menaient au vestibule. Elle s'arrêta un moment et leva les yeux vers Mary.

— Mary, va jeter un coup d'œil dans la chambre d'Emily, pour l'amour du ciel !

— Entendu, Iris, mais sois prudente, je t'en prie ! Tu ignores qui est peut-être tapi en bas, ou *quoi* !

Iris avait presque atteint le vestibule lorsque Emily apparut brusquement. Elle franchit la porte de la salle à manger et se tint au bas de l'escalier, les yeux levés vers Iris. Emily portait sa longue chemise de nuit blanche. Le visage d'Emily semblait très pâle, d'une blancheur d'ivoire ; ses yeux luisaient et étaient noirs, tels les jais d'un collier de deuil. Elle souriait gentiment. Un sourire si gentil ! Pourtant, la gentillesse intense de ce sourire fit se figer Iris. Elle agrippa d'une main la rampe d'escalier ; l'autre serrait la batte de base-ball de Terry. Elle se sentait méfiante, effrayée et *glacée*.

— Maman, dit Emily.

Des feuilles voletèrent sur le parquet brillant, hésitèrent, puis recommencèrent à voleter. Elles émettaient un drôle de râle, comme si quelqu'un rendait son dernier soupir.

— Emily... tu devrais être dans ton lit !

— Pas cette nuit, maman. C'est la grande nuit !

Iris la considéra attentivement. Faisait-elle une crise de somnambulisme ? Était-elle droguée ? Une pensée affreuse lui traversa l'esprit : Emily avait peut-être trouvé ses sédatifs, et en avait avalé quelques-uns, croyant que c'étaient des bonbons. Sa voix paraissait tellement étrange, comme si sa gorge était obstruée de glaires, ou comme si elle parlait depuis une autre pièce.

— Emily, qu'est-ce qui ne va pas ? lui demanda Iris.

— Rien du tout, maman. Tout marche à merveille.

— Est-ce que tu sais l'heure qu'il est ? Retourne dans ta chambre immédiatement et couche-toi.

Emily secoua la tête.

— Il est trop tard pour ça, maman.

Elle regarda vers le couloir qui amenait à la cuisine, vers la porte qui donnait sur la cour.

— Vous pouvez entrer maintenant, dit-elle, d'une voix plus haute et plus vive, comme si elle s'adressait à quelqu'un qui se tenait dans la cour.

Une soudaine rafale de feuilles sèches s'engouffra dans le couloir et virevolta autour des chevilles d'Emily.

— Vous pouvez entrer maintenant ! lança-t-elle. Tout marche à merveille maintenant. Veuillez entrer !

Iris la regarda avec stupeur.

— A qui parles-tu, Emily ? *A qui parles-tu* ?

Mais Emily ne répondit pas. Elle ne leva même pas les yeux vers sa mère. Elle continuait de faire signe d'entrer et de hocher la tête d'une manière encourageante.

Iris dévala les dernières marches et empoigna Emily par l'épaule.

— Emily ! A qui parles-tu ?

— Aïe ! s'exclama Emily, et elle essaya de se dégager.

Mais Iris la tenait fermement, et elle tourna la tête pour voir à qui Emily faisait signe d'entrer.

Le couloir était sombre, la cuisine était sombre, mais la cour au-dehors était illuminée par le clair de lune. Iris apercevait les monceaux de feuilles verdâtre argenté. Des feuilles virevoltaient et tourbillonnaient au gré du vent, mais elle aperçut autre chose. Quelque chose d'énorme et d'indistinct, juste au milieu de la cour. Quelque chose qui s'avançait pesamment. Elle ne savait pas si c'était un buisson ou un gigantesque tas de feuilles, ou un homme recouvert de feuilles.

Quoi que ce fût, cela la terrifia, et cela s'approchait de la maison d'un pas mesuré, posé, comme si cela pouvait se déplacer plus vite, mais préférait se conformer à quelque rituel obscur mais immémorial, tel un prêtre montant vers l'autel, ou un bourreau montant vers le billot.

— Emily ! cria Iris. Emily, qu'est-ce que c'est ?

— Je l'ai invité à entrer, répondit Emily d'une voix chevrotante, transparente.

— Tu as fait *quoi* ?

— Il est sacré. C'est le père de papa. Je l'ai invité à entrer.

— *Non* ! hurla Iris.

Même si elle ignorait qui ou ce que ce tas de feuilles était vraiment, elle savait une chose : elle n'en voulait pas dans la maison. Elle lâcha Emily, traversa la cuisine en courant et se cogna la cuisse contre l'angle de la table.

Le tas de feuilles, tout sombre et informe qu'il était, était manifestement doué d'une certaine conscience, car il réagit immédiatement et se précipita furieusement vers elle. Iris parvint à claquer la porte et à pousser le verrou, mais ce fut de justesse. Les feuilles heurtèrent la porte dans un choc violent, l'une des vitres se brisa, des éclats de verre et des feuilles tournoyèrent et se répandirent sur le carrelage de la cuisine.

— Mary ! hurla Iris. Mary ! Appelle la police !

Emily fit irruption dans la cuisine. Son visage était blême et ses yeux grands ouverts.

— Ouvre la porte ! cria-t-elle. Il faut que tu le laisses entrer !

Les feuilles heurtèrent la porte à nouveau. Cette fois, le chambranle se fendilla, et l'un des gonds se détacha du mur. Iris appuya son épaule contre le battant, mais Emily n'arrêtait pas de la tirer par le poignet et de crier :

— Laisse-le entrer ! Laisse-le entrer ! Il faut que tu le laisses entrer !

Les feuilles percutèrent la porte à nouveau, et encore, et encore. L'épaule d'Iris était toute meurtrie, et elle avait l'impression que son cou avait été cinglé avec un fouet. Mais son système nerveux était inondé de terreur et d'adrénaline, et elle savait qu'elle devait absolument empêcher cette chose d'entrer dans la maison.

Terry l'avait prévenue : le Voyageur Vert viendra frapper à ta porte, et il frappera et frappera et continuera de frapper jusqu'à ce que quelqu'un le laisse entrer. Et alors, que Dieu te vienne en aide.

Et alors, que Dieu te vienne en aide.

La porte vibra une nouvelle fois, et la seconde vitre vola en éclats.

— Mary ! hurla Iris. Mary, appelle la police !

Emily continuait de l'agripper, de la griffer et de la tirer. Finalement, Iris ramena en arrière son bras gauche libre et la gifla sur le côté de la tête.

— Laisse-moi, Emily ! Va-t'en !

Mais Emily continua de la tirer, et elle déchira la manche de sa chemise de nuit.

Iris voulut la frapper à nouveau. A cet instant, la porte fut enfoncée avec fracas. Toutes deux perdirent l'équilibre et tombèrent sur le carrelage ; la porte brisée les recouvrit. Emily cria, mais Iris avait le souffle coupé et pouvait seulement suffoquer. Le battant lui comprimait la joue et la poitrine ; elle pensa qu'elle allait être écrasée. Elle lâcha la batte de base-ball, plaça ses mains à plat contre le battant fracassé et poussa vers le haut. Durant un instant, elle crut que ses poignets allaient se casser net. Puis le battant s'inclina et pivota sur le côté, la libérant en partie. Haletant, toussant, elle se démena et parvint à se dégager, mais sa cheville droite était coincée contre le gond disloqué, et douloureusement écorchée. Elle se débattit, se redressa et se traîna sur le carrelage, puis elle se mit debout... pour affronter un ouragan de feuilles cinglantes.

Elle fit deux pas en arrière, aveuglée, et buta contre le pied d'une chaise renversée. Elle tomba comme si on lui avait donné un coup de poing et roula sur un tapis bruyant de feuilles épineuses et d'éclats de verre. Elle entendit un grand bruit comme si quelque chose tombait de très haut, comme une bombe, et elle leva son bras pour protéger son visage. La gigantesque forme feuillue entra en trombe dans la maison, sombre et tourbillonnante, et marcha sur le battant fracassé. Iris crut distinguer des *yeux* dans cette masse obscure, qui la fixaient, des yeux aussi noirs et luisants que ceux d'Emily, quelques instants auparavant.

— Oh ! mon Dieu, non, mon Dieu, *je vous en supplie*, mon Dieu, non !

A quatre pattes, tel un animal terrifié, elle se dirigea vers la porte donnant sur le vestibule. Des éclats de verre s'enfoncèrent dans ses genoux et lui lacérèrent le devant des jambes. Le bas de ses jambes était couvert de sang, mais elle ne sentait rien du tout, seulement la panique. Elle parvint à se remettre debout et à se tourner vers la cuisine ; elle plissait les yeux à cause du vent, de la poussière et des feuilles qui lui cinglaient le visage.

— Emily ! cria-t-elle.

Elle s'agrippait au montant de la porte pour ne pas tomber. Elle avait l'impression de se trouver sur le pont d'un schooner, au milieu d'une tempête.

— *Emily* !

Il n'y eut pas de réponse. Mais, à l'instant où elle s'apprêtait à retourner dans la cuisine, elle entendit un fort bruissement de feuilles, si près d'elle qu'elle hurla. Son bras fut saisi par quelque chose qui ressemblait à une main aux doigts effilés et griffus, une main incroyablement forte, car elle fut projetée violemment contre le mur.

— *Lâchez-moi* !

Elle se débattit, sauvagement et frénétiquement, même si elle ignorait contre quoi elle luttait. Elle donnait de grands coups de poing vers la chose obscure, frappait des feuilles, des branches et des épines. C'était comme de se battre avec un buisson de ronces. Ses mains étaient lacérées, ses ongles cassés ; même ses cheveux se prenaient dans les branches.

Néanmoins, elle parvint à se dégager. Sa chemise de nuit était déchirée à partir de l'épaule et laissait apparaître ses seins et son dos lacérés. Elle courut vers le vestibule, puis commença à monter l'escalier quatre à quatre.

C'est un rêve, se répétait-elle sans cesse. *C'est un rêve.*

Elle atteignit le demi-palier et il était là : juste devant elle. Elle se figea sur place, redescendit une marche, puis une autre.

Il était faiblement éclairé par la lumière provenant de la chambre à coucher de Mary. Son visage était pâle, son imperméable était blanc, et son expression était totalement dépourvue d'émotions comme s'il n'avait jamais été à même d'éprouver le moindre sentiment de toute sa vie. Il portait Mary dans ses bras : la pauvre Mary, inerte, un bras oscillant mollement, l'autre recourbé, son visage tourné de côté. Elle avait été éventrée, son estomac vidé de son contenu, et ses intestins pendaient en de sanglantes guirlandes compliquées, une affreuse débauche de rouges et de violets.

— Oh ! mon Dieu, dit Iris. Oh ! mon Dieu, cela ne peut pas être réel.

Puis elle entendit un bruissement de feuilles, tout près derrière elle. Elle se retourna, vit ce que c'était, et sut avec certitude que c'était réel.

5

Dans la suite présidentielle de l'hôtel Plaza Collins sur Collins Avenue, le sénateur Bryan Cady se renfonça dans son énorme fauteuil rococo. Les yeux mi-clos, il regardait la lumière du soleil matinal scintiller à travers ses cils et ne pensait à rien.

Une jeune femme était agenouillée devant lui, une Noire splendide, cheveux coupés ras, lèvres cramoisies et pulpeuses (grâce au collagène), robe noire scandaleusement courte. Le pied droit de Bryan Cady reposait sur ses genoux, et elle polissait ses orteils à l'aide d'une peau de chamois. Elle embaumait *Red* de Giorgio.

Les pieds de Bryan Cady étaient nus, bien sûr, mais à part cela il était habillé comme un entrepreneur de pompes funèbres qui suit la mode de près. Pantalon Armani noir, chemise Armani en soie noire, et cravate Cerruti noire. Il fumait un cigare Elegante en forme de torpille, qu'il venait de rallumer, et lorsque Lily entra dans la pièce, sa tête fut momentanément enveloppée de fumée, comme si elle avait explosé, comme le méchant dans *Scanners*.

L'assistant personnel de Bryan, Carl Drimmer, se tenait devant la fenêtre, les chaussettes en soie noire de Bryan soigneusement posées sur son bras.

Lily s'avança, foula l'épaisse moquette vert de Nil, et embrassa Bryan sur le dessus de sa tête qui était réapparue. Il leva la main et saisit son poignet d'un geste possessif.

— Lily ! C'était une interview sensationnelle ! Tu as brillé, comme d'habitude, tu étais resplendissante ! Comment fais-tu pour avoir l'air aussi comestible, chaque fois que tu passes à la télévision ?

— Je mène une vie saine et je ne dis pas de grossièretés, répliqua Lily. Et je ne fume pas ces cigares écœurants, comme tu le fais.

Avec ses doigts, elle ramena en arrière ses cheveux blonds coiffés à la chien. Lorsque Nathan l'avait vue manifester devant l'Institut Spellman, elle portait un T-shirt et un short en jean, mais ce matin elle était vêtue d'un coûteux tailleur Yves Saint-Laurent en soie grise avec de larges revers et des manches amples et flottantes. De l'index, elle ôta ses chaussures à talons découverts et les lança sur la moquette d'un geste désinvolte.

— Tu étais resplendissante, répéta Bryan. Tu les as déchirés à belles dents. Particulièrement ce type de l'Institut Spellman.

— Garth Matthews ? C'est un psychopathe ! Il ne se contente pas de découper des porcs vivants et de leur voler leurs organes internes. Oh non, il leur donne également une psyché, afin qu'ils *sachent* qu'il va leur voler leurs organes internes, et à quel point cela va les faire souffrir, et *pourquoi*.

Le cigare de Bryan s'éteignit à nouveau. Il sortit de sa poche un briquet Dunhill en or massif et le ralluma avec application.

— Tu es vraiment obligé de fumer ce cigare ? demanda vivement Lily.

Bryan tira sur son cigare, très lentement, lèvres pincées et humides.

— C'est mon seul vice, Lily, à part toi. Un Elegante *colorado maduro*, roulé à la main, sa cape humidifiée avec les sécrétions vaginales des novices dominicaines spécialement entraînées qui le préparent.

Lily fronça son nez.

— Tu me fais marcher !

Bryan eut un petit rire.

— Oui, bien sûr. Un vieux salopard édenté portant une veste imprégnée de sueur l'a probablement roulé sous son aisselle et a collé les feuilles en crachant dessus.

— J'ai besoin de boire quelque chose, dit Lily. Chaque fois

que je sors de ces studios de télé, je suis complètement déshydratée. Vidée. Émotionnellement, également. Ce Garth Matthews, c'est pas croyable ! Il est l'incarnation même du sadisme. Il parle de la vivisection comme si cela l'excitait, comme s'il savourait chaque instant de souffrance qu'il inflige à ces animaux. Tu sais ce qu'il m'a dit ? Il m'a dit qu'il ne leur cache jamais les yeux, quand il les opère. Pas étonnant qu'il veuille leur donner une conscience humaine. Cela lui donnera probablement une érection permanente.

Bryan hésita un instant, comme s'il réfléchissait à l'idée d'une érection permanente, et n'était pas totalement contre. Puis il fit claquer ses doigts et dit :

— Carl, vous voulez bien apporter à boire à Lily ? Que désires-tu, trésor ? Mangue ou concombre ?

— De l'eau, ça ira. Une Ramlosa. Je n'aime plus le Perrier. Cette dernière bouteille manquait tellement de spiritualité, affreux !

— Vous devriez peut-être ajouter un doigt de vodka, dit Carl.

Lily l'ignora et se percha sur l'accoudoir du canapé, aussi près de Bryan qu'elle le pouvait. Il tint son cigare dans son autre main, pour que la fumée ne l'indispose pas. La manucure noire leva les yeux vers Lily, tout en continuant de frotter les ongles d'orteil de Bryan. Il y avait quelque chose de très possessif dans sa façon de faire, dans sa façon de tenir le pied nu de Bryan si profondément entre ses cuisses, mais Lily savait que c'était ridicule d'éprouver de la jalousie. Néanmoins, elle s'aperçut au bout de quelques instants qu'elle était trop agacée pour regarder la façon intime dont la jeune femme tenait le talon nu de Bryan dans sa paume et repoussait ses cuticules avec un bâtonnet.

— J'espère seulement que j'ai fait du bon travail ce matin, dit-elle avec irritation.

— Ne te tourmente pas comme ça, fit Bryan en lui tapotant la main. Duncan White m'a téléphoné, cinq minutes après la fin de l'émission. Il est disposé à reconsidérer son vote si nous lui garantissons cette subvention supplémentaire pour le soja. Dans moins d'un mois, ce pays sera légalement végétarien, je te le promets. Et dans cinq ans, végétalien.

Lily embrassa Bryan sur la joue. Ses yeux étaient remplis d'admiration.

— Tu es stupéfiant, dit-elle. J'ai toujours rêvé de sauver les animaux, mais je n'aurais jamais cru que cela pourrait se réaliser un jour.

— Hé ! je ne peux pas m'en attribuer tout le mérite ! fit Bryan. Cela n'aurait jamais pu se produire, si les Américains, dans leur immense majorité, n'avaient pas voulu que cela se produise.

— Tout de même...

— Non. Aujourd'hui, les Américains cherchent de nouveaux idéaux. Et qu'y a-t-il de plus idéaliste que de devenir végétarien, et, de cette façon, éviter aux animaux de telles souffrances ? L'Américain moyen est en meilleure santé, il est plus riche et a reçu une meilleure instruction. Politiquement, il se sent concerné par la souffrance des autres... et cela ne veut pas dire uniquement les minorités ethniques ou les communautés homosexuelles ou les gens qui sont différents, physiquement ou mentalement. Cela veut dire également d'autres êtres vivants. Vaches, porcs, moutons, et ainsi de suite. Tu sais ce que dit la chanson.

— Oui, sourit Lily. Qui que nous soyons, quoi que nous soyons, nous sommes tous des habitants de la Terre.

Carl revint, apportant le verre d'eau de Lily. Bryan l'observa pendant qu'elle buvait avidement, une main posée légèrement sur son sein gauche ; sa pomme d'Adam tressautait. La manucure noire s'acharnait sur le coin de son gros orteil avec son bâtonnet pointu.

— Vous n'avez pas encore terminé, Ticia ? lui demanda Bryan avec humeur. Mes pieds commencent à en avoir assez !

— Je finis de polir, sénateur, répondit la manucure.

— Eh bien ! oubliez ça pour le moment. Vous pourrez polir demain. Ou mercredi, d'accord ?

Il y eut un silence tendu. Puis :

— Très bien, comme vous voudrez, sénateur.

Lily, énervée, but son eau à petites gorgées pendant que la manucure rangeait ses ciseaux, ses limes à ongles et ses flacons de vernis. Une fois qu'elle eut quitté la pièce, Lily sourit et se détendit un peu. Elle se pencha vers Bryan.

— Tu devrais me laisser faire ça.

— Polir mes ongles d'orteil ? Tu es une force socio-politique déterminante. Tu es un *Zeitgeist*[1]. Les *Zeitgeist* ne polissent pas les ongles d'orteil des gens.

— Tu crois vraiment que Zapf-Cady a des chances sérieuses ?

Bryan fit une grimace compliquée, comme pour indiquer qu'il examinait mentalement des dizaines d'options différentes.

— Je ne te cacherai pas la vérité, Lily : cela va être *très* serré. Mais c'est un problème tellement actuel, et en ce moment les membres du Congrès tiennent absolument à montrer au Président qu'ils peuvent être concernés par l'actualité tout autant que lui.

— Allons donc ! intervint Carl, sans chercher à dissimuler sa raillerie. Ils peuvent tout vous promettre aujourd'hui, mais qu'en sera-t-il demain, lorsqu'ils voteront ?

— Comme je l'ai dit, ce sera très serré, répliqua Bryan. Mais le Vice-Président lui donnera sa voix prépondérante, si on le lui demande. Il est végétalien lui-même... et qui plus est, sa femme a été opérée d'un cancer de l'estomac, et se nourrit uniquement de flocons d'avoine et de purée d'épinards. Bon sang ! Carl, mes chaussettes, s'il vous plaît.

Carl tendit les chaussettes de Bryan avec une expression de profond dédain digne d'un acteur qui a remporté un Oscar.

— Je ne sais pas, sénateur, dit-il. Lorsque viendra la minute de vérité, que pensez-vous que vos distingués collègues du Sénat, si capables et instruits, feront passer en priorité. Une alimentation saine, ou bien de succulents tournedos au Mayflower ?

Il marqua un temps.

— Personnellement, je pense qu'ils voteront conformément à leur appétit.

— Vous êtes un cynique, lui dit Bryan.

— Bien sûr que je suis un cynique. Je suis votre assistant personnel depuis onze ans et demi : qui ne le serait pas ? Je vous ai vu vous remplir les poches, Bryan. Je vous ai vu obtenir des crédits afin de vous assurer des électeurs. Je vous ai vu brasser des affaires plus ou moins louches. Parfois, j'étais

1. L'air du temps. *(N.d.T.)*

en désaccord avec vos méthodes, mais je n'ai jamais été en désaccord avec votre agenda politique. Jusqu'à maintenant. Ce projet de loi Zapf-Cady est rien moins que bizarre : la rectitude politique devenue folle. Zapf-Cady n'est pas actuel. Il ne l'a été à aucun moment.

Bryan leva son cigare.

— Vous vous trompez complètement, Carl, vous savez cela ? Ce projet de loi représente le futur. Il s'agit de la survie de cette planète, il s'agit des protéines de soja et des cultures hydroponiques. Il y va de *tous ceux* qui mangent, pas seulement de la minorité choyée, férue de protéines, de la côte Ouest. Nous parlons d'une vision entièrement nouvelle de la Terre sur laquelle nous vivons, et des êtres vivants avec qui nous la partageons.

— Hon-hon, fit Carl d'un ton maussade. J'ai décroché mon premier boulot chez Macdonald's, vous savez, et je me demande seulement combien de millions de personnes Zapf-Cady va mettre au chômage ? Hormel à lui seul vend cent quarante millions de boîtes de Spam chaque année. Si Zapf-Cady est adopté, à qui vendront-ils toute cette viande de porc en conserve ? Pas à Israël, c'est sûr !

Bryan secoua la tête, avec la fin de non-recevoir souriante d'un authentique évangéliste.

— Zapf-Cady offre les compensations les plus avantageuses de toute l'histoire de l'agriculture américaine, lorsque des mesures prohibitionnistes ont été prises. Pas un seul fermier, ou éleveur, ou boucher ne perdra de l'argent. Des emplois devront être réaménagés, bien sûr, pour passer du bétail aux légumes, mais ils ne seront pas perdus, dans leur grande majorité.

— Et que faites-vous des gens comme moi, qui n'ont pas du tout envie de renoncer à manger de la viande ?

— Nous allons vous rendre le plus grand service que l'on vous ait jamais rendu. Vous ne vous reconnaîtrez plus. Vous vous sentirez pur, vous vous sentirez sexy. Est-ce que vous savez ce que les graisses animales peuvent faire à vos artères ? Est-ce que vous savez la quantité d'hormones qu'il y a dans les poulets que vous achetez au supermarché ? Est-ce que vous savez avec quoi on fait les hot-dogs ? Bon Dieu, Carl, mangez une laitue au lieu d'un steak, et libérez-vous. Votre charisme manque de vitamines. Vous pourriez même cesser d'être aussi salement dépressif !

Bryan se leva. Il était petit, tout juste un mètre soixante-cinq, mince, des traits italiens, des poignets fins et des doigts effilés, presque fusiformes. Il était aussi remarquablement beau. Ses cheveux étaient doux (on se rendait compte de leur douceur sans même les toucher) et d'une nuance naturelle de châtain très foncé, presque noir, striés de fils gris argenté. Son visage nettement dessiné évoquait celui d'un ange famélique. Il avait des yeux marron aux paupières lourdes, un nez parfait, et ses lèvres donnaient toujours l'impression d'être sur le point de dire quelque chose de séduisant mais de cruel.

Sa vanité et son ego étaient si puissants qu'ils étaient presque visibles, telles les ondes de chaleur s'élevant d'une route brûlée par le soleil. A cinquante et un ans, il était l'un des plus jeunes présidents qu'ait jamais connus la commission sénatoriale de l'Agriculture, de la Nutrition et des Forêts. On avait du mal à croire qu'il avait autrefois donné à manger aux porcs qu'élevait son père, dans sa ferme d'East Pleasant Plain, comté de Jefferson, Iowa, et qu'il avait déclaré à son conseiller d'orientation scolaire que sa plus grande ambition était de produire « du bacon qui serait apprécié et connu dans tout l'État ».

Quelque chose était arrivé à Bryan Cady au cours de sa vingt-deuxième année. Il avait fait la connaissance de la très belle, impétueuse et insatisfaite épouse du sénateur William Olsen, tout à fait par hasard, lors de la Saint-Nicolas au Village Tchèque sur la Seizième Avenue, à Cedar Rapids. Quatre mois plus tard, elle lui avait téléphoné, haletante, ivre, avec un besoin urgent de faire l'amour. Cela avait été le début d'une liaison irrationnelle mais absolument torride. Elle l'avait emmené partout — Washington, New York, San Francisco, Londres — et l'avait présenté à tout le monde. Lorsqu'il eut vingt-trois ans, il était suffisamment au fait de l'opulence et de l'influence politique pour savoir exactement ce qu'il voulait être. Il ne voulait plus produire du bacon, même s'il était apprécié par tous. Il voulait être riche, célèbre et puissant.

Deux ans plus tard, alors qu'il venait d'assister à un match des Kernels, le sénateur William Olsen avait eu une attaque et était resté paralysé. Il avait été contraint de se retirer de la politique, mais son esprit était demeuré tout aussi abrasif, et sa soif de fonctions élevées non étanchée. Il avait choisi le jeune Bryan Cady pour être son délégué — non seulement dans le lit de son épouse, mais également en politique — et l'avait appuyé avec toute la fortune et toute l'influence politique dont il disposait, lesquelles étaient énormes.

A vingt-sept ans, Bryan avait été élu au Congrès en tant que représentant républicain de l'État d'Iowa. Neuf années plus tard — il avait un an de moins que John F. Kennedy lorsque celui-ci était devenu sénateur du Massachusetts — Bryan avait été élu au Sénat. William Olsen avait continué de le financer et d'user de tout son pouvoir politique pour le pousser toujours plus haut.

William Olsen voulait être Président : de fait, sinon de nom.

William Olsen voulait contrôler un monde qui lui avait pris sa virilité et l'avait rendu impotent. Bryan Cady serait l'homme qui allait faire ça pour lui.

— Sénateur, dit Carl, n'oubliez pas que vous avez ce déjeuner avec la Chambre de Commerce à 12 h 30, et que nous avons une réunion avec Cargill à 15 heures.

Bryan l'ignora et caressa les cheveux de Lily ; il la regardait dans les yeux avec ce regard de braise qui avait enflammé Nina Olsen lors de leur première rencontre.

— Tu rentres à Washington avec moi ? lui demanda-t-il.

— Ce soir, Bryan ? Non, je ne crois pas. J'essaie d'arranger une réunion avec l'Institut Spellman, pour voir si nous ne pouvons pas les convaincre d'abandonner ce projet de xénogreffe. Nous les avons soumis à une telle pression médiatique au cours de ces deux dernières semaines... ils accepteront peut-être au moins de l'ajourner. Si je rentre à Washington maintenant, notre campagne risque de s'essouffler.

— Tu perds ton temps, crois-moi, dit Bryan. La seule chose qui fera plier l'Institut Spellman, c'est la loi. Une fois Zapf-Cady adopté, ils seront obligés d'arrêter leurs expériences, et alors tu n'auras plus à te soucier de ce qu'ils pensent. Tuer n'importe quel animal pour une raison ou pour une autre sera considéré comme un meurtre. L'Institut Spellman sera obligé de fermer, comme tous les autres endroits où des animaux sont tués ou maltraités. Il n'y aura plus un seul abattoir en activité dans tout le pays, d'une côte à l'autre. Plus une seule boucherie industrielle, plus un seul laboratoire faisant des tests pour des produits de beauté, plus un seul endroit où des animaux doivent souffrir pour le bien-être des humains.

Lily prit les mains de Bryan et l'attira vers elle pour l'embrasser. Elle était plus grande que lui, d'au moins cinq centimètres, même sans ses chaussures, mais Bryan s'en fichait. Il suppléait à sa petite taille par l'argent, l'aura et le pouvoir.

— Je n'aime pas que tu te fasses faire les ongles, lui murmura-t-elle.

Il contempla ses yeux couleur orage.

— Tu veux que je te mette en lambeaux lorsque nous faisons l'amour ?

— Tu es mon amant. Tu devrais savoir ce que je veux. Mais je pourrais te faire les ongles, *moi*.

Bryan se toucha le front d'un doigt comme s'il venait de penser à quelque chose d'important.

— Qu'y a-t-il ? demanda Lily.

— Nous avons un déjeuner avec la Chambre de Commerce de Cedar Rapids, exact ? demanda Bryan à Carl.

— Exact, fit Carl.

— Vous avez été chercher mon complet à la teinturerie ?

Carl le regarda en fronçant les sourcils. Il rappelait toujours à Bryan la caricature d'un publiciste parue dans un vieux numéro du *New Yorker* : névrosé, complètement coincé, et éternellement pessimiste, incapable de rire de quoi que ce soit, sauf de la médiocrité des autres. Le genre d'homme capable de s'installer dans l'État voisin si on y abaisse les impôts, et de revenir vivre dans l'État précédent si les impôts augmentent. Les cheveux blond-gris, il avait un teint pâle, comme de la graisse de rognon, et une coquetterie dans l'œil droit. Lorsqu'il n'était pas en face de lui, Bryan ne parvenait jamais à se rappeler exactement à quoi il ressemblait.

— Je m'occupe de votre complet, dit-il d'une voix terne.

Il attendit un moment encore, plus que ce n'était poli ou nécessaire, puis sortit de la pièce.

Lily embrassa Bryan plusieurs fois et le serra contre elle.

Ses seins étaient pressés contre sa chemise Armani. Elle murmura :

— Carl me flanque la frousse, et je ne plaisante pas !

— C'est pour cette raison que j'aime l'avoir à mes côtés.

— Pour qu'il me flanque la frousse ?

— Non, parce qu'il n'est pas d'accord avec tout ce que je dis et tout ce que je fais. Porter de la fourrure, manger des côtelettes de porc et tenir les femmes à l'écart de la politique : il est pour. Il déteste les Noirs. Il déteste les Coréens. Il déteste toutes les minorités ethniques possibles et imaginables. Et merde, il déteste même les Tibétains ! Il déteste ma façon de m'habiller, il déteste ma façon de parler, il déteste ma façon de penser. Il m'oblige à avoir les pieds sur terre, tu comprends ?

« Je vais te dire une chose, Lily. Je ne croirai jamais, mais jamais à toutes ces conneries que mes attachées de presse racontent à mon sujet. Le jour où tu crois à ta propre pub, tu es foutu, ta carrière commence à se barrer en couilles. Moi, je m'entoure de gens comme Carl, et c'est pour cette raison que je vais changer radicalement ce pays et en faire une contrée où tous les êtres vivants, humains et animaux, pourront vivre dans une coexistence pacifique, et c'est pour cette raison que je serai Président.

Il l'embrassa et glissa sa langue entre ses lèvres. Puis il lécha le bout de son nez, lui sourit, et murmura :

— N'oublie pas ce que je viens de te dire !

Lily avait besoin de quelque chose de très différent pour l'exciter. Elle le lui avait dit, la toute première fois qu'elle avait couché avec lui, à l'hôtel Bristol à Varsovie, où ils assistaient tous les deux à la Conférence Mondiale sur l'Environnement, un an plus tôt. Ils étaient assis dans la lumière tamisée du bar de l'hôtel, buvaient du café et mangeaient des pâtisseries. Elle avait posé sa main sur la sienne et avait dit :

— J'ai un fantasme très particulier.

Il l'avait regardée à travers la vapeur qui s'élevait de son express. Il n'avait rien dit. Il avait été l'amant de Nina Olsen, et de bien d'autres femmes riches et puissantes. Il était très calé sur les « fantasmes très particuliers ».

Il la prit par la main et l'emmena dans la chambre à coucher. De la fenêtre on avait une très belle vue du centre de

Cedar Rapids, où la circulation scintillait et où la Cedar River miroitait telle une coulée de cuivre en fusion.

Pourtant, il ne ferma pas les rideaux. Indépendamment du fait que la suite présidentielle se trouvait aux étages supérieurs de l'hôtel et que personne ne pouvait les voir, Bryan allait cacher la lumière d'une autre façon.

— Carl va mettre combien de temps pour rapporter ton complet de la teinturerie ? demanda Lily.

— Il n'y a pas de complet.

— Mais...

Il l'embrassa longuement puis déboutonna la veste de son tailleur.

— Il n'y a pas de complet, répéta-t-il.

Il fit glisser la veste des épaules de Lily. En-dessous, elle portait un T-shirt en soie, blanc, simple mais coûteux, très échancré. Son sillon médian, profond, dégageait l'arôme capiteux d'un parfum réchauffé par le corps. Elle portait un soutien-gorge pigeonnant de dentelle blanche qui soutenait ses seins sans les comprimer et laissait les mamelons découverts. Sans la quitter des yeux, Bryan leva le majeur de ses deux mains et décrivit des cercles autour de ses mamelons, à travers la soie fine et glissante. Il les touchait à peine ; parfois, il ne les touchait même pas du tout. Lorsqu'ils furent turgescents, il les saisit délicatement et les titilla entre le bout de ses doigts.

Lily continuait de le regarder fixement. Elle cillait à peine. Ses lèvres étaient entrouvertes ; sa respiration s'accélérait en des halètements doux et patients.

— Tu étais resplendissante, lui assura Bryan, et il sourit. Tu étais comme le halo du soleil autour de la lune. Tu m'as fait bander, le seul fait de te regarder, et d'être si jaloux. J'avais envie de faire irruption dans ce studio de télé et de te baiser, devant les caméras, en direct, devant ces millions de gens.

Il fit passer son T-shirt par-dessus sa tête. Cela souleva ses seins, juste un instant, puis ils s'échappèrent de la soie et furent nus devant lui, pointes durcies et larges aréoles roses, de la couleur de pétales de rose tombés sur le sol. Il embrassa chaque mamelon et elle le regarda les embrasser. Puis il dégrafa son soutien-gorge ; ses seins s'abaissèrent un tout petit peu et ballottèrent un instant.

— J'avais envie que les caméras se rapprochent et nous montrent en train de nous embrasser et de nous lécher, dit-il. (Maintenant sa voix était basse, douce et haletante, comme quelqu'un soufflant dans le goulot d'une bouteille.) Je voulais montrer à tous les habitants de ce putain de pays ce qu'ils ratent, et pourquoi je t'adore, et pourquoi je préférerais te manger plutôt que de te laisser me quitter.

Il défit les boutons et les agrafes de sa ceinture, ses doigts firent glisser la fermeture Éclair de sa jupe, tel un chirurgien pratiquant sa première incision, sa jupe chuchota et froufrouta en tombant vers le sol, et Lily se tint devant lui, vêtue de la plus minuscule des culottes de dentelle blanche, brodée de lis. Il mit sa main en coupe sur le devant de sa culotte et l'embrassa en même temps. Sa langue explora chaque détail de ses dents, chaque strie et chaque circonvolution de ses gencives, telle une créature marine aveugle, un prédateur exigeant. Lily se sentait essoufflée, elle se sentait terrifiée. Cela se passait toujours ainsi, lorsque Bryan lui faisait l'amour.

Par la fenêtre, ce dernier apercevait le scintillement d'un avion de la Northwest Airlink qui décollait de l'aéroport de Cedar Rapids, à plus de douze kilomètres de distance. Il pensa que c'était extraordinaire : à bord de l'avion, des gens discutaient et buvaient des cocktails, tandis qu'il respirait le parfum d'une femme quasiment nue. Lily dit « Bryan... » comme si elle essayait d'attirer son attention. Mais à part ça, son attitude était complètement passive.

Il tira sur le mince élastique de sa culotte.

— ... ils te voyaient, entièrement nue..., lui dit-il, poursuivant son téléfilm. Des millions d'hommes... ils contemplaient ta chatte, la désiraient, la demandaient, et aucun d'eux ne pouvait l'avoir, excepté moi...

Elle leva ses jambes l'une après l'autre, avec toute l'élégance d'un cheval bien dressé, pour lui permettre de faire glisser sa culotte sur son pied droit, puis sur son pied gauche. Il écrasa sa culotte dans sa main comme s'il écrasait des fleurs séchées, et la garda un moment dans son poing serré. Puis il enfouit son nez dans la culotte et inhala profondément.

— ... et aucun d'eux ne pouvait sentir ton odeur, non plus...

Il toucha son bas-ventre avec une infinie douceur, le bout de son majeur glissé dans son nombril, le bout de son auriculaire caressa son mont de Vénus, juste assez pour susciter le plus doux des picotements dans ses terminaisons nerveuses. Il l'embrassa à nouveau, glissa, nagea et chassa dans sa bouche, exigeant informations et soumission.

— Bryan, répéta-t-elle, les yeux clos.

Elle attendait patiemment ce qu'elle désirait vraiment. Peut-être ne le lui accorderait-il pas. Peut-être la ferait-il attendre plus longtemps qu'elle ne pourrait le supporter.

Sa vulve était recouverte d'une toison fine et juvénile, quasi invisible, comme une pêche mûre. Du majeur il explora la fente de Lily, écarta les lèvres humides, explorant toujours plus loin et si doucement qu'elle le sentit à peine. Le bout de son doigt se glissa dans son vagin, juste une seconde, ne lui laissant même pas le temps de contracter ses muscles pour le sentir vraiment. Puis il toucha son périnée, décrivit un cercle entre ses fesses rondes, taquina son anus, mais même cela lui fut refusé parce que son doigt était déjà reparti. Il descendait lentement, très lentement, sur sa cuisse nue, telle une araignée parcourant sa toile.

— Bryan...

Sa voix était plus anxieuse à présent, tendue et rauque.

Il l'embrassa à nouveau, promena ses doigts sur son dos nu. Il empoigna ses seins fermes et pleins.

— *Bryan...*

Elle tenta de saisir le poignet de Bryan, de plaquer sa main entre ses jambes. Mais il agrippa son poignet en retour et le serra implacablement, l'immobilisa, de telle sorte qu'elle frissonna, se débattit mais ne parvint pas à se dégager. Un autre avion clignota dans le lointain, tel un message transmis par un héliographe depuis une lointaine colline.

Petit à petit, Bryan obligea Lily à se baisser pour qu'elle s'asseye au bord du lit. Lily fermait toujours les yeux. Il s'agenouilla entre ses jambes ; il serrait son poignet gauche si fort qu'elle ne pouvait même pas remuer ses doigts. Avec sa main gauche, il la poussa en arrière afin qu'elle soit allongée sur le dessus-de-lit, cuisses écartées. Ses seins énormes s'étalèrent de chaque côté de sa poitrine, pointes dressées. Leur peau était presque lumineuse, striée de veines.

Il abaissa sa tête entre ses jambes et se servit du bout de sa langue pour écarter ses lèvres internes. Elles bâillèrent, poisseuses telles les ailes d'un papillon s'extrayant de son cocon. Le bout de sa langue s'attarda autour de son clitoris, jusqu'à ce que les nerfs du bout de sa langue sentent les nerfs de son clitoris réagir, et celui-ci durcir.

Ses coups de langue descendirent, sondèrent un instant son urètre, le faisant frissonner. Aussitôt sa main serra son poignet avec plus de force encore, comme pour lui rappeler qu'*elle* était sa maîtresse, et qu'*il* déciderait du moment où elle pourrait réagir. Finalement, après une pause si longue qu'elle faillit suffoquer, à force de retenir sa respiration, sa langue se glissa dans son vagin béant, se lova, et lécha. Il souffla en elle, un souffle brûlant, puis se retira.

Après l'olfactif, le tactile. Puis, enfin, la saillie. Lily avait du mal à réprimer ses tremblements. Elle ressemblait à une femme grelottant de fièvre. Ses mouvements étaient dépourvus de toute coordination et de tout contrôle. Elle se mit à gémir et laissa échapper de petits grognements aigus par le nez. Tout son corps était parcouru de spasmes. Ses doigts griffaient le dessus-de-lit et la chemise de Bryan ; elle lui aurait également griffé le visage, s'il n'avait pas promptement détourné la tête.

Il ne lui parlait plus. Cette partie du rituel était silencieuse, excepté les grognements et les halètements de Lily. Ce n'était plus deux êtres humains en train de faire l'amour. C'était un affrontement animal, vorace et violent.

Bryan tendit sa main sous le lit et saisit deux foulards en soie blanche. Puis il se mit debout, tourna Lily sur le côté, l'obligea à s'étendre sur le ventre. Elle se débattit, lança des ruades et chercha à le frapper avec son bras libre, mais il lui tordit le bras et le plaqua entre ses omoplates, puis il lui donna une tape sur les fesses — une fois, deux fois, trois fois — laissant des marques de doigts rouge vif sur sa peau lumineuse et blanche.

Elle essaya de se dégager, mais il accentua sa pression, lui écrasant les seins sur le dessus-de-lit. Ensuite il se mit à califourchon sur elle, lui tira la tête en arrière, et lui banda les yeux avec l'un des foulards. Il le noua fortement, de telle sorte qu'elle était complètement aveugle.

Elle cria et poussa d'autres grognements, mais il tira son bras droit derrière elle et lui attacha les poignets à l'aide du second foulard. Elle lui donna des coups de pied, mais il la frappa sur les fesses à nouveau, des claques vigoureuses et cinglantes, et elle ramena ses genoux sous elle, et se tint accroupie sur le lit, toute frissonnante.

Bryan se redressa. Sans se presser, il ôta sa cravate, déboutonna sa chemise, et déboucla la ceinture de son pantalon. Lily resta dans la même position, nue, les yeux bandés, recroquevillée sur le lit, les mains attachées dans le dos.

Le sexe de Lily était complètement exposé à son regard et, tandis qu'il se déshabillait, il ne le quitta pas des yeux un seul moment. Il savourait le spectacle de ces lèvres roses et luisantes, et la façon dont ses muscles tressautaient de temps en temps.

Nu, il était mince, nerveux ; ses poils étaient noirs et frisés. Son pénis jaillit, gonflé ; son gland était aussi violacé qu'une aubergine fraîchement cueillie. Il palpitait doucement, au gré de la circulation de son sang. Ses testicules pendaient lourdement entre ses cuisses et donnaient l'impression qu'ils allaient éclore d'un moment à l'autre.

Lily gémissait, reniflait et agitait sa tête en tous sens, tel un animal saisi de panique. Bryan s'agenouilla sur le lit et écarta ses fesses avec ses pouces, aussi largement qu'il le put. Aveuglée par un foulard, entravée par un autre, Lily se mit à crier. Mais Bryan se pencha en avant avec tout le calme du monde et une lenteur infinie, sa langue tendue tel un caméléon saisissant un mets succulent, et il effleura son anus exposé du bout de la langue.

Puis, avec un large sourire de satisfaction, il prit son sexe dans sa main et en poussa l'extrémité entre les jambes de Lily. Il s'enfonça et s'enfonça, jusqu'à ses testicules qui ballottaient, si bien que Lily semblait avoir des poils pubiens noirs, elle aussi.

Elle murmura « Bryan, Bryan, Bryan » dans un souffle, mais il ne l'entendit pas. Son sang grondait dans ses tympans, il n'avait conscience que des bruits visqueux de son mouvement de va-et-vient.

Très vite, il cria : « Merde, je vais jouir, merde ! » et il se pencha sur le dos de Lily, le visage empourpré, les yeux plissés. Oubliés le Congrès, ses électeurs, les passages à la télé ! Tout son être était concentré sur une seule chose : faire gicler une dose de sperme dans le vagin ouvert d'une fille qui avait besoin de faire l'amour comme un animal entravé.

Il y eut un moment de halètement, un moment d'intense chaleur, un moment d'intense soulagement. C'était durant ces moments que Bryan savait qu'il n'aimait pas vraiment Lily, qu'il ne supportait plus ce rituel du bandeau sur les yeux... du moins, jusqu'à la prochaine fois. C'était durant ces moments qu'il se sentait le plus lui-même et se voyait tel qu'il était. Mais de tels moments étaient trop rares et trop espacés pour qu'il envisage de changer. Quoi qu'il arrive, qu'il gagne ou qu'il perde, Zapf-Cady était de la dynamite politique, et si c'était la meilleure façon d'en tirer un profit politique, alors va pour les foulards, les fouets, les menottes.

Il la détacha enfin, comme il le faisait à chaque fois. Puis il lui ôta son bandeau.

— Tu as été sensationnelle, dit-il. Tu t'es surpassée.

— Je m'étais perdue, fit-elle d'une toute petite voix, une voix d'enfant, affligée et pitoyable.

— Perdue ? s'exclama Bryan. Que veux-tu dire ?

— Je m'étais perdue dans le pré, mais ma mère est venue me chercher.

Bryan se laissa tomber sur le lit à côté d'elle et tendit la main pour récupérer son cigare entamé.

— Des souvenirs d'enfance, c'est tout. Ils surgissent pour te tourmenter au moment où tu t'y attends le moins.

Il s'interrompit, le temps de trouver son briquet. Puis il ajouta :

— Tu ne m'avais jamais parlé de ta mère.

— Je ne l'ai pas connue.

— Elle est venue à ton secours lorsque tu t'es perdue dans ce pré, non ?

— Oh, ça, bien sûr, mais ce n'était pas vraiment ma mère.

Bryan alluma son cigare.

— Tu n'es pas obligée de m'expliquer. Je ne m'attends pas à ce que tu me racontes ta vie.

Elle se blottit contre lui. Sa peau était glacée et elle frissonnait de temps en temps. Il lui demanda si elle voulait qu'il mette la climatisation plus fort, mais elle répondit par la négative. Elle aimait qu'il fasse frais. Elle sentait l'humidité de Bryan entre ses jambes lorsqu'il faisait frais, et elle aimait ça, car elle savait qu'il l'avait prise.

— Parfois je ne te comprends pas, dit-il. Ta façon de t'exprimer. Tu sais, comme de dire que je t'ai « prise ».

Elle saisit son pénis flasque et le serra dans sa main.

— Moi non plus, je ne te comprends pas... certains mots que tu emploies.

— Hé, je suis autodidacte. J'aime les gens qui sont autodidactes. Ce sont des gens à part.

Elle se glissa sur le lit et prit son pénis dans sa bouche, le suça et le caressa, le sonda avec sa langue et le mâchonna doucement. Pendant ce temps, Bryan contemplait les reflets lumineux qui dansaient sur le plafond de la suite présidentielle et s'émerveillait de constater la façon dont l'opportunisme politique pouvait réunir ennemis et amants, et créer des énigmes métaphysiques que presque personne ne pouvait résoudre.

Luke arriva devant la maison des Pearson quelques minutes avant onze heures. La rue était encombrée de voitures de police, de véhicules de la presse et de breaks du Bureau du légiste de Cedar Rapids. La matinée était chaude et brumeuse ; des vautours auras décrivaient des cercles paresseux dans le ciel. Cela n'avait rien d'étonnant. Il y avait de la charogne dans le coin.

Le chef de la police, Husband, se tenait dans la cour de devant ; il mastiquait du chewing-gum. Trapu et musclé, c'était un bel homme si on aimait le genre massif. Il avait des cheveux grisonnants coupés court et des yeux du bleu le plus clair que Luke ait jamais vu, comme s'il pouvait voir à travers des portes verrouillées ou des plaques de métal. Luke s'approcha de lui comme l'exigeait leur protocole personnel ; il marchait plus ou moins de biais, une sorte de danse d'accouplement. Tout cela était perturbé par le fait que, un jour, incroyablement ivre, John Husband avait baissé son pantalon et montré à Luke son effroyable blessure par balle au bas-ventre, le tissu cicatriciel formant des tentacules comme un calmar, l'unique testicule, les poils pubiens aux touffes inégales, son pénis qui pendait, courbé en crosse.

— Bonjour, Luke, dit John en continuant de mastiquer son chewing-gum.

De près, il empestait le gel douche Old Spice.

Luke lui donna une tape prudente sur l'épaule.

— Vous allez bien, John ? Comment ça se présente ?

— Une femme d'âge mûr, race blanche, mariée, pas simplement morte mais morte au dernier degré. Une autre femme d'âge mur, race blanche, mariée, couverte d'estafilades, de meurtrissures et de lacérations, en état de choc. Une fillette âgée de onze ans, race blanche, ne présentant pas de blessures apparentes ni de signes de commotion : elle n'a probablement pas assisté à ce qui s'est passé.

— La femme qui est morte, c'était la sœur d'Iris Pearson, n'est-ce pas ? Elle était venue de Dubuque pour apporter un peu de réconfort à Iris, après le meurtre de ses enfants.

— C'est exact. Mrs Mary van Bogan, 5537 Asbury Drive, Dubuque. Nous avons prévenu le mari. Il a pris l'avion et ne devrait pas tarder.

— Et Iris ?

John secoua la tête.

— Dans quel état seriez-vous, dites-moi, si votre mari tuait vos enfants... et puis, deux jours plus tard, on entre chez vous par effraction, votre sœur est étripée, et vous êtes fouettée, griffée et rouée de coups sur tout le corps !

— Des indices, une piste ?

— Je ne sais pas. Cette affaire me dépasse complètement. Mais je tiens absolument à parler à Terence Pearson.

— Quand vous voudrez. Ils ont désigné Wendy Candelaria pour le représenter.

John Husband glissa la main dans la poche de poitrine de sa veste et en sortit la papillote de son chewing-gum. Il cracha soigneusement son chewing-gum dans le papier et le plia.

— Un pâté noir en moins sur le trottoir, fit-il remarquer.

Luke ne savait pas quoi dire. Il avait chaud et se sentait sur les nerfs. Il prit son mouchoir pour s'éponger le visage. John avait le chic pour le faire se sentir beaucoup plus gros et dégoulinant de sueur qu'il ne l'était vraiment, et la température, plus de 45 degrés, n'arrangeait pas les choses.

— Allons jeter un coup d'œil à l'intérieur, dit John, et il se dirigea vers la porte d'entrée.

Deux photographes de la police et un gars du labo s'écartèrent respectueusement pour les laisser passer.

— Comment ça va ? dit Luke au type du labo.

L'homme lui adressa un sourire hésitant et un haussement d'épaules encore plus hésitant.

— Plutôt moche, hein ?

— Les empreintes ne sont pas très encourageantes, non plus. Celui qui a fait ça portait des gants. Ou alors il n'avait pas d'empreintes digitales.

Luke s'avança dans le vestibule. Une bâche bleue recouvrait entièrement le bas de l'escalier, comme si la maison était en cours de construction et que les ouvriers voulaient le protéger de la pluie. Mais la bâche présentait des bosses et des replis, en des formes qui suggéraient hideusement ce qui gisait au-dessous. Luke nota également la fine traînée de sang qui maculait le papier peint de la cage d'escalier, depuis le palier du premier jusqu'en bas, des mouchetures, des paraphes et des points d'exclamation. Une goutte de sang en forme de crochet s'était figée sur une photographie de Terence Pearson, et on avait l'impression que son œil gauche saignait. Il arborait un sourire doucereux.

L'un des médecins légistes se tenait dans la cuisine, le visage crispé ; il attendait que John lui donne l'ordre de mettre les restes de Mary dans une housse et de les emporter. Luke lui sourit, mais l'homme ne lui rendit pas son sourire : il se contenta de retirer ses lunettes demi-lune et d'essuyer les verres avec le bout de sa cravate, d'un air affairé.

Luke s'approcha de l'escalier à pas lents et mesurés. Le sol était jonché de feuilles pâles et sèches, qui craquaient à chacun de ses pas.

— Qu'est-ce que c'est que toutes ces feuilles ?

— Des feuilles de laurier, déclara le médecin légiste en remettant ses lunettes sur son petit nez camus.

Il se baissa et en ramassa une entre le pouce et l'index.

— *Laurus nobilis*, de la famille des lauracées. Autrefois, c'était le laurier du vainqueur. De nos jours, on fait sécher les feuilles pour la cuisine, et les baies servent à la composition de certains produits vétérinaires.

Luke jeta un regard à la ronde.

— Je n'ai pas vu de lauriers dans la cour. Et de toute façon, que font toutes ces feuilles dans la maison ?

— Bonne question, dit John. Parce que vous avez raison... il n'y a pas de lauriers dans la cour. En outre, notre ami ici présent m'a dit que le laurier est un arbre à feuilles persistantes. Par conséquent, il ne perd pas ses feuilles à l'automne. De surcroît, nous ne sommes même pas en automne.

— Qui plus est, intervint le médecin légiste en laissant la feuille tomber en zigzag vers le sol, ce laurier-là pousse uniquement en Europe, on ne le trouve pas aux États-Unis, et nous sommes trop loin au nord pour les lauriers roses, les lauriers des marais et les lauriers tulipiers qui, *eux*, poussent aux États-Unis.

— La conclusion logique, dit John, c'est que ces feuilles ont été apportées ici, de propos délibéré ou accidentellement, par le ou les agresseurs.

Luke replia son mouchoir et s'épongea le front à nouveau.

— Ce pourrait être la conclusion logique, mais pourquoi aurait-on fait ça, logiquement ? Ou même illogiquement ? Est-ce que Iris Pearson n'aurait pas pu s'en servir pour une composition florale, ou les faire sécher pour épicer ses sauces, ou je ne sais quoi, et les feuilles ont été éparpillées au cours de la lutte ?

— Hum ! fit John. Vous n'avez pas vu la cour de derrière. Il y en a des monceaux. Des monceaux et des monceaux de feuilles. Quatre de mes hommes sont en train de les mettre dans des sacs. Nous allons les emporter et les examiner au labo. Si Iris Pearson avait l'intention de s'en servir pour une composition florale, le séjour aurait été sacrément encombré !

Une mouche à viande se posa sur la bâche bleue. Luke voulut la chasser d'une chiquenaude, mais elle ne bougea pas. C'était mauvais signe, Luke le savait par expérience. Cela voulait dire que l'attraction exercée sur la mouche par ce qui se trouvait sous la bâche était beaucoup plus forte que sa peur d'être écrasée.

— Bon, dit-il finalement. Vous feriez mieux de me montrer le pire.

Le médecin légiste s'avança et souleva la bâche avec une délicatesse exagérée. Elle produisit un bruissement visqueux, et quatre ou cinq grosses mouches s'envolèrent en bourdonnant. Il fallut à Luke un moment ou deux pour comprendre ce qu'il regardait, parce que la tête de Mary pendait en arrière et formait un angle disgracieux, depuis l'avant-dernière marche. Elle fixait les jambes de Luke ; son thorax et son abdomen avaient été éventrés et déchiquetés d'une façon telle que son corps ne présentait plus la moindre forme humaine cohérente.

— Les taches de sang dans la chambre d'amis indiquent que la victime a été éventrée au cours d'une lutte acharnée sur le lit, déclara le médecin légiste. Les blessures ont été infligées avec un instrument assez long, comme une épée, et très affilé. Il y a de profondes entailles sur la main gauche et l'avant-bras gauche de la victime, ainsi que des ecchymoses sur son poignet droit indiquant qu'il a été violemment agrippé. C'est la preuve incontestable que l'agresseur était droitier.

Luke tendit le cou de côté, tel un homme parcourant du regard les rayonnages d'une bibliothèque, et s'efforça de mieux discerner l'abdomen de la femme. Il vit des côtes hachées menu comme des côtes de porc apprêtées pour un barbecue. Il vit une colonne vertébrale. En fait, il ne vit que des os et des muscles. Pas d'organes internes, aucune matière molle. Pas une seule de ces choses jaunâtres et luisantes qu'il détestait tellement, lorsque des êtres humains perdent leur intégrité extérieure. Il souleva la bâche un peu plus, afin d'examiner les marches maculées de sang. Il n'y avait rien sur les marches : pas de tissus, pas de chair, pas de chapelets de choses répugnantes.

— Qu'y a-t-il ? demanda le médecin légiste.

— Elle n'a pas de... viscères.

— Pas d'entrailles, non. Pas d'estomac, de foie, de reins, de pancréas, de poumons, ni d'intestins, excepté un fragment déchiqueté du rectum, d'environ quarante-cinq centimètres de long. Pas de cœur, non plus. A tous égards, shérif, cette femme est vide.

Luke regarda une dernière fois et appuya avec force son mouchoir sur sa nuque. Puis il dit : « Okay, c'est tout ce que j'avais besoin de voir. » Le médecin légiste rabattit la bâche. Il lança à Luke un regard bizarre, presque bégueule, comme s'il était le directeur d'une monstrueuse parade, comme s'il ne comprenait que trop bien les petites politesses hypocrites avec lesquelles les gens dissimulent leur besoin honteux de contempler la mutilation et la mort.

— Allons dans la cour, dit John, et il prit Luke par le coude.

En fait, il voulait dire : allons respirer un peu d'air frais. Ce qu'il avait essayé de faire lorsque Luke était arrivé : aspirer de grandes goulées d'air et mastiquer du chewing-gum parfumé à la menthe pour chasser de ses sinus la puanteur d'un corps qui se décomposait rapidement.

Dans la cour, un officier de police en bras de chemise, le visage rouge, entassait avec une pelle les dernières feuilles de laurier dans un sac. Sept autres sacs étaient soigneusement disposés le long de la clôture. Luke alla jusqu'au fond de la cour, releva la corde à linge pour se faufiler au-dessous. Il se tint immobile un moment, soufflant, transpirant, une main posée sur le toit de la niche. Il regarda John avec l'expression d'un homme qui a désespérément besoin d'une solution.

— Je n'ai pas d'autres théories, tout comme vous, dit John. Une cigarette ?

— J'ai arrêté. (Il demeura silencieux un instant, puis demanda :) Vous avez parlé à Iris Pearson ? Qu'a-t-elle dit ?

— Elle a dit qu'un homme vêtu de blanc avait descendu l'escalier, portant sa sœur dans ses bras, et que sa sœur avait été éventrée. Pas facile de lui demander des détails, mais d'après ce que j'ai compris, sa sœur pendait de partout. Vous voyez ce que je veux dire ? Ses...

— Viscères, dit Luke.

— C'est ça, ses viscères.

— Humm, fit Luke, et il jeta un regard à la ronde. Où est la petite Emily en ce moment ?

— Dans la maison d'en face, une voisine s'occupe d'elle.

— Vous lui avez également parlé ?

John fit une grimace.

— Elle n'a rien vu. Elle dormait lorsque cela s'est passé. Et c'est tout aussi bien.

— C'est ce qu'elle vous a dit ? Elle dormait ? Quand s'est-elle réveillée ?

— Sa mère l'a réveillée, c'est ce qu'elle a dit. Sa mère l'a réveillée et lui a dit que quelque chose d'horrible s'était produit, et qu'elle ne devait pas sortir de sa chambre. Et c'est ce qu'elle a fait, elle est restée dans sa chambre, jusqu'à l'arrivée de la première voiture de patrouille.

Luke inspecta les sacs remplis de feuilles, en tâta certains du bout des doigts, en poussa d'autres du pied. Il ouvrit deux sacs et farfouilla à l'intérieur. L'officier de police au visage empourpré lança à son patron un appel muet et consterné, mais John secoua la tête avec véhémence. Luke Friend était peut-être un shérif avachi et brutal (« Gentil Géant » ? Mon cul, oui !) mais c'était un « pro », il était obstiné et capable de faire le genre de boulot que trop de shérifs ne savaient plus faire depuis longtemps.

— Quelle heure était-il ? demanda Luke.

— Quatre heures... 4 h 07 précisément.

— Emily était dans sa chambre, Mary gisait dans l'escalier, morte, et Iris, elle était où ?

— Iris était dans le séjour, étendue par terre.

— Dans quel état ?

— Nue, contusionnée et lacérée, comme si on l'avait fouettée avec du fil de fer barbelé.

— Mary gisait au bas de l'escalier, morte et étripée, mais Iris a réussi à grimper ce même escalier, nue, fouettée et lacérée, uniquement pour dire à Emily de rester dans sa chambre ? Ensuite elle est redescendue afin de pouvoir s'allonger par terre dans le séjour, et attendre que la voiture de patrouille s'amène ?

John sortit de sa poche une autre barre de chewing-gum à la menthe.

— C'est la conclusion logique à laquelle vous seriez arrivé, si vous aviez parlé à Emily.

— Emily a peut-être mal compris.

— Cette gosse a onze ans, Luke ! Elle venait d'être traumatisée par un meurtre, et voilà qu'elle est témoin d'un autre meurtre, encore plus horrible !

— Cela n'explique toujours pas pourquoi sa mère s'est comportée de cette façon. Vous avez un frère, n'est-ce pas ?

John battit des paupières.

— Vous le savez très bien, mon frère Tom.

— Si Tom gisait, étripé, dans l'escalier de votre maison,

est-ce que vous monteriez l'escalier en pataugeant dans son sang et ses boyaux, juste pour dire à votre gosse de rester dans son lit, et vous redescendriez ensuite par le même escalier ? Allons, John, vous seriez incapable de faire ça, même si vous n'aviez pas été roué de coups et lacéré. Emily n'a pas dit ce qui s'était réellement passé, c'est impossible !

— Pourquoi mentirait-elle ? Elle a onze ans, elle a perdu son frère, sa sœur et sa tante. Son père est en taule et sa mère est bonne pour l'asile de dingues. Pourquoi mentirait-elle ?

— Je ne sais pas, avoua Luke. (Il enfonça ses mains dans les poches trop justes de son pantalon et parcourut la cour du regard.) Mais réfléchissons un peu à toute cette affaire, John. Pourquoi Terence Pearson a-t-il tué ses enfants ? Pourquoi Leos Ponican a-t-il fourré ses intestins dans le broyeur à ordures, après avoir traduit le journal de Terence Pearson ? Qui est entré dans cette maison, la nuit dernière, et a éventré la belle-sœur de Terence Pearson, puis a roué de coups la femme de Terence Pearson, et pour quelle raison la fille de Terence Pearson a-t-elle inventé une histoire totalement invraisemblable ?

Durant un instant, John donna l'impression d'être sur le point de répondre. Il serra les lèvres, écarquilla les yeux. Puis il se contenta de hausser les épaules et de dire « Pfff », et ensuite :

— Et merde, Luke, j'en sais foutrement rien.

— Et toutes ces feuilles ! cria Luke, donnant un coup de pied dans l'un des sacs. Toutes ces putains de feuilles ! D'où sont venues toutes ces feuilles ?

Il s'interrompit brusquement et plaqua une main sur sa bouche. Puis il se dirigea vers la maison, laissant John en plan. Ce dernier, abasourdi, lança un regard à l'officier de police qui avait ramassé les feuilles et fit une grimace. L'officier de police haussa les épaules et dit :

— Allez comprendre...

Luke traversa la rue ; il s'épongea le cou et le visage une fois encore, maudissant la chaleur. Il remonta l'allée cimentée du n° 1224, une petite maison pimpante avec un toit rouge à bardeaux et des panneaux de recouvrement en aluminium blanc. Une Toyota gris argenté était garée devant.

La maîtresse de maison l'avait certainement vu arriver, parce qu'elle ouvrit la porte avant qu'il ait le temps d'appuyer sur la sonnette, ce qui le fit sursauter. C'était une femme boulotte au teint clair, approchant la soixantaine ; elle avait un visage étrangement masculin, durci par une absence totale de maquillage et des cheveux raides coupés court.

Elle portait un pull à côtes violet et un pantalon de ski en stretch beige.

— Mrs Terpstra ?

— C'est moi. Vous voulez parler à Emily, je pense.

— Comment va-t-elle ?

— Elle est très calme.

— Pas de larmes ? Elle n'est pas en état de choc ?

— Je vous dis qu'elle est très calme.

— C'est plutôt surprenant, vu les circonstances, dit Luke, et il ôta son chapeau et en essuya le bord intérieur.

Mrs Terpstra fit un signe de tête en direction de la maison des Pearson.

— Rien ne me surprend plus avec cette famille.

— Vraiment ? Qu'est-ce qui vous fait dire cela ?

— Ce Terence Pearson, il a toujours été bizarre. Nous avons toujours su qu'un malheur arriverait, vu sa façon d'invectiver tout le monde. Iris est une femme adorable, que Dieu la bénisse, mais que pouvait-elle faire, mariée à un tel individu ? De temps en temps elle venait boire un café ici, lorsque Terence était à son travail, mais elle était toujours nerveuse, parce qu'il lui téléphonait souvent à l'improviste, pour vérifier qu'elle était à la maison.

— Il était du genre jaloux, alors ?

Mrs Terpstra fit la moue.

— Jaloux, je ne sais pas. Il lui demandait toujours si quelqu'un était venu la voir.

— Quelqu'un en particulier ou n'importe qui ?

— A mon avis, quelqu'un en particulier. Un jour, il a demandé à Leland — c'est mon mari : « Est-ce que vous avez vu quelqu'un dans le quartier, aujourd'hui ? » Leland tondait la pelouse et, bien sûr, il avait vu un tas de gens, le facteur, des voisins, et il a dit : « Quelqu'un de spécial ? » Et Terence Pearson a répondu : « Un homme vêtu de blanc, un homme vêtu de couleurs, et un homme vêtu de vert. »

Luke fronça les sourcils.

— Est-ce qu'il a dit de qui il s'agissait ?

Mrs Terpstra secoua la tête, et son double menton tremblota.

— Il lui manquait une case, c'est sûr.

— La nuit dernière, lorsque la sœur de Mrs Pearson a été tuée, est-ce que vous avez vu ou entendu quelque chose ? N'importe quoi ?

Elle continua de secouer la tête.

— John Husband m'a déjà posé la question. J'étais éveillée, à peu près au moment où ça s'est passé. Il faisait tellement chaud ! J'ai entendu le vent se lever et la porte-moustiquaire des voisins battre. Mais c'est tout.

A ce moment, un homme maigre, au crâne dégarni et la peau du visage marbrée, surgit dans l'embrasure de la porte, juste derrière Mrs Terpstra. Il posa une main sur son épaule.

— J'ai vu quelque chose, dit-il.

— Vous êtes Mr Terpstra ? s'enquit Luke.

— S'il ne l'est pas, j'aimerais savoir ce qu'il faisait dans mon lit la nuit dernière, lança Mrs Terpstra.

— Qu'avez-vous vu, Mr Terpstra ? lui demanda Luke.

Il n'était pas d'humeur à écouter des plaisanteries.

— Je suis allé dans la salle de bains vers les quatre heures... Je prends un médicament à cause de mon allergie cutanée, et cela me donne envie d'uriner.

— Trois ou quatre fois par nuit, confirma Mrs Terpstra.

Mr Terpstra ferma les yeux un moment, comme si c'était sa façon de supporter les interruptions continuelles de sa femme. Puis il reprit :

— En revenant, j'ai regardé par la fenêtre, de l'autre côté de la rue, parce que je voyais des feuilles tourbillonner dans les cours et sur les trottoirs.

— Ouais, des feuilles, répéta Luke sans beaucoup de patience. Je les ai vues, moi aussi.

— Mais pas seulement des feuilles. J'ai vu une lumière briller à l'une des fenêtres du haut, chez les Pearson. Juste un instant. Le temps de cligner des yeux et elle avait disparu !

— Quel genre de lumière ? Comme si quelqu'un allumait dans une pièce et éteignait aussitôt ?

— Oh ! non, non. Cela ressemblait à un reflet lumineux, à

quelque chose de brillant. Un miroir, peut-être, ou du métal. (Il traça un motif dans l'air avec son index.) Entrecroisé, comme ça, ou plutôt comme une étoile de David.

Luke sortit son calepin et un stylo-bille.

— Vous voulez bien essayer de me faire un croquis ? Cela me serait très utile.

— Entrez donc, dit Mrs Terpstra. Pendant que Leland vous fait ce croquis, vous pourrez parler à Emily.

La maison était petite et d'une propreté impressionnante. Il y avait des figurines en porcelaine partout : des chiens, des ballerines, des marchands de ballons et des orphelins à l'air éploré. Il y avait également un petit autel dans un coin de la salle à manger, avec le fanion du Collège Cornel, l'écusson des Marines, et la photographie en couleurs d'un jeune homme aux cheveux en brosse et aux grosses lunettes. Au-dessous, un ruban doré indiquait « David Kirkwood Terpstra 1966-1989 — *Semper Fidelis* ».

Emily était installée dans un fauteuil et regardait *Les Tortues Ninja*. Ses cheveux étaient soigneusement brossés, et elle portait un short et un T-shirt propres. Une brindille à l'aspect plumeux était fixée avec une épingle de sûreté sur sa manche. Elle ne tourna pas la tête lorsque Luke entra dans la pièce.

— Hum, laissez-moi réfléchir..., dit Leland Terpstra, et il sortit ses lunettes de la poche de sa chemise et tira une chaise près de la table.

Luke s'approcha d'Emily et s'accroupit à côté d'elle. Elle n'avait toujours pas tourné la tête.

— Emily ? murmura finalement Luke.

— Je n'ai rien, je vais très bien, fit Emily, les yeux rivés sur l'écran de télé.

— Tu veux bien me raconter ce qui s'est passé ?

— Il n'y a rien à dire. Je n'ai rien vu. Je n'ai rien entendu.

— Tu as déclaré que ta maman était venue dans ta chambre, pour te dire de rester dans ton lit et de ne pas bouger.

— C'est exact, et je n'ai pas bougé. Je suis restée dans mon lit, comme elle avait dit.

— Est-ce que tu as vu ou entendu quelqu'un d'autre dans la maison, à part ta maman et ta tante Mary ?

— Je dormais. Je me suis réveillée lorsque maman a ouvert la porte de ma chambre et m'a dit de ne pas bouger.

Luke hocha la tête et regarda Michaelangelo et Donattelo sauter par-dessus le toit d'un entrepôt. Puis il demanda :

— Lorsque ta maman est entrée dans ta chambre, comment était-elle habillée ?

Emily finit par tourner la tête et le regarda fixement. Il y avait quelque chose dans son expression qui troubla Luke... comme si elle était capable de lire dans ses pensées.

— Vous ne me croyez pas, hein ? demanda-t-elle.

— Holà !... J'aimerais seulement comprendre ce qui s'est passé, c'est tout.

— Je *ne sais pas* ce qui s'est passé. Maman m'a dit de rester dans mon lit et c'est ce que j'ai fait.

— Lorsque ta maman est entrée dans ta chambre, insista Luke, est-ce qu'elle était bouleversée, est-ce qu'elle pleurait ? Sa chemise de nuit était-elle déchirée ?

— Je ne l'ai pas vraiment vue, vous savez. Je l'ai juste entendue.

Elle dit « vous savez » d'un ton étrangement hautain, comme si elle le réprimandait. Elle le dévisagea encore un moment, puis tourna la tête vers le téléviseur.

— Qu'est-ce qui est épinglé sur ta manche ? demanda Luke en effleurant les petites feuilles sur son T-shirt.

— Un brin d'if, répondit-elle.

— J'ignorais que des ifs poussaient par ici.

— C'est l'arbre de la mort, déclara Emily.

— Ah oui ? Qui t'a dit ça ?

— Tout le monde sait que l'if est l'arbre de la mort. On les plante dans les cimetières, les racines s'étendent et chaque racine entre dans la bouche de ceux qui sont enterrés là.

Luke plia et replia son mouchoir mouillé.

— C'est plutôt lugubre, non ?

Emily le regarda vivement.

— La vie est lugubre.

— Tu as onze ans, et tu trouves que la vie est lugubre ?

— Ma sœur est morte et mon frère est mort.

— Ta tante, également.

— Ma tante, ce n'était pas du tout pareil.

Des reflets des Tortues Ninja dansaient et scintillaient dans ses yeux. Elle donnait une telle impression de moquerie et d'indifférence que Luke frissonna malgré lui. Il ne la comprenait pas. Il avait pensé qu'en s'accroupissant à côté d'elle et en bavardant avec elle... eh bien, il parviendrait à établir un certain contact, comme il le faisait toujours avec les gosses. Les gosses adoraient les hommes corpulents et enjoués, particulièrement les hommes corpulents et enjoués en uniforme. Mais Emily refusait tout contact. Il aurait tout aussi bien pu être assis à côté d'un réfrigérateur ouvert.

En fait, il avait le sentiment qu'elle le méprisait.

— Écoute, trésor, dit-il, il faut que nous attrapions les gens qui ont tué ta tante. Ils ont également grièvement blessé ta maman.

— Je n'ai vu personne. Je le jure.

— Et si tu réfléchissais à tout ça ? Tu pourrais me téléphoner, si tu en as envie. Voici mon numéro personnel, à mon travail.

— Je n'ai vu personne. De plus, tout le monde a besoin de se nourrir.

Luke la regarda avec stupeur.

— Hein ? Qu'est-ce que tu as dit ?

— Je n'ai rien dit.

Luke attendit un long, très long moment, mais il savait qu'il ne tirerait rien d'autre d'Emily. Il se redressa et se tourna vers Mr et Mrs Terpstra. Mrs Terpstra lui lança un regard qui voulait dire : « Je vous l'avais bien dit... elle est parfaitement calme. »

Mr Terpstra s'approcha et lui tendit son calepin.

— Voilà, j'ai terminé. C'est exactement la forme que j'ai vue. Comme une lumière, si vous voyez ce que je veux dire. On aurait dit un reflet lumineux.

Luke prit son calepin et examina le dessin. Cela ressemblait plus ou moins à un pentacle.

— Parfait, Mr Terpstra, je vous remercie. J'ignore ce que c'est, mais cela nous sera peut-être très utile.

Pris d'une inspiration subite, il se retourna et montra le dessin à Emily.

— Regarde ceci, Emily. C'est ce que Mr Terpstra a vu la nuit dernière, une lumière qui brillait dans ta maison. Est-ce que tu as déjà vu quelque chose comme ça ?

Emily se raidit.

— *Emportez ça*, dit-elle d'une voix geignarde.

— Allons, Emily. Cela va peut-être te rafraîchir la mémoire.

La tête d'Emily se tourna vers lui et produisit un craquement sec, comme si son cou était brisé et que des os frottaient contre des os. Ses pupilles étaient dilatées et tout son visage était tiré en arrière sur son crâne. Ce fut plus fort que lui : il recula brusquement, d'un bond maladroit, laissa échapper son calepin et s'exclama :

— Nom de Dieu, qu'est-ce que tu as, Emily ?

Elle ne dit rien, mais lui fit signe de s'approcher. Il n'avait pas du tout envie de s'approcher, puis elle lui fit signe à nouveau.

Il lança un regard à Mrs Terpstra, mais elle dit simplement :

— Ce n'est qu'une enfant, shérif. Elle n'a que onze ans.

Luke se pencha vers Emily, mais elle lui fit signe de se tenir encore plus près. Elle dégageait la plus étrange des odeurs. Elle sentait l'herbe fraîchement fauchée, mais il y avait également l'odeur douceâtre de l'herbe entrant en décomposition.

— Quoi ? lui demanda-t-il craintivement.

— Plus près, chuchota-t-elle. Approchez-vous et je vous dirai.

Il regarda dans ces yeux ternes et calculateurs, rivés aux siens. Il regarda cette peau lumineuse, tirée sur ces pommettes saillantes. Il avait l'impression d'être Ulysse en présence des Sirènes. Il avait l'impression que la Mort lui léchait voluptueusement l'oreille du bout de sa langue violacée et humide.

— Quoi ? répéta-t-il.

— Mes amis parcourent le pays à nouveau, chuchota-t-elle.

Il voulut se redresser, mais elle saisit sa cravate et la tordit entre ses doigts.

— Mes amis parcourent le pays à nouveau, et c'est tant mieux pour le pays. Le Témoin parcourt le pays, le Chirurgien parcourt le pays, l'Homme Vert parcourt le pays. Eux et d'autres, la fête est proche. La fête a déjà commencé !

— Emily, dit-il, s'efforçant de lui parler comme si elle était une petite fille de onze ans. Emily, tout cela a été affreux... mais il faut que tu reprennes tes esprits. Mrs Terpstra va prendre soin de toi pendant une heure ou deux, ensuite une assistante sociale viendra et te trouvera un foyer d'accueil.

— Vous ne comprenez pas, n'est-ce pas ? chuchota-t-elle.

— Quoi ? dit-il. (C'était à peine s'il l'entendait.)

— Mes amis parcourent le pays à nouveau.

Luke la regarda fixement. Que voulait-elle ? Qu'essayait-elle de lui dire ? Son visage se trouvait à moins de dix centimètres du sien, et son haleine était épouvantable : en fait, elle puait. Peut-être n'avait-elle pas mangé. Le choc avait peut-être détraqué son système digestif. Mais comment pouvait-elle sentir aussi fort la végétation pourrie et la salive rance ? Et d'où venait cette puanteur douceâtre et écœurante qu'il pouvait seulement associer à de la pisse ?

Il déglutit.

— Dis-moi qui sont tes amis.

— Je vous l'ai dit. Le Témoin, le Chirurgien, l'Homme Vert.

— Et d'autres, hein ?

— Oui, et d'autres.

Leland Terpstra les interrompit.

— Que pensez-vous de mon dessin, shérif ? Il est plutôt réussi, non ? C'est exactement ce que j'ai vu.

Luke leva sa main droite pour indiquer qu'il avait entendu, mais il ne quitta pas Emily des yeux, et elle garda ses yeux rivés aux siens.

— Qui sont-ils ? insista Luke, même s'il savait qu'il n'avait pas le droit de harceler un témoin mineur de cette façon et que, quoi qu'elle dise, son témoignage serait irrecevable.

La bouche d'Emily s'élargit dans le plus lent des sourires. Son visage exprimait l'allégresse, mais ses yeux étaient aussi glacés que des pierres. Luke sentit la sueur lui dégouliner sur la nuque et dans le col de sa chemise. *Quoi* ? pensait-il continuellement. *Et merde, qu'essaie-t-elle de me dire ? Toute cette histoire est complètement barjo, complètement dingue* !

Emily ouvrit la bouche de plus en plus largement, comme si elle s'apprêtait à croquer dans une pomme. Luke pensa : *Elle bâille... mais c'est pas vrai, elle bâille* !

Puis sa langue parut grossir, charnue et cramoisie, et saillit d'entre ses lèvres. Choqué et dégoûté, il se rendit compte que ce n'était pas du tout une langue, mais une sorte de serpent, luisant de salive.

Durant une fraction de seconde, leurs yeux eurent un contact intense, et il comprit ce qu'elle lui disait. Elle disait : voilà ce que sont mes amis, voilà ce qu'ils peuvent faire, et tu es complètement dépassé, gros lard ! La tête du serpent se dressa, totalement rigide, tel un pénis en érection ; il dépassait de deux bons centimètres ses lèvres grandes ouvertes. Puis il se rétracta lentement dans sa bouche et heurta légèrement ses dents du haut. Elle déglutit avec difficulté, et le serpent disparut.

Luke se tourna vers les Terpstra, horrifié, mais Mrs Terpstra époussetait ses figurines d'un air affairé et Leland Terpstra continuait de lui sourire, ravi d'être utile et de lui montrer son dessin. Il était clair que ni l'un ni l'autre n'avait vu la chose obscène qui s'était glissée hors de la bouche d'Emily.

Luke s'agenouilla à côté d'Emily et la prit par les bras.

— Ouvre la bouche ! exigea-t-il.

— Pourquoi ? dit-elle, simulant l'innocence.

— Ouvre la bouche, Emily !

— Non ! s'écria-t-elle en se débattant. Lâchez-moi !

— Ouvre la bouche, bordel de merde ! aboya Luke.

Il voulut lui tenir la mâchoire et lui ouvrir la bouche de force, mais Emily serra les lèvres et tourna sa tête d'un côté et de l'autre.

— Hé, qu'est-ce que vous lui faites, shérif ? s'exclama Leland Terpstra.

— Je crois qu'elle a avalé quelque chose, répondit Luke. Je veux juste regarder.

— Non ! protesta Emily en lui donnant des coups de poing. Non ! Laissez-moi tranquille !

Luke la lâcha et se remit debout. Emily le regarda fixement, les yeux noirs de triomphe et de haine.

Mrs Terpstra s'approcha et posa doucement sa main sur la tête d'Emily.

— Allons, calme-toi, ma chérie. Et dis-moi ce que tu as avalé.

— Rien, affirma Emily. Je n'ai rien avalé.

— Dans ce cas, ça ne t'ennuie pas d'ouvrir la bouche et de laisser le shérif Friend regarder, n'est-ce pas ?

Emily hésita un instant, puis elle sourit et tira la langue.

— Vous avez dû vous tromper, fit Leland Terpstra avec un large sourire. Ou bien elle vous a fait une farce, c'est tout.

Luke déglutit. Il était essoufflé et tremblait, et toute cette sueur qui lui coulait dans le dos était brusquement devenue glacée.

— Bien sûr, dit-il. Elle m'a fait une farce.

— Est-ce que ça va, shérif ? demanda Leland Terpstra. Vous avez l'air plutôt pâle.

— Pâle, répéta Luke.

Il baissa les yeux vers Emily, il regarda les Terpstra, il jeta un coup d'œil à sa montre. Il regarda Emily à nouveau, assise si sagement et tranquillement, parfaitement calme.

— Shérif ? répéta Leland Terpstra.

— Je vais bien, lui assura Luke. Je vais très bien.

A ce moment, Emily laissa échapper un petit rire grinçant et espiègle : c'était plus le gloussement d'une vieille femme que celui d'une fillette de onze ans.

Emily hésita un instant, puis elle sourit et fixa la fenêtre.

— Vous avez dû vous tromper, fit Leland Terpstra avec un large sourire. Ou bien elle vous a fait une farce, c'est tout.

Luke hésitait. Il était essoufflé et tremblait, et sentit cette sueur qui lui coulait dans le dos, brusquement devenue glacée.

— Bien sûr, dit-il. Elle m'a fait une farce.

— Est-ce que ça va, shérif ? demanda Leland Terpstra. Vous avez l'air plutôt pâle.

— Pâle, répéta Luke.

Il baissa les yeux vers Emily. Il regarda les Terpstra. Il jeta un coup d'œil à sa montre. Il regarda Emily à nouveau, assise si sagement et tranquillement, parfaitement calme.

— Shérif ? répéta Leland Terpstra.

— Je vais bien, lui assura Luke. Je vais très bien.

À ce moment, Emily laissa échapper un petit rire aigu et sarcastique ; c'était plus le gloussement d'une vieille femme que celui d'une fillette de onze ans.

6

Capitaine Black sortit de la salle d'opérations peu après trois heures de l'après-midi. L'intervention chirurgicale avait duré neuf heures, un travail d'équipe épuisant mené à bien par trois chirurgiens et dix-huit neurologues, biochimistes, anesthésistes vétérinaires et assistants.

Recouvert d'un grand drap chirurgical vert, il était étendu sur un chariot et dormait paisiblement. On le conduisit vers le laboratoire situé dans l'aile nord-est de l'Institut Spellman. Là, surveillé minute par minute, il se réveillerait, une fois l'effet des anesthésiques dissipé, et se remettrait de son opération. La feuille de température accrochée sur la barre au bout de son chariot portait le nom *Black, Cap*. C'était une plaisanterie, mais le personnel de Spellman avait un profond respect pour ce patient très important. Cet animal, cet être vivant, avait acquis une personnalité humaine, et tout le monde le savait.

Portant toujours leurs bottes et leurs blouses chirurgicales vertes, Garth et Raoul se rendirent dans le bureau de Garth. Là, ils se congratulèrent puis débouchèrent une bouteille de champagne brut.

— Au Capitaine Black, dit Garth. Si ça marche, il sera la première tranche de bacon à *savoir* qu'il est une tranche de bacon.

Raoul jeta par terre un tas de papiers et se laissa tomber dans un fauteuil.

Garth alluma une cigarette et rejeta la fumée par les narines.

— Tu as été brillant, Raoul. Absolument brillant !

Raoul eut un geste de la main désinvolte.

— Je suis naturellement doué pour la micro-chirurgie, c'est tout. C'est mon sens du rythme héréditaire.

— Foutaises ! Tu as été brillant.

Raoul secoua la tête, sourit, et dit :

— Bon sang, c'était une sacrée opération, non ? (Il but une autre gorgée de champagne.) Mais je me demande ce qu'il va ressentir.

— Que veux-tu dire ?

— Lorsqu'il se réveillera et saura qu'il est un porc, que va-t-il ressentir ?

Garth fit une grimace.

— Je n'en ai aucune idée. De toute façon, même si l'implantation s'est bien passée, nous ne le saurons pas jusqu'à ce qu'il ait trouvé un moyen de nous le dire.

— Tu crois vraiment qu'il en sera capable ?

— Bien sûr, dit Garth. Je n'ai pas le moindre doute à ce sujet. Si tout se déroule comme nous l'avons prévu, je pense qu'il aura le potentiel indispensable pour une communication sophistiquée.

— Le potentiel, peut-être, admit Raoul. Mais aura-t-il la capacité ? Je ne suis pas très satisfait des systèmes de communication avec les animaux que nous avons mis au point jusqu'ici. D'accord, Remo le chimpanzé est capable de taper sur une machine à écrire « banane svp ». D'accord, un chien est capable de nous apporter le dessin d'un arbre. Le premier a faim, le second a envie d'aller se promener. Ce n'est pas ce que j'appelle une communication sophistiquée.

— Je connais des universitaires qui communiquent moins clairement que cela, dit Garth. Mais c'est quelque chose dont j'ai envie de discuter avec toute l'équipe. Je sais que nous avons mis au point un système de xénosymboles et un système de reconnaissance des mots, mais je pense qu'il est temps pour nous de reconsidérer toute la procédure. Capitaine Black ne peut pas parler. Il n'a pas un larynx lui permettant d'articuler quelque chose qui ressemble à des paroles humaines. Mais je continue de penser que nous devrions explorer la possibilité d'un *genre* de langage.

— Le directeur de l'institut va faire des bonds au plafond, sourit Raoul. Il y a deux jours de cela, il m'a dit qu'il n'aimait pas beaucoup que l'équipe s'exprime par des grognements et des couinements !

— Alors pourquoi emploie-t-il Meg à la réception ? demanda Garth.

— Ne sois pas méchant ! Meg est une gentille fille. De plus, nous avons déjà des porcs qui parlent.

— Ah oui ?

Raoul posa son verre et lui lança la *Gazette* de Cedar Rapids, l'édition du jour.

— Oh oui, nous avons des porcs qui parlent, aucun doute là-dessus. On les appelle des sénateurs.

Garth déplia le journal. En première page, il y avait une grande photographie des sénateurs Doreen Zapf et Bryan Cady, le poing levé triomphalement au-dessus de la tête. La manchette proclamait : ZAPF ET CADY COMPTENT SUR LE VOTE DES VÉGÉTARIENS.

Garth lut les premiers paragraphes puis laissa tomber le journal par terre.

— Tu ne penses pas sérieusement qu'ils vont adopter ce projet de loi, hein ?

— Je ne sais pas, dit Raoul. A mon avis, c'est une de ces idées qui sont dans le vent, si tu vois ce que je veux dire ? Tout le monde se démène pour être plus saint que toi.

— Personne n'a besoin de se démener pour être plus saint que moi, répliqua Garth. (Il baissa les yeux vers le journal.) Ils parlent de moi ?

— Ils t'appellent le « Dr Garth Matthews, partisan de la vivisection, quarante-neuf ans ».

— Les salauds !

— Je sais. Tu n'es pas un partisan de la vivisection, tu es un chercheur et un spécialiste en pathologie.

— C'est pire que ça. J'ai quarante-six ans, pas quarante-neuf.

— Allons, Garth, fit Raoul d'un ton sérieux. Cela va nous stopper net, si jamais Zapf-Cady est adopté. Sans parler des autres conséquences, toi et moi allons nous retrouver au chômage.

Garth réfléchit un moment, tira sur sa cigarette, but une gorgée de champagne, puis dit :

— Non, ce projet de loi ne sera jamais adopté, crois-moi. C'est juste une mode passagère. Comme la macrobiotique ou la nouvelle cuisine. Ils pensent vraiment qu'ils seront capables d'empêcher les Américains de manger de la viande ? Le Sud se soulèverait à nouveau !

— Je ne sais pas, dit Raoul. J'ai un mauvais pressentiment.

— Mais pourquoi ? Qui acceptera de renoncer aux hamburgers, aux steaks, au poulet frit, au bacon, aux côtelettes d'agneau ?

— J'ai un mauvais pressentiment, c'est tout.

— Raoul, même si ce projet de loi est adopté, et il ne sera pas adopté, cela implique une période de transition de trois ans. C'est inévitable... sinon, comment les éleveurs se débarrasseront-ils de leur bétail de boucherie ? Comment le gouvernement fédéral fera-t-il pour les dédommager ? Bon sang, tu aurais dû entendre ce que ce type du ministère de l'Agriculture m'a dit hier, au studio de télé. Il y a plus de cent millions de bovins uniquement en Amérique du Nord, sans parler des cinquante-cinq millions de porcs et des dix millions de moutons. C'est plus que la population du Japon. C'est une nation à l'intérieur d'une nation.

— C'est pour cette raison que les gens se mettent à contester la moralité de les manger, non ? fit remarquer Raoul. Ce sont peut-être des vaches, ce sont peut-être des porcs, ce sont peut-être des moutons. Mais les gens commencent à les regarder dans les yeux et à dire : « Hé, un instant, c'est un *être vivant* que je suis sur le point de mettre dans ma bouche ! »

— Et merde ! dit Garth. Tu te mets à parler comme Lily Monarch et toute cette bande de fondus ! Tu n'aimes pas le poulet frit ?

Raoul réfléchit, puis il dit :

— Non, en fait, je n'aime pas le poulet frit. La seule partie succulente, c'est la peau, et je déteste la peau !

Garth écrasa sa cigarette dans le cendrier.

— J'abandonne, soupira-t-il.

— Tu ferais aussi bien, répliqua Raoul. La période de transition, ce sera uniquement pour les animaux d'élevage. L'expérimentation animale sera arrêtée dès que Zapf-Cady aura été promulgué. De même que le commerce des fourrures.

— Je vais te faire une promesse, dit Garth. (Il tendit le bras et trinqua avec Raoul.) Zapf-Cady mourra de sa belle mort. Longue vie aux jarrets de porc !

— Il vaut mieux que Capitaine Black n'entende pas ce que tu dis. Il pourrait se sentir visé !

Tous deux étaient tendus, tous deux étaient fatigués. La conversation porta à nouveau sur l'opération qu'ils avaient réalisée. Cela leur avait pris neuf ans pour la préparer, et neuf heures pour la mener à bien. Garth ne savait pas s'il se sentait exalté ou déprimé ou simplement engourdi. Il avait l'impression que toute sa carrière avait atteint son point de focalisation maximale. Durant ces neuf heures, toutes les aptitudes et les inspirations qui lui avaient été transmises au cours de sa vie par ses parents, ses professeurs et ses confrères, s'étaient concentrées en un rayon inébranlable d'énergie totale, comme quelqu'un concentrant les rayons du soleil à travers une loupe. *C'est ma destinée qui est en train de s'accomplir juste sous mes yeux. C'est pour ça que je suis né.*

Il avait prélevé des gènes soigneusement sélectionnés sur le fragment de cerveau que Nathan lui avait apporté du Centre Médical de Mercy. Le fragment, une coupe verticale, était très fin, plus fin que du papier de soie, mais il contenait un échantillon génétique de toutes les parties du cerveau, depuis le lobe pariétal jusqu'au sillon latéral.

Ce fragment contenait toute la personnalité de son donneur : son intelligence, son imagination, sa sexualité et ses émotions. Raoul l'avait implanté sur toutes les zones importantes du cerveau de Capitaine Black, utilisant une technique qui mettait hors-circuit ses fonctions cérébrales d'origine, comme un fil électrique mettant hors-circuit une boîte de jonction défectueuse. Anatomiquement, Capitaine Black était toujours un porc, mais psychologiquement, il était un jeune garçon à présent. Du moins, c'était ce que ses neuf années de recherches avaient amené Garth à espérer. Il le saurait avec certitude seulement lorsque Capitaine Black se réveillerait.

Il *penserait* comme un être humain, et c'était pour cette raison que Garth avait insisté avec une telle véhémence pour que le donneur du fragment de cerveau soit jeune, sain, et dépourvu de préjugés. Quand Capitaine Black se réveillerait, Garth n'avait pas du tout envie d'avoir sur les bras une créature avec le cerveau d'un psychopathe et un corps de la taille d'une petite voiture familiale.

— Si les âmes bien intentionnées nous fichent la paix, dit Raoul, ceci n'est que le commencement, Garth. Réfléchis à ce que nous pourrons faire. Nous pourrons changer le comportement des gens. Nous pourrons guérir les gens atteints de trisomie. Nous pourrons guérir les gens atteints de schizophrénie.

Garth leva son verre.

— Nous pourrons opérer des politiciens, et les rendre bons et raisonnables.

— Nous pourrons opérer des homosexuels, et les rendre hétérosexuels. Nous pourrons faire l'inverse.

— Des greffes du cerveau ? suggéra Garth, par-dessus le bord de son verre.

Raoul gonfla ses joues.

— Pourquoi pas, mon vieux ? Il y a cinquante ans, si tu avais proposé de faire des greffes du rein, tout le monde t'aurait pris pour un fou. Des greffes du cerveau, ce n'est pas si dingue que ça !

Garth finit son verre. Brusquement, il sembla blêmir.

— Je ne sais pas. Je suis peut-être vanné.

— Prends une douche, alors. Et dors un peu. Je veillerai sur Capitaine Black.

— Oh, ne t'en fais pas. Je viendrai avec toi. J'ai presque l'impression d'être son père maintenant !

Ils éclatèrent de rire. A ce moment, Jenny Hennings, l'assistante de Raoul, entra en trombe dans la pièce, sans frapper.

— Jenny ? s'exclama Raoul. Qu'y a-t-il ?

— C'est Capitaine Black, dit-elle. (Jenny était petite, brune, jolie et tout en émoi.) Il reprend connaissance.

— Déjà ? fit Garth. Je m'attendais à ce qu'il dorme pendant au moins cinq heures.

— Ce n'est pas seulement ça. Il crie.

— Il fait quoi ?

— Il crie. Il pousse des cris comme s'il était devenu complètement fou.

Ils traversèrent le couloir en courant et furent bientôt rejoints par d'autres membres de l'équipe. La sirène d'alarme poussait sa plainte lugubre et résonnait dans tout le bâtiment. L'un des anesthésistes vétérinaires, les yeux ensommeillés, se cogna contre l'épaule de Garth et demanda :

— Hé, que se passe-t-il ? Je dormais et j'ai entendu la sirène !

— Il est réveillé ! cria Jenny. Capitaine Black est réveillé !

— Il est réveillé ? Vous êtes folle ! Je lui ai administré suffisamment de méthoxyflurane pour le mettre k.-o. pendant une semaine !

— Il est réveillé ! répéta Jenny.

Elle n'eut pas besoin d'en dire plus. L'anesthésiste les suivit et ils franchirent la porte battante qui menait à l'aile nord-est.

Ils entendaient les cris du porc. C'était le son le plus affreux que Garth ait jamais entendu : un cri d'angoisse, perçant et prolongé, entrecoupé de grondements de rage et de désarroi, et un gargouillement épais et visqueux, comme si Capitaine Black expectorait des glaires liquéfiés et pâteux.

Garth atteignit la porte du laboratoire au moment où l'un de ses assistants en sortait, le visage livide et couvert de sang.

— Peter, que se passe-t-il ? Vous êtes blessé ?

— Il m'a happé la main, c'est tout. Nous tentions de l'immobiliser.

— Depuis combien de temps est-il réveillé ?

— Deux ou trois minutes, mais c'est plus que suffisant. Il ne veut rien savoir. A mon avis, il a pété les plombs !

Comme pour confirmer ce jugement, Capitaine Black poussa un hurlement qui les figea sur place.

— Il ne souffre pas, hein ? demanda Garth.

— Pourquoi souffrirait-il ? L'opération s'est passée à merveille.

Garth écarta une infirmière de son chemin et franchit la porte de la salle de réveil. Des chariots étaient renversés ; des scalpels, des pinces et du coton étaient éparpillés dans toute la pièce. Les rideaux bleus étaient déchirés et pendaient des tringles à moitié descellées. Trois moniteurs Honeywell avaient été fracassés, et le sol était un tapis brillant hérissé d'éclats de verre. L'alarme continuait de retentir et une lumière rouge clignotait continuellement. Un garde de la sécurité se dirigeait à reculons vers la porte. Il avait sorti son pistolet, mais il le remit dans son étui dès que Garth et Raoul apparurent.

— Dr Matthews ! Dieu merci, vous êtes encore là !

— Tout va bien, Steve. Aucune raison d'avoir peur. Capitaine Black fait beaucoup de bruit et il a l'air redoutable. Mais il n'a jamais fait de mal à personne, et il ne commencera pas maintenant. Nous lui avons donné l'esprit d'un petit garçon de trois ans, c'est tout. Il est terrifié, il vient d'être opéré, et il appelle sa maman à grands cris, c'est tout.

Capitaine Black était certainement tombé du chariot sur lequel on l'avait placé après son opération. Le drap vert avait glissé sur le sol et s'était enroulé autour de l'un de ses pieds de devant. Il se tenait dans le coin opposé de la salle, énorme, noir ; il dégageait une forte odeur animale, puait l'anesthésique et le sang séché. Sa tête était enveloppée de pansements, et il était clair que cela l'exaspérait, parce qu'il secouait la tête ou se frottait contre les plans de travail pour s'en débarrasser. Ses yeux étaient injectés de sang, de fureur et témoignaient d'une absence totale de compréhension. Quoi qu'ils aient réussi à faire dans son esprit, il paraissait abasourdi et très en colère.

— Capitaine Black ! appela Garth. On se calme, Capitaine Black ! Tout va bien se passer !

Capitaine Black rejeta sa tête en arrière, découvrit ses dents jaunâtres et poussa un autre cri terrifiant. Même Garth recula.

— Garth, tu ne parviendras pas à l'amadouer, intervint Raoul. Il lui faut un sédatif, et vite ! J'ai l'impression qu'il souffre beaucoup.

Garth se passa la main dans les cheveux.

— Oui, tu as peut-être raison. (Il se tourna vers l'anesthésiste.) Que pouvons-nous lui administrer qui ne cause pas trop d'effets secondaires ?

— Je vais vous préparer quelque chose, répondit l'autre. Mais nous devrons l'injecter avec une fléchette hypodermique. Je ne peux pas lui faire une piqûre manuellement, c'est tout à fait exclu ! Et il faudra tirer pratiquement à bout portant.

— Entendu, mais faites vite, d'accord ?

Capitaine Black se calmait. Il regardait fixement Garth, ses flancs énormes se soulevaient au rythme de sa respiration, de la salive dégouttait de sa babine inférieure velue. Garth sentait qu'il avait changé, et ce n'était pas seulement la souffrance qu'il endurait qui l'avait changé. Il n'avait encore jamais regardé avec une telle concentration. Il n'avait jamais observé Garth avec une telle intensité. Il était clair que Capitaine Black était encore sous l'effet de l'anesthésique ; néanmoins, il respirait et observait, et Garth avait la certitude qu'il *réfléchissait*.

— Je crois que nous avons réussi, dit Raoul très doucement.

— Un peu tôt pour le dire, rétorqua Garth.

— Regarde son expression. Je suis sûr que nous avons réussi.

— Des prix Nobel en vue ?

— C'est possible, mon vieux. C'est très possible.

— C'est terrifiant, murmura Jenny. J'essaie continuellement d'imaginer ce qui se passe dans sa tête.

— Une migraine monstre, à mon avis, dit Garth.

— Cela doit faire le même effet que... je ne sais pas, quand on *naît*. Ou quand on reprend connaissance après un accident.

Capitaine Black se mit à gratter impatiemment le sol avec ses pattes de devant. Il avait l'air grotesque avec ses pansements sur la tête ; il était presque comique, comme si une petite fille avait essayé de le déguiser en Hindou coiffé d'un turban. Mais Garth savait qu'il n'y avait rien de risible à propos de sa force, ou de son entêtement, ou de sa capacité de mutiler et de tuer.

L'anesthésique utilisé pour l'endormir avant son opération continuait de l'étourdir et affectait son équilibre. Il chancela d'un côté et ses pattes de derrière fléchirent, de telle sorte qu'il se retrouva assis. Pourtant, même assis, il était toujours aussi impressionnant et effrayant, une montagne noire et fétide de peau recouverte de soies épaisses, capable d'écraser un homme ou de déchiqueter un tuyau en acier de huit centimètres de diamètre. Tout le monde restait prudemment à l'entrée de la pièce et observait Capitaine Black. Sans aucun doute, s'il avait fait deux ou trois pas vers la porte, cela aurait provoqué une fuite éperdue dans le couloir.

— Merde ! Il n'a pas été suffisamment anesthésié, grommela Raoul. Je t'avais dit que je préférais l'halothane.

— Nous ne pouvions pas prendre le risque d'endommager son foie, dit Garth.

— Nous allons perdre davantage que son foie si nous ne parvenons pas à le maîtriser maintenant.

Capitaine Black agita sa tête violemment, comme s'il souffrait. Brusquement, il fit une embardée vers la porte, heurta un chariot et fit tomber des éprouvettes et des instruments. Jenny Hennings saisit le bras de Garth et s'y cramponna. Garth jeta un regard à Raoul, et Raoul fit une grimace qui signifiait : « Elle pense à son corps avant de penser à son esprit, enfin ! »

L'anesthésiste revint, le visage empourpré et hors d'haleine. Il apportait l'un des pistolets à fléchettes à canon long qu'ils utilisaient pour maîtriser des animaux échappés ou devenus fous furieux.

— Okay... il y a suffisamment de méthohexitone là-dedans pour stopper net une Mercedes-Benz. Cela va l'assommer et nous permettre de le remettre sur son chariot pour le transporter en lieu sûr.

Capitaine Black se tenait au milieu du laboratoire : la lumière du soleil de l'après-midi brillait par la fenêtre derrière lui et il ressemblait à une créature préhistorique et païenne, comme si ses soies étaient en feu. Ses yeux brillaient, rouges de désarroi et de douleur. Alors que l'anesthésiste s'avançait prudemment dans la pièce, le pistolet à fléchettes pointé devant lui, Capitaine Black poussa un grondement rauque qui se changea brusquement en un horrible cri strident.

L'anesthésiste fit un pas en avant, puis un autre. La peau de Capitaine Black était plus épaisse qu'une valise en peau de porc et, s'il voulait la transpercer, l'anesthésiste allait devoir tirer sur lui à moins de quinze centimètres de distance.

Un troisième pas, et un quatrième. Capitaine Black tourna lentement son énorme tête enveloppée de pansements vers l'anesthésiste, et un épais cordon de salive long de trente-cinq centimètres oscilla depuis sa gueule. Il se mit à gratter le sol du laboratoire et produisit un crissement strident, comme un couteau raclant une assiette.

— Soyez prudent, Jack ! cria Garth à l'anesthésiste. Il est

très énervé. Je connais son langage corporel. Faites ça en vitesse et qu'on en finisse !

L'anesthésiste s'approcha tout doucement, jusqu'à ce que le canon du pistolet touche presque le flanc palpitant de Capitaine Black. Bien qu'il se tînt à l'entrée de la pièce, et malgré les effluves des antiseptiques flottant dans le laboratoire, Garth sentait l'odeur très forte, fétide et virile de Capitaine Black. C'était un porc, harcelé et défié par des hommes. C'était le plus gros porc des Etats-Unis. Mais c'était autre chose également, quelque chose de plus qu'un porc. C'était un porc qui était à même de comprendre ses limites, et aussi sa force.

Il y eut un moment de silence. Capitaine Black cessa de gratter et demeura silencieux de façon déconcertante. L'anesthésiste appuya le canon du pistolet sur le haut de l'épaule droite de Capitaine Black.

— Allez, Jack ! lança Raoul impatiemment. Qu'est-ce que vous attendez ? Balancez la sauce !

L'anesthésiste enfonça le canon dans l'épaule charnue de Capitaine Black. Au même instant, Capitaine Black se tourna brusquement, telle une rivière noire et bouillonnante, et saisit l'avant-bras gauche de l'anesthésiste entre ses mâchoires. Un craquement retentit, comme des verres à vin se brisant dans un sac. L'homme rejeta sa tête en arrière, ouvrit la bouche et hurla. Il essaya de dégager son bras de la gueule de Capitaine Black, mais le porc avait serré ses mâchoires avec suffisamment de force pour soulever un camion.

— Tenez bon, Jack ! cria Raoul. Tenez bon !

Et il s'élança dans la pièce. Il ramassa une tablette qui gisait par terre au milieu d'éprouvettes brisées et s'en servit pour frapper Capitaine Black sur l'épaule, une, deux, trois fois.

— Pas sa tête, Raoul ! dit Garth. Pas sa tête !

— Il va le tuer, merde ! cria Raoul en retour.

Raoul poussa son épaule contre celle de Capitaine Black, enfonça ses doigts entre les dents du porc, dans la bave et le sang qui giclait, et essaya d'écarter les mâchoires de Capitaine Black. Celui-ci secoua la tête avec irritation et poussa un grognement caverneux. Raoul fut obligé de le lâcher.

Derrière Garth, le garde de la sécurité sortit à nouveau son arme de son étui et dit :

— Ecartez-vous ! Je vais l'abattre !

— Non ! dit Garth. Vous n'y arriverez pas, vous ne ferez qu'empirer les choses !

— Mais si je le touche à la tête...

— *Non ! Et c'est un ordre* !

Raoul récupéra la tablette et la poussa vers le côté de la gueule de Capitaine Black. Des échardes de contre-plaqué blessèrent les babines et les gencives de Capitaine Black. Il poussa un grondement furieux mais ne desserra pas sa prise sur le bras. L'anesthésiste cessa de crier et s'affaissa. Son visage était devenu livide, de la couleur du papier fané par le soleil. Il ne tenait même plus sur ses jambes : tout ce qui le maintenait debout, c'était la prise implacable de Capitaine Black sur son bras horriblement déchiqueté. Du sang giclait d'un côté à l'autre du laboratoire, et Garth s'abrita les yeux de la main.

— Appelez la police ! ordonna-t-il au garde de la sécurité.

— Quoi ? demanda le garde, déconcerté.

— Appelez la police, tout de suite !

Jenny Hennings s'écria d'une voix angoissée :

— Raoul ! Raoul ! Pour l'amour du ciel, faites attention !

Les pieds de l'anesthésiste balayaient le sol en tous sens, décrivant un demi-cercle strié de sang. Ses chaussures s'entrechoquaient et produisaient un cliquetis de dés. Son pistolet à fléchettes tomba par terre et glissa. Raoul frappa Capitaine Black avec la tablette, à maintes reprises, puis il jeta la tablette de côté et donna des coups de pied à Capitaine Black, le frappant à l'épaule.

Garth aurait dû s'en souvenir. Un jour, lorsqu'il était gosse, un porc s'était précipité sur lui, et son père lui avait crié de lui donner des coups de pied dans l'épaule. C'était la seule façon d'arrêter un porc. Vous vous retrouveriez peut-être avec une jambe cassée, mais au moins vous aviez arrêté un porc qui vous chargeait.

Capitaine Black s'arrêta, lui aussi, et secoua sa tête d'un air agressif ; des gouttes de sang volèrent de tous côtés. Lentement, il ouvrit ses mâchoires. Le bras broyé de l'anesthésiste retomba mollement et ses doigts glissèrent sur la langue humide et violacée de Capitaine Black en une caresse grotesque. L'anesthésiste s'écroula par terre, sur le dos. Il frissonnait et les talons de ses chaussures impeccablement cirées martelaient le vinyle en un mouvement légèrement syncopé.

Raoul recula, mais Capitaine Black se tourna vers lui d'un air menaçant.

— Capitaine Black ! cria Garth. Tu te calmes, Capitaine Black ! Ça suffit maintenant !

Capitaine Black obéissait à Garth, lorsqu'il n'était qu'un animal, mais plus maintenant. Il boita, trottina et fit une embardée vers Raoul. Raoul fut obligé de slalomer entre les consoles des moniteurs et de se réfugier derrière une table.

Garth hésita. L'anesthésiste était grièvement blessé. En fait, il était probablement en train de mourir. Son sang giclait et se répandait sur le vinyle en une mare qui s'élargissait sans cesse, et ses spasmes devenaient plus saccadés. Il dit « Maman ? » de la plus faible des voix, et une bulle de sang creva sur ses lèvres.

Garth s'avança tout doucement, afin de traîner l'homme vers le couloir et de le mettre à l'abri. Il parvint à s'agenouiller et à passer ses mains sous les aisselles de l'anesthésiste. A ce moment, Capitaine Black se retourna brusquement et fit une embardée vers lui. Le porc heurta l'épaule de Garth, de tout son poids, masse noire couverte de soies raides. Garth fut projeté contre le montant de la porte. Il resta allongé sur le flanc, sonné et engourdi. Il avait l'impression d'avoir été renversé par une automobile. Capitaine Black se tint immobile et l'observa un moment, d'un air qui voulait dire « ne te mêle pas de ça ! ». Puis il se tourna vers Raoul, ce qui permit à Jenny Hennings et au garde de la sécurité d'aider Garth à se relever.

— Je vais détourner son attention, d'accord ? lança Raoul. Je vais le distraire ! Pendant ce temps, sortez Jack du labo !

— Raoul, le pistolet ! cria Jenny.

Raoul recula et longea les consoles. Il ne quittait pas des yeux Capitaine Black. Celui-ci continuait de s'approcher lentement, de trottiner en titubant dans sa direction.

— Raoul, le pistolet ! Il est sous la table !

Raoul baissa la tête, comme un joueur de basket-ball.

— Je ne le vois pas !

— Sur votre gauche, c'est ça, un peu plus loin !

Raoul baissa la tête à nouveau.

— Super, je le vois maintenant !

L'anesthésiste poussa un gémissement et cracha d'autres bulles de sang. Puis il ouvrit brusquement les yeux et s'écria :

— Le Calvaire ! Je vois le Calvaire !

Garth lança un regard inquiet à Jenny. Ils entendaient des sirènes dans le lointain. La police, des ambulances. Il pria pour qu'ils n'arrivent pas trop tard.

— Bon, écoute, vieux, lui dit Raoul. Voici ce que je te propose : bondis dans la pièce, crie, tape dans tes mains. Moi, j'en profite pour me glisser sous la table et récupérer le pistolet. Ensuite je lui tire dessus à bout portant, d'accord ?

— D'accord, très bien, entendu, répondit Garth, même s'il transpirait et tremblait comme une feuille.

— Lorsque je dirai trois, tu bondis dans la pièce et tu te mets à crier et à taper dans tes mains, pigé ?

— Pigé, lorsque tu diras trois.

Capitaine Black baissa son groin et commença à pousser les consoles des moniteurs de la salle de réveil. Un appareil de contrôle respiratoire bascula et se brisa dans un fracas retentissant. Puis un moniteur cardiaque. Puis un tensiomètre.

— Capitaine Black ! lui cria Garth. Capitaine Black ! Arrête ça tout de suite ! Tu restes où tu es et tu te tiens tranquille !

Capitaine Black répondit en secouant la tête d'un côté et de l'autre, et en poussant des cris perçants, comme neuf variétés de démons, tous en même temps. Son haleine empestait l'anesthésique et le sang.

— J'en crois pas mes yeux ! s'exclama le garde de la sécurité. Comment allons-nous faire pour venir à bout d'un tel monstre ?

— Nous allons nous servir de nos méninges, voilà ce que nous allons faire ! répliqua Garth. Si je parviens à attirer son attention, le temps que Raoul récupère le pistolet, alors c'est gagné !

— Je peux aller préparer un autre pistolet, proposa Jenny.

— Vous êtes une spécialiste de la génétique. Que savez-vous de la méthohexitone ?

— A peu près autant de choses que ce que je sais de la supériorité masculine.

— Dans ce cas, vous *n'allez pas* préparer un autre pistolet. Raoul peut s'en sortir tout seul.

Raoul reculait lentement le long du mur opposé du labo, une main tendue derrière lui pour se guider ; le bout de ses doigts effleurait le contour des climatiseurs. Il ne quittait pas Capitaine Black des yeux, ne battait pas des paupières. Il avait vu quelque chose dans le regard de Capitaine Black que Garth n'avait pas encore vu, et cela le terrifiait. Garth avait vu les premiers rudiments d'une conscience humaine. Raoul avait entrevu à qui appartenait cette conscience. Ce n'était pas un petit garçon de trois ans innocent qui le menaçait. C'était quelqu'un qui était capable de mépris, qui connaissait la règle du jeu. C'était un être ténébreux et doté d'une grande intelligence.

— Je vais bondir dans la pièce, d'accord ? cria Garth. A trois !

Il attendit aussi longtemps qu'il le pouvait, puis, lorsqu'il eut la certitude que Capitaine Black ne regardait pas dans sa direction, il s'élança dans la pièce, frappa dans ses mains et cria :

— Hou-hou ! Je suis là, capitaine, viens me chercher ! Allons, Capitaine Black, tu veux un être humain pour ton dîner, non ? Alors, inutile de chercher plus loin !

Il se sentait parfaitement ridicule. Capitaine Black ne tourna même pas la tête pour le regarder. Il se tourna lourdement vers Raoul comme celui-ci plongeait sous la table pour récupérer le pistolet. La table se renversa bruyamment, mais Raoul parvint à rouler sur lui-même et à attraper le pistolet avec sa main gauche. Il le lâcha, le ramassa à nouveau. A ce moment, Capitaine Black posa son pied antérieur droit sur le ventre de Raoul.

Raoul ne cria pas. Il ne pouvait pas crier. Capitaine Black lui comprimait le ventre, un poids de plus de trois cent cinquante kilos concentré sur une surface plus petite et plus effilée qu'un déplantoir de jardinier. Le pied de Capitaine Black transperça sa peau, transperça ses muscles, transperça sa graisse sous-cutanée. Il perfora sa paroi stomacale, et de la nourriture épaisse, chaude et acide, se déversa dans son abdomen. Il clouait littéralement Raoul au sol. Puis Capitaine Black baissa la tête vers Raoul. Son haleine était infecte et brûlante ; des filaments glacés de bave visqueuse se déposèrent sur ses joues. Raoul essaya de crier, mais il ne se rappelait plus comment on faisait. Il ne restait plus d'air dans son corps, plus rien, excepté la douleur, le choc et une paralysie totale. Il n'avait pas compris que Capitaine Black, après lui avoir perforé l'estomac, avait sectionné sa moelle épinière.

Capitaine Black inclina la tête et Raoul ne vit plus rien. Il ne comprit pas tout de suite ce qui se passait. Un instant, il crut qu'il était sauvé... c'était la nuit et le pire était passé. Il ferma les yeux et dit la prière que sa mère lui avait apprise quand il était enfant : « *Cher Jésus, la nuit est si profonde, aidez-moi*[1]. »

Puis Capitaine Black fit deux ou trois pas en arrière, leva les yeux et aperçut Garth, Jenny et le garde de la sécurité.

— Raoul ! cria Garth. Raoul ! Tire !

Raoul tourna la tête et vit qu'il tenait toujours le pistolet dans sa main. A cet instant, Capitaine Black baissa la tête de nouveau et saisit la cuisse de Raoul entre ses mâchoires. Raoul ne sentit rien, mais il entendit. Un craquement sourd, cartilagineux, et la plainte aiguë de la peau déchiquetée.

Capitaine Black secoua la tête violemment, et arracha d'autres muscles. Puis il enfonça profondément ses dents entre les jambes de Raoul, happa un côté de son bas-ventre et transperça sa fesse droite avec une dent triangulaire qui faisait plus de dix centimètres de long. Raoul parvint finalement à faire entrer de l'air dans ses poumons. Il suffoqua durant une seconde, émit un gargouillis, puis poussa un cri rauque qui aspergea de sang son visage. Il tenta de se redresser et de se dégager, mais il était paralysé à partir de la taille, et les muscles des mâchoires de Capitaine Black, soudés dans son bas-ventre, le maintenaient avec toute la force d'un cric hydraulique.

Le garde de la sécurité s'avança dans le laboratoire, son P. 38 levé. Il écarta du pied l'une des chaises renversées qui se trouvait sur son chemin, puis il enjamba la table renversée et pointa son pistolet sur la tête de Capitaine Black.

Mais Raoul hurla :

— Non ! Non ! Ne tirez pas ! Ne lui faites pas de mal !

Le garde de la sécurité ne comprit pas et hésita.

— Ne lui faites pas de mal ! répéta Raoul d'une voix plus

1. En français dans le texte. *(N.d.T.)*

faible. Ne lui faites pas de mal, pour l'amour du ciel ! Il représente le travail de toute ma vie !

Capitaine Black grogna, gronda, et secoua furieusement sa tête d'un côté et de l'autre.

— Oh, mon Dieu ! gémit Raoul.

Le porc releva la tête. De ses mâchoires dégoulinaient les débris sanglants du bas-ventre de Raoul. Raoul regarda dans les yeux du porc, et ses yeux étaient noirs et luisants, tels des bijoux funèbres ou du granit noir et poli.

Il leva le pistolet. Durant un moment indécis, il le pointa sur Capitaine Black. Puis il saisit le canon dans sa main droite et l'appuya sous son propre menton. Avant que le garde de la sécurité puisse l'en empêcher, il pressa la détente — un claquement sec retentit — et la fléchette transperça sa mâchoire inférieure, transperça sa langue et son palais, et explosa directement dans son cerveau. Même si elle n'avait pas contenu une dose massive de méthohexitone, elle l'aurait tué sur-le-champ. Il tourna la tête d'un côté et lâcha le pistolet ; ses yeux devinrent fixes et ne regardèrent plus rien.

Garth cria au garde :

— Revenez ici ! Ne tirez pas ! Revenez ici ! Nous allons l'enfermer dans cette pièce, et voir si nous pouvons le calmer !

Le garde ne se le fit pas dire deux fois. Il tourna les talons et revint vers la porte à toute vitesse. Capitaine Black n'essaya pas de le poursuivre ; il demeura immobile et mâcha la chair de l'un des hommes qui avaient contribué à faire de lui ce qu'il était. Mais son faciès de loup-garou n'était plus impassible. Garth était certain d'y lire du mépris... du mépris et de la dérision.

Les porcs étaient peut-être méprisants et moqueurs de nature, et c'était la première fois qu'un porc était à même de le montrer.

Plus vraisemblablement, cependant, le mépris et la dérision manifestés par Capitaine Black provenaient de son donneur génétique.

Mais étaient-ce là les sentiments d'un petit garçon de trois ans ? Quel genre de petit garçon nourrit une telle haine méprisante à l'encontre de ses semblables ?

Garth, tout tremblant, referma la porte du laboratoire et la verrouilla. Il regarda à travers la vitre en verre la masse sombre et immobile de Capitaine Black. Il apercevait seulement l'un des pieds de Raoul qui formait un angle bizarre.

Jenny sanglotait en silence, sa main plaquée sur la bouche. Le garde de la sécurité passa son bras autour de ses épaules.

— Que faisons-nous maintenant, docteur ? demanda-t-il à Garth, avec une certaine insubordination dans sa voix. Vous auriez dû me laisser l'abattre, bon sang !

La réponse de Garth fut cinglante, même si sa voix chevrotait.

— Capitaine Black est le résultat de neuf années de recherche génétique d'avant-garde et de millions de dollars, plus que vous ne pourriez en compter durant toute votre vie. Non seulement cela, mais il est tout ce pour quoi le Dr Lacouture avait travaillé sans relâche, depuis toujours.

Le garde resta de marbre.

— Excusez-moi, mais Capitaine Black est également un enculé de porc qui a grièvement blessé un homme et en a tué un autre. J'aurais dû l'abattre séance tenante.

— Vous avez fait ce que vous avez pu. Vous n'avez pas à vous inquiéter à ce sujet.

— Dr Matthews, lorsque des êtres humains se font bouffer par leur petit déjeuner, cela m'inquiète !

Ils entendirent les sirènes de la police et des ambulances qui arrivaient devant le bâtiment. Garth prit Jenny par la main et dit :

— Venez... vous ne pouvez plus rien faire ici.

Il se tourna vers le garde de la sécurité.

— Surveillez la porte. Et assurez-vous que Capitaine Black n'essaie pas de sortir.

Le garde remit son pistolet dans son étui et croisa les bras sur sa poitrine. Il ne dit rien, mais l'expression sur son visage était tout à fait éloquente.

Dans la vaste serre de sa maison de Georgetown, Washington, William Olsen lançait de petits morceaux de poulet à Pallas, son corbeau. L'oiseau était énorme et son plumage lustré ressemblait à un chapeau de deuil du dix-neuvième siècle. L'une de ses pattes était attachée avec une chaîne à un perchoir en acier chromé en forme de T, lequel était placé suffisamment près du fauteuil en rotin de William Olsen pour permettre à celui-ci de lui donner à manger avec sa main valide.

Bryan Cady, assis dans un autre fauteuil, lui tournait en partie le dos. D'un naturel délicat, il était choqué par le spectacle de ce corbeau qui becquetait et avalait des fragments de peau filandreuse de poulet. Indépendamment de cela, il préférait ne pas regarder William Olsen lorsque ce dernier tentait d'exprimer la joie qu'il ressentait. Son visage léonin, autrefois beau, était déformé par un rictus, et sa langue pendait.

Bryan était vêtu de gris et de noir, comme à son habitude, et sa chemise était d'un blanc immaculé. William Olsen portait une robe de chambre bordeaux, avec ses initiales entrelacées brodées en or sur sa poche de poitrine, et un foulard jaune, que Nina avait noué pour lui.

— Goldberg m'a téléphoné ce matin, déclara Bryan. Il est catégoriquement réservé.

— Je pensais bien qu'il mettrait de l'eau dans son vin, dit William de sa voix gutturale. (Il donnait toujours l'impression de quelqu'un qui essaie de lécher une glace et de parler en même temps.) Il vote en fonction des sondages, c'est une vraie girouette.

— Si le lobby de la viande ne se ravise pas, je pense que nous avons de bonnes chances de l'emporter, affirma Bryan. Le pays est favorable à ce projet de loi. Il y a dans l'air une nette tendance à la sainteté diététique.

— Et combien de temps tiendront-ils, à votre avis, avant que leurs Big Macs commencent à leur manquer ?

— Peu importe si Zapf-Cady est abrogé dans un an. Nous en aurons tiré tout ce que nous avions prévu d'en tirer.

William Olsen lança un autre morceau de poulet à son corbeau, qui l'attrapa au vol.

— Vous avez vu ? fit-il joyeusement. C'est un vrai prédateur. Il n'hésite pas une seule seconde : il prend tout ce dont il a envie sans même réfléchir. C'est cette qualité que j'admire chez vous, Bryan. Pallas et vous êtes de la même race.

Bryan eut l'air mal à l'aise. Il goûtait les applaudissements et la célébrité, mais il n'aimait pas les compliments personnels : cela le gênait.

— Nous sommes allés aussi loin que nous pouvions aller,

dit-il à William. Tout est prêt... il ne nous reste plus qu'à attendre le vote.

— Que nous remporterons probablement, le rassura William.

— Je ne sais pas... c'est ce « probablement » qui ne me plaît toujours pas. Il y a tellement de choses en jeu, William. Tout a si bien marché jusqu'à présent. Je crois que je serai obligé de me tirer une balle dans la tête si nous perdons.

— Nous gagnerons, insista William.

— Cela vaudrait mieux, attendu que nous avons acheté 60 % des parts de Continental Soybeans, et 53 % de Farmland.

— Arrêtez d'être aussi paranoïaque, le réprimanda William. Nous gagnerons.

Bryan prit un cigare dans son étui, l'approcha de son nez et huma son arôme. Il se sentait à cran aujourd'hui. Il était sûr que la Chambre des Représentants voterait en faveur de Zapf-Cady. Tous ces jeunes Démocrates étaient impatients de prouver qu'ils avaient des idées avancées et des sentiments humanitaires, et qu'ils étaient au fait de l'actualité. Il avait la quasi-certitude que la Chambre haute voterait également en sa faveur. Mais ce serait très serré, et certains sénateurs refusaient de s'engager catégoriquement. Ils attendaient de voir de quel côté venait le vent politique.

C'était Lily Monarch qui avait donné à Bryan l'idée de Zapf-Cady. Elle l'avait abordé au cours d'une fête de bienfaisance à l'université d'Iowa, deux ans auparavant, et lui avait demandé effrontément s'il avait jamais réfléchi aux souffrances que les gens infligeaient aux animaux. S'il s'était agi de quelqu'un d'autre, il aurait arboré son célèbre sourire sénatorial et lui aurait débité les lieux communs habituels sur les nécessités économiques, l'abattage sans douleur des animaux de boucherie, et « il faut bien que tout le monde vive ». Mais il avait devant lui Lily Monarch, une fille superbe : de longues jambes, des cheveux ébouriffés, des seins énormes. Elle rayonnait de jeunesse, de beauté et d'innocence aux yeux clairs.

Bryan l'avait invitée à dîner au Hemingway's. Durant trois heures il l'avait écoutée sans l'interrompre tandis qu'elle parlait avec enthousiasme d'un monde dans lequel les animaux seraient traités comme des êtres vivants, comme nos semblables. Elle ne faisait pas partie de ces végétariens austères et intransigeants qui déclarent avec le plus grand sérieux : « Je ne mange jamais quelque chose qui avait un visage » ou bien : « Je ne mange jamais quelque chose qui avait une mère. » Elle croyait sincèrement que nous partageons la Terre avec les animaux, et que les animaux partagent la Terre avec nous, et qu'une vache n'est pas une *chose* que l'on élève, abat et mange, mais le membre d'une autre race. « Si nous tuons et mangeons nos semblables sur cette Terre, alors nous sommes coupables de cannibalisme. Il faut voir les choses en face. »

Bryan l'avait écoutée en s'efforçant de rester calme et posé. Il avait eu envie de coucher avec elle dès ce premier soir, mais il s'était dit (avec véhémence, se regardant dans le miroir des toilettes pour hommes) *pas de précipitation, Bryan, joue ça en douceur*. Il voulait gagner sa confiance d'abord, et en apprendre un peu plus sur ses convictions. Il sentait qu'elle personnifiait un changement imminent dans l'opinion américaine : un changement qui arrivait lentement, peut-être, avec la lenteur d'un glacier, mais qui était très profond.

Trois jours plus tard, il avait téléphoné au sénateur Doreen Zapf, une militante pour les droits des animaux connue pour sa virulence, et il lui avait demandé si cela l'intéressait de déposer avec lui un projet de loi visant à mettre fin à « l'élevage et à l'abattage de toutes les espèces sensibles servant d'aliments à l'homme ». La réaction de la presse avait été sensationnelle. Lily Monarch avait appelé Bryan en pleine nuit, transportée de joie. Zapf-Cady était né.

Bryan n'était pas un idéaliste, et il n'était ni végétarien, ni stupide. Il avait vu dans Zapf-Cady non seulement l'occasion d'acquérir une sainteté politique, mais aussi la possibilité de faire d'énormes profits et d'en retirer une puissance tout aussi énorme. Avant de faire connaître aux médias le projet de loi, il avait fondé un holding et pris des parts majoritaires dans Continental Soybeans, une coopérative énorme mais en difficulté qui contrôlait la plus grande partie de la production et du traitement du soja au Kansas, en Iowa et au Missouri.

Après que Zapf-Cady eut été annoncé, et que les cours de la viande eurent fait un plongeon vertigineux, il avait acquis des parts importantes dans Farmland Industries, de Kansas City, la plus grande coopérative agricole du pays. Farmland avait entrepris récemment une intégration verticale dans l'industrie porcine en Iowa, prenant tout en main, depuis l'élevage et l'alimentation jusqu'à l'abattage et le conditionnement.

Si Zapf-Cady était adopté, les parts de Bryan dans Continental Soybeans vaudraient des millions de dollars de plus, puisque la production de protéines de soja serait augmentée afin de répondre à la demande qui ne pourrait plus être satisfaite par des produits alimentaires d'origine animale. Steaks de soja, sojaburgers... même des blancs de soja. Si Zapf-Cady était finalement abrogé, dans un an (comme il s'y attendait), Bryan aurait des parts appréciables dans une coopérative de la viande en plein essor.

Entre la ratification et l'abrogation, Bryan était également sûr qu'il y aurait une demande soutenue de viande, vendue au marché noir (ce qu'il aimait appeler le « bacon de contrebande »). Il serait également prêt à répondre à cette demande, malgré la flambée des prix.

William Olsen avait financé les acquisitions de Bryan dans Continental Soybeans et Farmland Industries, mais Bryan avait la certitude d'être à même de retirer un énorme profit de Zapf-Cady, et de dire enfin à William Olsen où il pouvait se mettre son corbeau.

Tout cela, pensa-t-il, et Lily Monarch. A ses yeux, il était presque un dieu. Elle l'avait appelé le seul homme politique honnête et intègre qu'elle ait jamais rencontré. Et elle n'avait pas besoin de savoir qu'il en allait autrement.

William Olsen finit de donner à manger à Pallas et s'essuya les mains sur un gant de toilette humide.

— Vous restez ici ce soir, Bryan ? demanda-t-il, s'efforçant de prendre un ton désinvolte.

— Je ne sais pas. Non, je ne crois pas. Je pars de bonne heure demain matin.

— Nina voulait savoir.

— Je ne sais pas. Je dois prendre le vol de sept heures pour Kansas City, Missouri. J'ai un petit déjeuner de travail avec Dudley Cambridge, à huit heures.

William tambourina sur l'accoudoir de son fauteuil en rotin.

— Je crois que cela ferait très plaisir à Nina si vous restiez.

Elle trouve que vous êtes de plus en plus distant ces derniers temps.

Bryan tourna la tête vers William.

— Distant ? Non, très occupé, c'est tout.

— Nous avons passé un marché, Bryan. Vous le savez. Il n'est peut-être pas gravé dans la pierre, mais il n'en est pas moins valide pour autant.

Il marqua un temps, puis déclara avec une froideur infinie :

— Vous savez également que, si jamais je recouvrais la santé... aujourd'hui, maintenant... je vous tuerais. Sans la moindre hésitation.

Bryan se leva et s'approcha du fauteuil de William. Pallas s'agita nerveusement sur son perchoir ; ses serres crissèrent sur l'acier chromé. Bryan tendit la main et caressa les cheveux raides et grisonnants de William, aussi doucement que si William était une femme.

— Ne faites pas ça ! s'exclama William.

Mais Bryan continua et lui adressa un sourire béat.

— Ne faites pas ça, bordel de merde !

— William, dit Bryan, je serai probablement Président, un jour prochain, et ce sera entièrement grâce à vous. Tous les décrets que vous voulez voir pris, je les prendrai. Chaque salopard que vous voulez voir écrasé, je l'écraserai pour vous. Chaque enculé de politicard qui vous a fait une fleur un jour, je lui donnerai un bureau, une secrétaire, une limousine et un demi-million de dollars par an. Je ferai jouir votre femme, je lui donnerai des putains d'orgasmes.

« Je suis votre obligé, William. Je le sais, et vous en aurez pour votre argent, beaucoup plus même. Mais il faut que je sois à Kansas City, Missouri, pour ce petit déjeuner avec Dudley Cambridge. C'est très important. Et je n'ai pas envie de baiser votre femme cette nuit. Est-ce que c'est clair ?

William déglutit bruyamment.

— Cessez de me caresser les cheveux, d'accord ? Nina trouve que vous la négligez. Elle se met en colère lorsqu'elle a l'impression qu'on la néglige. Et elle s'en prend à moi.

Bryan ne dit rien mais cessa de caresser les cheveux de William.

— Elle m'injurie, continua William. (Il déglutit à nouveau

et essaya de se passer la langue sur ses lèvres flasques.) Elle m'humilie. Elle dit que je ne suis plus un homme.

Il inspira profondément, puis ajouta :

— Parfois elle me bat.

— Je suis désolé, je ne savais pas, fit Bryan.

— Ce n'est pas le genre de chose qu'un homme avoue volontiers, n'est-ce pas ?

— Non, je ne pense pas.

— Je connais beaucoup d'hommes robustes qui sont battus par leur femme. Vous vous souvenez de Jack Walters ? Sa femme l'a frappé au visage avec une poêle à frire pendant qu'il dormait. Très drôle, hein ? Lorsqu'il est revenu au bureau, il a dit qu'il s'était brisé le nez en faisant du ski. Mais il pleurait quand il m'a avoué la vérité.

Il inspira profondément à nouveau.

— Parfois je pleure, moi aussi.

La porte de la serre s'ouvrit. Une femme bien en chair, blonde, la cinquantaine, entra. Ses chaussures cliquetèrent sur les dalles de marbre importées d'Italie. Elle était très soignée de sa personne, d'une façon légèrement démodée, comme Doris Day ou Grace Kelly. Elle portait une veste Chanel bleu marine avec des boutons en or et une broche en or incrustée de diamants, et une jupe gris souris qui était trop courte de deux centimètres pour elle. Elle était également un peu trop hâlée.

Elle tira l'un des fauteuils en rotin, dont les pieds crissèrent sur les dalles. C'était le genre de femme qui ne pouvait rien déplacer sans faire du bruit.

— Bryan, dit-elle, et elle le prit par les bras et l'embrassa bruyamment sur les lèvres. Nous avons du pigeonneau des mers sauté pour le dîner... votre plat favori.

Même si elle n'avait pas préparé du pigeonneau des mers — de la chair exquise de poisson-globe, presque impossible à trouver de nos jours —, Bryan était obligé de rester pour une autre raison. Il avait pris tout ce que William avait été à même de lui offrir : sa femme, son argent, sa carrière politique. Il devait donner quelque chose en échange.

Il regarda William et s'efforça de sourire.

— Merci, Nina. Vous êtes resplendissante.

— Vous n'êtes qu'un vil flatteur, dit-elle, passant son bras sous celui de Bryan et le serrant contre elle d'une façon possessive.

William détourna les yeux et Pallas hérissa ses plumes noir mazout.

— Non, je vous assure, c'est la vérité, protesta Bryan.

Nina gloussa et déposa un baiser sur sa joue.

— Je parie que vous dites ça à toutes les femmes.

Le shérif-adjoint Norman Gorman remontait la 51e Rue en écoutant *Annie, I'm not your Daddy* à l'autoradio. Il chantait en même temps qu'il tambourinait sur le volant. Cet après-midi, alors qu'il interrogeait certaines des personnes qui affirmaient avoir vu Terence Pearson et ses enfants au cours des dernières heures précédant le massacre, il avait fait une touche : une Hispanique du tonnerre qui avait aperçu leur break sur la Septième Avenue, se dirigeant vers l'ouest.

Les renseignements fournis par la jeune fille n'avaient aucune utilité pratique, mais cela n'avait pas empêché Norman de l'inviter à dîner afin de poursuivre cet entretien. La jeune fille avait battu des cils et dit : « Bien sûr, si je peux aider la police. »

Norman aimait les filles comme ça. Elles étaient inutiles en tant que témoins, mais elles ne posaient pas de questions et ne racontaient pas de mensonges. Tout ce qu'elles voulaient, c'était un homme portant un uniforme impeccablement repassé : un homme qui suspendait son étui d'épaule sur le dossier de la chaise de leur chambre à coucher, afin qu'elles puissent reluquer son pistolet chargé pendant qu'il les tringlait vigoureusement.

Norman n'était pas de service. A bord de sa Grand National Regal bleu métallisé, il regagnait son appartement sur la 42e Rue. Deux dés bleus en mousse oscillaient, accrochés au rétroviseur. Il se sentait vanné et couvert de sueur, mais une douche chaude et un grand verre de bière glacée le remettraient d'aplomb. Il devait retrouver l'Hispanique du tonnerre à sept heures au Huckleberry's. Une fois qu'elle aurait mangé et bu des cocktails, il l'emmènerait au « Gorman » pour une nuit de musique afro-cubaine, d'autres cocktails, et une partie de jambes en l'air (pendant qu'elle reluquerait son arme de service). Elle s'appelait Vella. *La Bella Vella.*

Habituellement, il n'était pas aussi vanné, mais le Tout-Puissant Luke Friend avait décidé de mettre tous ses hommes sur l'enquête concernant le meurtre de la sœur d'Iris Pearson, Mary, alors que la police de Cedar Rapids était parfaitement capable de s'en charger (c'était l'opinion de Norman, en tout cas). Sur l'ordre de Luke, Norman avait interrogé sans relâche des témoins éventuels, toute la journée, et posé des questions comme : « Possédez-vous ou avez-vous possédé un laurier de type européen ? » et : « Avez-vous déjà entendu prononcer le mot *mummer* ? » et (la question la plus foldingue de toutes) : « Avez-vous un genre d'aversion pour la couleur verte... et si oui, pourquoi ? »

Dans l'ensemble, les réponses à ces questions avaient été : « Hein ? » ou : « Qu'est-ce que ça peut vous faire ? » Cela n'avait pas surpris Norman. Mais qui était-il pour discuter les ordres ? Si le Tout-Puissant Luke Friend lui disait de faire du porte à porte et de poser ces questions, il faisait du porte à porte et posait ces questions.

Norman lissa sa moustache tout en conduisant. Il se demanda s'il devait la tailler avant d'aller à son rendez-vous. Les filles adoraient une moustache bien taillée et lustrée. Norman ne se faisait aucune illusion à ce sujet. Les filles ne pensaient qu'à une chose lorsqu'elles voyaient une moustache bien taillée : se faire balayer le mont de Vénus comme un trottoir couvert de feuilles.

— Oh ! Annie..., chanta-t-il. Oh ! Annie...

Il venait de passer devant Econofoods lorsqu'un énorme van Chevrolet noir sortit en trombe du parc d'exposition de Pat McGrath, le concessionnaire Chevrolet, faisant hurler ses pneus. Le van effectua un demi-tour devant le supermarché et fonça vers l'ouest, laissant un nuage de fumée bleue derrière lui.

— *Nom de Dieu !* dit Norman.

Ce n'était pas un modèle courant. C'était un van à six roues avec suspension surbaissée et moteur à turbocompresseur. Ses vitres étaient teintées en noir, et il était maculé de boue. De la boue et de l'herbe pendaient du châssis comme les franges d'un châle funèbre.

Jurant en sourdine, Norman braqua, les mains à plat sur le volant, et effectua un demi-tour, faisant grincer pitoyablement les vieux amortisseurs de sa Buick. Il saisit le micro qui se balançait sous le tableau de bord et lança :

— Bureau du shérif, ici l'adjoint Gorman ! Je poursuis un van Chevy noir... je répète... van Chevy noir se dirigeant vers l'ouest depuis le n° 1600 de la 51e Rue.

— Bien reçu, adjoint Norman, répondit la voix crachotante d'une jeune femme. Voyez-vous la plaque ?

Norman jeta un coup d'œil devant lui, vers le van qui filait. Sa vitre arrière était une vitre miroir, sale et noire, et c'était tout.

— Pas de plaque d'immatriculation.

— Compris, adjoint Norman. Quelle est votre position actuelle ?

— Je suis presque arrivé à Center Point Road. J'aperçois les feux de croisement.

— A quelle vitesse roulez-vous ?

— 75, je ne sais pas ! 90 ! Merde... il a brûlé le feu rouge ! Merde... il a failli heurter un camping-car ! Bon Dieu, envoyez-moi des renforts, et vite !

— Les renforts sont en route, adjoint Gorman.

Le van noir fonçait sur la 51e Rue à plus de 110. Norman mit le pied au plancher et la Buick fit tout son possible pour rouler plus vite. Dix ans auparavant, la Buick avait été un modèle de sport super-nerveux, mais cent mille kilomètres et le peu de cas que faisait Norman d'un entretien suivi l'avaient rendue poussive. Elle lâcha pas mal de fumée, fit cliqueter son pot d'échappement, mais c'était à peu près tout. Le van noir commença à le distancer : il ignorait tous les feux rouges, ignorait les protestations plaintives d'autres voitures, déboîtait et zigzaguait tel un corbillard pressé d'arriver au crématorium, coûte que coûte.

— Attends un peu, mon salaud, murmura Norman, comme les deux véhicules filaient sur Center Point Road. Tu ne m'échapperas pas !

Il passa la quatrième et appuya sur l'accélérateur. La Buick réagit mollement, sans grand enthousiasme, puis elle se contenta de gémir, parce qu'il la retenait. Il rétrograda en troisième et elle gronda et hurla. Alors il repassa sur Conduite et s'efforça de suivre le van en comptant sur son habileté et sa dextérité de conducteur, plutôt que sur la vitesse de son véhicule.

Le van noir était conduit avec une insouciance achevée, comme si le conducteur se fichait complètement de savoir s'il allait vivre ou mourir. On ne pouvait pas rivaliser avec des gens comme ça, Norman le savait par expérience. A plusieurs reprises, il avait renoncé à poursuivre des véhicules qui avaient commis des infractions parce qu'il savait exactement ce qui arriverait s'il continuait. Il avait vu trop de voitures retournées sur le toit, de corps réduits en bouillie, de sang sur les vitres, noir comme du révélateur photographique.

Ils se dirigeaient vers le centre-ville maintenant ; la route 380 scintillait sur leur gauche. Ils dépassèrent plusieurs avenues : Texas, Hollywood, Arizona et Richmond. Le ciel était tout à fait clair, aussi clair que du verre fondu, avec cette légère nuance de violet indiquant que c'était l'époque de la moisson, et que Labor Day[1] n'était plus très loin. Ensuite l'automne, et puis l'hiver.

La fuite du temps, pensa Norman, comme il déboîtait pour dépasser une vieille Cadillac qui se traînait. Le conducteur de la Cadillac était un Noir aux cheveux blancs ; il lança à Norman un regard sinistre. Norman s'efforça de lui adresser un sourire rassurant, mais il était beaucoup trop tendu.

Lorsqu'il regarda devant lui à nouveau, le van noir avait disparu.

Il plissa les yeux. C'était complètement dingue. On ne pouvait pas tourner à droite jusqu'à la 32e Rue, et le van aurait dû rouler à plus de 130 pour avoir déjà atteint ce croisement. Il y avait un tas de magasins, de stations-service et de restaurants, bien sûr, mais Norman était certain qu'il aurait vu le van ralentir et s'engager sur un parking. Il avait détourné les yeux juste une fraction de seconde, le temps de sourire.

Il ralentit et roula lentement sur la voie de droite, scrutant chaque parking et chaque contre-allée. Il parcourut plus de mille cinq cents mètres, mais n'aperçut le van nulle part. Il prit son micro et dit :

— Ici l'adjoint Gorman... annulez les renforts. Je l'ai perdu.

---

1. Fête du Travail, le premier lundi de septembre. *(N.d.T.)*

Il était sur le point de faire demi-tour et de rentrer chez lui lorsqu'il lui sembla entrevoir l'arrière d'un van noir garé derrière le restaurant Hot Turkey. Il freina brutalement... à la grande contrariété d'une femme âgée qui lui collait au cul depuis les trois derniers feux. Puis il fit une marche arrière. Il ne s'était pas trompé : le van était garé sur le parking désert derrière le restaurant, à côté des poubelles et des piles de caisses de Coca-Cola.

Le même van. Vitres teintées en noir, pas de plaque d'immatriculation.

Norman l'observa un moment. Au-dessus de lui, surmontant un mât peint en marron, une énorme dinde rôtie, également peinte en marron, tournait lentement. Norman songea à passer un nouvel appel pour demander des renforts, puis il décida de n'en rien faire. Après tout, le conducteur du van n'avait commis rien d'autre qu'une infraction au code de la route. Il attendit pendant presque une minute, jusqu'à la fin de sa cassette Kid Creele. Puis il sortit de sa voiture, verrouilla les portières, s'avança sur le trottoir et contourna le restaurant. Il entendit un bruit de vaisselle provenant des cuisines, et quelqu'un qui chantait *It's now or never*[1].

Il s'approcha prudemment du van. Le moteur était coupé et les vitres, remontées, étaient si noires que Norman ne voyait que son reflet, dans son blouson en coton beige froissé et sa chemise à fleurs roses. Il fit le tour du van, puis se dirigea vers l'avant du véhicule et posa sa main sur la calandre pour vérifier que le moteur était encore chaud.

Il fit demi-tour et s'approcha de la portière côté conducteur. Il sortit sa plaque de shérif-adjoint et la tint devant la vitre, bien en vue, puis il donna de petits coups sur la portière.

— Vous voulez bien descendre de votre véhicule ? Police.

Il n'y eut pas de réponse. Le bruit de vaisselle continuait, le baryton poursuivait son récital. Norman frappa une seconde fois et lança :

— S'il y a quelqu'un là-dedans, je vous demande de sortir, d'accord ?

1. *Maintenant ou jamais,* chanson interprétée notamment par Elvis Presley. *(N.d.T.)*

Toujours pas de réponse. Norman se mordilla la lèvre. Il pouvait rebrousser chemin, signaler le véhicule à la police de la route et oublier cette histoire. Après tout, s'il restait ici plus longtemps, il serait en retard pour son rendez-vous avec la superbe Vella, et Vella ne serait peut-être pas très contente qu'on la fasse poireauter. Elle avait des yeux marron comme le chocolat Hershey et des seins comme les pare-chocs avant d'une Sedan de Ville 59.

Il donna de petits coups sur le van une dernière fois, avec sa bague en laiton ornée d'une tête de mort.

— Ohé là-dedans ! Dernier avertissement. Police ! Sortez de votre véhicule et montrez-vous.

Une minute entière s'écoula. Des voitures filaient sur la 380, juste derrière lui ; il entendait de la musique ; des enfants riaient aux éclats dans la cour à côté du parking. Norman observa l'énorme dinde rôtie qui tournait et calcula qu'elle mettait vingt-deux secondes pour effectuer une rotation complète.

De la main gauche, il essaya d'ouvrir la portière. La poignée était *froide*, si froide que le chrome semblait terne et embué. Norman fut presque soulagé de constater que la portière était verrouillée. Il n'y avait personne dans le van. Vu ? Il n'y avait personne et les portières étaient verrouillées. Le conducteur l'avait certainement abandonné ici. Peut-être l'avait-il volé, qui sait ? Norman n'avait plus qu'une chose à faire : retourner chez Pat Mc Grath, le concessionnaire Chevrolet, et voir si le véhicule avait été volé là-bas.

Il s'éloignait lorsqu'il entendit un bruit, comme des grattements et un bruissement : cela provenait de l'intérieur du van. Il hésita. Il pouvait continuer de marcher, faire comme s'il n'avait rien entendu. Pour une raison qu'il ne parvenait pas tout à fait à déterminer, ce van lui donnait les jetons... « vaudou urbain », comme disait l'un des adjoints noirs, en faisant une croix avec ses doigts.

C'était l'une de ces situations qui le terrifiaient, parce qu'il ne se passait rien d'évident ici, rien que l'on puisse ranger dans une catégorie précise... s'il se passait vraiment quelque chose. Norman savait par expérience que c'étaient toujours les situations non évidentes qui se révélaient être les plus dangereuses, sinon mortelles. Le vieillard cacochyme au grand sourire qui vous braque brusquement un flingue sur le bide. Le gosse qui vous serre la pogne chaleureusement et qui vous perfore les poumons avec un tournevis aiguisé, à la seconde où vous lui tournez le dos.

Mais les grattements retentirent à nouveau, le van grinça légèrement sur sa suspension, et Norman fut certain que le véhicule oscillait d'un côté et de l'autre. Quelqu'un se cachait à l'intérieur, cela ne faisait aucun doute. Norman allait devoir procéder différemment.

Il revint sur ses pas, se hissa sur la pointe des pieds et scruta l'arrière du van. Au début, il ne vit absolument rien, parce que le soleil se réfléchissait dans le verre teinté. Puis il mit ses mains de chaque côté de son visage et colla son nez contre la vitre.

Il aperçut des ombres foncées, mauves ; l'une se penchait vers la gauche, l'autre se penchait vers la droite, puis elles se séparèrent. Il discerna une autre silhouette, plus foncée, beaucoup plus voûtée, puis une forme qui frémissait, comme un buisson.

Il fit un pas en arrière, puis un autre. Son cœur battait la chamade ; la peur lui nouait l'estomac. Merde, que se passait-il là-dedans ? Il glissa la main entre les pans de son blouson et ôta la patte de sécurité de son étui. Il ne savait pas très bien s'il devait sortir son arme ou non. Il ne savait même pas s'il devait poursuivre ses recherches. Ce truc était salement bizarre.

Il tourna les talons et se dirigea de nouveau vers sa voiture. Il n'allait rien faire du tout sans renforts. Quels que soient ceux qui se trouvaient à l'intérieur de ce van — dealers, mafiosi, illuminés d'une secte armés jusqu'aux dents — selon toute probabilité, il ne faisait pas le poids, et de beaucoup.

Il passait à hauteur des cuisines du restaurant lorsqu'il entendit l'une des portières du van s'ouvrir. Il fit volte-face, faillit perdre l'équilibre et s'abrita derrière les caisses en plastique de Coca-Cola, tenant son pistolet à deux mains.

Un homme de haute taille au visage très pâle, portant un imperméable blanc, se tenait près de l'arrière du van. Les mains dans les poches, il le regardait fixement. Il ne dit rien, il ne bougea pas. Il demeura immobile, les lèvres légèrement pincées. Ses yeux étaient aussi sombres que des brûlures de cigarette.

La lumière de fin d'après-midi se mourait, mais l'imperméable de l'homme était si blanc qu'il en était éblouissant. Norman farfouilla dans son blouson de sa main gauche et sortit sa plaque.

— Shérif-adjoint Gorman, lança-t-il. Veuillez vous éloigner de ce véhicule et mettez vos mains sur la tête.

L'homme resta où il était, les mains toujours enfoncées dans ses poches. Norman sortit de derrière les caisses de Coca-Cola et s'approcha.

— Ecartez-vous de ce véhicule, monsieur.

L'homme ne bougea pas et demeura silencieux. Il était parfaitement clair pour Norman que ce type n'était pas du tout effrayé. C'était le cauchemar de tout shérif-adjoint : le suspect qui se fiche éperdument que vous braquiez une arme sur lui ou non. Cela devenait de plus en plus fréquent, avec les fêlés, les psychotiques et autres barjos de tout poil. Mais ce type n'avait pas l'air d'un fêlé, et il ne donnait pas l'impression d'être récemment sorti d'un asile psychiatrique. Il avait l'air d'un fils de pute intelligent, calculateur et vicieux, qui n'était pas du tout effrayé par l'arme que Norman braquait sur lui.

Norman continua de s'approcher. L'homme l'observait avec une expression qui confinait au mépris. Il avait un visage étrange, ovale ; ses cheveux grisonnants étaient coiffés en arrière. Sa peau était lumineuse mais légèrement creusée de cratères. Un visage venu de la surface de la lune.

— Êtes-vous le propriétaire de ce véhicule ? lui demanda Norman.

L'homme répondit d'un haussement d'épaules infinitésimal. Il ne cligna pas des yeux, pas une seule fois.

— Vous parlez anglais ? Vous comprenez ce que je dis ?

L'homme acquiesça de la tête.

— Parfait. Êtes-vous le propriétaire de ce véhicule ? *Comprendo* ? Est-ce — que — ce — van — vous — appartient ?

L'homme joignit ses mains, puis fit un étrange geste triangulaire, le tranchant de chaque main frappant tour à tour contre le tranchant de l'autre.

— Je ne comprends pas ce que vous essayez de me dire, fit Norman.

L'homme répéta son geste, frappant ses mains d'un côté puis de l'autre.

— Bon, d'accord, dit Norman avec impatience. Ça suffit comme ça. Je vais demander des renforts, pigé ? Je vais appeler une autre voiture de patrouille. Cette voiture de patrouille vous emmènera au commissariat de Cedar Rapids, vous comprenez ce que je dis ? Là-bas, on vérifiera vos papiers d'identité et votre véhicule, et ils établiront ce que vous foutiez là, et pourquoi vous conduisiez comme un dingue. D'accord ?

Norman était sur le point de se diriger vers sa voiture lorsque l'homme laissa échapper un cri singulier, à moitié étranglé.

— Qu'avez-vous dit ?

— *Ernhhh*, insista l'homme. *Ernhhh ! Ernhhh !*

Il montra du doigt l'arrière du van, presque paniqué.

— Qu'y a-t-il ? demanda Norman. Vous ne pouvez pas parler, c'est ça ? Vous êtes muet ?

Il fit deux ou trois pas vers l'arrière du van, et ouvrit l'un des battants de la portière.

Ce fut la dernière vision de sa vie, il vit quelque chose qui le terrifia tellement que ses intestins se vidèrent en un flot épais et brûlant. Il ne cria même pas... il en était incapable.

Un homme jaillit de l'arrière du van, mais c'était autant des feuilles et des branches qu'un homme : des yeux sombres et enfoncés, un visage recouvert de racines sinueuses et de branches fibreuses, des bras disparaissant sous des ronces et des plantes grimpantes. Il frappa Norman au côté du visage, à droite, puis à gauche, avec des épines et des piquants. Il arracha la peau des joues de Norman, lacéra la chair de son nez. Norman partit à la renverse, trébucha et tomba, se cognant la tête contre le ciment armé. L'homme se pencha vers lui et le cingla à nouveau, lui mettant le visage en lambeaux. Il frappait et frappait, ne laissait pas à Norman le temps de se relever.

Les deux derniers coups l'atteignirent aux yeux. Il sentit les ronces transpercer ses paupières, à droite, puis à gauche. Il ouvrit les yeux, il essaya d'ouvrir les yeux, mais tout n'était plus que ténèbres. Il était aveugle. Son visage le brûlait, comme s'il était en feu. Il lui faisait tellement mal que Norman n'osait même pas le toucher. Il entendit un bruissement sec, et un bruit de pas. Il entendit du métal coulisser, et le son d'un objet affilé. Il entendit l'homme en blanc dire « *Ernhhh ! Ernhhh !* ».

Le van démarra. Norman était étendu sur le dos et rêvait à de meilleurs moments. N'importe quel moment était préférable à celui-ci, avec toute cette douleur. Il sentait la brise de fin d'après-midi caresser ses joues lacérées, le sang se figer autour du col de sa chemise. Il se demanda ce que Vella penserait, si elle le voyait maintenant. Mais elle ne le verrait pas, bien sûr. Elle était probablement en train de se préparer pour leur rendez-vous au Huckleberry's : elle se maquillait, tortillait son joli petit cul et se donnait un air totalement sexy.

Tandis qu'il gisait, aveugle et couvert de sang, sur le parking du restaurant Hot Turkey, et attendait des secours qui ne viendraient jamais.

Le van fit une marche arrière. Norman sentit les gaz d'échappement, à quelques centimètres seulement de lui.

Bande de salauds, pensa-t-il. *Je vous tuerai pour ça.*

Ils n'avaient pas pu lire dans ses pensées, et pourtant... Ils firent reculer le van vers ses jambes. Bientôt il sentit les pneus arrière tirer sur son jean.

— Foutez le camp de mes jambes ! leur cria-t-il.

Ou il pensa qu'il criait ces mots, car sa bouche était en lambeaux.

Mais ils continuèrent de reculer, avec une lenteur infinie. La roue arrière du van monta sur sa jambe gauche, juste au-dessus de la rotule, lui fractura le fémur et écrasa les muscles. Une fois, il avait reçu une balle dans l'épaule (un calibre 22 à la con) et un revendeur de drogue lui avait donné des coups de couteau. Mais il n'avait jamais ressenti une telle douleur. Cette douleur était noire et écarlate, et elle hurlait. Il serait mort avec joie, sur-le-champ, plutôt que d'endurer cette douleur. Mais elle durait, durait, tandis que le van reculait petit à petit, passait sur sa jambe gauche, puis sur sa jambe droite. Il ne pensa plus à sa cécité. Il ne pensa plus à son visage. Il planta ses ongles dans le ciment armé et hurla si fort qu'il s'assourdit lui-même.

Il entendit des voix, des cris. La plainte de sirènes. Soudain, le moteur du van rugit, le véhicule démarra, et les roues arrière patinèrent sur ses cuisses en bouillie. De la gomme brûla, de la toile de jean brûla, de la chair brûla, des nerfs brûlèrent.

— Mon Dieu, sauvez-moi ! s'écria Norman.

Il n'entendit pas le van filer vers la rue. Il n'entendit pas les voitures de patrouille arriver. Il était étendu sur le ciment armé et ne pensait à rien, excepté que c'était probablement terminé, tandis que son visage hurlait et que son monde s'écroulait.

— Oh ! maman, chuchota-t-il, même si sa mère était morte d'un cancer sept ans auparavant. Oh ! maman, aide-moi, je t'en prie.

Sa mère ne vint pas l'aider, mais après un long, très long moment, Luke Friend vint à son secours. Il traversa le parking en courant et s'agenouilla près de lui.

— Norman ? Norman ? Bon Dieu, Norman, c'est Luke !

Norman bascula dans les limbes. Son après-midi disparut, tout comme le van avait disparu. Luke resta agenouillé à ses côtés tandis que les ambulanciers arrivaient à leur tour, poussant une civière en acier chromé.

— Bordel de merde ! fit l'un d'eux d'une voix nasillarde. Que lui est-il arrivé ?

Luke déglutit, haussa les épaules, fut incapable de dire quoi que ce soit. Les ambulanciers ouvrirent leurs mallettes, déplièrent leurs couvertures de survie.

— Comment s'appelle-t-il ? demanda l'un d'eux.

— Norman, répondit Luke. Il est de chez nous.

— Norman, est-ce que vous m'entendez, Norman ? appela l'autre ambulancier, sans grande conviction.

— Il est de chez nous, nom de Dieu ! lui cria Luke. Il est de chez nous !

Le premier ambulancier toucha doucement l'avant-bras de Luke. Un attroupement commençait à se former ; des sirènes hurlaient, venant de toutes les directions.

— Nous prendrons soin de lui, d'accord ? dit l'ambulancier. Je vous le promets.

Luke hocha la tête, haussa les épaules et parvint à dire d'une voix rauque :

— D'accord.

Mais, tandis qu'il était agenouillé là en cette fin d'après-midi, il aperçut deux ou trois feuilles de laurier virevolter sur le parking et se plaquer contre le grillage qui le séparait de la cour voisine.

Il se releva lentement, alla jusqu'à la clôture, prit l'une des feuilles, l'écrasa dans sa main et la renifla. Des feuilles de laurier, cela ne faisait aucun doute.

Maintenant il était sûr qu'il recherchait quelqu'un qui était très étrange et tout à fait terrifiant. Il recherchait quelqu'un qui était encore plus impitoyable qu'un revendeur de crack ou un chef de bande. Et infiniment plus cruel. Il recherchait quelqu'un qui avait un plan et exécutait ce plan, même s'il semblait dépourvu de toute logique.

Il recherchait quelqu'un qui étripait des femmes, nom de Dieu, et aveuglait des hommes, et laissait des *feuilles* sur son passage.

Terence Pearson lui avait donné suffisamment d'indices. *Le Voyageur Vert*, nom de Dieu ! Ainsi que Leos Ponican. *Janek-le-Vert*.

Mais c'étaient des récits folkloriques, pas vrai ? Des mythes et des *mummers* ; des gens qui ne parlaient pas. Le shérif Luke Friend, trente-sept ans, n'était pas censé croire à l'existence de gens comme ça. Mais, à l'intérieur du shérif Luke Friend, trente-sept ans, il y avait toujours un petit garçon de sept ans, habitant à Marion, qui avait été réveillé, une nuit d'août, par les sanglots d'un enfant. Des sanglots stridents, déchirants. Il avait aperçu un petit garçon vêtu d'une chemise de nuit en flanelle crasseuse dans un coin de sa chambre, le visage tourné vers le mur, en pleurs.

Il s'était redressé sur son lit, tremblant de peur.

— Qui es-tu ? avait-il chuchoté. Pourquoi pleures-tu ?

Le petit garçon s'était tourné vers lui un moment, et ses yeux avaient brillé, aussi noirs que les yeux d'une crevette, au sein d'un visage transparent. Puis il s'était estompé... il s'était estompé et avait disparu, comme s'il n'avait jamais existé. Luke avait couru jusqu'au mur et appliqué ses mains dessus, de peur et de stupeur. Le mur était glacé, et le papier peint humide.

Mais c'était tout. Le petit garçon s'était volatilisé.

Une douzaine d'années plus tard, Luke avait découvert dans les archives du Bureau du shérif qu'un garagiste, un alcoolique notoire du nom de Jack Breen, avait gardé son beau-fils Jamie enfermé dans cette même pièce pendant plus d'un mois. Il lui donnait à manger de la cire de bougie, des excréments de chat et des soucoupes remplies d'eau de pluie. Le petit garçon était mort dans cette pièce, mais Luke l'avait vu. Luke l'avait *vu*, et il y croyait. Même après toutes ces années de vols à main armée, d'agressions et de querelles de voisinage, il continuait de croire qu'il y avait des gens qui n'étaient pas comme nous autres, peut-être pas des fantômes, peut-être pas même des zombies, mais des gens qui n'obéissaient pas aux règles normales de l'existence humaine, des gens qui vivaient pendant des centaines d'années, des géants, des nains, des gens qui pouvaient passer à travers des murs, ou entrer et sortir par des fenêtres à l'étage en flottant dans l'air.

C'était complètement fou, complètement irrationnel. Mais Luke avait vu Jamie Breen, cette nuit d'août, il l'avait vu pour de bon. Il ne savait pas si cela faisait de lui un meilleur ou un plus mauvais shérif, mais il avait le sentiment aujourd'hui que quelque chose d'analogue se préparait, quelque chose de tout à fait mystérieux, et il savait qu'il devait être prêt à l'affronter.

Les ambulanciers emmenèrent Norman. L'un d'eux portait des lunettes de soleil aux verres miroir et une moustache soigneusement taillée. Il dit à Luke :

— Nous allons le conduire à Mercy, shérif. Vous pourrez venir le voir là-bas.

— Prenez bien soin de lui, dit Luke, la gorge sèche.

— Comptez sur nous, répondit l'ambulancier.

Le chef de la police John Husband arriva. Il portait un veston sport crème et un pantalon de golf bleu pâle.

— Que s'est-il passé ? voulut-il savoir. J'ai entendu sur la radio de ma voiture que Norman avait été grièvement blessé.

Luke regarda à gauche, puis à droite.

— Il a été blessé aux yeux... il est aveugle, parvint-il à dire.

Il demeura silencieux un long moment et déglutit, pendant que John Husband attendait patiemment qu'il poursuive.

— Bon Dieu, dit-il finalement, et cette fois il ne put retenir ses larmes. Certains jours, trop, c'est trop, vous ne trouvez pas ?

7

Garth était installé en terrasse lorsque Nathan et David arrivèrent au Original Rag-Top. Il faisait une chaleur étouffante. Cela ne dérangeait pas Nathan de venir à l'Institut Spellman, mais Garth avait insisté pour qu'ils se retrouvent ailleurs. L'institut était sous le choc : tous les travaux de recherche avaient été suspendus pour la journée, à l'exception des expériences en cours que l'on ne pouvait pas interrompre, et les lieux grouillaient de journalistes, de shérif-adjoints et de fonctionnaires qui jouaient les mouches du coche.

Indépendamment de ce fait, Garth avait quelque chose qui le préoccupait, quelque chose de troublant, et il ne voulait pas qu'on le voie en compagnie de Nathan jusqu'à ce qu'il ait éclairci ce point.

Nathan et David firent le tour de la Thunderbird 55 turquoise qui était exposée devant le restaurant et prirent place à la table, sous le parasol à rayures noir et blanc.

— Une sacrée bagnole, hein ? fit Garth. Mon paternel en avait une comme ça, en noir et rouge. Je la détestais, parce que j'étais à l'étroit sur le siège arrière.

— On ne construit plus des engins pareils, dit Nathan.

Contrairement à son habitude, Garth portait une chemisette à col ouvert et un pantalon de toile. Il avait l'air très fatigué, et Nathan savait pourquoi. Raoul et lui avaient été plus que des collègues de travail, ils avaient été des explorateurs, tels deux hommes avançant péniblement entre des trous d'eau inondés dans l'obscurité totale, avec leur seule camaraderie pour les soutenir. Lorsqu'un spéléologue se noie dans une caverne, son compagnon d'exploration n'accuse pas la caverne... pas plus que Garth ne reprochait à Capitaine Black d'avoir tué Raoul. Cela faisait partie des risques. Néanmoins, Garth pleurait la mort de son ami.

— Tu veux manger quelque chose ? demanda Nathan.

Garth secoua la tête.

— Mais faites, je vous en prie !

Une serveuse s'approcha et récita d'un ton monotone :

— Que désirez-vous ? Comme plat du jour, nous avons un croissant au poulet avec un potage, 4 dollars 25. Potages au choix : légumes, bœuf ou clams.

— Je peux avoir un cheeseburger ? demanda David.

— Bien sûr, dit Nathan. Et je prendrai une vodka-tonic avec des glaçons.

Garth demeura silencieux un long moment. Il regardait fixement son verre de bourbon. Puis il le but d'un trait.

— J'ignore ce que je vais faire sans Raoul. Je me sens... paumé. Complètement paumé. Comme si j'avais perdu un frère, tu comprends ?

— Je ne sais pas quoi dire, fit Nathan. Je n'ai jamais été aussi intime avec quelqu'un. Du moins, pas dans mon travail.

— Qu'est devenu Capitaine Black ? demanda David.

Il posa cette question très doucement, avec toute la sensibilité particulière dont font montre les enfants dans des moments d'affliction. Ses yeux étaient très sérieux, son visage très pâle.

— Il s'est calmé au bout d'un moment. Nous avons réussi à entrer par une fenêtre et nous lui avons injecté une dose massive de tranquillisants. Maintenant il est dans son enclos, placé sous haute surveillance. La dernière fois que je l'ai vu, il dormait.

— Vous n'allez pas l'abattre, n'est-ce pas ?

— Non, nous n'allons pas l'abattre, répondit Garth. Si tu veux savoir la vérité, nous ne pouvons pas nous le permettre. Il nous a coûté 18,5 millions de dollars et neuf années de recherches, et même s'il tuait vingt personnes, nous ne le ferions pas abattre. C'est aussi simple que ça.

Il posa son verre et adressa à David un sourire doux-amer.

— Attends, tu vas comprendre. Si nous transformions

Capitaine Black en bacon, une seule tranche coûterait 20 000 dollars.

— Vous avez une idée de ce qui s'est passé ? demanda Nathan.

— Il s'est réveillé, dit Garth. En principe, il était sous l'effet d'un puissant anesthésique. Pourtant, il s'est réveillé.

— Mais pourquoi est-il devenu fou furieux ?

— C'est l'une des raisons pour lesquelles je voulais te parler.

Nathan fronça les sourcils.

— Je ne comprends pas. Comment saurais-je pourquoi il est devenu fou furieux ?

La serveuse revint avec la vodka-tonic de Nathan, et Garth commanda un autre Jack Daniel's.

— C'est tout à fait contraire à l'éthique, poursuivit Garth, et en d'autres circonstances, je ne songerais même pas à te poser cette question, Nathan. Mais d'où venait ce fragment de cerveau ? C'était le cerveau de qui ?

Nathan regarda Garth et ne sut pas quoi dire. Depuis que Garth lui avait téléphoné ce matin, il s'était douté que son ami allait l'interroger à propos du prélèvement. D'une façon détournée, peut-être. Une remarque faite négligemment, comme : « Il était parfaitement normal, l'enfant sur lequel tu as prélevé ce fragment de cerveau ? » Mais sa question était claire et nette, et elle était posée par l'homme qui avait sauvé la vie de son père, à grands frais, des frais inimaginables.

— Garth..., commença-t-il, essayant de penser à une façon de dire « non ».

— Nathan, mettons les choses à plat. J'ai sauvé la vie de ton père. Je ne t'ai jamais rien demandé et je n'ai jamais attendu quoi que ce soit de ta part. Mais maintenant, si. Il faut que je sache de qui provenait ce fragment de cerveau.

— Garth...

— Capitaine Black a toujours été têtu et volontaire, mais il n'a jamais été violent. Nous savions que sa personnalité serait altérée par le nouveau matériau que nous implantions dans son cerveau. Bien sûr, nous savions également que la personnalité d'un être humain l'emporterait sur la personnalité d'un porc. C'est pourquoi je t'ai demandé un enfant de trois ans, ou encore plus jeune. Nous voulions une personnalité qui soit innocente, douce, complètement vierge.

— Il me semble que c'est ce que je t'ai donné, non ? répliqua Nathan.

— Bon, d'accord, admit Garth. Il est possible, mais peu probable, que le fragment de cerveau n'ait eu rien à voir avec la façon dont Capitaine Black s'est comporté. Il a peut-être ressenti une violente douleur au niveau des synapses. Il souffrait peut-être d'un traumatisme post-opératoire ou de Dieu sait quoi. Cependant, selon toute vraisemblance, le fragment de cerveau a été la source de la violence.

Nathan agita les glaçons dans son verre et ne dit rien.

— Est-ce que je peux revoir Capitaine Black ? demanda David. Enfin, quand il sera rétabli. J'ai parlé de lui à tous mes copains.

— Tu pourras le voir dans quelque temps, bien sûr, dit Garth gentiment, sans quitter Nathan des yeux.

— Et merde ! s'exclama Nathan. Oui, tu as sauvé la vie de mon père. Et c'est pour cette raison que tu as eu ce fragment de cerveau, si tu veux le savoir !

— Que veux-tu dire ?

Nathan inspira profondément.

— Je veux dire que Mercy n'a pas l'habitude de donner des fragments de cerveau de patients récemment décédés à des fins de recherches génétiques d'avant-garde.

Garth le regarda avec stupeur.

— Tu essaies de me faire comprendre que tu as effectué ce prélèvement sans en avoir l'autorisation ?

— Exactement ! J'ai dit que je pouvais faire jouer mes relations, mais cela n'a pas été le cas. J'ai demandé aux membres du conseil d'administration si Spellman pouvait utiliser l'un de nos fragments de cerveau et ils ont refusé net.

— J'espère que tu me fais marcher.

— Non, je ne te fais pas marcher. C'était un non catégorique. Même si la famille de la victime était d'accord, ils ne voulaient pas en entendre parler. Mercy ne plaisante pas avec l'éthique, crois-moi.

Garth joignit ses mains devant son visage et réfléchit un long moment. La serveuse apporta le cheeseburger de David ;

celui-ci le recouvrit de ketchup avec enthousiasme et commença à manger.

— Bon, exposons les choses clairement, dit Garth. Tu avais le sentiment que tu me devais une faveur, à cause de ce que j'avais fait pour ton père. Alors, quand je t'ai demandé un fragment de cerveau, tu en as sorti un de la morgue de Mercy sans aucune autorisation.

— C'est exact.

— Mais tu avais toutes les paperasses, bordel de merde ! Tu avais une lettre du directeur du Service de Pathologie.

— Cela *ressemblait* seulement à une lettre du directeur du Service de Pathologie, j'en ai peur.

— Bon Dieu, Nathan ! soupira Garth.

— Je suis désolé. Je voulais t'aider, c'est tout.

Garth préférait ne pas penser aux complications légales et éthiques que cela pouvait entraîner. Finalement il dit :

— Tu sais qui était le donneur de ce fragment de cerveau ?

— Oui, je le sais.

— Alors je pense vraiment que tu *dois* me le dire.

Nathan appuya le bout de ses doigts sur son front, comme si une migraine menaçait.

— Garth, si jamais quelqu'un apprend cela, tu sais que je vais probablement perdre mon boulot ?

— Et merde, Raoul a perdu sa vie, lui !

— J'espère que tu n'insinues pas que je suis responsable.

— Je ne sais pas. Je ne sais foutrement pas ce qui s'est passé. Excuse-moi, je ne voulais pas te parler si brutalement. Mais je n'arrive pas à croire que tu aies fait ça. C'est pas vrai, merde !

Nathan glissa la main dans la poche de sa chemise verte à carreaux et en sortit un morceau de papier soigneusement plié.

— Je me doutais que c'était ce que tu avais l'intention de me demander. Le fragment de cerveau provenait d'un petit garçon de race blanche, George Shephard Pearson, âgé de trois ans et sept mois.

Garth prit le papier, le déplia et lut ce qui était écrit. Nathan l'observait avec une sensation croissante de gêne et de désarroi. A côté d'eux, une jeune fille rit bruyamment. Le restaurant était encore calme à cette heure de la matinée. Une demi-douzaine d'adolescents étaient assis à des tables voisines. Ils plaisantaient, discutaient et savouraient l'ambiance « années cinquante ». En cet instant, Nathan aurait fait n'importe quoi pour remonter dans le temps jusqu'en juin 1980, lorsqu'il était entré dans la salle du Dairy Queen Brazier avec ses cheveux longs de hippie et son jean moulant, et avait aperçu Susan à une table, en train de manger un yaourt à la fraise.

Il aurait fait n'importe quoi, plutôt que d'être ici, aujourd'hui, sans Susan.

— George Pearson ? demanda Garth. Ce nom me dit quelque chose.

— Tu as probablement entendu parler de lui aux informations. Son père lui a coupé la tête. Lui et sa sœur.

— Seigneur ! s'exclama Garth. Nous sommes vraiment dans la merde, Nathan ! Tu as effectué un prélèvement post-mortem sur la victime d'un meurtre, sans autorisation, et tu l'as donné à Spellman pour une transplantation génétique ? Mais à quoi pensais-tu, bon sang !

Nathan haussa les épaules, toussa, détourna les yeux.

— Cela se fait couramment. Nous prélevons toutes sortes de glandes et de tissus sur des patients décédés sans demander l'autorisation aux familles. De plus, je pensais à mon père, à ce que tu as fait pour lui.

— Mais ce que j'ai fait pour ton père, c'était tout aussi précieux pour nos recherches que ce l'était pour toi. Je n'attendais rien en retour. Surtout pas ça !

— Je suis désolé.

— Tu es désolé ? Raoul Lacouture est mort, Jack Lezard a perdu son bras droit, et tu es *désolé* ?

— Hé, attends un peu ! l'interrompit Nathan. Ce qui s'est passé n'est absolument pas de ma faute. Il n'y a aucune preuve formelle permettant d'affirmer que Capitaine Black est devenu furieux parce que tu as codé son cerveau avec les gènes de George Pearson.

— Médicalement, je pense que la conclusion est quasi inévitable, répliqua Garth. Le porc Poland China est l'un des animaux les plus dociles de nature que l'on puisse trouver sur cette Terre. Il attaque très rarement d'autres porcs, encore moins des êtres humains.

— Mais George Pearson n'était qu'un petit garçon de trois ans.

— Bien sûr, mais c'était un petit garçon de trois ans qui avait certainement été gravement traumatisé par le fait d'être tué. Ce n'est pas parce qu'il est mort que cela veut dire que cette épreuve atroce n'a pas laissé une impression durable sur son cortex cérébral. Et merde, Nathan ! Tu sais ce qui se passera si jamais la presse découvre cette affaire ? Cela fera les délices de Lily Monarch ! Et du sénateur Cady ! Ils nous déchireront à belles dents et nous recracheront !

— Je suis désolé, dit Nathan. (Il tremblait.) Tu veux que je l'écrive avec mon sang ? Je suis désolé.

Garth se leva.

— Il faut que je réfléchisse longuement à tout ça, Nathan. Je te téléphonerai peut-être plus tard dans la journée.

Il voulut partir, mais Nathan le retint par le bras.

— Écoute, Garth, ne nous fâchons pas pour ça. J'ai eu tort de prendre ce fragment de cerveau sans autorisation, je le sais. Mais ce n'est pas dramatique. Cela n'a aucun rapport avec le fait que Raoul ait été tué, et personne n'a besoin d'être au courant.

Garth réfléchit un moment, puis il dégagea son bras.

— Je n'en parlerai à personne, Nathan. Pas pour le moment, en tout cas. D'abord je veux étudier le comportement de Capitaine Black et faire des examens plus approfondis. S'il y a ne serait-ce que la plus infime indication qu'il a été affecté par la personnalité du petit George Pearson, ou par le traumatisme que celui-ci a subi lorsqu'il a été assassiné... ma foi, ce sera également la fin de ma carrière. La famille de Raoul nous attaquera en justice avant que nous ayons le temps de dire « Coupable, Votre Honneur ».

— Nous avons été amis, Garth, dit Nathan. Les amis font des erreurs. Cela ne signifie pas qu'ils cessent d'être amis.

Garth haussa les épaules et lui donna une tape dans le dos.

— D'accord, mon vieux. Excuse-moi si je me suis emporté.

— Quand pourrai-je voir Capitaine Black ? demanda David.

— Laissons-lui une semaine de répit. Ensuite demande à ton père de t'emmener à l'Institut Spellman.

— Oh, merci beaucoup !

— A bientôt, dit Garth.

Et il partit, sans même s'arrêter pour regarder la Thunderbird 55, ou les adolescentes agglutinées tout autour.

Nathan finit son verre et en commanda un autre.

— Tu as des ennuis ? lui demanda David.

— Plutôt, oui ! Mais ne t'en fais pas.

— Tu lui as donné un morceau du cerveau de ce petit garçon qui a été assassiné, et tu n'étais pas censé le faire.

— En gros, c'est ça, oui.

— Mais ce petit garçon était mort ! Qu'est-ce que cela changeait ?

Nathan ébouriffa les cheveux de David.

— J'ai commis une erreur. Je n'aurais pas dû faire ça. Si les choses continuent comme cela, on va bientôt me traiter de résurrectionniste !

— Qu'est-ce que c'est un résurrectionniste ?

— Autrefois, lorsque des chirurgiens avaient besoin de cadavres pour les découper et étudier l'anatomie humaine, ils employaient des types qui ouvraient des sépultures et volaient des corps. Les résurrectionnistes faisaient cette besogne uniquement pour en tirer profit, bien sûr.

— Mais tu n'as pas fait ça pour en tirer profit.

Nathan haussa les épaules.

— Dans un sens, si. Je l'ai fait pour m'acquitter de ma dette envers Garth, parce qu'il avait sauvé la vie de ton grand-père.

— Je ne pense pas que tu as mal agi, affirma David.

— Ils ont donné la personnalité de ce petit garçon à Capitaine Black, et Capitaine Black est devenu fou furieux. Il a tué le Dr Lacouture, et il a grièvement blessé un anesthésiste.

— Allons, papa, ce n'était pas le petit garçon ! Les petits garçons de trois ans ne tuent pas des gens !

— Tu crois ça ? Ma foi, celui-ci l'a peut-être fait. Il avait de foutues raisons d'être en colère.

Ils restèrent assis un long moment ; ils se tenaient par la main. Finalement, David dit :

— Tu as bien agi, papa. Tu as toujours bien agi. Ce n'était pas de ta faute si maman est morte et si Aaron est mort. Ceci n'est pas de ta faute, non plus. Je t'en prie, papa, cesse de te sentir coupable. Tu n'as rien à te reprocher.

Nathan regarda David et ce fut comme s'il se regardait lui-même, tel qu'il avait toujours désiré être. Il pensa brusquement : *Je t'ai bien élevé. Je t'ai appris à faire preuve de discernement, je t'ai appris ce qui était bien et ce qui était mal. Et Dieu sait comment j'y suis parvenu, parce que ma propre mère m'avait seulement appris la culpabilité, la honte, et à me sentir responsable de tout. « Je voulais que mon fils soit docteur. Et qu'est-ce que j'ai ? Un médecin légiste. Ton père est malade, et qu'est-ce que tu peux faire ? Tu ne peux même pas le guérir ! »*

Nathan avait guéri son père — grâce à la foi, au dévouement, et parce qu'il connaissait Garth Matthews. Mais il n'avait pas réussi à le guérir avant la mort de sa mère. Elle était morte tout à fait soudainement, tout à fait silencieusement, alors qu'elle se promenait sur la glace de Seminole Pond par un après-midi de février, sous un pâle soleil orange. Elle avait glissé et était restée étendue dans son manteau de fourrure, les yeux ouverts, la bouche ouverte, comme si elle s'apprêtait à parler.

C'était ce moment, plus que tout autre, qui avait décidé Nathan à donner le fragment de cerveau de George Pearson à l'Institut Spellman, éthique ou pas. Il avait montré à sa mère qu'il pouvait sauver des gens, qu'il était un docteur compétent, qu'il pouvait changer la vie des gens.

— Tu ne dois pas pleurer, dit David.

— Qui pleure ? demanda-t-il.

— Toi, répondit David.

Il s'essuya les joues de la main.

— Une saleté dans l'œil, c'est tout.

Luke s'absenta deux heures cet après-midi-là pour aller faire des courses à Econofoods avec Sally-Ann et Nancy. Il aimait faire du shopping lorsqu'il était préoccupé ou contrarié. Le fait d'arpenter tranquillement les allées du supermarché le calmait toujours et l'aidait à mettre de l'ordre dans ses idées. Ici, c'était le monde brillant et joyeux du pop-corn, des crèmes glacées et des pizzas géantes. Pendant quelque temps il n'était pas obligé de penser à Leos Ponican, étripé et penché sur l'évier de sa cuisine. Il n'était pas obligé de penser à Norman Gorman, aveugle, mutilé, et luttant contre la mort à Mercy. Il n'était pas obligé de penser à des feuilles de laurier qui envahissaient des cours, là où aucun laurier ne poussait, ou à des femmes massacrées, ou à des hommes au sourire sournois déguisés en buisson.

Sally-Ann prit son bras et le regarda en souriant ; Luke lui rendit son sourire. Il n'avait jamais pensé qu'il se marierait un jour. Il avait toujours été si gros, si maladroit, si pataud, le copain de toutes les filles mais l'amant d'aucune femme. Alors qu'il avait vingt et un ans, il était sorti avec une fille boulotte, au tempérament de feu, Marlene. Pendant un mois ou deux, il avait eu le sentiment que c'était le grand amour. « Tu es Scorpion, je suis Lion, c'est parfait », lui disait-elle tout le temps, et elle adorait le cunnilingus, pendant des heures et des heures. Il avait perdu le compte des journées ensoleillées, petit à petit assombries par le crépuscule, tandis qu'il la léchait laborieusement jusqu'à ce qu'il soit hors d'haleine... et elle était étendue sur le dos, les yeux clos, et laissait échapper de petits gazouillements de plaisir qui ressemblaient au chant d'un moucherolle. Et puis, un beau jour, elle lui avait dit qu'elle ne pouvait pas envisager une relation sérieuse avec quelqu'un qui faisait partie de la police. Tous ses amis fumaient des substances illégales et prônaient « la liberté de soi », quoi que ce fût. Il avait vainement essayé de lui expliquer que, sans police, personne ne pouvait vraiment être libre. Finalement il avait compris : elle ne l'aimait plus, ou elle ne l'avait jamais aimé.

Il avait fait la connaissance de Sally-Ann par hasard : en arrêtant un dresseur de chiens au cours d'une exposition canine. Il y avait eu une contestation à propos du vainqueur dans la catégorie Pointers à poils courts, et quelqu'un s'était mis à brandir un fusil de chasse. Ce quelqu'un avait été le petit ami de Sally-Ann, et Sally-Ann l'avait accompagné au commissariat.

Pendant que le petit ami de Sally-Ann se calmait dans une cellule, Luke et Sally-Ann avaient commencé à parler et découvert qu'ils n'avaient pratiquement rien en commun.

Qui pouvait dire pourquoi le courant était passé entre eux ? Physiquement, il était bien trop gros pour elle. Elle était soignée de sa personne, presque excessivement ; menue et blonde avec un nez retroussé et des dents d'une blancheur éclatante comme ce n'était pas permis. Elle était du genre « la vie au grand air », fille d'un fermier de Swisher, et avait une passion pour l'équitation et les chiens. Luke adorait les chiens de Sally-Ann (deux pointers trop exubérants) mais il n'avait jamais essayé de faire de l'équitation. « J'aime trop les chevaux pour m'asseoir dessus. »

— Tu veux essayer cette nouvelle vinaigrette Cajun basses calories ? lui demanda Sally-Ann.

— Bien sûr... n'importe quoi pourvu que la laitue n'ait plus le goût de laitue.

— Cesse donc de ronchonner, mon chéri. C'est pour ton bien.

— Pour mon bien ? Je commettrais un génocide pour avoir l'un de ces beignets à la cannelle !

Nancy gambadait d'une allée à l'autre, dans sa salopette Oshkosh, un chapeau en jean bleu sur la tête.

— Réfléchis un peu, dit Sally-Ann en souriant. Plus tu es en bonne santé, plus longtemps tu vivras. Tu as envie de connaître tes petits-enfants, n'est-ce pas ?

— Et comment ! soupira-t-il, et il déposa un baiser sur le dessus de sa tête.

En fait, il pensait ce qu'il pensait toujours : pourquoi me priver d'un beignet à la cannelle alors que je peux me choper une balle en pleine poitrine demain ? Qu'est-ce que j'essaie de faire... faciliter la tâche à ceux qui porteront mon cercueil ? Mais il ne disait jamais de telles choses à haute voix. Sally-Ann se faisait déjà de la bile quand elle pensait aux risques qu'il courait ; c'était inutile de l'inquiéter davantage.

Ils arrivèrent devant le rayon des livres et des revues. La dernière édition de la *Gazette* était placée sur les présentoirs. En première page, il y avait la photographie d'un porc Poland China aussi impressionnant que Capitaine Black, et le titre : UN ÉNORME PORC TUE UN SCIENTIFIQUE DANS UN LABORATOIRE SPÉCIALISÉ DANS L'EXPÉRIMENTATION ANIMALE.

— Oh, c'est affreux ! s'exclama Sally-Ann. Mon père avait un énorme verrat et, lorsque j'étais petite, ce porc me terrifiait. Tu le regardais et il fonçait tout de suite sur toi. J'ai l'impression que la plupart des gens ne savent pas à quel point un porc peut être dangereux.

Luke regarda rapidement le titre de la *Gazette*.

— Ouais... Je dois recevoir un rapport à ce sujet dans la journée. Est-ce que tu vois la revue *Hot Bike* ?

— Ils vont être obligés de l'abattre, n'est-ce pas ?

— Abattre qui ?

— Le porc. Celui qui a tué ce scientifique.

Luke secoua la tête.

— J'en doute fort. Ça s'est passé dans un labo, alors qu'ils l'opéraient. Ce n'est pas comme si le pit-bull de quelqu'un avait mordu le gosse d'une autre personne. De plus, ce porc vaut une fortune, d'après ce que Mike m'a dit.

Nancy les rejoignit et prit Luke par la main.

— Tu viendras au barbecue, dimanche ? lui demanda-t-elle.

Elle était menue, mince et petite, comme sa mère, Dieu merci. Il préférait ne pas penser au calvaire qui aurait été le sien si elle avait tenu de son père !

— Bien sûr que je viendrai, trésor. Je ne manquerais ça pour rien au monde.

— C'est ce que tu avais dit la dernière fois, lui lança Nancy.

— Hum, la dernière fois, j'étais débordé de travail.

— Et maintenant, tu es submergé de travail, non ?

— D'accord, mais cela ne m'empêchera pas de venir à ce barbecue. Parole de shérif !

— Juré, craché, tu te tranches les tripes et tu fuis le buisson qui a la trique ?

Luke éclata de rire.

— Qu'est-ce que tu as dit ?

— Nancy, ma chérie ! s'écria Sally-Ann. On ne dit pas des choses comme ça !

Nancy devint écarlate et prit un air penaud. Mais Luke intervint :

— Non, non, ce n'est rien. Redis-moi ça, pour voir !

— C'est horrible ! s'écria Sally-Ann. Ne lui fais pas répéter ça !

— Nancy, s'il te plaît, trésor, la cajola Luke. Je tiens vraiment à entendre ça encore une fois.

Nancy baissa les yeux et contempla ses baskets.

— Juré, craché.

— Oui, continue.

— Tu te tranches les tripes.

— Oui.

Un long silence. Puis, très vite :

— *Et-tu-fuis-le-buisson-qui-a-la-trique* !

Luke lui donna une petite tape sur l'épaule.

— Bien, c'était très bien. Tu auras une sucette lorsque nous irons à la caisse.

— Certainement pas ! protesta Sally-Ann. Elle dit des choses dégoûtantes et tu la récompenses... et avec du sucre, en plus !

Luke fit preuve de patience.

— C'est l'un de tes amis qui t'a appris ça ? demanda-t-il à Nancy.

— Tous les gosses disent ça. C'est juste pour s'amuser.

— Mais *je* n'ai jamais dit ça, quand j'étais gosse.

— C'est nouveau. C'est Jake Marek qui a lancé ça. Son grand-père le lui a appris.

— Tchèque, dit Luke.

— Quel chèque ? demanda Sally-Ann.

— Tchèque comme dans Tchécoslovaquie. Jake Marek, ses parents sont tchèques.

— Je ne vois pas le rapport, grommela Sally-Ann.

— Attends, je vais t'expliquer. Dans son journal, Terence Pearson parle d'un homme qui se balade, entièrement vêtu de vert, et sur l'un des murs de sa chambre il y avait une gravure représentant un homme recouvert de feuilles, comme un buisson. Tous ses carnets étaient écrits en tchèque... c'est pourquoi nous avions demandé à ce pauvre Leos Ponican de nous les traduire. Et qu'est-il arrivé à Leos Ponican. Et à la belle-sœur de Terence Pearson ?

— J'espère que tu ne vas pas répondre à cette question devant Nancy, s'insurgea Sally-Ann.

— On leur a tranché les tripes, intervint Nancy d'une voix enjouée. Tout le monde en parle à l'école. C'est pour cette raison que Jake s'est mis à dire ça.

— A-t-il dit autre chose à ce sujet ? Par exemple, ce que cela signifiait ?

Sally-Ann réquisitionna le chariot, l'arrachant des mains de Luke.

— Luke, nous sommes ici pour faire des courses, pas pour mener une enquête sur un meurtre pour le Bureau du shérif de Cedar Rapids. Tu sais à quel point je déteste que tu agisses ainsi.

— Je suis désolé, dit Luke. Je suis vraiment désolé. Mais c'est peut-être très important. (Il jeta un coup d'œil à sa montre.) Écoute... je dois vous quitter. J'espère que tu ne m'en veux pas. Mais Nancy vient de me donner une idée.

— Luke, et toutes ces provisions ! Qui va les rapporter à la maison ?

— Désolé, chérie, mais c'est d'une importance capitale.

Il embrassa Sally-Ann sur la joue, même si elle essaya de s'écarter en lançant « Non ! » d'un ton sec. Il embrassa également Nancy, puis il sortit rapidement du supermarché. Il ne se retourna pas. Cela lui faisait de la peine de les laisser en plan comme ça. Mais une fois que son cerveau s'était mis à carburer et que l'adrénaline avait commencé à monter en lui, il était absolument incapable de faire quoi que ce soit de terre-à-terre.

Un jeune chauffeur de taxi efflanqué était appuyé contre sa voiture et discutait devant le bar-restaurant Chez Nelson ; Luke s'approcha et demanda :

— La Troisième Avenue, en quatrième vitesse, d'accord ?

Le chauffeur de taxi le toisa.

— T'as le feu aux fesses, mon gros ?

Luke sortit son portefeuille et lui montra sa plaque.

— Il faut que je me rende à mon bureau afin de m'adresser à moi-même une plainte urgente concernant des chauffeurs de taxi peu coopératifs et grossiers. J'espère seulement que je me prendrai au sérieux, si tu vois ce que je veux dire.

Le chauffeur de taxi leva les mains en signe de reddition.

— Okay, shérif. Je vous fais toutes mes excuses.

Luke s'installa sur la banquette arrière.

— Écoute bien, face de rat, dit-il comme le chauffeur de taxi démarrait. Cette ville est connue dans le monde entier pour sa courtoisie, et je tiens à ce que les choses restent ainsi.

— Compris, shérif.

Un sachet de beignets était posé sur le siège du passager à l'avant ; il bruissait et oscillait d'un côté et de l'autre quand le chauffeur de taxi tournait à droite ou à gauche.

— Tu veux un pourboire ? demanda Luke.

— Euh... c'est à vous de voir, shérif.

— Voici mon pourboire : tu me donnes un beignet et je crois que j'oublierai cette plainte.

— Hé, prenez tout le sachet ! fit le chauffeur de taxi avec empressement.

Lorsqu'il arriva, le shérif-adjoint Bulowski était là. Assise à son bureau, elle fronçait les sourcils et fixait les feuillets d'un rapport comme si ça pouvait les réduire à néant. Luke frappa doucement à sa porte et sourit, mais elle fronça les sourcils et le regarda fixement, comme si elle voulait lui aussi le réduire à néant.

— Comment ça va, Edna ? fit-il. Vous avez des nouvelles de l'hôpital ?

— Ils ont appelé il y a une demi-heure. Norman fait des progrès satisfaisants.

— Vraiment ? Et ses yeux ?

— Les médecins pensent qu'il restera aveugle. Mais ils gardent un petit espoir, car son œil droit est moins atteint. De plus, il faudra peut-être l'amputer de la jambe gauche. Le genou a été complètement écrasé. (Elle marqua un temps, puis ajouta avec un certain cynisme :) A part ça, il fait des progrès satisfaisants...

Luke ne dit rien. Il savait déjà que Norman perdrait la vue.

— Les risques du métier, non ? dit Edna, cynique mais également triste.

Luke acquiesça, puis demanda :

— Edna, que pensez-vous de la famille Pearson ? Enfin, que se passait-il là-bas, à votre avis ?

Edna Bulowski ôta ses lunettes et se frotta ses yeux globuleux.

— Je l'ignore, shérif. Terence Pearson était obsédé par quelque chose ; Iris Pearson était constamment rabrouée. Les gosses étaient gâtés, mais finalement ils ont été tués...

— Mais tous ces récits folkloriques qu'étudiait Terence Pearson. Qu'en pensez-vous ?

— Vous voulez parler du Voyageur Vert ?

— C'est exact. Le Voyageur Vert, et toutes ces feuilles.

— A mon avis, shérif, je pense que nous avons intérêt à rester lucides, et à ne pas commencer à voir les choses comme les voyait Terence Pearson. Je ne crois pas à toutes ces foutaises, vous savez, élucider des crimes en essayant de se mettre à la place du criminel. Les criminels voient les choses d'une façon totalement pervertie et antisociale, et Terence Pearson était salement plus perverti et antisocial que la plupart des criminels. (Elle remit ses lunettes.) Si nous commençons à voir les choses comme lui, nous perdrons de vue ce que nous cherchons vraiment. Des faits, des indices. Et des preuves.

Luke ne répondit pas. Il était tout à fait d'accord avec Edna en ce qui concernait la « psychologie du criminel », une idée très en vogue au sein de la police. Il ne croyait pas du tout qu'il était nécessaire de s'identifier à un criminel afin de pouvoir le capturer. Et merde pour l'empathie ! Ce qu'il fallait, c'était une enquête policière minutieuse et approfondie, et des témoins dignes de foi... sans parler des fibres, des empreintes et de l'analyse de l'ADN que vous réussissiez à dénicher. Mais dans le cas présent, l'étrangeté de ce qui s'était passé était extrême, et tout à fait troublante. Jour après jour il devenait de plus en plus convaincu qu'il n'aboutirait à rien s'il ne comprenait pas, ne serait-ce qu'à moitié, ce que Terence Pearson avait essayé de faire.

— Écoutez, dit-il, il y a un lien évident entre les homicides que Terence Pearson a commis et les meurtres de Leos Ponican et de Mary van Bogan. Nous avons également des preuves que les personnes qui ont agressé Iris Pearson et Mary van Bogan ont aussi agressé Norman, si quelques feuilles de laurier constituent une preuve. Les médecins sont en train d'examiner les blessures d'Iris Pearson et de les comparer avec celles de Norman. Tous deux présentaient des lacérations importantes au visage. Si elles sont identiques, ce sera une preuve supplémentaire. Nous sommes également en train d'examiner les empreintes de pneu.

« Or donc... nous avons des liens évidents. Chaque homicide, chaque agression, tout se tient. Mais jusqu'ici, cela n'a pas de sens. Il n'y a pas le moindre rapport logique. C'est pour cette raison que je tiens absolument à lire le reste des carnets de Terence Pearson. C'est pour cette raison que je m'efforce de suivre cette piste « folklore ». Il est possible que ce Voyageur Vert, ce Janek-le-Vert, ou quel que soit son nom, n'existe pas. L'élément décisif, cependant, c'est que Terence

Pearson pense qu'il existe vraiment, et qu'il a agi en conséquence.

— Mais Terence Pearson était en détention préventive quand Leos Ponican et Mary van Bogan ont été tués.

— Oui, bien sûr. Mais il y a peut-être d'autres habitants de Cedar Rapids qui pensent que le Voyageur Vert existe, non ?

Le téléphone de Bulowski sonna. Elle décrocha :

— Bulowski. (Puis :) Oui, oui. Il est dans mon bureau, en fait. Vous voulez lui parler ? Bien sûr.

Elle tendit le combiné à Luke. C'était l'inspecteur Mike Whipps, du Département de police de Cedar Rapids.

— Shérif ? On vient de m'apporter les résultats des examens médicaux effectués sur Iris Pearson et Norman Gorman. Je vais vous les faxer, mais je préfère vous en parler d'abord.

— Allez-y.

— D'après le Dr Schneebaum, Iris Pearson et Norman Gorman présentent de très graves lacérations causées par les branches d'un arbuste ou d'un arbre de la même espèce.

— La même espèce, ou le même arbre ?

— La même espèce. C'est tout ce qu'il peut dire pour le moment. Il a l'intention de faire d'autres analyses. ADN végétal, structure cellulaire, tout le toutim. Mais ça prend du temps.

Luke soupira et dit :

— Merde ! (Puis :) Très bien, Mike, merci d'avoir appelé.

— Une dernière chose, shérif. Vous nous aviez envoyé les carnets de Pearson pour que l'officier de police Hora les traduise. J'ai le regret de vous annoncer que l'officier de police Hora a refusé.

— Il a refusé ? s'exclama Luke en fronçant les sourcils. Comment ça, il a *refusé* ?

— Désolé, shérif. Il ne le fera pas. Il a commencé par dire que son tchèque était trop rouillé, puis il a déclaré tout net qu'il refusait de traduire ces carnets.

— Il vous a donné une raison ?

— Il a rapporté les carnets au commissariat, puis il s'est fait porter pâle.

— Alors où sont ces carnets maintenant ?

— Je dois les apporter au professeur Mrstik du Collège

Kirkwood. C'est un ami du chef Husband. Ils sont membres de la même loge. Il a promis de les traduire d'ici demain matin, s'il peut y arriver.

— Okay. Tenez-moi au courant.

Luke reposa le combiné sur son socle. Edna Bulowski le regardait en battant des paupières ; elle essayait de lire sur son visage ce qui s'était passé.

— Mauvaise nouvelle ? lui demanda-t-elle finalement.

Mais il se contenta de dire :

— Juré, craché, tu te tranches les tripes et tu fuis le buisson qui a la trique.

Un vent sec s'était levé lorsqu'il arriva devant la maison des Marek, située à quatre blocs seulement de la sienne. Malgré la proximité, la rue était sordide. Les toitures étaient délabrées, la peinture s'écaillait, et l'automobile la plus récente garée contre le trottoir était une Caprice 86 à la capote en lambeaux. Il y avait des papiers gras dans les haies, et tout le quartier semblait épuisé. C'était là où habitaient les ouvriers mécaniciens licenciés, les soudeurs qui avaient été contraints d'accepter des réductions de salaire, les enseignants en début de carrière, les facteurs, les employés de bureau, tous ces gens dont la fierté et les économies avaient été usées petit à petit par des années de récession.

L'allée en ciment armé était craquelée mais, dans l'ensemble, la maison des Marek était l'une des mieux entretenues. Il y avait des roses rouges autour de la véranda garnie d'un treillis, et elle avait été fraîchement repeinte. Luke appuya sur la sonnette, déclenchant l'air des *Campanules d'Ecosse*. Normal pour une famille tchèque vivant en Iowa, pensa-t-il. Un corniaud noir arriva en trottinant du fond du jardin et le regarda, la langue pendante. Elle lui rappela la langue d'Emily Pearson, et il détourna les yeux. Il ne parvenait toujours pas à comprendre ce qui s'était glissé hors de la bouche d'Emily, et il n'avait aucune envie d'y penser. Il devait être surmené, tout simplement. Norman avait affirmé qu'un jour il avait vu quelqu'un assis sur la banquette arrière de sa voiture de patrouille. Il s'était aussitôt arrêté et avait fouillé la voiture, mais il n'avait trouvé personne. Quand vous êtes surmené, votre vue vous joue des tours. Ce qui ne risquait plus d'arriver à Norman.

Luke aperçut une forme bouger derrière les panneaux en verre dépoli de la porte. Puis il entendit une voix au fort accent crier :

— Je ne veux rien ! Allez-vous-en !

— Mr Marek père ? demanda Luke. Vous êtes Mr Marek père ? J'aimerais vous parler, monsieur, si c'est possible.

— Je n'ai pas besoin de shampooing pour voiture ! Je n'ai pas de voiture ! Fichez le camp !

— Mr Marek, c'est le shérif Friend. J'aimerais vraiment vous parler, monsieur. Je peux vous montrer ma plaque.

La porte s'entrouvrit d'une dizaine de centimètres. Luke aperçut des yeux noirs, luisants, soupçonneux, comme ceux d'un rat méfiant. Il brandit sa plaque et attendit patiemment. Le vent faisait battre le bord de son chapeau. Finalement, la porte s'ouvrit, et un homme assez âgé, de petite taille, dit :

— D'accord. Vous feriez mieux d'entrer.

Mr Marek père avait des cheveux blancs coiffés en arrière, un visage anguleux et décharné, et une lèvre supérieure jaunie par des décennies de cigarettes. Son nez busqué avait la forme d'un décapsuleur.

Il portait une chemise d'une blancheur immaculée, une cravate de soie rouge et un gilet de soie rouge et jaune. Une grosse montre en acier inoxydable était passée à son poignet osseux, le genre de montre offerte jadis par les Chemins de Fer soviétiques à leurs usagers.

— Je ne sais pas comment je pourrais vous aider, shérif, dit-il d'une voix éraillée par le tabac. Je n'ai rien fait et je n'ai rien vu.

Néanmoins, il prit Luke par le bras et le fit entrer dans le séjour. C'était une pièce en forme de L, vaste et sombre, avec un téléviseur de la taille d'une cathédrale miniature et des meubles en chêne teinté. Une icône de saint Wenceslas ornait le manteau de la cheminée, et il y avait des images religieuses partout. La maison sentait l'humidité, les cigarettes rances et la choucroute.

Il prit une Gauloise dans son paquet en papier bleu et se ficha la cigarette au coin de la bouche.

— Voilà dix ans, il n'y avait jamais le moindre délit dans

ce quartier. Mais maintenant ! Les gosses volent tout. Ils s'introduisent chez vous pendant que vous dormez et ils vous voleraient vos yeux si vos paupières n'étaient pas fermées !

Il alluma sa cigarette avec un vieux briquet à essence en laiton.

— Asseyez-vous, dit-il. Que prenez-vous ? Un thé ? Ou une vodka, peut-être ?

— Ni l'un ni l'autre, répondit Luke.

Il s'assit à une extrémité du canapé. Le coussin laissa échapper un long et sordide bruit de pet.

— Je ne reçois jamais de visites, expliqua Mr Marek, sa cigarette pendillant sur sa lèvre inférieure. Je regarde un peu la télé. Je lis le journal. Parfois je promène le chien. On dit qu'il ne faut pas fumer, que vous en mourez. Qu'est-ce que ça peut me faire, avec la vie que je mène ?

Luke se pencha en avant.

— Mr Marek... ma fille Nancy est dans la même classe que votre petit-fils Jake.

— Ah oui ? Qu'est-ce qu'il a fait ?

— Oh, rien de mal, rassurez-vous. Non, ce qui m'intéresse, c'est quelque chose qu'il a dit. « Juré, craché, tu te tranches les tripes et tu fuis le buisson qui a la trique. »

Mr Marek cligna des yeux, tira sur sa cigarette et cligna des yeux.

— Et alors ? demanda-t-il au bout d'un moment.

— D'après Nancy, c'est vous qui avez appris cela à Jake.

— C'est exact. Je disais cela, quand j'étais gosse. Tous les gosses le disaient. En tchèque, bien sûr.

— J'aimerais savoir pourquoi vous lui avez appris cette phrase maintenant, dit Luke.

Mr Marek cligna des yeux deux ou trois fois.

— A cause des meurtres, dit-il, comme si c'était tellement évident qu'il ne comprenait pas pourquoi Luke prenait la peine de poser cette question. Les enfants, ceux à qui on a coupé la tête, d'accord ? Ensuite l'homme du Musée Tchèque qui a été éventré. Et puis la tante des enfants à qui on a coupé la tête.

Il souffla de la fumée et n'essaya pas de s'expliquer davantage.

— Quel est le rapport ? demanda Luke.

— Quel rapport ?

— Le rapport entre ces meurtres et les mots que vous avez appris à votre petit-fils ?

— Je ne vous comprends pas. On dit toujours ces mots lorsque ce genre de chose se produit. C'est, comment dit-on ?... un sort. (Il joignit l'index et le majeur de ses deux mains en un motif entrecroisé et les leva.) Pour les éloigner.

— Pour éloigner *qui* ? demanda Luke, s'armant de patience.

Mr Marek garda ses doigts levés.

— Pour éloigner les gens qui ne parlent jamais, bien sûr. Qui d'autre ?

— Vous voulez dire les *mummers* ? demanda Luke.

Mr Marek hocha la tête.

— Bien sûr. Les *mummers*. Les joueurs de dés, comme on les appelait à Klatovy, quand j'étais gosse. Ou encore les muets.

— C'étaient des gens réels ?

— Cela dépend de ce que vous entendez par gens réels.

— Est-ce que vous les avez vus ?

Mr Marek décolla précautionneusement sa cigarette mouillée de sa lèvre inférieure.

— Bien sûr que je les ai vus. Mais une seule fois. Mon père m'a dit de détourner les yeux, et puis il a fait le même signe, et il a dit les mêmes mots : « Muets, muets, promettez-moi de ne pas venir frapper à ma porte. Juré, craché, tu te tranches les tripes et tu fuis le buisson qui a la trique. »

— Combien de muets y avait-il ?

— Je ne sais pas. J'en ai vu quatre, mais des gens ont dit qu'ils étaient plus nombreux. Ils étaient tous différents, selon leurs aptitudes, si vous voyez ce que je veux dire.

— Et le Voyageur Vert, Janek-le-Vert ?

— Bien sûr. J'ai vu Janek-le-Vert. Il y avait une autre comptine sur lui : « Toute la région de lauriers est remplie, l'homme buissonneux vient par ici. » Quelque chose comme ça.

Luke s'appuya sur le dossier du canapé et celui-ci émit d'autres pets. Il pressentait qu'il était sur le point d'en apprendre davantage sur le Voyageur Vert, l'obsession de Terence Pearson, mais Mr Marek ne lui facilitait guère les choses.

Pour Mr Marek, de toute évidence, les *mummers* étaient tellement ordinaires — ils faisaient tellement partie de la vie de tous les jours — qu'il ne comprenait pas pourquoi il devait donner des explications à leur sujet. C'était comme si Luke lui avait demandé de décrire des chiens ou des poissons, ou le ciel.

— Parlez-moi d'eux, des muets, dit-il.

Mr Marek le dévisagea un long moment, un œil fermé à cause de la fumée de cigarette.

— Vous la voulez, cette vodka ? Il faut de la vodka pour une histoire comme celle-là.

Mr Marek sortit de la pièce en traînant les pieds. Quelques instants plus tard, il revint avec deux verres et une bouteille de vodka à l'herbe de bison à moitié vide. Luke détestait la vodka à l'herbe de bison : il trouvait que cela avait un goût de gazon tondu et distillé. Mais il s'efforça de sourire lorsque Mr Marek lui tendit un verre rempli à ras bord, dit : « *Nazdravye* ! » et but une gorgée. Puis Mr Marek déclara :

— On raconte que, pendant cinq années consécutives, les récoltes avaient été si mauvaises en Bohême que tout le monde mourait de faim. Les betteraves étaient gâtées, les fruits dans les vallées étaient gâtés, les pommes de terre étaient pourries. Cela s'est passé il y a longtemps... très longtemps, au dixième siècle, juste après que saint Wenceslas eut été tué par son frère Boleslav. Des frères, hein ? Vous parlez de frères ! J'ai eu un frère autrefois. Il se fichait complètement de moi et je me fichais complètement de lui.

Il tira sur sa cigarette, cligna des yeux et poursuivit :

— Tous les fermiers disaient : « Mais qu'est-ce que nous allons faire ? nous sommes tous en train de mourir de faim. » Ils avaient adressé des prières à Dieu mais Dieu ne les avait pas aidés. Alors ils demandèrent à un prêtre boii ce qu'ils devaient faire. Les Boii étaient les premiers Bohémiens, d'accord ? Le mot Bohême vient de Boii. La plupart des Boii avaient été massacrés environ cinquante ans avant la naissance du Christ, mais quelques-uns avaient survécu et ils pratiquaient toujours la magie. Ils vénéraient la terre, les rivières et le ciel, vous voyez ce que je veux dire ?

« Bref, le prêtre boii leur dit la chose suivante : vous allez choisir l'un d'entre vous, l'emmener dans la forêt, l'éventrer et planter un arbre dans ses intestins. Alors l'arbre poussera dans ses intestins, et bientôt vous serez incapables de dire ce qui est un arbre et ce qui est un homme. Ils pousseront ensemble et vous aurez un arbre-homme. C'est l'origine du nom Janek-le-Vert.

« Janek-le-Vert aura le pouvoir de faire pousser les choses, de rendre la récolte bonne. Il lui suffira d'aller de ferme en ferme, de frapper à la porte, et d'offrir de rendre la récolte bonne. L'ennui, c'est que l'arbre dans les intestins de Janek mangera ses intestins, et il aura constamment besoin d'autres intestins afin de rester un homme, au lieu de devenir un arbre. Toujours plus d'intestins ! Peu importe d'où ils viennent, du moment qu'il les a. Par signes il fera comprendre au fermier ce dont il a besoin. Il a besoin d'intestins, et il doit les manger alors que la personne éventrée est encore vivante ! Vous vous imaginez la scène ? Ainsi donc le fermier a le choix : lui donner des intestins en échange d'une bonne récolte, ou bien supporter les conséquences d'une autre mauvaise récolte.

Luke but une autre gorgée de vodka, dans l'espoir que la faim et le récit de Mr Marek donneraient à la vodka une saveur un peu plus piquante. Ce ne fut pas le cas. Elle avait toujours le goût de ce liquide vert-jaunâtre qui suinte d'un tas de compost. Il toussa et croisa les jambes.

— Au début, reprit Mr Marek, le fermier dit non, je ne peux pas te donner des intestins. Les intestins de qui lui donnerait-il ? Ceux de son épouse ? De ses enfants ? Mais Janek-le-Vert s'assied et joue aux dés. Il ne dit rien et attend. En échange d'une vie, tu pourrais avoir une bonne récolte ! Et le fermier pense à tous ces gens qui vont mourir de toute façon, à cause du froid, de la faim et d'un labeur trop rude, et il se dit, après tout, pourquoi pas ?

« D'autant plus que Janek-le-Vert lui fait comprendre par signes qu'il ne demande pas les intestins maintenant. Il ne demandera rien durant trente-six longues années, à condition de faire l'amour avec l'épouse du fermier. Une seule fois, pas plus. C'est tout ce qu'il demande. Et au-dehors, les champs sont nus, les larves de taupins ont rongé les dernières betteraves, et l'hiver approche. Alors que dit le fermier ?

— Je suppose qu'il dit oui, fit Luke, sèchement.

Mr Marek leva un doigt.

— C'est exact. Il pense : trente-six ans, c'est une éternité, et d'ici là, Janek-le-Vert sera mort et enterré. Au bout d'un moment, le fermier... eh bien, il persuade sa femme de faire l'amour avec le Voyageur Vert. Il la persuade ! Il lui chuchote : « Ce ne sera pas si terrible que ça, cet homme n'est qu'un homme-arbre, après tout ! » Alors le Voyageur Vert emmène l'épouse du fermier dans les bois et qui sait ce qu'ils font là-bas, parce qu'aucune des épouses n'en a jamais parlé par la suite. Mais après cela, me demandez-vous, est-ce que tout fleurit ? Les pommes de terre sont-elles aussi grosses que des ballons de football ? Le blé est-il énorme ? Oh oui, oui, tout à fait ! Le Voyageur Vert parcourt le pays et tout s'épanouit... c'est merveilleux, merveilleux ! Il est la fertilité même, la fertilité ! Et qui d'autre commence à s'épanouir ? Mais oui, l'épouse du fermier, parce qu'elle attend un enfant ! Un enfant de Janek !

— Comment fait-il, ce Janek-le-Vert ? demanda Luke. Comment fait-il pousser les récoltes ?

Mr Marek ôta sa cigarette de sa bouche et exhala lentement la fumée par les narines.

— Shérif... si je le savais, est-ce que je serais assis ici en ce moment, dans cette maison, à vous raconter cette histoire ? Je serais un riche fermier, roulant en Cadillac. Mais nous avons tous entendu parler des faiseurs de pluie, ces personnes qui peuvent changer le temps. Des personnes comme ça existent, non ? Alors Janek-le-Vert est peut-être l'une de ces personnes. Je ne sais pas. Peut-être est-il davantage. Il est à moitié une plante lui-même. Il sait peut-être comment parler aux plantes, comment les faire pousser.

Il demeura silencieux un moment, puis il dit :

— Le blé pousse bien. L'enfant est né. Mais le fermier sait que ce n'est pas son enfant. Il *sait*. Le bébé ne lui ressemble pas, oui ?

— Oui, fit Luke, ne voyant pas très bien où Mr Marek voulait en venir.

— Ainsi donc... le fils de Janek grandit, il se marie et il a des enfants à son tour. Mais ces enfants sont également les descendants de Janek... et un jour, lorsque les trente-six années sont écoulées, Janek vient frapper à la porte et réclame les intestins qu'on lui a promis. Vous comprenez maintenant ? Trente-six ans, c'est très long quand on regarde devant soi, mais très court quand on regarde derrière soi. Et le jour fatal finit par arriver, et ce jour-là, Janek réclame son festin.

« C'est comme de faire un pacte avec le diable et de vendre son âme. Vous savez, comme le docteur Faust. Mais nous savons tous que Dieu protège nos âmes et que le diable n'existe pas. De plus, les âmes n'intéressent pas Janek, en admettant qu'elles existent. Il veut nos entrailles. Notre chair !

— D'accord, Janek-le-Vert frappe à la porte, dit Luke. Et ensuite, que se passe-t-il ?

— Il ne peut pas entrer dans la maison sans y être invité. Si on ne l'invite pas à entrer, il doit frapper et frapper jusqu'à ce que quelqu'un en ait assez de l'entendre frapper et dise : « Oh, cessez de frapper et entrez ! » D'habitude, cependant, ses petits-enfants l'invitent à entrer. Il est leur grand-père, après tout. Ils ne le connaissent pas, mais ils sentent qu'il est une partie d'eux, qu'ils sont une partie de lui, et ils le prient d'entrer.

— Et alors ?

Mr Marek écrasa sa cigarette dans le cendrier.

— Alors il aura les intestins qu'on lui a promis, voilà tout. De son propre fils, et de tous ceux qu'il peut trouver. Et il se nourrira.

— *D'intestins* ?

— Crus et saignants, alors que la victime est toujours en vie. La mort la plus atroce que quelqu'un puisse connaître, c'est ce qu'on dit.

— J'imagine !

Mr Marek prit une autre Gauloise dans son paquet.

— Non, je ne crois pas que vous pouvez imaginer cela, shérif. Pas une seule seconde. Il s'agit de souffrances très particulières, n'est-ce pas ? Très peu de personnes sont capables d'endurer de telles souffrances. Pour vous soustraire à ce genre de souffrances, vous préféreriez vous tuer, ou tuer n'importe qui d'autre, même les êtres que vous aimez.

— Vos propres enfants ? demanda Luke.

— N'importe qui, affirma Mr Marek.

— D'accord, laissez-les venir jusqu'à la porte, dit Luke. Et ensuite, que se passera-t-il ?

— [illegible] ?

8

— Il y a d'autres *mummers*, exact ? demanda Luke. Janek-le-Vert n'est pas seul.

— Bien sûr que non, fit Mr Marek.

Il se tenait devant la fenêtre maintenant et écartait le rideau de tulle avec sa main droite. Il fumait en contemplant la rue. Il était presque six heures. Le temps semblait avoir fait un bond, comme cela se produit souvent après quatre heures de l'après-midi.

— Un bretteur ? Un témoin ? Un lépreux ? Et des jumeaux appelés Lame et Nue ?

Mr Marek se tourna lentement vers lui.

— Vous savez plus de choses que vous ne me l'aviez dit, shérif.

— Non, pas du tout. Terence Pearson tenait un genre de journal, écrit en tchèque. Nous avons fait traduire une partie de ce journal, et c'est ce qui était dit.

— Et l'autre partie ?

— Si tout se passe bien, nous aurons la traduction demain.

— Je vous souhaite bien du plaisir ! *Je* n'aurais traduit un tel truc pour rien au monde !

— Ah oui ? Et pourquoi donc ?

Mr Marek fit le même signe avec ses doigts.

— N'insistez pas. Je ne tiens pas à aggraver mon cas. Déjà que j'ai prononcé le nom de Janek !

— Mais c'était en Tchécoslovaquie, non ? Cela s'est passé

il y a de nombreuses années, bien avant la Seconde Guerre mondiale. Pourquoi vous inquiéter ?

Mr Marek laissa retomber le rideau.

— Parce que Janek-le-Vert continue de voyager et de rechercher des intestins, des gens dont il se nourrira. Il est ici maintenant, et c'est pour cette raison que j'ai appris à Jake cette petite comptine.

— Le même Janek-le-Vert ? Après un millier d'années ?

— A ce que l'on raconte, il peut vivre éternellement. A ce que l'on raconte, les muets peuvent vivre éternellement.

— Parlez-moi des autres.

— Les autres ? Chacun d'eux à une fonction différente, d'accord ? Une compétence différente. Le bretteur entrecroise ses épées, comme mes doigts, vous voyez ? Et au milieu de ses épées il y a votre tête. Il vous dit, ne bouge pas pendant qu'ils t'éventrent, sinon je te coupe la tête. Il y a un moyen de se dégager des épées, mais la plupart des gens sont trop terrifiés pour trouver ce moyen. Alors ils souffrent. Ou bien, s'ils disent, je préfère que vous me coupiez la tête, le bretteur tire la poignée d'une épée, et toutes les épées se referment ensemble, *clic !* comme l'obturateur d'un appareil photographique, et leur tranchent la tête. Mais le chirurgien la remettra en place, afin qu'ils souffrent pendant qu'on les éventre.

— Oh, allons, fit Luke, devenant de plus en plus sceptique. Le chirurgien est capable de recoudre une tête coupée ?

— C'est la même chose que... comment appelez-vous ça ? La magie des Noirs ?

— Le vaudou ?

— Exact. C'est comme le vaudou. Vous connaissez le vaudou ? C'est exactement la même chose. En fait, il ne recoud pas la tête, il la remet en place et, *wouf* ! elle *tient*.

— Formidable ! La prochaine fois que je perds un bouton de chemise, je ne serai pas obligé de le recoudre. Je le remets simplement en place et, *wouf* ! il *tiendra*.

— Il vous faudrait les herbes. Il vous faudrait les prières appropriées, rétorqua Mr Marek sans sourire le moins du monde.

Luke demeura silencieux un moment. Il ne savait pas très bien ce qu'il devait penser de tous ces récits populaires sur Janek-le-Vert. Néanmoins, ils lui avaient fourni la première et seule explication de ce qui était arrivé à la famille Pearson depuis samedi. Et il ne parvenait pas à oublier ce visage au sourire sournois sur le mur de la chambre de Terence Pearson. Ce *mummer*, cet homme au visage moqueur, recouvert de feuilles, déguisé.

A moins qu'il *ne soit pas* déguisé.

A moins que les feuilles soient lui et qu'il soit les feuilles, et que l'on soit incapable de dire où finissait l'arbre et où commençait l'homme.

Ce qui était impossible, bien sûr. Des conneries de première, comme aurait dit Norman Gorman.

Mr Marek reprit, d'un ton presque désinvolte :

— Janek violera toujours l'épouse de son fils, toujours. De cette façon, il est certain d'avoir des intestins à sa disposition, dans les temps à venir. L'épouse de son fils aura des enfants, et ces enfants l'inviteront à entrer dans la maison, pour se nourrir de son propre fils. Et ainsi de suite, génération après génération. Et, bien sûr, il a beaucoup, beaucoup de fils. Partout où les gens veulent des récoltes plus abondantes, chaque fois que des gens veulent quelque chose gratuitement, Janek-le-Vert est toujours là.

« Lorsque les temps sont difficiles, lorsqu'il y a des orages ou des inondations, il y aura toujours des fermiers qui prieront pour que Janek-le-Vert vienne frapper à leur porte. Ils ne pensent pas au prix à payer. Ce n'est que plus tard, une fois les trente-six années écoulées, qu'ils pensent au prix à payer. Alors ils se mettent à surveiller le temps. Ils prient le ciel pour que le beau temps se maintienne, et pour que Janek-le-Vert voyage ailleurs dans le monde. Ils prient pour qu'il ne vienne jamais, et pour qu'il oublie peut-être de leur rendre visite.

« Presque tous les pays dans le monde entier ont des récits semblables sur les *mummers*. En Angleterre, on l'appelle Jack-le-Vert[1], et on se souvient toujours de lui. Des centaines d'auberges et de pubs portent ce nom : l'Homme Vert, d'après Janek-le-Vert. Dans les Sudètes, on l'appelait Jan Baumkopf

1. *Jack-in-the-Green* : Jack-le-Vert ou l'Homme Vert, personnage traditionnel des jeux du 1er mai, homme entouré d'un cadre de feuillage pour symboliser le printemps. *(N.d.T.)*

— Jack-Tête-d'Arbre. Et combien de pays ont des récits populaires sur des enfants qui naissent au pied de buissons ? Presque tous. Toujours la même origine : Janek-le-Vert.

Luke prit son mouchoir, le plia et se tamponna le front. Malgré le vent au-dehors, le salon de Mr Marek était mal ventilé et il y faisait une chaleur étouffante. Et la vodka à l'herbe de bison n'arrangeait pas les choses.

— Écoutez, dit-il. Tout ça, c'est un mythe, d'accord ?

— Je ne comprends pas.

— Toutes ces histoires sur Janek-le-Vert, ce sont des récits populaires, n'est-ce pas ? Des histoires folkloriques, très anciennes ?

— Non, non. Ce sont des faits. C'est réel.

— Un type est à moitié homme et à moitié arbre, il mange les intestins de gens, et ce n'est pas un être imaginaire ?

Mr Marek considéra Luke et se passa lentement la main dans les cheveux.

— Vous ne me croyez pas ?

— Disons les choses clairement, Mr Marek. Je *ne refuse pas* de vous croire, mais c'est plutôt difficile d'accepter ce que vous dites.

— Vous êtes venu ici pour cette raison.

— Pardon ?

Mr Marek alluma une autre cigarette avant de poursuivre :

— Vous êtes venu ici pour cette raison. Vous cherchiez quelqu'un qui vous dise que vous n'êtes pas fou. Je me trompe ? Vous connaissiez déjà toutes ces histoires sur Janek-le-Vert. Vous ne parveniez pas à y croire. Alors qu'est-ce que vous avez fait ? Vous êtes venu ici pour trouver une autre personne qui était également au courant, afin de pouvoir dire : « Ho ! ho, Janek-le-Vert, c'est complètement délirant ! »

— D'accord, répliqua Luke. Donc vous dites qu'ils sont réels, le Voyageur Vert et tous ses *mummers*. Ce sont des êtres légendaires, on raconte des histoires à leur sujet depuis des centaines et des centaines d'années, et pourtant ils sont réels ?

— Réels, tout à fait. Ils ressemblent à une troupe de bohémiens. *Écoutez, écoutez, les chiens aboient, les mendiants arrivent en ville*. Vous vous rappelez ? Les mendiants dans cette chanson étaient Janek-le-Vert et ses *mummers*. *Certains sont vêtus de guenilles, certains de haillons, et certains sont en habit de velours.*

— Oh, voyons, Mr Marek. Ils sont réels et ils vivent éternellement ?

Mr Marek le scruta à travers les volutes de fumée de sa cigarette.

— Vous croyez à cela, tout comme j'y crois.

Luke ne dit rien pendant un long moment. Puis il hocha lentement la tête.

— Oui, Mr Marek. Vous avez probablement raison. Je n'arrive pas à y voir clair, c'est tout. Je n'arrive pas à comprendre ce qu'ils sont.

— Des bohémiens, des mendiants, des *mummers*. Des gens qui parcourent le monde, c'est tout.

— Et qui vivent éternellement ?

— Ma foi, shérif, comme je l'ai dit, il y a deux histoires différentes, peut-être trois, sur ce point. L'une de ces histoires dit que Janek et ses acolytes sont comme des vampires : ils sont déjà morts et ne peuvent trouver le repos. Cette histoire ne me semble pas très convaincante. Je n'ai jamais cru aux vampires. En tout cas, l'histoire la plus courante dit que l'immortalité leur a été accordée par l'Église de Rome.

— Par le pape ? Pour quelle raison le pape aurait-il fait ça ?

— Pour la même raison pour laquelle la plupart des papes faisaient jadis quelque chose : l'argent. D'après cette histoire, Janek-le-Vert quitta la Bohême à cause du choléra et se rendit en Toscane. Il se mit à frapper à des portes là-bas et rendit beaucoup de fermiers très riches. Olives, citrons, blé... Une fois que Janek-le-Vert était venu les voir, ils pouvaient faire pousser n'importe quoi ! Mais lorsqu'ils furent devenus riches, ils pensèrent très vite qu'ils n'avaient aucune envie de payer cette opulence au prix de la vie de leurs enfants. Ils allèrent trouver le Voyageur Vert et le supplièrent d'avoir pitié d'eux. Ils le supplièrent tellement que, finalement, Janek leur dit qu'il épargnerait leurs enfants s'ils trouvaient un moyen permettant de le faire vivre, lui et ses serviteurs, pendant mille ans.

« Les fermiers ne savaient pas comment faire vivre quelqu'un pendant mille ans. Vous non plus, d'accord ? Alors ils allèrent trouver le pape et déclarèrent : “Pape, indiquez-nous comment faire vivre quelqu'un pendant mille ans, et nous vous donnerons de l'or et de l'argent à profusion." Le pape avait grand besoin d'argent pour mener ses guerres saintes. C'était le pape Formose, le cent-dixième pape. En échange de tout cet argent et de tout cet or, il se rendit en secret dans les caves du Vatican et prit les trente pièces d'argent qui avaient été données à Judas Iscariote pour qu'il trahisse Jésus.

— Les véritables trente pièces d'argent ? Elles étaient là-bas ?

— Bien sûr. Ils conservaient toutes sortes de reliques sacrées. L'éponge imbibée de vinaigre qui fut présentée au Christ sur la croix. Les cendres de saint Jean-Baptiste. Les cendres authentiques ! Et les trente pièces d'argent.

« Je vais vous dire une chose : beaucoup de gens se sont demandé au cours des siècles pourquoi Judas avait trahi Jésus pour une somme aussi dérisoire. Erudits, historiens, tous ont dit : pourquoi ? Mais ce qu'ils ignoraient, c'est que ces pièces n'étaient pas des pièces d'argent ordinaires. Elles étaient spéciales... très, très spéciales, et c'est pourquoi Judas les désirait à ce point.

Mr Marek toussa, et toussa à nouveau, puis il eut une quinte de toux si prolongée que Luke pensa qu'elle ne se terminerait jamais. Finalement, Mr Marek but une gorgée de vodka, la fit rouler dans sa bouche, et l'avala bruyamment.

— Ces pièces... ces trente pièces d'argent... d'après la légende, elles avaient été frappées des centaines d'années avant la naissance du Christ, par des brigands de Perse. Les brigands avaient volé l'argent dans la cour du temple que Moïse fit construire pour l'arche d'alliance. Si vous lisez la Bible, il est dit que Dieu demanda que les colonnes de la cour soient toutes frettées d'argent, et l'argent avec lequel ces pièces furent frappées, c'était celui de l'une des frettes des colonnes. Sur chaque pièce furent gravés les mots *Zivot v Smrti*, ce qui signifie « La Vie dans La Mort ».

« Il faut que vous portiez sur vous cinq de ces pièces, d'accord ? Une pour le Père, une pour le Fils, une pour le Saint-Esprit, une pour Jésus, une pour la Vierge Marie. Si vous faites cela, vous serez toujours en retard d'un battement de cœur sur tous les autres. Dans le temps, je veux dire. Un battement de cœur dans le temps. C'était de cette façon que Dieu voulait protéger l'arche d'alliance, en s'assurant qu'elle serait visible, vous comprenez ? En s'assurant que les gens pourraient la voir. Mais on ne pouvait pas l'endommager ou la détruire parce que, tout simplement, elle n'existait pas dans le présent. Elle était toujours dans le passé.

« Voilà comment le Voyageur Vert et ses serviteurs sont restés en vie pendant aussi longtemps. Ils ne nous ont jamais, mais jamais, rattrapés. C'est le jour où ils devraient mourir ? Oh non... ils ne l'ont pas tout à fait atteint.

— Alors les fermiers ont donné les pièces à Janek et à ses serviteurs ?

— C'est exact, cinq pièces à chacun, dans des bourses en cuir, une pour chacun d'eux.

— Et ainsi les *mummers* ne sont jamais morts ?

— C'est tout à fait exact.

— Et le Voyageur Vert a épargné les enfants des fermiers ?

— Vous voulez rire ! Les épargner ? Pas Janek ! Il les a tous tués. Il n'était pas stupide. Les fermiers ne pouvaient pas *prouver* à Janek que les pièces rendraient les *mummers* immortels, pas avant de nombreuses années, en tout cas, et il fallait des intestins à Janek. Même des immortels doivent manger, shérif. Sans doute peuvent-ils vivre éternellement, mais ils ne sont pas insensibles à la faim, ou à la douleur, ou aux maux physiques qui sont notre lot à nous autres

— Alors il est possible de les tuer ?

— Bien sûr, si vous les endommagez physiquement. Pour ce faire, vous devez leur dérober leurs pièces, afin qu'ils vous rattrapent dans le temps. Mais c'est la même chose que de tuer Dracula en lui enfonçant un pieu dans le cœur, ou d'utiliser des balles en argent pour tuer un loup-garou. Non pas que je croie à Dracula ou aux loups-garou, vous comprenez.

— Mais vous croyez au Voyageur Vert ?

— Sans aucun doute. Et vous devez y croire, vous aussi. Vous avez la preuve de son existence, après tout. Vous avez les feuilles.

— Les feuilles ? demanda Luke.

— Sept sacs remplis de feuilles, c'est ce que les journaux ont dit. D'où venaient-elles, à votre avis ?

Luke se leva.

— Je crois que je vais devoir réfléchir à tout ça.

— Janek-le-Vert, fit Mr Marek d'une voix rauque. Voilà

d'où venaient ces feuilles. Et tant que vous ne me croirez pas, vous allez en ramasser d'autres, beaucoup d'autres ! Sans parler d'autres morts. Il est *ici*, shérif, avec ses serviteurs, et il veut ce qu'il veut.

— C'est-à-dire ?

— Qui sait ? Il veut toujours quelque chose. Il est salement vorace ! Mais lorsque vous aurez découvert ce qu'il veut, vous l'attraperez, sûr et certain.

Luke serra la main de Mr Marek.

— Je tiens à vous remercier. Vous avez été très coopératif.

Mr Marek alluma une autre Gauloise.

— Coopératif ? Dites plutôt suicidaire, oui !

Garth remonta l'allée centrale de la porcherie jusqu'à l'enclos n° 20, le dernier, celui de Capitaine Black.

Bien que les parois en perspex fussent éraflées et lacérées, il distingua immédiatement l'énorme forme noire du plus gros porc d'Amérique. Il était couché sur le flanc dans le coin opposé, sa tête enveloppée de pansements. Il resta là à le contempler un long, très long moment, et il ne savait pas ce qu'il devait éprouver à son sujet, de la fierté, de la colère ou du désespoir.

Le conseil d'administration de l'Institut Spellman avait insisté pour que le programme de xénogreffes soit poursuivi sans plus tarder et ils avaient déjà nommé Garth directeur des recherches en chirurgie afin qu'il continue le travail entrepris par Raoul. Mais la mort de Raoul l'avait complètement assommé, et cette promotion le laissait indifférent. Indépendamment de ce fait, il se méfiait énormément de Capitaine Black. Le porc gigantesque s'était montré plutôt docile après son accès de colère, mais il y avait quelque chose de très troublant à son propos... sa façon de rester dans son enclos, comme s'il ruminait, sa façon de regarder les gens de ses yeux luisants, insensibles.

Il se tenait toujours devant l'enclos lorsque Jenny le rejoignit. Elle portait une blouse de labo bleue et un jean, et ses cheveux bruns étaient retenus par des barrettes en écaille.

— Comment va-t-il ? demanda-t-elle.

Il y avait un crayon mâchonné sur le dessus de sa planchette porte-papiers. Elle se rongeait également les ongles.

— Je ne sais pas. Apparemment, il est comme d'habitude. Je me demandais si je devais risquer le coup et entrer pour lui parler.

— Tout seul ?

Jenny avait un minuscule grain de beauté sur sa pommette gauche, juste au-dessous de l'œil. Garth se demanda pourquoi il ne l'avait pas remarqué auparavant. Peut-être ne l'avait-il jamais vraiment regardée.

— Nous n'avancerons pas, tant que nous n'aurons pas communiqué avec lui, d'accord ?

Jenny grimaça un sourire.

— Et si nous installions un système de haut-parleurs ? Ce serait plus sûr.

— Non, fit Garth. Il faut qu'il nous voie. Il faut qu'il associe les mots avec des gestes physiques. Vous allez rester là. S'il devient irascible, je sors de l'enclos vite fait, et vous claquez la porte.

— Vous avez l'autorisation de faire ça ? demanda Jenny craintivement.

— Jenny, je suis le nouveau patron de ce service. Je n'ai pas besoin d'une autorisation. Quant à savoir si c'est une bonne idée ou non... nous verrons bien ce qui se passe.

— Je ne sais pas. Je pense que nous devrions avoir quelqu'un d'autre ici. Quelqu'un d'armé.

Garth secoua la tête :

— Il s'est montré aussi doux qu'un chaton depuis l'accident. Nous avons dépensé plus de 18 millions de dollars pour ce porc. Nous devons essayer de communiquer avec lui.

— Bon, d'accord. A vos risques et périls !

— Merci tout de même !

Garth s'approcha de la porte de l'enclos de Capitaine Black et la déverrouilla. Il poussa le battant et sentit immédiatement l'odeur de porc, forte et fétide. La puanteur était telle qu'il s'arrêta un moment. Elle était beaucoup plus prégnante qu'auparavant, et lorsqu'il regarda le bassin de Capitaine Black, il comprit pourquoi. L'eau du bassin était propre, ce qui voulait dire que Capitaine Black ne s'en était pas approché.

Tous les porcs se plongent dans l'eau ou se vautrent dans la boue, surtout lorsqu'il fait très chaud, mais Capitaine Black ne l'avait pas fait.

Garth pénétra dans l'enclos. Son cœur *battit*... s'arrêta... *battit*. La lumière de l'après-midi filtrait faiblement par la fenêtre et silhouettait le dos arrondi et noir, recouvert de soies raides, de Capitaine Black. Ses oreilles étaient rabattues en avant, mais Garth voyait ses yeux : ils l'observaient attentivement tandis qu'il s'approchait lentement. Son groin semblait sec, et il y avait des crevasses dans la peau noire et dure comme du cuir autour de ses narines. De la bave pendait de sa mâchoire inférieure ; elle brilla lorsqu'il tourna la tête.

— Comment ça va, mon vieux ? demanda Garth. Ta tête te fait toujours mal ?

Capitaine Black grogna, souffla et remua ses pattes.

— Tu as été un porc très méchant, Capitaine Black, dit Garth. Ce n'était peut-être pas ta faute ; néanmoins, tu as été un porc très méchant. Tu as tué Raoul, et Raoul t'aimait, mon vieux. Il t'aimait tellement qu'il a interdit qu'on te fasse du mal, alors qu'il savait qu'il était en train de mourir. Moi, c'est ce que j'appelle de l'amour !

Capitaine Black secoua la tête avec humeur. Ses pansements étaient sales, bien que l'équipe vétérinaire les ait changés très tard la nuit dernière, pendant qu'il était assommé par une dose massive de méthohexitone. Sa tête serait complètement cicatrisée dans quelques jours : les pansements servaient principalement de protection. Durant l'opération, ils avaient rasé ses soies, incisé son cuir chevelu en un large pan, et excisé un fragment de son crâne d'environ cinq centimètres carrés. Cela leur avait permis d'accéder aux principales synapses qu'ils voulaient recoder. Une fois l'opération terminée, ils avaient rabattu la « trappe » et l'avaient littéralement collée avec un puissant adhésif chirurgical, puis il avait recousu le pan de peau et appliqué des pansements antiseptiques non adhésifs.

Garth s'approcha de Capitaine Black. Son cœur continuait de battre lentement et irrégulièrement, et il pouvait presque se représenter la ligne instable que cela aurait fait sur un moniteur cardiaque. *Bip — bippp — bip*. Maintenant il entendait Capitaine Black respirer, inspirant et expirant, un souffle rauque. Il sentait l'air fétide qu'expulsaient ses poumons. Cela dégageait une odeur de compost, de vinaigre et de mort. *Il y a quelque chose qui cloche*, se dit-il. *Quelque chose ne va pas du tout. Je m'attendais à trouver un enfant bien disposé et coopératif, et j'ai en face de moi un sociopathe broyant du noir.*

Il n'avait encore rien dit au conseil d'administration de Spellman. Ils croyaient toujours que le fragment de cerveau que Nathan leur avait apporté était un don légal, autorisé et parfaitement officiel. Pour sa part, Garth savait que Nathan ne lui aurait jamais donné sciemment un fragment de cerveau présentant la moindre anomalie. Il avait été furieux après Nathan parce que celui-ci ne lui avait pas dit ce qu'il avait fait. Mais il ne croyait pas du tout que le comportement de Capitaine Black lui était imputable. Raoul et lui avaient poussé les recherches sur le comportement animal jusqu'à leurs limites extrêmes : jusqu'à la frontière même du possible et un peu au-delà ; Raoul en avait payé le prix ultime.

— Là, là, mon garçon, dit Garth d'un ton apaisant. Tout va très bien maintenant. Toi et moi, on va être copains.

Capitaine Black recula, comme s'il était terrifié.

— Hé, calme-toi, le cajola Garth. Tu n'es qu'un gosse, d'accord ? Tu n'es qu'un enfant. Je ne te ferai pas de mal, c'est promis. Allez, on commence. Je sais que ce n'est pas facile. Mais tout ce que tu as à faire, c'est me montrer que tu comprends. Si je te dis : « Est-ce que ton prénom est George ? », tu fais un signe de tête de haut en bas, c'est tout. Tu crois que tu pourras faire ça ?

Capitaine Black bougea et grogna. Garth ne savait absolument pas si le porc le comprenait ou non. Mais il devait essayer d'établir une forme de communication avec lui ; autrement, neuf années de travaux de recherche épuisants et d'un coût astronomique s'avéreraient totalement sans valeur, et la carrière de Garth se terminerait moins violemment mais tout aussi définitivement que celle de Raoul.

Capitaine Black l'observait de ses yeux noirs et luisants. Pour la première fois de sa vie, Garth avait vraiment peur. Il avait vu Capitaine Black déchiqueter le bas-ventre de Raoul de ses énormes mâchoires, et depuis lors, il était terrifié à l'idée que le porc lui fasse la même chose. Ce n'était pas tellement la douleur, parce que Raoul n'avait probablement pas eu le temps de souffrir. C'était le fait de se voir émasculé, juste sous vos yeux, et de savoir que vous étiez sans doute déjà mort... et que, si vous ne l'étiez pas, vous le seriez dans quelques secondes.

Capitaine Black continua de reculer craintivement vers le recoin le plus sombre de son enclos.

— Allez, mon vieux, on parle de tout ça, d'accord ? Nous pouvons être amis. Tu le sais, hein ? Ce qui s'est passé, ce n'était pas de ta faute. Nous pouvons toujours être amis.

— Tout va bien, Dr Matthews ? lança Jenny.

— Jusqu'ici, oui, répondit Garth. Il se conduit comme un gosse timide. Et j'espérais justement qu'il se conduise ainsi.

— Je peux appeler les gardes de la sécurité si vous voulez.

— Non, non ! C'est inutile.

Il s'avança et tendit la main droite, paume tournée vers le haut, en un geste de paix et de conciliation. Capitaine Black n'avait jamais senti aussi mauvais auparavant. Garth avait du mal à réprimer des haut-le-cœur. Mais il savait qu'il devait absolument établir un contact. Juste un contact, afin de prouver que Raoul n'était pas mort pour rien. Un signe de tête délibéré, intentionnel, un grattement de pied, n'importe quoi.

— Allez, dis-moi ton prénom, le cajola Garth. Est-ce que ton prénom est Philip ?

Il secoua lentement la tête de gauche à droite.

— Non... ton prénom n'est pas Philip. Et Ken ? Est-ce que ton prénom est Ken ? (A nouveau, il secoua la tête et fit une grimace renfrognée, déçue.) Non, ton prénom n'est pas Ken.

Capitaine Black commençait à s'agiter nerveusement. Ses flancs se soulevaient et s'abaissaient ; son haleine sortait bruyamment de son groin, chaude et fétide. Garth comprit qu'il ne lui restait que quelques secondes avant que Capitaine Black perde patience. Capitaine Black avait peut-être le cerveau d'un petit garçon inoffensif de trois ans, mais il avait une force physique suffisante pour transformer un accès de colère d'enfant en un cauchemar de destruction.

— Et *George*, dis-moi ? suggéra Garth. Est-ce que ton prénom est George ?

Il hocha la tête de haut en bas, pour montrer à Capitaine Black que son prénom était bien George.

Le groin de Capitaine Black se contracta légèrement, mais il n'essaya pas de l'imiter.

— Allons, George, dit Garth. Ton prénom est George et tu

vivais avec ton papa et ta maman et tes deux sœurs, n'est-ce pas ? Une sœur s'appelait Emily et une sœur s'appelait Lisa.

Capitaine Black demeura parfaitement immobile pendant un moment. Puis, de manière inattendue, il baissa la tête. Ses oreilles noires et soyeuses recouvrirent ses yeux, et Garth ne fut plus à même de les voir.

— Il y avait Emily et Lisa et toi, d'accord ? Et vous habitiez une maison sur Vernon Drive ?

Dès que Nathan lui avait révélé la provenance du fragment de cerveau, Garth avait acheté tous les numéros de la *Gazette* de Cedar Rapids relatifs au meurtre des enfants Pearson, et il avait relu les articles trois ou quatre fois. Il savait sur le petit George Pearson tout ce que la presse avait publié, et il avait l'intention de parler aux voisins des Pearson, aux institutrices, à leurs amis (s'ils avaient des amis). A tous égards, Capitaine Black était George Pearson maintenant, ou une version « porcine » de George Pearson, et plus il apprendrait de choses sur lui, plus ce serait facile de communiquer.

— George, dit Garth très doucement. (Il s'approcha si près de Capitaine Black qu'il sentit son haleine.) Je sais que tu as été terrifié... Je sais que tu as eu très mal. Mais tout va bien maintenant. Tu es différent, tu te sens différent. Néanmoins, tu es toujours George. Tu es toujours le petit garçon chéri de ta maman.

Il prit l'oreille de Capitaine Black et commença à la masser entre ses doigts.

— Toi et moi, on a connu un tas de choses ensemble, d'accord ? Je t'ai élevé, je t'ai donné à manger, je me suis occupé de toi. Et maintenant tu possèdes une âme. Une âme humaine. Je veux que toi et moi soyons copains, que nous *parlions*. Un jour, je veux que tu comprennes qui était celui que tu as tué quand tu as tué Raoul Lacouture, et que tu comprennes ce qu'il a fait pour toi, et ce que tu lui as fait, et que tu lui rendes hommage.

Il continuait de caresser l'oreille de Capitaine Black, mais ses yeux s'étaient remplis de larmes, des larmes pour Raoul. Il pensa : je hais ce salopard de porc, j'aimerais avoir l'autorisation ou le cran de l'abattre. Mais Raoul ne lui pardonnerait jamais, Raoul secouerait la tête depuis l'au-delà et lui dirait :

« Pourquoi suis-je mort, mec, si tu détruis le travail de toute ma vie ? » Et Garth n'aurait aucune réponse à cela.

Quand il était beaucoup plus jeune, il avait cru que la xénogénétique permettrait de répondre à toutes les grandes questions que l'humanité se posait depuis toujours — Dieu, la création de l'univers, pourquoi nous sommes ici. Au lieu de cela, il avait constaté que plus il découvrait de choses, moins il en savait. La xénogénétique était le pays des merveilles et le pays de l'autre côté du miroir réunis, un monde où tout était inversé, et dans le mauvais sens, et plus vous découvriez de choses, moins vous compreniez.

Pour son dernier anniversaire, Raoul lui avait offert une reproduction de l'une des illustrations de Tenniel pour *Alice*, celle où le bébé qu'Alice tient dans ses bras se métamorphose lentement en cochon. Au-dessous, Raoul avait écrit : « Prends garde aux porcs qui ne sont pas ce qu'ils semblent être ». Sur le moment, cela n'avait été qu'une plaisanterie entre amis. Puis cela s'était avéré être une prédiction amère de la mort de Raoul.

En tant qu'expérience d'avant-garde en xénogénétique, Capitaine Black n'avait apporté aucune réponse : il était énigmatique, imprévisible, inexplicable et dangereux. Et comme toutes les autres expériences de ce genre que Garth et Raoul avaient menées ensemble, Capitaine Black avait fait naître des questions morales auxquelles il était quasiment impossible de répondre.

Pourtant quelqu'un devait bien le faire un jour ou l'autre, et il était sans doute préférable que ce soit eux : ils étaient parfaitement équipés, travaillaient dans les meilleures conditions, se conformaient aux règlements fédéraux très stricts.

Ce n'était pas la première fois que Garth regrettait de ne pas avoir fait quelque chose de complètement différent de sa vie. Il aurait dû tenir un bar, Chez Doc Matthews, sur une île en Polynésie ; la pluie tropicale tambourinait sur le toit et de splendides filles des îles évoluaient gracieusement entre les tables. Mais il avait choisi cette profession, il l'avait exercée consciencieusement et il se sentait moralement obligé d'aller jusqu'au bout. Et maintenant il devait également terminer le travail de Raoul Lacouture. C'était le moins qu'il pouvait faire.

Capitaine Black releva la tête et dégagea son oreille des doigts de Garth. Il fixa Garth avec une froide férocité et montra les dents. Garth voyait son reflet dans les yeux de Capitaine Black. Il sentit la peur monter lentement en lui, mais il s'arma de courage et ne bougea pas. « Tu ne dois jamais montrer à un verrat en colère que tu as peur de lui », c'était ce que son père lui avait dit. Le verrat s'en foutait complètement, de toute façon, mais au moins personne ne pourrait vous traiter de couard.

Capitaine Black secoua la tête, et sa bave se déposa sur ses mâchoires. Puis il émit un bruit, comme si quelqu'un déplaçait un canapé sur un parquet.

— George, murmura Garth. Écoute-moi, George, tu es entouré d'amis maintenant. Tout va bien se passer. Je sais que tu as eu très mal. Je sais que tu as eu très peur. Mais tout va très bien se passer.

Capitaine Black grogna à nouveau, un grognement épais, guttural.

— Tu es toujours vivant, George, dans un autre corps, lui dit Garth. Le petit garçon que tu étais est devenu quelque chose de différent... quelque chose de très différent. Mais tu es toujours vivant. Tu pourras revoir ta maman, ainsi que ta sœur. Tu pourras revoir Emily.

La réaction de Capitaine Black à ces mots fut impétueuse et instantanée. Il poussa un cri de rage terrifiant et chargea Garth bruyamment. Garth tenta de s'écarter, mais l'épaule massive du porc le heurta à la hanche et le projeta à travers l'enclos. Il se cogna violemment contre la paroi et s'écroula.

— Garth ! Garth ! Sortez vite ! cria Jenny.

Étourdi et le souffle coupé, Garth voulut se remettre debout, mais Capitaine Black se jeta sur lui à nouveau et le poussa avec force contre son auge en métal. Garth sentit l'une de ses côtes craquer, et il suffoqua de douleur. Il tendit la main vers le rebord de l'auge et essaya de se relever, mais le flanc velu de Capitaine Black cogna contre lui, comme le flanc d'une barge cognant contre un quai. Il fut obligé de retirer vivement son bras pour ne pas avoir les doigts écrasés. Son avant-bras ripa sur le métal et ses muscles furent tailladés depuis le poignet jusqu'au coude, une entaille si profonde qu'elle mit l'os à nu. A sa grande surprise, il ne sentit presque rien, mais le sang jaillit et remplit l'entaille immédiatement.

Il fut obligé de presser son bras fortement contre sa poitrine pour empêcher le sang de gicler partout.

Capitaine Black avait certainement senti le sang, car il se tourna et alla tout au fond de l'enclos, où il resta complètement immobile. Son énorme tête était levée, ses narines sèches frémissaient, ses yeux brillaient avec éclat.

Garth parvint à se remettre debout. Il titubait, son bras toujours pressé contre sa poitrine. Une tache de sang s'élargissait sur le devant de sa chemise et changeait le bleu sec en un marron humide. Capitaine Black se trouvait à six mètres de lui ; la porte ouverte de l'enclos était à peu près à la même distance, sur sa droite. Jenny se tenait sur le seuil, les bras tendus, et lui faisait signe de courir vers la porte.

— Garth ! Venez, Garth ! Vous pouvez y arriver facilement !

Garth fit un pas mal assuré, puis cria « Aaah ! » et s'affaissa sur son genou droit. Il avait l'impression que sa cheville avait explosé. Elle était cassée ou foulée, et il ne pouvait absolument pas s'appuyer dessus.

Capitaine Black l'observait en silence. Même avant son opération, il avait semblé posséder une intelligence humaine, mais à présent une expression malveillante, calculatrice, éclatait dans ses yeux, comme s'il se demandait quel mauvais coup il pouvait encore faire.

Jenny fit deux ou trois pas à l'intérieur de l'enclos, dans l'intention d'aider Garth à se relever, mais Capitaine Black grogna immédiatement après elle et gratta le sol avec ses pieds, comme des couteaux raclant des assiettes.

— Jenny, non ! Sortez de l'enclos ! l'avertit Garth. Appuyez sur le bouton d'alarme.

— Je l'ai déjà fait. Les gardes de la sécurité devraient arriver d'un instant à l'autre.

Même si un incendie se déclarait, l'alarme ne retentissait pas à l'intérieur de la porcherie elle-même, afin de ne pas paniquer les porcs. Il y avait une ligne directe avec le bâtiment principal de l'institut, et il fallait quelques minutes seulement aux gardes de la sécurité pour foncer en jeep jusqu'à la porcherie. L'ennui, c'est que Capitaine Black commençait déjà à s'avancer vers Garth les mâchoires dégoulinantes de bave. Quelques minutes risquaient d'être quelques minutes de trop.

Garth se dirigea lentement vers la porte, un pas à la fois ; chaque pas lui procurait une douleur atroce. Sa chemise était trempée, du sang tombait goutte à goutte de son coude. Il se sentait de plus en plus mal. L'intérieur de l'enclos paraissait flou et caverneux, et la puanteur de porc était si forte qu'il pensa qu'il allait s'évanouir.

Capitaine Black traversa son bassin en trottinant, puis se tint entre Garth et la porte. Il l'observait silencieusement, sans bouger.

Garth pensa brusquement que Capitaine Black allait le tuer. Non parce qu'il était un animal, mais parce qu'il était beaucoup plus qu'un animal. Capitaine Black allait le tuer parce que Capitaine Black était en colère, qu'il voulait se venger de ce qui l'avait mis tellement en colère.

— George, dit Garth, réfléchis à ce que tu fais. Si tu me tues, George, il ne restera plus personne pour prendre soin de toi. Ils *te* tueront, George. Cela ne fait aucun doute. Ils peuvent te pardonner la mort d'un homme, mais celle de deux hommes, pas question !

Capitaine Black secoua la tête et poussa plusieurs grognements de plus en plus rauques.

— Tu essaies de me dire quelque chose ? lui demanda Garth.

Le sang qui trempait sa chemise se figeait peu à peu ; il frissonnait, en état de choc.

— Allons, George, est-ce que tu essaies de me dire quelque chose ? répéta-t-il.

Capitaine Black secoua la tête à nouveau. Un signe de tête affirmatif ? pensa Garth, pris de vertige. Essayait-il vraiment de faire signe que oui ?

Il entendit la porte du bâtiment s'ouvrir, puis des hommes crier et courir. Les gardes de la sécurité étaient arrivés à temps, Dieu merci ! Il était sur le point de s'écrouler.

— Allons, George, dis-moi ce qui t'a mis dans cet état, fit-il. J'ai dit « maman ». C'est ce mot qui t'a rendu furieux ?

Capitaine Black continua de le regarder fixement, sans bouger.

— J'ai dit « Emily ». C'est « Emily » qui t'a rendu furieux ?

Il y eut un moment de silence, puis Capitaine Black rejeta sa tête en arrière et *cria* littéralement. Un garde de la sécurité était arrivé devant l'enclos, armé d'un fusil à pompe Mossberg. Pourtant il fit un bond en arrière, effrayé.

— Bon Dieu, qu'est-ce qu'il a ?

Garth leva vivement son bras gauche.

— Jim, ne tirez pas à moins d'y être vraiment forcé. Vous avez apporté un aiguillon électrique ?

Un second garde lança :

— Le Dr Goodman arrive, il a tout ce qu'il faut !

Garth se traîna un peu plus vers la porte.

— George, dit-il, je ne sais pas pourquoi « Emily » te rend furieux, mais je ne veux pas te voir dans cet état. Tu veux que je demande à Emily de venir te voir ? Ça te ferait plaisir ?

Capitaine Black recommença à grogner. Durant un moment, Garth pensa qu'il s'était trompé. Capitaine Black était peut-être incapable de le comprendre. George Pearson avait probablement été tellement traumatisé par son meurtre qu'il avait perdu la raison.

Maintenant, Garth était si près de Capitaine Black que, si jamais le porc décidait de le charger, l'aiguillon électrique ne pourrait pas le stopper à temps. Seul le garde armé du fusil à pompe serait à même d'éviter que Garth soit tué ou grièvement blessé... en faisant exploser la tête de Capitaine Black.

L'énorme masse velue de Capitaine Black empêchait Garth de voir le garde de la sécurité, mais il l'entendit actionner la culasse mobile de son fusil.

Garth dit, plus doucement cette fois :

— Je vais demander à Emily de venir te voir, d'accord ? Cela te ferait plaisir ?

Durant un moment interminable, Garth fut convaincu que Capitaine Black allait l'attaquer à nouveau. Il avait également la certitude que Capitaine Black réfléchissait... qu'il *réfléchissait*, examinait la situation, pesait le pour et le contre.

Le garde avait braqué son fusil à pompe sur la tête de Capitaine Black, Garth savait qu'il suffirait d'un seul mouvement menaçant vers lui... et Capitaine Black ne serait plus qu'une histoire ancienne.

Jenny voulut pénétrer dans l'enclos, mais le second garde la retint par le bras et murmura :

— Attendez.

Capitaine Black remua ses oreilles. Puis, très précautionneusement il recula lentement, trois ou quatre pas, indiquant très clairement qu'il n'avait pas l'intention de charger. Il se retourna, traversa son enclos jusqu'au coin opposé, et resta là, leur tournant le dos. Il n'aurait pas pu faire comprendre plus clairement sa décision à Garth, même s'il avait été en mesure de l'exprimer à haute voix.

— C'est le moment, dit le garde de la sécurité. Allez vite le chercher !

Il se tint entre Capitaine Black et Garth, son fusil à pompe levé, tandis que Jenny et le second garde entraient rapidement dans l'enclos et aidaient Garth à se relever. La cheville de Garth plia sous lui, formant un angle horrible, et il poussa un hurlement de douleur. Pourtant, même à ce moment, Capitaine Black ne bougea pas, ni ne montra pas signe d'agressivité. Jenny et le garde parvinrent à soutenir Garth et à lui faire franchir la porte, pendant que l'autre garde s'éloignait à reculons, son fusil à pompe toujours levé. Puis il sortit de l'enclos à son tour et claqua la porte derrière lui.

Garth était étendu sur le sol : il tremblait de tous ses membres, tandis que le Dr Goodman lui prodiguait les premiers soins. Le Dr Goodman était l'un des meilleurs vétérinaires de l'institut, et même si Garth n'était pas un porc, une vache ou un mouton, il se savait en de bonnes mains. Le Dr Goodman banda son avant-bras. Le crâne chauve du docteur luisait dans la lumière filtrant par la fenêtre et les verres de ses lunettes brillaient de temps à autre, lançant un message de réconfort.

— Vous avez eu une sacrée veine, l'artère n'est pas sectionnée, déclara-t-il. Un centimètre de plus et il ne nous restait plus qu'à prévenir le coroner.

— Je m'en sortirai, fit Garth d'une voix rauque. Je crois que j'ai une côte bousillée, mais j'ai tellement mal que je ne sais pas laquelle.

— Restez allongé, dit le Dr Goodman. Qu'est-ce qui vous a pris d'entrer dans l'enclos de Capitaine Black ? Vous vouliez vous faire tuer ou quoi ?

— J'ai communiqué avec lui, affirma Garth. Il a compris ce que je lui disais, j'en suis sûr.

Le Dr Goodman leva les yeux vers Jenny, puis regarda Garth à nouveau.

— Vous avez réussi à communiquer avec lui ? Comment le savez-vous ?

— A cause de sa réaction. Il est devenu fou furieux lorsque j'ai prononcé le prénom de sa sœur. J'ai dit « Emily », et c'était comme si j'avais versé de l'acide nitrique sur du phosphore. Il s'est enflammé, d'un seul coup, en un instant.

— Vous avez dit « Emily » ? demanda le Dr Goodman, déconcerté. Comment saviez-vous que le prénom de sa sœur était Emily ?

Bien qu'il fût commotionné, Garth comprit qu'il venait de commettre une erreur stupide. Il était tellement ravi d'avoir communiqué avec Capitaine Black qu'il avait complètement oublié qu'il n'était pas censé connaître l'identité du donneur du fragment de cerveau.

— Oh merde ! grimaça-t-il. Allez-y doucement avec cette cheville !

— Désolé. Écoutez... l'ambulance arrive.

Le Dr Goodman ne reparla pas de Capitaine Black, mais il était clair, à en juger par l'expression de son visage, qu'il avait l'intention de revenir sur ce sujet. Si Garth Matthews connaissait l'identité du donneur du fragment de cerveau, comment se faisait-il qu'aucun autre membre de l'équipe de recherche n'en ait été informé... et y avait-il une raison à cela ?

Capitaine Black allait et venait dans son enclos ; il grognait et se cognait contre les parois. Garth savait ce qu'il attendait, et il ne se calmerait plus jusqu'à ce que Garth ait arrangé la chose pour lui. Capitaine Black voulait voir Emily.

Tandis qu'on l'emmenait sur une civière, Garth aperçut le Dr Goodman qui s'entretenait discrètement avec Jenny ; il se cachait la bouche de la main. Il vit Jenny hocher la tête et acquiescer à nouveau ; derrière eux, dressé sur ses pattes de derrière, la masse énorme de Capitaine Black, aussi sombre qu'un nuage orageux, mystérieux, étrange et terrifiant, un être qu'il avait créé, dont il assumait à la fois la responsabilité et la faute ultime.

A l'hôpital, Luke était assis au chevet d'Iris Pearson depuis une vingtaine de minutes lorsqu'elle se réveilla. Elle surprit Luke lui adressant un sourire triste et dit :

— Bonjour, shérif. Vous êtes la dernière personne que je m'attendais à voir.

— Je suis venu prendre de vos nouvelles.

— C'est bien aimable de votre part. Vous voulez bien m'apporter un verre d'eau ? J'ai la gorge horriblement desséchée.

Luke remplit un verre d'eau et le lui donna. Elle but une gorgée puis lui redonna le verre. Elle avait une mine affreuse. Son visage était encore gonflé et couvert d'ecchymoses, et sa joue gauche horriblement lacérée. Son œil gauche avait tellement enflé qu'il était presque fermé. Sa tête était enveloppée de pansements, de même que sa main droite.

Néanmoins, elle avait gardé ce charme à la Katharine Hepburn, cette force intérieure. Pour briser une femme comme Iris Pearson, songea Luke, il fallait lui arracher la chair des os.

— Je me sens mieux, dit-elle. Mais j'ai mal partout, comme Jeannot Lapin, jeté dans ce champ de ronces.

— Je croyais que Jeannot Lapin s'en sortait sans une égratignure.

— Lui, c'est bien possible. Mais pas moi, hélas ! Et Mary, pauvre Mary ! Cela aurait dû être moi, pas elle. Ils n'en avaient pas après elle, n'est-ce pas ?

Luke s'éclaircit la gorge.

— D'après ce que je crois savoir, peu leur importait qui était leur victime.

Elle le regarda en clignant ses yeux enflés.

— Vous savez qui ils sont ?

— J'ai des soupçons. L'ennui, c'est que je dois y réfléchir. Et je dois avoir un entretien avec vous. Ce ne sont pas ce que nous appelons habituellement des soupçons logiques.

— Comment cela, shérif ? lui demanda-t-elle d'une voix ténue.

— J'ai interrogé des membres de la communauté tchèque, et ils ont une sorte de mythe, ou de légende. Cela parle de *mummers*... de gens qui rendaient visite à des fermiers en Europe, au Moyen Age. C'est sans doute encore plus ancien que cela. Ces gens étaient censés avoir le pouvoir de faire croître les choses, de faire pousser le maïs ou le blé. Mais en échange, ils voulaient la vie de personnes. Un genre de sacrifice humain, je pense.

Iris était silencieuse et se mordillait la lèvre. Elle scrutait le visage de Luke, en s'efforçant d'y discerner la part de sincérité. Disait-il cela pour la réconforter, ou bien pour la prendre au piège ?

— Vous vous rappelez cette gravure dans la chambre de Terry, n'est-ce pas ? dit-il. L'homme couvert de feuilles, déguisé en buisson ?

Elle déglutit et acquiesça.

— A mon avis, cette gravure représentait assez fidèlement l'un de ces *mummers*... leur chef, je crois bien. Il a un tas de noms, mais les Tchèques l'appellent Janek-le-Vert.

— Le Voyageur Vert, chuchota Iris.

— Oui, dit Luke, et il comprit qu'il tenait le bon bout. C'est pour cette raison que Terry avait tous ces graphiques concernant les récoltes et toutes ces cartes météorologiques punaisées aux murs de sa chambre. Lorsqu'il fait mauvais temps et que les récoltes semblent compromises, c'est à ce moment que Janek-le-Vert survient et va de ferme en ferme. Il frappe à la porte et demande au fermier s'il désire passer un marché avec lui.

Iris frissonna. Elle *frissonna* mais ne dit rien.

Luke tendit le bras et prit sa main.

— Il faut que je sache ce qui s'est passé cette nuit-là, Iris.

— J'ai déjà répondu aux questions de deux inspecteurs, lui dit-elle.

— Oui, je sais. J'ai lu leur rapport. Mais je pense qu'il s'est passé quelque chose que vous taisez.

Ses yeux regardèrent vivement à gauche et à droite.

— Pourquoi dites-vous cela ? demanda-t-elle.

— Parce que, selon cette légende tchèque, Janek est à moitié un homme et à moitié une sorte d'arbre vivant. Cela semble impossible, d'accord ? Cela semble ridicule. Mais des officiers de police ont rempli sept sacs de feuilles de laurier d'Europe qui se trouvaient dans votre cour, la nuit où vous et votre sœur avez été agressées. Sept sacs ! Pourtant il n'y a pas de lauriers de cette espèce dans votre cour ni dans la cour de vos voisins, ni nulle part dans le quartier. En fait, le laurier de cette espèce le plus proche que nous avons été à même de localiser se trouve à Noelridge Park, sur Collins Avenue.

Il marqua un temps et serra sa main, pour lui faire comprendre qu'elle pouvait avoir confiance en lui.

— Cette légende dit également que, parce que Janek est à moitié un homme et à moitié un arbre, il a besoin de viscères humains pour survivre. Or on a éviscéré votre pauvre Mary. Un autre homme, un traducteur tchèque qui traduisait les carnets de Terry pour moi... Apparemment, *il* s'est éventré et a sorti ses intestins de son corps, plutôt que de laisser Janek les avoir.

Luke observait attentivement les réactions d'Iris, chaque battement de ses paupières, chaque coup de langue nerveux sur ses lèvres. Toute personne qui n'avait pas vu de ses propres yeux que la légende de Janek-le-Vert était plus qu'une légende ne l'aurait pas cru une seule seconde. Mais maintenant il était certain qu'Iris avait été témoin de beaucoup plus de choses que ce qu'elle avait dit aux inspecteurs de John Husband. Elle avait seulement déclaré : « Il faisait sombre... quelqu'un m'a frappée avec une branche. Lorsque j'ai repris connaissance, la police était là. »

Luke poursuivit :

— J'ai réfléchi à cela longuement et profondément, Iris. C'est impossible, et pourtant c'est ce qui est en train de se produire. Le temps est instable, les prévisions pour les récoltes sont catastrophiques. D'abord, Terry tue George et Lisa. Ensuite, Leos Ponican se suicide. Ensuite, votre sœur Mary est assassinée. Vous avez été agressée et frappée par un genre de buisson. La même chose est arrivée à l'un de mes adjoints.

— Quoi ? L'un de vos adjoints ? s'exclama Iris, les yeux écarquillés.

— Il enquêtait sur une infraction au code de la route. Il a été agressé par un type de grande taille, très pâle, portant un imperméable blanc. Puis on l'a frappé au visage avec un buisson ou une branche. Les docteurs disent que c'était le même genre de buisson ou de branche qui a causé vos blessures.

— Est-ce qu'il va bien ? demanda Iris.

— Il a perdu la vue. Pauvre Norman !

Iris demeura silencieuse un long moment, mais Luke se rendit compte qu'elle réfléchissait intensément.

— Iris, dit-il, ces types sont toujours en liberté et rôdent quelque part. Ce qu'ils vous ont fait, à vous et à votre sœur, ils vont le refaire à quelqu'un d'autre. Il faut absolument que nous les trouvions, qu'ils soient réels ou mythiques ou je ne sais quoi.

Iris inspira avec difficulté. Puis elle déclara :

— Je lui avais dit de ne pas apporter ces brocolis à la maison.

— Qui ? Qui avait apporté des brocolis chez vous ?

— Mary... Mary les avait apportés. (Avec une hâte soudaine, quasi hystérique, elle poursuivit :) Je lui avais dit que nous ne pouvions rien avoir de vert à la maison, mais elle a répondu que cela n'avait aucune importance. Elle a apporté des brocolis, des olives, toutes sortes de choses, et elle n'a pas retiré les étiquettes des boîtes de conserve où il y avait du vert.

— Et alors ? Qu'est-ce que ça change ? demanda Luke.

Elle lui lança un regard éperdu.

— C'est la seule façon de l'empêcher d'entrer, c'est ce que Terry répétait constamment. Cela, et faire taire les enfants.

— Faire taire les enfants ? C'est ce que Terry disait ? Vous ne m'en aviez jamais parlé auparavant.

— Je ne pensais pas que cela voulait dire...

Elle s'interrompit. Il était clair qu'elle ne pouvait se résoudre à prononcer les mots « les tuer ».

— Mais vous êtes sûre que Terry a dit que, si le Voyageur Vert venait, la seule façon de l'empêcher d'entrer, c'était de faire taire les enfants ? Ces mots mêmes ?

Iris hocha la tête.

— Seriez-vous prête à déclarer cela sous serment, au tribunal ? Attention, rien ne vous y oblige. Une femme n'est pas obligée de déposer contre son mari.

Elle hocha la tête à nouveau.

— Après ce qu'il a fait à Lisa et à George...

Luke serra sa main.

— Il y a autre chose dont j'aimerais parler avec vous, Iris. Je suis allé voir Emily chez les Terpstra, après avoir examiné le corps de votre sœur. Ce n'est pas facile à expliquer mais elle ne s'est pas comportée comme je m'attendais à ce qu'elle le fasse. Elle ne semblait ni particulièrement commotionnée ni bouleversée. En fait, j'irai jusqu'à dire qu'elle se fichait complètement de ce qui vous était arrivé.

— C'est incompréhensible, dit Iris.

— C'était peut-être le traumatisme. J'ai parlé à la psychologue pour enfants avec qui nous travaillons de temps à autre, et elle m'a dit que certains gosses gardent leur détresse enfouie en eux pendant des semaines, sinon des mois. Emily a été témoin de choses qui auraient rendu beaucoup d'adultes à moitié fous. Cependant, après lui avoir parlé moi-même, je ne pense pas que ce soit le cas.

Iris détourna la tête. Sur la table de chevet, il y avait un grand vase contenant des glaïeuls orange pâle, et six ou sept cartes de vœux de prompt rétablissement.

— Dites-moi ce qui s'est passé, Iris, murmura Luke. Il faut que je le sache.

Iris demeura silencieuse pendant presque trente secondes, mais Luke savait quand il devait attendre et se taire. Il regarda par la fenêtre : les nuages étaient épais, gris, informes. C'était une journée sans ombres, et il allait sans doute pleuvoir.

— Est-ce que Emily aura des ennuis ? demanda-t-elle finalement.

— Bien sûr que non. Elle n'a que onze ans.

— On n'essaiera pas de me l'enlever ?

— Pourquoi ferait-on ça ? Vous êtes sa mère, exact ?

Elle hésita un moment encore, puis elle déclara :

— S'il n'y a rien de vert dans la maison, il ne peut pas entrer, même s'il frappe toute la nuit et toute la journée. Mais s'il y a quelque chose de vert dans la maison, il peut entrer, à condition que quelqu'un l'y invite.

— Vous essayez de me faire comprendre que Emily l'a invité à entrer ?

— Oui, répondit Iris.

Luke soupira bruyamment.

— Je m'en doutais. Ces Tchèques à qui j'ai parlé m'ont dit que les petits-enfants de Janek sont habituellement ceux qui lui demandent d'entrer.

— Vous croyez que... ?

— Vous m'avez dit vous-même que, deux mois après votre mariage, Terry vous avait emmenée voir son père à Des Moines. N'est-ce pas exact ? Ensuite il a complètement changé, avez-vous dit. Il n'arrêtait pas de parler de la Bible, et du sang impur, et de répéter que vous ne deviez pas avoir d'enfants. A votre avis, pourquoi se serait-il comporté ainsi, si son père ne lui avait pas appris quelque chose qui l'a amené à redouter d'avoir des enfants ?

— Je ne sais pas. Je ne sais vraiment pas.

— Vous avez dit que vous aviez fait la connaissance de son père. Et sa mère ?

— Elle est morte peu de temps avant que je fasse la connaissance de Terry.

— Savez-vous comment elle est morte ?

Iris secoua la tête.

— Terry ne m'en a jamais parlé.

Luke s'appuya sur le dossier de sa chaise.

— La nuit où Mary est morte... pourquoi ne pas me dire ce qui s'est passé ? Racontez-moi tout, Iris.

D'une voix hésitante et sourde, les yeux baissés, Iris dit à Luke ce qui s'était passé cette nuit-là. Elle avait cru qu'elle rêvait. Puis elle avait aperçu l'homme à l'imperméable blanc, dans la cour. Le vent se levait et les feuilles tourbillonnaient. Elle était allée au rez-de-chaussée et Emily se tenait dans le couloir. Emily qui avait dit : « *Il est sacré. C'est le père de papa. Je l'ai invité à entrer.* » Elle avait essayé de s'enfuir, mais elle avait vu l'homme à l'imperméable blanc descendre l'escalier, portant Mary. Mary qui était déjà éventrée et mourante. Ensuite la créature qui était à moitié un buisson et totalement haineuse l'avait agressée.

Luke écouta sans l'interrompre. Lorsqu'elle eut terminé, il la considéra attentivement, observa ses yeux, observa la façon dont elle tirebouchonnait son drap. Il y avait encore une question restée sans réponse, et c'était la question la plus importante de toutes.

— Je suis content que vous m'ayez fait confiance et que vous m'ayez raconté tout cela, Iris, dit-il. Cela me sera très utile, et je vous en suis très reconnaissant. Je sais que ce n'était pas facile pour vous.

Iris déglutit, hocha la tête, et dit :

— Ça ira, shérif.

— Une dernière chose, murmura Luke. Pourquoi ne pas nous avoir dit cela plus tôt ?

— Je ne voulais pas que vous sachiez qu'Emily les avait fait entrer.

— C'est tout ?

— Je refusais de croire cela moi-même. C'était trop étrange. C'était trop horrible. Je n'arrête pas d'y penser et d'y repenser et je n'arrive pas à le croire, mais je suis bien obligée, parce que cela s'est réellement passé.

Luke se leva et posa sa main sur l'épaule d'Iris.

— Vous devriez essayer d'y croire, Iris, parce que j'y crois, moi aussi, même si le reste du monde pense que nous avons pété les plombs. Et je vais vous dire une chose. Je vais retrouver ces types. Je retrouverai ce Voyageur Vert, et il paiera pour ce qu'il a fait.

Il récupéra son chapeau posé sur une chaise et se dirigea vers la porte de la chambre d'hôpital. Au tout dernier moment, cependant, il fit halte.

— Il y a une chose qui me turlupine, dit-il à Iris. A votre avis, pourquoi ne vous ont-ils pas tuée, vous aussi ?

Iris était déjà pâle, mais elle devint encore plus pâle. Ses lèvres étaient tellement exsangues qu'elles étaient presque bleues.

— Que voulez-vous dire ? chuchota-t-elle.

— La légende dit que Janek-le-Vert prend tous les intestins qu'il peut trouver. Pourtant il n'a pas pris les vôtres.

— Non. J'ignore pourquoi.

— Iris... je peux vous poser une question très personnelle ? Toujours d'après cette légende, Janek-le-Vert essaie constamment de perpétuer sa lignée, si vous voyez ce que je veux dire. Il n'arrête pas d'engendrer des descendants, encore et encore. Ainsi, il y aura toujours des petits-enfants pour lui ouvrir la porte... il y aura toujours des gens dont il pourra se nourrir.

— Vraiment ? demanda Iris, le visage toujours blême.

— C'est ce que dit la légende, et c'est sans doute plus qu'une légende, nous l'avons constaté par nous-mêmes, n'est-ce pas ? Voici la question très personnelle que je suis obligé de vous poser, Iris : la nuit où votre sœur Mary a été tuée, avez-vous été victime de sévices sexuels ? Est-ce qu'il y a eu viol ? Il se peut que je déraille complètement, Iris, mais je dois envisager la possibilité que Janek-le-Vert vous a épargnée parce qu'il espérait que vous lui donneriez un enfant.

Iris ne répondit pas, ne bougea pas. Mais des larmes brillantes commencèrent à couler sur ses joues blanches et meurtries, et à tomber goutte à goutte sur ses draps. Au même moment, des gouttes de pluie brillantes crépitèrent sur les vitres. Encore du mauvais temps en perspective, d'autres champs de blé couchés. D'autres fermiers prêts à tenter le coup si on venait frapper à leur porte et on proposait de les aider.

9

Nathan raccrocha. Son père essuyait la vaisselle dans la cuisine et il lança :

— C'était le garage ? Ils ont dit quand je pourrais récupérer ma voiture ?

Nathan revint dans la cuisine, la mine sévère.

— Non, ce n'était pas le garage. Il y a eu un autre accident avec ce porc à l'Institut Spellman. Garth a été blessé.

— Oh, mon Dieu ! C'est grave ?

— Plutôt, oui. Il a un bras lacéré, une côte et une cheville cassées, un tas de contusions. Mais il est conscient, et il va bien, apparemment.

— Et tu penses que c'est de ta faute ? N'est-ce pas ?

Nathan regarda son père. Toute personne le voyant pour la première fois n'aurait jamais pensé que cet homme enjoué aux yeux lumineux et aux cheveux blancs avait failli mourir sur la table d'opération, et avait été sauvé uniquement grâce à une greffe des plus hasardeuses. Les seuls signes révélateurs étaient sa bedaine, son teint jaunâtre, et la bouffissure autour de ses yeux, les effets secondaires des stéroïdes.

Moses Greene avait regardé Dieu dans les yeux, assez près pour sentir Son haleine, et il n'avait pas eu peur de Lui. Néanmoins, il se réjouissait tous les jours que sa première audience avec le Tout-Puissant ait été remise à plus tard, et qu'il lui ait été accordé de passer quelques années de plus avec Nathan et David. On avait besoin de lui, ici. C'était pour cette raison que Dieu l'avait épargné. Nathan était encore tellement vulnérable. Il continuait de se reprocher la mort de Susan et d'Aaron, et il était tout à fait prêt à se reprocher ce qui était arrivé au Dr Lacouture, même s'il n'y avait pas la moindre preuve pathologique ou psychologique que le fragment de cerveau du petit George Pearson avait été la cause de l'accès de fureur de Capitaine Black.

Nathan avait tout raconté à son père la veille au soir, après son entretien avec Garth. Son père l'avait pris par le poignet et avait déclaré :

— Cesse de t'accuser, Nathan. Tu as fait ce que tu pensais être bien. On ne peut pas te reprocher tous les événements tragiques qui se passent dans le monde, même si tu ne demandes que ça. Ces types, ces scientifiques, ils savent les risques qu'ils prennent. On ne fait pas d'omelette sans casser des œufs.

Cela n'avait pas vraiment réconforté Nathan. Lorsqu'il était plus jeune, son père lui avait toujours dit qu'un homme était responsable des conséquences du moindre de ses actes. Et maintenant son père avait changé d'avis ? Quand on flouait la mort, est-ce que cela voulait dire que vous deviez également flouer vos principes ?

— Écoute, dit Moses Greene, en suspendant le torchon à un crochet. Je suis désolé pour Garth. Je sais qu'il est ton ami. Mais tant qu'ils n'affirmeront pas catégoriquement qu'ils ont la preuve scientifique que c'est de ta faute si ce porc est devenu fou furieux, cesse de t'accabler de reproches. Tout homme est présumé innocent jusqu'à ce qu'il ait été reconnu coupable.

Nathan haussa les épaules et dit : « Bon, d'accord », même s'il se sentait toujours dans la même disposition d'esprit. Il parcourut la cuisine exiguë du regard pour vérifier que tout était bien rangé. Il se faisait un devoir de tenir la maison aussi propre que Susan l'avait toujours fait. David avait peut-être perdu sa mère, mais cela ne voulait pas dire qu'il devait grandir dans un taudis.

Nathan éteignit la cuisine et ils se rendirent au salon où David, allongé sur la moquette, regardait *Une Créature de rêve* à la télévision. Il restait une bouteille de vin à moitié pleine ; Nathan leur servit un verre à chacun, puis il s'assit dans l'un des grands fauteuils en cuir marron que Susan et lui avaient hérités de son père. Le papier peint était également marron, des motifs entrelacés comme des tortillons de sucre d'orge. Au-dessus de l'âtre, il y avait une gravure encadrée, brunâtre, représentant Jérusalem.

— Tu veux aller voir Garth ? demanda Moses. Je resterai avec David.

— Qu'est-ce qui lui est arrivé ? voulut savoir David.

— Il y a eu un autre accident. Capitaine Black a piqué une crise à nouveau, et il a cassé une côte à Garth.

— Papa..., commença David, mais Nathan leva une main pour le faire taire.

— Tu n'as pas besoin de me le dire. Je ne suis pas responsable, je sais. Mais je voudrais bien n'avoir rien eu à voir là-dedans.

— Voilà une parole sensée ou je ne m'y connais pas ! dit Moses. Bon, qu'est-ce que tu fais ? Tu vas voir Garth ?

— Oui, bien sûr, répondit Nathan. Et toi, David ? Tu regardes la télé ou tu viens avec moi à l'hôpital ?

— Je viens, pas de problème ! dit David. J'ai déjà vu ce film au moins un million de fois.

Moses posa sa main sur celle de Nathan.

— Laisse-moi te dire quelque chose. Tu es un homme, c'est tout. Et tu es quelqu'un de bien. Tu prends soin de ton fils, tu prends soin de moi, également. C'est plus que suffisant. Laisse les miracles à ceux qui font des miracles.

— Bien sûr, fit Nathan, et il se leva pour aller prendre sa veste.

Terence Pearson était assis sur sa couchette, la tête appuyée contre le mur de la cellule. Les yeux mi-clos, il essayait de dormir, essayait de ne pas dormir.

Depuis son arrestation, il avait l'impression que presque toutes les lumières dans son âme avaient vacillé et s'étaient éteintes par manque d'attention. Pourtant il restait une dernière lumière, et il était résolu à l'entretenir aussi longtemps qu'il le pourrait, telle la dernière vestale abritant sa lampe à huile du vent du petit matin.

Emily s'en était sortie indemne, et Emily devait mourir, et puisque personne ne penserait jamais à la tuer, excepté lui, il devait survivre, il devait rester en vie. Même si cela lui prenait une éternité.

Tuer ses enfants avait été une terrible épreuve pour Terence, et cela se voyait. Son visage avait toujours paru pâle et cireux ; maintenant, il ressemblait à un masque mortuaire. Ses yeux étaient sans expression par suite de l'épuisement, et ses cheveux roux étaient gras et collés à son cuir chevelu. Son menton était mal rasé, et il savait qu'il puait la sueur rance.

Il ne voulait pas dormir parce qu'il était terrifié à l'idée que Janek-le-Vert allait venir le chercher. Il ne voulait pas rester éveillé parce qu'il ne parvenait pas à accepter ce qu'il avait fait, ce que son devoir l'avait obligé à faire. Il maudit Dieu. Il maudit Janek-le-Vert.

Par-dessus tout, il maudit sa maladresse. Il avait laissé Emily s'échapper. Emily était la plus âgée des petits-enfants du Voyageur Vert, la plus rusée, la plus intelligente, celle qu'il redoutait le plus. Il maudit ses jambes parce qu'elles n'avaient pas couru plus vite. Il maudit la pluie, le vent et l'orage, parce qu'ils l'avaient empêché de rattraper Emily.

En ce moment même, Janek-le-Vert et ses *mummers* étaient à sa recherche. Ils humaient l'air pour déceler le parfum subtil de sa terreur. A la seule pensée de ce qu'ils lui feraient, son estomac se contracta et les paumes de ses mains grouillèrent de mille-pattes nerveux.

Il essayait continuellement de se rappeler tout ce qu'il avait appris en lisant ses livres et ses Bibles — tout ce qu'il avait écrit dans ses carnets, toutes ces règles compliquées et ces observances auxquelles Janek-le-Vert devait se plier afin de vivre. Janek-le-Vert avait été créé en un temps où le Ciel et l'Enfer étaient tenus pour réels ; lorsque Dieu était l'arbitre suprême de toutes les lois de la Nature, et Satan l'architecte de tout mal. Terence ne croyait pas que Janek l'avait épargné par bonté, car Janek ignorait tout de la bonté, de même que ni l'orage ni les inondations ne connaissent la bonté.

Il était certain qu'il était difficile ou même impossible à Janek-le-Vert d'entrer dans une maison sans y être invité. C'était un voyageur, après tout ; un vagabond sans toit. Il dépendait de l'hospitalité de celui qui était assez cupide ou stupide pour le laisser entrer. Il savait que Janek avait encore plus de difficultés à entrer dans une maison s'il n'y avait rien de vert dans cette maison, particulièrement tout ce qui était *vivant* et vert, comme les plantes.

Il savait que le pouvoir de fertilité dont jouissait Janek était lié à ses affinités physiques avec les arbres et les buissons. Janek possédait une influence occulte, semblable à celle des poupées confectionnées avec des épis de maïs, et autres fétiches des campagnes... mais à un degré incommensurable. C'était la « magie des récoltes », la même force surnaturelle de la Nature que les paysans avaient invoquée depuis les temps prébibliques, mais c'était une magie effroyablement puissante.

Toutefois, Terence savait également que ce qui donnait à Janek-le-Vert son pouvoir était aussi sa plus grande faiblesse. Il n'avait pas de viscères à lui, seulement des racines et des vrilles, et il lui fallait absolument se nourrir de ses propres descendants afin de conserver ce qui subsistait de sa nature humaine. S'il ne mangeait pas régulièrement des viscères humains, il serait petit à petit submergé par les plantes qui étaient enchevêtrées dans son être, et il ne serait plus qu'un arbre dans lequel une âme humaine était prise au piège.

Même les Grecs dans l'Antiquité avaient connu des êtres tels que Janek-le-Vert : les hamadryades, ou nymphes des bois, dont la vie était indissolublement liée à un arbre, et qui mouraient lorsque leur arbre mourait.

Terence avait lu dans un livre très ancien que « *le Voyageure Vert, pour ses faveures, exhorte de s'estendre aux costés de l'espouse de cesluy qui luy demande son secours* ». Il savait que le Voyageur Vert était tellement fécond que la femme tombait enceinte invariablement, et lui donnait un fils, et que, après « *troys fois douze années* », lorsque le fils lui-même avait des enfants, le Voyageur Vert revenait finalement auprès de la famille et les dévorait tous... à l'exception de l'épouse de son fils, qu'il mettait enceinte afin que l'effroyable processus puisse continuer.

Les descriptions datant du seizième siècle de la mort infligée par le Voyageur Vert étaient plus horrifiantes que tout ce que Terence avait cru possible : « *L'évyscératyon estoit la plus grande des souffrances & les vyscères sont dévorés sous les yeux de sa vyctyme agonysante, les hurlemens de laquelle causent l'inflatyon la déflatyon vysybles de ses poumons.* »

Habituellement, le Voyageur Vert et ses serviteurs

n'avaient aucun mal à entrer dans la maison où son fils et sa famille vivaient... sauf lorsqu'ils avaient découvert, comme Terence l'avait fait, tous les mythes et toutes les légendes, et avaient pris toutes les précautions nécessaires pour l'empêcher d'entrer.

Cependant, le sang de Janek coulait dans les veines des enfants de ses fils, et lorsqu'il se présentait et frappait à la porte, ils seraient toujours tentés de l'inviter à entrer, même si eux aussi feraient les frais de l'effroyable appétit de Janek.

Et Terence était l'un des fils de Janek.

Il se souvint de ce soir où son père lui avait appris tout cela. Il arpentait le séjour, fumait, faisait tout son possible pour que cette histoire semble réelle. L'écran du téléviseur scintillait dans un coin de la pièce, le *Mary Tyler Moore Show*. Pour quelque raison inexplicable, la normalité de ce qui apparaissait sur l'écran avait contribué à convaincre totalement Terence que tout ce que son père lui disait était vrai.

Ce soir-là, sa vie s'était fendue en deux, comme une coquille de noix, pour se révéler telle qu'elle était en réalité. Extraordinaire, inconcevable et terrifiante... promise à une fin horrible depuis le tout début. Son père l'avait condamné avant même qu'il ait été conçu. Non seulement lui, mais aussi ses petits-enfants, parce que la lignée de Janek-le-Vert existait uniquement pour nourrir Janek-le-Vert, lui et ses serviteurs... de père en fils, enfant après enfant.

Tandis que les années passaient, Terence était devenu de plus en plus frénétique. Il avait écrit à des agences de presse, pris des abonnements, et reçu des coupures de journaux de tout le pays, depuis Sausalito jusqu'à Sarasota, depuis San Antonio jusqu'à Buffalo. Il était toujours à la recherche d'articles concernant des récoltes exceptionnelles, des variations de température inattendues, des microclimats et des inondations subites. Il avait appris le tchèque (mal) afin de pouvoir lire des livres sur l'ancienne Bohême et tout ce qui avait trait aux fléaux et aux famines qui avaient ravagé l'Europe de l'Est au Moyen Age.

La plupart des preuves avaient été très fragiles, souvent ténues. Mais Terence avait soigneusement tout vérifié, et tout consigné par écrit. Le 8 mars 1982, la police avait découvert les corps éviscérés d'une famille de fermiers à proximité de

Pocatello, Idaho. Un témoin oculaire avait aperçu « trois ou quatre inconnus qui rôdaient autour de la ferme. L'un d'eux était encapuchonné, un autre avait un manteau blanc. Ils portaient un buisson ou un arbre, pour une raison ou pour une autre. Mais, par moments, le buisson semblait se déplacer tout seul ».

Par moments, le buisson semblait se déplacer tout seul. C'était le genre de preuve qui avait terrifié Terence plus que toute autre chose. *Par moments, le buisson semblait se déplacer tout seul.*

Le 3 septembre 1987, une mère de famille de Hardshell, dans le comté de Breathitt, Kentucky, avait été trouvée, éviscérée, dans sa maison, victime d'un « maniaque ». Pourtant sa petite fille âgée de six ans était indemne et n'avait pas une seule égratignure. Le journal local rapportait que « la femme avait été découverte gisant sur un lit de feuilles sèches » mais, apparemment, personne n'avait essayé de découvrir pourquoi, ni ce que cela signifiait, ni d'où ces feuilles avaient bien pu venir. Le rédacteur en chef du journal avait déclaré laconiquement que « certaines personnes établissaient des comparaisons entre cet homicide et les meurtres commis dans l'Angleterre victorienne par Jack l'Éventreur, de triste notoriété ». Il avait manifestement tenté d'insinuer que la victime était une femme de moralité douteuse, mais Terence avait donné un sens tout à fait différent à ses commentaires.

Se fondant sur les légendes populaires et les articles de journaux, il avait été à même de suivre les pérégrinations de Janek-le-Vert à travers l'Europe d'année en année, siècle après siècle, depuis les steppes russes jusqu'aux plaines de Pologne et les Tatras, à présent la Tchécoslovaquie. Janek avait été aperçu dans le nord de la France en février 1837. Puis, en février 1838, des Londoniens terrifiés affirmèrent qu'ils avaient vu une créature appelée « Jack aux talons à ressort », un personnage effrayant qui se déplaçait en faisant de grands bonds.

Une jeune fille du nom de Jane Alsop, de Bearhind Lane, Bow, fut attaquée par un inconnu, qui lui lacéra grièvement le visage et le cou. Elle n'avait pas vu son agresseur distinctement, mais elle déclara aux magistrats que l'homme portait « une sorte de casque et un costume blanc très ajusté, comme une toile cirée. Son visage était hideux, ses yeux étaient de grosses boules de feu. Ses mains avaient de grandes griffes, et il crachait des flammes bleues et blanches ».

Pendant trente ans, « Jack aux talons à ressort » fut pourchassé par la police et l'armée d'un bout à l'autre de l'Angleterre. Toujours à Londres, il se jeta sur Lucy Scales, la fille âgée de dix-huit ans d'un boucher de Limehouse, alors qu'elle se promenait dans Green Dragon Alley. Il lui lacéra le visage et lui creva les yeux. Le 31 août 1888, une prostituée du nom de Mary Ann Nicholls fut abordée par un homme dans Buck's Row, dans l'East End de Londres. Sa gorge fut tranchée et son corps horriblement mutilé. Exactement une semaine plus tard, le même meurtrier tua Annie Chapman, surnommée « Annie la brune », laissant ses bagues et des pièces de monnaie soigneusement disposées à ses pieds. Elle avait été éventrée et éviscérée.

Terence connaissait par cœur les noms des victimes : Elizabeth Stride, surnommée « Long Liz » ; Kate Eddowes, la plus atrocement mutilée de toutes ; et Mary Kelly. Il savait également qui Scotland Yard avait recherché : un homme « d'Europe de l'Est » — un docteur russe appelé Michael Ostrog, ou bien un Juif polonais appelé Kosmanski, ou bien un acteur tchèque au comportement bizarre, appelé Janek Gryzn.

Il savait également qui le recherchait. Son vrai père : l'être à qui le mari de sa mère avait vendu ses viscères, avant même qu'il ait été conçu, en échange d'une bonne récolte.

Certes, il savait que des atrocités bien pires avaient été commises entre père et fils. En Bosnie, durant les combats qui avaient suivi l'effondrement du communisme, des Serbes avaient obligé des Musulmans faits prisonniers à castrer leur propre fils avec leurs dents. Des faits réels, des personnes réelles, comme l'avaient constaté les observateurs des Nations-Unies. Mais cela n'empêchait pas Terence d'être toujours aussi terrifié par Janek-le-Vert. Parce que Janek-le-Vert venait quand on l'invitait ; il n'usait pas de la force. Et il venait vers tous ceux qui réclamaient sa présence. Les sacrifices que Janek-le-Vert exigeait étaient librement consentis.

Il se souvint de son père, sanglotant, le visage baigné de pleurs, et répétant : « *Je ne pensais pas... après toutes ces années...* »

Il se souvint qu'il avait sangloté, lui aussi, à la naissance d'Emily, parce qu'il savait ce qu'il serait obligé de lui faire, un jour. Mais il avait toujours gardé espoir. Il avait toujours cru qu'il pourrait protéger sa famille... par la ruse, grâce à des recherches approfondies, en lisant la Bible et en observant le temps.

Pourtant cela n'avait pas marché. Cela dépassait peut-être sa compétence. Mais Terence avait fait de son mieux. Finalement, il ne faisait de reproches à personne, sinon à lui-même, pas vraiment, pas dans son cœur où cela avait de l'importance.

Il n'aurait jamais dû avoir d'enfants, jamais. Il aurait dû quitter le MidWest et partir à l'étranger. Mais il était resté, s'était marié et avait engendré trois enfants, parce qu'il était né en Iowa et avait passé la plus grande partie de sa vie en Iowa, et parce qu'il voulait mourir en Iowa et être enterré en Iowa.

Il avait trouvé quelques cas isolés d'enfants qui avaient échappé à la gloutonnerie de Janek... soit parce qu'ils avaient été pris de panique, lorsqu'ils avaient compris qui était vraiment leur grand-père, soit parce que Janek avait mal calculé l'heure de sa venue et ne les avait pas trouvés à la maison. Deux des enfants avaient été admis dans des hôpitaux psychiatriques (Randy Touraine, de Vinita, Oklahoma, en 1936, et Caroline Drumright, de Pretty Prairie, Kansas, en 1951). Trois autres avaient été reconnus coupables de voies de fait ou d'homicide : James Bignor, qui purgeait actuellement une condamnation à vie au pénitencier fédéral de Marion pour avoir tué une femme dans son appartement de Creve Cœur, Saint-Louis, Missouri, en 1964, et avoir mangé la moitié de son cœur ; Kerry Blackman, de Kewanee, Illinois, qui, en 1966, avait étranglé et éviscéré trois enfants qu'elle était censée garder, puis s'était ouvert les veines ; David Colombotti, qui avait emmené de force une adolescente de seize ans dans un bungalow de Baker, Montana, en 1971, l'avait ligotée et bâillonnée, puis l'avait éventrée alors qu'elle était toujours en vie, et avait mangé en partie son utérus sous ses yeux.

Cela ne faisait aucun doute pour Terence que l'effroyable appétit de Janek était héréditaire, et que pratiquement tous les cas de cannibalisme signalés aux États-Unis avaient été le fait de descendants du Voyageur Vert. Au moins un membre du Convoi Donner, en 1846, avait été un petit-fils de Janek-le-Vert. Lorsqu'une équipe de sauveteurs avait finalement retrouvé les émigrants bloqués par la neige dans la Sierra Nevada, un fermier allemand du nom de Lewis Keserberg était en train de faire bouillir le foie et les poumons d'un jeune garçon, alors que des cuissots de bœuf gisaient à proximité, intacts. Terence avait découvert que le grand-père de Lewis Keserberg avait reçu la visite de Janek-le-Vert et de ses serviteurs après un long été pluvieux en Westphalie qui avait flétri ses pommes de terre. Le maître d'école du village avait écrit dans son journal intime que le grand-père de Lewis Keserberg et Janek-le-Vert avaient passé « *eine gottlose und schreckliche Ubereinstimmung* » — un marché impie et épouvantable.

Le maître d'école n'avait pas précisé en quoi consistait ce marché mais Terence avait deviné sans peine. Il n'y avait qu'un seul genre de marché qu'un fermier désespéré pût passer avec le Voyageur Vert... une récolte exceptionnelle en échange du corps de sa femme et de la vie de ses enfants.

Lewis Keserberg avait échappé au Voyageur Vert en émigrant en Amérique, mais il n'avait pu échapper à l'appétit dont il avait hérité.

Terence avait rêvé de chair humaine, lui aussi. Lorsqu'il était adolescent, son sommeil avait été hanté par d'horribles visions de lui-même, en train de se gaver des fruits âcres d'estomacs ouverts en deux. Humidité, chaleur, tissus cellulaires, mucosités visqueuses. Ces nuits-là, il se réveillait en sursaut, suffoquant, en sueur, avec une énorme érection, convaincu que ses lèvres étaient maculées de sang et que sa gorge était remplie de tripes humaines. Mais il y avait toujours eu quelque chose dans le caractère de Terence qui avait contenu ce rêve avec force : c'était un rêve et rien de plus qu'un rêve. Peut-être avait-il hérité davantage la maîtrise de soi calviniste de sa mère que l'effroyable satisfaction égoïste de ses appétits de Janek-le-Vert.

Le hasard génétique avait peut-être dévoyé les descendants du Voyageur Vert, en fin de compte, et une nouvelle mythologie était sur le point de naître. Une mythologie plus étrange, encore plus terrifiante que tout ce qui s'était passé auparavant.

Terence était à moitié endormi lorsque Luke, trois gardiens et l'avocate commise d'office de Terence, Wendy Candelaria, remontèrent le couloir et firent halte devant sa cellule.

— Terry, dit Luke, tandis que l'un des gardiens pianotait la combinaison pour déverrouiller la porte, j'aimerais avoir un entretien amical avec vous, si cela ne vous dérange pas.

Terence se redressa sur sa couchette, les cheveux ébouriffés, et cligna des yeux en raison de la lumière inattendue.

— Si, cela me dérange. Je ne suis pas obligé de vous parler. Rien ne dit que je suis obligé de vous parler.

Wendy Candelaria était une femme de petite taille, très soignée de sa personne. Elle avait un visage en forme de cœur aux traits italiens, une abondante chevelure châtain foncé, et une prédilection pour les tailleurs à épaules larges et à jupe droite.

— Terence, dit-elle, ce pourrait être très utile pour votre défense.

— Vous êtes *mon* avocate, d'accord ? Dites à ce gros lard de me foutre la paix.

Luke sourit.

— Je voudrais parler avec vous du Voyageur Vert. De Janek-le-Vert.

Terence secoua la tête avec véhémence.

— Certainement pas ! Jamais de la vie !

Mais Wendy Candelaria s'assit à côté de lui et posa doucement sa main sur son épaule.

— Terence, le shérif a déjà parlé à votre femme. Votre femme lui a appris que, il y a longtemps — cela remonte à plusieurs années, en fait —, vous aviez dit certaines choses qui pourraient être interprétées par un jury comme la preuve de votre intention de tuer vos enfants, un jour ou l'autre. Apparemment, elle est disposée à faire une déposition dans ce sens devant la cour, en tant que témoin à charge. Vous savez ce que cela veut dire, n'est-ce pas ? Cela veut dire que vous pouvez être jugé pour meurtre avec préméditation. Et cela signifie également deux condamnations à perpétuité incompressibles, à tout le moins, sans parler de la peine qu'ils vous infligeront pour le meurtre de Mr et Mrs Loftus. Vous ne sortirez jamais de Fort Madison vivant.

Terence leva les yeux. Ils étaient troubles, comme si Terence était drogué.

— Iris ? Vous avez parlé à Iris ?

— C'est exact, dit Luke. Nous avons discuté d'un tas de

choses. Les récoltes, le temps, la couleur verte... Comment faire taire les enfants.

Terence frissonna vivement et renifla.

— Je veux vous parler, Terence. Je veux tout savoir sur le Voyageur Vert. Je veux savoir ce que votre père vous a dit lorsque vous êtes allé le voir à Des Moines, peu de temps après votre mariage. Je veux savoir pourquoi vous avez tué vos enfants, et qui a tué votre belle-sœur.

Terence regarda Wendy Candelaria et chuchota d'une voix rauque :

— Je suis obligé de le lui dire ?

— Non, répondit Wendy Candelaria. Vous n'êtes pas obligé de dire quoi que ce soit. Mais je pense que vous et moi devrions avoir une discussion à ce sujet, tout de suite. Vous pourriez obtenir une remise de peine en donnant au shérif les renseignements qu'il désire.

Terence roula les yeux.

— Je n'ai pas peur du shérif Friend. Je n'ai absolument pas peur de lui.

— Alors de quoi avez-vous peur, Terence ?

Terence hocha la tête vers le mur.

— J'ai peur d'eux. Là, dehors. Ils me terrifient !

— Personne ne peut vous faire quoi que ce soit, tant que vous êtes ici, Terry, dit Luke. Vous le savez. La seule prison à avoir une meilleure sécurité que la nôtre, c'est le pénitencier fédéral de Marion, et je suppose que vous avez entendu dire comment ça se passe là-bas.

Wendy Candelaria se tourna vers Luke.

— Shérif, sauf votre respect, est-ce que je pourrais m'entretenir avec mon client en particulier ? Nous trouverons plus facilement un arrangement si vous déguerpissez !

Luke grimaça un sourire.

— Entendu, Miss Candelaria. Ces messieurs ne vous quitteront pas des yeux, juste au cas où. Prévenez-moi quand vous aurez terminé.

Il regagna son bureau et examina le tableau récapitulatif qu'il avait établi, reliant par des traits les meurtres de Lisa et George Pearson avec ceux d'Abner et Dorothy Loftus, ainsi que la mort de Leos Ponican, et l'agression dont avait été victime le shérif-adjoint Norman Gorman.

Ils s'emboîtaient tous comme un puzzle bien fait. Le hic, c'est qu'ils s'emboîtaient comme un puzzle bien fait seulement si vous parveniez à croire que des *mummers* errants, issus du folklore du Moyen Age, avaient mystérieusement surgi dans le MidWest d'aujourd'hui.

Luke ouvrit le tiroir de son bureau et y jeta un coup d'œil. Une chemise bleue contenant un rapport sur la toxicomanie en Iowa. Un numéro écorné de *Police Magazine*, qui comportait un portrait du « Nouveau Shérif du comté de Linn, Iowa ». Posé dessus, cependant, il y avait une barquette de douze petits gâteaux à la framboise. Il en manquait déjà un.

Il les contempla un long moment. Il pouvait même les *sentir*, fruités, sucrés et fondants. Puis il referma le tiroir et donna un tour de clé. Voyons, Luke : manger entre les repas était une trahison. Sally-Ann faisait de tels efforts pour qu'il garde la ligne. Elle passait tellement d'heures dans sa cuisine, à lui préparer du poulet en cocotte sans graisse, de succulentes croustades de poisson, et des pommes de terre en robe des champs remplies de *fromage frais*[1].

Il traça des cercles avec son crayon autour de sa liste. Quelle autre raison pouvait-il y avoir, pour que quelqu'un ait agressé Iris Pearson et Mary van Bogan ? Un parent inconnu d'Abner et Dorothy Loftus avait peut-être décidé de venger leur mort en s'en prenant à la famille Pearson. Il se promit de vérifier cette possibilité. Mais pourquoi ce même parent inconnu s'en serait-il pris également à Leos Ponican ? Personne, excepté Norman Gorman et lui-même, ne savait que Leos Ponican traduisait les notes de Terence Pearson. Et pourquoi aurait-il agressé Norman Gorman ?

Il se couvrit les yeux de la main un moment, afin de les reposer. Puis, d'un mouvement souple et continu, il déverrouilla son tiroir, prit un petit gâteau à la framboise et le fourra dans sa bouche, avant que sa conscience ait le temps de comprendre ce qu'il faisait.

Il se renversa dans son fauteuil, puis mâcha et déglutit de plaisir et de culpabilité. On ne pouvait pas lutter contre ça : un homme de sa taille devait s'alimenter à heures régulières.

Il mâchait encore lorsque les tubes au néon fixés au plafond

1. En français dans le texte. *(N.d.T.)*

de son bureau clignotèrent brusquement et pâlirent. Il n'aurait pu l'affirmer, mais il eut également l'impression que la température ambiante avait baissé d'un seul coup, comme si quelqu'un avait ouvert une fenêtre.

Il appuya sur le bouton de l'interphone, mais sa secrétaire était déjà partie. Il se leva et fit quelques pas dans la pièce, tandis que les tubes au néon bourdonnaient et clignotaient, et que la température baissait de plus en plus.

Il écouta attentivement. Il entendait tout juste le murmure de la circulation et, de temps en temps, des coups de klaxon.

Pourtant, il était certain d'entendre un autre bruit. Celui, très doux, d'une *course précipitée*, comme si des rats détalaient dans les gaines d'aération. Mais c'était plus léger que cela, plus sec.

Il mâcha plus lentement, puis regarda le morceau de gâteau qu'il tenait dans sa main et le jeta dans sa corbeille à papier.

Il traversa son bureau et ouvrit la porte. Dans le couloir, les tubes au néon étaient aussi brillants que d'habitude.

Il ignorait pourquoi il se sentait aussi inquiet. Il avait le sentiment que quelque chose était entré ici ; quelque chose de tout à fait déplaisant ; quelque chose de froid et d'indifférent. Il avait le sentiment qu'une chose très grave était sur le point de se produire.

Il refermait la porte de son bureau lorsque les lumières du couloir se mirent à clignoter à leur tour... tandis que celles de son bureau revenaient brusquement à la normale. Il rouvrit la porte à la volée et eut juste le temps d'apercevoir une ombre qui se déplaçait en diagonale sur le mur peint en vert au fond du couloir.

Fronçant les sourcils, il sortit de son bureau et remonta le couloir aussi vite qu'il le put. Il était en sueur lorsqu'il arriva au fond du couloir, bien qu'il y ait toujours un soupçon de froid glacial dans l'air. A nouveau, tout au fond du couloir suivant, il entrevit une ombre fugace, seulement une infime partie, une ombre semblable au coin triangulaire d'un foulard de gaze en lambeaux.

— Hé ! lança-t-il. Attendez un instant ! Qui êtes-vous ?

Il n'y eut pas de réponse. Péniblement, il courut à petites foulées jusqu'au coude suivant du couloir. Cette fois, il vit le bord d'un manteau blanc disparaître au-delà du coin. Il entendit le plus rapide et le plus vif des bruissements. Il ne pouvait s'agir de rats.

— Attendez ! cria-t-il à nouveau.

Il tourna le coin au moment où la porte donnant sur l'escalier se refermait en claquant. Il sortit son pistolet de son étui et se plaqua contre le mur.

A cet instant, le shérif-adjoint Bulowski apparut, venant de la direction opposée. Elle essuyait les verres de ses lunettes avec son mouchoir. Elle fit halte lorsqu'elle l'aperçut et cligna des yeux.

— Shérif ? Qu'est-ce que vous faites ?

Luke porta son index à ses lèvres.

— Chut ! Je pense que nous avons un intrus.

— Vous avez vu quelqu'un ?

— Je l'ai juste entrevu.

Edna Bulowski remit ses lunettes et dégaina son arme de service. Au-dessus de sa tête, les lumières baissèrent et s'éteignirent presque complètement. Elle regarda Luke avec stupeur.

— Qu'est-ce que c'est ? Une coupure de courant ?

Luke s'approcha tout doucement de la sortie de secours, jusqu'à ce que ses doigts touchent la poignée de la porte.

— Couvrez-moi, dit-il.

Edna Bulowski tint son pistolet à deux mains et releva le chien. Elle fit pivoter son arme d'un côté à l'autre de la porte.

— Je vous ai dit de me couvrir, pas de me tuer, fit Luke d'un ton sec.

— Ne vous inquiétez pas... Je m'entraîne tous les dimanches au stand de tir !

Luke inspira profondément, puis ouvrit la porte d'un coup de pied et bondit vers le palier, son pistolet pointé devant lui.

Le palier et l'escalier étaient déserts. Luke se pencha prudemment par-dessus la rampe métallique verte et scruta la cage d'escalier en contrebas. Il n'y avait personne. L'escalier était désert, d'ici jusqu'au rez-de-chaussée.

— Il y a quelqu'un ? demanda Edna Bulowski d'une voix tendue.

— Je ne vois personne, répondit Luke.

Pourtant il éprouvait le sentiment instinctif et terrifiant qu'il y avait quelqu'un. Les lumières continuaient de clignoter et de bourdonner, l'air était incontestablement glacé, et il était certain d'entendre un bruit tout juste perceptible, comme un grattement, un bruissement, un chuchotement.

Il leva les yeux. Il n'aperçut personne, là non plus. Néanmoins, il décida d'aller jusqu'aux étages supérieurs afin de jeter un coup d'œil.

— Ne bougez pas d'ici, dit-il à Edna. Si vous entendez ou voyez quoi que ce soit de suspect, appelez-moi.

— Je n'y manquerai pas, shérif !

Luke s'essuya le front du dos de la main. Puis, précautionneusement, il commença à gravir les marches en béton, le dos plaqué contre le mur, son arme levée. Ses chaussures couinaient sur chaque marche, et il grimaçait et tendait l'oreille à chaque fois. Si quelqu'un montait l'escalier devant lui, il voulait l'entendre.

Il arriva au palier du dessus. Il regarda vers Edna Bulowski en contrebas et lui fit signe que tout allait bien. Edna faisait pivoter nerveusement son P. 38 de gauche à droite en une imitation plutôt réussie de Jodie Foster dans *Le Silence des agneaux*. Elle leva les yeux vers lui et hocha la tête, même si elle était manifestement trop effrayée pour se risquer à dire quoi que ce soit. Luke l'observa un moment, avec un certain amusement. Il espérait seulement qu'elle ne serait pas tentée d'appuyer sur la détente de son arme ; une balle ricochant dans la cage d'escalier en béton d'un immeuble de huit étages n'aurait rien de drôle.

Il se demandait si cela valait la peine de monter plus haut lorsqu'il entendit un bruit de pas. Il fut certain d'entendre un bruit de pas. Les pas feutrés de quelqu'un qui montait l'escalier. Il tendit l'oreille. Pendant un moment il n'entendit que le *zzzz — pok ! — zzzzz* des lumières défectueuses, puis à nouveau un bruit de pas, quelqu'un montant l'escalier, à moins de deux étages au-dessus de lui, ou même plus près.

Il voulut faire signe à Edna Bulowski qu'il avait entendu quelque chose, mais elle était trop occupée à scruter la cage d'escalier en contrebas et à pointer son pistolet d'un côté et de l'autre. Il songea qu'elle était probablement plus un danger pour lui que pour un intrus éventuel, et il décida de ne pas la prévenir. Il continua de monter, aussi vite qu'il le pouvait ; il tenait son arme à deux mains, canon pointé vers les marches. Ses hanches épaisses se déplaçaient de côté, comme un serpent, et sa bedaine ondulait sous sa chemise fripée.

Il avait gravi trois ou quatre marches lorsqu'il entendit distinctement un bruit de pas. Des pas rapides qui produisaient un bruissement, comme les pas de quelqu'un dont le manteau traîne sur les marches. Ils étaient tellement près qu'il fit halte brusquement et faillit tomber. Il n'était plus obligé de tendre l'oreille. Les pas étaient tout près de lui, *à côté de lui*... c'était l'impression qu'ils donnaient. Il se plaqua contre le mur et cria d'une voix tendue :

— Qui est là ? Ce bâtiment est la propriété du comté ! Si vous n'avez pas d'autorisation, votre présence ici est illégale !

Sa voix résonna de palier en palier. *Illégale... gale* ! Puis le silence à nouveau. Les tubes au néon pâlirent encore plus et la cage d'escalier fut pratiquement plongée dans l'obscurité, à l'exception d'un scintillement stroboscopique de lumière grisâtre et métallique, de temps à autre. Il s'approcha tout doucement de la rampe d'escalier et regarda vers le bas. Il entendait les pieds de quelqu'un se déplacer, il en était certain. *Et ce quelqu'un était près de lui... tout près... si près qu'il aurait dû sentir son souffle sur sa nuque* !

Mais où était-il ? Luke leva les yeux et ne vit personne. Luke baissa les yeux et ne vit personne. Il recula lentement jusqu'à ce qu'il sente la fraîcheur rassurante du mur en parpaings contre son épaule.

— Adjoint Bulowski ! cria-t-il.

— Oui, shérif ?

— Adjoint Bulowski, allez chercher des renforts en vitesse ! Je veux aussi des torches électriques et des générateurs, si besoin est ! Dites à l'officier de police Chadima de renforcer le dispositif de sécurité à l'entrée du bâtiment, et d'envoyer des hommes sur le toit !

— Compris, shérif.

Elle hésita.

— Qu'est-ce que vous attendez ? hurla Luke. Magnez-vous le train !

— Shérif... Vous êtes sûr que c'est ce que vous voulez ?

— Bien sûr que je suis sûr ! fit-il.

L'écho de sa voix répéta : *... que je suis sûr... sûr* !

— Euh ! shérif, pour dire la vérité, je ne pense pas qu'il y a quelqu'un ici.

Luke attendit un instant ou deux avant de répondre, et il se félicita d'être aussi maître de lui. Puis il lança :

— Adjoint Bulowski, il y a quelqu'un ici. Il est peut-être autorisé à se trouver ici, auquel cas je prends l'entière responsabilité de déclencher une alerte générale. Mais à mon avis, quelqu'un ayant l'autorisation de se trouver ici se serait déjà fait connaître, pour éviter que vous lui tiriez dessus !

Il appuya sur les derniers mots afin que, s'il y avait vraiment quelqu'un ici, ce quelqu'un puisse facilement l'entendre.

Edna Bulowski remit son arme dans son étui, dit : « Comme vous voudrez », puis franchit la porte de la sortie de secours.

Luke était seul dans la cage d'escalier maintenant. Les lumières tremblotaient tellement qu'il ne voyait pratiquement rien, excepté l'image en zigzag des marches en béton, de temps à autre. Il attendit et écouta. Il entendait tous les bruits de l'immeuble autour de lui : la plainte des ascenseurs, les cliquetis de la climatisation, même la circulation sur la Troisième Avenue.

La sueur lui dégoulinait lentement sur la nuque et dans sa chemise. Il était convaincu qu'il y avait quelqu'un ici. Il le sentait presque respirer. En fait, s'il tendait vraiment l'oreille, il était certain de l'entendre respirer. Une respiration sèche, régulière et continue. Quelqu'un qui attendait qu'il abandonne. Quelqu'un qui attendait qu'il abandonne et fasse demi-tour.

Dans l'obscurité, il entendit un rapide frottement de pieds. Il se rejeta contre le mur et leva son pistolet, mais il n'y avait toujours personne ici.

Il monta une marche. Il entendit un autre frottement de pieds rapide, presque simultanément. Il monta une autre marche, puis une autre, et à chaque fois il y eut un pas qui l'imitait, venant d'autre part. Il fit halte, l'imitation fit halte. On essayait de l'embrouiller et de lui faire croire que ce qu'il entendait, c'était l'écho de ses propres pas.

Ou bien on n'essayait pas du tout de l'embrouiller, et c'était effectivement l'écho de ses propres pas. Edna Bulowski avait peut-être raison, et il était seul dans cette cage d'escalier.

— Il y a quelqu'un ? cria-t-il.

— *Elqu'un* ? répondit l'écho. *Elqu'un* ?

Il monta deux ou trois autres marches, le plus vite possible. Cette fois, il fut certain d'entendre le bruit de pas de quelqu'un d'autre... pas tout à fait synchronisés avec les siens.

— Vous ne pouvez pas vous échapper ! cria-t-il.

— *Vous échapper* ! cria l'écho.

— Toutes les issues sont bloquées ! Vous ne pouvez pas vous échapper. Vous feriez mieux de descendre, en laissant vos mains bien en évidence !

— *En évidence* !

Toujours pas de réponse. Il entendit une porte s'ouvrir tout en haut de la cage d'escalier. Puis une voix appela :

— Shérif ? C'est Pete Fruehling ! Nous sommes sur le toit ! Tout est normal !

— Merci, Pete ! dit Luke. Vous voulez bien jeter un coup d'œil dans la cage d'escalier... et me dire si vous voyez quelqu'un d'autre à part moi ?

— Bien sûr, shérif !

Luke s'avança prudemment vers la rampe et regarda en l'air, vers l'obscurité clignotante. Il discerna le visage de l'officier de police Fruehling, un ovale pâle, expressionniste, comme celui du *Cri*, le tableau d'Edvard Munch. Il leva la main, et l'officier de police Fruehling leva la main en réponse.

— Quelque chose ? cria-t-il.

— *Que chose* ?

— Non, je ne vois rien.

— Qui est avec vous sur le toit ?

— Dan Ollinger.

— Parfait. Dites à Dan de rester sur le toit. Vous, descendez lentement l'escalier vers moi. Mais faites attention... J'ai la très nette impression que quelqu'un se planque ici !

— Vous inquiétez pas, shérif ! J'ai mon fusil à pompe. De plus, c'est l'anniversaire de mon gosse demain, et j'ai pas du tout l'intention de rater ça.

— Taisez-vous ! lui dit Luke.

Il était certain d'avoir entendu le bruit sec et haché de chaussures sur du béton. Même si c'était le cas, cependant, d'autres bruits éventuels furent recouverts par le grincement sonore de la porte du rez-de-chaussée que l'on ouvrait à la volée. Puis une voix étrangement déformée cria :

— Tout est normal en bas, shérif !

— Très bien ! lança Luke. Maintenant cessez ce boucan !

Lentement, méthodiquement, Pete Fruehling descendit l'escalier en partant du toit. Il restait près du mur et tenait son fusil à pompe à hauteur de poitrine. Luke ne bougea pas. Il tendait l'oreille, prêt à déceler le moindre bruit de quelqu'un qui essaierait de s'échapper... le couinement d'une semelle de chaussure sur le béton, le chuintement pneumatique d'une porte. Mais il n'entendait que le bruit des pas de Pete Fruehling qui descendait lentement, et le long chuchotement du dos de sa chemise qui frottait contre la paroi.

Pete Fruehling rejoignit finalement Luke. Il abaissa son fusil à pompe et secoua la tête.

— S'il y avait quelqu'un ici, il a filé depuis longtemps, shérif.

— D'accord, fit Luke, et il remit son pistolet dans son étui. Mais il y avait quelqu'un ici, j'en suis sûr. Je l'ai vu de mes propres yeux.

— C'était peut-être la lumière, suggéra Fruehling. (De près, son visage était aussi pâle et estompé qu'il l'avait été trois étages plus haut : il ressemblait à un tableau inachevé.) Quand elle clignote comme ça, vous vous mettez à voir des trucs foutrement bizarres. Il y a même des gens qui piquent une crise de nerfs.

— J'ai vu quelqu'un, Pete. Je suis formel !

Ils commencèrent à descendre l'escalier. Fruehling dit :

— C'était peut-être une femme de ménage ?

— Non. Beaucoup trop tôt.

Fruehling regarda vers le haut.

— Vous voulez que nous inspections le bâtiment, étage par étage ?

— Ouvrez l'œil, c'est tout. Et surveillez toutes les issues.

— Bien sûr, shérif. Comptez sur nous.

Arrivés au deuxième étage, Fruehling franchit la porte de l'issue de secours et Luke resta seul sur le palier. Il s'apprêtait à descendre vers le rez-de-chaussée lorsqu'il entendit un bruissement vif et sonore. Il fit halte, écouta, leva les yeux.

Les lumières pâlirent, tremblotèrent, pâlirent à nouveau. Il attendit.

Durant un moment interminable, il ne se passa rien, sinon les lumières qui clignotaient. Puis, à travers cette lueur stroboscopique, irrégulière, il vit quelque chose tomber, une petite averse de feuilles. Elles voletèrent lentement et se déposèrent doucement à ses pieds. Il n'avait pas besoin d'en ramasser une et de l'examiner pour savoir ce que c'était. Des feuilles de laurier, de l'espèce *Laurus nobilis*.

Luke dégaina son arme de service et fit une enjambée vers la rampe d'escalier. Maintenant les lumières étaient si faibles que c'était à peine s'il distinguait quoi que ce soit. Pourtant il lui sembla apercevoir quelque chose suspendu au-dessous du palier du quatrième étage. Pas *sur* le palier : *sous* le palier. Une forme imprécise, effilochée, comme une énorme touffe de mousse d'Espagne, ou une énorme touffe de gui, ou l'une de ces plantes parasites qui pendent des branches d'arbre.

Luke plissa les yeux. Est-ce qu'elle bougeait, cette forme buissonneuse ? Est-ce qu'elle se déplaçait lentement sur la partie inférieure du palier, vers l'angle du mur ? Peut-être n'était-ce rien d'autre que des ombres. Comment un buisson pourrait-il être suspendu de la sorte, sous l'escalier ?

A moins... et cette idée soudaine le glaça jusqu'au tréfonds de son être... à moins que cette forme buissonneuse ne soit pas du tout un buisson, mais autre chose. Quelque chose de vivant. Quelque chose qui était passé inaperçu tandis que cela montait l'escalier parce que cela était monté *sous* l'escalier, un défi formel aux lois de la pesanteur.

— Qui êtes-vous ? hurla Luke. Descendez de là, tout de suite !

Il s'ensuivit un silence, puis il y eut un mouvement rapide, comme si un rat détalait. Luke eut l'impression de voir deux yeux briller au sein de l'obscurité, mais il ne pouvait en être sûr. Son cœur pompait le sang dans son corps comme s'il écopait l'eau d'un canot qui coulait rapidement ; son système nerveux était inondé d'adrénaline.

Il aurait pu tirer, à titre d'avertissement, et il connaissait beaucoup de policiers qui l'auraient fait. Mais il avait été formé par des instructeurs prudents, des vieux de la vieille, qui étaient partisans de l'ancienne méthode — identifier sa cible avant d'ouvrir le feu — et il avait vérifié la sagesse de cette instruction sur le terrain, plus d'une fois. Il n'était pas l'inspecteur Harry ; il était le shérif Luke Friend.

Néanmoins, il garda son arme levée.

— Vous avez entendu ? cria-t-il. S'il y a quelqu'un là-haut, vous descendez tout de suite, c'est compris ? Et ça veut dire *immédiatement* !

— *Ire immédiatement*, dit l'écho. *Ire immédiatement*.

La forme buissonneuse sembla se balancer au plafond un moment. Puis brusquement, la cage d'escalier fut plongée dans l'obscurité complète. Luke ne vit pas le buisson bouger, mais il entendit un grand fracas, comme si des branches et des haies s'entrechoquaient. Un vacarme qui s'éloigna vers le haut de l'escalier, mais *sous* l'escalier.

Les lumières se rallumèrent en clignotant, mais ne projetèrent qu'une lueur diffuse. La forme buissonneuse avait disparu du palier du quatrième étage. Pendant un moment, Luke pensa qu'elle avait filé. Puis il entrevit une ombre foncée, effilochée, sous les marches qui amenaient au palier du sixième étage, et il fut certain de distinguer le mouvement de feuilles.

— Fruehling ! Bulewski ! hurla Luke.

Il commença à monter l'escalier en toute hâte, même s'il savait qu'il n'avait pas la moindre chance de rattraper cette forme buissonneuse. Il fit halte sur le palier du quatrième étage, à bout de souffle, et leva son pistolet une fois encore.

Il lui sembla entendre le bruissement de feuilles. Il lui sembla entendre quelque chose qui ressemblait à une voix douce et frémissante. Une branche d'ombre, mince et épineuse, se tendit vers l'issue de secours du sixième étage, et la porte s'ouvrit vers l'intérieur, dans un soupir de ses gonds hydrauliques. Elle ne fit que s'entrouvrir, de cinq ou six centimètres, puis un peu plus.

— On ne bouge plus ! dit Luke, mais il le dit à voix basse, de telle sorte que personne n'aurait pu l'entendre, puis il abaissa son arme.

Il regarda, en proie à une stupeur croissante, avec un sentiment d'impuissance totale, tandis que la chose buissonneuse semblait ramper ou se glisser depuis le plafond, et passer pardessus le linteau de la porte de l'issue de secours. Elle produisit un bruit de grattement terrifiant et frissonna, comme sous l'effet d'une soudaine bourrasque de vent glacé. La lumière était si médiocre que Luke était incapable de voir si cela avait une forme plus ou moins cohérente, si cela avait des bras ou des jambes ou un corps, ou bien si c'était seulement une ombre, après tout, une illusion d'optique, une réaction nerveuse à cette lumière clignotante.

Mais il fut certain que la chose passait par-dessus le linteau de la porte, disparaissait vers le plafond du couloir et rampait ou marchait, la tête en bas, les pieds posés sur le plafond.

La porte se referma dans un sifflement. Luke remit son pistolet dans son étui. Pour la première fois de sa vie, il se sentait totalement désorienté et terrifié. Même à l'école, alors que tout le monde se moquait de lui, parce qu'il était si grand et si gros, il ne s'était jamais senti aussi terrifié qu'en ce moment. Il était dans la merde jusqu'au cou. Depuis qu'il avait découvert le corps de Leos Ponican, il avait su que cette affaire allait bien au-delà des frontières de la réalité. Il aurait dû en être convaincu après avoir interrogé Emily chez les Terpstra, mais il avait réussi à se persuader qu'il n'avait pas réellement vu un serpent ou un pénis sortir de la bouche de la fillette. C'était seulement sa langue, un reflet lumineux, une illusion d'optique, un mirage. Voir une chose aussi dégoûtante l'avait fait se sentir coupable, comme s'il était un empaffé de pédéraste, et il s'était efforcé d'oublier ça.

Luke s'appuya contre le mur. Ce dernier était solide et frais, presque rassurant. Luke sentait son cœur battre à grands coups et le sang circuler dans ses veines.

— Merde, murmura-t-il. Merde.

Il était toujours appuyé contre le mur lorsque Edna Bulowski apparut. Les verres de ses lunettes réfléchissaient la lumière clignotante.

— Shérif ? Ça va ?

Il se redressa.

— Je vais bien, Edna. Je vais très bien. Mais dites à Pete Fruehling que je veux que l'on fouille ce bâtiment de fond en comble. Étage par étage, pièce après pièce. Personne ne sort, personne n'entre. Et tout le monde reste ici jusqu'à ce que ce soit terminé.

— Entendu, shérif, si c'est ce que vous voulez, dit Edna Bulowski.

Dans vingt minutes elle ne serait plus de service, et elle devait assister à une réunion de la loge des Elks[1] au cours de laquelle son mari Stan serait installé Grand Maître et elle-même honorée du titre de Chérie de l'Année. Elle ne dit rien, même si Stan allait grimper aux rideaux. Elle savait que Stan allait grimper aux rideaux. Mais elle ne broncha pas. La mission des Elks était de servir, la devise du Bureau du shérif était « Servir et Protéger ».

Luke descendit jusqu'au palier du premier étage et poussa la porte. Quelques minutes auparavant, les couloirs étaient déserts. Maintenant ils grouillaient d'officiers de police et d'employés de bureau. John Husband apparut. Il avait l'air fatigué et de mauvaise humeur. Il vint vers Luke et le prit par le bras.

— Que se passe-t-il, Luke ? On m'a dit que vous aviez repéré un intrus au comportement suspect.

— Je ne sais pas. Les lumières déconnent complètement. Il y a peut-être quelqu'un ici, ou peut-être pas.

— Allons, ce sont des choses qui arrivent. La semaine dernière, un type s'est présenté, un coussin glissé sous sa chemise, et nous a affirmé qu'il était Perry Mason. Qu'est-ce qui rend celui-ci si spécial ?

— Celui-ci est spécial, répondit Luke d'une voix qui déraillait.

Il voulut s'éloigner, mais John le retint par la manche.

— Est-ce que cela a un rapport avec le meurtre des enfants Pearson ?

— Je n'en sais rien, John. Peut-être. Ce n'est pas impossible.

— Dans ce cas, vous ne pensez pas que je devrais en être informé ?

— Ce n'est rien du tout, John. Juste des soupçons.

— Néanmoins, vous auriez pu m'en parler, non ? En fait, c'est pour cette raison que je venais vous voir : pour vous parler de la liaison entre nos services respectifs. C'est primordial, Luke, vous l'avez toujours dit vous-même.

---

1. Association de bienfaisance très connue aux États-Unis. *(N.d.T.)*

— Bien sûr, John, c'est primordial, je suis entièrement d'accord.

— Alors comment se fait-il que vous ayez parlé à Iris Pearson et que vous ne me l'ayez pas dit ? Comment se fait-il que ce soit l'une des infirmières qui m'ait appris que vous l'aviez vue ?

— Iris Pearson ne m'a rien dit qui pourrait vous aider.

— Comment le savez-vous, Luke ? Il s'agit d'une enquête sur un meurtre. Le moindre détail pourrait être décisif.

— John, si j'avais quoi que ce soit d'utile à vous dire, je vous le dirais.

John hésita un instant et le regarda attentivement, puis il lâcha sa manche.

— Je vous fais confiance, Luke. Je vous fais confiance pour me tenir informé.

Luke aperçut Rick Clark de la *Gazette* et lui fit signe de la main.

— Pour quelle raison vous cacherais-je quelque chose ? demanda-t-il à John.

John le dévisagea. Luke fut à même de lire la réponse à cette question dans ses yeux, presque aussi clairement que si John l'avait prononcée à haute voix. *Vous me cachez quelque chose parce que vous voulez vous attribuer tout le mérite de la solution de cette affaire.*

Si seulement John avait pu lire dans ses yeux ce qu'il pensait vraiment. *Je n'ose pas vous dire ce que j'ai découvert à propos de cette affaire, parce que vous penseriez que j'ai complètement perdu la raison... et le procureur du comté penserait la même chose.*

Rick Clark s'approcha de Luke et demanda :

— Que se passe-t-il, shérif ?

— Rien de grave, Rick. Un individu au comportement suspect s'est introduit dans l'immeuble, c'est tout. Probablement non armé, probablement inoffensif. Juste un raté de plus dans le moteur de la vie.

— C'est moche ce qui est arrivé à Norman, fit Rick en prenant quelques notes en sténo, puis il remit son stylo-bille dans sa poche.

— Ouais, c'est moche.

Rick leva brusquement la main vers le visage de Luke, et Luke recula instinctivement, comme quiconque le ferait.

— Holà, pas de panique ! s'exclama Rick. Vous avez quelque chose dans les cheveux, c'est tout.

Il retira une feuille des cheveux de Luke, et la lui montra. C'était une feuille de laurier, *Laurus nobilis*.

— On voit beaucoup de feuilles de laurier, ces derniers temps, fit il remarquer.

— C'est la saison qui veut ça, répliqua Luke d'un ton brusque.

— Je ne sais pas, dit Rick. Vous connaissez cette comptine : « *La ville et la région de lauriers sont remplis, l'homme buissonneux vient par ici* » ?

Luke s'éclaircit la gorge et s'essuya le front du dos de la main. Il était essoufflé et en sueur après avoir monté et descendu tous ces escaliers.

— Où avez-vous entendu ça ? demanda-t-il.

John Husband se tenait de l'autre côté du couloir et parlait à deux des adjoints de Luke, mais il avait certainement perçu la tension contenue dans la voix de Luke, parce qu'il se retourna et le regarda attentivement, comme s'il voulait entendre la réponse, lui aussi.

— C'est une comptine tchèque, répondit Rick. Demandez à des gosses tchèques et ils vous la chanteront. Ils ont toutes sortes de comptines sur les haies et les buissons.

Luke le regarda fixement durant un long moment, mais Rick ne battit pas des paupières et soutint son regard.

— Depuis quand vous intéressez-vous aux comptines tchèques ? lui demanda Luke, finalement.

— Et vous ?

— Je ne vous suis pas.

— Bon, reprenez-moi si je me trompe, mais j'ai entendu dire qu'un certain shérif du comté bien connu s'intéressait énormément au folklore tchèque depuis peu.

— Que savez-vous d'autre ?

— Pas grand-chose, sinon que ce doit être très difficile pour un représentant de la loi de convaincre le procureur du comté que des personnages du folklore tchèque sont responsables d'homicides volontaires.

— A qui avez-vous parlé ? demanda Luke.

Rick serra les lèvres et tira sur sa bouche une fermeture à glissière imaginaire.

— Sources privilégiées, shérif. Mais c'est la vérité, non ? Vous avez parlé à plus d'un spécialiste en superstitions tchèques. En fait, c'est l'un de mes amis qui me l'a dit. Il travaille bénévolement à la bibliothèque du Musée Tchèque.

— Je voulais quelques renseignements sur un groupe ethnique, c'est tout. Je procède toujours ainsi, quel que soit le délit commis. Cedar Rapids est une communauté mixte.

— Vous voulez dire que la moitié de ses habitants travaille pour Rockwell, tandis que l'autre moitié travaille pour Quaker Oats ?

— Vous savez ce que je veux dire.

— Vous pensez vraiment qu'un genre d'élément occulte intervient dans ces meurtres ? Des satanistes ? Des adorateurs du diable ? Quelque chose de pire ?

— Non, absolument pas. Et vous pouvez me citer là-dessus.

Rick referma vivement son calepin.

— Dommage ! Même « peut-être » aurait fait un meilleur tire que « absolument pas ».

Luke posa sa main sur l'épaule de Rick et la serra juste assez fort pour lui faire mal.

— Je vous paierai un verre, Rick, lui dit-il.

John Husband vit que l'entretien était terminé et retourna à sa conversation.

Wendy Candelaria frappa à la porte du bureau de Luke et s'avança dans la pièce sans attendre qu'il la prie d'entrer.

Luke était penché sur son bureau et terminait avec lassitude sa paperasserie. Un gobelet en carton contenant du café était placé sous sa lampe, et la vapeur s'en élevait en un S lumineux. Une tache de sueur en forme de losange fonçait le dos de la chemise de Luke.

Wendy s'assit sur la chaise placée devant son bureau et croisa les jambes dans un crissement de nylon.

— J'aimerais revenir demain matin, déclara-t-elle. Terence est très fatigué, et il veut un peu de temps pour réfléchir, mais je pense qu'il est disposé à donner des renseignements qui vous aideront à identifier le meurtrier de Mary van Bogan, et à faire certaines révélations concernant ses homicides présumés.

Les lumières clignotèrent un instant, et tous deux parcoururent la pièce du regard.

— Ne faites pas attention, dit Luke. C'est juste un court-circuit momentané. Voici ce que j'aimerais savoir : est-ce que Terry est disposé à nous dire *pourquoi* il a tué ses enfants, et *comment* ?

— *Pourquoi* est si important que ça ?

— C'est capital.

Wendy le dévisagea durement.

— Il se passe quelque chose ici, n'est-ce pas ? Je le sens.

— Non, rien que vous ne puissiez voir.

— Non... En tant qu'avocate, je passe mon temps dans les commissariats et les prisons, et je sais quand il y a quelque chose d'anormal. Quelque chose vous préoccupe, et ce n'est pas Terence Pearson.

Luke essaya de sourire.

— Vous avez une imagination débordante, Miss Candelaria.

— Non, je ne crois pas. Si vous voulez que Terence vous dise *pourquoi*, je pense que j'ai besoin de savoir *quoi*.

— Wendy... la prévint Luke, vous prenez cette affaire trop à cœur. Qui sait où cela peut vous mener ?

Wendy lui envoya un baiser boudeur.

— Merci pour le conseil, shérif. Mais je pense que je vais jouer ça à ma manière. Je vous verrai demain, lorsque Terence aura eu le temps de réfléchir.

Les lumières clignotèrent à nouveau ; cette fois, la pièce devint tellement sombre que c'était tout juste si Luke voyait Wendy.

— Vous avez peut-être oublié de payer votre facture d'électricité, suggéra-t-elle avec un sourire narquois.

— C'est peut-être plus grave que ça, répliqua Luke. C'est peut-être la fin du monde.

Ce soir-là, la pluie recouvrit la partie est de l'Iowa telle la robe crottée d'une mariée abandonnée le soir de ses noces ; froide, maussade et interminable. Elle trempa le maïs, inonda les rigoles et fit monter la Cedar River de plus de soixante-dix centimètres. La rivière rompit ses berges en neuf endroits et submergea le maïs, le soja et les pommes de terre. A l'élevage de porcs Wesley, à l'ouest de Linn Junction, quinze truies furent noyées dans leur enclos. La visibilité sur la route 380 au nord de Cedar Rapids devint quasiment nulle en raison des nappes d'eau, et un minibus Volkswagen transportant onze louveteaux fut heurté de plein fouet par un camion-citerne au croisement de la 76e Avenue et de Tissel Valley Road : deux des garçons furent tués sur le coup, et trois autres grièvement blessés.

C'était l'un de ces soirs sombres, pluvieux et tragiques où Luke avait l'impression que le monde entier lui en voulait, où la réalité devenait presque insupportable... mais l'irréalité était encore pire. A onze heures passées, il était toujours dans son bureau, et l'officier de police Fruehling vint faire son rapport : l'immeuble était en règle, il n'y avait aucune trace d'un quelconque intrus.

— Vous en êtes sûr ? Sûr à 100 % ?

— Shérif, je vous répète que nous avons inspecté chaque placard à balais, chaque débarras, les toilettes, tous les putains d'endroits possibles et imaginables !

Luke tenait l'une des feuilles de laurier dans la paume de sa main. Il la contempla un moment, puis l'écrasa dans son poing. Il huma l'étrange odeur aromatique du laurier et fut surpris de n'avoir jamais remarqué auparavant à quel point cette odeur était particulière et forte. L'odeur du vert.

— Parfait, Pete. Dites à tout le monde d'arrêter les recherches et rentrez chez vous.

— Entendu, shérif. Oh ! une dernière chose.

— Oui, qu'y a-t-il, Pete ?

Pete Fruehling sortit de sa poche de chemise une pièce de monnaie d'aspect terne et la posa sur le bureau de Luke. Luke la prit et l'examina, la tournant d'un côté et de l'autre. Sur un côté, il y avait un aigle à deux têtes grossièrement représenté ; sur l'autre, il y avait un buisson couvert de feuilles. Au-dessous du buisson étaient gravés les mots *Zivot v Smrti* — la Vie dans la Mort.

Trente pièces d'argent, lui avait dit Mr Marek. Et cette pièce était certainement l'une d'entre elles. L'une des pièces données à Judas pour qu'il trahisse Jésus. L'une des *vraies* pièces.

Le Voyageur Vert était venu ici, certains de ses serviteurs

étaient venus ici, puis étaient repartis. Cette très vieille pièce d'argent en était la preuve.

— Où avez-vous trouvé ceci ? dit Luke.

— Vous voulez que j'inspecte l'immeuble à nouveau ? lui demanda Pete Fruehling.

— J'ai dit, où avez-vous trouvé ceci ?

— Au deuxième étage, devant les toilettes pour dames.

— Mais vous n'avez vu personne ?

— J'ai dit, « au deuxième étage, devant les toilettes pour dames ».

— Quoi ?

— Non, shérif, je n'ai vu personne. Mais ça ne m'ennuie pas d'inspecter l'immeuble à nouveau, si vous le voulez.

— Pete, mais qu'est-ce que vous racontez ? Soyez logique, bon sang !

— J'ai dit, ça ne m'ennuie pas d'inspecter l'immeuble à nouveau. Pas de problème.

Luke le dévisagea.

— Vous et moi ne sommes pas sur la même longueur d'onde ou quoi ?

— Je dis simplement que cela m'est égal de procéder à une nouvelle inspection des lieux.

— Pete..., commença Luke.

Puis il ouvrit son poing et considéra la pièce de monnaie. Il leva les yeux et regarda autour de lui. Le bureau semblait anormalement sombre, et Pete semblait bizarrement flou, *estompé*, plus exactement, tel un homme se tenant derrière un rideau de tulle. Luke percevait qu'il était là, et pourtant il avait l'impression qu'il n'était pas là. Il avait la sensation troublante que le sol bougeait sous ses pieds, une sensation de vertige.

Il jeta la pièce sur son bureau. A l'instant où il la lâcha, il éprouva une sensation de mouvement brutal. Puis les lumières brillèrent à nouveau, Pete fut net à nouveau, et la sonnerie des téléphones et le bourdonnement de la climatisation furent aussi distincts qu'auparavant.

— Je vous demande pardon ? fit Pete.

— Vous me demandez pardon pour quoi ?

— Vous venez de dire que vous et moi n'étions pas sur la même longueur d'onde.

— Oh, oui. J'ai dit ça ? Je pensais peut-être à autre chose.
— Ça doit être ça, shérif.

Une fois que Fruehling fut parti, Luke se renversa dans son fauteuil et le fit pivoter d'un côté et de l'autre, d'un air pensif. Il jetait un coup d'œil à la pièce d'argent à chaque balancement, mais il ne la prit pas dans sa main. Mr Marek lui avait dit ce que cette pièce pouvait faire, et Luke croyait Mr Marek. C'était la preuve. Une preuve empirique, irréfutable. L'ennui, c'est que ce n'était pas la preuve que Janek-le-Vert était un tueur en série réel, en chair et en os. C'était la preuve que les légendes populaires étaient vraies : qu'il y avait bien un Voyageur Vert qui pouvait survivre siècle après siècle, qu'il y avait bien des *mummers* qui avaient des épées, des couteaux et des bourses en cuir contenant des pièces d'argent sacrées.

Il avait ressenti l'effet de l'une de ces pièces d'argent par lui-même, et il y croyait. Il y croyait. Durant quelques instants, tandis qu'il serrait cette pièce dans son poing, il avait vécu non pas *maintenant* mais *alors*, en retard d'un battement de cœur sur Pete Fruehling, en retard d'un battement de cœur sur tout Cedar Rapids, et l'Iowa, et même sur sa propre femme et sa fille.

Maintenant il savait qu'il n'avait pas imaginé la créature buissonneuse qu'il avait entrevue dans la cage d'escalier. Mais il savait également qu'il ne pouvait pas faire grand-chose. A moins d'être en mesure d'acculer le Voyageur Vert et de découvrir qui ou ce qu'il était vraiment, le Voyageur Vert demeurerait plus un mythe qu'un homme... plus un personnage de conte de fées effrayant qu'un criminel réel.

Cela ne plaisait pas du tout à Luke de faire des réponses évasives à John Husband, mais il se rappelait ce qui était arrivé, voilà quatre ou cinq ans, au shérif Dennis Molloy, du comté de Black Hawk. Il y avait eu une série épouvantable de viols commis par un autostoppeur, un homme nu qui — d'après toutes les femmes qu'il avait agressées — avait sa tête « posée à l'envers ».

Induit en erreur par un jeune adjoint imaginatif, le shérif Molloy en était venu à penser qu'il traquait un hors-la-loi « réincarné » des années 1880, Jack Allison, lequel avait été pendu à Waterloo le dernier jour d'octobre 1886. Le cou d'Allison avait été tellement tordu par la corde du bourreau que le croque-mort l'avait couché sur le flanc dans son cercueil, de telle sorte qu'il regardait vers le haut.

Le shérif Molloy avait fait faire un exorcisme : il avait même pris l'avion pour aller consulter un prêtre vaudou haïtien à Miami, tout cela aux frais du comté. Cependant, l'autostoppeur avait été finalement arrêté, et l'on découvrit qu'il portait un masque en latex de Richard Nixon, mis à l'envers, avec des trous découpés pour ses yeux.

Luke n'avait surtout pas envie de découvrir que le Voyageur Vert faisait partie d'un canular quelque peu étrange et compliqué, avec lui-même dans le rôle du jobard. Il n'était pas encore prêt à aller retrouver le shérif Molloy à la maison de retraite pour policiers crédules.

Il sortit de son tiroir un sachet en plastique et, à l'aide de son stylo-bille, poussa précautionneusement la pièce d'argent à l'intérieur du sachet. Il ferma le sachet et le tint en l'air. Enfermée dans le plastique, la pièce n'avait apparemment aucun effet sur lui. Il la posa sur la paume de sa main. Toujours aucun effet. Il la serra dans son poing. Rien.

C'était déjà quelque chose. Selon toute apparence, on pouvait mettre la magie spirituelle du monde antique en quarantaine, si l'on utilisait une matière moderne. Il fit tomber la pièce dans la poche de poitrine de sa chemise, la tapota, et attendit un moment pour s'assurer qu'elle ne le poussait pas en arrière dans le temps.

Peut-être une légère sensation de vertige ? Non. Pas de vue trouble, pas de tremblements. Tout allait bien. Néanmoins, il avait toujours du respect pour le pouvoir et l'ancienneté de ce qu'il portait dans sa poche.

Il était pratiquant. Il savait pratiquement par cœur les paroles de saint Matthieu.

« Alors Judas, qui l'avait livré, voyant qu'il avait été condamné, fut pris de remords et rapporta les trente pièces d'argent aux grands prêtres et aux anciens. Il jeta les pièces dans le sanctuaire et se retira, puis il alla se pendre. Ayant ramassé l'argent, les grands prêtres se dirent : "Il n'est pas permis de le verser au trésor, puisque c'est le prix du sang."

« Après délibération, ils achetèrent avec cet argent le "champ du

potier" comme lieu de sépulture pour les étrangers. Voilà pourquoi ce champ-là s'est appelé jusqu'à ce jour le Champ du Sang. »

Luke se sentait humble, calme et profondément terrifié. Après tout, il portait sur lui un trentième du prix du Champ du Sang.

Luke fit un dernier tour dans l'immeuble, écouta, regarda un peu partout. Au rez-de-chaussée, il aperçut Joe Krolieke-wicz, l'électricien, un grand type efflanqué, en train de vérifier les coupe-circuits.

— Vous avez trouvé ce qui cloche ? lui demanda Luke.

Joe secoua la tête.

— C'est bizarre. On dirait une série irrégulière de sautes de tension, mais je ne comprends pas ce qui se passe. J'ai appelé la compagnie d'électricité, mais ils n'ont constaté aucune anomalie.

— C'est bon, Joe. Faites de votre mieux.

Il remonta le couloir, vers les cellules. Il échangea quelques mots avec le policier de service (lequel s'était mis au garde-à-vous, toujours enveloppé de la fumée de sa cigarette, un numéro de *Penthouse* à moitié dissimulé derrière son dos), puis il continua jusqu'à la cellule de Terence Pearson. Il resta là un moment, à observer Terence allongé sur sa couchette : celui-ci regardait fixement le plafond, les yeux grands ouverts.

— Comment ça va, Terry ? demanda-t-il finalement.

— Je m'ennuie comme un rat mort, répondit Terence, sans même tourner la tête vers Luke.

— Wendy Candelaria m'a dit que vous étiez sans doute disposé à coopérer.

— J'y réfléchis. C'était quoi, ce boucan, tout à l'heure ?

— Pas de quoi vous inquiéter. Un intrus, c'est tout.

Terence leva les yeux vers lui.

— Un intrus ?

— Quelqu'un qui a laissé des feuilles de laurier un peu partout dans l'immeuble. Quelqu'un que vous connaissez ?

Terence s'était redressé sur sa couchette. Il avait l'air inquiet.

— Quelqu'un est entré et a laissé des feuilles de laurier dans cet immeuble ? Vous me faites marcher, hein ? Vous essayez de me faire peur.

— J'ai vu quelqu'un de mes propres yeux, Terry. Un type qui donnait l'impression d'être déguisé en buisson.

Terence se leva et vint jusqu'aux barreaux de sa cellule. Il les agrippa avec force puis scruta le visage de Luke, essayant de découvrir si celui-ci le faisait marcher.

— Vous parlez sérieusement, hein ? dit-il au bout d'un moment. Vous l'avez vu ! Vous avez vu le Voyageur Vert, ici, dans cet immeuble ! Bon Dieu ! Je croyais que vous aviez dit que cet endroit était plus sûr que le pénitencier de Marion !

— Nous avons fouillé l'immeuble de fond en comble, répliqua Luke. Il n'y avait personne.

— Vous croyez qu'il vous aurait laissé le trouver ? Le Voyageur Vert peut faire tout ce qu'il veut, aller partout où ça lui plaît ! Écoutez, shérif, il faut que vous me fassiez sortir d'ici. Je ne reste pas si le Voyageur Vert est ici. Pas question, shérif. Oh non, pas question !

— Je crains que vous n'ayez pas le choix, fit remarquer Luke.

— Et merde ! s'écria Terence. Ce n'est pas une question de choix ! C'est une question de vie ou de mort ! Vous savez ce que le Voyageur Vert fait aux gens ? Vous le savez, oui ou merde ?

— Terry, cessez de crier, d'accord ? dit Luke. Vous ne risquez absolument rien. Si vous ne pouvez pas sortir de cette cellule, comment diable quelqu'un pourrait-il y entrer, hein ? Même le Voyageur Vert est incapable de passer à travers des barreaux en acier !

Terence se mit à tourner dans sa cellule ; il se cogna contre les murs, se cogna contre les barreaux. Il serrait les bras sur sa poitrine et frissonnait tel un enfant qu'on sort d'une piscine.

— Il est ici, bordel de merde ! Il est ici ! Je savais que le mauvais temps le ferait venir ! Je savais que les mauvaises récoltes le feraient venir ! Je sentais qu'il venait, depuis des années et des années, et maintenant il est ici, et je suis enfermé dans cette putain de cellule ! Je ne peux pas sortir et il va me tuer, shérif. Vous m'entendez ? Il est dans l'immeuble ! Il est ici, dans ce putain d'immeuble, et il va me trouver, *et ensuite il me tuera* !

Ces derniers mots furent prononcés d'une voix tellement stridente qu'ils furent quasi incompréhensibles pour Luke.

Terence s'approcha des barreaux. Il se tenait la tête dans les mains, son visage était blême et sa peau aussi grise que du carton-pâte.

Il prit une inspiration pincée, par le nez, et s'efforça de parler calmement.

— Shérif, si je les ai tués... vous entendez, si je les ai tués, c'était *à cause de lui* ! A cause du Voyageur Vert, voilà pourquoi ! Je les ai tués parce qu'il n'y avait pas d'autre solution. Je n'avais pas le choix. Et maintenant il est ici !

— Vous voulez faire des aveux complets ? demanda Luke.

— *Je veux que vous me fassiez sortir d'ici* !

— Si vous voulez faire des aveux complets, vous sortirez de cette cellule. Nous vous emmènerons dans la salle d'interrogatoire, où vous pourrez passer des aveux complets.

— La salle d'interrogatoire ? demanda Terence d'un air méfiant.

— La salle d'interrogatoire. Ce sera beaucoup plus confortable pour tout le monde.

— C'est un endroit sûr ?

— Évidemment que c'est un endroit sûr.

Terence regarda autour de lui et se mordilla l'intérieur des joues, l'air pensif.

— Je ne sais pas, je ne sais pas. Ce n'est pas un piège, hein ?

— Pourquoi essaierais-je de vous piéger ?

Terence le dévisagea un long moment, puis il se mit à sourire.

— C'est un piège, n'est-ce pas ? Mon avocat est parti et vous pensez que vous pouvez dire n'importe quoi. Vous êtes allé dans ma chambre, pas vrai ? Vous avez vu cette gravure du Voyageur Vert. Vous avez tiré vos conclusions et maintenant vous essayez de me faire peur pour m'arracher des aveux complets. Cela vous éviterait beaucoup de travail, c'est ça, et vous ne seriez pas obligé de passer des heures et des heures au tribunal ? Ha ! on n'a pas Terence Pearson comme ça... je ne suis pas stupide, shérif, croyez-moi !

— Terry, dit Luke, faisant preuve d'une patience infinie, je l'ai vu de mes propres yeux. Cela ressemblait à un buisson. C'était suspendu au plafond.

Terence s'approcha si près que Luke sentit son haleine... l'haleine fétide de quelqu'un en proie à un profond désarroi, quelqu'un qui ne se brosse pas les dents comme il faut, ou qui ne boit pas assez d'eau.

— Vous ne m'aurez pas, shérif. Wendy Candelaria vous a dit que j'étais disposé à vous donner certains renseignements, que nous trouverions un arrangement à l'amiable, hein ? Cela vous a donné à réfléchir, et vous vous êtes dit la chose suivante : s'il dispôse de renseignements, c'est qu'il est forcément coupable, ou au moins complice. Bon, je vais aller le trouver dans sa cellule et lui foutre une trouille monstre. Il me dira tout ce qu'il sait et je ne serai pas obligé de lui donner quoi que ce soit en échange !

Luke poussa un soupir.

— Vous êtes complètement à côté de la plaque, Terry. Je vous dis que je l'ai vu, au plafond.

— Vous avez lu ça. Vous avez lu ça dans mes carnets, ce truc de « marcher au plafond ».

— Nous n'avons pas encore la traduction intégrale de vos notes. Et nous n'avons trouvé aucune mention à ce sujet.

— Vous vous foutez de moi, shérif ! répliqua Terence. (Il hurlait presque.) Vous me bourrez le mou ! Je ne crois pas un seul mot de ce que vous racontez !

Luke défit le bouton de sa poche de chemise et prit l'une des feuilles de laurier qu'il avait ramassées dans la cage d'escalier. Il la mit sous le nez de Terence et dit :

— Et ça, qu'est-ce que c'est ?

Terence se protégea les yeux de la main comme s'il était un vampire menacé par un crucifix.

— Où avez-vous trouvé cette feuille ? demanda-t-il d'une voix étranglée. Vous auriez pu la trouver n'importe où. Vous auriez pu l'acheter dans une épicerie.

— J'aurais pu, bien sûr, mais je ne l'ai pas fait. J'ai trouvé cette feuille de laurier dans la cage d'escalier, juste après avoir aperçu Janek-le-Vert.

Terence garda sa main levée.

— Je ne vous crois pas. Jamais de la vie. Emportez cette feuille et fichez-moi la paix.

Luke laissa retomber la feuille de laurier dans sa poche.

— Wendy Candelaria m'a dit que vous alliez réfléchir cette nuit. Longuement, à tête reposée. N'oubliez pas de le faire !

Terence ne répondit pas. Il gardait toujours sa main craintivement levée lorsque Luke tourna les talons et s'éloigna dans le couloir des cellules. Luke souhaita une bonne nuit au policier de service, puis traversa le hall et sortit de l'immeuble pour retrouver la nuit, la pluie et le vent.

Il traversa le parking. Il ne savait pas quoi penser de Terence Pearson. Sa première intuition avait peut-être été la bonne : Terence Pearson n'était rien d'autre qu'un timbré de première. Mais Terence Pearson croyait à l'existence du Voyageur Vert, et Luke y croyait également. D'une façon bizarre, cela faisait d'eux des complices. Pas les complices d'un crime, mais tous deux portaient témoignage du phénomène le plus étrange et le plus terrifiant que Luke ait jamais connu, durant toutes ces années.

Il monta dans sa voiture et boucla sa ceinture. A travers le pare-brise constellé par la pluie, il lui sembla apercevoir un homme de haute taille, portant un imperméable blanc, immobile sur le trottoir, un peu plus loin. Il mit le contact, puis les essuie-glace, mais lorsque le pare-brise fut nettoyé, l'homme avait disparu. Des « passants », comme les appelait son grand-père : des gens qui semblaient être là, mais lorsque vous regardiez, ils n'étaient plus là. Son grand-père affirmait que c'étaient les fantômes des colons qui étaient morts alors qu'ils essayaient de traverser les plaines de l'est de l'Iowa dans les années 1840, des gens qui s'appelaient McCleod, Murphy, Smith, Brozik. Des morts.

Luke ouvrit la boîte à gants et prit ses lunettes de conduite. Il en avait besoin seulement lorsque ses yeux étaient fatigués. Il se dit qu'il avait probablement vu trop de choses ce soir : plus de choses que ce qu'un homme devrait voir durant toute sa vie. Il n'aspirait qu'à rentrer chez lui et s'envoyer une bière.

Une vingtaine de minutes plus tard, Terence était toujours assis sur sa couchette, la tête appuyée contre le mur, la bouche ouverte. Il dormait à moitié, une oreille aux aguets.

La soirée avait été calme dans les cellules. Peu après minuit, on avait amené une Noire. Elle avait ri et pleuré tour à tour, puis s'était mise à chanter un cantique, interminablement, malgré les protestations de son voisin de cellule exaspéré. Quelqu'un d'autre, apparemment un adolescent, avait sangloté un long moment. Mais dans l'ensemble l'endroit avait été plutôt paisible, si l'on exceptait des ronflements et, de temps à autre, une toux bruyante.

Terence s'assoupit et rêva qu'il courait à travers un champ de blé balayé par un ouragan. Il poursuivait Emily. Il faisait tournoyer sa faucille, celle qu'il utilisait pour élaguer les églantiers. Il était exalté et terrifié. Il savait ce qu'il devait faire. Les blés cinglaient ses jambes. Le ciel tournait autour de lui, tel un grand manège noir avec des chevaux de bois gris électrique.

— *Emily* ! criait-il vers elle. *Emily, arrête-toi* !

Mais Emily ne s'arrêta pas. Elle atteignit la lisière du champ, dévala le talus et disparut.

Terence arriva en haut du talus, juste au-dessus du fossé, et jeta un regard éperdu à la ronde, les poumons en feu. La route s'étendait sur des kilomètres et des kilomètres ; cette fois, il n'y avait pas de camionnette. Il n'y avait rien du tout. Il se retourna, déconcerté. Où était-elle ? Un instant plus tôt, elle courait à quelques mètres seulement devant lui ; et maintenant elle avait disparu.

— *Emily* ! hurla-t-il. *Emily, où es-tu* ?

Il attendit, écouta. Le vent fouettait ses oreilles. Les blés bruissaient et chuchotaient comme la mer. Un long moment s'écoula, durant lequel il demeura assis sur sa couchette, la tête appuyée contre le mur, la bouche ouverte. Il ronflait doucement.

Puis il entendit un rire. Le plus doux des rires, pas du tout rauque. Le rire d'une petite fille, moqueur mais mélodieux.

Dans son rêve, il fit volte-face et Emily était là. Mais lorsqu'elle se retourna lentement, elle n'avait pas du tout le visage d'Emily. Elle avait le visage blanc d'un *mummer*, tel un masque parfaitement verni, avec des trous noirs pour les yeux.

Choqué, hors d'haleine, Terence se réveilla. Et lorsqu'il se réveilla, ils étaient tous là. Ils se tenaient silencieusement devant les barreaux de sa cellule et l'observaient, comme s'ils l'avaient observé pendant des heures.

Ils étaient cinq, et quatre d'entre eux portaient un masque blanc. Terence s'exclama : « Oh, mon Dieu ! Dieu Tout-Puissant ! » Il suffoquait tel un alpiniste manquant d'oxygène. Il était en proie à une telle frayeur mortelle qu'il urina dans son pantalon, un jet chaud, dru et humiliant.

Leur apparition soudaine était déjà effrayante. Mais ce qui les rendait encore plus terrifiants, c'était le fait qu'ils n'étaient pas complètement opaques. Ils ressemblaient à des fantômes d'eux-mêmes, à des apparitions d'eux-mêmes, plutôt qu'à des personnes réelles. Si Terence regardait avec suffisamment d'attention, il voyait *à travers* eux, et distinguait une faible image du mur derrière eux. Les tubes au néon du couloir les éclairaient brillamment ; pourtant, lorsqu'ils venaient en pleine lumière, celle-ci luisait faiblement à travers leurs épaules et leur tête.

Pour Terence, c'était une preuve suffisante. Ils étaient réels, d'accord. Mais ils existaient en retard d'un battement de cœur sur lui. Ce qu'il voyait, c'était eux tels qu'ils *avaient été*, une seconde plus tôt, et non tels qu'ils étaient maintenant. C'était ce qui les rendait immortels. C'était ce qui les rendait intouchables. S'il tentait de les empoigner et de les frapper, il frapperait quelque chose qui n'avait guère plus de substance qu'un souvenir.

L'homme de haute taille à l'imperméable blanc s'était approché des barreaux, le visage dissimulé par un masque blanc émail, la main droite posée négligemment sur les barreaux, tel un homme tenant une barre d'appui dans le métro. Ses doigts étaient effilés, secs et parfaitement manucurés, mais les ongles de son index et de son majeur étaient jaunis par la nicotine. A ses côtés, légèrement en retrait, il y avait un homme plus mince et plus grand. Il était vêtu d'un étrange costume bouffant aux quartiers rouges et noirs, et coiffé d'une petite toque noire, ornée d'un gland en soie à chaque coin. Cet homme portait en bandoulière un grand sac en velours noir, d'où dépassaient les poignées de plusieurs épées, semblables à des crucifix.

Un personnage petit et voûté se tenait derrière lui, à moitié caché. Il était revêtu d'une bure, comme un moine du quatorzième siècle. Son visage était entièrement dissimulé par l'obscurité de son capuchon. Mais il tenait serrés d'une main les pans de son habit autour de son cou. Cette main était flasque, les doigts couverts de protubérances, comme si sa chair avait pourri, rongée par la lèpre. Terence entendait sa respiration sifflante, du fait de narines à moitié bouchées, et il voyait que l'homme oscillait légèrement, comme s'il souffrait continuellement.

Deux jeunes gens, un garçon et une fille, se tenaient sur un côté. Ils étaient brillamment éclairés par les néons du couloir, de telle sorte qu'ils semblaient anormalement réels... encore plus réels que la réalité elle-même. Le garçon portait une livrée de bouffon de cour, un costume moulant et soyeux, écarlate et jaune. Les cheveux blonds et bouclés de la fille étaient ornés de fleurs séchées, de marguerites, de chardons et d'herbes de Saint-Jean. Elle portait une grosse veste élimée en peaux de bêtes, des jambières en laine écrue grise, et des bottes.

Chacun d'eux portait autour du cou une petite bourse en cuir, retenue par une lanière. Pour Terence, c'était la preuve ultime et terrifiante qu'ils étaient les *mummers* préférés du Voyageur Vert, parce que les bourses contenaient les pièces d'argent que Judas Iscariote avait reçues pour trahir Jésus, et c'étaient ces pièces qui assuraient leur immortalité.

— Ainsi vous êtes venus, murmura Terence.

Il connaissait leurs noms et leurs fonctions respectives. Dans un chuchotement terrifié, son père lui avait révélé qui était chacun d'eux. Le Témoin au visage blanc : celui qui observait, impassible, les péchés de cupidité et de trahison, et les consignait par écrit, sans aucune exception. Le Bretteur : le bourreau, celui qui éventrait et tranchait les intestins. Le Lépreux : celui qui était porteur de toutes les maladies qui frappaient l'humanité, l'être impur. Et les jumeaux, Lame et Nue.

Il n'en manquait que deux. Le Docteur, qui pouvait replacer les têtes tranchées et faire revivre les morts par des procédés magiques. Et le Voyageur Vert, Janek, celui qui apportait la fertilité et la fécondité, l'héritier de toutes les anciennes et mystérieuses forces de la verdeur et de la croissance.

Terence se leva.

— Que voulez-vous ? demanda-t-il, la gorge nouée, comme s'il avait avalé une arête de poisson.

Le Témoin ne dit rien. Le Bretteur ne dit rien. Ils étaient des *mummers*, ils ne parlaient jamais. Mais la fille, Nue, dit, de derrière son masque lisse et blanc :

— Tu as pris quelque chose qui n'était pas à toi. Tu as pris deux vies qu'il ne t'appartenait pas de prendre.

— Je les ai sauvés, voilà ce que j'ai fait.

— Tu les as condamnés au néant, c'est tout. Tu ne penses tout de même pas que le Ciel les accueillera, dis-moi ? Le Ciel est fermé aux enfants de Janek. Et ils ne seront jamais admis dans le Royaume Sombre, non plus.

— C'étaient mes enfants, pas ceux de Janek !

— Ils étaient la lignée de Janek, répliqua Nue.

Elle avait un léger accent d'Europe de l'Est, et sa voix s'estompait par instants, comme si Terence écoutait un programme radiodiffusé depuis une ville très lointaine, la nuit, lorsque toutes les fréquences gazouillent et chantent la solitude et le désespoir. Il semblait y avoir également un blanc, entre le moment où il parlait et le moment où elle répondait, un décalage dans le temps.

Terence savait pourquoi, et cela le terrifiait encore plus. Ils étaient les serviteurs de Janek-le-Vert, les immortels silencieux, ceux qui avaient en leur possession les trente pièces d'argent que Judas avait reçues pour trahir le Christ.

— Tes enfants étaient les descendants de Janek, donc ils étaient les enfants de Janek, insista Nue. Ton père avait déjà promis que Janek pourrait les avoir, ainsi que toi et toute ta famille.

— Il n'avait pas le droit, dit Terence.

Il pouvait presque entendre la voix de son père en ce moment, rauque de panique : « ... *J'ai pensé que j'avais bien fait, que Dieu m'en soit témoin ! Je le croyais vraiment, Terry. Pas une seule fois je n'ai songé aux conséquences... je ne pensais pas qu'un jour ils viendraient te chercher, cela semblait impossible...* »

Nue s'approcha des barreaux. Terence voyait ses yeux briller à travers les ouvertures pour les yeux dans son masque. Il était terrifié à l'idée qu'elle puisse passer à travers les barreaux et le toucher. C'était une terreur totalement irrationnelle ; néanmoins il recula. Une troupe de *mummers* qui pouvait entrer dans une prison sans la moindre difficulté pouvait très bien franchir des barreaux en acier.

Cette fille sentait quelque chose. Elle dégageait une odeur de fourrures d'animaux à moitié décomposées, de vieilles fleurs séchées et de sexe. Derrière elle, le garçon, Lame, ne disait rien, mais il était campé, une main posée sur la hanche, d'une façon qui donna à Terence l'impression qu'il souriait.

— Une promesse est une promesse, dit Nue.

— Je n'ai fait aucune promesse, protesta Terence. C'est mon père qui a fait cette promesse, avant même que je sois né. Ce n'était pas moi.

— Néanmoins, une promesse est une promesse, et une conséquence est une conséquence. Quoi que tu prennes à Janek-le-Vert, tu dois le rembourser. Ce peut être cent cinquante hectares de blé d'hiver. Ce peut être du maïs ; ce peut être des nouveau-nés. Ce peut être une noix. Tu dois rembourser, mon ami, et tu le sais.

Terence ne savait pas quoi dire. Il était tellement terrifié que c'était tout juste s'il pouvait parler. Il n'arrêtait pas de déglutir et de déglutir, et sa bouche était continuellement remplie de salive chaude, comme s'il était sur le point de vomir.

Le Témoin promena les ongles de ses doigts sur les barreaux de la cellule de Terence et produisit un crissement ténu. A nouveau, il y eut un décalage dans le temps terrifiant. Le crissement commença avant que le Témoin ait touché les barreaux, et il prit fin alors que celui-ci promenait encore ses ongles sur le métal.

Puis le Témoin s'écarta, comme s'il en avait entendu suffisamment. Le Bretteur s'avança aussitôt, d'un mouvement rapide, ramena son bras derrière son dos et tira ses épées de leur fourreau. Chacune d'elles produisit un tintement strident lorsqu'il les sortit, un bruit qui fit grincer les dents à Terence. Il y avait cinq épées en tout, et le Bretteur les entrecroisa habilement, de manière à ce qu'elles forment un pentagone. Il les brandit afin que Terence puisse les voir briller. Terence savait pourquoi les épées étaient entrecroisées de cette façon. La tête de la victime était introduite au milieu du pentagone, ensuite le Bretteur refermait le pentagone en tirant sur les épées, comme l'obturateur d'un appareil photographique.

Terence leva ses deux mains, ses doigts entrecroisés de la même façon que les épées.

— Partez ! s'écria-t-il. Vous ne pouvez pas entrer ici ! Vous n'êtes pas invités... vous devez être invités ! Et en plus, il n'y a rien de vert ici ! Rien !

— Nous n'avons pas besoin d'une invitation, mon ami, dit Nue. Janek est ton père et ton père t'ordonne de nous laisser entrer. En outre, il y a quelque chose de vert ici.

Terence garda ses doigts levés.

— Il n'y a rien... J'ai soigneusement vérifié.

— Nous pouvons tous faire une erreur, répliqua Nue.

Horrifié, Terence parcourut rapidement sa cellule du regard. Il n'y avait rien de vert ici : il en était certain. Il avait vérifié et revérifié tous les jours. Et chaque soir, avant de s'endormir, il avait fouillé tous les recoins. Il ne mangeait jamais de légumes verts, lisait uniquement des livres de poche dont il avait arraché la couverture, au cas où il y aurait eu un point vert sur le tirage couleurs. Pour la même raison, il n'acceptait jamais de bonbon dans une papillote. Qu'est-ce qui pouvait être vert ici ? Qu'est-ce qui pouvait être vert ?

Un léger courant d'air parcourut la cellule de Terence. Et la feuille de laurier que Luke avait eu l'intention de remettre dans la poche de sa chemise apparut, glissant de dessous la couchette. Elle voleta, hésita, puis voleta à nouveau.

— Vert, dit Nue.

Le Témoin toucha la serrure à combinaison de la cellule du bout des doigts de sa main droite. Dans sa main gauche, il faisait crisser des dés. Il les lança en l'air, les rattrapa au vol, les refit crisser, les lança en l'air à nouveau. A aucun moment il ne quitta des yeux le visage de Terence. Terence avait commencé à trembler. Il garda ses doigts levés pour chasser le Témoin, mais il savait que c'était inutile désormais. Le Témoin allait lancer les dés et trouver la combinaison.

Le Bretteur attendait patiemment. Le Lépreux se tenait en retrait ; il respirait aussi péniblement qu'un homme sur son lit de mort. Lame écarta ses doigts et examina ses ongles. Nue posa une main sur l'épaule de Lame et la massa lentement.

— Vous ne pouvez pas faire ça ! dit Terence. Et merde... vous n'êtes même pas *réels*, vous êtes un mythe ! Vous êtes un putain de conte de fées !

— Tu veux savoir à quel point nous sommes réels ? demanda Nue. Nous sommes beaucoup plus réels que toi.

— Je peux fermer les yeux et je peux les rouvrir et vous ne serez plus là ! lui cria Terence.

— Je ne crois pas. Interroge le Bretteur. Demande-lui si tu

peux examiner ses épées et voir combien elles sont affilées. Tu as déjà été tailladé par un mythe ? Un conte de fées a-t-il jamais fait saigner quelqu'un ?

Le Témoin amena sept. Les dés semblèrent bondir et étinceler en l'air. Au même instant, Terence entendit le premier pêne de la serrure sè libérer avec un déclic. Le Témoin rattrapa les dés au vol, les mit dans le creux de sa main et souffla dessus. Puis il les lança en l'air à nouveau. Cette fois, il amena neuf.

— Quatre chiffres, quatre coups de dés, dit Nue en s'approchant des barreaux.

Le deuxième pêne se libéra.

Terence recula petit à petit, jusqu'à ce que son dos soit pressé contre le mur de la cellule. Il gardait ses doigts levés dans ce même motif entrecroisé, et ses yeux étaient agrandis par la terreur.

— *Ab insidiis diaboli, libera nos Domine* ! cria-t-il.

— Qu'est-ce que c'est ? demanda Nue. Une prière liturgique ? Un exorcisme ? Nous avons été bénis par le Saint-Père lui-même, mon cher. Les paroles d'Église nous sont très agréables.

— *Ut Ecclesiam tuam secura tibi facias libertate servire, te rogamus, audi nos. Ut inimicos sanctae Ecclesiae humiliare digneris, te rogamus, audi nos. Per unigenitum Filium suum Dominum nostrum Jesum Christum, qui cum eo vivit et regnat in unitate Spiritus sancti Deus, per omnia secula seculorum.*

— Tu es très versé dans les langues, dis-moi ? fit Nue, et le troisième pêne cliqueta.

Le Bretteur fit un pas en avant, le motif luisant de ses épées brandi tel un talisman religieux. Lame laissa échapper un rire strident, comme s'il était impatient de voir ce qui allait se passer. Terence cessa de prier et de supplier Dieu, mais il continua de garder ses doigts levés et entrecroisés, toujours plaqué contre le mur.

— Je ne crois pas en vous, affirma-t-il.

— Tu crois à l'enfer, n'est-ce pas ? lui demanda Nue. Tu crois aux démons ? Aux diables et aux esprits malins ?

Maintenant elle se moquait de lui. Elle se moquait de ses recherches frénétiques, de ses études approfondies, de ses travaux concernant le temps et les récoltes. Au bout du compte, il était le fils de Janek, et Janek viendrait le chercher, même si cela prenait du temps, même si les *mummers* devaient attendre leur heure pendant des années.

Le Témoin amena quatre.

— *Quatre*, murmura Nue, et le pêne s'ouvrit en cliquetant.

Terence tomba à genoux. La porte de la cellule pivota sur des gonds insuffisamment huilés, et le Témoin pénétra dans la cellule, suivi du Bretteur et du garçon appelé Lame.

— Tu veux mourir ici ? lui demanda Nue.

Mais Terence ne répondit pas. Il pensait seulement à Emily, courant à travers le champ de blé, et à la pluie glacée qui lui cinglait les joues.

Le Témoin le toucha, et ce contact fut véritablement infernal : froid et ardent, tel un cadavre ramené à la vie, galvanisé par des milliers de volts. A ce contact, les muscles de l'épaule de Terence se contractèrent, tressaillirent et frissonnèrent par suite d'une douleur à demi effective.

— Le moment du règlement est arrivé, je pense, déclara Nue.

Le Bretteur tint ses épées entrecroisées au-dessus de la tête de Terence, comme s'il allait le couronner roi.

— Vous êtes tous des lâches, dit Terence. Vous dissimulez votre visage.

Mais Nue répliqua :

— *Les visiteurs silencieux se cachent quelquefois sous des formes bestiales, ou se couvrent le visage d'un masque pour demeurer inconnus*[1].

Terence éprouva un terrifiant sentiment d'inéluctabilité. Il respirait par le nez, des inspirations rapides et superficielles. Il avait appris suffisamment de choses sur Janek-le-Vert pour savoir d'où il venait, lui et ses compagnons. Ils étaient apparus pour la première fois en Bohême, au neuvième siècle, après le baptême du duc Borziwog Ier. Ainsi ils étaient venus dans le sillage du christianisme. Ils étaient les moqueurs de Dieu. Ils provenaient d'une époque de miracles[2] et d'épidémies de peste, de sabbats interdits et de rites de fertilité, de la sombre histoire de Podebrad et de Ladislas, et de terrifiantes

1. En français dans le texte. *(N.d.T.)*
2. Au sens de drame sacré au Moyen Age. *(N.d.T.)*

pérégrinations à travers toute l'Europe. Ces pérégrinations les avaient finalement amenés ici, dans les plaines du MidWest, où le christianisme et les superstitions tchèques continuaient de survivre, d'une façon presque unique, dans la seconde moitié du vingtième siècle... ainsi qu'un besoin désespéré de ce que Janek-le-Vert avait à offrir aux fermiers.

La fertilité, moyennant le prix modique d'une vie future.

La prospérité, moyennant la promesse d'un enfant inconnu, sans nom, qui n'était pas encore né.

Le Bretteur s'approcha de Terence et abaissa lentement son motif d'épées entrecroisées autour de son cou.

— Janek te veut, mon cher, dit Nue. Tu sais qu'il n'y a pas d'échappatoire.

10

Lily se mit sur son séant.

— Je ferais mieux de partir. Nous organisons une manifestation demain matin.

— Pas une de tes émeutes, j'espère ? demanda Bryan.

Allongé sur le lit, la tête posée sur les oreillers, il soufflait voluptueusement la fumée de son cigare vers le plafond. Il était 0 h 27. Bryan était revenu au Plaza Collins peu après vingt heures, et avait trouvé Lily qui l'attendait dans sa suite. Il n'avait pas été particulièrement ravi. L'après-midi, il avait passé deux heures et demie à discuter avec des fonctionnaires de l'USDA[1] de détails techniques, puis deux autres heures à exposer les grandes lignes de Zapf-Cady à des éleveurs de porcs et de bétail.

Il était enroué et épuisé, et les petits jeux érotiques de Lily ne lui disaient absolument rien.

Le vote définitif interviendrait dans moins de deux semaines, et de nombreux éleveurs de porcs commençaient à paniquer. Lorsque Zapf-Cady avait été lancé, cela avait été considéré généralement comme un projet de loi quelque peu excentrique, pour ne pas dire opportuniste. Mais il avait acquis un soutien populaire tellement énorme que Bryan ne calculait plus ses chances de l'emporter : il se demandait seulement quelle serait l'importance de sa majorité.

Le principal atout de Zapf-Cady était sans doute que les

1. United States Department of Agriculture. *(N.d.T.)*

hommes politiques ne pouvaient guère se permettre de dire qu'ils ne le soutenaient pas. Si vous vous prononciez contre Zapf-Cady, cela revenait à dire que vous étiez partisan de la vivisection, de l'élevage des animaux à fourrure et des mauvais traitements infligés aux animaux, et que vous ne croyiez pas que les animaux avaient une âme.

Lily se leva et vint se placer devant le miroir, ses énormes seins ballottés à chaque pas. Ses cuisses et ses fesses étaient couvertes de marques rouges, laissées par les doigts de Bryan, et ses poignets étaient marbrés. Elle se campa devant le miroir, se tapota les cheveux, s'humecta les lèvres et fit la moue.

— Tu trouves que j'ai l'air fatiguée ? demanda-t-elle à Bryan. Je trouve que j'ai l'air fatiguée.

— Tu es superbe. Je me demande comment tu fais.

— Non, je trouve que j'ai l'air fatiguée. Je serai contente lorsque toute cette affaire sera terminée.

Bryan se mit sur le flanc. Son pénis pendait sur sa cuisse poilue tel un fruit exotique brun foncé.

— Pourquoi cette manifestation, alors ? voulut-il savoir. Pas de violences, c'est compris ? Nous voulons que les médias continuent de nous soutenir.

— Tu n'as pas lu les journaux ? demanda Lily.

Elle alla jusqu'au secrétaire et prit un numéro de la *Gazette* de Cedar Rapids. La manchette proclamait : LE SUPER-PORC BLESSE GRIÈVEMENT UN DEUXIÈME CHERCHEUR.

Bryan ôta de sa lèvre un fragment de feuille de tabac.

— J'ai lu l'article. Et alors ? Ils seront obligés de fermer l'Institut Spellman de toute façon, lorsque Zapf-Cady aura été adopté.

— Mais tu as lu ce qu'ils ont fait à ce pauvre animal ? Ils lui ont implanté les synapses d'un cerveau humain, pour qu'il pense qu'il est un être humain.

— C'est ce qu'ils tentent de faire croire, dit Bryan. Mais j'ai parlé à deux ingénieurs agronomes hier et ils ne croient pas du tout que ce soit possible. Ce que tu as, en fait, c'est un porc dont tu peux utiliser le cerveau pour effectuer des « réparations » physiques sur un cerveau humain endommagé. Mais un porc qui pense qu'il est un être humain ? Foutaises !

Lily s'assit sur le lit à côté de lui. Son mamelon lui effleura le bras.

— Tu m'aimes, n'est-ce pas ? lui demanda-t-elle.

Il la regarda en plissant les yeux. Lorsqu'il la regardait de cette façon, elle pensait toujours qu'il se trahissait. C'était censé être un regard de sincérité inébranlable, un regard qui disait : « Comment oses-tu douter de moi, ne serait-ce qu'une fraction de seconde ? » Mais pour Lily, c'était un regard qui n'avait aucune profondeur. C'était comme si une visière-miroir s'abaissait sur le visage de Bryan, et tout ce qu'elle voyait, c'était elle-même.

Bryan n'était pas aussi insensible qu'il le prétendait. Il avait des faiblesses tout à fait inattendues, comme son amour de l'opéra, sa tendresse pour les chiens, et son attachement pour sa mère dont il pleurait toujours la mort, malgré les années. Mais il avait enfoui ses faiblesses sous des strates et des strates d'orgueil, puis de cupidité, et enfin de soif du pouvoir. Il pouvait être inspiré. Il était si beau qu'il aurait *dû* prêcher l'Evangile, politiquement sinon moralement. Mais il s'abritait derrière des couches chitineuses de mesquinerie et de forfanterie, et en faisant montre d'un égoïsme forcené qui frisait la psychose.

— Bien sûr que je t'aime, répondit-il.

Il était trop égoïste pour admettre qu'il ne l'aimait pas.

— Tu sembles si distant, dit-elle.

Elle voulut lui caresser les cheveux, mais il détourna la tête.

— Je suis fatigué, c'est tout. La journée a été rude. Toutes ces palabres avec des éleveurs de porcs, des ingénieurs agronomes et des comptables ! Des comptables, merde ! Est-ce que tu sais que cinq mille employés du ministère de l'Agriculture sont des comptables ?

— Bryan, dit Lily. Je ne suis pas stupide. Je perçois ces choses, beaucoup plus que la plupart des gens.

— Quelles choses ?

— Je sens lorsque quelqu'un commence à mettre une liaison en question, comme tu le fais. Je sens lorsque quelqu'un n'a pas vraiment envie de me posséder.

— Tu as envie d'être *possédée* ? Une fille comme toi ?

— Bien sûr. Je te l'ai toujours dit, dès le commencement.

— Bon Dieu, Lily ! Je t'aime mais je passe par une crise.

Laisse-moi souffler un peu. Je te veux, j'ai besoin de toi. Tu es très spéciale. Tu es essentielle ! Que veux-tu que je te dise de plus ?

Elle s'allongea près de lui. Elle toucha son visage. Elle promena le bout de son majeur sur son front parfait, sur son nez parfait. Elle joua avec ses cheveux.

— J'ai besoin de toi, murmura-t-elle. J'ai besoin de toi pour tout.

Il exhala un petit nuage de fumée.

— Lily, je sais que tu as besoin de moi. Moi aussi, j'ai besoin de toi. Mais pour le moment, je suis trop occupé. Je suis fatigué, aussi. Je suis vidé !

Elle resta près de lui, tout près. Le bout de son doigt caressa son menton, sa pomme d'Adam prononcée, les muscles plats (grâce à la gym) de sa poitrine. Son doigt descendit lentement jusqu'à son nombril, où elle le plongea dans sa sueur, puis elle suça son doigt, comme si c'était un nectar.

Il allongea le bras au-dessus de Lily et posa son cigare dans le cendrier en cristal. Il ne l'écrasa pas : il coûtait trop cher et il n'était qu'à moitié consumé. Il déposa un baiser rapide sur l'épaule de Lily et dit :

— Ecoute, tu es une fille superbe. Tu es intelligente, tu as de l'énergie à revendre, tout ce qu'il faut. Toi et moi, nous avons fait du bon boulot ensemble, pour la meilleure des causes. Mais cela ne va pas durer éternellement. C'est impossible. Tu as toute la vie devant toi. Fais ce que tu dois faire. Moi, j'ai d'autres chats à fouetter.

Il l'embrassa à nouveau.

— Pour commencer, je veux être Président.

Lily glissa sa main entre les jambes de Bryan et commença à le caresser. Ses caresses étaient vigoureuses et intransigeantes, presque douloureuses. Elle pressa chaque testicule entre ses doigts jusqu'à ce que Bryan réagisse en inspirant bruyamment. Puis elle saisit son pénis et le pétrit jusqu'à ce qu'il commence à se dresser.

— Tu ne pourrais pas vivre sans moi, n'est-ce pas ? chuchota-t-elle. Allons, reconnais-le.

Mais Bryan put seulement dire :

— Lily... bon Dieu... laisse-moi... souffler... une seconde !

Elle le lâcha immédiatement et balança ses jambes par-dessus le bord du lit.

— Excuse-moi. Je pensais que nous étions plus intimes que cela.

— Voyons, trésor, dit Bryan. Je ne sais pas ce que tu t'imaginais. Enfin, nous sommes intimes, bien sûr. Nous l'avons été, c'est évident. Mais une fois que nous aurons remporté ce vote...

Lily tourna la tête et lui lança un regard pénétrant.

— Tu y crois, n'est-ce pas ?

Il la regarda, tout aussi attentivement.

— Bien sûr que j'y crois ! Tu penses que j'aurais travaillé si durement pendant tous ces mois si je n'y croyais pas ? Tu penses que j'aurais mis en jeu ma carrière ? Tu sais à quel point ce projet de loi est controversé, surtout de la part d'un sénateur qui vient d'une région d'éleveurs de porcs ? Cela aurait pu être un vrai suicide. Mais j'y ai cru, et j'ai travaillé dans ce but, et maintenant cela va arriver.

— Et maintenant tu vas me quitter, dit Lily.

— Ai-je dit que j'allais te quitter ?

— Non, mais tu essaies de m'y préparer, n'est-ce pas ?

— Lily...

Elle se pencha vers lui, si près que leurs nez se touchaient presque.

— Tu ne sais même pas qui je suis, hein ? murmura-t-elle.

Il ne répondit pas. Il se demandait vraiment de quoi elle parlait. Bien sûr qu'il savait qui elle était. Dès la première semaine de leur liaison, il avait demandé à Carl Drimmer d'établir un dossier complet sur ses antécédents. Lily militait activement pour les droits des animaux, elle était orpheline, la fille adoptive de Mr Karl Monarch, un riche courtier d'assurances de Marion. Elle avait fait toutes ses études dans le district de Marion, et obtenu des notes brillantes à ses examens. Puis elle était allée à l'université d'Iowa et avait décroché une licence en sciences humaines.

Il savait quand elle avait perdu sa virginité, et avec qui. (A dix-sept ans et trois mois, avec John Forshaw Jr., qui faisait partie de l'équipe d'athlétisme de son lycée.) Il connaissait son dossier médical, son dossier dentaire, tout. Il avait vu trop d'hommes politiques dont la carrière avait été brisée par des putes. Il avait juré que cela ne lui arriverait jamais.

— De quoi parles-tu ? demanda-t-il d'un ton brusque.

Elle détourna la tête.

— A ton avis ? Je parle d'amour. Je parle de fidélité. Dès l'instant où tu m'as fait l'amour pour la première fois, je t'ai appartenu. Et je t'appartiendrai toujours.

Bryan ne s'était jamais senti troublé par une femme auparavant, mais il l'était maintenant. Il commençait à se dire que Lily Monarch cachait bien son jeu : tandis qu'il l'exploitait, afin de promouvoir Zapf-Cady, elle l'avait exploité... même s'il ne savait pas encore pourquoi, ou pour qui.

Lily était une fille d'une beauté stupéfiante, vaporeuse, érotique et mystérieuse, comme une page centrale de *Playboy*, mais intelligente également, et extrêmement perverse. Elle attirait toutes sortes d'hommes : hauts fonctionnaires ventrus, metteurs en scène de télévision, Hell's Angels, journalistes et autres individus peu recommandables. Elle avait tout donné à Bryan, y compris sa confiance. Pourtant elle était capable de dire : « *Tu ne sais même pas qui je suis, hein* ? », et il savait qu'elle disait la vérité.

Il ne savait pas qui elle était. Pas avec certitude, pas à cent pour cent. Et avec Zapf-Cady sur le point d'être ratifié par le Congrès, il n'était pas sûr d'avoir envie de savoir, non plus. Il flairait des ennuis. Il pressentait que quelque chose se préparait, et il ignorait ce que c'était. Il n'aimait pas ça du tout. Cela le rendait nerveux.

— Cette manifestation, dit-il. Cela n'a rien à voir avec ce porc, hein ?

— Il se pourrait bien que si, répliqua-t-elle, lui tournant le dos.

— Inutile de te tourmenter à propos de ce porc ! Dès que Zapf-Cady aura été ratifié, ce porc sera mis en liberté.

— Mais ce serait une publicité formidable si nous le libérions maintenant, non ?

Il se redressa sur un coude.

— Tu as l'intention de le libérer *maintenant* ? Tu es devenue complètement folle ou quoi ? Cela signifie pénétrer illégalement dans l'Institut Spellman et en faire sortir le porc... tout aussi illégalement. Tu te rendrais coupable de violation de propriété, de vol, sans parler des dommages matériels et de Dieu sait quoi d'autre. Et merde, Lily ! Il y a probablement des lois en Iowa qui punissent les voleurs de porcs !

Elle se retourna vivement et lui décocha un regard furieux.

— Tu ne nous arrêteras pas, Bryan. Tu as toujours dit que tu nous soutenais. Tu l'as dit à la télévision, d'accord ? Tu l'as déclaré dans *Time*. « Je soutiens le mouvement Droits Pour les Animaux à cent pour cent », c'est ce que tu as déclaré, et je peux te montrer la coupure de presse. Nous allons faire sortir ce porc, nous allons délivrer ce pauvre animal, et tu ne pourras pas nous en empêcher.

Il s'ensuivit un long silence. Ils entendaient faiblement les bruits de la circulation et la plainte ténue de la sirène d'une ambulance dans le lointain.

Finalement, Bryan dit :

— Nous avons peut-être fait une erreur, toi et moi. Il y a peut-être eu... je ne sais pas... un genre de malentendu entre nous.

Elle se tenait toujours dans la même position, à demi tournée vers lui : son visage était brillamment éclairé par la grosse lampe de chevet en cristal, ses yeux étincelaient, son sein droit était modelé par les ombres, son ventre sculpté par la lumière, ainsi que ses cuisses, et sa fine toison pubienne luisait d'un éclat rouge, telle une aigrette de pissenlit.

En cet instant, Bryan désira ardemment la comprendre, parce que Lily était plus que spéciale : elle était une récompense, un prix, qu'il l'aime ou non.

Mais pourquoi était-elle aussi entêtée ? Pourquoi était-elle aussi possessive ? Pourquoi insistait-elle toujours pour qu'il la possède ? Parce qu'il ne la possédait pas, n'avait pas envie de la posséder, et n'en aurait jamais envie. Après Zapf-Cady, d'autres trophées l'attendaient.

— Lily, dit-il, je ne t'ai jamais donné l'ordre de faire quelque chose auparavant. Jamais je n'aurais été aussi présomptueux. Mais je dois le faire maintenant. Toi et ta bande de fêlés, ne vous approchez pas de l'Institut Spellman. Je t'en prie ! Vous pourriez tout foutre en l'air.

— Ce porc est presque un être humain, Bryan, rétorqua Lily. Il est enfermé, torturé. Nous ne pouvons pas le laisser là-bas.

— Il faut le laisser là-bas. Tu as compris ? Il faut le laisser là-bas. Si tu le fais sortir, tu risques de tout gâcher. Tu as lu les journaux. Ce porc est extrêmement dangereux. Il a tué un docteur et il en a blessé deux autres. Et s'il tuait un gosse ? Du jour au lendemain, tu aurais tout détruit, complètement. Pour le moment, nous avons l'avantage. Mais nous pourrions perdre cet avantage en quelques secondes... si quelqu'un fait une connerie.

Lily revint vers Bryan et déposa un baiser sur le dessus de sa tête.

— Tu ne comprends pas les animaux, hein ? Mais un jour, tu les comprendras.

— Lily...

— Nous allons le libérer.

— *Lily* !

Il ne savait pas quoi dire ; il ne savait pas quoi faire. Elle se tint devant la fenêtre, toujours nue, et contempla les lumières de Cedar Rapids. Ses mains étaient plaquées sur ses joues, comme si elle était atterrée, ou pensive, ou peut-être les deux. Il repoussa du pied le drap qui s'était entortillé autour de sa cheville gauche, s'extirpa du lit et s'approcha d'elle. Elle avait des grains de beauté sur l'épaule, disposés comme Cassiopée. Il voulut la toucher mais se ravisa au dernier moment.

Il se dirigea vers la salle de bains.

— Tu me possèdes, dit-elle d'une voix forte. Tu es mon amant.

Il s'arrêta, se retourna et écarta les mains en un geste suppliant.

— Je ne te possède pas, Lily. Même si je voulais te posséder, je ne le pourrais pas. Ça ne se passe pas de cette façon. Tu exerces des pressions, tu persuades les gens, tu les intimides, tu les achètes. Tu essaies tous les trucs possibles et imaginables. Mais tu ne *possèdes* jamais des gens, jamais. Ce n'est pas possible, tout simplement.

Il entra dans la salle de bains et referma la porte à demi. Il se vit dans le miroir au-dessus du lavabo et trouva qu'il avait une mine épouvantable. Un visage complètement hagard. Il alla jusqu'aux W.-C. et releva la lunette. Il était sur le point d'uriner quand Lily entra dans la salle de bains.

— Allons, trésor, dit-il. Lâche-moi les baskets, d'accord ? Je suis fatigué. J'ai du sommeil en retard.

Mais elle l'ignora. Elle vint vers lui, le saisit par les cheveux et l'embrassa. Sa langue se glissa entre ses lèvres ; sa salive avait un goût de vin et de clous de girofle.

— Laisse-moi, supplia-t-il. J'ai besoin de pisser.

Mais elle l'embrassa à nouveau, puis elle se mit à califourchon sur le siège des W.-C., face à lui, et empoigna sa queue. Ses ongles s'enfoncèrent dans sa peau, de telle sorte qu'il lui était impossible de se dégager.

— Vas-y, pisse ! dit-elle, et ses yeux le défièrent, comme ils le faisaient toujours.

Bryan la regarda avec stupeur pendant un long moment, puis il secoua lentement la tête. Il commençait sérieusement à croire qu'il avait peut-être commis une très grave erreur de jugement en s'assurant le concours de Lily Monarch et de ses militants pour les droits des animaux.

— J'ai quelque chose à te dire, déclara-t-elle. Il est temps que tu saches.

C'était une heure plus tard. Tous deux avaient pris une douche, Bryan était allongé sur le lit, emmitouflé dans un peignoir blanc pelucheux. Il remaniait un discours qu'il devait prononcer le lendemain devant des étudiants en économie de l'université d'Iowa. Un halo de lumière baignait son visage et les verres de ses lunettes de lecture brillaient tandis qu'il relisait son texte et biffait des phrases avec son stylo en écaille marron. Il embaumait l'aftershave *Heritage*.

Lily s'assit sur le lit, suffisamment près pour qu'ils soient intimes, suffisamment loin pour que Bryan ne puisse pas la toucher. Elle portait une veste de pyjama en soie d'un blanc immaculé, pas de pantalon. S'il avait soulevé sa tête de l'oreiller, il aurait pu voir, entre ses cuisses, son talon enfoui dans son sexe, mais il resta résolument dans la même position et attendit d'entendre ce qu'elle avait à lui dire.

— Tu trouves que notre relation est difficile, n'est-ce pas ? demanda-t-elle.

Bryan ôta ses lunettes et la considéra un moment. Pas son regard-miroir froid, sur la défensive, mais un regard de sincère curiosité. Cela faisait longtemps qu'une femme ne lui avait pas parlé de cette façon.

— Je trouve qu'elle est inhabituelle, finit-il par reconnaître.

Lily traça un motif sur le dessus-de-lit avec l'ongle de son index.

— Je ne veux pas que tu y mettes fin, pour cette raison. C'est trop important.

— Pourquoi ? Parce que tu ne pourrais pas trouver un autre type pour faire adopter un projet de loi végétarien par le Congrès ? Parce que tu ne pourrais pas trouver un autre type qui accepte de te pisser dessus ?

— Peut-être pour ces deux raisons, répondit doucement Lily. Peut-être pour ces deux raisons, et pour autre chose.

— Bon, d'accord. Raconte. Personne ne m'a jamais accusé d'être borné.

— Tu te souviens de la Fille-Porc ? dit Lily.

— La Fille-Porc ? Bien sûr. Tout le monde se souvient de la Fille-Porc. Cela s'est passé... il y a douze, treize ans ? A Prairieville ou un bled comme ça.

— Cela s'est passé il y a quinze ans, à Prairieburg, dit Lily.

— C'est ça. On a trouvé une fillette dans une ferme très isolée, un élevage de porcs, je me trompe ? Ses parents étaient morts et les porcs l'avaient élevée. Elle était plus un porc qu'un être humain.

— C'est exact, fit Lily. Les porcs l'avaient nourrie, avaient veillé sur elle et l'avaient protégée du froid. Ils l'avaient même éduquée, d'une certaine façon. Elle pouvait communiquer avec eux ; elle comprenait ce qu'ils voulaient.

Il s'ensuivit un silence si long que Lily crut que Bryan ne lui parlerait plus jamais. Il se contentait de la regarder fixement, l'une des branches de lunettes dans la bouche, l'expression indéchiffrable.

— C'était toi la Fille-Porc ? lui demanda-t-il.

Lily baissa la tête. Des larmes commencèrent à couler sur ses joues.

— La Fille-Porc, c'était *toi* ? répéta-t-il d'un air incrédule. Pendant tout ce temps, j'ai couché avec la Fille-Porc ?

Lily releva la tête et déglutit.

— Mon véritable nom n'est pas Lily Monarch. C'est Virginia Lauterbach.

— Oui, je me rappelle, Virginia Lauterbach, la Fille-Porc, dit Bryan. J'avais demandé à Carl d'établir un dossier sur toi. Un dossier complet. Je sais même quand tu as mis un diaphragme pour la première fois. Comment se fait-il que Carl n'ait pas découvert ça ?

— Tu as fait établir un dossier sur moi ? Tu n'avais donc pas confiance en moi ?

— Oh, voyons, Lily, tu sais comment ça se passe ! Je suis sénateur. Je veux être Président. Il faut que je prenne des précautions. Pour ton bien-être, autant que pour le mien.

— Tu aurais pu me demander... tu aurais pu me demander tout ce que tu voulais savoir.

— Lily, je suis désolé, mais je fais faire des enquêtes sur tout le monde. Mon équipe, mes amis. Même le gosse du laitier.

Lily s'essuya les yeux avec sa manche.

— Bon... je suppose qu'un sénateur doit prendre certaines précautions. Mais tu n'aurais jamais découvert que j'avais été la Fille-Porc. Pas facilement, en tout cas. Les services sociaux de l'État d'Iowa ont fait les démarches nécessaires pour mon adoption. Ils m'ont donné un nouveau passé, ainsi qu'un nouvel avenir. C'était suffisamment moche que j'aie été élevée par des porcs... ils ont voulu m'éviter d'être en butte à la curiosité malsaine des gens jusqu'à la fin de mes jours. Après qu'on m'eut trouvée, il m'a fallu neuf semaines pour réapprendre à marcher sur mes deux jambes. Encore maintenant, j'ai une sensation très agréable lorsque je me mets à quatre pattes. J'ai suivi une thérapie pendant dix-huit mois avant de commencer à parler.

Bryan hochait la tête et semblait incapable de s'arrêter de hocher la tête.

— Je m'en souviens. J'ai lu tout ça dans le *Reader's Digest*. C'était une histoire incroyable. Tout à fait incroyable. Et c'était *toi* ? Mince alors !

Lily détourna la tête.

— Je n'aurais peut-être pas dû te le dire.

— Pourquoi pas ? C'est incroyable. C'est sensationnel !

— Arrête de dire « c'est incroyable ». J'ai l'impression d'être un phénomène de foire.

Bryan lança de côté les feuillets de son discours et se redressa.

— Lily, tu n'es pas un phénomène de foire, jamais de la vie ! Ce qui t'est arrivé, ce n'était pas de ta faute. C'est incroyable que tu sois parvenue à survivre à ça. La Fille-Porc, je n'arrive pas à y croire !

— Ce n'est pas un souvenir très agréable, crois-moi.

— Allez, raconte-moi.

Il se déplaça sur le lit et la prit par le poignet.

— Tu sais probablement tout, si tu as lu l'article dans le *Reader's Digest*. Mon père et ma mère avaient un élevage de porcs à Amana, mais leur affaire a périclité, et la Farmer's Bank a fait saisir leur ferme. Du moins, c'est ce que j'ai découvert par la suite. Une nuit, mon père a chargé dans son camion tous les porcs qui nous restaient, nous avons fait nos bagages et nous sommes partis.

« Nous avons eu de la chance, je suppose. Nous avons trouvé une ferme abandonnée, près de Prairieburg, et nous l'avons squattée. J'ai grandi parmi les porcs parce que mon père n'osait pas m'envoyer à l'école. Il redoutait que quelqu'un apprenne où nous étions. Il m'avait fait promettre de ne jamais m'éloigner de la ferme. Bien sûr, j'étais terrifiée et je ne m'éloignais pas. Je me rappelle qu'une fois, par une journée torride et poussiéreuse, j'ai regardé vers l'horizon et j'ai pensé *c'est de là-bas que viennent les gens méchants*.

Bryan secoua la tête avec compassion.

— Incroyable, répéta-t-il.

— Un hiver, poursuivit Lily, il faisait très froid et mes parents ont chargé le poêle de combustible pour que nous ayons chaud toute la nuit. Le matin, ils ne se sont pas réveillés. Ils étaient morts, empoisonnés par des émanations d'oxyde de carbone. J'avais quatre ans. Je n'ai pas osé quitter la ferme parce que mon père m'avait dit de ne pas le faire, et je n'avais pas envie d'entrer dans la maison parce que mon père et ma mère gisaient là-bas, morts. Alors je suis allée vers les seuls amis que j'avais, les porcs.

« Ils m'ont acceptée, ils se sont occupés de moi et m'ont traitée comme l'un des leurs. Je me nourrissais de lait de truie que je tétais, de navets et de tout ce que les porcs pouvaient trouver dans les champs. Une truie en particulier était toujours là pour veiller sur moi. Je l'aimais aussi fort que si elle avait été ma mère. Un jour, je me suis perdue dans un pré et je me suis tordu la cheville. Elle est partie à ma recherche, m'a trouvée, et s'est couchée à côté de moi pour me réchauffer, jusqu'à ce que je sois capable de marcher et de rentrer à la ferme.

« Quelques semaines seulement après la mort de mes parents, les porcs étaient retournés à l'état sauvage. Et lorsqu'on m'a trouvée, j'étais presque un porc à l'état sauvage, moi aussi. Enfin, une coche, techniquement parlant. Je n'avais pas encore eu de portée.

Il était évident que Bryan était fasciné et excité. Il caressa le bras de Lily du dos de la main, puis ses épaules, puis sa joue.

— Toute cette scène dans la salle de bains, c'était donc ça ? Le comportement sexuel d'une truie ?

— Ma mère se comportait ainsi. Ma mère-truie, je veux dire.

— Mais toi... tu n'as jamais... ?

Lily le regarda bien en face.

— Ça te dégoûterait si je l'avais fait ?

Pour la première fois depuis qu'elle le connaissait, Bryan rougit.

— Excuse-moi, dit-il. Je n'aurais même pas dû penser à cela.

— Pourquoi pas ? *Moi*, j'y aurais pensé, si j'avais été à ta place. C'est l'une des choses que j'ai apprises en vivant avec des porcs. Une franchise totale. Mais la réponse à ta question est non, je ne l'ai jamais fait. Je n'intéressais pas les verrats, tout simplement. Ils sont stimulés sexuellement par les odeurs. Je devais sentir foutrement mauvais, mais je n'avais pas la bonne odeur, c'est tout.

— Comment as-tu été retrouvée ? demanda Bryan, essayant de changer de sujet.

— Tout à fait par hasard. Un agent immobilier est venu à la ferme, un après-midi d'été, et il m'a trouvée, dormant à côté de ma mère-truie, nue, d'une saleté immonde, maigre comme un clou. Il m'a secouée pour me réveiller, et ma première réaction a été d'essayer de m'enfuir. J'ai cru que c'était l'un de ces « méchants hommes » contre lesquels mon père m'avait mise en garde.

« Ces porcs étaient intelligents, dépourvus de tout égoïsme, et très doux. Ils peuvent être dangereux quand on les provoque. Ils peuvent même te blesser. Mais lorsque tu les connais... lorsque tu les connais vraiment... oh, ils font preuve d'une telle compréhension, d'une telle bienveillance ! Ils possèdent une telle *grâce* !

« Maintenant tu comprends certainement pourquoi j'estime qu'il est de mon devoir de libérer Capitaine Black.

Bryan lui caressa les cheveux.

— Oui, je comprends.

Il hésita un moment, puis se leva et alla jusqu'au bar.

— Tu veux un whisky ? lui demanda-t-il.

Elle secoua la tête. Il se versa un double whisky et déclara :

— Je comprends ce que tu ressens, crois-moi. Enfin, cela a dû être une expérience tellement incroyable, vivre avec des porcs ! Mais tu es un cas unique. Personne ne peut avoir de telles affinités avec des porcs, absolument personne, à part toi. C'est pourquoi le grand public ne comprendra pas ton geste, et si nous voulons que Zapf-Cady soit adopté par le Congrès, nous avons besoin de la compréhension du grand public. Nous en avons sacrément besoin !

Lily ne dit rien. Assise sur le lit, elle le regardait fixement.

— La Fille-Porc, murmura-t-il en buvant une gorgée de whisky. Qui l'aurait cru ? Je m'envoie en l'air avec la Fille-Porc !

Ils remontèrent rapidement le couloir jusqu'à la sortie de secours qui donnait sur l'escalier. Ils laissaient derrière eux un tourbillon d'air dérangé, et une odeur de toile d'emballage à moitié pourrie, de fourrures d'animaux mouillées, et de peste. L'entourage de Janek-le-Vert, le Voyageur Vert, et leur prisonnier terrifié, Terence Pearson.

Ils tournèrent le coin et se trouvèrent brusquement en face d'Edna Bulowski, en train d'enfiler son imperméable rose. Ils firent halte et la regardèrent fixement, et elle les regarda fixement.

Elle regarda d'abord le Témoin, si grand et si blanc. Puis

le Bretteur. Elle jeta à peine un regard au Lépreux, ou à Nue, ou à Lame. Mais elle reconnut Terence.

— Hé, qui êtes-vous ? s'exclama-t-elle. Et où pensez-vous aller comme ça ?

Terence demeura silencieux, mais Nue dit :

— Laissez-nous tranquilles. Autrement, vous le regretterez.

— Pardon ?

— Laissez-nous tranquilles et oubliez-nous. Rentrez chez vous. C'est là où vous alliez, n'est-ce pas ?

Edna Bulowski fit un pas en avant, l'air décidé, et sortit son pistolet de son étui.

— Je pense que vous faites une petite erreur, leur dit-elle. Cet homme est en état d'arrestation, en détention préventive. D'abord, vous entrez ici sans autorisation ; ensuite, vous l'aidez à s'évader. Ce qui est un délit très grave.

— Je vous en prie... laissez-nous passer, dit Nue.

Edna Bulowski leva son pistolet et secoua lentement la tête d'un côté et de l'autre.

— Je regrette, mais ce n'est pas possible. Cet homme doit retourner dans sa cellule, et vous allez m'accompagner. Vous êtes en état d'arrestation pour être entrés sans autorisation dans un bâtiment appartenant au comté et pour avoir aidé un homme soupçonné d'homicide à s'évader... et pour toutes sortes d'autres motifs, à en juger par votre dégaine ! Vous voulez connaître vos droits ? Je vous lirai vos droits. Mais d'abord, nous allons marcher bien gentiment et nous trouver de jolies cellules, d'accord ?

Le Bretteur fit un pas en avant. Le son vint d'abord ; puis son pied suivit.

— Ne bougez pas, monsieur. Restez où vous êtes. Posez vos mains sur le mur, bien en évidence !

Le Bretteur ne fit rien de tout cela. Edna n'était même pas sûre qu'il l'avait entendue. Il semblait étrangement indistinct, comme si les verres de ses lunettes étaient embués. En fait, tous ces gens, excepté Terence Pearson, paraissaient presque *transparents*.

— Vous devriez nous laisser passer, répéta Nue, de la plus serviable des voix.

— Il est sourd ou quoi ? demanda Edna, en montrant de la tête le Bretteur.

— Oh, non ! Il n'est pas sourd. Il choisit de ne pas parler, c'est tout.

— Alors, dites-lui que ce serait une bonne idée s'il choisissait également d'appuyer ses mains contre le mur et d'écarter les jambes.

Un silence, le temps d'un battement de cœur, puis Nue dit :

— Il n'obéit qu'à un seul maître. Comme nous tous.

— Il n'obéit qu'à un seul maître ?

Un autre silence.

— C'est exact. Il n'écoutera pas des ordres formels.

— Cela lui arrive peut-être de suivre un conseil, de temps à autre ?

— Bien sûr. Aucun de nous n'est fier au point de ne pas tenir compte d'un conseil.

— Alors dites-lui que mon conseil est le suivant : il appuie ses mains contre le mur et il écarte les jambes. Sinon, je compte jusqu'à trois et je l'abats.

Nue détourna la tête... elle ne répondit même pas. Lame se mit à faire des pointes, en une imitation guindée de pas de ballet. Edna s'humecta les lèvres. Il y avait quelque chose qui clochait, quelque chose qui n'allait pas du tout. Elle voyait le mur à travers les bras levés du garçon. On aurait dit un fantôme, un ectoplasme. Terence Pearson regardait fixement Edna, en sueur et le visage blême, mais il ne parlait pas, lui non plus. Il avait bien plus peur des *mummers* que d'un shérif-adjoint, une femme de petite taille, portant des lunettes, seule, et qui ne se doutait pas qu'elle était en présence de créatures terrifiantes, exhalant la peste.

— Un, dit Edna, la gorge nouée.

Mais le Bretteur resta où il était. Il ne semblait même pas respirer.

— Deux, dit Edna.

Elle priait de toutes ses forces pour ne pas avoir à tirer sur cet homme, mais elle était sûre qu'il ne lui laisserait pas d'autre choix. Pourquoi toutes ces épées ? C'était probablement un tueur professionnel. Elle était en droit de tirer, et même de tuer, si elle jugeait que c'était nécessaire.

— Trois, dit-elle. C'était votre dernière chance.

Elle tira. Dans l'espace resserré du couloir, la détonation fut assourdissante. Elle avait certainement touché le Bretteur, parce qu'elle avait tiré à bout portant. Cependant, un instant *après* qu'elle eut tiré et que la balle eut fait voler un fragment de plâtre du mur derrière lui, il se tourna de côté. *Après*, pas avant... Pourtant il était toujours indemne.

Elle leva son pistolet pour tirer à nouveau. Mais le bras du Bretteur se recourba derrière lui si rapidement qu'elle ne vit même pas le mouvement. Elle entendit le chuchotement strident, irritant, de l'acier contre un fourreau. Elle replia son index sur la détente de son arme de service, mais l'épée fendait déjà l'air vers son visage, la pointe en avant, à une vitesse de presque 90 kilomètres à l'heure. Avec un *chippp* ! fragile, elle brisa le verre droit de ses lunettes, s'enfonça dans son œil, transperça son crâne de part en part, et la cloua au mur de plâtre gris. Son pistolet tomba par terre ; elle n'avait pas eu le temps de tirer.

Edna était choquée, mais vivante. Elle était adossée au mur et avait très froid, bien qu'elle ne comprît pas pourquoi. Même l'intérieur de son cerveau paraissait glacé. Elle avait envie de bouger, elle avait envie de s'affaisser. Elle avait envie de comprendre ce qui lui était arrivé.

Elle aperçut des silhouettes floues devant elle.

— Que m'est-il arrivé ? leur demanda-t-elle.

Ou pensa qu'elle leur demandait. Elle n'était pas du tout sûre de savoir comment on faisait pour parler.

L'un des personnages s'approcha d'elle, si près qu'elle ne put le voir distinctement. Une voix dit :

— Vous auriez dû nous laisser passer. Nous n'obéissons qu'à un seul maître, et ce n'est pas vous, je regrette d'avoir à le dire.

Elle sentit une main vigoureuse, décharnée, sur son épaule, qui la pressa durement contre le mur. Mais qu'est-ce qu'ils lui faisaient ? Pourquoi l'appuyaient-ils contre le mur ? Puis elle éprouva la sensation froide et crissante de l'épée que l'on dégageait du plâtre d'un mouvement brutal, puis qui retraversait le côté de son cerveau et ressortait de son orbite.

La douleur explosa dans sa tête comme une soudaine flambée. En fait, elle crut vraiment qu'elle était en train de brûler.

Elle glissa de côté contre le mur et laissa un demi-cercle de sang, puis le sol vint à sa rencontre et la frappa aussi violemment que si elle avait heurté une porte de plein fouet.

Elle ne vit pas les pieds qui passaient lentement devant elle : les pieds du Témoin, du Bretteur et du Lépreux, les chaussons de danse de Lame, les bottes de Nue. Les chaussures sans lacets de Terence Pearson, qui allait affronter son destin, Janek-le-Vert. Sa démarche était saccadée, peu empressée, tel un homme marchant vers la potence.

Ils franchirent la porte de la sortie de secours. Les lumières dans la cage d'escalier étaient toujours capricieuses et prêtaient une aura de ténèbres et de mal aux cinq *mummers* masqués. Terence baissa les yeux vers les ombres tremblotantes et dit :

— Où m'emmenez-vous ? Vous ne réussirez jamais à me faire sortir d'ici. Le bâtiment est trop bien gardé.

— Certains peuvent nous voir et d'autres ne le peuvent pas, répliqua Nue. Et en outre, nous ne descendons pas. Nous *montons*, vers le toit.

— Nous allons sur le toit ? Et ensuite ?

— Ensuite, mon ami, tu vas voir ce que tu vas voir, et bien plus !

— Nous serons pris au piège si nous allons sur le toit.

— Janek ton père ne peut jamais être pris au piège, ni enfermé. Il parcourt les années tel un semeur. Il donne la vie, il donne la croissance. Il est la fertilité même. Comment pourrait-il être pris au piège ? La racine est-elle prise au piège sous les pavés ?

— Je ne crois pas que j'y arriverai, dit Terence.

Nue fut déconcertée.

— Tu ne crois pas que tu arriveras *à quoi* ?

— Je ne crois pas que j'arriverai à monter l'escalier jusqu'au toit. Mes jambes ne me portent plus.

— Mon ami, il le faut. Tu n'as pas le choix.

Comme pour souligner ce point, le Bretteur dégaina deux de ses épées et les brandit, une dans chaque main. La lumière glissa le long des lames tel du vif-argent se glissant par une lézarde dans un mur.

— Bon, d'accord, fit Terence.

Il éprouvait un immense sentiment de désespoir, comme si

tout ce qu'il avait fait jusqu'ici s'avérait parfaitement inutile. Toutes ces années passées à étudier des Bibles, des ouvrages historiques et des cartes météorologiques... toutes ces années de vigilance et d'attente... et pourtant ils étaient là, les *mummers* dont il avait toujours redouté la venue.

D'abord il n'avait pas cru son père, lorsque celui-ci lui avait expliqué pourquoi il ne devait jamais avoir d'enfant. « *Tu n'es pas mon fils* », lui avait dit son père, dans le demi-jour de son salon ; son visage se détachait sur les rideaux de tulle, avec leurs motifs de perroquets et d'orchidées. « *J'ai permis à quelqu'un d'autre de faire l'amour avec ta mère... cela semblait en valoir la peine sur le moment... Je n'avais jamais pensé que cela retomberait sur toi...* »

Il avait discuté avec son père tout l'après-midi. Il avait même téléphoné au docteur de son père. « Il dit que je ne suis pas son fils... Je n'arrive pas à lui ôter cette idée de la tête, malgré tous mes efforts. »

Mais le docteur avait dit doucement : « Il y a eu un doute sur la paternité, c'est vrai. Ne me citez pas, parce que je nierai toujours cela, mais votre mère a toujours affirmé que vous étiez le fils de quelqu'un d'autre. Ce n'était pas une liaison. Elle a couché avec lui une seule fois, et cela a été horrible. Mais une fois a suffi. »

Ils arrivèrent au dernier étage. Lame ouvrit la porte et sortit sur le toit. Nue le suivit.

— Allons, viens, le pressa-t-elle. Tu as toujours voulu rencontrer ton créateur, n'est-ce pas ?

Terence était tellement malade de peur qu'il s'appuya contre le mur.

— Je ne sais pas... Je ne peux pas faire ça.

— Il est ton *père*, insista Nue.

Terence songea un instant à faire demi-tour et à s'enfuir, mais le Bretteur se tenait à ses côtés, et toute tentative d'évasion semblait hasardeuse. Pire : mortelle.

Terence fit les tout derniers pas sur le toit comme sur un lac de goudron noir et luisant. Il continuait de pleuvoir, mais le ciel était clair, et on avait une vue sur Cedar Rapids de tous les côtés. Vers le nord, vers les boucles miroitantes de la Cedar River, et au-delà, vers Hiawatha. Vers le sud, vers l'aéroport, et des millions d'hectares de terres cultivées, où des choses poussaient continuellement et montaient vers la surface du sol, tels des morts qui refusent de rester enterrés.

Terence alla jusqu'au parapet et se pencha. Le Bretteur le suivait de près. Terence regarda la circulation en contrebas, durant un très long moment, jusqu'à ce que la pluie commence à dégoutter du bout de son nez. Puis il se retourna, écarta le Bretteur d'une poussée et demanda à Nue :

— Où est-il ? Que veut-il ?

— Il est ici, répondit Nue.

Elle s'inclina et recula. La pluie scintilla sur les fourrures de sa veste sentant le rance.

Et c'était la vérité, bien sûr.

Il surgit des ombres de la cage aux ascenseurs et leur apparut enfin... le Voyageur Vert que Terence avait craint depuis son enfance. La créature qui vous concevait, puis qui convoitait vos intestins, année après année. La créature qui estimait que chacun de ses enfants lui appartenait, dans tous les sens imaginables. La créature qui venait frapper à votre porte la nuit, qui frappait et frappait, parce qu'elle voulait se nourrir de la chair de sa chair.

Son visage était dissimulé par un masque d'un blanc étincelant, tout comme son entourage, et sur son masque était peint le même visage au sourire rusé que celui sur la gravure que Terence avait punaisée au-dessus de son bureau. C'était un visage étrangement médiéval, lisse, aux traits slaves. Il terrifiait tellement Terence qu'il avait du mal à le regarder. Le visage était entouré d'un manteau touffu de laurier, et le laurier était entrelacé de ronces, d'orties et d'herbe aux gueux, la clématite frisée et duveteuse appelée Joie du Voyageur.

Il s'approcha lentement de Terence, dans un bruissement sourd, jusqu'à ce qu'ils se tiennent face à face, à moins d'un mètre l'un de l'autre. Le vent agitait ses feuilles, mais Terence crut entendre une respiration lente et pénible, comme celle d'un asthmatique. Le Voyageur Vert dégageait également la plus étrange des odeurs, une odeur d'herbes, de mousse et de tourbe humide. Il émanait de lui un froid glacial. Le froid d'une cuvette dans une forêt, par une nuit de janvier.

Nue s'approcha et se pencha vers le masque du Voyageur Vert. Elle écouta un moment, acquiesça, et acquiesça à nouveau, puis elle dit à Terence :

— Janek est mécontent de toi. Il voulait un fils dont il serait fier. Il dit que tu l'as privé de quelque chose de précieux et d'important, quelque chose qui lui revenait de droit.

Terence avala sa salive. Il était au bord des larmes.

— Je voulais les sauver, c'est tout. Je ne voulais pas qu'ils souffrent.

— Tu ne voulais pas qu'ils souffrent ? Mais ils souffrent maintenant. Leur âme n'a aucun endroit où aller. Leur esprit n'a aucun endroit où se reposer. Et c'est entièrement à cause de toi.

— Je voulais les sauver, c'est tout, répéta Terence. C'étaient mes enfants, merde !

— Les enfants de qui ? demanda Nue.

— Les miens, mes enfants. Les miens. Les enfants qu'Iris et moi avons créés ensemble.

Nue se pencha vers le Voyageur Vert à nouveau, puis elle dit :

— Et qui t'a créé ?

Terence détourna les yeux. Lame lui fit un petit signe de la tête, un signe presque amical.

— Qui *t*'a créé, Terence ? répéta Nue, d'un ton beaucoup plus sec.

— Ma mère m'a créé. Ma mère et... quelque chose. Quelque chose qui a donné à ma famille ce sang impur. C'était entièrement de la faute de mon père.

— Ton père ?

— Le mari de ma mère. James Pearson. Un fermier de Des Moines, Iowa.

— Mais ton *vrai* père ?

Terence serra et desserra les poings. Il voulait affronter le Voyageur Vert, il voulait affronter ce sourire médiéval, blanc et moqueur, mais il trouvait cela tellement difficile. Quoi qu'il dise, malgré ses protestations véhémentes, il savait que cette créature était son vrai père, la créature qui avait mis sa mère enceinte et lui avait donné la vie.

Quelle que fût cette créature, il lui ressemblait, lui aussi. Il n'y avait pas d'échappatoire.

Nue se pencha vers le Voyageur Vert à nouveau. Elle écouta, mais elle hésita avant de s'adresser à Terence.

— Qu'y a-t-il ? voulut savoir ce dernier.

Sa voix fut presque recouverte par le grondement d'un avion qui passait dans le ciel et se dirigeait vers l'aéroport.

— *Qu'y a-t-il ? Répondez-moi, bordel de merde* !

— Il dit que tu l'as mis en colère, que tu l'as déçu. C'est la première fois que l'un de ses fils se conduit de cette façon. Tous ses fils sont des fils obéissants, ils ne complotent jamais afin de le priver de ce qui lui revient de droit. Tu es la chair de sa chair. Pourquoi as-tu essayé de le flouer ?

— Il allait tous nous tuer ! s'écria Terence. Il allait tous nous *tuer* ! C'est ce qui est dit dans la Bible, c'est ce qui est dit dans tous les livres, dans toutes les langues ! Il allait nous éventrer et manger nos intestins !

— Mais il est ton père. Il t'a donné la vie : il a le droit de la reprendre.

Terence secoua la tête avec force.

— Absolument pas, ma petite demoiselle. Absolument pas. Il n'a pas le droit de faire une chose pareille. Une fois que vous êtes né, vous êtes né, et peu importe qui sont vos parents. Une fois que vous avez la vie, personne ne peut vous l'ôter... *personne...* parce que la vie est sacrée, et votre vie vous appartient.

— Mais tu as tué tes enfants, n'est-ce pas ? De quel droit ?

— J'avais le droit de les protéger de la souffrance. Je les aimais, bon Dieu ! Je les aimais ! Mais un sang impur coulait dans leurs veines ! Un sang tellement impur !

Des larmes se mirent à ruisseler sur ses joues. Il pointa son index vers Nue, de rage, de peur et de frustration.

— Il ne possède pas une seule parcelle de mon corps, pas un seul putain d'ongle ! Parce que je suis moi ! Parce que je suis moi ! Parce que je suis *moi* !

Il s'ensuivit un moment de silence. Le Voyageur Vert produisit un bruissement et recula. Le Bretteur recula aussitôt, ainsi que le Témoin. Le Lépreux se tenait déjà à l'écart, près du parapet opposé : il se profilait sur les lumières du centre de Cedar Rapids, pareil à un cauchemar surgi du quatorzième siècle. Lame fit trois pas prudents en arrière, hésita, puis en fit un quatrième.

— Hé, qu'est-ce que vous faites ? s'exclama Terence.

Mais Nue demeura silencieuse. Un petit tourbillon de feuilles se forma, traversa le toit en crissant, et s'envola vers le ciel. Deux mains grotesques surgirent du tourbillon... des mains qui étaient faites de chair, d'os et de brindilles entrelacés. Terence savait ce que le Voyageur Vert était vraiment, mais se trouver en sa présence pour la première fois n'avait plus rien à voir avec des livres, ou des Bibles, ou des recherches historiques. Se trouver face à lui pour la première fois, c'était comprendre le pouvoir étrange et terrifiant de la Nature... un pouvoir qui n'était régi par aucune loi, sinon les lois de la croissance : croître, se nourrir, croître à nouveau, et recouvrir tout ce qui se trouvait sur son chemin.

Terence ne voyait rien du Voyageur Vert, excepté un remous de feuilles de laurier qui s'envolaient, d'où ses deux mains se tendaient comme les mains d'un homme qui se noie dans un lac recouvert de feuilles. Elles étaient si pâles, ses mains, qu'elles étaient presque lumineuses, de la couleur de tubercules qui n'ont jamais vu le soleil. Certaines veines étaient bleues, là où circulait le sang. D'autres étaient des racines blanches et sinueuses. Des branches dures et ligneuses poussèrent du côté de ses doigts et de ses ongles, de telle sorte que ses mains devinrent des griffes compliquées, faites de bâtons incurvés et brisés.

— Oh ! mon Dieu, protégez-moi, dit Terence.

Il tremblait tellement qu'il pouvait à peine se tenir debout. C'était la terreur. La terreur glacée, absolue. Il regarda ces deux mains se lever devant lui, et ses intestins se changèrent en eau. Le plus terrifiant, c'est qu'il savait ce qui allait lui arriver. Il avait étudié cela et fait des recherches pendant tant d'années, dans l'espoir de l'éviter. Il était devenu un tel spécialiste pour tout ce qui se rapportait à Janek-le-Vert qu'il s'était plus ou moins imaginé qu'il aurait une certaine influence sur lui, si jamais ils se rencontraient.

Au lieu de cela, il avait l'impression de se liquéfier, de perdre toute résolution, tout espèce de volonté.

Nue écouta Janek-le-Vert un moment, puis dit à Terence :

— Ça te plaît d'être ici, sur le toit ?

Terence haussa les épaules, incapable de parler.

— Ton père t'a fait venir ici parce qu'il voulait te montrer quelque chose.

Terence jeta un regard éperdu autour de lui. Tout ce qu'il

voyait, c'étaient les lumières de Cedar Rapids ; tout ce qu'il sentait, c'était le vent.

Janek-le-Vert se déplaça dans un bruissement et grimpa sur le parapet. Il se tint là, se détachant sur les lumières de la ville. Il se penchait vers le vent pour garder son équilibre. Le vent souffla dans les feuilles de son manteau et les emporta, si bien qu'une traîne de feuilles frémissantes se forma derrière lui, telle une bannière de guerre, puis s'éparpilla au-dessus des rues en contrebas.

— Il veut que tu voies l'insignifiance de la vie humaine, murmura Nue dans l'oreille de Terence, proche de façon obscène. Il veut que tu voies à quel point vous êtes tous faibles... de petites lumières qui clignotent.

Ils entendirent l'écho de sirènes dans le lointain.

— Et, bien sûr, qui aurait l'idée de te chercher ici, sur le toit ?

Terence ne dit rien et regarda les feuilles s'envoler du dos de Janek en un flot sombre porté par le vent. Il savait qu'il ne pouvait absolument rien faire. Janek-le-Vert était tout ce que la Bible avait dit à son sujet, et pire. Il était un épouvantable miracle. Et il était réel.

Et il était ici.

Et Terence ne pouvait absolument rien faire, sinon attendre ce que son destin lui réservait.

Sur la 76e Avenue, à environ quatre kilomètres à l'ouest de l'aéroport, un camionneur nommé Randy Gedge se dirigeait vers l'ouest, à destination de Des Moines. Il transportait quatre-vingt-seize réfrigérateurs à deux battants.

La pluie s'était atténuée en grande partie, mais les nappes d'eau sur la chaussée étaient toujours gênantes, et il roulait prudemment à 60. Un peu plus tôt, il avait failli emboutir l'arrière d'une Toyota qui avait surgi brusquement devant lui, et il était le genre de conducteur qui préférait se sentir frustré plutôt que de tuer une famille de cinq personnes. Il avait vu cela se produire trop souvent. Un moment de colère, une manœuvre inconsidérée, et puis l'un de ces accidents où l'on est incapable de dire où finit le métal et où commencent les gens.

Randy avait cinquante-cinq ans et c'était sa dernière année

de routier. Il n'était pas triste. Il ne regretterait pas les grandes routes qui s'étendaient sans fin devant lui, ni les journées de solitude effroyable, mais il regretterait les conversations paillardes entre cibistes, les restoroutes, et le lever du soleil au-dessus des prairies en hiver. La liberté lui manquerait également, parce que, désormais, il devrait regagner sa petite maison peinte en vert à Marion, et parler à Betty tous les jours de la semaine, aller au supermarché tous les jeudis matin, et dormir dans le même lit toutes les nuits, à regarder la lueur des phares d'autres camions éclairer fugitivement le plafond.

L'avenir ne s'annonçait pas très bien, mais Randy s'efforçait d'être optimiste. Ce qui le préoccupait plus que toute autre chose, cependant, c'était ce que Betty et lui allaient bien pouvoir se dire, jour après jour. Il n'avait jamais été très bavard. Il était beau (si l'on considérait que Charles Bronson était beau), avait des jambes arquées et était bâti comme l'un des réfrigérateurs qu'il transportait dans son camion. Il était arrêté dans ses opinions, aussi. Il avait toutes sortes d'opinions d'ailleurs, surtout si vous aviez envie de discuter hockey sur glace. Mais cela n'intéressait pas Betty. Tout ce qui l'intéressait, c'était regarder la télévision et faire des achats. La dernière fois qu'ils étaient sortis ensemble, il lui avait dit qu'il pouvait l'emmener à l'endroit de son choix, absolument n'importe où. Au Sports Page peut-être, sur la Première Avenue, elle adorait la salade de thon ; ou au Huckleberry's. Et qu'est-ce qu'elle lui avait demandé de faire ? Elle lui avait demandé de l'emmener à Williamsburg — plus d'une heure de route ! — à l'hypermarché Tanger, afin d'acheter des housses à fleurs pour le divan du séjour.

La pluie fouettait le pare-brise de son camion, et les essuie-glace s'élançaient d'un côté et de l'autre à toute vitesse. A la radio, un Roy Orbison mort chantait tristement : *Seuls les solitaires... savent ce que tu ressens... ce soir.*

Non, ils le savent foutrement pas, pensa Randy. La Toyota qui avait débouché devant lui sur Edgewood Road avait ralenti et faisait maintenant du 45. Il lui fit un appel de phares, mais le conducteur n'en tint pas compte. En fait, il roula encore plus lentement. Randy n'avait pas envie de se traîner derrière lui, mais il n'avait pas envie non plus de perdre son élan. Avec un semi-remorque de cette taille, chargé à plein, il fallait plus de quinze cents mètres pour prendre de la vitesse, et cela coûtait cher en fuel.

— Avance, fils de pute, murmura-t-il, et il rétrograda de deux crans.

Mais la Toyota roulait de plus en plus lentement ; elle faisait à peine du 40. Randy arriva juste derrière elle, presque pare-chocs contre pare-chocs, mais le conducteur de la Toyota était ivre ou bien très âgé ou bien têtu comme une putain de mule, car il continua de rouler à la même vitesse lamentable, kilomètre après kilomètre. Randy se sentait prêt à lui rentrer dans le cul. Ce qui l'exaspérait encore plus, c'était le visage stupide de « Mr Tout-Sourire » sur la lunette arrière, et l'autocollant JÉSUS A BESOIN DE TOI MAINTENANT.

Randy était tellement attentif à se maintenir à distance du pare-chocs arrière de la Toyota qu'il ne remarqua pas les formes pâles qui traversaient la route devant eux... et lorsqu'il les vit, il était beaucoup trop tard. Le conducteur de la Toyota ne les avait pas vues, lui non plus, parce que la Toyota fit brusquement une embardée de côté, puis cahota, et cahota à nouveau, et dérapa vers l'autre côté de la route.

Randy freina à mort et les pneus de son semi-remorque se bloquèrent dans un long hurlement strident. Au même instant, il entendit des objets lourds et charnus heurter son pare-chocs et sa calandre, des dizaines de corps. Son pare-brise fut soudainement aspergé de sang et de morceaux de chair, aussi violemment que si quelqu'un avait balancé dessus le contenu d'un seau d'abattoir.

Le tracteur se mit en travers de la route ; la remorque décrivit un arc de cent quatre-vingts degrés et tamponna le flanc de la Toyota. La Toyota fut projetée hors de la chaussée et bascula dans le fossé. Au même moment, la portière arrière de la remorque s'ouvrit, et six ou sept réfrigérateurs tombèrent sur la chaussée avec fracas. Deux d'entre eux atterrirent sur le toit de la Toyota.

Durant un long moment, Randy crut qu'il pourrait garder le contrôle de son véhicule. Il braqua désespérément et parvint presque à le redresser. Mais la remorque avait acquis trop d'élan : elle continua sur sa lancée, bascula, et entraîna le tracteur dans sa chute. Randy sentit ce qui se passait. Il comprit qu'il était trop tard pour ouvrir sa portière et sauter, mais il se laissa tomber de côté sur le plancher de la cabine, pour ne pas être écrasé.

Il y eut un choc terrifiant, et le fracas assourdissant de réfrigérateurs qui basculaient et tombaient les uns sur les autres. Le pare-brise de la cabine se disloqua et s'affaissa, comme une averse de neige tombant du porche d'une maison en hiver. Randy sentit la piqûre de la pluie froide sur son visage, et les rafales de vent qui s'engouffraient dans l'habitacle.

Il sentit autre chose, comme un pincement dans sa cheville gauche. Ce n'était pas vraiment douloureux, juste un pincement. Il tenta de lever sa jambe pour voir ce qui s'était passé, mais il constata que cela lui était impossible. Il baissa les yeux vers le plancher et vit que le support de son siège s'était affaissé et coinçait sa cheville comme un trombone géant. Il remua son pied. Sa cheville ne semblait pas cassée, mais il ne parvint pas à se dégager.

Il renifla plusieurs fois. Il ne sentait aucune odeur de fuel, Dieu merci ! néanmoins, il voulait sortir de la cabine en vitesse. Le semi-remorque était couché en travers de la chaussée, tous feux éteints, et bien qu'il fût plus de vingt-trois heures et que la route fût déserte, quelqu'un risquait d'arriver à vive allure et de le percuter.

Au début, Randy fut si choqué qu'il ne se demanda même pas ce qui avait bien pu obstruer la route et heurter son semi-remorque. Il y avait eu neuf ou dix chocs, et énormément de sang. Il espérait qu'il n'avait pas heurté un groupe de randonneurs, ou une équipe d'ouvriers chargés de la réfection de la chaussée. Mais cela semblait peu probable : à cette heure de la nuit, par un temps pareil, qui se serait promené ou aurait travaillé sur cette route ? Et il n'avait pas vu de panneaux d'avertissement.

Puis, comme il regardait par son pare-brise sans verre la pluie et l'obscurité, il commença à distinguer quelque chose qui bougeait : des formes pâles, tachetées qui allaient et venaient sous la pluie et dans l'obscurité. Des dizaines de formes à proximité de l'épave du semi-remorque. Il entendit des gémissements et des pleurs, puis un cri strident, et un autre.

Deux ou trois des formes se retournèrent et vinrent vers lui. Alors il comprit ce qu'étaient ces formes. Des porcs, bordel de Dieu ! Tout un troupeau de porcs en liberté. L'un d'eux s'approcha, et Randy ne fut pas étonné que le conducteur de la Toyota ne les ait pas vus... ou seulement lorsqu'il était trop tard. Le porc était d'une saleté immonde ; ses soies étaient collées par la pluie et la boue. Il semblait également sous-alimenté, comme si on ne lui avait pas donné à manger depuis des semaines. Un autre porc s'approcha. Ses yeux noirs brillaient dans l'obscurité ; il était tellement maigre qu'il ressemblait plus à un rat d'égout gigantesque qu'à un porc d'élevage. Un autre survint, puis un autre. Ils reniflèrent le camion prudemment. De la bave pendait de leurs mâchoires.

— A l'aide ! cria Randy. Est-ce que quelqu'un m'entend ? Je suis coincé dans la cabine !

Les porcs furent effrayés, et ils reculèrent précipitamment. Mais ils revinrent, et cette fois ils furent rejoints par cinq ou six de leurs congénères. Randy leur dit :

— Hé ! les gars, lâchez-moi un peu, d'accord ? Je veux juste sortir mon cul de là.

Il n'avait pas peur d'eux : son oncle avait été éleveur de porcs autrefois, il leur avait souvent apporté de la nourriture et de l'eau, et les conduisait d'un enclos à l'autre en leur cinglant la croupe avec un bâton.

Il se démena et parvint à saisir le micro de sa CB, mais l'appareil était mort. Il cria à nouveau :

— Est-ce qu'il y a quelqu'un ? Je suis coincé !

Mais il n'entendit que la pluie, le vent, et les grognements d'un porc blessé. L'un des porcs s'approcha de la cabine et glissa son groin à l'intérieur, à quelques centimètres seulement de lui. Randy sentit son odeur, malgré la puanteur du diesel répandu sur la chaussée. Le porc avait une odeur fétide, très forte.

— Barre-toi ! grogna-t-il.

Mais le porc ne broncha pas. Il resta là, sa tête à l'intérieur de la cabine. Il regardait fixement Randy, comme s'il *réfléchissait* à ce qu'il allait faire.

Randy tourna sa cheville d'un côté et de l'autre, mais il ne parvenait toujours pas à la dégager. Le porc fut rejoint par un autre porc, et par un autre. Il renifla Randy, prudemment au début, puis avec plus d'avidité.

— Fous le camp ! Bouh ! cria Randy. Tire-toi, tu pues !

Mais le porc s'enhardit. Il avança sa tête à l'intérieur de la cabine couchée sur le flanc, et happa la manche de Randy. Randy hurla : « Lâche-moi, fils de pute ! » mais le porc ne fit pas attention à lui et happa sa manche à nouveau. Cette fois, ses dents transpercèrent la toile de jean et lui éraflèrent la peau.

Jusqu'à maintenant, Randy avait été irrité. Maintenant il commençait à avoir vraiment peur. Il se démena encore plus frénétiquement pour dégager sa cheville. En même temps, il tendit la main vers la boîte à gants, où il laissait une grosse torche électrique et une clef à tubes.

Mais le porc se jeta sur lui à nouveau. Cette fois, il le mordit violemment au poignet. Randy le frappa plusieurs fois du plat de la main et hurla :

— Barre-toi, salopard ! Fous le camp d'ici !

Au lieu de battre en retraite, le porc couina, gronda et devint furieux. Il se glissa un peu plus à l'intérieur de la cabine, et mordit son bras et sa main droite. Au début, Randy ne sentit qu'une douleur cuisante. Puis, brusquement, il y eut du sang partout, humide et chaud. Il frappa le porc à deux reprises avant de s'apercevoir que les quatre doigts de sa main droite avaient été arrachés. Il ne lui restait plus que son pouce.

Il cria. Un énorme cri qui lui brûla les poumons. Il frappa le porc, encore et encore, mais l'animal revint à la charge. Il le mordit au poignet et tira sa tête en arrière : un long lambeau de chair et de muscles fut arraché de son bras, tout du long jusqu'au coude.

Les autres porcs avaient senti l'odeur du sang. Ils se pressèrent autour de la cabine, poussèrent, se faufilèrent à l'intérieur. Ils couinaient et grimpaient les uns sur les autres afin d'arriver jusqu'à lui. Randy voyait seulement des yeux brillants et des groins couverts de bave, et il était submergé par la douleur et l'odeur fétide des porcs.

Il hurla à nouveau et agita les moignons de ses mains. Mais il y avait des dents partout, qui le happaient et le déchiquetaient, et la chair de ses bras partait par gros morceaux.

Un porc le mordit au visage. Lorsque cela se produisit, Randy comprit qu'il était mort... et il voulait mourir. Il sentit son haleine sur son visage, puis l'animal enfonça ses dents dans sa joue et le côté de son nez. Il transperça la peau, la chair, le cartilage et les os. Puis il arracha littéralement son visage de son crâne. A travers des yeux à demi-aveuglés, Randy vit le porc détourner la tête d'un mouvement brusque ; de la chair pendait de ses mâchoires. Ensuite Randy sentit la pluie sur ses pommettes sans chair.

Il eut l'impression que son cœur était un pendule, saisi par la main de quelqu'un.

Et lâché.

Il oscillait.

Et était saisi à nouveau, et tenu un long, très long moment.

Et lâché. Il oscilla. Et fut saisi à nouveau. Puis immobilisé pour toujours.

Les porcs envahirent la cabine et mirent son corps en pièces. Ils dévorèrent toutes les parties qu'ils pouvaient atteindre, arrachèrent ses poumons en des lambeaux jaunâtres, noircis par le tabac, fouillèrent dans son bassin pour manger ses intestins comme s'ils fouillaient dans une auge remplie à ras bords. Ils déchiquetèrent même le vinyle taché de sang des sièges et le mangèrent, ainsi qu'une partie du caoutchouc mousse.

De l'autre côté de la chaussée, dans le fossé rempli d'eau de pluie, vingt ou trente autres porcs se disputaient les corps du conducteur de la Toyota et de sa passagère. Ces deux-là furent plus chanceux que Randy : le conducteur, âgé de cinquante-cinq ans, était mort sur le coup lorsque son automobile avait quitté la route, la poitrine défoncée par le volant. Sa passagère, une femme de trente-cinq ans, avait eu une artère sectionnée à la cuisse, et elle était morte quelques minutes plus tard, vidée de son sang.

En moins de dix minutes, il ne restait pratiquement plus rien de Randy et des occupants de la Toyota, excepté trois monceaux d'os couverts de sang. Le crâne sans yeux de Randy était appuyé contre la portière de la cabine : il fixait sans la voir sa cheville coincée. Le conducteur de la Toyota portait des gants en peau de porc, que les porcs n'avaient pas mangés, inexplicablement, attendu qu'un porc affamé peut manger à peu près n'importe quoi. Une main agrippait toujours le volant : une main qui n'était rattachée à rien du tout.

Le tonnerre gronda sourdement. Certains des porcs commençaient déjà à s'en aller.

Ce fut à ce moment qu'un étudiant de vingt ans, Kevin McCready surgit sur la route à bord de la Camaro havane de son père. Il fonçait vers l'est. Kevin avait promis d'aller chercher son père à l'aéroport. Celui-ci avait pris un vol de nuit pour rentrer de Chicago, où sa sœur venait d'accoucher de jumeaux. Kevin avait déjà vingt minutes de retard, son père serait fou furieux, et c'était pour cette raison qu'il roulait à toute allure.

La pluie tombait en diagonale sur la route, et même avec ses essuie-glace à balayage rapide, il avait du mal à voir à plus de quatre cents mètres devant lui. Mais la 76e Avenue était aussi droite qu'une flèche, et il n'y avait personne d'autre sur la route à cette heure de la nuit, pas dans cette partie de l'Iowa, où la plupart des gens allaient se coucher dès la fin de *Star Trek, la nouvelle génération*. Kevin faisait du 110, frôlait le 120 et écoutait *Heart-Shaped Box* de Nirvana.

Il ne vit pas le semi-remorque de Randy Gedge couché en travers de la route... jusqu'à ce qu'il soit beaucoup trop tard pour qu'il puisse s'arrêter. Il bloqua les freins, mais la Camaro roulait encore à plus de 90 quand elle percuta la cabine. L'impact la fit passer sous le moteur du tracteur et la compressa si violemment que la partie avant du véhicule fut réduite à moins d'un tiers de sa hauteur originelle. Kevin McCready fut compressé avec elle et changé instantanément en une chose élargie et aplatie, une chose faite de chair écrasée, que même son père n'aurait pas reconnue, si ce n'est qu'elle portait le même sweater que Kevin.

Il y eut un étrange silence, avec seulement le bruit de la pluie et du vent, et les cris affreux de porcs blessés. Puis le réservoir d'essence de la Camaro explosa et projeta en l'air deux porcs embrasés et un pneu arrière également en feu. Il y eut un autre silence, puis une nouvelle et formidable explosion. Des morceaux de métal brûlant roulèrent et traversèrent la chaussée. En quelques instants, tout se mit à flamber d'un côté de la chaussée à l'autre. Des porcs en train de brûler couraient en tous sens et criaient comme des enfants. L'un d'eux décrivit un zigzag flamboyant et s'élança vers le champ de maïs proche de la route, où il se tordit de douleur. Il finit par s'affaisser et continua de brûler, semblable à un canapé abandonné.

La 76e Avenue ressemblait à une vision de l'enfer. Le tonnerre grondait, la pluie s'abattait en nappes luisantes. A travers la pluie, les carcasses embrasées du semi-remorque et de la Camaro scintillaient et projetaient des lueurs blafardes, tandis que les seules voix étaient les cris terrifiants d'animaux blessés.

11

Ce soir, cela avait été poulet sauté et légumes verts à la moutarde. Une fois par semaine, Sally-Ann préparait un repas riche en calories pour Luke, afin qu'il ne trouve pas son régime trop déprimant. Si elle avait appris sa consommation illicite de beignets enrobés de sucre et de petits gâteaux à la framboise, elle aurait certainement fait preuve de moins d'indulgence. Mais ils savouraient ce repas familial, cela les rapprochait, et le plaisir évident de Luke était une récompense en soi.

Elle le regardait saucer joyeusement son assiette avec un morceau de pain, du pain de farine de maïs fraîchement cuit, lorsque le téléphone sonna.

Il s'essuya la bouche avec sa serviette et voulut se lever, mais elle dit :

— Non, non, continue de manger. A moins que quelqu'un ait été assassiné, tu finis ton dîner.

Elle décrocha le combiné.

— Allo ? dit-elle, et elle écouta. Oui, elle-même. Il est ici, oui, mais il est en train de dîner.

— Qui est-ce ? demanda Luke en fourrant un autre morceau de pain dans sa bouche.

— Papa ! s'insurgea Nancy. Ne parle pas la bouche pleine ! Tu me dis toujours que je ne dois pas parler la bouche pleine !

Sally-Ann écouta un moment encore, puis elle tendit le combiné à Luke.

— John Husband. C'est grave.

Luke prit le combiné et dit d'un ton brusque :

— J'écoute.

— Je suis désolé, Luke. C'est une nouvelle plutôt moche. Quelqu'un a aidé Terence Pearson à s'évader.

— Hein ? s'exclama Luke. Comment quelqu'un aurait-il pu aider Terence Pearson à s'évader ?

Mais tandis qu'il disait ces mots, il pensait *le Voyageur Vert, je l'ai vu, je ne m'étais pas trompé, il était bien là.*

— Une nouvelle encore plus moche, dit John. Ils ont également éliminé cinq de vos adjoints.

Luke cessa de mâcher.

— Ils ont éliminé cinq de mes adjoints ? Qu'entendez-vous par là ?

— Ils les ont tués, Luke. Je suis vraiment désolé.

Luke se mit à trembler.

— Quand cela s'est-il passé ?

— Plutôt difficile à dire, nous venons d'arriver. Mike Whipps était allé là-bas pour vous remettre son dernier rapport sur l'affaire Pearson. Tout était normal dans le hall, mais lorsqu'il est arrivé au deuxième étage, il n'a trouvé que des cadavres et du sang. Ensuite l'un de vos hommes est arrivé et lui a dit que Pearson s'était fait la malle.

— Dites-moi qui est mort.

— Verbick, Smittkamp, Engel, Sloan et Bulowski.

— Ils ont tué Edna ?

— Je suis navré. Je sais qu'ils étaient tous des amis pour vous, aussi bien que des officiers de police.

— Ne me dites rien de plus, fit Luke. J'arrive tout de suite.

— J'ai également alerté la police de l'Etat, et la police de la route.

— J'arrive tout de suite.

Il repassa le combiné à Sally-Ann, se leva, embrassa Nancy et Sally-Ann, et se dirigea vers la porte. Il n'était pas en uniforme : il portait une chemise de laine bleue et un jean, mais il enfila son blouson de service et prit son chapeau et son ceinturon de pistolet.

— Luke..., dit Sally-Ann.

— Cinq morts, dont Edna, déclara-t-il. Et Pearson s'est évadé. Alors ferme la porte à double tour. On ne sait jamais avec ces dingues. Parfois ils s'en prennent aux gens qui les ont arrêtés.

— Oh ! Luke, je suis désolée. Je suis tellement désolée.

Il ouvrit la porte d'entrée.

— Merci. Nous aurons du temps pour ça plus tard. Pour le moment, j'ai du travail qui m'attend.

Il pleuvait à verse lorsqu'il atteignit la Troisième Avenue. Le parking était encombré d'ambulances, de voitures de patrouille et de véhicules de la presse. Même la limousine du préfet de police était là, bordel de Dieu ! Luke gara sa Buick et trottina pesamment vers l'entrée principale, où il fut immédiatement assailli par des journalistes et des photographes.

— Allons, laissez-moi passer ! grogna-t-il.

— Shérif, est-ce que cela signifie que Terence faisait partie d'une bande organisée de criminels ? Ou bien d'une secte ?

— Savez-vous comment vos adjoints sont morts ?

— Vous aviez toujours déclaré que vos cellules étaient à haute sécurité. Comment un tueur en série a-t-il pu sortir d'ici en toute tranquillité ?

Luke ne répondit à aucune de leurs questions. Il se fraya un passage à travers la foule et entra dans le hall, où John Husband, Mike Whipps et une vingtaine d'autres officiers de police l'attendaient. Il y avait également le sous-préfet de police, un homme au visage rubicond et à la chevelure argentée ondoyante, affligé d'une petite toux répétitive tout à fait désagréable.

Sur le sol devant le bureau d'accueil, il y avait deux draps qui présentaient des bosses. Du corps gisant sous chaque drap, un petit ruisseau de sang s'était écoulé et avait suivi le motif octogonal des dalles de marbre.

Luke ignora tous les autres et prit John Husband par le bras.

— Dites-moi ce qui s'est passé, fit-il à voix basse. Tout ce que vous savez. En mots d'une syllabe. Et ne dites pas « désolé ». Il y a trois syllabes.

— C'est incompréhensible, déclara John. C'est comme si personne n'avait rien vu. Smittkamp et Engel se tenaient au bureau d'accueil. Je pense que quelqu'un est entré et les a tués avec un couteau. La gorge tranchée, tous les deux. D'une oreille à l'autre, et même un peu plus.

— Ils avaient sorti leur arme ?

John secoua la tête.

— Des empreintes ?

— Non. Celui qui a fait ça savait manier un couteau, je puis vous l'assurer.

— Tous deux ont été tués avec le même couteau ?

— Le même type de couteau, à première vue. Nous allons procéder à des analyses.

Luke fit le tour du bureau et contempla les deux draps. Pour la première fois de toute sa carrière, il n'avait aucune envie de voir ce qu'il y avait au-dessous. Il avait parlé à Smittkamp et Engel moins de deux heures auparavant. Cependant, il savait qu'il serait obligé de regarder, et de regarder très attentivement, parce que c'était l'un de ces faits incompréhensibles que, parfois, aucune enquête de police approfondie ne parvenait jamais à expliquer. Comment un homme avait-il pu égorger deux officiers de police armés ?

— Ils étaient plusieurs, c'est évident, dit Luke.

— Personne n'a vu personne.

Luke arpenta le hall. Ses collègues et les journalistes se tenaient respectueusement à l'écart. Il savait ce qu'il cherchait. Il ne cherchait pas des empreintes digitales ou des empreintes de pas. Il cherchait des indices, la preuve que le Voyageur Vert était bien venu ici.

Il cessa de marcher de long en large et réfléchit, la main plaquée sur la bouche. John Husband le rejoignit et dit :

— Vous voulez voir la cellule ? Ils n'ont pas forcé la serrure. Ils connaissaient certainement la combinaison, ou bien ils l'ont trouvée. L'un d'eux était peut-être un perceur de coffres-forts.

— Oui, fit Luke. Et peut-être que non. C'était peut-être un joueur de dés. Les joueurs de dés sont très forts pour les combinaisons numériques, non ?

John Husband eut l'air déconcerté.

— Sans doute, oui, admit-il.

C'était une nuit sinistre. Il écarta le drap qui recouvrait Edna Bulowski et resta là à la contempler un long moment.

Elle était tombée d'une telle façon qu'elle semblait lui sourire, un œil crevé et ensanglanté. Il examina également les corps de Sloan et de Verbick, dans la petite pièce à côté des cellules où les policiers de service de nuit se faisaient du café. Les pin-up sur les murs étaient aspergées de sang.

— Une affaire plutôt bizarre, fit remarquer John Husband.

— Terence Pearson était un type plutôt bizarre, et il avait des idées plutôt bizarres.

— Ainsi que des amis plutôt bizarres, on dirait.

— Non, ce n'étaient pas ses amis, fit Luke. Il n'avait pas d'amis. Ces gens le voulaient pour autre chose.

— Ils ont mis le paquet pour l'avoir, merde !

— Oui, dit Luke. Et j'aimerais bien savoir pourquoi.

Ils retournèrent dans le hall pour parler au médecin légiste. C'était celui qui avait examiné le corps de Mary van Bogan, chez les Pearson. Il paraissait las et de mauvaise humeur.

— Alors, qu'en pensez-vous ? lui demanda Luke.

Le médecin légiste haussa les épaules.

— Après un examen préliminaire, il semble que les quatre officiers de police de sexe masculin ont été égorgés avec la même arme ou des armes tout à fait similaires. A mon avis, ils ont été maintenus par derrière et la blessure mortelle a été faite très rapidement. L'arme, ou les armes, était extrêmement affilée, affilée d'une façon presque surnaturelle. Avec un couteau pareil, on pourrait sectionner un tuyau en acier de plus d'un centimètre de diamètre. Alors la gorge d'une personne, vous pensez !

— Et pour Edna Bulowski ?

— Une épée ou un couteau très long. L'arme a probablement été lancée. Des entailles superficielles sur le bord inférieur de l'orbite montrent que la lame s'est abaissée, ou a vibré, après la pénétration initiale. Cela ne se serait pas produit si l'agresseur avait tenu la poignée de l'arme.

— Autre chose ?

— Pas pour le moment. Nous vous ferons parvenir un rapport circonstancié le plus tôt possible.

— Merci, dit Luke. Vous êtes très coopératif.

Le médecin légiste le regarda par-dessus ses verres demi-lune, et son regard était froid et grave.

— Ils étaient de *chez nous*, shérif. Vous aurez toute la coopération dont vous avez besoin.

Luke jetait un coup d'œil dans la cage d'escalier et les couloirs lorsque l'adjoint Fairbrother arriva vers lui en courant.

— Shérif ! Désolé de vous interrompre, mais il y a eu un accident très grave sur la 76e Avenue. Un semi-remorque et deux voitures.

— Vous ne pouvez pas vous en occuper ?

— Si, bien sûr, shérif, mais j'ai pensé que je devais vous informer de la cause de l'accident.

— Allez-y.

— Hum ! c'étaient des porcs. Tout un troupeau de porcs, peut-être une centaine ou davantage.

Luke ferma les yeux un moment et se passa la main sur la nuque.

— Et merde, dit-il. Il ne manquait plus que ça. Des porcs !

Garth souffrait le martyre lorsque Nathan et David entrèrent dans sa chambre au Centre Médical de Mercy, mais il parvint à esquisser un sourire.

Nathan approcha une chaise de son lit. Les couvertures formaient une bosse au-dessus de l'arceau qui protégeait la cheville cassée de Garth. Ses côtes étaient bandées jusqu'aux aisselles.

— Tu as une mine épouvantable, dit Nathan en lui prenant la main.

— Merci, c'est ce que je ressens.

— Nous vous avons apporté des chocolats... et ceci, dit David. (Il tendit à Garth une boîte de chocolats et un numéro de *Playboy*.) J'ai dit que cela allait peut-être trop vous exciter, mais papa m'a affirmé que vous ne regardiez jamais les photos.

— Ton fils devient trop malin pour toi, sourit Garth.

— Kayley est venue te voir ? demanda Nathan.

— Bien sûr. Elle m'a apporté ces fleurs. Elle doit revenir plus tard, après avoir mangé un morceau.

— Dis-moi ce qui s'est passé, fit Nathan.

— Inutile de prendre cet air soucieux.

— Bien sûr que je suis soucieux. Je me sens fautif.

— *Ma foi*... ce qui s'est passé a été *douloureux*, je ne le nie pas, mais c'était extrêmement intéressant. Je suis entré dans l'enclos de Capitaine Black et j'ai commencé à lui parler. Il était un peu énervé, mais pas du tout agressif. Jusqu'à ce que je prononce le prénom Emily.

— Emily ? C'est le prénom de la fille des Pearson, non ? Celle qui a survécu.

— Exactement. C'est pour cette raison que j'ai prononcé ce prénom, qu'est-ce que tu crois ? A ce moment, Capitaine Black est devenu fou furieux ! Il a foncé sur moi comme un dix-tonnes !

— Bon, qu'essaies-tu de dire ?

— J'essaie de dire que cela a certainement marché... la xénogreffe. Je sais que ce n'est pas une preuve concluante, en aucune façon. Le capitaine en a peut-être eu marre, tout simplement. Mais sa réaction à « Emily » a été tellement instantanée... tellement indiscutable.

— Tu crois vraiment que Capitaine Black a hérité la personnalité du petit George Pearson ?

— Peut-être pas toute sa personnalité. Après tout, la personnalité de George n'était qu'à moitié formée. Mais ses souvenirs, c'est possible. Ses points de repère psychologiques. Emily l'avait toujours protégé. Emily avait toujours veillé sur lui. S'il est devenu fou furieux, c'est peut-être parce que... cette fois-là, cette toute dernière fois... Emily ne l'a pas protégé, et il est mort. Ou du moins, son existence physique de petit garçon de trois ans a pris fin. Mais son cerveau, une partie de son cerveau, a continué de vivre.

Nathan secoua lentement la tête.

— Seigneur, c'est incroyable ! Si tu as raison, c'est vraiment incroyable ! Je ne pensais pas que cela irait plus loin qu'une simple greffe de tissus.

— Je ne le pensais pas, moi non plus, dit Garth. Quand on fait une greffe d'organe classique, le receveur n'acquiert aucun des traits de caractère du donneur. Ce n'est pas comme dans ces films d'horreur, tu sais ? Un type a une main en moins, on lui coud la main d'un assassin, et il se met à étrangler des gens.

— Mais dans le cas présent...

Garth palpa précautionneusement ses lèvres enflées et fendues.

— Dans le cas présent, si. Il se pourrait bien que nous ayons modifié la personnalité de Capitaine Black. Si je parviens à obtenir de lui une réaction indiscutable à... disons une douzaine de choses que George était le seul à connaître, alors je pense que nous aurons fait un pas en avant prodigieux. Si nous sommes vraiment capables de transférer des traits de caractère et des souvenirs d'un cerveau à un autre... bon sang ! Songe aux possibilités ! Nous pouvons révolutionner le traitement des maladies mentales du jour au lendemain.

— Sigmund Freud peut se rhabiller, sourit Nathan.

— Ne plaisante pas, dit Garth. Tout cela est du domaine du possible.

— Bon, alors ? lui demanda Nathan. (Il s'appuya contre le dossier de sa chaise et joignit ses mains derrière sa tête.) Qu'as-tu l'intention de faire ?

— Sortir d'ici le plus vite possible. Je déteste les hôpitaux.

— Tu aurais pu avoir pire que Mercy, le rassura Nathan. Ta cheville, c'est une fracture compliquée, hein ? Pas de veine. Tu en as pour plusieurs semaines, vu ton âge.

— Merci tout de même ! fit Garth. Mais je veux être parti d'ici demain au plus tard. Il m'est impossible de différer cette expérience, ne serait-ce que d'un jour.

— Tu vas continuer ? Après ce que Capitaine Black vient de te faire ? Alors qu'il a tué Raoul ?

— Nathan, il le faut. Avec Zapf-Cady sur le point d'être voté, nous n'avons peut-être plus beaucoup de temps devant nous. Et de plus, maintenant je sais à quoi m'attendre. Je prendrai toutes les précautions nécessaires.

— Est-ce que je pourrai revoir Capitaine Black ? intervint David.

Nathan secoua la tête.

— Je ne pense pas. Il est devenu salement dangereux, depuis son opération.

Mais Garth dit :

— Bien sûr que tu pourras le voir. Pourquoi pas ? Nous n'entrerons plus dans l'antre du lion... enfin, du porc. Je vais trouver un moyen qui nous permettra de parler à Capitaine Black sans aucun danger pour nous. Ou pour lui, à vrai dire. Tu pourras le voir, bien sûr. En fait, je pense que tu pourrais m'aider. Il t'avait à la bonne, l'autre fois, n'est-ce pas ? Il serait peut-être plus calme avec toi.

— Je ne sais pas, dit Nathan. S'il y a le moindre danger...

Garth leva la main.

— Absolument aucun danger, je te le promets. Je n'ai pas l'intention de remettre ça, merci bien ! Même dans l'intérêt de la science.

— Bon, je vais y réfléchir, dit Nathan.

— Oh ! papa, s'il te plaît ! s'exclama David.

— J'ai dit que j'allais y réfléchir, d'accord ?

Ils parlèrent un moment de la rentrée scolaire et de base-ball, puis David alla s'acheter un 7-Up. Nathan approcha sa chaise du lit de Garth et dit :

— Parlons sérieusement. Tu penses que Capitaine Black a vraiment acquis la personnalité de ce petit garçon ?

— Je n'en suis pas certain, répondit Garth. Mais tout porte à le croire.

— J'ai tellement de remords à cause de toute cette affaire !

— Mais pourquoi ? Ce petit garçon était mort. Maintenant une partie de lui est toujours vivante. C'est mieux que rien, non ?

— Mais il vit dans le corps d'un *porc*, Garth ! C'est un putain de cauchemar, tu ne crois pas ?

Garth laissa retomber sa tête sur les oreillers. Son visage était tiré, pâle et extrêmement grave.

— Je n'en sais rien, Nathan. Mais je vais faire de mon mieux pour le découvrir.

— Et si c'est l'enfer sur Terre, quand un petit garçon s'aperçoit qu'il s'est réincarné dans un porc ?

Garth soutint le regard de Nathan avec une totale fermeté.

— Si c'est vraiment ça, alors nous devrons faire à Capitaine Black ce que tout bon vétérinaire ferait : lui donner le coup de grâce.

— Tu veux dire que George Pearson devra endurer l'angoisse d'être assassiné une seconde fois ?

— Nathan, tu es beaucoup trop sentimental, dit Garth. Même s'il y a quelque chose de George dans le cerveau de Capitaine Black, ce n'est probablement rien de plus qu'une vague demi-conscience.

— D'accord, d'accord, acquiesça Nathan. Mais je me sens coupable, c'est tout.

— C'est l'histoire de ta vie, mon vieux, fit Garth. (Il serra sa main et ajouta :) Merci d'être venus, David et toi. Passez donc à l'Institut Spellman, samedi matin. Tu verras par toi-même comment Capitaine Black se comporte. Ce sera intéressant. Et sans danger, je te le promets. C'est le genre d'expérience qui n'arrive qu'une fois dans la vie, et tu en fais partie. Il faut que tu sois là.

— C'est plutôt difficile, tu sais, de se sentir responsable de la mort d'autres personnes, murmura Nathan.

— Tu n'es pas responsable. Raoul savait les risques qu'il prenait.

— Tout de même...

Garth saisit la main de Nathan.

— Écoute, il y a quelque chose qui s'appelle le destin, et nous avons beau être malins, nous ne pouvons pas lui échapper, parce que nous le forgeons nous-mêmes. Nous le devons ; autrement, que serions-nous ? Raoul a forgé son destin, tout comme Susan, à sa façon. Elle a pris sa voiture pour emmener son enfant malade à l'hôpital, alors qu'elle aurait mieux fait d'appeler une ambulance. Qui sait pourquoi elle a agi ainsi ? Nous ne le saurons jamais. Mais c'était ce qu'elle était, c'était la façon dont elle se comportait toujours, et son destin l'attendait sur cette bretelle d'autoroute, de même que le destin de Raoul l'attendait dans ce laboratoire. Alors cesse de t'accabler de reproches. Pour l'amour de Dieu, Nathan, il n'est pas humainement possible de prévoir les conséquences de tout ce qu'on fait !

— Tu as probablement raison, dit Nathan.

Néanmoins, il ne pouvait s'empêcher de penser à George Pearson... tout petit et désorienté... ouvrant les yeux pour découvrir qu'il n'était plus un garçon, pas physiquement, en tout cas, mais un énorme porc. Seigneur, pas étonnant qu'il soit devenu fou furieux. N'importe qui serait devenu fou furieux. C'était pire que dans *La Métamorphose* de Kafka, où le jeune homme est changé en un insecte gigantesque.

David revint avec son 7-Up.

— Tu devrais regarder les informations, dit-il à son père d'une voix excitée. Des porcs se sont échappés et ont provoqué un carambolage monstre près de l'aéroport. Les policiers disent que quatre personnes ont été tuées, et que les porcs les ont mangées.

— Bon sang ! s'exclama Garth.

— C'est certainement inexact, dit Nathan. Les porcs ne mangent pas des gens.

— J'ai bien peur d'être obligé de te reprendre sur ce point, fit Garth. C'est parfaitement possible. En fait, lorsqu'ils sont vraiment affamés, ils peuvent manger à peu près n'importe quoi. Il y a deux ou trois mois, l'un de nos laborantins a oublié sa planchette porte-papiers dans un enclos : le lendemain, le porc poussait des cris affreux, parce qu'il était en train de chier des marqueurs non digérés et des pinces métalliques.

Nathan se leva et posa sa main sur l'épaule de David.

— Okay, Garth, je pense que ça suffit pour une nuit. Nous devons partir.

— Oh ! attends un peu, papa. C'est passionnant !

— J'ai dit que ça suffisait pour une nuit. Je te téléphonerai plus tard, Garth. Je suis content de voir que tu n'es pas trop esquinté.

— Je suis un rescapé, sourit Garth. Mais tu l'avais déjà deviné, non ?

Le van noir tourna dans Vernon Drive et le conducteur coupa le moteur et éteignit les phares. Le véhicule était garé en diagonale, en face de la maison des Pearson, plongée dans l'obscurité ce soir. Le vent soufflait par rafales et les rubans CORDON DE POLICE — NE PAS FRANCHIR voletaient et claquaient comme les flammes d'un bateau.

Terence était assis à l'arrière du van, bâillonné et les mains attachées derrière le dos. Il se sentait meurtri, et était certain d'avoir perdu plusieurs dents, mais sa bouche était tellement enflée qu'il lui était impossible de le savoir. Il était également épuisé. Il avait l'impression que cette nuit ne se terminerait jamais, que le jour ne se lèverait jamais. Les vitres du van étaient teintées en noir, aucune lumière ne provenait du dehors. On entendait seulement le sifflement des lignes téléphoniques, le bruissement de feuilles sur le toit et le claquement intermittent d'une porte de jardin.

Le plancher du van était tapissé de couvertures crasseuses et de peaux de chèvre. Terence était serré contre le Lépreux, dont la robe de bure empestait. Le Lépreux ne disait rien, mais il respirait, une respiration sifflante et oppressée, et se grattait de temps à autre. Terence aurait juré qu'il entendait des morceaux mous de chair atrophiée se détacher de son corps, chaque fois qu'il se grattait, mais c'était peut-être un effet de son imagination.

Assise à la gauche de Terence, il y avait Nue, avec sa veste de fourrure sentant le rat et ses cheveux ornés de fleurs fanées. Elle lui avait à peine parlé durant le trajet, mais de temps en temps elle lui avait caressé la joue avec les ongles crochus de sa main gauche, presque distraitement, comme si elle essayait de se rappeler à quoi il ressemblait.

Le Bretteur était assis en face de lui, tout juste visible dans l'obscurité. Il se tenait la tête dans les mains ; le sac contenant ses épées était appuyé contre son genou. Lame était assis à côté de lui : il prenait des poses, remuait continuellement et poussait des soupirs. Le Témoin était au volant et Terence ne voyait que le contour de son dos. Il supposait que le Docteur était assis à ses côtés, sur le siège avant du passager. Il avait entendu un dialogue à voix basse, en tchèque familier... pas le tchèque littéraire ou universitaire, mais le tchèque des habitants moins cultivés de Bohême et de Brno, avec des « r » roulés et de fortes expirations, le genre de prononciation qui donnait un sens à des mots comme *scrvkl* et *trpyt*.

Il avait deviné que c'était le Docteur, parce que le tchèque familier était également employé par des étudiants et des intellectuels, dans la conversation courante, mais très peu par écrit.

Terence était terrifié par le Docteur, mais il l'était encore plus par le Bretteur, et cela n'avait aucune commune mesure avec la terreur que lui inspirait la forme touffue qui bruissait, assise tout au fond du van. Janek-le-Vert, à l'odeur forte de laurier, aussi sombre qu'une tombe fraîchement ouverte, une présence implacable et vorace qu'il était parfaitement incapable de comprendre.

A l'endroit où Janek-le-Vert était assis, les couvertures étaient recouvertes de terre à l'odeur âcre. Nue avait dit à Terence, avec un amusement laconique : « Regarde, cela devrait t'intéresser... L'histoire de Dracula provient de là, Dracula et ses caisses remplies de terre. » Elle prononçait « Dra-*coo*-la », et cela semblait d'autant plus terrifiant, comme si elle l'avait réellement connu.

Terence était encore choqué et contusionné par leur fuite précipitée. Ils avaient dévalé les escaliers depuis le toit tels des danseurs de mazurka pris de folie, tous les six, étage après étage. Ils avaient atteint la sortie de secours donnant sur la rue et avaient quitté l'immeuble pour affronter l'orage. Il n'y avait eu personne pour les arrêter, pas de « *On ne bouge plus ! Police !* » Ils avaient traversé rapidement le parking sous une pluie battante et s'étaient engouffrés dans leur van.

Terence avait crié : « A l'aide ! Je suis là ! Venez à mon secours, pour l'amour du ciel ! » et c'était à ce moment que le Témoin lui avait donné un formidable coup de poing au côté de la tête, avec la force d'une matraque de police. Il avait pivoté sur un pied, l'autre pied levé en l'air tel un clown dément, et était tombé à la renverse. Lame et Nue l'avaient soulevé et hissé à l'arrière du van. Et maintenant ils étaient ici.

— Qu'est-ce que nous attendons ? demanda-t-il à Nue, d'une voix pâteuse.

— Nous attendons que ta petite fille se mette à pleurer et réveille ton voisin, chuchota Nue. Il se lèvera et ira lui demander ce qu'elle a. Elle lui dira qu'elle a entendu un bruit effrayant dans la rue. Il ira au rez-de-chaussée, déverrouillera la porte et jettera un coup d'œil au-dehors. A ce moment-là, nous pourrons entrer dans sa maison sans aucune effusion de sang, et nous emmènerons ton Emily.

— Comment savez-vous cela ? demanda Terence.

— Nous le savons parce qu'un enfant de Janek perçoit toujours lorsqu'il se trouve à proximité. Tu as perçu sa présence, lorsque tu étais enfermé dans ta cellule, n'est-ce pas ? Emily la percevra, elle aussi.

— Vous devriez la laisser tranquille, fit Terence d'une voix pitoyable. Vous ne devriez pas l'emmener. Vous devriez la laisser tranquille !

— Tiens, tiens ! gloussa Nue. Et qui es-tu pour dire de telles choses ? Toi, le fils de ton père ?

Terence jeta un regard vers la forme sombre et touffue dans

le coin du van, et il ne put s'empêcher de frissonner, comme si un démon cornu lui avait chuchoté à l'oreille et lui avait révélé la date de sa mort.

— Ce n'est pas mon père. Mon père était un homme doux et bienveillant. Jamais il n'aurait tué quelqu'un, jamais.

— Mais bien sûr ! Ton père était un homme bienveillant. Il est toujours un homme bienveillant. Regarde-le, mon ami. Il aurait pu prendre ta vie sur le toit, n'est-ce pas ? Mais il t'a épargné, parce qu'il t'aime. Tu es la chair de sa chair, d'accord ? Il peut te tuer ou t'épargner. Et pour le moment, il a choisi de t'épargner, ce qui est un geste bienveillant.

Terence toussa et frissonna. Le Témoin leva brusquement la main, et le Voyageur Vert produisit un horrible bruissement d'excitation. Une lumière venait d'être allumée dans la maison des Terpstra, au premier. Un instant plus tard, Mr Terpstra apparut brièvement et traversa le palier, dans son peignoir à rayures rouge et marron.

— Ça y est, chuchota Nue. Ta fille a commencé à pleurer.

Terence se mordit par mégarde sa lèvre enflée et tressaillit de douleur. Il ferma les yeux et adressa une prière à Dieu pour que Janek ne leur fasse pas de mal, à Emily et à lui. *Oh, Seigneur, sauvez-moi du Voyageur Vert. Oh, Seigneur, sauvez-moi de mon sang impur* !

Deux ou trois minutes s'écoulèrent, puis Mr Terpstra réapparut sur le palier.

— Et voilà ! murmura Nue.

Ils attendirent quelques secondes encore, puis, à la grande surprise de Terence — et manifestement à celle de Nue, également —, la lumière du palier fut éteinte.

Un bruissement vif et agité parvint de Janek-le-Vert. Le Témoin se retourna sur son siège et, malgré son masque blanc dénué de toute expression, il était clair qu'il était perplexe.

— Que s'est-il passé ? demanda Terence.

— Ton voisin est retourné se coucher. Il n'est pas allé voir ta fille.

— Alors, qu'est-ce que cela veut dire ?

— Cela veut dire que nous allons devoir pénétrer dans la maison d'une autre façon.

— Vous allez être obligés de pénétrer de force dans la maison ?

— Nous ne pouvons pas faire ça.

— Pourquoi donc ? Vous êtes cinq.

— Nous ne le pouvons pas. Ce n'est pas... possible, c'est tout.

Nue semblait irritée et préoccupée. D'après les grattements provenant du fond du van, Terence devina que Janek-le-Vert était préoccupé, lui aussi. Ou peut-être commençait-il à avoir faim. Selon les ouvrages anciens que Terence avait étudiés, Janek devait se nourrir au moins deux fois par semaine, et parfois encore plus souvent.

— Il va falloir que tu ailles sonner à la porte, et que tu attendes que ton voisin te prie d'entrer.

— Il ne fera jamais ça, fit Terence. Il ne peut pas me voir, depuis le début.

— Tu dois essayer. Il n'y a pas d'autre façon.

— Ça ne marchera pas, rétorqua Terence. Tout à fait indépendamment du fait que Terpstra ne peut pas me blairer, il n'invitera pas un tueur d'enfants en cavale à entrer chez lui. Il est peut-être idiot, mais il n'est pas stupide.

— Tu dois essayer, répéta Nue.

Afin d'appuyer la requête de Nue, le Bretteur sortit l'une de ses épées et la pointa d'une main ferme sur le front de Terence. La pointe perça la peau. Terence sentit du sang couler entre ses yeux et sur le côté de son nez.

— Bon, d'accord, je vais essayer, accepta-t-il. Mais il faut que vous me détachiez.

Nue tendit la main et le Bretteur lui donna un couteau à manche de corne. Elle trancha les cordes qui enserraient les poignets de Terence, puis le poussa du plat de la main.

— Tu n'essaieras pas de t'enfuir, hein ? Je n'aimerais pas te voir mourir.

Terence ne dit rien. Lame ouvrit la portière du van, et Terence passa près du Lépreux et de la forme buissonneuse et touffue de Yanek-le-Vert. Il hésita un moment comme il passait devant Janek, mais celui-ci n'eut aucune réaction. Derrière son masque, il demeura plus froid et plus hostile que jamais.

Terence descendit du van. Nue lui dit :

— Fais en sorte qu'il t'invite à entrer. Janek serait très fâché contre toi si tu ne le faisais pas.

— Je crois que j'ai pigé, répliqua Terence.

Il traversa la rue et se dirigea vers l'allée des Terpstra. Il se frictionna les poignets. Il avait l'impression que sa bouche faisait dix fois sa grosseur habituelle, et sa tempe gauche était douloureuse. Il fit halte lorsqu'il atteignit la pelouse des Terpstra et se retourna. Le van était sinistre, toutes lumières éteintes, et rien n'indiquait que quelqu'un se trouvait à l'intérieur. Terence scruta la rue et tenta d'évaluer ses chances de s'enfuir. Mais la prochaine rue transversale se trouvait à plus de cent cinquante mètres de là, et il avait vu de ses propres yeux à quel point le Bretteur pouvait être rapide et précis, lorsqu'il avait tué ce shérif-adjoint.

Outre la vitesse, il lui fallait la volonté de s'enfuir, et il se sentait incapable d'agir avec une telle détermination.

Terence claudiqua jusqu'à la porte des Terpstra et appuya sur la sonnette. Il fut obligé de sonner six ou sept fois avant que la lumière du palier ne s'allume de nouveau. Puis il entendit Leland descendre l'escalier et grommeler :

— J'arrive, j'arrive ! Vous avez vu l'heure qu'il est, bon Dieu !

Il ne répondit pas et attendit que Leland Terpstra ouvre la porte et scrute l'obscurité.

— Qui est là ? demanda Leland d'une voix bourrue. Et merde, qu'est-ce que vous voulez ?

— Bonsoir, Leland, dit Terence, s'efforçant de prendre un ton posé et conciliant.

— Qui est là ? répéta Leland. (Puis il s'exclama :) *Terence*, c'est vous ?

— Pour une fois vous avez raison, Leland.

— Je croyais que vous étiez en prison, fit Leland craintivement. Ils vous ont relâché ?

— Quelque chose comme ça. Ils m'ont libéré sous caution.

— Après ce que vous avez fait ? Ils vous ont libéré sous caution ?

— Leland, je suis fatigué, j'ai faim, et je ne peux pas rentrer chez moi. Le Bureau du shérif a oublié de me rendre mes clés, et je n'ai pas pensé à les demander.

— Désolé, Terence. Je ne peux rien faire pour vous. Dolly a donné à la police le double de vos clés. Ils ont dit que personne ne devait entrer dans la maison jusqu'à ce que leur enquête soit terminée.

— Je ne sais pas quoi faire, dit Terence. Je n'ai pas assez d'argent pour aller à l'hôtel. Je n'ai même pas de pièces de monnaie pour téléphoner.

Depuis le palier à l'étage, Mrs Terpstra lança :

— Leland ? Qui est-ce ? Qu'est-ce qui se passe ?

— Tout va bien, Dolly, répondit Leland. Ne t'inquiète pas. Quelqu'un qui demande son chemin, c'est tout.

Il lança un regard furieux à Terence et reprit :

— Je suis désolé, Terence. Je ne peux pas vous aider. Maintenant laissez-nous tranquilles !

Terence s'approcha de la porte. Leland n'ôta pas la chaîne de sûreté ; il referma même la porte de deux ou trois centimètres.

— Leland, vous n'avez rien à craindre de moi. Je n'ai rien fait de mal.

— Vous coupez la tête à vos gosses et vous ne pensez pas que c'est mal ? Vous êtes un fou furieux. Vous avez toujours été un fou furieux. Votre façon d'injurier les gens, votre façon de traiter cette pauvre Iris. Mais cette fois vous avez complètement pété les plombs, Terence, vous avez commis un acte monstrueux. Je ne veux plus vous voir. Plus jamais, vous entendez ?

— Comment va Emily ? demanda Terence d'une voix douce, s'efforçant de calmer Leland.

— Emily va bien, et ce n'est pas grâce à vous. Cette pauvre fille a de la chance de ne pas être dans un hôpital psychiatrique, après tout ce qui lui est arrivé.

— Est-ce que je pourrais la voir ?

Terence se tourna pour regarder vers le van. Il savait qu'il n'était pas censé s'inviter lui-même chez les Terpstra. On devait inviter le Voyageur Vert à entrer : autrement, il était incapable de franchir n'importe quel seuil. Il avait une influence uniquement sur ceux qui acceptaient avec empressement ce qu'il avait à offrir et, chose étonnante, beaucoup de gens acceptaient. Ils étaient tout à fait disposés à sacrifier l'avenir d'enfants non conçus, non baptisés, pourvu qu'ils aient tout de suite richesses et abondance.

En fait, songea Terence, cela n'avait rien d'exceptionnel.

Des gens sacrifiaient l'avenir d'enfants non conçus, non baptisés, tous les jours de la semaine. Très souvent, ils ne le faisaient même pas en échange de richesses et d'abondance. Ils agissaient ainsi simplement par bêtise, ou par indifférence, ou par méchanceté.

Aucun signal ne parvint du van, et Terence se retourna vers Leland Terpstra.

— Donnez-moi une chance, Leland. Je ne suis pas coupable tant qu'un jury ne m'a pas déclaré coupable. J'ai peut-être eu un comportement bizarre par moments. Mais jamais je n'aurais fait de mal à mes enfants, vous le savez.

Leland scruta la rue dans les deux sens.

— Comment êtes-vous venu ici ?

— Des amis m'ont déposé devant chez moi. Ils sont repartis avant que je m'aperçoive que je n'avais pas ma clé.

— Vous ne pouvez pas briser un carreau et entrer ? C'est votre maison, après tout.

— Oui, bien sûr, vous avez raison. Mais je voudrais voir Emily, être certain qu'elle va bien.

— C'est impossible, je le crains, Terence.

— Leland, je suis son père ! Quelles que soient les accusations qui pèsent sur moi, elle est toujours sous ma responsabilité.

— J'ai dit « impossible ». Elle n'est pas ici.

— Comment ça, elle n'est pas ici ? Le shérif m'a dit qu'il l'avait vue chez vous. Il me l'a dit lui-même !

— Il l'a vue ici, en effet. Mais elle ne pouvait pas rester chez nous indéfiniment, non ? Les gens des services sociaux du comté sont venus la chercher. J'ignore où ils l'ont emmenée. Sans doute dans un foyer pour enfants.

— Ils ne vous ont pas dit lequel ?

— S'ils l'ont fait, je ne m'en souviens pas. Nous l'avons hébergée quelques heures, c'est tout. Nous avons agi en bons voisins.

Terence appuya sa main sur sa poitrine. Il commençait à avoir des palpitations. Il n'osait pas penser à ce qui se passerait s'il était obligé de retourner vers le van et de dire à Janek-le-Vert qu'Emily était partie, et qu'il n'avait pas été capable de se faire inviter chez les Terpstra.

— Hé, ça va ? fit Leland en le dévisageant plus attentivement. Votre lèvre est sacrément enflée, dites-moi. Et qu'est-il arrivé à votre visage ?

— Leland, haleta-t-il, je dois absolument m'asseoir.

Leland secoua la tête.

— Vous n'entrerez pas chez moi, Terence. Il n'en est pas question. Je vous ai vu vous conduire comme un forcené et je ne tiens pas à ce que ça se reproduise dans ma maison. Maintenant vous feriez mieux de partir, sinon j'appelle les flics et ils vous embarqueront. Pour un homme qui vient d'être libéré sous caution, ça ferait plutôt mauvais effet, non ?

— Leland, je vous en supplie. Je crois que je vais m'évanouir.

Leland hésita pendant un long moment. Terence ferma les yeux et *voulut* presque qu'il l'invite à entrer. Finalement, Leland ferma la porte, ôta la chaîne de sûreté et dit :

— Cinq minutes, Terence, c'est tout. Pas une minute de plus. Et pas de bêtises, hein ?

— Leland, c'est tout ce que je demande.

Leland rouvrit la porte. Pratiquement au même instant, Terence entendit les portières du van s'ouvrir violemment. Leland regarda par-dessus l'épaule de Terence et demanda, en fronçant les sourcils :

— Qui sont ces gens ? Ils vont à un bal costumé ?

Terence se retourna. Il aperçut le Bretteur, le Lépreux, le Témoin et les jumeaux Lame et Nue, qui traversaient rapidement la rue, silencieux et déterminés. Ils étaient suivis de près par un personnage de petite taille, simiesque : il portait un manteau de velours foncé et son visage était dissimulé par un masque rouge vif, de la couleur du sang frais. Ce devait être le Docteur, pensa-t-il, et il savait ce que le Docteur pouvait faire.

Lorsque Leland vit que le petit groupe remontait son allée, il s'écria : « Bon Dieu, Terence ! » et voulut claquer la porte. Mais Terence avança son coude et l'empêcha de la refermer, puis il donna un grand coup de pied, et la porte s'ouvrit en vibrant.

— Merde, Terence, que se passe-t-il ? paniqua Leland.

Le Bretteur fut sur lui avant qu'il puisse dire autre chose. Il semblait avoir traversé la cour soudainement, le temps d'un battement de cœur. Il empoigna Leland par les pans de son peignoir, le fit pivoter sur lui-même et le poussa violemment du pied. Leland tomba dans une position de prière sur les marches de l'escalier. Il laissa échapper un couinement qui était à mi-chemin entre une toux et un hurlement. Le Bretteur lui donna un autre coup de pied. Sa botte étroite en daim noir le frappa entre les omoplates, si fort que Leland en eut le souffle coupé.

Le reste de l'entourage du Voyageur Vert fit irruption dans le vestibule, tandis que le Bretteur traînait Leland vers le séjour. Lame ferma les rideaux hermétiquement, puis alluma les lumières dans la pièce. Du premier, Mrs Terpstra appela :

— Leland ? Leland ! Que se passe-t-il en bas, Leland ? Que signifie tout ce boucan ?

Nue lança un regard à Lame et, sans la moindre hésitation, Lame sortit du séjour et monta l'escalier, silencieusement et rapidement. Terence regarda Nue avec frayeur, mais Nue porta son index à ses lèvres pour lui faire comprendre qu'il devait garder le silence. Terence regarda en spectateur impuissant le Bretteur obliger Leland à s'agenouiller au milieu de la pièce et lui donner des gifles.

Les joues de Leland devinrent rouge feu. Il avait une vilaine ecchymose au front, et du sang coulait du coin de sa bouche. Il se tourna vers Terence avec une expression de terreur et d'incrédulité totale.

— C'est réel, fut tout ce que Terence put lui dire.

— Où est ta fille ? lui demanda Nue d'un ton sec. Tu avais dit que ta fille serait ici.

Terence leva les mains, sur la défensive.

— Les services sociaux l'ont emmenée.

— Les services sociaux ?

— Je le jure.

Nue parcourut d'un regard méprisant le séjour bien tenu aux meubles encaustiqués. La présence des serviteurs de Janek semblait à tel point déplacée dans une pièce comme celle-là que même Terence avait du mal à croire qu'ils étaient vraiment ici. Ils étaient tellement putrides, tellement dépravés, tellement hors du temps ! Pourtant, ils étaient bien réels, leur force, leur assurance, l'odeur de sueur, de graisse et de velours crasseux qu'ils dégageaient, en témoignaient.

Nue s'approcha de Leland Terpstra et le regarda fixement.

Leland leva les yeux et sa pomme d'Adam tressauta, comme s'il essayait d'avaler un gros morceau de gras.

— Que voulez-vous ? lui demanda-t-il. Vous n'allez pas me tuer, dites.

Nue posa une main sur son épaule.

— Que sais-tu de la mort ? lui demanda-t-elle.

— Je ne comprends pas ce que vous voulez dire.

— Je veux dire, est-ce que tu sais ce qui se passe, quand on meurt ?

— Non, je ne sais pas. Je ne sais vraiment pas. Certains disent qu'il y a une lumière, non ? Et que l'on a envie de s'avancer vers cette lumière, parce qu'elle est tellement accueillante.

— Et tu crois à cette lumière magique ? Si je te tuais maintenant, c'est là où tu irais ? Vers cette lumière ?

Leland tordit ses mains éperdument.

— Je vous en prie, ne me tuez pas. J'ai essayé d'être bon. J'ai essayé d'être juste et honnête avec tout le monde. Si j'avais su que vous vouliez Emily, je l'aurais gardée ici. Cela m'était parfaitement égal. Mais j'ignorais que vous vouliez Emily, et les gens des services sociaux l'ont emmenée, et en ce qui me concernait, c'était la meilleure chose qui pouvait arriver.

— Où est-elle ? demanda Nue d'une voix brumeuse, suppliante. (Elle lui caressait la joue du bout des doigts.) Pourquoi ne me dis-tu pas où elle est ?

Leland transpirait et tremblait.

— Madame, croyez-moi, je vous le dirais si je le savais.

Elle continua de lui caresser la joue, d'une façon de plus en plus provocante, jusqu'à ce que le visage de Leland soit empli de désespoir.

— Tu le sais certainement, chuchota-t-elle. Tu es certainement capable de te le rappeler.

Il secoua la tête à plusieurs reprises. Maintenant il était tellement terrifié qu'il ne pouvait même pas parler. Terence intervint :

— Il n'y a pas beaucoup d'endroits à Cedar Rapids qui hébergent des enfants abandonnés. Je pense que c'est le foyer pour enfants McKinley, parce qu'il se trouve à proximité du

Centre Médical de Mercy. C'est là où a été hospitalisée sa mère. Ma femme, Iris.

— Je ne sais pas, dit Leland désespérément. Je vous jure que je ne sais pas !

— Peu importe, fit Nue. Nous la trouverons, de toute façon.

— Je ne sais pas. Je ne sais vraiment pas !

Tandis que Leland suppliait et balbutiait, le Bretteur avait sorti ses épées de son sac, une par une, produisant un tintement terrifiant. Il les sortit toutes les cinq et entrecroisa les lames jusqu'à ce qu'elles forment le pentagone que Leland lui-même avait entrevu, la nuit où Mary van Bogen avait été assassinée, dans la maison des Pearson.

Le Bretteur leva en l'air le pentagone, de telle sorte qu'il encadra son visage masqué, sans expression. Leland le regarda avec épouvante, puis il tourna la tête vers Terence et s'écria :

— Quoi ? Qu'est-ce que c'est ? Qu'a-t-il l'intention de faire ?

A ce moment, Lame réapparut. Il semblait essoufflé. Il coula un regard vers Nue et hocha la tête. Nue ferma les yeux brièvement pour indiquer qu'elle avait compris.

Le Docteur traversa la pièce. Son masque ne lui allait pas, et son cuir chevelu était pelé, hormis quelques touffes de cheveux. Il se tint aux côtés de Leland et toussa — une toux grêle, pleine de glaires — ; puis il lui tapota l'épaule.

— Le Docteur dit que tu ne dois pas avoir peur, fit Nue.

— Terence..., supplia Leland.

Terence lui tourna le dos. Il savait ce qui allait se passer. Leland les avait invités à entrer, et une fois qu'il les avait invités à entrer, il avait irrévocablement remis son sort entre les mains du Voyageur Vert. Le Voyageur Vert était affamé. Ses racines et ses vrilles se tordaient douloureusement là où son estomac aurait dû se trouver, et il n'y avait qu'une seule nourriture que sa faim réclamait : des viscères humains... les viscères de Leland, parce qu'il n'y avait personne d'autre. Ils ne seraient pas aussi succulents que ceux des enfants du Voyageur Vert, et ils seraient moins nourrissants. Mais c'était tout de même de la nourriture.

Le Bretteur abaissa le pentagone formé par les épées au-dessus de la tête de Leland, comme il l'avait fait avec Terence, dans sa cellule. Mais cette fois-là, c'était uniquement pour avertir Terence qu'il perdrait sa tête s'il n'obéissait pas. A présent, Terence savait que le Bretteur remplissait sa fonction de bourreau auprès de Janek. Il ferma les yeux un instant et chuchota à voix basse : « *Père céleste, ayez pitié de lui.* »

Leland geignait, un son affreusement hésitant qui provenait d'une seule narine. Le pentagone des épées fut abaissé sur son visage, jusqu'à ce qu'il forme un collier d'acier affilé autour de son cou. Leland tourna frénétiquement la tête d'un côté et de l'autre, pris au piège, puis il hurla :

— Terence, venez à mon secours ! Terence, aidez-moi, pour l'amour de Dieu ! Ne les laissez pas me tuer, Terence ! Non !

Terence commit l'erreur de se retourner. A cet instant, le Bretteur referma le pentagone dans un infime tintement d'acier, et les épées tranchèrent le cou de Leland Terpstra, comme s'il était aussi tendre qu'un trognon de chou.

Il y a toujours un instant durant lequel une tête tranchée peut voir et comprendre ce qui lui est arrivé, et la tête de Leland Terpstra ne fit pas exception à la règle. Elle regarda fixement Terence, et sa bouche commença à s'ouvrir comme si elle voulait dire quelque chose. Puis un geyser de sang jaillit de la carotide et aspergea les épaules de son peignoir. Immédiatement, le Docteur empoigna les cheveux clairsemés, puis souleva la tête et l'agita d'un côté et de l'autre. Le sang gicla dans toute la pièce, sur les murs, éclaboussant la photographie de David Kirkwood sur l'autel des Terpstra.

— Au nom du ciel ! cria Terence au Docteur.

Le Docteur eut un mouvement de recul, faisant semblant d'être effrayé. Il brandit la tête ruisselante de sang de Leland comme s'il voulait la donner à Terence en cadeau de réconciliation. Terence n'avait pratiquement rien mangé de la journée, à part le hamburger qu'on lui avait apporté dans sa cellule à l'heure du déjeuner. Son estomac se crispa et sa bouche se remplit d'un flot de vomi granuleux et acide, qu'il fut obligé de ravaler.

— Dites-lui d'arrêter ça ! dit-il en toussant à Nue. Dites-lui de poser ça !

Nue se contenta de ricaner. Terence avait l'impression de vivre un cauchemar : il n'avait jamais dormi et il ne dormirait plus jamais, parce que cela ne changeait rien, qu'il dorme ou qu'il soit éveillé. Il voulut saisir la tête de Leland, mais le Docteur l'écarta vivement et la mit hors de sa portée, puis il leva un doigt décharné en signe d'avertissement.

Pendant ce temps, le Bretteur avait calé le corps décapité de Leland : il était assis par terre, le dos appuyé contre le canapé. La moquette tout autour était tellement imbibée de sang qu'elle crépitait littéralement, mais le Bretteur n'y prêta pas la moindre attention. Manifestement, cela faisait partie d'un rituel précis. Tout devait être préparé de la même façon consacrée.

Terence tremblait de dégoût.

— Mon Dieu, répétait-il constamment. Mon Dieu, vous êtes tous des malades ! Vous êtes pires que tout ce que j'avais imaginé !

— Nous donnons aux gens ce qu'ils désirent, c'est tout, répliqua Nue. Nous ne demandons pas grand-chose en échange. (Elle montra du doigt la photographie éclaboussée de sang de David Kirkwood Terpstra). Combien de jeunes gens sont morts durant combien de guerres ? Et qu'en ont retiré leurs parents ? Pas le moindre lopin de terre, pas une seule bonne récolte. Janek-le-Vert donne la vie ; il ne la prend pas. Tout ce qu'il demande, c'est ce qui lui revient de droit. Ce qu'il a conçu, il ne pourrait pas le consommer ?

Tenant la tête de Leland dans sa main droite, le Docteur plongea sa main gauche dans les poches de son manteau. Il en sortit des touffes d'herbes séchées, des racines et des fleurs. Terence en reconnut certaines, mais la plupart lui étaient inconnues. Le Docteur les enfonça dans la cavité béante du cou de Leland. En même temps, il traçait des signes et des symboles dans l'air.

Grâce à ses années de recherches, Terence savait que le Docteur utilisait de la sauge, du romarin et du thym, les herbes du mariage, les herbes qui lient les choses. Il utilisait également des fèves, que l'on plaçait autrefois dans les cercueils, afin que leurs bourgeons fassent plaisir aux morts. Il y avait de la bistorte, pour arrêter les hémorragies ; de la rue, pour faire revenir quelqu'un sur sa décision ; de l'érigéron, pour faire cicatriser la chair lacérée ; et de la centaurée, pour produire des hallucinations.

Il y avait de la verveine, une herbe si puissante qu'on croyait au Moyen Age qu'elle pouvait bleuir le soleil, à condition de pouvoir l'emporter là-bas.

Mais la plus puissante de toutes était la racine de mandragore mâle, noire à l'extérieur et blanche à l'intérieur. D'après la croyance médiévale, la mandragore poussait de la semence de la dernière éjaculation involontaire d'un pendu. C'était la racine de la puissance sexuelle et de la violence extrême.

Lorsque le Docteur eut terminé, l'orifice du cou de Leland était rempli d'herbes, de racines et de fleurs séchées, tel un vase grotesque.

Nue s'approcha du corps et psalmodia :

— *Conjuro et confirmo, super vos angeli fortes, sancti atque potentes, sancti atque potentes, sancti atque potentes.*

Le Docteur tint la tête de Leland à deux mains, la brandit un moment, puis il l'abaissa lentement sur l'orifice ensanglanté de son cou. Cela produisit un bruit de baiser doux et mouillé.

Terence avait lu tout ce qui avait trait à la remise en place des têtes tranchées effectuée par le Docteur. C'était mentionné des douzaines de fois dans la littérature tchèque du quatorzième siècle et dans certains des ouvrages plus anciens qu'il avait trouvés, y compris les *Clavicules de Salomon* et *La Magie sacrée d'Abramelin le Mage*, tous deux interdits par l'Église catholique.

Il avait lu ces passages, mais il n'avait jamais cru tout à fait que c'était vrai, et il n'avait jamais imaginé qu'il verrait cela de ses propres yeux.

Mais le Docteur plaça ses mains autour du cou de Leland, les laissa là un moment, puis les retira.

Terence frissonna, choqué, et ne put s'empêcher de pousser un glapissement de dégoût. La tête de Leland était posée sur son cou, mais d'une façon terriblement gauche et disgracieuse. Des brins d'herbes et de fleurs séchées dépassaient de sa peau, si bien qu'il donnait l'impression de porter un collier de feuilles dentelées.

— Tu vois ? lui dit Nue, écartant les bras telle l'assistante d'un magicien. La tête a été retirée ; la tête a été remise en place.

— Mais il ne peut pas être vivant !

— Pourquoi donc ? Bien sûr qu'il est vivant ! Il a été cicatrisé !

Comme en réponse à l'affirmation de Nue, Leland poussa un gémissement.

— C'est seulement l'air qui sort de ses poumons ! s'insurgea Terence. Vous lui avez coupé la tête ! Il ne peut pas être vivant !

Mais Leland ouvrit la bouche plus largement et laissa échapper un autre gémissement, beaucoup plus long cette fois. Ce n'était pas simplement un gémissement de douleur. Pire encore que le gémissement d'un homme qui sait qu'il va mourir, c'était le gémissement d'un homme qui sait qu'il est déjà mort. Terence trembla violemment.

— Et voilà ! fit Nue triomphalement. A présent le Témoin va appeler ton père, et ton père va montrer à cet homme ce qu'est la vraie souffrance !

Le Témoin sortit silencieusement de la pièce.

Terence était incapable de parler, il ne pouvait même pas respirer. Il avait eu le sentiment de vivre un cauchemar depuis le jour où son père lui avait révélé l'existence du Voyageur Vert, mais il n'avait jamais pensé que le cauchemar aboutirait à une telle abomination.

Leland gémit à nouveau. Petit à petit, son gémissement s'éleva de plus en plus, jusqu'à ce que ce soit un hurlement rauque et interminable. Ses yeux s'ouvrirent brusquement, et il fixa Terence avec une expression d'absolue torture mentale.

— Tuez-moi ! cria-t-il. Tuez-moi, Terence, tuez-moi ! Tuez-moi tuez-moi tuez-moi tuez-moi !

Terence fit un pas raide dans sa direction mais, d'un geste souple, le Bretteur leva l'une de ses longues épées luisantes et la pointa vers la gorge de Terence, l'avertissant qu'il devait rester à l'écart.

Leland continua de crier, encore et encore :

— Tuez-moi, Terence ! Tuez-moi ! Tuez-moi !

Il tordait sa tête d'un côté et de l'autre. Son cou se gonfla et les brins d'herbe qui dépassaient de sa peau tombèrent sur son peignoir imbibé de sang et y restèrent collés, semblables à des moucherons englués dans du miel.

— Tuez-moi tuez-moi tuez-moi tuez-moi TUEZ-MOI, TERENCE !

Terence voulut s'avancer à nouveau ; cette fois, le Bretteur enfonça la pointe de son épée dans son épaule. Terence ressentit une douleur cuisante, comme s'il avait été piqué par un frelon, et il recula aussitôt.

— Ne te mêle pas de ça, fils de Janek, lui conseilla Nue d'une voix beaucoup plus forte afin qu'il puisse l'entendre malgré les hurlements et les supplications de Leland. Tu ne veux pas fâcher ton père, toi aussi, n'est-ce pas ?

Le Bretteur repoussa Terence en arrière, à plusieurs reprises, jusqu'à ce qu'il soit obligé de s'asseoir dans le fauteuil près de l'âtre.

— Et reste là ! l'admonesta Nue.

Leland commença à agiter ses bras. Il essaya de se mettre debout, mais sa décapitation semblait l'avoir privé de son sens de l'équilibre et de toute coordination physique. Il parvint seulement à se retourner et resta affalé sur le canapé. Un mince filament de sang et de bave s'écoula de sa bouche. Il toussa et cracha de l'aubépine et du sang.

— Tuez-moi, dit-il au canapé. Tuez-moi, dit-il au mur. Tuez-moi, dit-il à la photographie profanée de son fils.

La porte se rouvrit et le Témoin revint. Il baissa les yeux vers Leland Terpstra, puis il fit signe d'entrer à la créature qui l'avait suivi.

Un courant d'air s'engouffra par la porte ouverte, et une spirale de feuilles de laurier en forme de clé de sol voleta et bruissa sur la moquette. Puis Janek-le-Vert apparut, dans son manteau de feuilles et de branches. Les branches frottèrent contre le chambranle de la porte, et les feuilles s'éparpillèrent sans fin autour de lui. Son masque était plus impénétrable, plus sarcastique que jamais, mais, à la faveur de la vive lumière du lustre dans le séjour des Terpstra, Terence pouvait voir le reste de son corps plus distinctement. Et plus il apparaissait distinctement, plus il était terrifiant. Ses cheveux étaient blanc-grisâtre, presque blanc-verdâtre, mais par endroits sa tête était recouverte de touffes de mousse verte et humide. C'était difficile de voir à l'intérieur de l'obscurité de son manteau feuillu, mais Terence distingua des racines qui pendaient, et des formes blafardes et molles qui ressemblaient à des champignons parasites. Janek empestait. Une odeur infecte de feuilles moisies et de bois pourri, de sève aigre d'orties écrasées.

Le Bretteur empoigna Leland par l'épaule et le fit tourner sur lui-même, afin qu'il puisse voir Janek. La bouche de Leland s'ouvrit et se referma, puis il se mit à crier de nouveau, un cri qui rappela à Terence un chien qu'il avait vu un jour, écrasé sous un camion.

Leland leva un bras et le tendit vers Terence en un geste de terreur.

— Tuez-moi, Terence ! Pour l'amour de Dieu, Terence ! Tuez-moi !

Terence commença à se lever de son fauteuil, mais le Bretteur se retourna et brandit son épée, en guise de nouvel avertissement.

— Tuez-moi ! glapit Leland.

— C'est à lui qu'il faut le demander ! cria Terence en retour.

Il était clair que Leland était trop hystérique pour comprendre. Il n'arrêtait pas d'agiter sa tête d'un côté et de l'autre, il griffait les coussins du canapé comme s'il voulait les déchiqueter.

— C'est à *lui* qu'il faut le demander ! répéta Terence. (Il criait à pleine gorge et montrait du doigt le Voyageur Vert.) A *lui*, Leland !

Leland continua de crier pendant quelques secondes encore, puis il se tut et fixa Terence, les yeux exorbités. Terence montrait toujours du doigt le Voyageur Vert. Cette fois, il répéta beaucoup plus doucement :

— C'est à lui qu'il faut le demander.

Ce n'était guère le moment pour Terence de s'interroger sur la moralité de ce qu'il faisait. Il savait que Leland allait mourir de l'une des morts les plus atroces que l'on ait jamais imaginées, mais si Janek ne le tuait pas, il ne mourrait pas du tout.

Leland tourna sa tête sur son cou boursouflé, entouré de feuilles, et leva les yeux avec crainte vers le Voyageur Vert. Durant un long moment, Terence crut que Leland ne serait pas capable de parler, mais il *devait* parler, parce que le Voyageur Vert pouvait tuer seulement lorsqu'on le lui demandait.

Leland toussa... d'autres herbes, du sang. Puis il dit, avec un calme extraordinaire :

— Tuez-moi !

Le Bretteur agit sur-le-champ. Il repoussa Leland sur le canapé et lui arracha son peignoir taché de sang. Il fendit la veste de pyjama avec son couteau à manche de corne et en écarta les pans pour découvrir son ventre maigre et blanc. La poitrine de Leland se soulevait et s'abaissait rapidement, sous l'effet de la terreur.

Le Voyageur Vert s'approcha du canapé et tendit une main hérissée de ronces. Il traça plusieurs sillons parallèles sur le ventre de Leland... des sillons qui firent apparaître de minuscules gouttes de sang. Leland serra les dents et respira en de rapides et forts sifflements. Désormais, il était trop terrifié pour parler. Il venait de faire l'expérience de la mort. Tout ce qu'il désirait maintenant, c'était connaître une mort qui allait durer et lui apporterait la paix éternelle.

Le Voyageur Vert voûta son dos au manteau de feuilles et se détourna à demi de Leland, comme s'il s'était ravisé et ne voulait plus le tuer. Leland continuait de respirer bruyamment ; il attendait de découvrir ce que le Voyageur Vert avait l'intention de lui faire, ses doigts plantés dans les coussins du canapé. Des feuilles tombaient partout, un automne perpétuel de l'âme.

Cela se passa si vite que Terence ne vit pas le geste. Le Bretteur plongea le plus fin des couteaux et éventra Leland depuis ses poils pubiens gris jusqu'à son sternum enfoncé. La lame était tellement affilée qu'elle se coinça un instant dans le sternum ; le Bretteur fut obligé de tirer le couteau d'avant en arrière et d'arrière en avant pour la dégager.

En fait, ce fut tellement rapide que Leland lui-même ne comprit pas ce qui lui était arrivé, jusqu'à ce qu'il baisse la tête et s'aperçoive que son abdomen béait, et que ses genoux étaient recouverts d'intestins luisants, ocre pâle. Ils semblaient se soulever et gonfler comme une sorte de pudding fumant et répugnant. L'odeur était tellement douceâtre et forte que Terence fut incapable de la supporter plus longtemps. Il eut deux haut-le-cœur, puis il vomit douloureusement le peu que contenait son estomac, dans l'âtre des Terpstra, à quatre pattes.

Il entendait Leland hurler. Il ne voulait plus regarder. Il ne pouvait pas regarder. Puis Leland hurla « *Terence* ! » et il tourna la tête, ses yeux voilés de larmes, ses sinus obstrués de sang et de vomissures.

Il aperçut le Voyageur Vert penché sur l'abdomen béant de Leland, une main plongée dans les intestins de Leland. Avec son autre main, le Voyageur Vert avait pris le foie protégé par une membrane. Il le tenait délicatement dans sa paume, tel un homme dégustant la plus savoureuse des truffes, et le poussait dans l'orifice pour la bouche de son masque de *mummer* au sourire narquois.

— *Terence* ! hurla Leland à nouveau.

Terence se blottit derrière le fauteuil et se boucha les oreilles avec les mains. Puis il essaya de se convaincre qu'il n'était pas là, qu'il n'était jamais né, et que même la pire des horreurs devrait prendre fin.

12

Emily était couchée dans son lit, au foyer d'accueil, et contemplait le plafond. Il était plus de trois heures du matin, mais elle n'avait pas fermé l'œil de la nuit. Elle avait écouté la pluie gargouiller dans les tuyaux de descente, telles des voix d'hommes en train de se noyer. Le courant d'air provenant de la fenêtre entrouverte faisait ondoyer le rideau de tulle, et cela créait un théâtre d'ombres continuel sur le plafond : une créature bossue à l'énorme tête, accompagnée de deux lévriers au corps étiré qui couraient à ses côtés.

Elle se rendait compte que quelque chose de très important lui arrivait, mais elle était incapable de comprendre quoi. Elle avait l'impression qu'il y avait deux Emily, l'une à l'intérieur de l'autre. C'était comme si deux négatifs photographiques légèrement différents avaient été posés l'un sur l'autre, du fait de ses deux personnalités, mais l'une d'elles était plus sombre, plus étrangère, plus obscure, comme si elle se cachait le visage avec les mains.

Et cette personnalité plus sombre grandissait. Elle la sentait distinctement grandir. Elle avait presque l'impression qu'elle pouvait lui parler, comme si elle était une autre personne. Pourtant, c'était également elle.

Elle avait éprouvé pour la première fois ce flou de sa personnalité la nuit où tante Mary avait été tuée. Elle s'était réveillée et avait ressenti une immense frayeur doublée de plaisir, comme si elle faisait un tour de montagnes russes dans l'obscurité complète. Elle s'était redressée dans son lit, les yeux grands ouverts, et avait écouté. Et elle avait su que quelqu'un qui l'aimait se trouvait à proximité, quelqu'un qu'elle n'avait jamais rencontré, mais quelqu'un qui lui donnerait tout ce qu'elle désirait.

Elle avait aussi senti quelque chose d'excitant, comme des herbes aromatiques, la forêt en hiver, et elle avait perçu un goût inhabituel sur sa langue, comme de l'amidon... quelque chose d'âcre et de légèrement visqueux.

Elle se rappelait avoir parlé à l'homme de haute taille, au visage blanc et au manteau blanc, dans la cour, mais elle ne se rappelait pas très bien comment elle était arrivée là. Elle se rappelait qu'elle s'était sentie surexcitée et ravie. Le père de son père venait ! Elle était impatiente de le voir, impatiente de l'inviter à entrer. Ce n'était pas son grand-père de Des Moines, c'était un autre grand-père très différent, puissant, merveilleux et étrange.

Elle se souvenait des feuilles qui s'engouffraient dans la cour, de plus en plus de feuilles qui voletaient et bruissaient. Elle se souvenait d'une jeune fille aux longues jambes qui portait une grosse veste en peaux de lapin et de chien, et d'un autre homme coiffé d'un étrange bonnet noir.

Après cela, cependant, tout paraissait incohérent. Avait-elle vu sa mère dans l'escalier ? Elle en avait gardé une demi-image, mais elle n'en était pas sûre. Avait-elle entendu tante Mary crier ? Elle ne savait pas. Son esprit restait dans le vague.

Elle avait eu du chagrin pour tante Mary. Elle avait pleuré, des larmes amères, dans la maison des Terpstra. Et puis elle avait cessé d'avoir du chagrin pour tante Mary, et elle avait éprouvé une immense satisfaction, parce qu'elle avait le pressentiment que le père de son père était satisfait.

Elle ne se rappelait pas si elle avait effectivement vu le père de son père ou non. Elle avait le vague souvenir de quelque chose qui était sombre, touffu et buissonneux, mais comment cela aurait-il pu être le père de son père ?

Elle pensa à George, à Lisa, et elle se sentit triste à nouveau. Elle les voyait encore s'agenouiller dans le champ et prier, tandis que leur père s'apprêtait à leur couper la tête.

Elle regarda la créature bossue faire des bonds et des sauts sur le plafond, et les chiens efflanqués courir à ses côtés. Elle se demanda vers où elle courait, cette créature. Est-ce qu'elle fuyait quelque chose qui était encore plus terrifiant, ou bien poursuivait-elle quelqu'un ? Un soudain crépitement de la pluie contre la fenêtre de la chambre la fit sursauter, et elle leva la tête pour s'assurer qu'une créature bossue bien réelle ne la lorgnait pas depuis le rebord de la fenêtre.

Elle savait que son nouveau grand-père était furieux après son père. Elle ignorait d'où elle tirait ce savoir, mais elle savait, tout simplement. C'était dans sa tête, comme si elle l'avait toujours su. Son père n'avait pas fait ce qu'il aurait dû faire. Il ne s'était pas conduit en bon fils. Il avait tué George et Lisa parce qu'il ne voulait même pas que leur nouveau grand-père les voie. Et si Emily n'avait pas couru aussi vite, il l'aurait tuée également. Ensuite les choses auraient mal tourné, très mal tourné.

Suffisamment pour changer le temps, et la façon dont l'herbe poussait, et pour que des gens se fassent tuer.

C'était mal de sa part de penser comme elle le faisait maintenant, et elle savait parfaitement que la conséquence d'être *deux* Emily à l'intérieur d'une Emily serait catastrophique. Non seulement pour elle, mais pour son nouveau grand-père, et pour les milliers de personnes qui avaient besoin de lui. Emily pensa à des champs et à des fermes. Mais elle ne voyait pas du soja mûrissant, ou du maïs qui bruissait dans le soleil de l'été. Elle ne voyait que de la terre détrempée, et la sécheresse, et des vents apportant d'épais nuages de poussière. Elle sentait la puanteur de fossés où l'eau stagnait, de blé en train de pourrir, et de tombes fraîchement ouvertes.

Elle se demanda qui elle était, et elle n'était pas certaine d'être à même de répondre. Elle était certaine qu'elle était Emily. Mais elle était également « Emily ».

C'était « Emily » qui avait invité son nouveau grand-père et tous ses amis à entrer dans la maison, la nuit où tante Mary avait été tuée. C'était « Emily » qui avait parlé au shérif, chez les Terpstra. Elle ne se rappelait même pas ce que « Emily » lui avait dit, mais elle avait gardé le souvenir d'une sensation désagréable de haut-le-cœur, et elle avait le sentiment d'avoir dit quelque chose de méchant.

Cette nuit, cependant, elle ne savait pas très bien où Emily finissait et où « Emily » commençait. Elle ne savait même pas si cela aurait dû la terrifier.

Le rideau de tulle ondula sous l'effet d'une soudaine bourrasque. Le bossu fit une pirouette, bondit et disparut dans une fissure du plafond, et les lévriers bondirent à sa suite.

La porte de la chambre d'Emily s'entrouvrit de deux ou trois centimètres. Les yeux mi-clos, Emily aperçut l'une des infirmières à l'uniforme beige, venue s'assurer qu'elle dormait. Emily ne bougea pas. Un instant plus tard, la porte fut refermée sans bruit.

Emily pensa : *Nous sommes deux ici, vous ne nous voyez donc pas ? La petite fille et la « petite fille ». Le temps change, le monde change et je suis en train de changer, moi aussi.*

A dix heures un quart, le matin suivant, la sonnette de la maison de Lily retentit ; elle alla ouvrir, tout en se séchant les cheveux avec une serviette. Trois jeunes hommes trempés et une jeune femme pareillement trempée se tenaient sur la véranda. Derrière eux, la pluie balayait le bout grossièrement pavé et couvert de flaques d'eau de Fir Avenue.

— Entrez vite ! dit Lily. Je viens juste de faire du café.

Le plus grand des jeunes hommes s'avança dans le vestibule, et les autres le suivirent. Il avait un visage mince et basané, de longs cheveux noirs attachés sur la nuque en une épaisse queue de cheval. Il portait un jean et un blouson de cuir noir élimé, orné de badges, de pin's et des lettres DPA en clous de métal. L'un des deux autres jeunes hommes était coiffé d'un bonnet en laine tricotée, comme Michael Nesmith des Monkees. L'autre, qui se faisait appeler Kit, avait un gros nez et portait des lunettes. La jeune fille était jolie, dans le genre anorexique ou enfant abandonné. Son T-shirt marron à manches longues était trempé et dégouttait de pluie.

— Harriet, tu veux que je te prête des vêtements secs ? lui demanda Lily. (Elle-même était vêtue d'un jean bleu moulant et d'une grosse chemise en laine, déboutonnée presque jusqu'à la taille.) Tu ne vas pas encore attraper la crève, dis-moi ?

— Non, merci, renifla Harriet.

Elle foula le tapis indien rouge et jaune et se tint devant l'âtre, où trois grosses bûches couvertes de cendres dispensaient leur dernière chaleur vacillante. Elle se donna des tapes pour rétablir la circulation du sang dans ses veines.

— J'ai tellement de T-shirts, ça ne me dérange pas.

— Non, ça ira, affirma Harriet avec humeur.

Elle était la martyre du mouvement Droits Pour les Animaux. Elle disait souvent que si jamais elle tuait un animal, même accidentellement, elle s'ouvrirait les veines. Elle avait même supplié les Laboratoires Upjohn de la prendre pour pratiquer des vivisections sur elle, à la place d'un chimpanzé. Les chimpanzés étaient les égaux des êtres humains, alors quelle différence cela faisait-il ?

— Et toi, Dean ? demanda Lily au jeune homme grand et basané. Tout est prêt ?

— Je veux, oui ! Nous avons les échelles, nous avons les pinces coupantes, nous avons les pieds-de-biche, nous avons les grands pétards. John se présentera à la porte d'entrée à 12 h 01 précises. Nous attaquerons le grillage de la clôture d'enceinte dès que nous entendrons son signal.

— Cela va faire les gros titres de tous les journaux, déclara triomphalement le jeune homme au bonnet en laine. Nous allons être célèbres, dans le monde entier !

— Qu'a dit le sénateur ? demanda Dean, d'une voix qui était aussi sombre que sa mine.

Lily se brossait les cheveux devant le miroir qui était accroché près du téléphone.

— Le sénateur n'était pas très content, à vrai dire.

— Tu t'attendais à ce qu'il le soit ? En ce moment, il exploite les animaux presque autant que les laboratoires de recherche. Il se sert d'eux, tout comme il se sert de toi.

Il s'approcha et se tint derrière elle, puis observa son visage dans le miroir.

— Cela ne veut pas dire qu'il n'approuve pas ce que nous faisons, répliqua Lily. Tout simplement, il ne peut pas participer ouvertement à quoi que ce soit d'illégal.

— Lily, c'est un politicien, et il ne peut pas participer ouvertement à quoi que ce soit d'illégal ? Tu te fiches de moi !

— Tu dois lui reconnaître un certain mérite, non ? Sans lui, personne ne nous aurait écoutés... ni les médias, ni le Congrès, absolument personne. Et nous n'aurions même pas *rêvé* d'un projet de loi comme Zapf-Cady, même dans un million d'années. Le vote a lieu dans une semaine, et Zapf-Cady sera adopté. J'en suis sûre.

— Et ton précieux Bryan Cady en retirera toute la gloire ?

— Peu importe qui en retire la gloire. Ce qui compte, c'est que des millions d'animaux auront le droit de vivre.

Dean passa ses bras autour de la taille de Lily et la serra contre lui.

— Okay. Cela veut dire que si j'avais été capable de faire adopter un projet de loi comme Zapf-Cady, tu aurais continué de baiser avec moi, ce que tu fais avec lui ?

Elle essaya de repousser ses mains.

— Lâche-moi, Dean. Ce que Bryan et moi faisons en privé, c'est notre affaire, pas la tienne. Cela ne te regarde pas.

Dean leva ses mains et pressa les seins de Lily à travers sa chemise en laine. Elle se retourna et voulut le gifler, mais il saisit ses poignets et lui rit au visage.

— Tu es une ordure, Dean, lui dit-elle en se dégageant.

— Au moins, je suis une ordure honnête. Au moins, je m'efforce de rendre le monde meilleur, au lieu de le rendre pire.

— Ah oui ? Et me peloter fait partie de tes améliorations au niveau planétaire ?

— Oh ! allons, Lily, bon Dieu ! Tu sais que je ne supporte pas de te voir aduler ce salaud. Je souffre, Lily. Je n'y peux rien !

Lily boutonna sa chemise, puis alla dans le vestibule et prit un blouson kaki imperméable.

— Bon, allons-y. Un animal est enfermé à l'Institut Spellman et il souffre cent fois plus que toi.

Lily ouvrit la porte éraflée et malmenée qui donnait sur la cuisine. Elle fut aussitôt accueillie avec enthousiasme par ses deux bergers allemands. De toute évidence, ils pensaient qu'elle allait les promener.

— Couché, Rudi. Couché, Max. Maman reviendra plus tard.

— Tu devrais peut-être les emmener, fit remarquer Dean. Ce sont les chiens les plus féroces que j'aie jamais vus !

— Je n'ai pas envie qu'il leur arrive quelque chose. Tu n'étais pas venu pour cette manifestation à Denver, hein ? Ron Short avait amené son doberman. Un garde de la sécurité a tiré sur ce pauvre chien. Ses pattes de devant ont été réduites en bouillie. C'était horrible !

Harriet s'essuyait le nez avec un minuscule morceau de Kleenex humide. En même temps, elle levait les yeux vers la photographie qui était accrochée au-dessus de l'âtre. C'était la photographie d'une énorme truie Berkshire dans un enclos à moitié effondré, entourée de six ou sept cochonnets.

— J'ai l'impression que tu as un faible pour les porcs, Lily, déclara-t-elle.

Lily sourit.

— Mon animal préféré, c'est vrai. Les porcs sont intelligents. Ils sont doux. Ils ont une âme comme nous.

Dean consulta sa montre.

— Dix heures vingt-cinq. Nous ne devrions pas mettre plus de vingt minutes pour arriver là-bas.

Ils sortirent de la petite maison en bois et traversèrent la cour en pente vers la route, où la Cherokee maculée de boue de Dean était garée. Ils montèrent dans le véhicule et prirent la direction de l'ouest.

— Je ne peux pas passer par la 76e Avenue. Elle est toujours bloquée à cause de cet accident. Le feu était si important qu'ils ont été obligés de mettre en place une déviation. Je passerai près de l'aéroport.

— J'ai vu ce carambolage aux informations, dit Lily. Ils ont dit que tout un troupeau de porcs s'était échappé.

— Tes animaux préférés, gloussa Harriet.

Ils firent le reste du trajet sans échanger plus de deux ou trois phrases. En dépit de leur bravade, ils étaient tous tendus. L'Institut Spellman avait l'un des services de sécurité les plus sophistiqués de tout l'Iowa, et il avait été renforcé depuis que Lily et ses militants avaient manifesté devant la grille d'entrée. Ils ignoraient quelles mesures de sécurité avaient été prises concernant Capitaine Black. Ils ignoraient s'il faisait l'objet d'une surveillance constante et ils ne connaissaient pas le nombre exact des gardes de la sécurité.

Habituellement, Lily et Dean préparaient leurs manifestations dans les moindres détails et ne laissaient rien au hasard, mais la sécurité chez Spellman était tellement hermétique qu'il leur avait été impossible d'obtenir des renseignements précis. Ils avaient trouvé un plan des lieux sommaire, joint au rapport annuel de l'institut, et ils savaient approximativement où se trouvait la porcherie. Ils allaient essayer de franchir la clôture d'enceinte le plus près possible de la porcherie, mais il y avait très peu de terrain couvert de ce côté de l'institut, et ils savaient qu'ils n'avaient probablement pas la moindre chance de s'introduire dans le bâtiment sans être repérés par une caméra de surveillance.

Tout à fait indépendamment de cela, il était très possible qu'un porc aussi important que Capitaine Black ait été conduit dans un autre bâtiment, pour éviter tout risque de maladie contagieuse.

Néanmoins, réfléchit Lily, même s'ils ne parvenaient pas à délivrer Capitaine Black, le seul fait qu'ils aient tenté de le libérer ferait les gros titres de tous les journaux. Et elle ne sous-estimait pas sa propre valeur médiatique. Cela la dégoûtait, mais elle était également réaliste, et elle savait très bien que si elle défaisait les boutons de sa chemise, ses chances d'avoir une photographie en première page seraient multipliées par cinquante à chaque bouton défait.

Bryan Cady lui en avait fait la démonstration un jour. Il lui avait demandé de mettre une robe très décolletée et de traverser la pièce où il avait une réunion très importante pour les élections avec vingt membres de son équipe. Pas un seul d'entre eux — même les femmes — ne se rappelait un traître mot de ce que Bryan leur avait dit. Il avait déclaré par la suite : « L'homme politique le plus éloquent du monde ne fera jamais le poids avec le soutien-gorge d'une femme. »

Sous un ciel noir ardoise, ils quittèrent la route à la hauteur du panneau qui indiquait ÉSERVE NATURE D'AMAN mais, au lieu de suivre le chemin qui conduisait directement à la grille d'entrée de l'Institut Spellman, ils se dirigèrent vers le sud et empruntèrent un petit ravin en pente douce, envahi de chardons et d'herbes folles aplaties par la pluie. Puis ils gravirent un versant escarpé pour arriver en haut de la colline qui dominait le périmètre de l'institut au sud-ouest. Le terrain était accidenté, et les fortes pluies de ces derniers jours n'arrangeaient pas les choses. La Cherokee gémissait et peinait ; Dean fut obligé de rétrograder et de rouler de plus en plus lentement, à tel point qu'ils gravirent péniblement la dernière pente raide à moins de 5 km à l'heure.

— Nous arriverons à temps ? demanda Lily.

Dean consulta sa montre.

— Ouais, pas de problème. Mais ce sera juste !

Les pneus de la Cherokee couinèrent comme ils essayaient d'adhérer sur la végétation glissante et la terre détrempée. Les essuie-glace balayaient le pare-brise en une samba monotone et sans fin. Dean emballa son moteur à plusieurs reprises et grommela :

— Allez, salope ! Tu peux le faire. Allez, encore un effort !

Pendant presque dix secondes, la Cherokee resta où elle était, inclinée en haut de la pente. Ses roues patinaient frénétiquement, et Lily pensa qu'ils n'y arriveraient pas. Le véhicule allait glisser vers le bas de la pente et se retourner. Mais Dean grinça des dents, passa brutalement la première et appuya sur l'accélérateur sans relâche. Finalement, la Cherokee franchit le haut de la pente et roula sur le pré ondulé qui s'étendait au-delà.

— Ouf ! fit Harriet. J'ai bien cru que nous allions être obligés de faire demi-tour et de rentrer chez nous.

— Tu peux encore le faire, si tu veux, dit Lily.

Harriet secoua la tête.

— Je n'approuve pas cette action, c'est vrai, mais je n'ai pas l'intention de vous laisser vous en attribuer tout le mérite !

— Que préférerais-tu faire ? Laisser ce porc continuer de souffrir ?

Dean ricana.

— Harriet préférerait se brûler la cervelle et l'offrir à Spellman pour leurs recherches.

— Tu es une ordure, Dean, répliqua Harriet.

— C'est ce qu'on n'arrête pas de me dire.

La Cherokee cahota et brinquebala à travers le pré, roulant vers un bosquet de chênes qui leur offrait le couvert le plus proche de la clôture d'enceinte, du côté sud de l'institut. Ils s'agrippaient aux poignées pour ne pas être projetés d'un côté et de l'autre. Sur leur gauche, de temps en temps visibles à travers la pluie, ils apercevaient les toits luisants des laboratoires Spellman, et les flèches hérissées des antennes radio.

— Et voilà ! Nous sommes arrivés ! s'écria Dean joyeusement.

Ils pénétrèrent dans le bois ; des brindilles et des branches cinglèrent furieusement les vitres. Ils roulèrent sur des racines, des pierres et des branches tombées sur le sol, et atteignirent finalement la limite des arbres, à moins de soixante-dix mètres de la clôture d'enceinte. L'institut avait fait débroussailler le terrain afin de décourager le genre d'intervention que Lily et ses amis tentaient en ce moment.

Dean coupa le moteur et ils restèrent silencieux quelques instants. Ils s'efforçaient d'évaluer les difficultés de la tâche qui les attendait. La clôture d'enceinte faisait quatre mètres de haut ; le grillage était solide, surmonté de sept rangées de fils de fer barbelés. Trois mètres cinquante plus loin, il y avait un second grillage, également surmonté de barbelés. Par intervalles, il y avait des écriteaux représentant une tête de mort et un éclair.

Cent mètres plus loin, et à quatre mètres à l'intérieur de la double clôture, il y avait un grand poteau métallique, en haut duquel une caméra de surveillance tournait lentement d'un côté et de l'autre, surveillant le périmètre à la manière d'un des Martiens de *La Guerre des mondes*.

Dean chronométra la rotation de la caméra de surveillance sur la trotteuse de sa montre. Il la chronométra une seconde fois, puis il dit :

— Trente-sept secondes, d'un côté à l'autre. Cela signifie que nous avons un peu plus d'une demi-minute pour sortir du bois, courir jusqu'à la clôture, découper le grillage, atteindre la seconde clôture, découper le grillage, et parcourir une vingtaine de mètres à l'intérieur de l'enceinte.

— C'est impossible, affirma Lily.

— Je suis foutrement rapide avec les pinces coupantes, dit Dean.

— D'accord, mais nous sommes cinq. Nous n'y arriverons jamais. Écoute... ils vont nous repérer à un moment ou à un autre, c'est inévitable. Mais plus nous gagnerons de temps avant qu'ils donnent l'alarme, plus nous aurons de chances de libérer Capitaine Black.

— Et que proposes-tu ?

Lily jeta un regard à la ronde.

— La visibilité n'est pas très bonne, d'accord ? Et les orages ont arraché pas mal de branches. Je vais attacher une grosse branche sur mes épaules, courir vers la clôture et me jeter à terre lorsque j'aurai compté jusqu'à 37. Avec un peu de chance, l'opérateur de la caméra ne verra que des feuilles.

Dean voulut protester, puis il haussa les épaules.

— Ce n'est pas une mauvaise idée, tout compte fait. La plupart du temps, ces types de la sécurité ne prennent même pas la peine de regarder leurs moniteurs, de toute façon. Mais je pense que c'est moi qui devrais y aller, pas toi.

— J'irai, intervint Harriet. Je suis la plus petite.

— Tu es capable de couper les fils de fer ? demanda Dean.

— Je l'ai fait aux laboratoires des Cosmétiques Maybelle, non ? Et les fils étaient tout en haut, sur le toit.

— C'est juste, reconnut Dean. Qu'en penses-tu, Lily ?

Lily réfléchit un moment. Il y avait de bonnes raisons pour laisser Harriet couper les fils de fer. Elle avait eu du mal à la calmer, à lui faire partager ses idées. Lorsque Lily s'était associée avec Bryan Cady, elle avait petit à petit renoncé au terrorisme, préférant le battage médiatique et la fréquentation des hommes politiques. Les filles comme Harriet voulaient jeter de la peinture rouge sur les manteaux de vison. Elles voulaient lancer des cocktails Molotov sur les boucheries industrielles, faire sauter les laboratoires de recherches médicales, et assassiner les gens qui fabriquent du rouge à lèvres.

Lily savait qu'un projet de loi comme Zapf-Cady accomplirait infiniment plus de choses que n'importe quel nombre d'actes de terrorisme, mais elle ne voulait pas perdre ses partisans, même les partisans les plus extrémistes... jusqu'à l'adoption définitive de Zapf-Cady, en tout cas.

Pour le moment, les médias l'adoraient. Mais Bryan l'avait prévenue : les médias se retournaient très facilement contre ceux qu'ils avaient encensés et, au moindre signe de faiblesse, ils la mettraient en pièces avec le plus grand plaisir.

Dean consulta sa montre à nouveau.

— Nous ferions mieux de nous décider. Il est midi moins cinq.

— Harriet peut y aller, dit Lily. C'est d'accord.

— Alléluia ! grimaça Harriet, et elle donna à Dean une tape méprisante sur le dos.

Ils descendirent de la Cherokee et, après une brève recherche parmi les broussailles, ils trouvèrent exactement ce qu'il leur fallait : une branche de chêne récemment tombée, faisant un peu plus d'un mètre soixante de long, et recouverte d'un feuillage abondant. Ils l'attachèrent sur le dos d'Harriet avec du fil de nylon, puis ils lui donnèrent des pinces coupantes et une paire de gants isolants.

— Tu ressembles à un buisson ambulant, ricana Dean, tandis que Harriet se dirigeait vers l'orée du bois.

— Souviens-toi de Macbeth et de la Forêt de Birnam ! intervint Henry.

— Tu sais quel est ton problème, Henry ? répliqua Dean. Tu es bien trop instruit. Et l'instruction, c'est mauvais pour le cerveau. Ça empêche d'avoir les idées claires.

Ils firent halte à la limite des arbres et attendirent midi. Ils battaient la semelle pour se réchauffer et regardaient la pluie tomber sur le terrain en pente qui menait à la porcherie. Dean n'arrêtait pas de consulter sa montre et de marmonner :

— Grouille-toi, John, bordel de merde !

Il était presque midi passé d'une minute lorsqu'ils entendirent le sifflement strident d'une fusée blanche, tout là-bas, de l'autre côté de l'institut. Ils l'entrevirent fugitivement : elle scintilla dans la pluie, puis s'éteignit. Dean chronométra la rotation de la caméra de surveillance et commença à compter à haute voix :

— 33... 34... 35... 36... Okay, Harriet, *fonce* !

Courbée en deux, traînant la branche derrière elle, Harriet traversa rapidement le terrain accidenté entre le bois et la clôture. Lily retint son souffle et pria le ciel pour que Harriet ne trébuche pas. Dean continua de compter tandis que la caméra de surveillance exécutait lentement sa rotation de 180 degrés puis pivotait immédiatement dans l'autre sens.

Harriet était arrivée à la première clôture. Elle s'était déjà accroupie et s'activait avec ses pinces coupantes.

— ... 28... 29...

Elle coupa un maillon du grillage à environ un mètre quarante au-dessus du sol, puis entreprit de cisailler les maillons vers le bas, un par un. Ils entendaient le bruit sec des pinces résonner dans le bois derrière eux. Les fils de fer étaient certainement de grosse épaisseur, parce qu'elle devait se colleter avec chaque maillon.

— ... 35... 36...

Harriet se jeta à plat ventre sur l'herbe et resta totalement immobile. On aurait pu la prendre pour une branche tombée sur le sol. Le regard inquisiteur de la caméra passa au-dessus d'elle puis pivota dans l'autre sens.

— Youpie ! s'exclama Kit. Nous les avons eus !

Harriet commençait à avoir le coup de main. Cette fois, elle parvint à couper les maillons tout du long jusqu'à l'herbe avant que le retour de la caméra de surveillance l'oblige à se jeter à plat ventre de nouveau.

Elle cisailla quelques maillons le long du faîte du grillage, puis recourba le grillage afin de créer une « porte » suffisamment large pour qu'ils puissent s'y glisser tous les cinq, mais aussi pour que Capitaine Black puisse sortir par là... s'ils réussissaient à le libérer.

La caméra revint. Harriet se laissa tomber sur l'herbe entre la clôture extérieure et la clôture intérieure, et resta immobile.

— Espérons qu'ils ne remarqueront pas le trou dans le grillage, dit Lily.

Ils entendirent le crépitement d'autres fusées, de l'autre côté de l'institut, et la plainte de sirènes ; il y avait de fortes chances pour que les gardes de la sécurité de Spellman ne fassent pas très attention aux mouvements d'une branche de chêne tombée sur le sol, du côté sud du périmètre, même si ces mouvements étaient tout à fait anormaux.

Harriet courut vers la seconde clôture et s'agenouilla.

— Les gants ! lui cria Lily.

Harriet se retourna et lui fit signe qu'elle avait entendu. Elle enfila les gants isolants et entreprit de couper les maillons comme elle l'avait fait avec la clôture extérieure. A chaque coup de pinces, Lily apercevait des gerbes de petites étincelles blanches, ce qui voulait dire que toute la clôture était électrifiée.

— ... 36... 37..., compta Dean, et Harriet se jeta à terre encore une fois.

Elle avait fini de cisailler les maillons verticalement lorsque Henry tira brusquement Lily par la manche.

— Merde ! Regarde ! chuchota-t-il.

C'était quelque chose qu'aucun d'entre eux n'avait prévu. Un garde de la sécurité venait dans leur direction, à l'extérieur de la clôture d'enceinte. Il portait un ciré bleu foncé et tenait un doberman en laisse. Il était déjà si près d'eux qu'ils entendaient le chien haleter et sa chaîne tinter.

Harriet l'avait certainement vu au même moment, parce qu'elle se jeta à plat ventre, alors que Dean avait compté seulement jusqu'à 17. Le chien poussa un jappement et s'élança ; le garde se mit à courir au petit trot vers le trou béant dans la clôture. Il enroula la chaîne du chien deux fois autour de sa main gauche et glissa sa main droite sous son ciré pour sortir son pistolet.

— Hé, vous ! cria-t-il. Sortez de là tout de suite, les mains sur la tête ! Je vous vois ! Sortez de là, c'est compris !

Harriet ne bougea pas et se blottit sous sa branche de chêne. Le garde s'approcha prudemment du trou dans la clôture extérieure, et se baissa pour se faufiler par l'ouverture. Son chien tirait si violemment sur sa laisse qu'il s'étranglait presque. Lily entendait sa respiration rauque tandis qu'il essayait de s'échapper et de se jeter sur l'intrus, comme tout chien dressé à attaquer.

Le garde de la sécurité se pencha vers Harriet et pointa son pistolet sur sa tête. Lily le voyait distinctement maintenant. Il paraissait incroyablement jeune et avait un visage replet et une petite moustache à la Burt Reynolds. Il avait le plus grand mal à calmer son doberman et à l'empêcher de faire des bonds et des pirouettes.

— Bon, ça suffit maintenant ! dit-il à Harriet. Levez-vous, en laissant vos mains bien en évidence ! Et pas de mouvements brusques !

Presque dix secondes s'écoulèrent. La pluie continuait de tomber, la caméra continuait de pivoter lentement, et le doberman haletait, bavait et griffait le sol. Puis, très lentement, ses mains bien évidence, Harriet se mit debout et fit face au garde de la sécurité. Son visage crotté arborait une expression de défi crispée. Elle défit la corde de nylon passée autour de sa taille et fit tomber la branche d'arbre de son dos. Elle dit quelque chose au garde, mais Lily ne comprit pas ce qu'elle disait.

— Bon, c'est râpé ! dit-elle en touchant l'épaule de Dean. Tirons-nous d'ici en vitesse.

— Non, je ne crois pas, répliqua Dean.

Quelque chose dans son intonation amena Lily à se retourner. Elle vit qu'il sortait de l'une des poches de son blouson de cuir un automatique, un Browning 9 mm nickelé. Dean lui avait déjà montré l'automatique, à deux reprises. La première fois, lorsqu'elle lui avait dit que c'était fini entre eux, et qu'il avait menacé de la tuer et de se tirer une balle dans la tête. La seconde fois, alors qu'ils s'apprêtaient à s'introduire par effraction dans les locaux de la Schuyler Frankfurter Company, et qu'ils savaient que le service de sécurité ne plaisantait pas. A chaque fois, elle lui avait dit de ranger son pistolet. Les armes n'avaient rien à faire avec l'amour ou avec l'absence d'amour, ni avec le fait de vouloir sauver la vie d'animaux innocents.

— Dean ! Non ! s'écria-t-elle.

Mais il tint l'automatique à deux mains et visa le garde de la sécurité avec une détermination totale. Il ne le prévint pas et il n'hésita pas : il pressa la détente et tira.

Il y eut un léger *craac* !, comme si une branche se brisait, et un petit nuage de fumée. Le garde de la sécurité s'affaissa lourdement sur le sol.

Aussitôt, le doberman bondit en poussant un fort jappement, et arracha la laisse de sa main. Il se jeta sur Harriet, la mordit au bras. Harriet hurla et essaya de le repousser, mais le chien était fou de terreur et de colère. Il revint à l'attaque.

— Dean ! cria Lily. Dean ! *Tue-le* !

Elle se mit à courir vers la clôture d'enceinte sans se préoccuper de la caméra de surveillance. Dean hésita, puis il courut à sa suite.

— Dean, tue-le ! glapit-elle, presque hystérique.

Elle voyait du sang gicler, elle voyait les bras d'Harriet s'agiter frénétiquement.

Dean la rattrapa et brandit son automatique. Mais il était trop tard. Harriet parvint à se relever, le visage en sang, son T-shirt en lambeaux. Le doberman virevolta et se jeta sur elle avec toute la souplesse et la puissance effroyable dont était capable un chien dressé à tuer.

Cette fois, Harriet ne cria pas, mais l'élan du chien la projeta en arrière, contre la clôture électrifiée. Il y eut un crépitement à crever le tympan. Harriet leva les bras et exécuta une danse saccadée, écœurante. Des étincelles recouvrirent ses épaules tel un manteau de fée. Ses cheveux s'enflammèrent brusquement, pour lui donner une couronne. Elle ouvrit la bouche pour hurler, mais ses muscles étaient bloqués par un spasme dû à l'électrocution, et il n'en sortit qu'une lumière tremblotante et un filet de fumée.

Le doberman bondit sur elle à nouveau, et heurta la clôture de plein fouet. Il y eut une autre gerbe d'étincelles ; le chien fut projeté huit mètres plus loin. Il resta étendu sur le dos, les pattes raides, secoué de soubresauts. Ses poils étaient calcinés ; de la fumée sortait de sa gueule, de ses oreilles et de son anus.

Ils arrivèrent près d'Harriet, mais il était évident qu'elle était morte. Son visage était tout noir. Elle était trop brûlante pour qu'ils puissent la toucher. Lily se releva ; des larmes coulaient sur ses joues.

— Pourquoi as-tu apporté ce putain de flingue ? hurla-t-elle après Dean. Espèce de connard !

— Hé, calme-toi, Lily ! C'était pour nous protéger !

— Nous protéger ? Nous protéger de quoi ? Il a fallu que tu apportes ce putain de flingue, trou du cul ! Tu ne sais donc pas à quel point les hommes ont l'air *stupide* lorsqu'ils portent une arme ? Ils portent une arme uniquement parce que la loi leur interdit de se promener la braguette ouverte, et que les gens hurleraient de rire s'ils le faisaient !

— Et merde, Lily, ce type braquait son pistolet sur Harriet !

— Parce que c'était un trou du cul, comme toi, et parce que nous sommes tous des trous du cul, en permettant aux gens de se balader avec des armes ! Mais tu as été le plus grand trou du cul de tous, parce que tu t'es servi de ton flingue et tu l'as tué, et tu as également tué Harriet !

Dean se mit à tourner en rond. Il était confus et furieux.

— D'accord, d'accord. J'ai tout gâché.

Lily l'empoigna par son blouson et le gifla avec une telle violence qu'il poussa un cri. Elle marqua un temps, puis elle le gifla à nouveau, et encore une autre fois.

— Tu n'as pas tout gâché parce que je ne te laisserai pas tout gâcher ! cria-t-elle. C'est enregistré, quelque part dans le petit pois qui te sert de cerveau ? Je vais faire en sorte que Harriet ne soit pas morte pour rien ! On continue ! Nous entrons, nous faisons sortir Capitaine Black, et tu vas nous aider !

Dean leva les mains en signe de soumission.

— Les gardes de la sécurité nous ont certainement repérés à présent, dit Lily. Ils vont rappliquer à toute allure. Mais on le fait quand même !

Durant un moment, elle crut que Dean allait la laisser tomber et foutre le camp. Mais lorsqu'il la regarda bien en face, elle comprit en voyant son regard qu'il en était incapable. Même s'il ne la verrait plus jamais nue, même s'il ne pouvait plus la prendre dans ses bras et l'embrasser, il n'était pas encore prêt à renoncer définitivement à elle. Un jour viendrait où il ne penserait plus à elle, plus du tout, mais ce jour-là n'était pas encore arrivé.

— Henry, Kit, dit-il. Allons-y.

Il ramassa les gants isolants et les pinces coupantes que Harriet avait jetés par terre, et il cisailla rapidement les derniers maillons de la clôture électrifiée. Une pluie d'étincelles tomba sur l'herbe. Il se glissa par l'ouverture et lança à Lily :

— Allez, viens. Tu l'as dit toi-même. Nous devons faire vite.

— Le pistolet, Dean, dit Lily.

Il secoua la tête.

— Je garde le pistolet. J'ai tué un homme. J'en ai besoin pour me protéger.

Durant un instant, Lily faillit ne pas le suivre. Mais, malgré la mort d'Harriet — ou peut-être à cause de sa mort —, elle se sentait dangereuse, exaltée et inondée d'adrénaline. Peut-être voulait-elle également prouver quelque chose à Bryan. Elle lui appartenait, oui. Cela lui était égal. En fait, cela lui plaisait d'être possédée sexuellement. C'était peut-être dû à la façon extraordinaire dont elle avait été élevée, ou peut-être était-ce dans sa nature, mais la pensée de *devoir* écarter les jambes chaque fois que Bryan avait envie d'elle était terriblement excitante. Toutefois, elle était indépendante et avait une force de caractère qui lui était propre, et rien ni personne ne l'empêcherait jamais de s'exprimer.

— Très bien, dit-elle d'une voix frémissante. Garde ce putain de flingue. Mais que la dernière putain de balle soit pour toi, parce que c'est tout ce que tu mérites.

Une sirène retentit dans le lointain. Ils entendirent des cris et des véhicules qui démarraient. Tous les quatre dévalèrent la pente impeccablement fauchée qui amenait à la porcherie.

Ils avaient presque atteint le bâtiment lorsque Lily sentit cet arôme douceâtre, reconnaissable entre tous, cet arôme qui l'avait toujours excitée. A ses côtés, Dean suffoquait.

— Palpitations, dit-il en s'essuyant le front du dos de la main.

— Pressons le mouvement, haleta Lily.

Ils entendirent des haut-parleurs mugir et résonner autour des bâtiments principaux. Il était impossible de comprendre ce qui se disait, mais ce n'était pas difficile d'en deviner la teneur. La clôture d'enceinte, côté sud, avait été cisaillée. On avait découvert un garde de la sécurité tué par balle. Une militante pour les droits des animaux avait été trouvée à proximité, électrocutée. Des intrus se trouvaient dans le périmètre de l'institut.

Ils remontèrent l'allée qui conduisait à l'entrée de la porcherie. Dean se plaqua contre le mur, façon Rambo, puis poussa la porte de la main.

— Ça alors, c'est pas croyable ! s'exclama Kit. Elle n'est même pas verrouillée !

Capitaine Black était resté dans le recoin le plus sombre de son enclos toute la matinée, mais Garth était toujours confiant.

— Il boude, c'est tout. Il se conduit comme un gosse de trois ans que l'on a privé de ses M&M's.

Nathan regarda Garth avec une certaine surprise. Il ne comprenait pas comment celui-ci pouvait être aussi indulgent, après ce que Capitaine Black avait fait à Raoul Lacouture et à lui-même. Mais cela n'avait peut-être rien à faire avec l'indulgence ou le pardon. Vous ne vous attendez pas à ce que Dieu vous présente ses excuses lorsqu'il vous prend brutalement votre femme et votre fils. Peut-être ne vous attendez-vous pas à ce que des créatures de Dieu vous présentent leurs excuses, lorsqu'elles tuent vos amis et vous bousillent des côtes.

— Et si nous lui disions quelques prénoms ? suggéra

Jenny. Il réagira peut-être à d'autres prénoms, comme il a réagi à « Emily ».

— Cela fera un bon point de départ, reconnut Garth. Faisons un essai.

Les ingénieurs électriciens de l'institut avaient installé un microphone émetteur-récepteur et un système de haut-parleurs afin que Garth puisse parler à Capitaine Black sans le moindre danger. La fenêtre d'observation en perspex de l'enclos avait été nettoyée et grattée, et ils voyaient distinctement chaque recoin de son enclos.

— Est-ce qu'il a eu un comportement *non porcin* ? demanda Nathan. Je veux dire quelque chose qu'un petit garçon ferait, plutôt qu'un porc ?

— Son rythme de sommeil semble s'être modifié, répondit Jenny. Apparemment, il a besoin de beaucoup plus de sommeil, et beaucoup plus régulièrement. Mais il est encore trop tôt pour dire si cela a une quelconque signification. Il est toujours sous antibiotiques, et il a mis pas mal de temps à récupérer, après tous les anesthésiques que nous lui avions administrés.

— Autre chose ?

— Oui... une activité inhabituelle du canal lacrymal.

David observait Capitaine Black, tout à fait fasciné.

— Qu'est-ce que cela veut dire ? voulut-il savoir.

— Hum ! disons qu'il pleure beaucoup.

David hocha la tête.

— Je pense que je pleurerais, moi aussi, si j'avais trois ans et que je me retrouvais coincé à l'intérieur d'un énorme porc.

Garth donna de petites tapes sur le micro, et cela produisit une série de détonations sèches. Capitaine Black grogna et se retourna. Nathan aperçut ses yeux luisants au sein des ombres grotesques de son faciès de loup-garou.

— Essai de micro, dit Garth. A comme Adam, Alan, Arthur et Abigail, B comme Bob, Bill, Betty et Bert.

Capitaine Black se mit à trottiner et à décrire un cercle, comme s'il trouvait le son de la voix amplifiée de Garth extrêmement agaçant. Il secoua la tête comme un chien mouillé et poussa un grognement perçant.

— Il n'a pas l'air d'aimer beaucoup le haut-parleur, hein ? fit remarquer Jenny.

— S'il a le cerveau d'un enfant, il préfèrerait peut-être entendre la voix d'un enfant, suggéra David.

Garth approuva d'une grimace, Nathan soupçonna que c'était ce qu'il avait espéré entendre de la part de David depuis le début.

— D'accord, dit Garth, faisons un essai. Dis tous les prénoms qui te viennent à l'esprit... mais pour le moment, ne dis pas Emily.

Garth s'éloigna du micro d'un pas raide et s'assit sur le fauteuil roulant qui avait été mis à sa disposition par l'Institut Spellman. Sa cheville était plâtrée, mais elle était encore très sensible : il lui suffisait d'appuyer légèrement dessus pour qu'il ait l'impression que Capitaine Black l'écrasait toujours de tout son poids et refusait de bouger.

Nathan passa ses bras autour des épaules de David et dit :

— Bon, allons-y, faisons cet essai.

David se pencha vers le microphone et dit d'une petite voix :

— Capitaine Black ? Est-ce que tu m'entends, Capitaine Black ? C'est moi, David. On s'est déjà vus, tu te rappelles ? J'ai caressé tes oreilles. C'était avant ton opération.

Capitaine Black grogna, mais ne montra pas d'autres signes qu'il reconnaissait la voix de David.

— Capitaine Black, je vais te dire des prénoms, d'accord ? Tu hoches la tête de haut en bas si tu te souviens de l'un de ces prénoms, et tu secoues la tête si cela ne te dit rien. Bon, on commence. Adam, comme dans Adam et Eve. Adam. Est-ce que tu te souviens de ce prénom ?

Il s'ensuivit un long silence. Capitaine Black demeura immobile, énorme et noir, mais il ne quitta pas David des yeux, à aucun moment.

— D'accord, tu ne te souviens pas d'Adam. Et Billy, tu te souviens de Billy ?

A nouveau, pas la moindre réaction. Jenny intervint :

— Je ne crois pas que cela va nous mener très loin. Nous devrions peut-être sauter la phase « langage » et lui faire passer un scanner, sans plus attendre.

— Non, non, c'est fascinant, dit Garth. Je veux voir si je parviens à provoquer un ensemble de réactions qui soient absolument identifiables comme étant celles de George. Ou d'un être humain, au moins. Ou des réactions anormales pour un porc, à tout le moins !

— Et Chris ? demanda David. Christopher, Chris ? Christine ? Carole ? Chip ? Charles ?

Capitaine Black n'inclina pas la tête et ne secoua pas la tête, mais il manifesta *des* réactions. Il se mit à pousser un grognement grave, caverneux, un grondement sonore qui continua et continua, devint de plus en plus fort, comme un tremblement de terre imminent.

— Daniel ? Dick ? Drew ? David ?

Capitaine Black trottina lentement vers la fenêtre d'observation en perspex. Ses oreilles étaient dressées d'une manière agressive, et ses soies hérissées. David fit un pas en arrière, mais Nathan le tint par les épaules pour le rassurer, et dit :

— Tout va bien. Il ne peut pas sortir de son enclos. Impossible.

— Il est *super* ! s'exclama David. Regarde-le, il est *énorme* !

— On dirait qu'il attend quelque chose, fit remarquer Garth.

— Peut-être de la nourriture ? Des friandises ? suggéra Nathan.

— On vient de lui donner à manger, dit Jenny. Il mange beaucoup, mais seulement ce qui lui est nécessaire, et puis il s'arrête de manger. Les porcs ne quémandent pas des restes, comme le font les chiens.

— Alors, quoi ? demanda Nathan. Il attend quelque chose, c'est évident. Regardez-le.

Garth s'extirpa péniblement de son fauteuil roulant et s'approcha de la cloison en perspex, mais Capitaine Black l'ignora. Capitaine Black avait les yeux fixés sur David.

— Il attend que David fasse quelque chose, déclara Nathan.

— Oui, mais quoi ?

— George Pearson avait trois ans, dit Garth. Est-ce qu'il connaissait l'alphabet ?

Nathan secoua la tête.

— Il avait peut-être appris les quatre ou cinq premières lettres de *Muppet Show*, mais c'est tout. Habituellement, les enfants ne connaissent pas toutes les lettres de l'alphabet avant l'âge de cinq ans.

— Il n'a pas besoin de connaître toutes les lettres de l'alphabet, dit Garth. Du moment qu'il sait que E vient après D.

— Je ne te suis pas.

— Je pense qu'il attend que David dise « Emily ».

David lui lança un regard.

— Est-ce que je dois le dire ?

— Essaie d'autres prénoms qui commencent par E. *Ensuite* dis-le.

— D'accord. Eddie. Edwina. Ellie. Erica.

Les oreilles de Capitaine Black étaient toujours dressées, son groin légèrement levé, ses dents à moitié découvertes. Il n'avait pas bougé, même d'un centimètre, mais la tension en lui était presque palpable. Des tonnes de muscles et d'os, tendues à se rompre, comme une horloge à poids que l'on a trop remontée... attendant que les cellules du cerveau d'un petit garçon réagissent à un seul prénom.

— Seigneur, c'est impressionnant, murmura Garth.

— Edgar, dit David. Esther, Egbert.

— Maintenant, dit Garth, et Nathan serra l'épaule de David.

— *Emily.*

Capitaine Black réagit avec une violence extrême. Il se précipita vers la cloison en perspex et la heurta de plein fouet. Il la percuta avec une telle force qu'un pan de deux mètres de l'armature en aluminium se détacha sur le côté et tomba avec fracas sur le sol. Il recula et chargea à nouveau. Cette fois, il parvint à fissurer la paroi de son enclos.

— Il est devenu fou furieux à nouveau ! s'écria Jenny. Il faut que je lui fasse une injection !

Elle prit sa mallette métallique de vétérinaire, la posa sur une chaise et l'ouvrit.

Nathan éloigna doucement David de l'enclos de Capitaine Black. Le porc avait chargé une troisième fois, puis il s'arrêta. Il y avait du sang sur la fenêtre d'observation ; il avait certainement fait sauter quelques-uns de ses points de suture.

— Il connaît le prénom de sa sœur, j'en suis sûr ! dit Garth triomphalement. *Il connaît le prénom de sa sœur* !

— Et que comptes-tu faire maintenant ? demanda Nathan.

— Je vais les faire se rencontrer !

Capitaine Black percuta la cloison à nouveau ; il l'aspergea de sang et de bave épaisse et visqueuse.

— Tu es complètement dingue ! s'exclama Nathan.

— Non, je ne crois pas, sourit Garth. Je pense que nous sommes sur le point d'accomplir quelque chose de tout à fait incroyable. Nous avions pensé aux avantages que cela représenterait pour la médecine et la psychiatrie. Mais allons jusqu'à la conclusion logique de cette découverte. Si un être cher meurt, tu auras la possibilité de faire greffer sa personnalité sur ton animal de compagnie, ton chien ou ton chat. Ainsi tu ne le perdras pas, pas totalement.

— Tu parles *sérieusement* ? lui demanda Nathan.

— Je ne sais pas. Peut-être pas entièrement. Mais des choses plus étranges se sont produites, tu sais.

Capitaine Black tamponna la cloison à nouveau.

— Jenny, ça vient, ce métho ? demanda Garth d'un ton sec.

Jenny hocha la tête, referma sa mallette, et s'approcha avec un pistolet à fléchettes chargé.

— Ouvrez la porte très vite et visez sa poitrine !

Garth approcha son fauteuil roulant le plus près possible de la porte et pianota la combinaison. Jenny tourna la poignée et s'apprêtait à ouvrir la porte lorsqu'une voix stridente cria :

— Arrêtez ! Pas un geste !

Ils se retournèrent avec stupeur. Ils virent une jeune femme grande et blonde en jean et bottes, deux jeunes types crottés, et un autre homme plus grand, au teint basané, qui portait un blouson de cuir — tous les quatre se dirigeaient rapidement vers eux dans l'allée centrale du bâtiment. L'homme au blouson de cuir pointait un pistolet sur eux.

— Qu'est-ce que cela signifie ? s'exclama Garth avec colère. Qui êtes-vous ? Que voulez-vous ? Ceci est une propriété privée !

Nathan reconnut la jeune femme tout de suite. Comme elle s'avançait et traversait la mare la plus proche de lumière fluorescente, Garth la reconnut à son tour. La dernière fois qu'il l'avait vue, c'était sous les projecteurs d'un plateau de télévision, et elle lui avait dit carrément qu'il était un boucher et un sadique.

— Tiens, tiens, dit-il. Nous nous rencontrons à nouveau.

C'est un grand honneur. C'était donc ça, toutes ces sirènes et ce remue-ménage ?

— En partie, répondit Lily. (Son visage semblait empourpré et crispé par la surexcitation.) Mais la principale raison de notre présence ici, c'est *lui*.

Elle montra du doigt Capitaine Black. Garth jeta un regard à Capitaine Black, puis se retourna vers Lily.

— Je ne suis pas sûr de vous comprendre.

— C'est très simple, déclara Lily. Nous sommes venus le délivrer. Nous sommes venus lui rendre sa dignité et son droit de vivre paisiblement, sans servir de terrain d'expérience. Nous sommes venus le libérer.

Le regard de Garth se posa sur Nathan, sur Jenny, puis revint se poser sur Lily. Il était bouche bée.

— Vous êtes venus le *libérer* ? J'espère que c'est une plaisanterie !

— Je ne suis pas d'humeur à plaisanter, Dr Matthews, répliqua Lily. Une jeune femme, membre de notre mouvement, a trouvé la mort il y a quelques instants, alors qu'elle essayait de franchir la clôture d'enceinte.

— C'est ce qui arrivera à d'autres personnes si vous faites sortir ce porc de son enclos. Voyez par vous-même, Miss Monarch. J'ai des côtes cassées, une cheville cassée, des muscles déchirés, des contusions multiples, des maux de tête épouvantables, et j'en passe ! C'est Capitaine Black qui m'a fait tout ça, en quelques minutes. Et certains ont eu moins de chance que moi !

— Ouvrez l'enclos, répéta Lily. Nous sommes venus le libérer.

— Miss Monarch, Capitaine Black est un animal très dangereux. Vous ne pouvez pas le libérer.

— Ouvrez l'enclos, exigea Lily.

Cette fois, Dean s'avança. Il tenait son automatique à deux mains, le chien relevé. Il le pointa sur la tête de Garth, en silence.

— Garth, fit Nathan. Nous ferions mieux d'ouvrir l'enclos.

— Il va nous tuer, répliqua Garth, regardant Lily dans les yeux. Bon sang, vous voyez bien qu'il est déjà surexcité !

Lily se pencha en avant et Garth sentit son parfum (*Red*, de Giorgio, mélangé à une odeur de boue, de pluie et de sueur due à la panique.) Elle avait une autre odeur, une odeur masculine, comme si elle avait fait l'amour très récemment.

— Ouvrez... ce... putain... d'enclos, chuchota-t-elle.

Garth se tourna vers Jenny et dit :

— Ouvrez l'enclos, Jenny. Ensuite écartez-vous et ne bougez surtout pas ! Nathan, David, faites la même chose. Mettez-vous contre le mur et ne bougez plus.

Dean s'approcha de Jenny et tint son automatique à deux centimètres seulement de sa tête. Elle ferma les yeux et déglutit. Puis elle abaissa la poignée et poussa le battant. Une odeur fétide de pâtée pour porcs et d'urine acide s'échappa de l'enclos, une puanteur telle qu'elle fit larmoyer les yeux de Nathan.

Jenny s'abrita derrière la porte. Garth recula son fauteuil roulant, puis s'en extirpa et claudiqua en s'appuyant sur sa canne pour rejoindre Nathan et David.

— Elle est complètement folle, dit-il à voix basse. Si elle fait sortir ce porc, qui sait ce qu'il est capable de faire !

Capitaine Black gronda et couina, puis heurta la cloison à nouveau. Une autre baguette d'aluminium tomba sur le sol et tinta comme une cloche.

— Qu'est-ce que je disais ? lança Garth à Lily. Il a perdu la boule. Vous ne pouvez pas le mettre en liberté, il va se tuer, et il tuera tous ceux qui se trouveront sur son chemin.

Mais Lily se tourna et lui décocha un regard courroucé qui le fit taire sur-le-champ.

— Pour qui me prenez-vous, Dr Matthews ? Qu'est-ce que je fais ici, à votre avis ?

Elle s'approcha de la porte ouverte de l'enclos et se tint là un moment, dans une attitude qui était presque celle d'une ballerine, comme l'un des cygnes dans *Le Lac des cygnes*. Capitaine Black allait et venait dans son enclos, se cognait avec fureur contre les cloisons, mugissait et criait. Il était dans une telle colère qu'il ne s'était pas encore rendu compte que la porte de l'enclos était grande ouverte et qu'il pouvait sortir.

Lily poussa un cri aigu. Il était tellement aigu que Nathan crut tout d'abord que c'était un effet de son imagination. Petit à petit, cependant, il devint plus rauque et gazouilla... un cri animal, étrange, qui fit se contracter le cuir chevelu de Nathan et lui donna des picotements dans les cheveux.

— Mais qu'est-ce qu'elle fait ? chuchota-t-il à Garth. Elle l'appelle ou quoi ?

— Ce n'est pas l'appel habituel pour les porcs, répondit Garth, impressionné.

— Alors, qu'est-ce que c'est ? Écoute, il se calme !

Garth se pencha vers Nathan et murmura :

— C'est un appel pour l'accouplement. L'appel d'une truie, j'en suis sûr.

— Tu veux dire... ?

— Elle l'imite à la perfection. Écoute, il lui répond ! Oui, elle est en train de le séduire. C'est ce qu'elle fait. Elle l'excite sexuellement.

Lily s'éloigna lentement de la porte ouverte. Elle continua de pousser ce cri, de gazouiller. A cet instant, Capitaine Black apparut couvert de plaies et d'une croûte de sang. Il avait arraché ses pansements. Il ressemblait à une gargouille énorme et grotesque, moulée dans du bronze noirci. Ses yeux étaient ternes, comme s'il était hébété, ou drogué, ou fatigué de vivre. De la bave dégoulinait de ses mâchoires, et son estomac grondait comme le tonnerre en été.

Lily tendit le bras et saisit l'une des oreilles de Capitaine Black, puis elle la caressa. Il renifla son bras et baissa la tête. Lily lança un regard triomphal à Garth.

— Vous voyez ? Vous n'avez pas besoin d'être cruel, vous n'avez pas besoin d'être sévère. C'est un être vivant, exactement comme vous et moi.

Elle posa sa main sur le flanc de Capitaine Black et dit :

— Nous partons maintenant, et je l'emmène avec nous. N'essayez pas de nous en empêcher, d'accord ? Une tragédie par jour, ça suffit amplement !

— J'espère que vous vous rendez compte que vous signez l'arrêt de mort de cet animal ? dit Garth. A la minute où il sortira de cet institut, il ne sera plus placé sous notre juridiction. Il ne sera plus protégé. S'il ne meurt pas de faim au bout de quelque temps, il sera traqué et abattu. Laissez-moi vous dire une chose. Une personne qui prétend aimer les animaux ne peut envisager un seul instant de le mettre en liberté. C'est un porc domestique, pas un sanglier. Un animal élevé par des humains, nourri par des humains, soigné par des humains.

— Raison de plus pour qu'il rejoigne le monde réel !

— Je ne le pense pas, répliqua Garth.

Dean s'approcha d'eux et brandit son automatique.

— Bon, ça suffit maintenant ! Nous emmenons cet animal, point final.

Lily saisit doucement l'oreille de Capitaine Black et entreprit de le conduire le long de l'allée centrale entre les enclos. Tandis qu'ils avançaient, les porcs dans les enclos se mirent à couiner, à grogner et à pousser des cris. Bientôt, tout le bâtiment retentit d'une cacophonie de cris porcins. Cela aurait pu être le purgatoire : c'était probablement le cas.

Henry et Kit marchaient de chaque côté des flancs striés de vase de Capitaine Black. Dean fermait la marche ; il braquait son automatique d'un côté et de l'autre, les mettant au défi de donner l'alerte, ou de se jeter sur lui, ou de faire le moindre geste qui lui donnerait une excuse pour tirer. Il avait tiré et tué un homme aujourd'hui. Un de plus ne ferait aucune différence. Un de plus le rendrait encore plus euphorique. Il pensa au garde de la sécurité étendu par terre. Le pied ! Il planait !

Garth regarda Jenny. Elle sortait lentement de derrière la porte de l'enclos. Le pistolet à fléchettes se trouvait à quelques centimètres seulement du pied droit de Jenny. Il était amorcé, armé, et la fléchette hypodermique contenait assez de métho pour mettre k.-o. une tonne et demie de porc furieux à la peau épaisse. Plus qu'assez pour mettre k.-o. quatre-vingt-dix kilos d'humain surexcité à la peau fine.

Garth fixa le pistolet de la façon la plus évidente possible, les yeux grands ouverts. Puis il montra Dean de la tête.

Jenny comprit tout de suite, mais il était clair qu'elle s'interrogeait sur le bien-fondé de ce que Garth lui demandait de faire. Elle haussa les épaules, écarta les bras et le regarda d'un air suppliant. Mais Garth répéta son mouvement de la tête, et essaya de former avec les lèvres « *Maintenant* ! »

A voix basse, Nathan l'avertit :

— Garth, c'est trop dangereux. Pour l'amour de Dieu ! Ce type n'hésitera pas à tirer sur Jenny !

— Écoute, papa ! s'exclama David. Des sirènes ! La police arrive ! Nous sommes sauvés !

A cet instant, Jenny se décida. Elle se baissa rapidement, s'empara du pistolet et tira. La fléchette passa si près de la tête de Dean qu'elle lui effleura les cheveux. Il porta vivement la main à sa tête, certain durant une seconde que Jenny l'avait touché. Puis Henry, derrière lui, s'affaissa sur le sol et commença à lancer des ruades, à frissonner et à se contorsionner violemment.

— *Non* ! hurla Garth.

Mais Dean était complètement tétanisé, survolté. Il cria « *Salope* ! » et tira à deux reprises, visant le visage de Jenny. Il fit exploser chair, os et cartilage. L'écho des détonations résonna dans le bâtiment. Les porcs, pris de panique, grognaient et criaient. Jenny s'effondra sur le côté et glissa vers le bas de la porte. Ses bras pendaient mollement, son visage était une bouillie ensanglantée. Dean s'éloigna à reculons ; le visage blême, il vociférait. Au même moment, Garth hurla :

— *Emily* ! *Emily* !

Lily était arrivée à mi-chemin de la porte du bâtiment. Jusqu'ici, Capitaine Black l'avait suivie avec la docilité d'un animal de compagnie. Mais lorsque Garth hurla « *Emily* ! », il rejeta sa tête massive en arrière, ouvrit sa gueule et poussa un cri de rage et d'angoisse. Même Dean fut effrayé : il baissa son arme et tourna la tête.

Capitaine Black beugla à nouveau, un formidable grondement qui monta et se changea en un cri suraigu. Il fit volte-face et se dressa sur ses pattes de derrière, puis il s'avança lentement. Il les dominait tous, noir, hérissé, le regard furieux. Il faisait presque trois mètres cinquante de haut, presque deux fois la taille d'un homme bien bâti, mais bâti comme une épaisse colonne de graisse, de muscles et de peau recouverte de soies noires. Il ressemblait plus à un cauchemar qu'à un animal vivant : le genre de monstre horrible aux yeux luisants qui vous poursuit dans vos rêves.

Mais il était vivant, et il était là, compact, empestant, et fou furieux.

Il se laissa retomber sur ses pattes de devant.

Lily chanta à nouveau pour le calmer, mais Capitaine Black secoua la tête avec un mépris évident. Elle se tut, puis recula.

— Miss Monarch ! lança Garth. A votre place, je ficherais le camp ! Ce porc est fou de rage !

Mais Lily resta où elle était.

— Nous sommes venus le libérer ! Et c'est ce que nous allons faire !

Elle agita les bras vers Capitaine Black et cria :

— Par ici, Capitaine Black, par ici ! Suis-moi !

Mais Capitaine Black poussa un hurlement et secoua sa tête ensenglantée. Puis il s'élança vers Kit avec toute la vitesse cadencée et imparable d'une petite locomotive. A moitié en plaisantant, Kit s'exclama :

— Hé, du calme, mon pote !

Il leva les mains pour l'écarter. Puis Kit se rendit compte qu'il était acculé dans un recoin entre deux enclos et que Capitaine Black arrivait sur lui très, très vite, et que ce n'était pas du tout une plaisanterie, et qu'il pouvait très bien se faire tuer.

— Hé, ça suffit, tête de lard ! fit-il, tandis que Capitaine Black se rapprochait de plus en plus. Va voir ailleurs si j'y suis !

Mais une tonne et demie de porc le heurta à toute allure, et le corps de Kit n'était pas bâti pour résister, ne serait-ce qu'à un dixième de cet impact. Il y eut une série de craquements, depuis sa poitrine jusqu'au bassin. Il voulut dire quelque chose, mais il s'aperçut que c'était impossible. Il ne restait plus d'air dans ses poumons. Il ouvrit la bouche, et il n'en sortit que du sang.

Dean leva son automatique avec hésitation. Pour stopper Capitaine Black, il devait le toucher au cerveau, et Capitaine Black était une cible mouvante et menaçante. Il s'éloigna à reculons pas à pas, se retourna, marcha prudemment, puis il se mit à courir.

Capitaine Black se lança à sa poursuite. Ses pieds martelaient le sol en béton comme les sabots d'un cheval lancé au galop. Il franchit la porte du bâtiment et disparut. Nathan entendit des cris et des coups de feu.

Lily était figée sur place, les mains plaquées sur son visage, en état de choc. Nathan passa rapidement près d'elle et courut après Capitaine Black. Au-dehors, un petit groupe de six ou sept gardes de la sécurité montait la pente vers la porcherie. Deux d'entre eux avaient déjà attrapé et désarmé Dean. Il était étendu sur l'herbe mouillée, jambes et bras écartés. Son visage était convulsé et plus sombre que jamais, tel le visage d'un démon. L'un des hommes de la sécurité appuyait un Colt automatique sur sa nuque.

Capitaine Black courut de biais vers eux, puis il hésita et se dirigea vers le sud. Deux ou trois gardes tirèrent en l'air. Les détonations claquèrent dans l'air humide du matin, mais Capitaine Black ne s'arrêta pas. En fait, il courut encore plus vite.

David rejoignit Nathan, saisit sa main et demanda d'une voix suppliante :

— Ils ne vont pas le tuer, hein ?

Nathan leva sa main pour se protéger les yeux de la pluie. Il voyait les clôtures d'enceinte, et il se rendit brusquement compte que toutes deux avaient été découpées. Des ouvertures suffisamment importantes pour qu'une Volkswagen puisse passer à travers... ou Capitaine Black. Lily Monarch avait fait du bon travail.

— Merde, murmura-t-il.

Il se mit à courir, mais il savait que Capitaine Black avait une trop grande avance sur lui. L'un des gardes de la sécurité l'avait presque rejoint, un homme au visage grêlé et aux yeux globuleux, armé d'un Colt Commande.

— Appelez une ambulance ! lui cria Nathan. Prévenez la police ! Un porc s'est échappé ! Il est très dangereux ! Vous avez compris ? Prévenez la police !

L'homme s'arrêta de courir, trébucha, et le regarda fixement.

— Quoi ? dit-il, abasourdi.

Capitaine Black était certainement médium. Il gravit la colline au trot et se dirigea vers le trou dans la clôture d'enceinte sans la moindre hésitation. Il faisait trembler le sol. Il faisait voler des mottes de terre. Il était davantage qu'un animal, davantage qu'un porc. Il était l'incarnation vivante des rêves les plus sombres de Garth Matthew : toutes ces possibilités impossibles auxquelles la génétique pouvait donner la vie.

La tête lui tournait. Il savait qu'il devait trouver em-i-ly MLI, où qu'elle soit, quel que soit l'endroit où elle se cachait, parce que MLI était différente, comme lui-même était différent, et MLI savait pourquoi ils devaient mourir, et pourquoi ils n'étaient pas morts, et qui venait et pourquoi ils devaient mourir.

Il atteignit la première clôture et s'engouffra par l'ouverture. Des étincelles crépitèrent et volèrent de ses soies. De la fumée s'éleva et fut emportée par la pluie. Puis il franchit la seconde clôture. Il courut vers le petit bois ; les muscles de ses épaules se soulevaient tels les grands pistons noirs d'une pompe. Il disparut parmi les arbres. Lorsque Nathan et les gardes de la sécurité atteignirent la clôture d'enceinte, il était parti depuis longtemps.

— Le truc le plus dingue que j'aie jamais vu, dit l'homme de la sécurité aux yeux globuleux. Le truc le plus dingue que j'aie jamais vu !

Le téléphone sonna dans la porcherie. Tout d'abord, Garth ignora la sonnerie, puis il clopina péniblement vers l'appareil pour répondre.

— Garth ? C'est Morton.

Morton Hall était le directeur et l'administrateur en chef de l'Institut Spellman, un homme hautain et bien élevé, comme il faut. Il respectait les compétences de Garth mais le jugeait excentrique, désordonné, et dépourvu de façon chronique de ce qu'il aimait à appeler « un esprit de corps »... en d'autres termes, incapable de faire ce qu'on lui disait.

— Que puis-je faire pour vous, Morton ? demanda Garth.

— Le Dr Goodman vient de me remettre un rapport selon lequel vos travaux concernant Capitaine Black pourraient comporter certaines irrégularités quant à l'éthique. En attendant le moment où nous aurons l'occasion de reparler de cela, j'aimerais que vous suspendiez votre programme de recherche.

— Vous ne voulez plus que j'expérimente sur Capitaine Black ?

— Pas pour le moment.

Garth contempla l'enclos désert et ensanglanté de Capitaine Black. Puis il dit :

— Entendu, Morton, comme vous voudrez.

— Vous ne protestez pas ? demanda Morton, avec une surprise manifeste.

— Non, Morton. Je m'en remets à votre jugement qui est plus grand que le mien.

Morton fut flatté, ravi.

— Hum ! merci beaucoup. (Il était sur le point de raccrocher lorsqu'il dit :) Vous avez une alerte là-bas, à la porcherie ? Je viens de voir l'un des véhicules de la sécurité partir dans cette direction. Un problème ?

— Oh ! rien de grave, répondit Garth. Nous avons égaré deux ou trois petites choses, c'est tout.

13

La pluie s'était atténuée un moment et un glaive triangulaire de ciel bleu clair était apparu au-dessus de Hiawatha, tel un signe envoyé par Dieu, mais il régnait toujours, en ce milieu de matinée, une luminosité sinistre, sombre et étrange, et la carcasse calcinée du semi-remorque de Randy Gedge continuait de goutter.

Luke en faisait le tour, son chapeau à la main. De temps en temps, il jetait un regard à son adjoint Joe Freeman, comme pour lui demander son avis, mais Joe Freeman était bien trop novice pour comprendre qu'on lui demandait son avis, et bien trop novice pour en avoir un, de toute façon. C'était seulement son deuxième accident de la route, et seulement la troisième fois qu'il travaillait avec Luke.

— Des témoins ont parlé de porcs, fit remarquer Luke.

— C'est exact, s'empressa de dire Joe Freeman. Tout un troupeau de porcs sans surveillance. Ils auraient traversé la route.

— C'est certainement ce qui s'est passé, vu toutes ces carcasses de porcs ! fit Luke.

— C'est exact, shérif. Vingt-huit carcasses identifiables, plus des morceaux calcinés, sans doute des porcs, ou des morceaux de porc, mais impossible de le prouver avec certitude. Il faudrait l'avis d'un médecin légiste.

— A votre avis, d'où venaient-ils ? lui demanda Luke. Vous êtes du coin, non ?

L'adjoint Freeman fit une grimace.

— Des troupeaux s'échappent de temps à autre, mais d'habitude ils ne vont pas très loin. Ils sont plutôt peureux, en règle générale, et ils savent où est leur intérêt.

— Ce qui veut dire ?

— Ils ne s'éloignent pas trop de leur nourriture. Ils sont très difficiles, question nourriture.

— C'est ce que je pensais, dit Luke. Alors pourquoi une centaine de porcs ont-ils décidé de traverser la 76ᵉ Avenue en pleine nuit et sous la pluie, et où diable allaient-ils ?

— Je ne sais pas, shérif. Mais il y a deux élevages de porcs importants pas très loin d'ici... Kravitz et Johnson.

Luke ramassa un objet recourbé, marron et couvert d'une croûte, près du camion de Randy Gedge. Il le renifla, puis il comprit brusquement ce que c'était. Il le tendit à Joe Freeman et dit :

— Sentez ça. Qu'en pensez-vous ?

Joe Freeman renifla l'objet précautionneusement, puis il cligna des yeux, toussa et déglutit bruyamment.

— De la couenne ? fit-il.

Il était clair que, six ou sept ans auparavant, cela avait été un élevage de porcs prospère : de nombreuses dépendances, des enclos, une grange, une maison à un étage avec un toit de tuiles rouges et un portique à colonnes dans le style de Tara, la demeure d'*Autant en emporte le vent*.

Mais maintenant les bâtiments étaient délabrés et dégradés par le temps. Ils présentaient cette grisaille morne qui affecte à la fois les hommes surmenés et les fermes surmenées. L'allée qui décrivait une courbe devant la maison était envahie par les mauvaises herbes, les vitres de la porcherie étaient brisées, et il manquait six ou sept pales à l'éolienne. L'écriteau audessus des enclos était tellement décoloré par le soleil et la pluie qu'il était quasiment impossible de distinguer les mots « Frank Johnson — Élevage de Berkshires ».

Luke se gara devant la maison et descendit de sa Buick. Les nuages bas ressemblaient au chapiteau pitoyable d'un cirque qui a fait faillite. Il continuait de pleuvoir, une pluie fine et pénétrante. Luke sortit son mouchoir et s'essuya le visage. Il renifla. Il y avait dans l'air une odeur douceâtre, écœurante, un mélange de fumier, de pommes pourries et de viande avariée.

Sur le toit de la porcherie, une girouette qui avait la forme d'un fermier courant après un cochonnet grinçait lugubrement et se déplaçait de NO vers NNO. Encore du mauvais temps en perspective, cela ne faisait pas un pli.

Il monta les marches jusqu'à la véranda. La porte peinte en vert était ouverte. Néanmoins, il frappa et appela :

— Mr Johnson ? Mr Frank Johnson ? C'est le shérif Friend !

Au bout d'un moment, un homme au corps frêle apparut dans le vestibule. Il portait une salopette grise et une chemise de travail délavée rouge et blanc. Son visage était décharné et ses yeux presque incolores. Une cigarette, une cousue-main, était fichée au coin de sa bouche.

— Frank Johnson ? demanda Luke.

Il sortit sa plaque et la lui montra.

— On se connaît, dit Frank Johnson. Roy, mon fils aîné, s'était fait pincer alors qu'il conduisait en état d'ébriété, y'a trois ou quatre ans de ça, vous êtes venu et vous lui avez passé un sacré savon.

— Oh oui ! je me rappelle. Et cela lui a réussi ?

— Pas tellement. Maintenant il est à Fairbanks, Alaska, à faire Dieu sait quoi, mais ça lui rapporte beaucoup d'argent. Il continue de boire, il continue de conduire.

— Je suis venu vous parler de vos porcs, dit Luke.

— Je n'ai plus de porcs, shérif. La ferme est à vendre, et Beth et moi, on grappille ce qu'on peut. Je me débrouille, je répare des tracteurs, des batteuses, des trucs comme ça, mais ça paie pas des masses.

— Que sont devenus vos porcs ?

— Qu'est-ce que vous croyez ? La même chose que les porcs des autres éleveurs.

— Vous les avez vendus ?

Frank Johnson secoua la tête.

— Ils étaient en trop mauvais état. De toute façon, les cours étaient si bas que j'aurais même pas récupéré l'argent déboursé pour leur nourriture. Tout le monde sait que le commerce de la viande va être interdit. Ce matin, vous ne pouvez pas vendre un porc Berkshire premier choix pour plus de douze dollars et cinquante *cents*, tout l'animal, bon sang ! La semaine prochaine, lorsqu'ils auront adopté ce foutu projet de loi, Zapf-Cady, vous pourrez même plus *donner* un porc, à personne, parce que ce sera illégal.

— Alors, qu'avez-vous fait de vos porcs, Frank ?

— J'ai fait ce que je devais faire.

— Vous les avez abattus ?

Il secoua la tête à nouveau.

— Cela aurait coûté bien trop cher. J'ai cessé de leur donner à manger, c'est tout.

Luke le regarda en fronçant les sourcils.

— Vous avez fait quoi ?

— J'ai juste cessé de leur donner à manger. J'me suis dit qu'ils finiraient bien par mourir, de toute façon, et ceux qui mourraient les premiers seraient de la nourriture pour ceux qui mourraient plus tard.

— Et merde, Frank ! s'exclama Luke avec dégoût. C'est monstrueux !

Frank Johnson ne sembla pas impressionné.

— C'était la seule solution. Au jour d'aujourd'hui, la nourriture est plus chère que la viande. C'est ce qu'on appelle la rentabilité.

— Et si Zapf-Cady n'est pas adopté ? Il y a de fortes chances pour qu'il ne le soit pas.

— Ça changerait rien. Les cours du porc sont trop bas depuis trop longtemps. J'm'en serais pas sorti, de toute façon.

— J'aimerais voir la porcherie, dit Luke.

— Vous y tenez vraiment ? C'est pas un spectacle très ragoûtant.

Ils sortirent de la maison. Frank Johnson s'arrêta un moment pour rallumer son mégot avec un vieux Zippo.

— Combien de porcs aviez-vous ? lui demanda Luke, comme ils s'approchaient de l'entrée de la porcherie.

— Plus de trois mille, à une ou deux truies près. C'était le minimum que je devais élever pour que ce soit rentable. Vous vous imaginez les frais pour la nourriture ? Un porc mange cinq à six livres de nourriture par jour, ce qui faisait dix-huit mille livres de nourriture, jour après jour, y compris les dimanches, et dix-huit mille livres, c'est le poids moyen de quatre Cadillac et demie, et j'en possède pas une seule !

Il tira d'un coup sec la porte délabrée aux gonds rouillés. Il faisait sombre à l'intérieur, mais Luke n'avait pas besoin de voir quoi que ce soit pour savoir ce qu'il allait trouver. La puanteur de la chair en décomposition était si forte qu'il fut obligé de reculer dans la cour et d'aspirer à pleins poumons, six ou sept fois. Même ici, l'air était vicié par l'odeur de charogne.

— Quand on élève des porcs, on s'y habitue, dit Frank laconiquement.

Il tira sur sa cigarette et attendit que Luke récupère. L'estomac de Luke continuait de se soulever, et il aurait donné de l'argent pour ne pas avoir mangé ces trois beignets fourrés à la cerise qu'il s'était octroyés parce qu'il n'avait eu que du pain grillé, du jus d'orange et du café noir au petit déjeuner.

Finalement, il avala sa salive et dit :

— C'est bon, Frank. Éclairez-moi sur le sujet, d'accord ?

Frank haussa les épaules et actionna l'interrupteur placé près de l'entrée du bâtiment. Les tubes fluorescents bourdonnèrent et clignotèrent, puis ils s'allumèrent brusquement.

Luke ouvrit la bouche, et la referma. Il était incapable de penser à quoi que ce soit à dire qui ne serait pas blasphématoire. La porcherie de Frank Johnson ressemblait à un cauchemardesque champ de bataille médiéval, à un charnier surgi de l'enfer.

Le bâtiment faisait une centaine de mètres de long. Des chevrons triangulaires en aluminium soutenaient le plafond haut en tôle ondulée. Des barrières métalliques divisaient l'immense salle en des centaines d'enclos. Dans chacun de ces enclos, au moins un porc était étendu sur le sol, mort. Dans certains, il y avait des portées de six ou sept. Leur chair luisait de millions de mouches à viande, littéralement des millions, et la plupart d'entre eux grouillaient d'asticots. Des crânes de porc à moitié dévorés grimaçaient vers Luke de tous côtés. La gueule d'un porc semblait bouger, puis Luke se rendit compte que c'étaient des asticots qui se tortillaient sous sa peau. Des pieds, des queues, des croupes, des têtes : ils étaient tous enchevêtrés au sein d'une effroyable putrescence.

— Ils sont tous là ? demanda Luke, et il fit signe à Frank Johnson de refermer la porte.

— La plus grande partie. Certains se sont échappés, voilà

deux jours... peut-être quatre-vingts, peut-être une centaine. Ils sont foutrement malins, ces porcs. Ils ont pigé le truc pour soulever les barrières entre leurs enclos, et ensuite ils ont pigé le truc pour relever le loquet de la porte.

— Vous savez où ils sont allés ?

— Ils ont filé vers la pommeraie et se sont mis à bouffer des pommes et des racines. Ils ont fait de sacrés dégâts. J'ai essayé de les chasser, mais ils étaient de mauvaise humeur. Y'a rien d'plus doux qu'un porc, mais lorsqu'il est mal embouché, vous avez intérêt à garer vos miches ! Y m'auraient bouffé, moi aussi. Heureusement, un orage a éclaté et leur a fait peur, ils ont foutu le camp et j'les ai plus revus. J'suppose qu'y cherchent de la nourriture quelque part, on les retrouvera facilement.

— Nous les avons déjà retrouvés, dit Luke. Ils ont traversé la 76e Avenue la nuit dernière et ont provoqué un accident dans lequel quatre personnes ont trouvé la mort.

Frank Johnson le regarda, suçota sa cigarette éteinte, et cligna des yeux. Au bout d'un moment, il détourna la tête, comme un homme attendant qu'on fixe le prix d'une truie, et renifla. Luke comprit que Frank Johnson avait perdu toute notion de la réalité depuis longtemps. Elle s'était éclipsée, comme elle le faisait souvent avec les fermiers du MidWest, sans que quiconque s'en aperçoive. Trop d'années d'isolement, trop d'années d'efforts vains, de travail pénible et de saisies ordonnées par la banque, trop de tornades, trop de pluies, trop d'années passées au milieu des plaines immenses qui vous engloutissaient et vous donnaient l'impression d'être un minuscule point lumineux au sein de la nuit infinie, avec pour seule compagnie votre épouse usée et *Le Juste Prix* !

Luke posa sa main sur l'épaule de Frank.

— Frank, je vais être obligé de vous arrêter pour négligence criminelle. Mais pour le moment, j'ai un tas d'autres choses à faire. Je vais demander à des représentants de l'ASPCA [1] et au service de l'hygiène du comté de venir ici et de se rendre compte par eux-mêmes.

Frank Johnson hocha la tête.

---

1. American Society for the Prevention of Cruelty to Animals : équivalent de la SPA. *(N.d.T.)*

— J'pouvais pas les abattre, dit-il. Le prix des cartouches, bon sang ! J'avais pas les moyens d'acheter trois mille cartouches.

— Je sais cela, Frank. Écoutez, vous ne bougez pas d'ici, d'accord. Je reviendrai vous voir. Ne touchez à rien, laissez tout comme c'est.

— Entendu, shérif.

Luke remonta dans sa voiture, mit le contact, effectua un demi-tour et partit. Il avait parcouru moins de huit cents mètres sur le chemin de terre lorsqu'il se mit à transpirer, et son estomac recommença à se contracter.

Il se gara sur le bas-côté, descendit, se dirigea en titubant vers un champ de maïs, et vomit.

Il resta plié en deux un long moment tandis que ses spasmes se calmaient. Il entendait la pluie fine crépiter sur le maïs, et le sifflement répété d'un étourneau. Finalement, il se redressa, plia son mouchoir et s'essuya la bouche.

D'ici il voyait encore la porcherie de Frank Johnson. Il voyait également cette fumée qui s'en élevait, une fumée épaisse et sombre, charriant des étincelles.

— Oh merde ! murmura-t-il.

Il revint au petit trot vers sa voiture et se glissa derrière le volant. Il était sur le point de refermer la portière lorsqu'il entendit la détonation vive d'un coup de fusil. Un silence, puis une autre détonation. Les coups de feu résonnèrent longuement à travers le champ de maïs comme des applaudissements.

Luke resta assis dans sa voiture, la tête penchée, et il ne prit même pas la peine de mettre le contact.

Terence ouvrit les yeux et vit la lumière du jour autour des bords du store. Il se mit sur son séant avec raideur. La police lui avait pris sa montre, et il n'avait aucune idée de l'heure qu'il était. Il bâilla, s'étira et parcourut la pièce du regard. Elle était exiguë et chichement meublée, un lit pliable sur roulettes, une commode vernie bon marché, un plancher nu. Une gravure sur acier maculée était accrochée au mur, représentant un homme barbu à la mine sévère, avec la légende *Bodeslas*.

Il déplia son pantalon et l'enfila maladroitement. Il avait

l'impression d'avoir la gueule de bois, mais il savait qu'il n'avait pas bu. Il écarta le store et contempla une ruelle étroite, jonchée d'ordures, entre deux maisons délabrées. Il y avait un barbecue à gaz rouillé, une chaise longue cassée, et plusieurs pots de peinture vert clair, à moitié remplis d'eau de pluie.

La porte de sa chambre s'ouvrit et Nue entra, toujours masquée. Elle portait pour tout vêtement une chemise de lin rêche, grossièrement brodée de laine rouge et noire, effrangée. Ses jambes maigres donnaient l'impression d'avoir été enduites de jus de baie, et ses doigts de pied étaient sales. Elle paraissait encore plus transparente qu'auparavant. Un calendrier Firestone était accroché de guingois au mur, vieux de deux ans, et Terence lisait clairement une partie du mot « eptembre » à travers l'épaule de Nue.

— Aujourd'hui nous devons trouver Emily, déclara-t-elle.

— C'est important ? demanda Terence.

— Il faut que ton père trouve Emily.

— Vous avez entendu ce que ce pauvre Leland Terpstra a dit. Les services sociaux l'ont emmenée, et si les services sociaux l'ont emmenée, il y a de fortes chances pour qu'elle soit au foyer pour enfants McKinley.

— Alors nous commencerons nos recherches là-bas, fit Nue d'une voix terne.

Elle se tourna pour quitter la pièce. Terence voulut la retenir par la manche, mais sa main traversa le vide. Comme d'habitude, elle était en retard d'une fraction de seconde sur le temps ; elle ne rattrapait jamais tout à fait Terence.

— Janek n'a pas l'intention de faire du mal à Emily, hein ? dit Terence. S'il a l'intention de lui faire du mal, je ne l'aiderai pas à la retrouver.

— Tu n'as pas le choix. Janek est ton père.

— Mais pourquoi doit-il trouver Emily ? Pourquoi ne la laisse-t-il pas tranquille ? Un enfant ou un autre, quelle différence ? Il a un grand nombre d'enfants. Pourquoi est-elle si différente ?

Nue demeura silencieuse un moment. Puis elle déclara :

— Tu devrais savoir pourquoi. Tu es différent, toi aussi.

— Je ne comprends toujours pas. Différent de quoi ?

— Différent de la plupart des autres enfants de ton père. Rebelle. *Différent.*

Terence la regarda fixement. Il aurait voulu qu'elle ne soit plus floue, afin de voir à quoi elle ressemblait vraiment. C'était donc ça. Il était rebelle. Cela ne lui était jamais venu à l'esprit, durant toutes ses années de recherches, qu'il était le premier et le seul enfant de Janek-le-Vert à avoir consacré tellement d'énergie et d'efforts acharnés afin de se soustraire à son destin. Les témoignages montraient que Janek avait fréquemment rencontré une opposition de la part des fermiers qui lui avaient permis de mettre leurs épouses enceintes, surtout lorsque trente-six années s'étaient écoulées et qu'il venait réclamer son dû... des viscères. Mais Janek n'avait encore jamais rencontré la moindre résistance de la part des enfants eux-mêmes. Bien au contraire : habituellement, ils lui faisaient bon accueil. Ils l'invitaient à entrer, et se donnaient à lui avec joie.

— Nous allons bientôt partir, dit Nue. Est-ce que tu as faim ?

— Non, non, je n'ai pas faim, dit Terence, et il s'assit sur le lit au matelas défoncé.

Il était rebelle. Peut-être que Emily était rebelle, elle aussi, et c'était pour cette raison qu'ils la voulaient de façon aussi pressante. Janek avait peut-être commencé quelque chose qu'il était incapable de finir... il avait créé une lignée qui refusait de se laisser faire, contrairement aux autres.

Terence n'avait jamais très bien connu sa mère. Elle était morte alors qu'il avait neuf ans. Mais il avait gardé le souvenir d'une femme énergique, petite et brune, aux yeux enfoncés et lumineux, au petit nez pointu, telle une mère en tablier peinte par Grant Wood, une Fille de la Révolution. Et son père si lent, humble et vaincu, un homme pour qui la pluie refusait de s'atténuer.

— Hé, ça va ? lui demanda Nue.

Terence hocha la tête.

— Oui, oui, je vais très bien. Je me souvenais de quelque chose, c'est tout.

— Est-ce que tu as peur ?

— A votre avis ?

Nue fit halte à l'entrée de la pièce.

— Ce sera bientôt terminé, Terence. Tu le sais, n'est-ce pas ? Ce sera bientôt terminé, pour de bon.

— Bien sûr, fit Terence, même s'il ne comprenait pas très bien ce qu'elle voulait dire.

Qu'est-ce qui serait terminé ? Sa vie ? La vie d'Emily ? Ou bien les pérégrinations destructrices du Voyageur Vert à travers l'Europe de l'Est, la Russie et les plaines du MidWest ?

Nue était presque bienveillante. Mais elle était la voix et l'avocate de Janek-le-Vert, et elle avait dû être témoin de tellement de peine, de tellement de souffrances, et de tellement de mises à mort d'innocents, éventrés et dévorés.

Au-dehors, la pluie tombait sur le vieux barbecue à gaz et gargouillait dans les gouttières. Provenant de la pièce voisine, Terence entendait le grattement et le bruissement de feuilles et de branches, et le chuchotement bas de gens qui ne parlaient presque jamais. Il avait le sentiment d'avoir appris quelque chose d'important, d'être capable de changer les choses.

Il se sentait à la fois surexcité et terrifié, mais ce qui le terrifiait et l'excitait encore plus, c'était le fait qu'il ignorait *pourquoi*.

Quand Luke regagna son bureau, il trouva le professeur Mrstik qui l'attendait. Il serrait sous son bras une grosse serviette en cuir marron comme s'il portait un petit cochon. Le professeur Mrstik était grand, presque aussi grand que Luke, avec des cheveux roux clairsemés et un visage très blanc, comme s'il avait été saupoudré de farine. Son costume marron foncé était beaucoup trop épais pour la saison et sentait l'humidité.

Il se leva et s'inclina devant Luke lorsque celui-ci entra, et lui donna une poignée de main humide et osseuse.

— J'avais décidé d'attendre encore dix minutes, déclara-t-il. Autrement, j'aurais été obligé de revenir la semaine prochaine. C'est notre week-end tchèque. Nous avons des danses folkloriques, des réjouissances, et Dieu sait quoi encore ! Cela me fait toujours verser une larme ! Parfois, cela me donne également une sacrée migraine !

— Je suis désolé d'être en retard, s'excusa Luke. Nous

avons sur les bras deux affaires très graves... je suis sûr que vous comprenez.

— Bien sûr ! Tout dans la vie est une affaire très grave, n'est-ce pas ?

Luke prit le professeur Mrstik par le coude et l'emmena dans son bureau. Il y avait un monceau de messages, et son répondeur téléphonique clignotait, mais il les ignora et tira une chaise pour le professeur Mrstik.

— Désirez-vous un café ? lui demanda-t-il.

— Du thé, si c'est possible.

— Des petits gâteaux ?

Le professeur Mrstik le regarda attentivement.

— Vous avez envie de petits gâteaux, je me trompe ? Mais si je demande des petits gâteaux, la responsabilité sera mienne ?

Luke le dévisagea, déconcerté. Le professeur Mrstik éclata de rire.

— Je vois sur votre bureau un livre sur la diététique. Mais il est évident que vous êtes un homme qui aime manger. Très bien, je vais demander des petits gâteaux, et vous serez absous !

Luke abaissa le bouton de son interphone et, sans quitter le professeur Mrstik des yeux, dit :

— Janice ? Un café, s'il vous plaît, un thé et une barquette de ces cookies au chocolat. C'est ça, oui, les gros.

— J'ai toujours voulu jouer les détectives, dit le professeur Mrstik. Et ces carnets de Terence Pearson que vous m'avez envoyés, ma foi, ils m'ont mis en appétit !

— Qu'en pensez-vous ?

— Vous voulez mon opinion sincère ? Je pense qu'il ne s'agit pas d'une légende populaire. Je pense que cela est vrai, en grande partie.

Luke se leva. Son fauteuil grinça puis se tut. Il traversa la pièce, revint dans l'autre sens.

— Vous pensez que c'est vrai, en grande partie ?

— Vous me défiez ? Dans ce cas, je dis oui, un oui catégorique, cela est vrai, en grande partie. Quelques erreurs, parce qu'il n'a pas compris toutes les subtilités de la langue tchèque, mais pour l'essentiel, c'est exact. Toutes ces histoires sur le Voyageur Vert, les *mummers*, les marchés passés afin d'avoir de bonnes récoltes, c'est vrai ! Ces marchés ont eu lieu, il y a des preuves. Il a travaillé si dur, ce Terence Pearson, pour trouver des preuves ! Journaux, magazines, bulletins météorologiques, statistiques concernant les récoltes, extraits de naissance, dossiers médicaux, actes de décès, des milliers de détails, des milliers !

Il ouvrit sa serviette, en sortit une épaisse liasse de papiers, et la brandit.

— Les preuves ! Janek-le-Vert existe réellement. Janek-le-Vert est vivant. Et c'est la peur qu'avait Terence Pearson de Janek-le-Vert qui l'a conduit à tuer ses enfants.

Luke prit les papiers et les posa précautionneusement sur son buvard.

— Dieu merci ! dit-il. Et merci à vous, professeur Mrstik. Je commençais à croire que je perdais la boule.

— Quelques pâtisseries avant l'enterrement, comme on dit, fit le professeur Mrstik en éclatant de rire. (Luke le regarda, intrigué ; il cessa brusquement de rire et dit :) Excusez-moi... l'humour tchèque est très particulier. Nous avons des plaisanteries très drôles sur les cataplasmes.

— Oh ! je n'en doute pas ! Hum, ceci va m'être très utile. Extrêmement utile.

Janice entra, apportant le café, le thé et les cookies. Elle posa les cookies sur le bureau, près du coude de Luke, mais Luke dit :

— Non... c'est pour le professeur Mrstik.

Janice lui adressa un léger sourire incrédule et repartit.

— Bien sûr, tout cela a été très intéressant pour moi, reprit le professeur Mrstik. J'avais entendu parler de Janek-le-Vert dans mon enfance. Nous chantions : « Juré, craché, tu te tranches les tripes et tu fuis le buisson qui a la trique. » Mais découvrir la preuve que tout cela est vrai... vous pouvez vous imaginer l'effet que cela m'a fait. C'est comme de découvrir que l'homme-ciseaux de *Struwwelpeter* existe réellement. C'est comme de découvrir que Dracula existe réellement.

— Vous comprenez, n'est-ce pas, que tout cela est *sub judice* ? Vous ne devez en parler à personne, pas pour le moment.

— Bien sûr, bien sûr, mais cela ne m'ennuie pas ! Le plaisir est dans la recherche, dans la découverte ! Et j'ai fait d'autres recherches avec mon ami le Dr Schoenman, qui s'intéresse beaucoup aux légendes, mais aussi à la biologie.

Luke commençait à en avoir assez de toute cette affaire. Il aurait voulu que son café ne soit pas aussi chaud, que le professeur Mrstik se dépêche, finisse son thé et le laisse tranquille. Il se sentait fatigué et démoralisé, atrocement coupable, également. Il aurait dû lire le message sur le visage de Frank Johnson. Il l'avait lu tant de fois dans le passé, sur le visage de tant de fermiers, mais cette fois il avait détourné les yeux. Il avait besoin d'y réfléchir, seul, en privé, et d'essayer de faire avec.

Il avait besoin d'aller à la pêche, ou de rester un long moment au bord de la Cedar River, en amont, près de Blairs Ferry Road, et de contempler le soleil couchant embraser l'horizon, dans la paix, dans le silence.

Mais le professeur Mrstik dit :

— La combinaison de gènes d'animaux et de végétaux est non seulement une possibilité mais une réalité. Des sociétés de produits alimentaires ont déjà découvert que l'on peut insérer des gènes provenant d'animaux sur des plantes, et vice versa, pour influer sur leur croissance.

Il feuilleta un tas de coupures de presse et de revues jusqu'à ce qu'il trouve ce qu'il cherchait.

— Ah, voilà ! C'est le dernier rapport de la Commission d'enquête sur l'éthique des manipulations génétiques et leur application aux produits alimentaires. Écoutez... « Il est maintenant d'usage courant d'insérer des gènes provenant d'animaux dans certaines cultures végétales, et vice versa... nous en arrivons au point qu'il y aura des produits alimentaires viables qui ne seront ni distinctement d'origine animale ni distinctement d'origine végétale. » Comme vous le voyez, Janek-le-Vert n'est pas du tout une légende populaire, mais une réalité scientifique. Ce qui a été créé par les fermiers superstitieux de Bohême était de fait un être vivant et viable. Un être épouvantable, à la fois désolant et terrifiant. Mais réel et capable de se reproduire.

— Et qu'est-ce que votre ami a dit concernant les enfants de Janek-le-Vert et ses méthodes de reproduction ?

— Ma foi, pas grand-chose. Le Dr Schoenman n'est qu'un biologiste amateur, pas un généticien. Mais il a suggéré que vous interrogiez certains des chercheurs scientifiques de l'Institut Spellman, à Amana. Vous avez l'un des centres de pointe en recherche génétique de ce pays, juste sur le pas de votre porte, exact ?

Il se lécha le pouce et feuilleta ses papiers à nouveau.

— Ah ! c'est ici... il a suggéré deux noms, le Dr Raoul Lacouture et le Dr Garth Matthews.

— Le Dr Lacouture est mort. Il a été tué, il y a quelques jours de cela, au cours d'une expérience qui a mal tourné, dirons-nous.

— Oh ! Il me semble avoir vu ça aux informations. C'était lui, le scientifique qui a été tué par le porc ?

— Exactement. Mais le Dr Matthews est toujours de ce monde, autant que je sache.

— Ma foi, il pourrait bien être votre homme.

Ils discutèrent encore un peu, puis le professeur Mrstik donna à Luke sa traduction des carnets de Terence, et tous les autres documents qu'il avait rassemblés.

— Vous devez me tenir au courant des résultats de votre enquête, shérif. Ce sujet exerce sur moi une grande fascination. Le monde moderne a tourné en dérision tellement de légendes, mais c'est seulement maintenant que nous commençons à nous apercevoir que bien des choses étranges et terrifiantes se sont cachées parmi nous pendant des centaines d'années. A quoi bon inventer des histoires impossibles comme *Jurassic Park*, alors que de véritables miracles de la génétique nous côtoient dans la rue tous les jours ? Si jamais vous trouvez ce Janek-le-Vert, il faut absolument que vous me laissiez le voir. C'est tout ce que je demande en paiement pour cette traduction.

— J'y réfléchirai, lui dit Luke. Mais vous courez peut-être un danger, si jamais Janek-le-Vert découvre votre existence. La première personne à qui nous avions confié le soin de traduire ces carnets a été traquée par un inconnu ou des inconnus, et cet homme s'est suicidé.

— Mr Ponican, oui. Cela a été une grande tristesse pour moi. Je le connaissais très bien.

— Nous avons fait l'erreur avec Mr Ponican de parler de lui aux médias. Nous n'avons pas fait la même erreur avec vous. Personne en dehors de ce service ne sait que vous avez effectué ce travail. A votre place, je veillerais à ce que cela reste ainsi. Je crois à l'existence de Janek-le-Vert, vous croyez à l'existence de Janek-le-Vert, et je ne pense pas que vous ayez envie d'aller ouvrir si on frappe à votre porte en pleine nuit, et de découvrir que c'est *lui*.

Le professeur Mrstik hocha la tête d'un air grave.

— Je vois ce que vous voulez dire, shérif, et je vous remercie.

Capitaine Black était plus lourd que n'importe quel autre porc en Amérique, mais il était superbement musclé et exceptionnellement robuste. Il était la perfection même. Son cœur et ses poumons étaient le résultat de la meilleure combinaison génétique d'être humain et de porc. Maintenant, bien sûr, il avait également autre chose... un esprit qui était capable de réactions intelligentes, mais aussi un esprit qui était capable de *concevoir* des choses.

Il courait à travers le petit bois, au sud-est de l'Institut Spellman, et écrasait ronces et fougères, comme une énorme locomotive noire. Sa peau était striée d'eau de pluie, et son bas-ventre était tapissé de boue. Ses pansements avaient été complètement arrachés, mais sa tête était en grande partie cicatrisée maintenant, et il ne ressentait plus qu'une vague migraine. Cela l'irritait, mais cela ne le détournait pas de la seule pensée qui avait taraudé son cerveau depuis qu'il avait repris connaissance.

Emily, pensa-t-il. Il devait trouver Emily. Il avait toujours su que Emily était différente et que, un jour, Emily devrait mourir. Emily n'était pas du tout comme Lisa. Emily n'était pas comme lui. Emily ressemblait plus à papa, elle avait le sang de papa, et le sang de papa était plus impur que papa ne le savait.

Depuis ses tout premiers jours de conscience, depuis qu'il s'était assis dans son berceau, dans sa chambre inondée de soleil, il avait su qu'Emily était différente, qu'Emily avait quelque chose *qui n'allait pas*.

Il l'aimait. Il l'aimait tendrement. Mais c'était lorsqu'elle était « sœur », et pas l'autre chose. Lorsqu'elle était l'autre chose, lorsqu'elle était « Emily », c'était dans ces moments-là qu'elle était étrange et antipathique, et n'était pas du tout comme Lisa et lui. Parfois il l'observait et il y avait quelque chose dans ses yeux qui le rendait inquiet et agressif.

Le tonnerre gronda et la pluie commença à tomber à verse. Il s'avançait le long de la rive d'un petit lac en forme de lunettes, où ses pieds s'enfonçaient dans une boue épaisse et noire. Sur la rive opposée, des canards s'étaient réfugiés sous les arbres et attendaient que l'orage s'éloigne.

Capitaine Black savait que l'orage ne s'éloignerait pas. Capitaine Black savait que la pluie s'était installée et allait durer jusqu'à la moisson, et que des milliers d'hectares de l'Iowa, de l'Illinois et du Missouri seraient inondés. Capitaine Black avait le cerveau d'un porc Poland China, mais il avait l'esprit de George Pearson, et George Pearson était le petit-fils du Voyageur Vert, celui qui donnait la fertilité, et qui la reprenait, s'il en avait envie.

Petit à petit, Capitaine Black se dirigea nord-nord-est. Il avait un sens de l'orientation instinctif... en partie animal, en partie humain, en partie occulte. Il sentait de quel côté venait le vent, il sentait les éclairs qui crépitaient dans les nuages. Bien plus, il savait exactement où il voulait aller. A Cedar Rapids, où se trouvait Emily. Il ne pouvait laisser Emily s'échapper. Elle devait être sacrifiée, elle devait être offerte à Janek-le-Vert. Papa ne le ferait jamais. Papa préférerait lui couper la tête, comme papa l'avait fait avec *lui*.

Il traversa le coin d'un champ de cinq cents hectares, écrasant et piétinant les épis de maïs détrempés et abîmés par la pluie, puis franchit une route mouillée et déserte. Il entendit un hélicoptère qui approchait, venant de l'ouest, et courut vers un petit bosquet d'arbres. Il attendit. L'hélicoptère apparut ; il volait très bas et rasait le sol. Le bruit de ses rotors lui fit mal à la tête, mais il resta parfaitement immobile et attendit patiemment que l'hélicoptère s'éloigne. La pluie dégoulinait de son groin.

Lorsque les champs furent à nouveau silencieux, il quitta le couvert des arbres et reprit sa course vers le nord.

Cependant, il courait depuis moins de dix minutes lorsqu'il aperçut un groupe de formes sombres qui tournaient sur place dans le champ devant lui. La pluie tombait à torrents et le champ disparaissait sous la brume. Il ne distingua pas tout de suite ce qu'étaient ces formes.

Tandis qu'il s'approchait, il reconnut une odeur forte et familière. Il poussa un grognement, un autre, puis un cri perçant. Les formes reculèrent puis tournèrent autour de lui ; elles étaient trente ou quarante. Il se tint au milieu du champ, rejeta sa tête en arrière, et poussa un cri de défi et de supériorité.

Me voilà ! je suis le plus fort. Qui a envie de prouver que je ne suis pas le plus fort ?

Les formes vinrent vers lui. Elles étaient décharnées et crottées, et elles l'approchèrent avec crainte. Elles étaient affamées, désorientées, sans chef. Certaines étaient blessées ou brûlées. C'étaient les derniers rescapés de l'infortuné troupeau de Berkshires de Frank Johnson.

Capitaine Black cria à nouveau et leva sa tête grotesque de loup-garou vers les nuages. Les autres porcs se pressèrent autour de lui, se serrèrent contre lui et baissèrent la tête. L'énorme pénis rouge de Capitaine Black glissa hors de son fourreau noir et velu, et il urina abondamment dans la boue. Les Berkshires tournèrent sur place dans la vapeur âcre, lui rendant hommage.

Lorsqu'il reprit sa route vers le nord, les porcs le suivirent, courant en bande.

Bryan Cady déjeunait avec William et Nina Olsen lorsqu'on le demanda au téléphone. Nina faisait manger William et lui donnait de petites bouchées de quenelle de brochet. Elle lança un regard irrité à son maître d'hôtel.

— Cela ne peut pas attendre, Newton ? Le sénateur est en train de manger, vous le voyez bien !

— Je suis désolé, Mrs Olsen, mais la personne a dit que c'était urgent.

— A-t-elle dit qui elle était ?

— Il s'agit de Miss Lily Monarch.

— Cette garce complètement détraquée ! Une poitrine opulente mais pas de savoir-vivre !

Bryan se tapota la bouche avec sa serviette vert menthe, et leva une main conciliante.

— Inutile de vous énerver, Nina, c'est probablement un détail technique de dernière minute.

— Je serai contente lorsque toute cette histoire de Zapf-

Cady sera finie et bien finie ! fit Nina d'un ton cassant. Oh ! William, pour l'amour du ciel, tu fais tout tomber du coin de ta bouche ! Tu es pire qu'un enfant !

Bryan repoussa sa chaise Chippendale, traversa la salle à manger lambrissée de chêne et sortit dans le vestibule. Le téléphone était posé sur un guéridon orné de dorures du dix-huitième siècle, au-dessous d'un immense tableau de George Luks — des enfants faisant une ronde — qui valait probablement plus d'un million et demi de dollars.

— Lily ? dit-il.

Par la porte entrouverte du cabinet de travail, il voyait une domestique en train d'astiquer le bureau de William Olsen, et un chat qui dormait sur le fauteuil de William Olsen.

— Bryan, c'est mon appel.

— Quoi ? Quel appel ?

— J'ai été arrêtée. J'ai droit à un appel téléphonique, c'est la loi.

La bouche de Bryan devint sèche.

— Tu as été arrêtée ? Et pour quel motif ? J'espère que tu n'as pas essayé de délivrer Capitaine Black !

Lily se mit à pleurer.

— Nous avons essayé, Bryan, mais tout est allé de travers. Harriet a été prise sur le fait alors qu'elle cisaillait le grillage de la clôture d'enceinte. Dean a tiré sur le garde de la sécurité. Il l'a tué. Et Harriet est morte, elle aussi. Elle est tombée sur la clôture d'enceinte et la clôture était électrifiée.

— Bon Dieu, Lily, ne parle pas si vite ! Reprends ta respiration.

— Tout est allé de travers, Bryan. Harriet est morte et Kit est dans le coma. Dean a été inculpé de meurtre, et nous avons tous été inculpés de vol à main armée, de coups et blessures, et de violation de propriété.

Bryan serrait son poing si fort que ses jointures formaient des taches blanches.

— D'où m'appelles-tu ? demanda-t-il à Lily, s'efforçant de dominer sa colère.

— Du Bureau du shérif du comté de Linn.

— Est-ce qu'ils t'ont lu tes droits ?

— Oui.

— Est-ce qu'ils t'ont harcelée ou rudoyée ou brutalisée ?

— Non.

— Je suppose que tu veux que je te trouve un avocat ?

— Je veux juste que tu me fasses sortir d'ici !

— Entendu, dit Bryan. Je ferai de mon mieux. Mais cette affaire est très grave, Lily, crois-moi. Je t'avais dit que c'était une connerie, bordel de merde, mais tu ne m'as pas écouté, bien sûr ! Cela va probablement faire capoter Zapf-Cady.

— Nous ne voulions faire de mal à personne, Bryan. Mais tout a mal tourné.

Bryan prit une profonde inspiration. *Ne t'emporte pas*, se dit-il. *Elle est stupide*. Elle est trop impulsive. Elle a probablement tout foutu en l'air. Mais ne t'emporte pas !

— Et le porc ? lui demanda-t-il.

— De quoi parles-tu ?

— De Capitaine Black. Vous n'avez pas réussi à le faire sortir, hein ?

— Bien sûr que si ! Nous étions allés là-bas pour ça !

— Oh ! merde, Lily. Dis-moi que ce n'est pas vrai !

— Bryan, je suis fière de ce que nous avons fait ! Au moins Harriet n'est pas morte pour rien ! Tu sais ce qu'ils ont fait à ce porc ? Ils lui ont ouvert le crâne et ils lui ont donné le cerveau d'un enfant de trois ans ! Est-ce que tu t'imagines ce que cet enfant doit penser ? Est-ce que tu t'imagines ce que Capitaine Black doit penser ?

— Nom de Dieu, murmura Bryan.

Il appuya le bout de ses doigts sur son front. Il voyait des années de travail et des millions de dollars dépensés pour sa campagne glisser sous ses pieds comme du sable au bas d'une dune.

— Bryan, dit Lily. Je sais que j'ai fait une bêtise. Mais je ne pouvais pas laisser ce pauvre animal dans cet état. Il était malheureux, il était frustré. Il se cognait contre les parois de son enclos. Il se blessait lui-même volontairement. Les porcs ne font jamais ça, ils ont un instinct de conservation très fort. A moins d'être enragés ou malheureux, et Capitaine Black était les deux.

— Alors tu as fait sortir un porc d'une tonne et demie qui était enragé et malheureux... un porc qui a déjà tué un homme et en a grièvement blessé plusieurs autres... et tout ça au nom de la liberté des animaux ! Bordel de merde, Lily, mais qu'est-ce que tu pensais faire ?

— Capitaine Black est un être vivant, Bryan ! Un être capable de sentiments, exactement comme toi et moi !

— C'est un porc, Lily ! C'est tout ce qu'il est ! Un barbecue ambulant ! Des côtelettes, des jarrets, de la palette, du bacon !

— Sale hypocrite ! hurla Lily. Tu n'as jamais cru à tout ça, hein ? C'était uniquement de la politique pour toi ! Magouilles et compagnie !

— Quelle importance ? répliqua Bryan. Tu viens de tout foutre en l'air avec ta guérilla à la con !

Il n'avait pas été aussi furieux depuis des années. S'il y avait quelque chose qui le mettait en colère encore plus que la déloyauté, la fourberie ou les tractations politiques, c'était bien l'incompétence. Et s'il y avait quelque chose qui le mettait en colère encore plus que l'incompétence, c'était le fait d'être obligé de soutenir et de justifier des gens qui avaient agi avec une incompétence totale.

Sans la moindre raison logique, hormis son attachement immodéré pour les porcs, Lily avait mis toute sa carrière politique en danger. Bryan pensa à tout le temps qu'il avait passé à inviter à déjeuner des adversaires posant problème, à faire des courbettes aux stations de télé, à *Newsweek* et au *Washington Post*, à donner des conférences dans tout le pays. Il était tellement furieux qu'il aurait pu briser tous les objets à portée de sa main. Il suffoquait presque. Il y eut un très long silence, mais ni l'un ni l'autre ne raccrocha.

Au bout d'un moment, Lily dit :

— Bryan, je suis désolée si je t'ai occasionné des ennuis. Ce n'était nullement mon intention. Mais je devais m'affirmer. Il fallait que je fasse mes preuves.

— A qui ? A Dean Machin-Chose ? A Harriet ? A tous ces végétariens complètement barjos ?

— J'ai fait un pacte avec le diable, Bryan. J'ai fait un pacte avec *toi*.

— Tu veux dire que tu as formé une association intime avec un membre du Congrès afin que les idéaux de ta minorité de cinglés deviennent une loi ?

— Pourquoi es-tu aussi odieux avec moi ? cria Lily. Tu m'as toujours dit que tu croyais à ces idéaux, toi aussi !

— Écoute, Lily, je crois à l'engagement politique ! Je crois au professionnalisme ! Je crois qu'on peut changer le monde ! Par-dessus tout, je crois que l'on ne doit pas agir comme une idiote entêtée et irresponsable, et ruiner des mois de campagne et des millions de dollars investis dans cette campagne ! Tu es une enfant gâtée, Lily ! Tu ne penses qu'à toi ! Lorsqu'on fait un pacte avec le diable, il est intangible, et on ne peut pas se dédire, jamais.

— J'ai toujours besoin d'un avocat, sanglota Lily.

— Un avocat, et merde ! Il te faudrait le Barreau au grand complet !

— Capitaine Black va peut-être revenir.

— Dans tes rêves, Lily. Ceci est la réalité. Imagine le pire scénario possible et multiplie-le par deux ! *Un porc monstrueux fait irruption dans une crèche et massacre tous les enfants. Un porc monstrueux étripe et dévore les novices d'un couvent.* Sers-toi de ton imagination, Lily. Nom de Dieu !

— Mais si nous le capturons... si nous disions que c'était un coup de pub... ?

— Lily, comment allons-nous le capturer ? Je porte une veste sport Cerruti valant 3500 dollars, d'accord ? Tu veux que je parcours les bois avec un lasso et que je ramène ton porc géant à l'arrière de ma Ferrari ?

— Bryan, je sais qui il est. Je sais qui était le donneur du fragment de cerveau qu'ils ont implanté sur Capitaine Black.

— Et alors ? Ça nous avance à quoi ?

— *Écoute-moi*, Bryan. C'était George Pearson, un petit garçon de trois ans. J'ai entendu les officiers de police parler avec Garth Matthews lorsqu'ils nous ont arrêtés. George Pearson était ce petit garçon qui a été tué par son père, dans un champ.

— Rafraîchis-moi la mémoire.

— Pearson a emmené ses enfants dans un champ et leur a coupé la tête avec une faucille, tu t'en souviens certainement. Il a tué d'autres personnes, mais l'une de ses filles a réussi à s'enfuir.

— Oui, je me souviens de cette affaire, dit Bryan prudemment. (Il commençait à être intéressé.)

— Alors que nous faisions sortir Capitaine Black de la porcherie, Garth Matthews a crié « Emily »... il l'a vraiment crié. Et Emily est le prénom de la sœur de George Pearson, celle qui a échappé au massacre. Capitaine Black est devenu fou furieux !

— Il n'était pas simplement effrayé ?

— Non, pas du tout. Je l'avais calmé, je l'avais rassuré.

— Mais Garth Matthews a crié « Emily » et ensuite il est devenu fou furieux ?

— C'est exact. Et, plus tard, j'ai entendu Garth Matthews dire à cet autre type, Nathan Truc-Machin, que Capitaine Black allait probablement partir à la recherche d'Emily.

— Pourquoi ferait-il ça ?

— Bryan, tu ne comprends rien à rien ! Il a peut-être l'apparence d'un porc, mais dans sa tête il a l'intelligence d'un petit garçon de trois ans.

— Tu crois vraiment à ce truc ?

— Oui, je l'ai vu. J'y crois vraiment.

— Et il cherche sa sœur, Emily ?

— Qui d'autre a-t-il, à part sa mère ? Et d'après ce qu'on m'a dit au Bureau du shérif, sa mère est toujours à l'hôpital.

Bryan leva les yeux vers le tableau. Des enfants qui faisaient la ronde. Une telle innocence, une telle allégresse.

— Si je te suis bien, Capitaine Black va essayer de localiser sa sœur aînée ?

— Exactement. C'est exactement ça.

Bryan réfléchit un moment. Newton apparut dans le vestibule.

— Mr Cady, excusez-moi. Désirez-vous que je garde votre entrée au chaud ?

Bryan fit un geste de la main et dit :

— Non, merci, Newton.

Il n'aimait pas les quenelles de brochet, de toute façon. Elles avaient un goût de colle pour papier peint à moitié congelée.

— Écoute, Lily, dit-il, tu es très calée sur les porcs, d'accord ? Tu sais comment ils pensent, ce qu'ils peuvent faire ?

— Oui, bien sûr, répondit-elle, sur la défensive.

— A ton avis, est-ce que Capitaine Black est capable de trouver son chemin jusqu'à Cedar Rapids ?

— Sans aucun doute. Les porcs ont un sens de l'orientation tout à fait extraordinaire.

— Alors il va rentrer chez lui, à la maison des Pearson ?

— Oui, je pense. De toute façon, il ira d'abord dans un endroit qui lui est familier.

— Bien, dit Bryan. (Il refléchissait rapidement, dressait des plans rapidement.) Je vais prendre des dispositions pour que la maison des Pearson soit placée sous surveillance, tout simplement. Je vais réunir une équipe de dresseurs d'animaux et de tireurs d'élite. Si Capitaine Black s'amène, ils pourront le capturer. Je vais également prévenir la presse. Nous réussirons peut-être à sauver quelque chose de ce putain de fiasco !

— Tu n'as jamais cru à notre action, hein ? demanda Lily.

— Que veux-tu que je te dise ? répliqua Bryan. Je croyais que toi et moi pouvions travailler ensemble dans notre intérêt mutuel. Mais j'ai l'impression que tu pensais différemment.

— Il fallait que je libère Capitaine Black, Bryan. Il fallait que je montre aux gens à quel point ces expériences sont inhumaines.

— Oh, vraiment ? A cause de toi, il ressent probablement encore plus de souffrance et de peur que tout ce qu'il a enduré jusqu'ici ! Écoute... il faut que je passe plusieurs coups de fil, que je trouve des tireurs d'élite. Et tu auras un avocat, je m'en occupe. En attendant, ne fais pas de vagues, d'accord ?

— Bryan, je t'aime, tu sais. Je t'appartiens.

Bryan poussa un soupir exaspéré.

— C'est un peu tard pour ça, tu ne crois pas ? Si Zapf-Cady n'est pas adopté, je vais perdre des millions de dollars et ma carrière politique sera définitivement terminée... et tout ça par ta faute. Une façon plutôt bizarre de me prouver que tu m'aimes, non ?

— Bryan...

— Tout est fini entre nous, Lily. N'y pense plus. En fait, je pense que cela n'a jamais commencé. Je te ferai libérer sous caution, je prendrai tous les frais à ma charge. Mais c'est tout, ça n'ira pas plus loin. Tout est fini entre nous.

Il n'attendit pas la réponse de Lily. Il raccrocha et resta là à fixer le mur lambrissé. *Ne t'emporte pas*, se dit-il. *Réfléchis calmement*. Puis il saisit le téléphone et le lança violemment dans le vestibule. L'appareil se brisa contre le mur opposé.

14

Le van noir passa devant le foyer pour enfants McKinley, dans le centre de Cedar Rapids. Il tourna puis s'engagea en marche arrière dans une ruelle étroite entre l'immeuble de la Farmer's Bank et les Appartements Cedar. Le Témoin coupa le moteur et arrêta les essuie-glace. La pluie se mit à ruisseler sur le pare-brise.

— C'est ici ? demanda Nue à Terence.

— Oui, oui. C'est ici.

— Dans ce cas, tu vas entrer avec le Témoin et trouver où est ta fille.

— Et si elle est gardée par un policier ?

— Le Bretteur va vous accompagner.

Terence se tourna vers Nue.

— Je ne peux pas faire ça. Ils ne nous laisseront pas entrer. Ils ont certainement un système d'alarme. Ils vont prévenir la police. Ils nous tueront.

— Tu dois le faire, dit Nue. *Tu dois le faire* !

— Ils ne nous laisseront pas entrer, balbutia Terence. Ils ne nous laisseront pas entrer ! Mais regardez-vous ! Avec vos masques !

— Le Témoin et le Bretteur ôteront leur masque, rassure-toi. Et le Bretteur n'emportera qu'une épée, dissimulée.

— Je ne peux pas faire ça, répéta Terence.

Il était au bord de la panique totale. Il avait l'impression que son sang circulait à toute allure dans son corps, comme des voitures sur une autoroute.

— Tu le dois.

— Je ne peux pas, je vous assure, je ne peux pas !

— Si tu ne le fais pas, mon ami, des milliers et des milliers de gens vont mourir. Tu peux voir par toi-même ce qui arrive au temps. Des récoltes sont déjà inondées et couchées par la pluie. Tu sais pourquoi. Avant de s'occuper de quoi que ce soit, le Voyageur Vert doit d'abord s'occuper de ces gens qui le menacent... ces gens qui menacent la pureté de son lignage. Il y a des plantes robustes et droites et il y a des plantes courbées et corrompues, et tu es la plante qui a tout modifié. Un jour, toi et les tiens détruirez le père, à moins que nous ne vous détruisions d'abord.

D'une façon confuse et fragmentaire, Terence commençait à comprendre pourquoi le Voyageur Vert recherchait Emily avec un tel acharnement. Il avait lu dans certains de ses livres des passages concernant des enfants de Janek-le-Vert « qui n'avaient pas grandi normalement, comme leur père ». Chez certains enfants, ces déformations étaient visibles dès la naissance, et ils avaient été étouffés ou noyés par leurs parents.

En 1632, à Bruges, en Flandre, on avait découvert un bébé mort, flottant dans le canal sous le pont Hoogstraat. Son dos était incrusté de plusieurs couches de feuilles mouillées ; des racines végétales s'étaient introduites dans ses veines et ses artères. Son cœur était *vert*, littéralement, comme un petit poivron. Antoine van Dyck avait fait un dessin au fusain de son corps, dessin que l'on pouvait voir encore aujourd'hui au musée Groeninge. Pour une fois, les gènes de végétaux qui étaient inextricablement enchevêtré dans l'être physique du Voyageur Vert avaient manifestement influé sur l'apparence de l'un de ses rejetons.

Mais il y avait eu d'autres enfants dont la perversion génétique était beaucoup moins apparente. C'était seulement lorsqu'ils parvenaient à l'adolescence qu'il devenait manifeste que le côté non humain du Voyageur Vert les avait affectés fortement. Terence avait découvert un opuscule allemand du dix-neuvième siècle, *Unheiligen Kinder*, où un cas étrange était rapporté : à Drensteinfurt, un village proche de Münster, en Westphalie, une jeune fille, une paysanne, avait été découverte par ses parents « alors qu'elle se tordait de douleur sur son lit, la peau de son visage était tombée, pour laisser apparaître un crâne fendu, vert... tandis que des branches et des épines acérées transperçaient sa chemise de nuit *de l'intérieur* ». Ses souffrances étaient telles que son père avait été obligé de la tuer à coups de hache.

C'étaient des enfants comme ceux-là dont le Voyageur Vert avait très peur, et c'étaient ces enfants-là qu'il était résolu depuis toujours à traquer et à détruire au cours d'un rituel « du feu et de l'épée ».

Le Voyageur Vert avait un besoin insatiable d'humanité. Il était comme un drogué en manque et il lui fallait toujours plus de viscères humains pour ralentir la croissance inexorable des racines et des tubercules qui envahissaient son organisme.

Terence ne savait pas très bien quelle sorte de menace Emily pouvait représenter pour le Voyageur Vert, mais il la considérait comme une menace, c'était évident... et dans ce cas, il considérait certainement Terence comme une menace, lui aussi. Si Terence avait engendré un enfant comme Emily, il pouvait en engendrer un autre. C'était probablement pour cette raison que le Voyageur Vert avait épargné Emily la nuit où il avait tué Mary. Il avait besoin qu'Emily l'invite à entrer, afin de se repaître des viscères de Terence. Mais cette nuit-là, Terence n'était pas chez lui.

Terence s'était senti forcé de tuer Emily parce qu'elle était la petite-fille de Janek, et il avait été terrifié à l'idée qu'elle invite Janek à entrer dans la maison pour qu'il massacre toute la famille. Mais à présent il se rendait compte que Emily était peut-être son unique salut.

Janek bougea et produisit un bruissement à l'arrière du van. Terence ne parvenait pas à imaginer quelque chose qui soit plus anormal et difforme que Janek, mais il savait que celui-ci devait préserver la pureté de sa progéniture. C'était indispensable à sa survie. Les enfants ne devaient jamais se rebeller. Ils devaient toujours se soumettre à la volonté de Janek. Le premier enfant qui refuserait de le laisser entrer serait le premier enfant à le priver de nourriture, et à lui ôter la possibilité de redevenir un être humain. Le premier enfant qui ne le laisserait pas entrer permettrait à ses racines d'envahir ses artères encore plus profondément, et à ses branches de pénétrer dans son cerveau.

— Tu es disposé à y aller ? chuchota Nue. Tu connaîtras de grandes souffrances si tu refuses.

— Entendu, chuchota Terence, son visage couvert de sueur. Mais vous ne nous ferez aucun mal, n'est-ce pas ?

— Peut-être que oui, peut-être que non, répondit Nue. Janek vous laissera la vie sauve, à condition que vous participiez au rituel de la purification de la lignée, que vous juriez de ne pas avoir d'enfants, ni l'un ni l'autre, et à condition que vous quittiez cet endroit et alliez dans une ville où il n'y a pas de fermes ni de champs. Tu es la plante déformée et corrompue, et ton Emily est ton rejeton déformé et corrompu.

— Janek a-t-il déjà laissé la vie sauve à quelqu'un ? demanda Terence.

— Cette fois, il le fera peut-être. Mais il doit être certain que vous avez pris part à la purification et que vous quitterez cet endroit pour toujours.

Terence se tourna et regarda fixement la silhouette sombre et touffue de Janek-le-Vert. La pluie tambourinait sur le toit du van. Le Lépreux toussa et cracha. Terence savait que Janek était un être fourbe à qui on ne pouvait pas se fier, il avait peine à croire qu'il les laisserait partir, Emily et lui, sains et saufs. Mais il n'avait guère le choix. Il savait que, chaque fois que des gens avaient refusé de donner au Voyageur Vert ce qu'il voulait, les conséquences avaient toujours été catastrophiques. A la fin du Moyen Age, dans toute l'Europe centrale, une brunissure des pommes de terre avait provoqué une famine épouvantable et des centaines de milliers de personnes étaient mortes... tout cela parce qu'un fermier avait fait brûler vive sa fille dans une meule de foin, plutôt que de laisser le Voyageur Vert l'avoir.

La pluie continuait de tambouriner sur le toit du van et Terence savait qu'elle ne diminuerait pas jusqu'à ce que le Voyageur Vert ait retrouvé sa petite-fille. Déjà, le Missouri avait rompu ses berges en vingt-huit endroits, et des milliers d'hectares de champs étaient inondés.

Terence jeta un coup d'œil à la pendule sur le tableau de bord. Il était 20 h 17 et il commençait à avoir faim et soif.

— Très bien, dit-il. Faisons-le pendant que nous le pouvons.

Le Témoin ôta son masque. Son visage était presque aussi

blanc que le masque ; il avait une peau satinée comme un biscuit de Saxe et des yeux noirs à l'expression slave. Sa bouche était la plus mince des fentes, dépourvue de toute expression. Il voyait tout, les vices humains les plus abjects, les perfidies et les trahisons les plus épouvantables, mais son visage n'en laissait rien paraître. Il observait et demeurait impassible.

Le Bretteur retira son masque à son tour. Son visage était complètement différent. Anguleux, marqué de nombreuses cicatrices, avec un petit nez pointu et des yeux gris brillants. Il portait une barbiche grise et une petite moustache grise. Il jeta un regard rapide, plein de vie, à Terence, mais son visage avait l'aspect de la chair morte, comme si elle était molle et décomposée.

— Allez-y, dit Nue. Et faites attention.

Le Voyageur Vert émit un sifflement aigu. Terence n'osa même pas regarder dans sa direction.

Lame ouvrit la portière arrière et ils descendirent du van. Ils traversèrent la rue bruyante et luisante de pluie. Le Témoin et le Bretteur marchaient de part et d'autre de Terence ; pourtant, il entendait le bruit de leurs pas juste devant lui. Dans la lumière et le scintillement de la nuit, ils étaient à peine visibles ; ils ressemblaient plus à deux ombres mouvantes qu'à deux dangereuses crapules du Moyen Age.

Ils entrèrent dans le foyer pour enfants McKinley. Le vestibule était moquetté de marron et brillamment éclairé, les murs décorés de dessins d'enfant. Le fondateur de Cedar Rapids avait eu droit à un portrait aux couleurs vives intitulé « Osgood Shephard construisant une cabane au bord de la Cedar River ». La maison en question était d'un violet surprenant. Un dessin accroché de guingois représentant une fabrique avait pour légende « La minoterie de North Star, 1872, maintenant l'usine Quaker Oats (où papa travaille) ».

Terence s'approcha du bureau d'accueil où une Noire imposante aux grosses lunettes pianotait sur un traitement de texte.

— Puis-je vous aider ? demanda-t-elle sans lever les yeux.

Puis elle leva les yeux, ôta ses lunettes et considéra ce trio inattendu d'un air désapprobateur non déguisé... le Témoin, tout particulièrement. Elle plissa les yeux, fronça les sourcils et le fixa comme si elle était capable de l'expédier vers le néant. Et elle en était presque capable, parce que la silhouette du Témoin était imprécise et fluide, et ses yeux étaient suspendus dans l'air tels les caillots de sang dans un œuf de poule fécondé.

— Je cherche une petite fille, Emily Pearson, déclara Terence. On m'a dit qu'elle était sans doute ici.

— Désolée, je ne peux donner des renseignements qu'à la famille, lui dit la réceptionniste.

— Mais vous pouvez au moins me dire si elle est ici.

— Non, monsieur, je ne le peux pas. Je ne peux donner des renseignements qu'à la famille.

— Je sais. Je suis... l'oncle d'Emily.

— Vous êtes son oncle ? Vous pouvez le prouver ?

— Pas exactement, non.

— Il m'est impossible de vous donner le moindre renseignement concernant Emily Pearson tant que vous n'avez pas prouvé que vous êtes son oncle.

— Donc elle est bien ici ?

La réceptionniste secoua la tête et recommença à pianoter sur son traitement de texte.

— Je vous l'ai dit. Uniquement à la famille !

Le Bretteur se pencha par-dessus le comptoir en Formica. Terence ne vit même pas son geste, mais le Bretteur tenait une dague longue, fine et luisante, et en appuyait légèrement la pointe sur le côté du cou de la réceptionniste. Elle cessa de taper et s'immobilisa, les yeux agrandis par la peur.

— Je pense que, dans votre intérêt, vous feriez mieux de me dire si Emily Pearson est ici ou non, dit Terence.

La réceptionniste déglutit, puis acquiesça.

— Elle est ici, oui. Elle est arrivée hier.

— Très bien, dit Terence. Et où est-elle en ce moment ?

— Les enfants viennent de dîner. Elle est probablement dans la salle de jeux, en train de regarder la télévision.

— Et où se trouve la salle de jeux ?

— Vous continuez jusqu'au bout du couloir, vous montez l'escalier, ensuite, c'est la porte juste devant vous.

Terence jeta un coup d'œil vers la rue. Puis il dit :

— Vous ne préviendrez pas les flics, n'est-ce pas ?

— Non, non, fit la réceptionniste, et elle baissa les yeux vers la lame que le Bretteur appuyait sur son cou.

— Qu'avez-vous dit ? insista Terence.

— J'ai dit que je ne préviendrai pas les flics. C'est ce que j'ai dit.

— C'est bien ce qu'il me semblait !

Il se tourna vers le Témoin et celui-ci lui fit comprendre d'un signe de la tête qu'ils devaient se rendre à l'arrière du bâtiment et trouver Emily. Terence se tourna vers le Bretteur juste à temps pour voir la pointe de sa dague émerger de la nuque de la réceptionniste... de cinq ou six centimètres seulement... puis disparaître à nouveau. Le Bretteur essuya la lame sur sa manche, remit la dague dans sa gaine. Il n'avait même pas l'air intéressé par ce qu'il avait fait. La réceptionniste resta assise dans son fauteuil quelques instants puis, comme ils s'éloignaient dans le couloir, elle s'affaissa brusquement sur le côté et tomba par terre. Ses épaules étaient couvertes de sang rouge vif.

— Vous étiez obligé de la tuer ? protesta Terence dans un chuchotement furieux. Elle ne vous avait rien fait !

Le Bretteur poussa Terence dans le dos pour indiquer qu'il faisait ce qui lui plaisait, quand cela lui plaisait. Terence trébucha, puis continua de s'avancer dans le couloir. Ils passèrent devant d'autres dessins maladroits. Un grand panneau proclamait : « Nous sommes les enfants McKinley. Nous sommes heureux et aimés ! »

Ils montèrent un escalier et poussèrent une porte battante. La pièce était sombre et remplie d'enfants assis dans des fauteuils délabrés, sur des divans et des coussins. Ils regardaient *Indiana Jones et le temple maudit* sur un énorme téléviseur antédiluvien. Ils étaient tellement captivés par la scène du sacrifice humain qu'ils ne se retournèrent même pas lorsque Terence, le Témoin et le Bretteur entrèrent et cherchèrent Emily du regard.

Terence pensa : *Je vous en supplie, mon Dieu, ne me dites pas qu'elle n'est pas dans cette pièce.* Puis une fillette assise sur un coussin près du téléviseur tourna la tête pour voir ce qui se passait, et c'était elle.

Ce fut presque comme un film au ralenti. Les yeux d'Emily s'agrandirent, elle ouvrit la bouche, se leva de son coussin et se mit à courir vers la porte au fond de la pièce. Terence mit ses mains en porte-voix et cria « *Emmmmiiillllyyyy* !!! » Le Témoin s'élança à travers la pièce et le Bretteur lança sa dague.

La dague tournoya lentement dans l'air et étincela. Durant une fraction de seconde, Terence crut que le Bretteur voulait la tuer, qu'il allait lui transpercer le cœur. Mais la dague traversa la manche de son chemisier rose et la cloua à la porte. Cela fit un bruit sourd, comme le couvercle d'un cercueil que l'on referme. Terence n'aurait pas dû paniquer. Il savait que le Bretteur ne pouvait pas tuer Emily : elle devait s'offrir de son plein gré. Et il savait également qu'il ne la tuerait pas : elle devait offrir la vie de Terence, un cadeau pour son grand-père vorace.

— Papa, dit Emily, le visage blême, terrifiée.

Des enfants se mirent à crier, d'autres à pleurer, mais la plupart demeurèrent silencieux. Terence traversa lentement la pièce. Emily eut un mouvement de recul et jeta un regard éperdu d'un côté et de l'autre, cherchant un moyen de s'échapper. Terence comprenait pourquoi. Il aurait voulu être à même de lui expliquer, mais c'était parfaitement impossible. *Il faut que je t'emmène parce que ton grand-père est à moitié un homme, à moitié un buisson, et qu'il a besoin de manger nos intestins afin de se maintenir en vie ? Il faut que je t'emmène parce que des milliers de gens perdront leur gagne-pain si je ne le fais pas, et que des centaines d'autres pourraient bien perdre la vie ?*

Il faut que je t'emmène parce que ta vie était promise dès l'instant où tu es née, et tu n'as pas le choix, sinon supporter les conséquences de l'avidité de tes grands-parents et de l'incompétence de ton père ?

— Emily, dit Terence en tendant sa main, ils nous laisseront partir librement. Je n'ai pas l'intention de te faire du mal, mon poussin. Ce n'est plus nécessaire.

Le Bretteur empoigna Terence par l'épaule et pointa un doigt vers la porte pour lui faire comprendre qu'ils devaient emmener Emily et quitter les lieux immédiatement. Puis il s'approcha d'Emily, dégagea sa dague de la manche de son chemisier et la poussa vers Terence comme si elle était un sac de farine.

Terence voulut la prendre dans ses bras, mais Emily se dégagea vivement.

— Non ! chuchota-t-elle.

— Mon poussin, tu ne comprends pas. Tout est changé maintenant !

Elle le regarda et il y avait quelque chose dans ses yeux qu'il ne comprit pas, quelque chose qui le terrifia. Durant un instant, elle ne ressembla pas à Emily. Elle ressemblait à un masque de *mummer*, comme si quelqu'un d'autre regardait de derrière ses yeux. Il se détourna et lança un regard intrigué au Témoin mais, avec une impatience glacée, le Témoin lui fit signe de sortir de la pièce. Ils franchirent la porte, descendirent l'escalier et passèrent devant le bureau d'accueil.

Terence s'efforça de ne pas regarder le sang, mais ce fut plus fort que lui. Le Bretteur était expert en épées, mais aussi en artères. Il savait où les trouver, et comment les percer pour qu'elles déversent des litres de sang en un rien de temps.

Ils sortirent du bâtiment et traversèrent la rue. Un chauffeur de taxi klaxonna furieusement et leur lança :

— Hé ! Vous avez envie de mourir ou quoi ?

Le Bretteur fit halte, se retourna et le regarda fixement. Le chauffeur de taxi ouvrit lentement la bouche, puis la referma ; il redémarra dans un crissement de pneus mouillés et s'éloigna à toute allure dans la 10e Rue.

Terence garda la tête baissée et ne dit rien. Le Témoin était à ses côtés. Il poussa Emily vers la ruelle et ouvrit la portière arrière du van.

Emily demanda, d'une petite voix terrifiée :

— Papa, tu ne vas pas me couper la tête, hein ?

— Non, mon poussin, je n'en ai aucunement l'intention, répondit Terence. Mais j'ignore ce qui va se passer maintenant. Ton grand-père est là. Ton vrai grand-père, le Voyageur Vert. Et ce qui va se passer maintenant..., c'est à lui d'en décider.

Le Bretteur et le Témoin montèrent dans le van. Le Témoin remit son masque, se glissa derrière le volant et mit le contact. Le Docteur se retourna ; son visage était aussi pâle qu'une lampe.

— Papa, j'ai peur !

— Moi aussi, mon poussin. Mais tentons notre chance. Le Voyageur Vert a promis de nous épargner. Il nous laissera partir, à condition que nous quittions l'Iowa et allions vivre dans une grande ville. Peut-être Cleveland, ou bien Indianapolis.

— C'est tout ce que nous devons faire ?

— Je crois, oui.

Emily grimpa dans le van, Terence l'imita, et Lame referma la portière. Terence aurait dû comprendre à ce moment-là que quelque chose avait changé chez Emily. Aucune fillette de onze ans n'aurait accepté aussi facilement de monter dans un van plongé dans l'obscurité, dont un coin était occupé par un buisson sombre et bruissant, et un autre par un personnage encapuchonné aux vêtements graisseux, qui toussait et exhalait l'odeur fétide de la lèpre.

Ils démarrèrent sous la pluie. Nue effleura les mains d'Emily et dit :

— Tu es glacée, ma chérie.

— Je ne suis pas votre chérie, et j'ai toujours les mains froides, répliqua Emily.

— Tu sais pourquoi tu es ici, n'est-ce pas ?

— Oui.

— Quelque chose a mal tourné, Emily. Ce n'était pas de ta faute. Lorsqu'il est né, ton père n'est pas devenu ce qu'il aurait dû devenir, et la même chose vous est arrivée, à toi, Lisa et George.

Ils s'engagèrent sur Mount Vernon Road et se dirigèrent vers le sud-est. Emily coula un regard vers Terence, comme si elle lui demandait de confirmer la vérité de ce que Nue venait de dire, mais Terence détourna les yeux délibérément et fixa la route. Il ignorait ce que le Voyageur Vert leur réservait ; il savait seulement que les expiations rituelles n'avaient rien d'agréable et qu'il y avait de fortes chances pour qu'Emily et lui soient tués. Les récoltes étaient toujours plus importantes que les gens qui les faisaient pousser. Dans tout l'est de l'Iowa, le sol était riche en ossements, les ossements des fermiers qui avaient donné leur vie en échange d'une moisson abondante, et qui, pour certains, avaient également donné leur âme.

— Où allons-nous ? demanda Emily.

— Nous retournons chez toi, répondit Nue. Ainsi nous pourrons frapper, comme nous l'avons fait la première fois, et tu nous laisseras entrer.

— Et si je ne vous laisse pas entrer ?

— Tu le feras, affirma Nue, derrière son masque. Les gentilles filles le font toujours.

Luke donna de petits coups à la porte et entra dans la pièce où Garth et Nathan lisaient depuis plus d'une heure.

— Alors ? leur demanda-t-il en posant une énorme fesse sur le coin du bureau.

— C'est fascinant, déclara Garth. (Il se frotta les yeux et laissa tomber les derniers feuillets de la traduction effectuée par le professeur Mrstik, sur le buvard devant lui.) Absolument et totalement fascinant. C'est le premier lien concluant entre des personnages mythiques et la génétique que j'aie jamais vu. Quelle sera la prochaine étape ? Peut-être pourrons-nous prouver que les fées existent, qui sait ?

— Alors vous croyez que c'est vrai, tous ces trucs sur le Voyageur Vert ?

— Pas entièrement, dit Garth. Certaines parties de la légende sont plutôt tirées par les cheveux ! Mais elle contient un noyau de vérité. Apparemment, Pearson a vérifié la plupart des cas les plus récents. Et je suis convaincu qu'il y a bien eu une cérémonie à l'origine, au cours de laquelle un homme a été transformé en arbre. Cela apparaît dans sept ou huit récits, publiés à des époques différentes. Cela s'est passé principalement en Dominique, en Haïti et en Guyane britannique, mais des cas ont été signalés dans tout l'hémisphère nord, particulièrement en Bohême et en Roumanie.

« Ce qui m'intéresse par-dessus tout, ce sont les preuves génétiques, qui sont très concluantes et très cohérentes. D'accord, les ouvrages que Terence Pearson a étudiés étaient vieux de cinquante, soixante, ou même cent ans. Mais ils sont tout à fait explicites : “Homme et buisson étaient véritablement mélangés, de telle sorte que l'on ne pouvait pas séparer l'un de l'autre.” Nous avons effectué certaines combinaisons de gènes entre animaux et végétaux à l'Institut Spellman. Nous avons notamment obtenu une grenouille dont le dos était littéralement couvert de lichen, à la place de la peau. Mais cela peut aller encore plus loin, beaucoup plus loin. Je parle d'animaux qui sont partiellement capables de photosynthèse, et de plantes douées d'une pensée rudimentaire. Tout cela est possible, tout cela est réalisé aujourd'hui !

— Je croyais que vous alliez éclater de rire, dit Luke. Je pensais que vous ne me croiriez pas.

Garth haussa les épaules. Il semblait pâle, fatigué et meurtri.

— Il y a dix ans, ou même cinq ans, je ne vous aurais sans doute pas cru. Mais nous avons fait d'énormes progrès en génétique depuis lors, et nous essayons quelque chose de nouveau pratiquement tous les jours. Regardez Capitaine Black !

— Ce serait avec plaisir, Dr Matthews, si je savais où le trouver.

— Je pense qu'il va rentrer chez lui, intervint David.

— Oh, vraiment ? Et qu'est-ce qui te fait croire ça ?

— Je crois qu'il va rentrer chez lui parce qu'il n'a aucun autre endroit où aller.

— Dr Matthews ? fit Luke.

Garth haussa les épaules.

— Cela semble logique. Vous devriez peut-être faire surveiller la maison des Pearson. On ne sait jamais !

— Très bien. Je vais envoyer deux de mes adjoints là-bas.

— Vous me préviendrez dès qu'on l'aura repéré, n'est-ce pas ? demanda Garth. Raoul et moi avons consacré la plus grande partie de nos carrières respectives à développer Capitaine Black. Nous avons toujours pensé que son comportement serait sans doute rien moins que raisonnable, une fois que nous lui aurions greffé un fragment de cerveau humain. Mais maintenant nous avons cet élément inattendu dans sa carte génétique : le fait qu'il est peut-être directement apparenté à ce Voyageur Vert qui obsédait tellement Terence Pearson. Franchement, il est impossible de dire si Capitaine Black est un porc ou un petit garçon ou un *mummer* mythique, ou encore une étrange combinaison des trois !

— J'aimerais savoir une chose, dit Luke. Comment avez-vous pu utiliser un fragment du cerveau de George Pearson sans l'autorisation de Terence ou d'Iris Pearson ?

— Normalement, nous n'avons pas besoin d'une autorisation pour utiliser des quantités infimes de tissus prélevés sur des cadavres, et nous ne la demandons pas, répondit Garth. Par exemple, nous prélevons fréquemment des glandes pituitaires sur des cadavres, et nous les pulvérisons pour en tirer des hormones. Ces hormones sont notamment utilisées pour la préparation de substances favorisant la croissance. D'après les derniers chiffres que j'ai vus, nous prélevons régulièrement des glandes pituitaires sur environ un million de cadavres par an. Nous prélevons également des tissus cérébraux et nous les utilisons pour diverses interventions en neurochirurgie, comme la greffe durale.

— Sans que la famille en soit informée ? s'exclama Luke avec surprise.

— Quand vous êtes mort, vous savez..., fit Nathan.

A ce moment, l'officier de police Jean Lehman frappa à la porte qui était ouverte. C'était une rouquine potelée qui ressemblait à Arlene Dahl (d'après Luke). Elle escortait Lily Monarch, qui semblait contusionnée, pâle et déprimée.

— Miss Monarch a demandé à vous voir, shérif. Elle a dit que c'était urgent.

— Bon, très bien, fit Luke. Que puis-je faire pour vous, Miss Monarch ?

Lily déclara, d'une voix très calme :

— Il faut que je vous parle. Il s'agit de Capitaine Black.

— Entendu, trouvons-nous un endroit tranquille.

— Non, non. Cela ne me dérange pas de parler ici. Le Dr Matthews et moi sommes des adversaires, en ce qui concerne la vivisection et l'expérimentation animale, mais... ce serait bien qu'il entende ce que j'ai à vous dire. Il pourra peut-être faire quelque chose.

— Pas de problème ! fit Garth. Puis-je vous présenter Nathan Green, du Centre Médical de Mercy ? Et voici son fils David.

Lily leur adressa un bref sourire.

— Je viens de passer mon appel téléphonique, dit-elle.

— Vous pouvez indiquer à mon adjoint le nom de vos avocats, dit Luke.

— Je n'ai pas encore parlé à mes avocats. J'ai téléphoné au sénateur Bryan Cady. Vous savez probablement que le sénateur est un ami à moi. Ou l'était, du moins.

— Continuez.

— Bryan est furieux après moi parce que j'ai permis à Capitaine Black de s'échapper. Il pense que cela va compromettre ses chances de faire adopter le projet de loi Zapf-Cady par le Congrès, la semaine prochaine. C'est pourquoi il a décidé de capturer Capitaine Black lui-même.

— Vraiment ? Et comment compte-t-il s'y prendre ?

— Il va faire surveiller la maison des Pearson par une équipe de dresseurs d'animaux et de tireurs d'élite. Et il va prévenir les médias, bien sûr ! Il pense que s'il capture Capitaine Black, cela fera de lui un héros.

— Ainsi le sénateur Cady pense, lui aussi, que Capitaine Black va rentrer chez lui ?

— C'est ce que je lui ai dit.

— C'est ce que le jeune David ici présent a également dit. Il a essayé d'imaginer ce qu'un petit garçon de trois ans ferait.

— Et j'ai essayé d'imaginer ce qu'un porc Poland China adulte ferait.

Il y eut une étrange intonation dans sa voix lorsqu'elle dit cela, ce qui n'échappa pas à Luke. Elle essayait de lui dire quelque chose, quelque chose qui était très important pour elle, mais quelque chose qu'elle avait du mal à avouer.

— Comment diable pouvez-vous imaginer ce qu'un porc adulte fera ? lui demanda-t-il.

Elle demeura silencieuse quelques instants, puis dit :

— Peut-être devriez-vous me chercher dans vos dossiers.

— Ah oui ! Et qui devrais-je chercher, plus précisément ?

— La Fille-Porc, répondit Lily. Vous vous souvenez de la Fille-Porc ?

— Je m'en souviens, fit Nathan. Cela remonte à une quinzaine d'années, non ? Cela s'est passé à Prairieburg ou un endroit comme ça. On a découvert une petite fille dans une ferme isolée, élevage de porcs, exact ? Ses parents étaient morts trois ans auparavant mais les porcs l'avaient élevée. Elle était plus un porc qu'un être humain.

— C'est exact, dit Lily. Elle avait appris à communiquer avec eux. Elle comprenait ce qu'ils voulaient, et elle était capable d'imaginer où ils allaient lorsqu'ils étaient seuls, effrayés, et avaient besoin de compagnie.

Luke la regarda d'un air hébété.

— Vous voulez dire que la Fille-Porc... c'était *vous* ?

Des larmes brillèrent dans les yeux de Lily.

— Oui, la Fille-Porc, c'était moi.

— Mais d'après ce que j'ai entendu dire, cette petite fille était presque devenue un porc ! Il lui a fallu des années de psychothérapie pour être vraiment convaincue qu'elle était un être humain !

— Je suis une thérapie, encore aujourd'hui. Si vous mettez ma parole en doute, vous pouvez appeler le Dr Cohen, à l'Institut Cedar.

— Je le ferai, dit Luke. Ce n'est pas que je ne vous croie pas, mais je pense qu'il est nécessaire que je vérifie. Je n'ai pas envie que vous soyez mêlée à une affaire qui compromettrait votre thérapie. Le comté pourrait être tenu pour responsable du dommage subi.

Elle raconta brièvement à Garth et à Luke ce qu'elle avait raconté à Bryan Cady... la façon dont ses parents étaient morts, et la façon dont les porcs l'avaient élevée. Ils écoutèrent en silence, et lorsqu'elle eut fini, ils échangèrent un long regard, émus et impressionnés.

Luke se tapota le front de l'index.

— Ainsi donc... ce que vous dites, Miss Monarch, c'est que, connaissant les porcs comme vous les connaissez, vous devriez être en mesure de prédire ce que Capitaine Black va faire ?

— Je le crois, oui.

Elle s'essuya les yeux avec sa manche.

— Vous lui avez permis de s'échapper. Pourquoi voulez-vous nous aider à le capturer ? Il retournera à l'Institut Spellman, vous savez !

— Je veux vous aider à le capturer parce que j'ai fait une stupide erreur de jugement concernant Bryan... concernant le sénateur Cady. Je ne veux pas que le sénateur Cady retire toute la gloire de cette capture.

Garth fit remarquer :

— Le sénateur Cady a des raisons d'être inquiet. Le fait d'être associé à des gens qui ont effectué un raid dans un institut de recherche scientifique risque de compromettre l'adoption de son projet de loi.

Lily acquiesça.

— Il m'a traitée de tous les noms possibles et imaginables !

— J'en ai d'autres à votre disposition, murmura Garth.

— Maintenant cela m'est égal si Zapf-Cady n'est pas

adopté. Je croyais que Bryan était un idéaliste. Je croyais qu'il avait des sentiments généreux. Zapf-Cady devait protéger les animaux, bien sûr, mais c'était purement fortuit. Bryan a pris le train en marche, c'est tout. Zapf-Cady sert sa carrière politique, point final !

— J'ai l'impression que les écailles vous sont tombées des yeux, fit remarquer Garth avec une pointe d'ironie.

Luke consulta sa montre.

— Bon, je pense que nous ferions mieux d'aller voir ce qui se passe chez les Pearson, dit-il. Vous pouvez nous accompagner, Miss Monarch, mais je serai obligé de vous passer les menottes.

— Vous ferez tout votre possible pour capturer Capitaine Black vivant ? demanda Garth.

Luke le considéra et prit son expression sévère et imperturbable de shérif.

— Allons, dit Garth. Cet animal nous a coûté des millions de dollars. Il est un miracle de la chirurgie xénogénétique. Le Dr Lacouture a sacrifié sa vie, plutôt que de voir ce porc mourir.

— Tout ce que je puis vous dire, c'est que nous devrons y aller au pifomètre, fit Luke.

— Mais, avec un peu de chance, je peux lui administrer des tranquillisants. Vous ne serez pas obligés de le tuer.

— Entendu. Si vous voulez apporter le matériel nécessaire, alors faites-le, pas de problème. Mais je ne vous promets rien.

— Est-ce que je peux venir ? demanda vivement David.

— Ce pourrait être une bonne idée, shérif, dit Garth. David a le chic avec Capitaine Black... ou peut-être avec le jeune George Pearson.

— D'accord, mais David restera dans la voiture et n'en bougera pas, exigea Luke.

Lily s'approcha de Garth et tendit la main.

— Je tiens à vous dire que je regrette la façon dont les choses ont tourné.

Garth lui lança un regard glacial.

— Vous n'avez pas encore compris, hein ? Vous avez mis en danger le travail de toute ma vie pour un idéal à la con ! Bien sûr que je sais que les porcs sont des êtres vivants. Bien sûr que je n'aime pas les faire souffrir. Mais les souffrances humaines qu'ils peuvent soulager sont des millions de fois plus grandes !

Lily retira sa main.

— Néanmoins, je suis toujours désolée.

Le téléphone sonna. Luke décrocha le combiné et dit :

— Oui ? Qu'est-ce que c'est ? Je suis occupé.

— Ici l'adjoint Walsh, shérif. Je viens de recevoir deux rapports... l'un vient de l'aéroport, l'autre du centre-ville.

— De bonnes nouvelles ou des nouvelles merdiques ?

— Hum ! merdiques, je pense. Le pilote d'un hélicoptère privé a aperçu une centaine de porcs en liberté, à l'est de l'aéroport. Ils se dirigeaient nord-nord-est, vers la ville. Apparemment, ce sont les mêmes porcs qui ont provoqué cet accident sur la 76e Avenue la nuit dernière. La seule différence, c'est qu'ils semblent avoir un chef maintenant... un porc beaucoup plus gros, noir, et sacrément mastoc.

— Capitaine Black, grimaça Luke. On dirait qu'il s'est trouvé un entourage. Et les hélicos de la police ?

— Impossible de décoller, les conditions atmosphériques sont épouvantables. Même l'aéroport est fermé. Nous avons envoyé deux 4x4, mais le terrain est foutrement accidenté.

— Et merde ! Bon, faites de votre mieux. Et l'autre rapport ?

— Vous n'allez pas aimer ça, shérif. Trois hommes ont fait irruption dans le foyer pour enfants McKinley, il y a une vingtaine de minutes. Ils ont tué la réceptionniste, ensuite ils sont allés dans la salle de jeux et ont kidnappé devinez qui.

Luke se couvrit les yeux de sa main potelée.

— Mais c'est pas vrai ! s'exclama-t-il. Emily Pearson ?

— En plein dans le mille, shérif.

— Quelqu'un a vu ces types ?

— Plusieurs passants, la plupart des enfants, et un chauffeur de taxi. Deux d'entre eux avaient un visage très blanc, ils étaient de haute taille et avaient une mine plutôt patibulaire. Le troisième était plutôt maigre, très pâle, avec des cheveux coupés court.

— Terence Pearson, murmura Luke.

— Exact ! Le chauffeur de taxi l'a formellement identifié en regardant les photos du fichier. Il a dit qu'il se souvenait de lui, de toute façon ; il avait vu sa trombine dans le journal.

— Et les deux autres ?

— Le chauffeur de taxi n'était pas bien sûr. Il a dit qu'ils semblaient flous, pour une raison inconnue.

— Quelqu'un a vu leur véhicule ?

— Un van Chevrolet dernier modèle, noir, avec des vitres foncées. Pas de plaque d'immatriculation.

— Ils sont partis dans quelle direction ?

— Nord-est. Ils ont pris la Quatrième Avenue et se sont perdus dans la circulation.

Luke reposa le combiné sur son socle. Il ne dit absolument rien.

— Un problème ? demanda Garth.

— Ouais, j'ai l'impression que ça va chier des bulles.

Derrière le centre commercial Cedar s'étendait un terrain vague envahi par les mauvaises herbes. Le sol devenait de plus en plus marécageux et finissait par disparaître dans un affluent bourbeux, en crue, de la Cedar River.

Il était seulement quatre heures de l'après-midi, mais les nuages de pluie étaient si bas que toutes les lumières autour du centre commercial avaient été allumées. Elles donnaient un éclat multicolore à la surface du parking balayée par la pluie et se reflétaient dans les flaques d'eau et les mares boueuses du terrain vague derrière les bâtiments.

Capitaine Black se tenait dans l'une de ces mares. Ses puissantes épaules noires étaient voûtées, ses oreilles et son groin dégouttaient d'eau. Les autres porcs tournaient autour de lui, prudemment et respectueusement ; de temps en temps, ils grognaient et couinaient.

Capitaine Black savait ce que George Pearson avait su. Les centres commerciaux voulaient dire nourriture. Capitaine Black n'avait rien mangé depuis le milieu de la matinée, et son estomac protestait. Il leva son groin et huma l'air. Le vent venait du nord-est et apportait l'arôme du pain fraîchement cuit d'une boulangerie à l'intérieur du centre commercial, et l'odeur de hamburgers et de frites. Il poussa un grondement rauque et entreprit de traverser lentement le terrain vague vers le centre commercial. Les autres porcs le suivirent, même si nombre d'entre eux étaient affamés, épuisés, et tenaient à peine sur leurs pattes.

Ils trottinèrent sur le parking et leurs pieds produisirent un cliquetis sonore comme si des démons aux pieds fourchus approchaient. Une famille franchissait l'entrée principale, baissant la tête en raison du vent et de la pluie, et poussant des chariots remplis à ras bord. L'un des enfants s'écria : « Regardez ! Des porcs ! » et le père et la mère reculèrent, de peur et de surprise : leurs chariots se tamponnèrent avec fracas.

Les porcs surgirent de la pénombre. Leurs yeux brillaient dans la lumière provenant de l'intérieur du centre commercial. Leur peau était tapissée d'une épaisse boue visqueuse et de la bave dégouttait de leurs groins. Les portes en verre automatiques coulissèrent doucement comme ils approchaient de l'entrée. Ils s'engouffrèrent dans le centre commercial, presque une centaine, avant que quiconque puisse les en empêcher.

Il faisait chaud et sec dans le centre brillamment éclairé, et il y avait foule. Le bâtiment était construit en forme de croix de Lorraine, avec une grande allée centrale et deux allées plus petites perpendiculaires. Le sol était dallé de marbre blanc et, tout du long de l'allée centrale, il y avait des palmiers, des jets d'eau et des statues semi-abstraites représentant le patrimoine culturel de Cedar Rapids... des canoës indiens, des cornemuses écossaises et de la verrerie tchèque.

Aussi noir que Satan et aussi immonde que l'enfer, Capitaine Black fit halte au milieu du centre commercial et poussa un cri strident qui couvrit le bruit des conversations, les rires et même la musique sirupeuse que déversaient les haut-parleurs.

Il poussa plusieurs cris perçants, bientôt imité par le troupeau crotté qui s'était rassemblé autour de lui. Une femme cria, elle aussi, et des enfants se mirent à pleurer. Un homme s'exclama : « Nom de Dieu ! C'est un putain de monstre ! »

Pour des gens qui avaient été nourris de films comme *Des monstres attaquent la ville*, *La Chose d'un autre monde* et *Les Dents de la mer*, il n'y avait qu'une seule réaction possible, et c'était la panique. Un horrible hurlement de peur collective retentit, semblable à celui de passagers d'un avion convaincus qu'ils vont mourir. Des gens commencèrent à courir dans l'allée centrale. Des enfants furent récupérés, des chariots abandonnés, des sacs et des paniers à provisions lâchés.

Capitaine Black vit les gens courir et fit comme eux. Courir était vivifiant. Mais il ne courait pas *après* eux. Contrairement au troupeau de Berkshires efflanqués et féroces, il n'en était pas encore réduit à manger n'importe quoi et tout ce qu'il pouvait digérer sans trop de difficultés.

Il remonta l'allée centrale et envoya valdinguer des chariots, des chaises et des poussettes d'enfant abandonnées. Il passa en trombe près des palmiers et l'une des sculptures lui érafla le flanc gauche. Du sang coula ; il poussa un grondement furieux et cria. Les Berkshires crièrent également.

Les gens se dispersaient dans toutes les directions. Deux ou trois porcs pénétrèrent dans la boulangerie et s'emparèrent des pâtisseries et des beignets. Des miettes et des morceaux de petits gâteaux volaient dans tous les sens. Le gérant italien voulut les chasser en les frappant avec un manche à balai, mais quatre autres porcs s'engouffrèrent dans la boutique. Ils le heurtèrent violemment et le firent tomber par terre. Un instant plus tard, il était allongé sur le dos et des porcs déchiquetaient son tablier et son pantalon.

— Lâchez-moi ! Lâchez-moi ! hurla-t-il, furieux et terrifié.

A ce moment, l'un des Berkshires happa son oreille et l'arracha, ainsi qu'une partie de son cuir chevelu. Du sang gicla aussitôt. Les autres porcs délaissèrent les pâtisseries et se jetèrent sur le gérant avec des cris de gloutonnerie.

Des porcs firent irruption dans le MacDonald's, grimpèrent sur les comptoirs, dévorèrent les petits pains et les cheeseburgers, déchiquetèrent des emballages en polystyrène et des sachets de frites. Un Berkshire tenta d'attraper les hamburgers sur la plaque chauffante. Son groin grésilla. Il poussa un couinement et roula sur lui-même, tout du long de la plaque chauffante. Ses soies se ratatinèrent et fumèrent ; il se mit à hurler de douleur.

Vingt ou trente porcs poursuivirent une demi-douzaine d'enfants à l'intérieur de la boutique « Le Monde de bébé ». Ils étaient tellement voraces qu'ils se bousculaient et se battaient entre eux pour franchir la porte. Il n'y eut ni survivants, ni témoins.

Capitaine Black avait mangé. Trois ou quatre Berkshires lui avaient apporté des pâtés, des saucisses et des jambons, et les avaient déposés devant lui. Il avait tenu son rôle de chef et avait mangé avec dignité. Le centre commercial était presque entièrement désert, et il s'avança lentement dans l'allée centrale. Il poussait des grognements sourds. *Je venais souvent ici, je m'en souviens, mais c'était avant...*

Avant quoi ? Il ne parvenait toujours pas à comprendre ce qui lui était arrivé, ou qui il était, ou *ce* qu'il était. Il se sentait fort et puissant, mais il se sentait également terrifié et petit, et il ne comprenait pas pourquoi.

Emily. Emily lui dirait ce qu'il était.

Alors qu'il s'avançait dans l'allée centrale, il entendit une plainte étrange. Cela ne ressemblait pas à des cris de porcs, ou à des cris d'animaux. Cela lui rappela quelque chose d'excitant, mais quoi, il l'ignorait. Il continua de marcher. Dans la devanture d'une boutique près de lui, cinq Berkshires étaient en train de dévorer une jeune fille étendue sur le sol. Ils levèrent la tête et leurs yeux étaient terrifiants. Du sang ruisselait de leurs mâchoires. Il se détourna. Ils le dégoûtaient. Il trouvait qu'ils étaient faibles et méchants, mais il savait également qu'ils devaient se nourrir.

Il entendit des hommes crier, des portes s'ouvrir. Il vit des lumières rouge et bleu qui clignotaient. Il était presque arrivé au fond du magasin lorsqu'il aperçut sept ou huit hommes entrer précipitamment... des *hommes*, il savait que c'était leur nom, des *hommes*. Ils se mirent en ligne au fond de l'allée centrale et crièrent en le voyant.

Celui du milieu criait le plus.

— Jim ! Tu es prêt avec ce fusil pour éléphant ? Si ce salopard fait un pas de plus, tu le descends. Il fera un sacré barbecue ! Rob, commence à inspecter ces boutiques. Tu tires sur tous les porcs que tu vois, et tu tires pour tuer !

Capitaine Black fixa l'homme du milieu et essaya de lui parler. Là bas, dans son enclos, l'homme et le jeune garçon avaient essayé de lui parler. Le jeune garçon lui avait dit un tas de prénoms, et puis il avait dit « Emily ». Parfois leurs voix l'avaient calmé, mais pas très souvent. La plupart du temps, elles l'avaient rendu fou. Il ne parvenait pas à penser ce que des « hommes » étaient. Il ne parvenait pas à penser ce qu'« il » était.

Mais il savait qu'il n'aimait pas cet homme du milieu, cet homme qui n'arrêtait pas de crier. Il fit trois pas menaçants vers lui, montra les dents, et cria au point de s'assourdir, parce qu'il avait envie de crier.

L'homme du milieu était John Husband, le chef de la police. Il rentrait chez lui après une longue réunion avec le conseil municipal lorsqu'il avait entendu sur sa radio un appel urgent provenant du centre commercial Cedar, une demande de renforts. Il avait immédiatement fait demi-tour et avait été l'un des premiers policiers à arriver sur les lieux.

Il en croyait à peine ses yeux. Il avait vu des photos de Capitaine Black dans les journaux, mais il n'avait jamais cru qu'un porc puisse être aussi énorme... ni aussi laid. Capitaine Black était presque aussi gros qu'un minibus VW ; il fit deux ou trois pas en avant ; sa peau mouillée et visqueuse fumait littéralement.

— Fous le camp ! lui cria John.

Mais Capitaine Black n'obtempéra pas.

L'un des policiers avait un fusil à pompe. John hurla :

— Kusak... explose-lui la tête ! Vous autres, tirez sur ces putains de porcs !

A cet instant, Capitaine Black se mit à courir vers eux. Ses pieds crissaient sur les dalles de marbre. Ses yeux étaient rivés sur John, comme s'il voulait lui imposer sa volonté. John tint son . 44 Magnum à deux mains, le leva, visa la tête de Capitaine Black et tira. L'oreille gauche de Capitaine Black explosa dans un chaos de sang et de cartilage. La détonation fut assourdissante.

Le sergent Kusak tira, lui aussi, et toucha Capitaine Black à l'épaule gauche. Un énorme pan de peau et de muscles se souleva, et Capitaine Black poussa un hurlement de douleur.

Capitaine Black arrivait à fond de train et était presque sur lui. John tira à nouveau, mais la balle ricocha sur les dalles et brisa l'immense vitrine en verre renforcé de la pharmacie Petrie. John tenta de se jeter de côté, mais sa vieille blessure le trahit à la toute dernière seconde, et sa jambe céda sous lui. Capitaine Black le percuta à plus de 30 km à l'heure et le poussa à travers la vitrine de la parfumerie Denman.

John n'eut même pas le temps de crier. Capitaine Black le poussa sur toute la longueur de la boutique et le projeta contre un immense miroir mural. John sentit que tout se brisait dans son corps, comme si sa poitrine était remplie de coquilles d'œuf. Ensuite il ne sentit plus rien du tout.

Capitaine Black gronda et recula. John glissa lentement vers le sol et laissa sur le miroir une triple traînée de sang.

Durant un long moment, Capitaine Black se tint immobile parmi les flacons de parfum brisés, les démaquillants et les tubes de rouge à lèvres éparpillés sur le sol. Il regardait fixement son reflet. Il voyait une bête féroce et effrayante, une bête qui le terrifia. Prudemment, grognant sourdement, il recula. Son épaule lui faisait mal, et il savait qu'il devait retrouver Emily de toute urgence.

Le centre commercial retentissait de coups de feu. Les Berkshires étaient acculés et abattus, et ils poussaient des cris stridents de panique. Capitaine Black sortit de la parfumerie et se retrouva devant une demi-douzaine d'hommes armés de fusils à pompe et de pistolets.

Ils levèrent leurs armes et Capitaine Black comprit qu'ils avaient l'intention de lui faire du mal. Il poussa un rugissement furieux et les chargea.

Il entendit le fracas de leurs armes. Il sentit l'impact des balles. Mais cela ne l'arrêta pas. Il courut vers l'entrée latérale du centre commercial, toujours en rugissant. Il se dirigeait vers les lumières, la pluie et le scintillement de la circulation.

— Bloquez cette issue ! cria le sergent Kusak.

Un autre policier actionna l'interrupteur qui verrouillait les portes automatiques.

— Préparez-vous... quand il se retournera... feu à volonté ! ordonna le sergent Kusak.

Ils levèrent leurs armes à nouveau. Mais Capitaine Black ne se retourna pas. Il n'eut même pas un instant d'hésitation. Tout ce qu'il voyait devant lui, c'était le grand air et la liberté. Il percuta la porte vitrée sans même ralentir son allure.

Dans un formidable fracas, trois tonnes de verre explosèrent en des millions d'éclats étincelants. Durant une seconde, ils semblèrent flotter dans l'air, tel un rideau de diamants. Puis ils tombèrent vers le sol en une averse spectaculaire. Capitaine Black avait déjà disparu dans la pénombre.

Le van noir se gara devant la maison des Pearson. Le moteur continua de tourner pendant plusieurs minutes. La rue était mouillée et déserte. En face, chez les Terpstra, il n'y avait pas de lumière aux fenêtres, et le journal du matin gisait toujours sur la pelouse, dans son emballage plastique. Il était clair que personne n'avait encore remarqué que les Terpstra ne s'étaient pas montrés depuis la veille.

Finalement, Nue toucha l'épaule du Témoin et il coupa le moteur.

— Je pense qu'il n'y a aucun danger, dit-elle à Terence. Nous pouvons nous reposer un moment. Le rituel doit toujours avoir lieu à la onzième minute de la onzième heure. Onze était un nombre sacré pour les Bohémiens.

Ils attendirent. Sur les sièges avant, le Témoin et le Docteur finirent par s'assoupir. Puis le capuchon du Lépreux s'inclina en avant et son souffle devint un sifflement épais, malsain. Lame demeura éveillé et, à en juger par les grattements et les bruissements qui provenaient du fond du van, il en était de même pour Janek-le-Vert. La tête de Nue pencha sur le côté, petit à petit, jusqu'à ce que ses cheveux reposent sur l'épaule de Terence.

Du fait de ce mouvement, la bourse en cuir souple qu'elle portait à son cou tomba contre le bras de Terence. Il entendit les pièces tinter dans la bourse. Il attendit dans l'obscurité un long, très long moment. Il écoutait les *mummers* ; tandis qu'ils dormaient, il écoutait les bruits effroyables de Janek-le-Vert.

Puis, avec d'infinies précautions, retenant sa respiration, il avança lentement sa main gauche jusqu'à ce qu'il touche la bourse de Nue. La lanière de cuir fermant la bourse était fortement serrée, mais il parvint à la desserrer petit à petit avec le bout de son index et de son majeur. Lame le regardait fixement, mais il faisait bien trop sombre à l'intérieur du van pour qu'il puisse voir ce que Terence faisait.

Il tint la bourse dans le creux de sa main et la secoua doucement. Trois ou quatre pièces s'en échappèrent et tombèrent sans bruit sur les couvertures qui tapissaient le plancher du van. Terence s'efforça d'en ramasser une, mais elle lui glissa entre les doigts.

Il s'appuya sur le dossier de son siège et essaya de se détendre, même s'il tremblait violemment. Il ne serait pas en mesure de recommencer la même opération sur un autre *mummer*, mais il était possible de tuer l'un d'entre eux, maintenant. Une chance, même incertaine, valait mieux que pas de chance du tout.

A onze heures moins le quart, Lame se pencha en avant et secoua Nue par le bras. Elle tenta de repousser sa main, puis elle ouvrit les yeux.

— Combien de temps ai-je dormi ? demanda-t-elle. Je suis si fatiguée.

Terence ne répondit pas, pas plus qu'Emily. Mais Lame leva dix doigts, puis encore un, pour indiquer qu'il était presque onze heures.

— C'est le moment d'y aller, dit Nue à Terence.

Elle semblait irritée, inquiète. Terence savait pourquoi, mais, bien sûr, il ne lui dit pas. Elle ne portait plus sur elle sa part de l'argent de Judas Iscariote, les pièces qui avaient été frappées à partir des frettes des colonnes du temple de l'arche d'alliance. Elle ne vivait plus en retard d'un battement de cœur sur le temps. Elle était de nouveau un être mortel, même si elle ne s'en était pas encore rendu compte.

— Dépêche-toi, tu dois y aller ! exigea Nue.

Terence voulut prendre la main d'Emily, mais elle le repoussa.

— Excuse-moi, dit-il, et il ne voulait pas seulement dire qu'il s'excusait d'avoir voulu prendre sa main.

Lame ouvrit la portière du van. Lame, Nue et le Bretteur accompagnèrent Terence et Emily jusqu'à la porte d'entrée de leur maison.

— Vous savez ce que vous devez faire ? demanda Nue.

Elle ôta son masque et regarda Terence. Son visage était très pâle, presque gris argent, mais elle était très belle, une beauté slave. La pluie scintillait sur ses cheveux emmêlés et sur ses cils, et effleurait ses lèvres.

— Nous devons attendre que vous frappiez à la porte, répondit Terence d'une voix tendue. Ensuite Emily doit vous inviter à entrer.

— Tu sais que ton père t'épargnera, n'est-ce pas ? Il peut se montrer indulgent, quand il le désire. Mais il lui faudra du sang, afin de mener à bien le rituel.

— Beaucoup de sang ?

— Il le prendra dans tes veines. Tu ne t'en apercevras

même pas. (Terence inspira profondément, effrayé, puis il toussa.)

— Si c'est la seule façon.

— C'est la seule, crois-moi, l'assura Nue.

Terence alla jusqu'à la porte, se retourna brusquement et laissa échapper un petit rire nerveux.

— Je n'ai pas la clé. Comment pouvons-nous vous inviter à entrer si nous ne pouvons pas entrer nous-mêmes ?

Sans un mot, le Bretteur s'avança et sortit sa dague luisante de sa gaine. Il en enfonça la pointe dans le côté de la porte puis donna un coup sur le pommeau avec le plat de sa main. Le bois vola en éclats, le Bretteur donna un coup de pied, et la porte s'ouvrit en vibrant.

— Maintenant, entrez et allumez les lumières, dit Nue. Rendez la maison accueillante.

— Dans combien de temps frapperez-vous ?

— Cela dépend de ton père. Mais ce ne sera pas long, crois-moi.

Terence et Emily entrèrent ; Terence alla de pièce en pièce et alluma les lumières. La maison paraissait froide, humide et abandonnée. Terence était certain de sentir encore l'odeur de la mort. La mort est une puanteur dont il est très difficile de se débarrasser. Elle s'accroche à votre âme aussi bien qu'à votre maison.

Emily fit halte au milieu du séjour. Les mains timidement jointes devant elle, elle jeta un regard à la ronde.

— Cela ne ressemble plus à notre maison, déclara-t-elle.

— Ce n'est plus notre maison, pas vraiment. Le Voyageur Vert s'est présenté à notre porte, et tout a changé.

— Maintenant je sais pourquoi tu as tué Lisa et George, et pourquoi tu voulais me tuer.

Terence alla jusqu'au petit bar à côté du téléviseur et se servit un bourbon. Sa main tremblait et le goulot de la bouteille fit tinter le verre. Il but d'un trait, toussa, puis s'en versa un autre.

— Tu es capable de comprendre, dit-il. Mais es-tu capable de pardonner ?

Emily lui lança un regard étrange.

— Pourquoi désires-tu que je te pardonne ?

— Je suppose que, lorsque quelqu'un fait du mal à d'autres personnes, il désire le pardon.

— Nous avons un sang impur, n'est-ce pas ? demanda Emily.

— Nous avons le sang de Janek, oui. Janek est mon père et ton grand-père, et il nous a tous conçus afin de se nourrir de nous.

— Tu crois qu'il va essayer de se nourrir de nous maintenant ?

— Je ne sais pas. Il a promis de ne pas le faire. La légende dit qu'il n'est pas *obligé* de se nourrir de ses enfants, s'il ne le désire pas. Une fois, il n'y a pas si longtemps que ça, il est tombé amoureux de l'un de ses enfants, une jeune femme, et il n'a pas mangé ses viscères. Une autre fois, au dixième siècle, il a laissé la vie sauve à sept enfants parce que leurs parents lui avaient donné les trente pièces d'argent que Judas avait reçues pour trahir Jésus, et ces pièces lui ont permis, lui et ses serviteurs, de vivre pendant des centaines d'années.

« Cependant, même si ce n'est pas de l'argent, il veut toujours quelque chose... un morceau de peau, un doigt, un orteil, une tresse de cheveux, ou du sang. Il te prend toujours quelque chose. Il a donné une partie de sa vie, tu comprends, afin de faire pousser la récolte de tes parents... il doit prendre un morceau de vie en retour.

Emily sembla pensive, presque sournoise.

— Qui était la jeune femme dont il a épargné la vie ?

— Qu'est-ce que ça change ? Cela s'est passé en 1947 ou en 1948, juste après la Seconde Guerre mondiale, dans l'Illinois, il me semble.

— Qui était la jeune femme dont il a épargné la vie ? répéta Emily.

Terence fronça les sourcils et posa son verre.

— Pourquoi tiens-tu à le savoir ?

— C'est important.

— Je ne sais pas. C'est indiqué dans l'un de mes livres, dans ma chambre... si la police ne l'a pas emporté, bien sûr.

— Trouve ce livre. Dis-moi quel était son nom.

— Emily...

— *Trouve-le* ! exigea Emily.

Sa voix était soudain gutturale et voilée.

— Entendu, si c'est ce que tu veux, mais je ne te garantis pas que...

— *Trouve-le* !

Terence s'apprêtait à sortir du séjour lorsqu'on frappa avec insistance à la porte de derrière.

— Ce sont eux, déjà ! s'exclama-t-il.

— Trouve d'abord le nom de la jeune femme, insista Emily.

— Tu ne les invites pas à entrer ?

— Seulement lorsque tu auras trouvé le nom.

Les coups ne s'arrêtaient pas. Le Bretteur frappait à la porte. Le Docteur frappait à la porte. Le Lépreux frappait à la porte, ainsi que Lame et Nue. Mais le plus terrifiant de tous, le Voyageur Vert était là, lui aussi ; il frappait et frappait, et attendait que Emily l'invite à entrer.

Terence monta l'escalier. Il avait l'impression que les muscles et les os de ses jambes s'étaient changés en eau. Les coups semblaient aussi bruyants et insistants à l'étage. Il remonta le couloir, prit la clé posée sur le linteau et ouvrit la porte. Il se retourna, mais Emily ne l'avait pas suivi. Il hésita, puis il alluma la lumière et traversa la pièce jusqu'à ses rayonnages.

Le Bureau du shérif avait emporté ses dossiers et ses carnets, mais il avait laissé la plupart de ses livres, y compris les Bibles. Le livre qu'il voulait était toujours là : *La Mythologie rurale dans l'Amérique d'aujourd'hui*, de Holzberger et Wendt. Il le prit et chercha Jack-le-Vert dans l'index.

Les coups continuaient et troublaient tellement Terence qu'il avait le plus grand mal à lire. Mais, petit à petit, il suivit les mots du bout de son index, tout en déglutissant de terreur, et parvint à déchiffrer ce qu'ils disaient.

« On dit que Jack-le-Vert est arrivé en Amérique au début du dix-huitième siècle, mais de quelle façon lui et ses *mummers* ont-ils traversé l'Atlantique, les récits diffèrent et sont même contradictoires...

« L'une de ses dernières apparitions a eu lieu à Millersburg dans l'ouest de l'Illinois, au printemps 1947. A ce que l'on raconte, il arriva dans une petite ferme afin de proposer son marché habituel, mais il s'aperçut que l'épouse du fermier était l'une de ses descendantes.

« Cette femme était une immigrante tchèque qui pouvait

faire remonter sa famille à l'une des filles de Jack-le-Vert, qu'il avait engendrée au milieu du dix-septième siècle alors qu'il parcourait la Bohême. Il avait aimé cette fille passionnément et lui avait fait un enfant incestueux dans l'espoir de perpétuer sa beauté, siècle après siècle, fille après fille, afin de ne jamais la perdre...

« Ils avaient été séparés par des guerres et des milliers de kilomètres, mais Jack-le-Vert reconnut immédiatement la jeune femme...

« Le mythe moderne prétend que, en échange d'une bonne récolte, Jack-le-Vert fit un enfant incestueux à l'épouse du fermier de Millersburg, et que la lignée incestueuse des filles et des petites-filles de Jack-le-Vert persiste en Amérique, dans le MidWest, encore de nos jours.

« Il est intéressant de noter que les versions médiévales de la légende de Jack-le-Vert contiennent toutes un avertissement : le fait d'aimer sa propre image, comme Narcisse, le perdra et, un jour, la chair de sa chair se dressera contre lui. »

Les coups à la porte étaient si insistants que Terence avait l'impression que le Voyageur Vert lui martelait le crâne. Il appuya sa main gauche contre son oreille, afin de ne plus entendre le vacarme, mais il était obligé de se servir de sa main droite pour tourner rapidement les pages du livre, à la recherche d'un nom. *Trouve le nom*, avait insisté Emily. Et il savait qu'il devait absolument le trouver.

Aucun nom n'était mentionné, mais il consulta Sources et Appendices, et chercha la page 243, où étaient décrites les relations incestueuses de Jack-le-Vert.

« *Journal-Star* de Peoria, 17 mars 1947 : LA FEMME D'UN FERMIER ATTAQUÉE PAR UN HOMME-BUISSON ! La femme d'un fermier de la petite communauté de Millersburg, Ill., a déclaré au shérif, mercredi dernier, qu'elle avait été agressée par un homme portant un déguisement fait de feuilles et de branches. Mrs Karolina O'Neill, arrivée en Illinois il y a moins d'un an après avoir fui Prague et la Tchécoslovaquie, a dit que l'homme avait frappé à sa porte au petit matin et qu'elle l'avait invité à entrer, croyant que c'était un voyageur qui demandait son chemin ou avait besoin d'aide. »

Terence sauta deux ou trois paragraphes et lut la dernière ligne de la note en bas de page. Elle énonçait simplement :

« Mrs O'Neill était bien connue des membres de la communauté tchèque de Peoria sous le nom de Miss Karolina Ponican, avant son mariage. »

Il referma le livre. Il resta tout à fait immobile et écouta les coups assenés à la porte. Le Voyageur Vert ne partirait pas. Il continuerait de frapper et de frapper jusqu'à ce qu'Emily l'invite à entrer. Mais pourquoi Emily ne l'invitait-elle pas à entrer ? Emily était la petite-fille du Voyageur Vert, après tout, et les petits-enfants du Voyageur Vert ne suppliaient-ils pas toujours leurs parents de le laisser entrer ? *Il est sacré, laissez-le entrer.*

Mais peut-être ne le laissaient-ils pas entrer s'ils étaient différents. Peut-être ne le laissaient-ils pas entrer s'ils étaient bien trop semblables à lui. S'ils étaient consanguins, s'ils étaient étranges, si leur sang était impur. Les caractères héréditaires sont affaiblis et altérés génétiquement par des incestes répétés, et le moment était peut-être venu pour Janek-le-Vert de payer le prix pour avoir perpétué le seul visage qu'il aimait vraiment, à part le sien.

Karolina Ponican était la sœur de Leos Ponican, et c'était de cette façon que Leos avait compris quelles souffrances l'attendaient, si jamais le Voyageur Vert s'en prenait à lui. Mais Karolina Ponican était également Karolina O'Neill, et Terence connaissait très bien Karolina O'Neill : c'était sa belle-mère, Carol O'Neill.

Iris était la fille de Janek-le-Vert, tout comme lui, Terence, était le fils de Janek-le-Vert. Ils étaient demi-frère et demi-sœur, et ils avaient mis au monde trois enfants dont le grand-père paternel était également leur grand-père maternel, et qui, génétiquement, était d'une étrangeté inconcevable.

On continuait de frapper à la porte. Mais Emily n'ouvrait toujours pas. Terence redescendit au rez-de-chaussée et retourna dans le séjour. Elle était là, les poings serrés, le visage crispé. Elle le regarda fixement.

— Comment as-tu su ? lui demanda-t-il.

— Comment ai-je su quoi ?

— Comment as-tu su que ta maman et moi étions frère et sœur ?

Elle esquissa un sourire.

— Je ne le savais pas. Je l'ai senti. C'est comme d'être deux personnes, l'une sur l'autre. Non, ce n'est pas ça. Je suis autre chose, je ne suis pas du tout Emily. Je suis « Emily ».

— Je pouvais te tuer. Je pouvais te couper la tête !

— Tu ne l'as pas fait, c'est tout ce qui compte.

— Qu'as-tu l'intention de faire ? Tu vas les inviter à entrer ?

Emily acquiesça mais ses yeux disaient non.

— Il m'aime mais il sait que j'ai quelque chose d'anormal. Il ne comprend pas pourquoi. Il m'aime, mais il va essayer de me tuer, j'en suis sûr. Je lui fais peur.

— Tu lui fais peur, *toi* ?

Toc-toc-toc-tocc-toccc-toccc...

— Il va finir par réveiller tous les voisins !

— J'espère bien. Alors il ne lui restera plus beaucoup de temps.

— Pourquoi n'a-t-il pas essayé de te tuer avant ? Quand il a tué tante Mary ?

Emily secoua la tête.

— Il ne le pouvait pas, parce qu'il devait te tuer d'abord, tu étais son fils, et tu sais très bien qu'il ne pouvait pas te tuer sans y être invité.

— Tu vas l'inviter à me tuer maintenant ?

Emily eut un haussement d'épaules étrange, désinvolte.

— Je ne sais pas. Tu penses que je devrais le faire ? Tu as dit que tu désirais le pardon.

— Le pardon venant de toi, pas de lui.

— Je ne te pardonne pas. Pourquoi le ferais-je ? Les enfants ne devraient jamais pardonner à leurs parents. Ils n'en ont pas le droit. De plus, ce n'est pas nécessaire.

Les coups étaient si forts que Terence avait l'impression d'être sourd.

— Tu vas le laisser entrer ou quoi ?

Emily tendit le bras, saisit la main de Terence et la serra. Sa propre main était glacée et légèrement visqueuse, comme si elle avait manipulé un poisson.

— Je crois que je vais le laisser entrer.

Elle marcha, elle *glissa* vers la porte de derrière. Elle l'ouvrit. Un courant d'air pluvieux s'engouffra dans la maison et des dizaines de feuilles de laurier virevoltèrent sur le sol.

— Entrez, dit-elle.

Nue fut la première à entrer. Elle avait remis son masque mais, en voyant son attitude, Terence devina l'expression de son visage. Arrogante, amusée et belle. Puis Lame entra, et le Docteur, et le Lépreux à la respiration sifflante. Ensuite Janek-le-Vert apparut. Il fit une entrée théâtrale ; une pluie de feuilles tombait autour de lui. Terence ne l'avait encore jamais vu sous une lumière aussi vive, et il fut choqué par la façon dont la partie végétale de son corps avait ravagé la partie humaine. Son visage était toujours dissimulé par un masque, mais les racines sinueuses qui en sortaient de tous les côtés révélaient un homme qui était en train de perdre sa bataille contre les forces de la Nature.

Après lui entrèrent le Bretteur et le Témoin. Le Témoin referma la porte.

— Vous nous avez fait attendre, dit Nue.

— Oui, reconnut Terence. Je suis désolé, mais...

Emily l'interrompit en levant la main.

— Sois le bienvenu, grand-père, dit-elle.

Janek-le-Vert produisit un bruissement inquiet.

— Qu'attendez-vous de nous ? demanda Emily.

— Un rituel, déclara Nue. Le rituel du partage du sang, afin que Janek puisse boire la vigueur de son rejeton et continuer de croître sainement, et vivre pour toujours.

— C'est tout ce que vous voulez ? Vous le jurez ?

— Nous le jurons, dit Nue en pressant sa main sur sa poitrine.

Le Bretteur tira cinq épées de son fourreau, une à une, et les entrecroisa bruyamment.

— Finissons-en avec tout ça, d'accord ? dit Terence.

— Très bien, fit Nue.

Elle s'approcha, releva la manche de la chemise de Terence et découvrit son poignet. Terence ne put s'empêcher de remarquer cette forte odeur de fourrures d'animaux mouillées, de fleurs et de sperme, comme si elle venait de faire l'amour. C'était à la fois excitant et terrifiant.

Janek-le-Vert s'avança lentement et tendit sa main : un mélange inextricable de doigts verdâtres et de brindilles d'aubépine cassées. Le bout de leurs doigts se touchèrent, le père et le fils, l'inceste surnaturel entre la plante et l'être humain.

Terence vit que sa propre main tremblait, mais il ne pouvait absolument rien y faire. Il était terrifié.

Le Bretteur s'approcha d'eux. Il avait ôté son masque et il fixa Terence. Terence ne lut absolument rien dans ses yeux. Pas de pitié, pas d'espoir, pas même de la colère. Juste une cruauté terriblement affûtée...

Le Bretteur saisit le poignet de Terence et l'incisa d'un geste si rapide que Terence ne vit même pas la lame. Du sang coula en diagonale sur sa peau et tomba goutte à goutte sur la moquette. Le Bretteur leva légèrement son bras et le tint dans cette position, afin que le Voyageur Vert puisse tendre l'un de ses doigts branchus et l'enfoncer dans la veine de Terence. Cela lui fit très mal, et il poussa un cri.

Le Bretteur maintint sa prise implacable. Il serrait chaque poignet et massait vigoureusement celui de Terence afin que le sang s'écoule plus vite. Le Voyageur Vert frissonnait et reniflait derrière son masque... des reniflements secs et bruyants.

Emily attendait et regardait. Nue se tenait à ses côtés et regardait, elle aussi.

— Vous deviez accomplir un rituel, dit Emily. Un rituel comporte des chants, des gestes, un tas de choses.

Nue sourit.

— Le fait est, Emily, que cela ne nous intéresse guère. Faire saigner ton père est une autre façon de l'affaiblir, tout simplement. Nous aurons ses intestins, ma chérie, tout aussi sûrement que nous aurons les tiens.

— Vous ne pouvez pas faire ça ! s'écria Emily.

Elle ôta ses lunettes et les lança de côté, un geste d'une force inattendue.

— Oh ! si, nous le pouvons, répliqua Nue. Tu nous as conviés.

— Vous ne savez donc pas qui je suis ? fit Emily, jetant un regard anxieux au poignet de Terence.

— Nous le savons, bien sûr. Tu es celle dont le visage a toujours été adoré. Mais nous sommes parfois obligés de sacrifier ce que nous adorons afin de survivre, et ton grand-père a été contraint de prendre cette décision. Il reconnaît sa propre folie. Tu devrais avoir du respect pour lui, non ?

Emily s'écarta de Nue, un pas, puis un autre. L'éclairage

dans le séjour était mat et cru, et ils ressemblaient aux personnages d'une dramatique des années cinquante, guindés et monochromes. Ils paraissaient même plus nets parce qu'ils ne vivaient plus dans le passé. Ils n'étaient plus protégés de la mort par un décalage dans le temps, par un intervalle d'un battement de cœur.

Terence commençait à ressentir une immense faiblesse. Auparavant, ses jambes étaient flageolantes ; maintenant, elles semblaient fondre complètement. Il avait accepté de donner au Voyageur Vert un peu de son sang, afin de lui échapper, mais il lui semblait que l'on vidait toutes ses veines et toutes ses artères, comme si sa vie s'écoulait de son corps, sang, rêves et souvenirs, tout mélangé.

— *Arrêtez*, croassa Emily.

Ils ne l'entendirent pas, ou ne comprirent pas ce qu'elle disait.

— *Arrêtez*, répéta Emily, du même croassement rauque.

Le Bretteur comprit certainement, parce qu'il leva le pentagone formé par les lames de ses épées et le tint au-dessus de la tête de Terence, comme une auréole.

— *Arrêtez*, dit Emily, pour la troisième fois.

Elle ouvrit la bouche de plus en plus largement, la distendit. Ses yeux furent soudainement emplis de vert... tels des verres à liqueur remplis jusqu'au bord de chartreuse verte. Ses lèvres se retroussèrent et découvrirent ses gencives. Ses gencives étaient également d'un blanc-verdâtre. Un énorme serpent gonflé sortit de sa bouche. Il était couvert de mucosités et faisait soixante-dix ou quatre-vingt-dix centimètres de long. Il se tendit, se dressa et se déroula. Il entraînait à sa suite un cordon poisseux de feuilles repliées, tels des fanions verts. La chose continua de sortir et de se dérouler. Puis elle tomba et s'entassa sur la moquette, des monceaux et des monceaux et des monceaux.

La pièce était envahie par la puanteur du liquide amniotique et de la chlorophylle. Emily se vidait et se retournait comme un gant, littéralement. Sa bouche s'étirait de plus en plus largement. Son cuir chevelu se déroula sur son crâne comme un bonnet de bain en caoutchouc vert, et sa mâchoire se décrocha afin qu'une cage thoracique étroite et bombée puisse s'extirper de sa bouche. Des intestins luisants suivirent, puis un bassin qui avait la forme d'une pelle de fossoyeur.

Il y eut un dernier bruit de succion, et la véritable Emily se tint devant eux, une hideuse concaténation d'humain et de végétal, l'enfant incestueuse de la cupidité, du besoin et de la génétique mystique. Au début, elle ressembla à une mante religieuse parcourue de frémissements, puis ses feuilles séchèrent et se déployèrent. Des racines émergèrent de ses bras et de ses jambes, et commencèrent à se tortiller. Ils comprirent qu'elle était bien la fille de son père.

Elle laissa échapper un cri qui ne ressemblait à aucun cri que Terence ait jamais entendu, humain ou animal. Elle oscilla, bougea, puis frappa Nue avec un bras qui était moitié une griffe, moitié une racine. Nue esquiva le coup, mais « Emily » la frappa à nouveau. Cette fois, sa griffe l'atteignit à la joue, la cingla comme du fil de fer barbelé, et arracha de la chair. Nue poussa un hurlement. Elle n'avait encore jamais connu une douleur comme celle-là, parce qu'elle avait toujours été en retard d'un battement de cœur sur la douleur, et préservée de tout châtiment.

« Emily » s'approcha dans un bruit sec d'os et de racines enchevêtrés. Elle cingla Nue à plusieurs reprises. La veste de fourrure de Nue s'éparpilla en de gros morceaux de peaux de renard, de lapin et de coyote. Sa chevelure devint rouge de sang, et des lambeaux de peau se détachèrent de ses cuisses. Nue hurlait et hurlait, puis elle cessa brusquement de hurler et ce fut encore pire.

Le Voyageur Vert retira son doigt branchu de la veine de Terence. Des brindilles accrochèrent la peau. Terence chancela et voulut s'affaisser sur le côté, mais le pentagone du Bretteur enserrait son cou à présent. Il sentait les lames glacées, tranchantes comme des rasoirs, contre sa pomme d'Adam, et il s'efforça de se redresser, de se tenir bien droit.

Il n'y avait personne pour lui parler, personne pour lui accorder le pardon, personne pour lui dire quel péché il avait bien pu commettre, du seul fait de sa naissance. Les *mummers* ne parlaient pas, Nue était fouettée à mort, et sa propre fille était devenue ce qu'il était, une victime impuissante et haineuse de son ascendance.

Il ouvrit les yeux, juste une fois, et dit « Pardonnez-moi », mais personne ne le fit. Le pentagone du Bretteur coulissa, se referma et lui trancha le cou. Tandis que sa tête basculait de ses épaules, il pensa distinctement : *Ils m'ont tué, je suis mort*, et ensuite il le fut.

« Emily » et le Voyageur Vert se faisaient face. Le Lépreux se dirigea d'un pas traînant vers la porte de derrière. Lame l'imita, une main levée pour protéger son visage. Dans le lointain, des sirènes retentirent ; ils entendirent également des hélicoptères s'approcher.

La créature semblable à une mante, « Emily », chercha à frapper Janek. Puis elle hésita et baissa les yeux vers le corps décapité qui avait été Terence. Une large mare de sang luisant se répandait sur le parquet et s'écoulait insidieusement le long de la plinthe. En cet instant, « Emily » ne savait pas si elle était « Emily » ou Emily, si elle était un être humain ou une plante, si elle voulait la paix et le sommeil ou bien une activité forcenée.

Alors qu'elle hésitait, le Voyageur Vert se mit à bouillonner de vie. Ses feuilles s'animèrent et s'envolèrent, ses mains ressemblèrent encore plus à des branches, les griffes d'un arbre haineux. Les lumières du salon baissèrent et clignotèrent ; un vent se leva. Le sol trembla. Des vases et des bibelots s'entrechoquèrent dans leurs vitrines.

« Emily » poussa un cri qui était en partie le cri d'une petite fille et en partie celui d'une plante femelle... le même cri de douleur qu'émettent les mandragores femelles lorsque les fermiers les arrachent encore vivantes du sol.

Le Voyageur Vert laissa échapper un cri, lui aussi, mais le sien ressemblait davantage à un grondement de tonnerre. Le grondement fut suivi d'un bruit violent, et le Voyageur Vert fut enveloppé d'un blizzard de feuilles de laurier. Bientôt, il fut presque entièrement caché aux regards. Il se mit à grandir, à pousser des branches. Il s'étendait et craquait. La pièce fut plongée dans l'obscurité, illuminée de temps à autre par un éclair aveuglant de lumière verdâtre. La maison trembla sur ses fondations. Des fenêtres tombèrent avec fracas de leur chambranle, des bardeaux glissèrent du toit, la cheminée de brique bascula et s'écrasa dans la cour.

Dans la cuisine, le réfrigérateur se renversa dans un bruit

retentissant, et des placards se descellèrent des murs. Toutes les casseroles en cuivre d'Iris tombèrent également, tel un carillon discordant.

A travers les bourrasques de feuilles de laurier, « Emily » leva sa tête pâle, d'un vert glutineux. Elle laissa échapper un horrible gémissement. Elle voulait mourir ; elle ne voulait pas vivre de cette façon. Elle n'était plus du tout Emily. Elle était seulement « Emily »... la parodie grotesque d'une petite fille, torturée par la souffrance. Chacun de ses nerfs hurlait, en proie au martyre de la métamorphose. C'était comme de naître une seconde fois, excepté que c'était encore pire que cela. C'était comme de naître *inversée* : chaque muscle était tordu, chaque terminaison nerveuse mise à nu.

Elle avait fait ce qu'elle devait faire : elle avait montré au Voyageur Vert que ses descendants étaient dénaturés génétiquement, de façon irrémédiable, et que tout ce qui l'attendait, c'était d'être recouvert petit à petit par les racines qui poussaient en lui, jusqu'à ce que la dernière lueur d'humanité soit étouffée pour toujours.

Elle n'eut à attendre que quelques secondes pour recevoir son absolution. Le Bretteur dégaina une épée à la longue lame et la leva en l'air. Puis il taillada, hacha et trancha. Parfois, la lame hachait des feuilles aussi bien que de la chair. Des doigts, des os et des fragments de feuille volaient de tous côtés.

« Emily » accepta son exécution en silence. Elle n'essaya pas de se défendre. Elle s'affaissa, se replia sur elle-même, se recroquevilla. Sa chair verte se contracta comme des feuilles de chou plongées dans l'eau bouillante ; des brindilles étaient brisées, des racines dénudées. La fille de la fertilité était taillée en pièces, découpée en sang, os et branches.

Mais le Bretteur s'acharna. Il ne s'arrêta que lorsque le sol fut jonché de branches, d'organes humains tronçonnés, de masses informes, de filaments et de choses qui étaient moitié humaines et moitié végétales, et luisaient de mucosités.

Le Voyageur Vert quitta en trombe la pièce, sortit de la maison et s'élança vers l'obscurité. Des éclairs crépitaient, le tonnerre grondait. Là-bas, au-dessus de Hiawatha, le ciel était rouge sang.

Le Bretteur hésita, puis il empoigna l'épaule du Docteur,

et celle du Témoin. Durant un moment, ils se tinrent enlacés, en une camaraderie silencieuse, que seuls des *mummers* pouvaient comprendre. Personne d'autre n'avait voyagé aussi longtemps qu'ils l'avaient fait. Ensemble, ils avaient parcouru des milliers de kilomètres de steppes balayées par la neige, franchi des montagnes, traversé des plaines et des régions plus désolées que la lune. Ils avaient vu Wenceslas, gisant sur son lit de parade, et entendu jouer Mozart. Ils avaient erré dans les rues de Londres ravagée par la Peste Noire, masqués et encapuchonnés, et traversé l'Atlantique dans la cale d'un navire transportant des immigrants au dix-neuvième siècle.

Ils ne disaient rien, mais ils savaient qu'ils étaient arrivés à un moment critique de leur vie... un moment où la camaraderie ne suffirait peut-être pas. Ils hésitèrent un instant encore, puis ils sortirent rapidement dans la nuit.

15

Ils traversèrent la cour ruisselante de pluie. Brusquement, des projecteurs furent allumés et les éclairèrent. Ils se figèrent sur place. Un hélicoptère surgit dans le ciel et décrivit des cercles au-dessus d'eux.

Ils coururent vers la droite, une sirène retentit, des lumières scintillèrent. Ils coururent vers la gauche.

Luke s'extirpa de sa voiture, puis il se tourna vers Nathan et David, et dit :

— Vous ne bougez pas d'ici, c'est compris ? J'ai eu suffisamment de morts comme ça !

— Entendu, shérif, répondit Nathan. Pas de problème.

Lily était assise à l'arrière avec l'adjoint Lehman. Elle demeura silencieuse.

Luke ne s'était attendu à rien, pas même à voir Capitaine Black. Et voilà qu'il se retrouvait face aux salopards qu'il cherchait... les individus qui avaient écumé l'Europe, l'Angleterre et le MidWest des États-Unis pendant des centaines d'années, proposant des parties de dés, des babioles et des récoltes abondantes en échange de vies humaines. Les serviteurs de Janek, les *mummers*, enfin acculés ! Ils traversaient la pelouse brillamment éclairée devant la maison des Pearson, un homme en blanc, un homme à la bure de moine, un homme portant des épées sur son dos. La pluie scintillait sur l'herbe. Il voyait leur haleine. Il entendait leurs halètements.

— On ne bouge plus, police ! hurla-t-il, mais ils ne s'arrêtèrent pas.

Deux autres voitures de patrouille surgirent dans un hurlement de sirènes, gyrophares allumés. L'hélicoptère survola la rue puis revint vers eux.

— On ne bouge plus ! cria Luke.

Le boucan de l'hélicoptère couvrait sa voix, mais ils avaient certainement compris qu'il leur disait de s'arrêter.

Lame ouvrit la portière arrière du van. Le Docteur et le Lépreux grimpèrent à l'intérieur. Le Témoin fit le tour du véhicule et ouvrit la portière côté conducteur. Luke s'avança d'un pas, son pistolet levé, et cria :

— Arrêtez ! On ne bouge plus ! Mains sur la tête !

Ils l'ignorèrent. Le Témoin claqua la portière et mit le contact. Le van noir démarra dans un nuage de fumée ; de la vapeur s'élevait en tourbillons de ses pneus. Luke n'avait pas envie de faire ça. Il aurait pu tirer et le manquer délibérément. Mais s'il n'agissait pas d'une façon décisive maintenant, d'autres policiers pouvaient se faire tuer demain, ou après-demain, ou à un autre moment de l'année. C'est pourquoi il tira et atteignit sa cible, le réservoir d'essence.

Le van roulait à plus de 50 km à l'heure lorsqu'il explosa. La déflagration comprima les tympans de Luke comme lorsqu'on remonte la vitre d'une automobile lancée à grande vitesse. Des débris embrasés tournoyèrent dans Vernon Drive. Le van fut projeté quinze mètres plus loin sur la chaussée, telle une charrette des condamnés en flammes. Ses pneus projetaient du feu comme des soleils. Il s'immobilisa contre le trottoir et oscilla d'un côté et de l'autre, continuant de flamber.

Les vitres teintées du van se craquelèrent et explosèrent : des flammes voraces jaillirent des ouvertures et léchèrent le toit. Luke apercevait les *mummers* à l'intérieur du van, enveloppés de flammes, et il les voyait bouger. Ils ne bougeaient pas d'une façon hystérique, ne gesticulaient pas frénétiquement, comme le font la plupart des gens quand ils sont en train de cramer. Ils semblaient bouger très calmement, tandis qu'ils essayaient d'ouvrir les portières du van.

Ils étaient immortels. Chacun d'eux portait sur lui les pièces d'argent qui les préservaient de leur destin, le temps d'un battement de cœur. Ils n'étaient pas touchés par ce qui pouvait leur arriver... ils étaient indemnes, sains et saufs, comme la femme qui saute du toit d'un immeuble de soixante étages, une fraction de seconde avant de s'écraser sur le trottoir, excepté que *leur* fraction de seconde durait pour toujours.

La portière côté passager s'ouvrit, et du feu en jaillit, en d'ardentes langues orange. Durant un moment, Luke pensa que les *mummers* allaient réussir à sortir du van et à s'échapper.

Puis il entendit quelqu'un crier. Un hurlement horriblement inhumain qui devint encore plus horrible à chaque seconde. Il avait déjà entendu des gens hurler de cette façon. Des gens pris au piège dans des immeubles en feu, des gens coincés dans des voitures en flammes. C'était le hurlement de la souffrance absolue, tandis que les couches de peau et les ganglions nerveux étaient brûlés et calcinés, et que le feu transformait un être humain en un morceau de viande à vif, carbonisée.

Un autre cri s'éleva, puis un autre. Les *mummers* étaient en train de brûler. Les *mummers* étaient vraiment en train de brûler ! Luke se protégea les yeux de la chaleur et regarda en spectateur impuissant tandis qu'ils dansaient une dernière danse de souffrances à l'intérieur de la carcasse embrasée de leur van.

La chaleur, pensa-t-il. *Bien sûr, c'est ça. La chaleur* !

L'argent résiste à n'importe quel degré de froid. L'argent s'oxyde mais il ne rouille jamais. A tous égards, l'argent est éternel. L'ennui, c'est que l'argent fond à une température de 961,5 degrés Celsius et qu'il a le coefficient de conductibilité le plus élevé de tous les métaux.

Attisée par l'orage, alimentée par le vent, la chaleur à l'intérie du van avait fait fondre les pièces des *mummers* et changé les pièces d'argent en des gouttes de minerai fondu. Qui n'étaient plus symboliques, ni efficaces, ni bénies.

Deux adjoints arrivèrent en courant avec des extincteurs, mais Luke aboya :

— Arrêtez ! Laissez-les brûler ! C'est un ordre !

Les adjoints hésitèrent, puis s'éloignèrent.

Nathan sortit de la voiture de Luke et claqua la portière. Il resta là à regarder l'épave dévorée par les flammes.

— Bon Dieu ! murmura-t-il.

Luke renifla et remit son pistolet dans son étui.

— Nous n'avons pas encore trouvé ce que nous étions venus chercher ici, déclara-t-il.

— Je n'avais encore jamais vu une chose pareille, dit Nathan.

— Et vous n'en verrez jamais plus, si Dieu est avec vous, répliqua Luke.

Le vent soufflait avec une violence accrue, et il était obligé de tenir son chapeau. Des éclairs crépitaient de nuage en nuage, comme un générateur Van der Graaf.

Luke se dirigea vers la maison. L'un de ses adjoints courut vers lui. C'était un jeune homme blond au visage rouge vif.

— Fouillez la cour de derrière, lui ordonna Luke. Je veux des barrages routiers sur Mount Vernon Road, à l'est et à l'ouest, sur la Cinquième Avenue à Wellington, sur Grande à Fairview, et sur Washington à l'intersection de la 35e Rue.

— Qu'est-ce que nous cherchons ? voulut savoir l'adjoint.

— Un type déguisé en feuilles.

— Pardon ?

— C'est si difficile à comprendre que ça ? Un type vêtu de feuilles !

— Des feuilles, répéta l'adjoint, complètement abasourdi.

Le van flambait hideusement. L'air était chargé de fumées d'essence et de la puanteur de viande avariée et carbonisée. Le vent poussait la fumée vers lui en des spirales foncées, aveuglantes, et Luke se rendit compte qu'il *respirait* ceux qu'il venait de tuer.

Il pénétra dans la maison des Pearson et alla dans le séjour. Les ambulanciers étaient déjà là, ainsi que le médecin légiste.

Il vit un homme sans tête, une jeune femme à la veste de fourrure en lambeaux, et un amas sanglant de petit bois et de viande qui ressemblait à un barbecue qui a explosé. Il y avait tellement de sang et de tissus humains sur le parquet qu'il fut obligé de rester à l'entrée de la pièce, pour éviter de marcher dessus.

Néanmoins, il reconnut la pauvre Emily Pearson, ou ce qu'il en restait. Son visage était maculé de sang mais il était quasiment intact. Il ressemblait au masque mortuaire d'une jeune sainte, encadré de mèches de cheveux cuivrés.

Le médecin légiste ôta ses lunettes et haussa les épaules.

— Ne me demandez pas ce qui s'est passé, shérif, dit-il. Je n'en sais foutrement rien !

— Ça changera, pour une fois, répliqua Luke.

— Mais nous avons des monceaux de feuilles, poursuivit le médecin légiste, et il brandit une feuille de laurier tachée de sang. Le *laurus nobilis* a encore frappé ! Nous avons également une autre matière végétale. On dirait du tofu, ou un truc comme ça, mais je n'avancerai aucune hypothèse... pour le moment.

Luke s'accroupit afin de mieux voir Nue. Son visage, ses épaules et sa nuque avaient été lacérés par quelque chose qui était peut-être un fouet, ou du fil de fer barbelé, ou encore des roses garnies d'épines. A partir des oreilles, son corps avait été mis en lambeaux. Son visage gisait dans une mare de sang mais, comme Emily, elle avait une expression paisible, comme si elle dormait. Elle était également très belle, et elle lui rappela quelqu'un qu'il avait connu, il y avait très longtemps de cela, peut-être pas dans cette vie, peut-être dans aucune vie. Peut-être le genre de jeune femme qu'il avait rencontrée uniquement dans ses rêves. Son sang réfléchissait son visage splendide.

Luke se redressa. Il se sentait infiniment las. Tellement de gens avaient été tués depuis le jour où Terence Pearson avait massacré deux de ses enfants. Et Luke avait très vite deviné pourquoi. Il avait du flair, il avait beaucoup d'expérience. Depuis l'âge de sept ans, il avait cru à l'incroyable, et il avait vu juste, tout le temps. Pourtant il n'avait pas été capable de sauver la vue de Norman Gorman, ni la vie de Mary van Bogan, ni Leos Ponican, ni aucun de ses adjoints tués, ni Terence Pearson, ni Emily Pearson, ni ce pauvre Frank Johnson, l'éleveur de porcs.

Et il y avait John Husband, et toutes ces personnes innocentes qui avaient trouvé la mort au centre commercial Cedar. La police de l'État avait pris les choses en main, mais Luke savait qu'il devrait se rendre là-bas dès qu'il aurait capturé Capitaine Black.

Il avait l'impression d'être le greffier officiel de la mort elle-même, celui qui inscrit les noms dans le livre des épitaphes.

Il sortit de la maison des Pearson et affronta les bourrasques de vent. La presse était arrivée, ainsi qu'une limousine

Cadillac gris anthracite et un pick-up Toyota rouge bourré d'hommes à l'air coriace avec des carabines de chasse, des blousons matelassés et des lassos.

Luke alla jusqu'à la limousine et donna de petits coups sur la vitre arrière. La vitre s'abaissa en bourdonnant et révéla le beau visage crispé du sénateur Bryan Cady.

— Je suis désolé, sénateur, mais vous ne pouvez pas vous garer ici. Nous enquêtons sur un homicide.

— Qui est mort ? voulut savoir Bryan.

— Je ne peux pas vous le dire pour le moment, sénateur. Nous n'avons pas encore fait une identification formelle.

— Mais vous avez bien une idée ?

— Non. Je suis désolé. Il faut que vous partiez.

Bryan sembla troublé.

— Écoutez... j'ai amené tous ces hommes...

— Je le vois bien, et dans une minute nous allons vérifier leurs permis de port d'arme.

— Vous ne comprenez pas. Vous avez entendu parler de ce porc qui s'est échappé de l'Institut Spellman ? Celui qui a tué tous ces gens au centre commercial Cedar ?

— Vous voulez dire ce porc que des militants Pour les Droits des Animaux ont fait sortir de l'Institut Spellman ?

— Hum ! si vous voulez.

— Bien sûr que je le connais, sénateur, fit Luke d'un ton sévère. C'est pour cette raison que je suis ici... pour le capturer. Il a tué l'un de mes meilleurs amis, John Husband, le chef de la police, et je puis vous assurer qu'il ne s'en tirera pas comme ça !

— Je veux vous aider à le capturer, dit Bryan. On l'a fait sortir de l'institut au nom des droits des animaux, d'accord ? Mais je pense également qu'il y a une limite aux droits des animaux, lorsqu'ils empiètent sur les droits des êtres humains. Il faut que ce porc soit capturé, pour la sécurité de tous, et pour sa propre protection.

— Ne vous inquiétez pas, sénateur, nous nous en chargerons.

Bryan leva les yeux vers Luke. Il l'avait rencontré de nombreuses fois, et il savait que Luke était une fine mouche. Lui raconter des salades ne servirait à rien.

— Jouons cartes sur table, shérif, dit-il. J'ai consacré énormément de temps et énormément d'argent à la cause des animaux et de leurs droits. Zapf-Cady sera le texte législatif le plus important depuis le Quatorzième Amendement.

— Lequel amendement accorde le droit de citoyenneté à toute personne, si je ne m'abuse ? fit Luke.

— C'est exact, shérif. Mais on pourra dire désormais « à toute personne ou à tout animal ».

— D'accord, sénateur, dit Luke patiemment. Néanmoins, je vous demande de ne pas rester ici. Nous avons affaire à un carnage, les choses sont plutôt moches, et je suis de très mauvaise humeur.

A ce moment, l'un des adjoints de Luke s'approcha et demanda :

— Je peux vous parler, shérif ?

Il prit Luke à l'écart et dit :

— La police de l'État vient de le confirmer. Tous les porcs en liberté ont été abattus ou capturés, excepté Capitaine Black. On l'a repéré il y a une vingtaine de minutes. Apparemment, il perdait beaucoup de sang, mais il continuait de courir, et il venait dans cette direction.

— Merci, fit Luke. (Puis :) Cette limousine... c'est la limousine du sénateur Bryan Cady. Et ce pick-up Toyota, c'est celui de ses hommes de main, des chasseurs et des dresseurs d'animaux. D'une manière ou d'une autre, le sénateur Cady en est venu à croire ce que *nous* croyons, à savoir que Capitaine Black va rappliquer ici. Je veux que le sénateur et ses hommes de main foutent le camp d'ici, et vite. *Comprendo* ?

— Reçu cinq sur cinq, shérif !

Luke rebroussa chemin vers sa Buick. *John est parti pour toujours*, lui répétait constamment son esprit, *John est mort.*

— Que se passe-t-il ? lui demanda Nathan. Que signifie toute cette agitation ?

Garth arriva à son tour. Il boitait et s'appuyait sur une canne en bois d'ébène.

— Des nouvelles de Capitaine Black ?

— Nous avons sur les bras plusieurs homicides très moches. Ils sont peut-être liés à Capitaine Black, ou peut-être pas. Mais on vient de m'apprendre qu'il est probablement en route pour ici. Il est devenu fou furieux, ainsi qu'un troupeau d'autres porcs, au centre commercial Cedar. Beaucoup de gens ont été tués, j'en ai peur.

— Oui, j'ai entendu les flashes d'information sur la radio de ma voiture, confirma Garth.

— C'est affreux, dit Nathan. Je me sens responsable de chacune de ces morts.

— Dr Greene, fit Luke, d'après ce que vous m'avez dit, je ne pense pas que ce qui est arrivé soit de votre faute. D'accord, vous avez prélevé un fragment de cerveau sur un cadavre sans l'autorisation de vos patrons. Mais j'ai l'impression que c'est une pratique courante dans l'industrie pharmaceutique, non ?

— Tout à fait, renchérit Garth. Ce que Nathan a fait était peu judicieux, pour ne pas dire plus. Mais il faut voir les choses en face, Nathan ! Peut-être que ce fragment de cerveau a rendu Capitaine Black fou furieux, et peut-être pas. Mais songe à ce que font certains laboratoires très connus. Ils n'hésitent pas à utiliser une glande malade pour leurs produits à base d'hormones. Ils peuvent finir par contaminer des milliers de doses, et ces doses sont injectées à des femmes et à des enfants qui ne savent foutrement pas ce qu'on leur injecte. Alors sens-toi coupable si tu en as envie, mais ne te sens pas coupable *à ce point*. Tu n'es pas le seul !

Nathan secoua la tête.

— Tu as sans doute raison, mais je suis malgré tout un tueur en série, comme les autres.

Garth dit quelque chose, mais un hélicoptère couvrit sa voix. Son projecteur les éclaira un moment, puis l'appareil s'éloigna rapidement.

Des flashes scintillèrent dans la maison des Pearson, tels des éclairs de chaleur. Les photographes de la police prenaient des clichés des corps. La tête de Terence Pearson, sous la desserte. Le cou béant de Terence Pearson. Des petits tas de feuilles de laurier, poissées de sang. Nue, jeune comme le péché, fixant son propre reflet. Le visage d'Emily Pearson.

— Bon sang, cette limousine est encore là ? hurla Luke.

Puis il entendit quelqu'un pousser un cri, comme le jappement d'un chien à qui on a marché sur la queue. Il tourna la tête et vit quelque chose tout au bout de Vernon Drive, à la hauteur de Ridgeway. Une énorme forme noire venait lentement dans leur direction, sous la pluie, une forme tellement colossale que Luke n'arrivait pas à croire qu'elle était vivante et réelle.

A la manière d'un drame antique, l'apparition de Capitaine Black aurait dû être annoncée par des roulements de tambours, des sonneries de trompettes, des bannières noires comme la mort. Tous se tenaient immobiles et regardaient avec crainte tandis qu'il s'avançait sur Vernon Drive, un porc d'une tonne et demie, au faciès de démon et aux yeux luisants d'un *mummer* vieux de mille ans. La pluie balayait la rue et ruisselait sur son groin. Personne ne bougeait, personne ne parlait ; tout le monde l'observait avec un profond respect.

Il vint vers eux puis il fit halte. Il cherchait Emily, mais personne ne le savait. Il était épuisé, trempé, et ses blessures le brûlaient comme du feu. Mais il était revenu chez lui, et s'il était chez lui, sa mère prendrait soin de lui, sa mère veillerait à ce que la maison soit chaude et confortable, et elle calmerait ces douleurs cuisantes.

Lily sortit de la foule et marcha vers lui. Menottes aux poignets, elle était complètement sans défense, mais elle s'approcha de lui et elle n'avait pas peur.

— Miss Monarch ! lança Luke. Ne restez pas là ! Il est dangereux !

Lily ne se retourna même pas pour le regarder. Elle dit :

— Capitaine Black ? Est-ce que tu m'entends, Capitaine Black ?

Mais elle ne dit pas cela en anglais. Elle le dit dans une autre langue... un langage qu'il comprenait parfaitement. C'était un langage de chaleur, d'affection et de sécurité : un langage qui lui rappelait la paille, la nourriture et le bien-être, les flancs de sa mère, la forme sombre et puissante de son père.

— Tu ne crains rien, dit Lily. Est-ce que tu me comprends ? Tu ne crains rien.

Ceux qui regardaient cette scène avaient l'impression que Lily le cajolait, qu'elle lui chantait une berceuse.

Capitaine Black rejeta sa tête en arrière et la pluie lui picota les yeux. Il tenta de crier « *Emily* ! *Emily* ! » mais sa gorge était incapable de former son prénom, et il souffrait trop.

Lily fit un pas en avant, puis un autre. Les appareils photos de la presse crépitèrent, les projecteurs des équipes télé furent allumés. Capitaine Black fut illuminé sous la pluie dans toute son effrayante splendeur, ainsi que Lily.

Pour Bryan Cady, c'en était trop. Il voyait déjà les journaux de demain, avec Lily et Capitaine Black à la une, dans le monde entier. Il poussa une exclamation de rage, descendit de sa limousine, arracha une carabine des mains de l'un de ses sbires et courut vers Capitaine Black. Les équipes télé le suivirent précipitamment, cameramen, preneurs de son et éclairagistes. Haletant, Bryan fit halte à trois ou quatre mètres de Capitaine Black. Il arma la carabine, la leva et visa Capitaine Black.

— Non ! lui cria Lily. Il a eu son compte ! Ne tire pas, Bryan !

Bryan hésita et se tourna vers elle. Et comprit qu'il avait fait une sacrée boulette. Capitaine Black était tout à fait immobile, il se contentait de le regarder, et lui, que s'apprêtait-il à faire ? Bryan Cady, le plus ardent défenseur des droits des animaux en Amérique, allait abattre de sang-froid un animal blessé, qui ne l'attaquait même pas ? Tandis qu'il se tenait sous la pluie, sa carabine levée, il écrivait les gros titres dans son esprit : LE SÉNATEUR LUTTANT POUR LES DROITS DES ANIMAUX MASSACRE UN PORC SANS DÉFENSE. Et pour quel motif ? Pour sauver Lily, qui, de toute évidence, n'avait pas peur ?

Il abaissa sa carabine, tourna le dos à Capitaine Black et fit un large sourire aux caméras de télévision.

— Je pense qu'il a décidé de se tenir tranquille, dit-il.

A ce moment, Capitaine Black fit quatre pas rapides vers lui et le frappa violemment avec sa patte de devant. Bryan fut projeté sur la chaussée.

— Non, Capitaine Black ! Non ! s'écria Lily, et elle lui lança un ordre dans le langage des porcs.

Mais Capitaine Black était blessé et son esprit était un mélange confus de rage, de douleur et de terreur enfantine. Il happa la veste de Bryan avec ses dents, et arracha la manche. Bryan se tourna sur le flanc, laissa échapper sa carabine, la récupéra.

— *Non* ! hurla Lily.

Mais Capitaine Black fut bien trop rapide. Il marcha sur le

visage de Bryan Cady. En livres par centimètre carré, son pied crotté avait suffisamment de force pour faire un trou dans la portière d'une automobile. Il traversa le nez, la mâchoire, le palais et la boîte crânienne. Un craquement aigu retentit. De la cervelle d'un jaune crémeux gicla des oreilles de Bryan comme du cérumen liquide. Bryan tressauta, se contorsionna et agita les bras, mais personne ne pouvait le regarder parce que tout le monde savait qu'il était déjà mort.

— *Feu* ! cria Luke.

— Non ! Ne lui faites plus de mal ! hurla Garth.

Sa voix fut aussitôt recouverte par le fracas assourdissant des fusils à pompe, des pistolets et des fusils semi-automatiques. Des lambeaux de chair volèrent du dos de Capitaine Black, et son énorme ventre tressauta sous l'impact des balles. Le feu roulant sembla continuer, encore et encore. Lorsqu'il cessa finalement, Capitaine Black fit trois pas en avant, ruisselant de sang mais toujours en vie. Il rejeta sa tête en arrière et poussa un cri.

Lily s'approcha de lui à nouveau.

— Miss Monarch ! cria Luke. Éloignez-vous tout de suite ! Vous allez vous faire tuer !

Lily se retourna et secoua la tête. Luke vit qu'elle était parfaitement calme et sûre d'elle. Elle savait ce qu'elle faisait.

Capitaine Black se tint la tête baissée, ruisselant de sang, tandis que Lily le calmait et lui chantait quelque chose d'une voix étrangement aiguë.

Luke s'approcha de Lily. L'odeur de sang et de porc était si forte qu'il faillit avoir des haut-le-cœur.

— Vous lui parlez ? demanda Luke.

— Oui, répondit Lily. Je lui dis que je l'aime et que tout va s'arranger.

— Vous pensez qu'il va se montrer docile ?

— Je pense qu'il est en train de mourir.

Capitaine Black secoua la tête et poussa un grognement sourd, modulé.

— Il vous parle ? s'enquit Luke.

— D'une certaine façon. C'est le cri que poussent les porcs lorsqu'ils cherchent leur famille. Je pense que, dans le cas présent, il cherche sa sœur.

Luke se tourna vers la maison. Un adjoint armé d'un fusil à pompe était posté devant la porte. Luke lui lança :

— Dites-leur d'amener la fille ! La jeune, pas celle à la veste de fourrure ! Mettez-la sur une civière et amenez-la ici !

— Plus facile à dire qu'à faire, répliqua l'adjoint. Elle est éparpillée dans toute la pièce !

— Dites au médecin légiste de ramasser avec une pelle tout ce qu'il peut récupérer et de mettre ça dans une housse, du moment qu'il y a un visage dessus. Et grouillez-vous !

L'adjoint eut l'air plutôt pâle.

— Compris, shérif. Très bien, shérif.

Capitaine Black restait où il était ; sa respiration sifflait dans ses poumons perforés. Quelques minutes plus tard, deux ambulanciers sortirent de la maison. Ils poussaient une civière. Une housse à cadavre était posée sur la civière ; elle tressautait à chaque cahot.

— Par ici ! les appela Luke.

Ils s'approchèrent prudemment et arrêtèrent la civière devant Capitaine Black. Lily toucha le groin de Capitaine Black, lui caressa l'oreille, et commença à chanter doucement. Capitaine Black regardait fixement Emily et reniflait, et même Luke comprit que c'était l'instant où les éléments étranges et contradictoires de sa personnalité s'assemblaient... porc, petit garçon et *mummer* mythique.

Brusquement, la pluie redoubla d'intensité. Des éclairs crépitèrent et claquèrent à moins de quinze cents mètres de distance. Le tonnerre s'abattit sur eux dans un formidable fracas.

— Où est le type de l'Institut Spellman ? Le Dr Matthews. Il était censé anesthésier cet animal !

Le tonnerre gronda à nouveau et la pluie tombait à torrents, mais Luke entendit un autre bruit... le crissement vif et précipité de feuilles sèches. Il releva la tête et vit que l'air était empli de tourbillons de feuilles de laurier, des millions de feuilles de laurier, telle une gigantesque nuée de sauterelles.

Des officiers de police et des adjoints poussèrent des cris d'avertissement. Les feuilles s'abattirent sur eux en un blizzard furieux ; elles leur fouettaient le visage et cinglaient leurs mains. Il y avait tellement de feuilles que certains chancelèrent et tombèrent à genoux. Une voiture de patrouille essaya de reculer et percuta un break garé contre le trottoir. Deux autres voitures de patrouille se tamponnèrent. L'air devint noir, du fait des feuilles, et même les lumières des maisons environnantes étaient occultées.

Luke mit ses mains en visière et plissa les yeux pour voir ce qui se passait. Nathan et David restèrent à ses côtés, ainsi que Lily, mais elle se cachait le visage dans les mains. Les feuilles les cinglaient et les lacéraient avec une telle violence que Luke sentit du sang couler du dos de ses mains.

Capitaine Black poussa un puissant cri de douleur et de désespoir, mais son cri exprimait autre chose. C'était si net que Luke se tourna vers Lily et lui cria :

— Qu'est-ce qu'il dit ? Vous savez ce qu'il dit ?

Lily écarta les mains de son visage et lui cria en retour :

— *Grand-père* !

— Quoi ?

— Les porcs ont des sons pour *père*, signifiant leur père, et pour *grand-père*, signifiant grand-père. C'est ce qu'il dit ! *Grand-père* !

Capitaine Black poussa un autre cri. Presque trente secondes s'écoulèrent, puis quelque chose de sombre et d'énorme apparut devant eux, à proximité du van calciné. C'était une concentration intense d'orage, de feuilles et de déchaînement de la Nature. C'était le pouvoir de la planète Terre elle-même, son énergie, sa croissance, son mysticisme, sa force explosive consumant toute chose. Saturne dévorait peut-être ses enfants, mais la Terre dévorait ses enfants et les enfants de ses enfants, et c'était de cette façon qu'elle procédait.

La nuit était un déluge aveuglant de feuilles et de pluie. Le tonnerre grondait à n'en plus finir. L'air était étouffant et chargé d'une odeur d'ozone, de laurier et de tombes fraîchement ouvertes.

La forme colossale s'approcha, telle une tornade au lent tourbillon. La chaussée asphaltée parut se rétracter sous les pieds de Luke, comme sous l'effet de la peur.

— Bordel de merde, murmura Luke, plus pour lui-même que pour quelqu'un d'autre. Janek-le-Vert, en personne !

L'homme qui avait été jadis Janek avait définitivement perdu sa bataille contre les racines qui avaient été plantées dans son corps. A présent que son entourage avait péri dans les flammes et que son sol natal avait été stérilisé par le feu, il ne lui restait nulle part où aller. Des siècles de croissance contenue avaient explosé, en une seule nuit, et ce n'était plus qu'un ouragan de branches, de feuilles et d'épines cinglantes. Luke apercevait les fragments d'un homme au milieu de la végétation : un visage très pâle, semblable au visage d'un saint, aux yeux noirs mi-clos, enfermé dans une cage de ronces ; des cuisses à la chair à vif, sanguinolente ; et deux pieds émaciés de martyr.

Le cliquetis de culasses de fusils à pompe que l'on actionnait retentit, mais Luke beugla :

— Ne tirez pas !

Il était terrifié, mais il était également fasciné. Il voulait voir ce Voyageur Vert vivant ; il voulait voir ce qu'une telle créature pouvait bien être. De plus, sur quoi auraient-ils tiré ? Sur des branches ? Sur des ronces ? Sur une averse de feuilles ?

La tornade noire de feuilles de laurier se rapprochait de plus en plus. Le tumulte était assourdissant. A ce moment, Capitaine Black cria à nouveau, un appel strident qui se termina dans un grognement rauque.

Lily saisit la main de Luke et la serra avec force.

— Il dit, *tuez-moi*. J'ai déjà entendu ce cri, lorsqu'un porc était grièvement blessé, ou gravement malade. C'est le même cri. *Tuez-moi*.

David avait entendu.

— Non, ne le tuez pas ! s'écria-t-il. Il va se rétablir ! C'est un *petit garçon* !

Luke se tourna vers l'adjoint au teint rubicond et cria :

— Emmenez ce gosse, bon sang !

Mais avant que l'adjoint puisse l'empoigner, David se précipita vers Capitaine Black. Il courut à travers la tornade de feuilles et hurla :

— Ne le tuez pas ! Ne le tuez pas ! C'est un petit garçon !

— Et merde ! s'exclama Luke, et il se lança à sa poursuite.

Les feuilles emplissaient l'air en des tourbillons tellement compacts que c'était à peine s'il pouvait respirer, encore moins discerner quelque chose. Sa bedaine ballottait, son cœur battait la chamade. Il se cogna brusquement contre David et le flanc couvert de sang de Capitaine Black.

— David, il faut foutre le camp d'ici ! Nous ne pouvons absolument rien faire ! Viens, mon garçon, on s'arrache, nom de Dieu !

Des projecteurs striaient les feuilles et la pluie. Le sol trembla et tangua sous leurs pieds. Luke entendait des officiers de police crier, Capitaine Black grogner.

Un éclair brilla soudainement, et David poussa un hurlement. Juste devant eux, à moins d'un mètre de distance, si près qu'ils pouvaient la *sentir*, se dressait une énorme tête difforme, ruisselante d'eau de pluie. C'était la gigantesque parodie d'une tête humaine ; elle faisait plus de deux mètres depuis le crâne jusqu'au menton. Elle avait des yeux vert laiteux, des pommettes vert pâle et une bouche béante, avec de longues épines recourbées à la place des dents. Du crachat de coucou dégouttait de ses lèvres. Le visage était recouvert d'un genre de barbe, faite de vrilles luisantes, de plantes grimpantes et de feuilles infestées de limaces.

C'était le visage de Janek, ce visage que Luke avait vu sur la gravure de Terence Pearson, un visage d'autrefois, sournois, démesuré. Les gènes des végétaux l'avaient emporté sur sa nature humaine et l'avaient transformé en ceci... un être vivant, en proie à des souffrances indicibles, fait de fibres végétales et de chair.

La tête de Janek oscillait de gauche à droite, supportée par une corde épaisse de tissus végétaux. Ses paupières s'abaissèrent, puis se rouvrirent, et ses mâchoires s'écartèrent largement. A cet instant, les lumières clignotèrent, l'éclair mourut et la tête fut plongée dans l'obscurité.

— Cours ! rugit Luke, son visage cinglé par les feuilles.

— Je ne peux pas ! cria David.

— Cours ! Ne pense plus à Capitaine Black ! Cours !

— Je ne peux pas ! Quelque chose m'a empoigné !

Luke se retourna, voulut sortir son pistolet de son étui, mais quelque chose heurta son épaule avec la violence et la puissance d'un pare-chocs d'automobile. Il chancela, perdit l'équilibre, chancela à nouveau et parvint à se redresser. Mais quelque chose lui cingla le visage et déchira sa chemise, comme si on l'avait frappé avec des fils de fer barbelés.

— David ! cria-t-il vers l'obscurité grondante. David, fous le camp bordel de merde, fous le camp !

David hurlait, mais Luke ne le voyait pas. Les feuilles étaient trop compactes, la nuit trop sombre. Il se palpa la poitrine et sentit quelque chose de chaud et de poisseux. Il comprit qu'il était blessé. Sa chemise et son maillot de corps avaient été mis en lambeaux, sa poitrine lacérée. Même sa poche de poitrine avait été à moitié arrachée.

Dans cette poche, il sentit le sachet en plastique, qui contenait la pièce d'argent de Judas. Au même instant, David hurla à nouveau et un éclair brilla. Il aperçut David pris au piège dans des ronces inextricables, et la tête grotesque de Janek-le-Vert. Il écartait ses mâchoires de plus en plus largement, à tel point que ses tendons craquèrent.

Les dents-épines de Janek étaient encore plus redoutables que les dents d'un grand requin blanc, des rangées de crocs recourbés. Une sève liquide tombait goutte à goutte du palais aux nervures vertes de sa bouche.

Luke pensa : *Seigneur Jésus, pardonnez-moi pour ce que je vais faire* et il ouvrit le sachet de plastique avec le pouce et l'index.

Il tint la pièce dans la paume de sa main et la serra fortement. Il ressentit une étrange secousse à retardement. Il avait la sensation très étrange d'être ici, au milieu de cette tempête de vent, de pluie et de feuilles de laurier, et pourtant de ne pas être ici, non plus. Il fit trois grands pas vers David, l'empoigna et le dégagea des ronces. Janek poussa un cri strident, il ouvrit les yeux, et des ronces cinglèrent violemment l'épaule gauche de Luke. Mais cette fois, les ronces traversèrent ses muscles de part en part, sans même le toucher. A cet instant, Luke n'était pas encore là.

L'obscurité. Les feuilles. Et le vent.

Luke roula sur l'asphalte mouillé. Il serrait David contre lui. Il roula plusieurs fois sur lui-même. Soudain la lueur de torches électriques troua les feuilles, et des voix résonnèrent :

— Shérif ! Shérif, vous n'êtes pas blessé ?

Il lâcha David et chercha à reprendre son souffle. David se remit debout. Nathan tendit la main et aida Luke à se relever.

— Que s'est-il passé ? hurla-t-il dans le grondement de l'orage.

— Fusil à pompe ! exigea Luke.

— Quoi ? cria son adjoint au teint rubicond.

— Donnez-moi un fusil à pompe ! répéta Luke.

— Shérif, vous êtes blessé ! intervint Lily. Regardez-vous ! Votre chemise est couverte de sang !

— Fusil à pompe ! rugit Luke. Je suis le seul qui puisse faire ça !

Son adjoint lui lança un calibre 12. Il l'attrapa au vol et repartit vers l'obscurité et la tempête de feuilles.

Le vent hurlait tel un chœur d'un millier de religieuses torturées. Les feuilles de laurier tournoyaient avec une telle violence qu'elles lui lacérèrent la joue. L'orage s'était éloigné : les éclairs scintillaient vers le sud-ouest maintenant ; aussi l'œil de cette tornade-là était-il plus sombre, et encore plus terrifiant. Luke s'avança lentement. Il tenait son fusil à pompe dans sa main droite et serrait sa pièce d'argent dans sa main gauche.

Et Jésus dit : « Pardonnez-leur, Seigneur, parce qu'ils ne savent pas ce qu'ils font. »

Il vit Capitaine Black, immobile au milieu du tourbillon de feuilles. Il vit Janek, se dressant au-dessus de lui. Il était encore plus énorme, encore plus grotesque, tandis que des siècles d'énergie génétique réprimés se répandaient dans son corps. Dans la pâle lumière des éclairs lointains, Luke voyait deux créations hideuses que seul l'homme avait pu concevoir, en se mêlant de sa propre création.

Il s'avança péniblement jusqu'à Capitaine Black, fit halte près de lui, et cria :

— *Janek* ! *Janek-le-Vert* !

La tête de Janek se balança, se tourna, et posa sur Luke un regard dénué de tout sentiment.

Luke leva le fusil à pompe et visa soigneusement le crâne difforme de Janek. Il aurait voulu trouver quelque chose à dire, comme : « Allez, fais-moi plaisir », mais il n'était pas l'inspecteur Harry, et il était tellement épuisé, meurtri et furieux, qu'il fut seulement capable de hurler à pleine gorge.

Janek-le-Vert le frappa rageusement, avec des ronces, des plantes grimpantes et des épines épaisses comme des nerfs de bœuf. Luke leva instinctivement le bras pour protéger son visage, mais ce n'était pas nécessaire. Elles passèrent à travers lui, comme s'il n'était pas là.

Il tira. Le premier coup de feu fit voler un énorme morceau de boîte cranienne verdâtre du côté de la tête de Janek. Puis ce fut l'obscurité complète. Luke tira, actionna la culasse du fusil à pompe, tira à nouveau. Dans la lueur intermittente des détonations, il entrevoyait les yeux de Janek, les dents de Janek, les mâchoires distendues de Janek.

Tandis qu'il tirait, il hurlait, n'arrêtait pas de hurler.

Durant un moment, il crut que les feuilles allaient le recouvrir et l'étouffer. Elles se prenaient dans ses cheveux, dans sa chemise, lui rentraient dans la bouche. Il rechargea son arme et tira une fois encore. Cette fois, la lueur de la détonation n'éclaira rien du tout, excepté l'obscurité.

Il entendit un bruit de *succion* tout à fait extraordinaire. Il eut l'impression que le monde entier implosait. Il ne voyait absolument rien, seulement quelques lumières brouillées, mais il sentait des feuilles voler rapidement près de lui, comme si toute chose était aspirée vers Janek-le-Vert, comme si Janek-le-Vert était un vacuum total, plutôt qu'un être vivant.

Le bruit de course tumultueuse continua et continua ; le blizzard de feuilles devint de plus en plus violent. Brusquement, un claquement assourdissant retentit, comme si on claquait les portes d'une cathédrale. La nuit parut se comprimer en un carré d'un noir absolu. En cet instant, Luke pensa qu'il comprenait presque Dieu, qu'il était sur le point de comprendre la signification fondamentale du temps et de l'histoire, et pourquoi la race humaine avait lutté et combattu pendant tellement de siècles contre elle-même, et contre la Nature.

Le claquement se répercuta, mais les échos devinrent de plus en plus faibles, et la nuit s'éclaira. Même l'air parut se détendre. Le vent emportait les feuilles en des volutes bruyantes. Puis elles disparurent, la rue fut éclairée ; l'orage s'éloignait vers le sud-ouest, vers Iowa City.

Nathan s'approcha et regarda autour de lui avec stupeur.

— Que s'est-il passé ? Un instant plus tôt, c'était la nuit totale ; et maintenant, la lumière est revenue !

Luke toussa et s'essuya le front du dos de la main.

— C'est ce que nous appelons le maintien de l'ordre !

A ce moment, Capitaine Black se retourna et poussa un cri rauque, pitoyable. Il semblait épuisé, à bout de forces, comme une locomotive bonne pour la casse.

— Ce cri, que signifie-t-il ? demanda Luke à Lily.

Lily avait les larmes aux yeux.

— Il veut mourir, shérif. Il souffre, et il en a assez. J'ignore ce qui s'est passé ici, ce qu'était cette créature... mais c'était sa toute dernière chance. Je vous en prie, shérif ! Tout est fini pour lui. Je vous en prie !

— Non, shérif, pas ici, intervint Garth. Nous pouvons le remmener à l'institut.

Lily se tourna vers Garth et le foudroya du regard.

— Pour une fois dans votre vie, Dr Matthews, faites preuve d'humanité et laissez tomber vos expériences à la con !

Garth s'apprêtait à lui répondre vertement, mais David dit :

— Je vous en prie, ne le maintenez pas en vie plus longtemps. C'est aussi un petit garçon !

Capitaine Black fit trois pas chancelants en arrière. Il grogna et secoua la tête. Du sang vola de son groin. Il s'ensuivit un moment d'hésitation. Tout le monde se tenait immobile, formant le plus étrange des tableaux, et se demandait ce qu'il fallait faire. Les officiers de police regardaient Luke, attendant qu'il donne l'ordre d'ouvrir le feu. Luke regarda David, puis Nathan, puis Garth ; son regard se posa finalement sur Lily.

— C'est un être vivant, non ? lui demanda-t-il. Il est exactement comme vous et il est exactement comme moi. C'est ce que vous avez toujours soutenu. En vertu de quel droit puis-je tuer un autre être vivant ?

Mais Lily dit :

— Il sait que tout est fini pour lui. Il est seul maintenant, il sait qu'il va mourir.

— Il vous l'a dit ?

— Shérif, s'il y a une chose que j'ai apprise en vivant avec des porcs, c'est bien que la plupart des animaux vivraient en harmonie avec les êtres humains, à condition de pouvoir leur faire confiance.

Capitaine Black commença à s'éloigner d'eux, forme gigantesque et tragique. La chaussée était luisante de pluie et de sang. Luke comprit qu'il n'y avait qu'une seule façon de mettre fin à ce carnage et sa décision fut rapide.

— Je veux que tous les officiers de police viennent ici, tout de suite ! hurla-t-il. Toute la puissance de feu disponible !

Leurs chaussures et leurs bottes martelèrent l'asphalte. Ils s'approchèrent de Capitaine Black et formèrent un cercle autour de lui. Capitaine Black fit halte à nouveau. L'hélicoptère gronda et s'éloigna, puis gronda et revint vers eux.

Luke s'avança vers Capitaine Black, accompagné de Lily. Lily voulut s'approcher de Capitaine Black, mais Luke la retint par le bras.

— Je sais que vous pouvez le comprendre. Je suppose qu'il peut vous comprendre, lui aussi. Mais il a causé de sacrés dégâts aujourd'hui, il a tué des gens. Je n'ai pas besoin d'une victime de plus.

Lily appela Capitaine Black... un cri perçant, un ululement qui fit se dresser les poils sur la nuque de Luke. Le cri devint de plus en plus aigu, puis il retomba et mourut.

Capitaine Black ne réagit pas. Il se tenait immobile, attendait et soufflait des bulles de sang.

— Qu'est-ce que vous lui avez dit ? demanda Luke.

Lily se détourna, ses yeux étaient remplis de larmes.

— Je lui ai dit qu'il était en sécurité maintenant... et que je l'aime.

Luke fit un pas en arrière et leva un bras.

— A mon commandement, feu à volonté ! lança-t-il.

Il se tourna pour regarder Lily. Lily hocha la tête et forma avec ses lèvres les mots « Merci beaucoup ».

Garth tourna le dos à la scène et se signa, en souvenir de Raoul Lacouture.

Trente officiers de police se mirent à tirer et balancèrent tout ce qu'ils avaient. Cela fit un bruit de tonnerre. Du sang et de la chair giclèrent de tous les côtés. Capitaine Black s'affaissa lentement sur la chaussée. Pourtant ils continuèrent de tirer sur lui. De la fumée sortait de sa gueule béante. Finalement, Luke cria :

— Arrêtez de tirer ! C'est terminé !

Les officiers de police s'éloignèrent lentement de la carcasse ensanglantée qui gisait sur le flanc.

Nathan s'approcha de Luke.

— Vous savez comment toute cette histoire a commencé ? dit-il.

Luke sortit son mouchoir de sa poche et s'épongea le visage. Puis il se moucha.

— Cela a commencé par un service rendu, déclara Nathan.

Luke le regarda, puis il lui donna une tape dans le dos.

— La plupart des ennuis commencent de cette façon, non ?

La pluie s'atténua petit à petit. L'épave calcinée du van noir gisait sur le bas-côté de la route. Capitaine Black, déchiqueté et silencieux, gisait sur la chaussée, les pattes raidies, les yeux vitreux. De Janek-le-Vert, il ne restait que des feuilles emportées par le vent. Luke prit dans sa poche la pièce gravée des mots *La Vie dans la Mort* et la laissa tomber parmi les feuilles.

— Remboursement intégral, murmura-t-il.

Puis il se dirigea vers sa voiture, suivi de ses adjoints, de caméras de télé et de journalistes qui se bousculaient.

Rick Clark joua des coudes et le rejoignit.

— Alors, cela a été fructueux ? demanda-t-il. Ce truc sur la mythologie tchèque.

— J'ignore de quoi vous voulez parler, Rick, répondit Luke. Nous avons eu à régler un problème de circulation routière. Nous avons eu à nous occuper d'un porc devenu fou furieux. C'est tout.

— J'ai vu autre chose. Et je ne suis pas le seul !

Luke s'arrêta et le dévisagea.

— Non, nous n'avons rien vu, dit-il doucement. Nous n'avons absolument rien vu.

Il monta dans sa voiture et claqua la portière. Rick Clark le regarda à travers le pare-brise zébré par la pluie. Puis il leva les mains en signe de reddition, avec un sourire. Luke mit le contact et comprit que c'était bel et bien terminé.

Carl Drimmer, l'assistant personnel du regretté sénateur Cady, téléphona à William Olsen le même soir et dit :

— Vous avez appris la nouvelle ?

Nina Olsen, qui prenait toujours toutes les communications, répondit :

— Oui, et je ne peux pas dire que je suis désolée.

— Je n'aime pas dire du mal d'un mort, surtout d'un mort de fraîche date, poursuivit Carl, mais il aurait pu choisir une fin moins controversée. C'est stupide... il avait encore toutes ses chances pour la Maison Blanche.

— Avez-vous des idées lumineuses à proposer ? demanda Nina.

— Moi ? J'en ai des milliers ! La plupart des idées de Bryan étaient les miennes.

Il y eut un silence. William donnait à manger à Pallas... de la crépine de porc. Le bec de l'oiseau la déchiquetait en de minces lambeaux peu appétissants.

— Venez me voir, dans ce cas, dit Nina. Nous pourrions peut-être faire quelque chose ensemble, vous, William et moi. Surtout vous et moi.

Iris était allongée sur son lit d'hôpital et regardait les lumières des avions qui tournaient dans le ciel au-dessus de Cedar Rapids. La pluie avait cessé et c'était une nuit claire.

Elle se sentait étrangement reposée, comme si tous ses ennuis étaient terminés. Il ne lui restait plus qu'à attendre la naissance de son bébé.

Postface

Toutes les procédures médicales et xénogénétiques décrites dans ce livre ont déjà été menées à bien ou peuvent l'être dès à présent. Je remercie tout particulièrement les directeurs et l'équipe de l'Institut Spellman de Recherche génétique, Amana, Iowa, pour leur amabilité et leur générosité. Je remercie également le Bureau du shérif du comté de Linn, la police de Cedar Rapids, la *Gazette* de Cedar Rapids, le Centre Médical de Mercy et le Musée Tchèque et Slovaque.

Enfin, il suffit de consulter les archives du Congrès pour apprendre que Zapf-Cady, présenté à la Chambre des Représentants quinze jours plus tard, fut repoussé à une écrasante majorité, en première lecture.

OUVRAGES DE LA COLLECTION « TERREUR »

IAIN BANKS
Le seigneur des guêpes

CLIVE BARKER
Secret Show
Le royaume des devin

WILLIAM P. BLATTY
L'Exorciste : la suite

ROBERT BLOCH
L'écharpe
Lori
Psychose
Psychose 2
Psychose 13
Contes de terreur

J. R. BONANSINGA
Black Mariah
Pire que le mal

RANDALL BOYLL
Froid devant
Monssstre
Territoires du crépuscule

MARION ZIMMER BRADLEY
Sara

RAMSAY CAMPBELL
Envoûtement
La secte sans nom
Soleil de minuit

CATHY CASH SPELLMAN
Dans les griffes du diable

MATTHEW J. COSTELLO
Cauchemars d'une nuit d'été
La chose des profondeurs
Né de l'ombre

MARTIN CRUZ-SMITH
Le vol noir

THOMAS DISCH
Le caducée maléfique

KATHERINE DUNN
Un amour de monstres

JEANNE FAIVRE D'ARCIER
Rouge flamenco
La déesse écarlate

JOHN FARRIS
L'ange des ténèbres
Le fils de la nuit éternelle

RAYMOND FEIST
Faërie

CHRISTOPHER FOWLER
Le diable aux trousses

RAY GARTON
Crucifax
Extase sanglante

CHRISTOPHER GOLDEN
Des saints et des ombres

LINDA C. GRAY
Médium

WILLIAM HALLAHAN
Les renaissances de Joseph Tully

BARBARA HAMBLY
Le sang d'immortalité
Voyage avec les morts

THOMAS HARRIS
Dragon rouge
Le silence des agneaux

JAMES HERBERT
Dis-moi qui tu hantes
Fluke
Fog
La lance
Les rats
Le repaire des rats
L'empire des rats
Le survivant
Sanctuaire
Sépulcre
Présages

SHIRLEY JACKSON
Maison hantée
La loterie
Le cadran solaire

GRAHAM JOYCE
L'enfer du rêve
Requiem

Stephen King
La part des ténèbres
Salem
Dolores Claiborne

Andrew Klavan
Il y aura toujours quelqu'un derrière vous
L'heure des fauves

Dean Koontz
Le masque de l'oubli
Miroirs de sang
La mort à la traîne
La nuit des cafards
La nuit du forain
La peste grise
Une porte sur l'hiver
La voix des ténèbres
Les yeux des ténèbres
La maison interdite
Fièvre de glace
Lune froide
La cache du diable
Mr Murder

Steven Laws
Train fantôme
Gideon

Tanith Lee
La danse des ombres
Le festin des ténèbres
Caïn l'obscur

Charles de Lint
Mulengro
Symphonie macabre
Les murmures de la nuit

Bentley Little
Le postier

Charles McLean
Le guetteur

Robert Marasco
Votre vénérée chérie

Graham Masterton
Démences
Le démon des morts
Le djinn
Le jour « J » du jugement
Le miroir de Satan
La nuit des salamandres
Le portrait du mal
Les puits de l'enfer
Rituels de chair
Transe de mort
Manitou
La vengeance de Manitou
L'ombre du Manitou
Le trône de Satan
Apparition
La maison de chair
Les guerriers de la nuit
Les rivages de la nuit
Le fléau de la nuit
Tengu

Robert McCammon
L'heure du loup
La malédiction de Bethany
Scorpion
Le mystère du lac

Michael McDowell
Les brumes de Babylone
Cauchemars de sable

Andrew Neiderman
L'avocat du diable

John Pritchard
Les sœurs de la nuit

Garfield Reeves-Stevens
Contrat sur un vampire
La danse du scalpel

Anne Rice
Chronique des vampires
1. Entretien avec un vampire
2. Lestat le vampire
3. La reine des damnés
4. Le voleur de corps

La momie
Le lien maléfique
L'heure des sorcières

Anne Rivers Siddons
La maison d'à côté

Fred Saberhagen
Un vieil ami de la famille
Le dossier Holmes-Dracula
Les confessions de Dracula

John Saul
Cassie
Hantises
Créature

Peter Straub
Ghost Story
Julia
Koko

Mystery
Sans portes, ni fenêtres
La gorge

Michael Talbot
La tourbière du diable

Bernard Taylor
Le jeu du jugement

Sheri S. Tepper
Ossements

Thomas Tessier
L'antre du cauchemar

Thomas Tryon
L'autre
La fête du maïs

Jack Vance
Méchant garçon

Lawrence Watt-Evans
La horde du cauchemar

Chet Williamson
La forêt maudite

Paul F. Wilson
La forteresse noire
Liens de sang
Mort clinique

Bari Wood
Amy girl
Double vue

Bari Wood/Jack Geasland
Faux-semblants

T. M. Wright
L'antichambre
Manhattan Ghost Story
L'autre pays

XXX
Michèle Slung présente :
22 histoires de sexe et d'horreur
Douglas E. Winter présente :
13 histoires diaboliques

Dernières nouvelles de Dracula
L'année de la terreur

Achevé d'imprimer en juin 1997
sur les presses de l'Imprimerie Bussière
à Saint-Amand (Cher)

POCKET - 12, avenue d'Italie - 75627 Paris Cedex 13
Tél. : 01-44-16-05-00

— N° d'imp. 1247. —
Dépôt légal : juillet 1997.

Imprimé en France